KB127047

초록빛 거짓말, 우리 소설의 정체

초록빛 거짓말, 우리 소설의 정체

20세기를 마감하는 주목할 만한 우리의 작가, 우리의 소설들

김윤식 (서울대 교수) 著

문학사상사

© 김윤식, 2000

내가 소설을 읽는 까닭

현실을 나는 알고 싶었다. 인간을 나는 알고 싶었다.
세계를 나는 알고 싶었다. 언어밖에 가진 것이 없는 내 앞에 소설이 있었다.
그래도, 그러기에 나는 소설을 계속 읽을 것이다. 이유는 간단명료하다.
언어밖에 가진 것이 없는 내 앞에 소설이 있었고, 있고, 있을 터이니까.

김윤식(金允植)
(문학평론가 · 서울대 교수)

20세기에 태어나 20세기를 살면서 나는 소설 읽기에 많은 시간과 열정을 기울여 왔고, 21세기에 접어든 지금에도 그러한 처지에 있다. 대체 소설이 무엇이기에 그토록 나를 매료시켰던 것일까? 지금도 나는 이 물음에 잘 대답할 수 없다. 현실과 거리가 있어 보이는 사물이나 현상에 대해 사람들은 흔히 말한다. 그것은 소설이야, 라든가, 소설 쓰고 있네, 라고. 현실과 소설이 별개라는 것, 현실의 인간과 소설 속의 인간이 다르다는 것은 삼척동자도 아는 일이라고. 과연 그러할까.

인간을 안다는 것은 그에 대해 말하는 것이다. 말해진 인간이란 무엇인가. 언어로 짜여진 직조물 곧 텍스트가 아닐 것인가. 허구로 변한 인간이 아닐 것인가. 현실의 경우도 사정은 마찬가지다. 어떤 현실도 언어로 직조된 텍스트로서의 현실이다. 인간도 현실도 언어에 의해 묘사되는 것에 지나지 않는다. 환자의 자기 고백에다 분석의 기틀을 놓은 프로이트도, 작가는 죽었다고 떠든 구조주의자들도 이 사실을 직시하고 있지 않았던가.

현실을 나는 알고 싶었다. 인간을 나는 알고 싶었다. 세계를 나는 알고 싶었다. 언어밖에 가진 것이 없는 내 앞에 소설이 있었다.

어째서 하필 소설이어야 했던가에 대해서는 이 책의 앞 단계인 《김윤식의 소설 현장비평》의 머리말에 밝힌 바 있어 중복을 피하거니와, 여기서는 다음 한 가지만 덧붙이고 싶다. 아무리 소설을 열심히 읽어도 나는 현실을 잘 알 수 없었다. 인간을 잘 알 수 없었다. 세계를 잘 알 수 없었다. 그 알 수 없음의 밀도만이 더 높아 갈 뿐이었다.

그래도, 그러기에 나는 소설을 계속 읽을 것이다. 이유는 간단명료하다. 언어밖에 가진 것이 없는 내 앞에 소설이 있었고, 있고, 있을 터이니까.

읽어 주신 독자께, 지면을 무제한으로 주시고 책까지 만들어 주신 〈문학사상사〉에 감사한다.

2000. 7.

초록빛 거짓말, 우리 소설의 정체
차 례

● 민담의 진실성과 소설의 허위성

김 영 하

김 인 숙

함 정 임

윤 대 녕

윤 영 수

민담의 진실성과 소설의 허위성

—민담의 잔혹성에 대한 논의

《세계의 문학》의 정담, 김영하의 〈흡혈귀〉,
김인숙의 〈그 여자의 자전거〉, 함정임의 〈말은 슬프다〉 〈내 마음의 석양〉,
윤영수의 〈옛날이야기〉 Ⅳ, Ⅴ, Ⅵ, 윤대녕의 〈빛의 걸음걸이〉 〈장미 창〉

1. 《세계의 문학》의 정담— 김동수 · 장은수 · 오형엽

바야흐로 계간지 떼지어 나오는 계절. 계간지 떼지어 나오는 때면 목놓아 울고 싶다고 읊은 시인이 있었거니와 그 시인의 심정이 지금도 그러할까. 먼저 《세계의 문학》이 제 앞에 놓이더군요. 날씬한 몸매. 그러고 보니 군살만 뺀 것이 아니라 그 이상의 무엇이 감돌고 있습니다. 제 흥미가 머문 곳이지요. 이 물음은 거기 실린 작품을 읽어 낸 뒤에야 겨우 짐작되는 것. 요컨대 언제나 그렇듯 그것은 갈 데 없는 문학적 물음이었던 것.

두 편의 중편과 세 편 단편이 목차가 끝나면 막바로 큰 얼굴을 내밀고 있습니다. 이 커다란 얼굴에다 대면 다른 것들이야 저만치 물러나 있을 수밖에. 이것을 두고 감히 순문학성이라 불러 보면 안 될까. 순문학성(주의)이라니, 지금 무슨 망발을 하고 있는가, 하는 목소리도 들려올 법하지만, 제 어리석은 생각은 '중단편이 이 나라 문학의 중심부다'라는 믿음에 근거하고 있습니다. 새삼 이 나라 문학사를 들추자는 것이 아님에 주목하시길. '중단편이 이 나라 문학의 중심부다'라는 명제의 유효성은, 차라리 현실적인 데서 근거하고 있기 때문입니다. 문학사와 관련 지우지 않더라도, 아니, 관련 지우지 않음으로써 비로소 확실해지는 그런 근거. 제 방식으로 표현하면 '언어의 밀도'이지요. 이것은 세대 갈등이라든가 새로움의 특징과는 별 차원의 것.

이번 《세계의 문학》엔 이 문제를 비껴 가는 정담이 실려 있어 돋보입니다. 신세대의 앞잡이들의 견해이기에 특히 그러합니다.

김동식 : 90년대 작가들은 어느 날 갑자기 하늘에서 뚝 떨어진 존재들이 아닙니다. 그들이 보여 주는 작품 세계는 존재하지 않다가 불쑥 올라온 현실을 반영하고 있는 것도 아닙니다.

장은수 : 정상성과 괴물스러움의 대립이 아니고 정상성과 또 다른 정상성의 대립이 시작되고 있는 것 아닙니까.

김동식 : 90년대의 문학이 병리학적인 관점에서 이해될 수는 없지요.

장은수 : 그러니까 신세대 작가들이 괴물이라고 생각하는 것이 아니고 오히려 그런 것들이 정상이 됨으로써 과거의 문학이 괴물스럽게 되지 않았느냐고 묻고 있는 겁니다.

김동식 : 그렇게까지는 생각하지 않습니다만 문학사적인 시각의 전도 현상이란 어느 시대나 경험해 왔던 것이라고 생각합니다. (이상 197쪽)

오형엽 : 한국 문학사의 전통이 90년대라는 문학 공간에 진열되어 있고 그것은 분열된 채로 종합되어 있다, 이렇게 (김동식 씨가) 보시는 것 같습니다. 그런데 그런 분열증적인 시대 정신은 골고루 똑같은 지분을 가지고 배분되어 있다기보다는 어느 한 소설가 집단에 아주 예민하게 특징적으로 나타난다고 볼 수도 있지 않겠습니까. (202쪽)

앞잡이다운 정담입니다. 다만 한 가지 흥미로운 것은, 같은 윈도

95 신세대 비평가 중 어느 한쪽이 '악역'을 맡고 있다는 점이 그 것. 이 악역이 빛나는 것은 그로 말미암아 정담이 성립될 수 있었 다는 점. 말을 바꾸면 이 악역이 문학의 현실적 힘이자 육체라는 사실에 알게 모르게 관련됩니다. 아무리 《세계의 문학》일지라도 실 제로는, 윤대녕 씨를 맨 앞줄에 내세웠던 것. 또 그 누구를 그 다 음에, 김영하 씨를 끝줄에 내세우지 않을 수 없었던 것. 슈퍼마켓 진열품 모양.

2. 흡혈귀로서의 작가—김영하

김영하 씨의 작품 〈흡혈귀〉(《세계의 문학》, 겨울호)를 잠깐 엿볼까 요. "지난해 펴낸 장편 소설 《나는 나를 파괴할 권리가 있다》 때문 에 가끔 이상한 전화나 편지를 받을 때가 있다"라고 시작됩니다. 장편 《나는 나를 파괴할 권리가 있다》엔 자살 안내자가 화자로 등 장하거니와, 작가와 작중 인물을 혼동하는 독자도 더러는 있는 법. 27세의 김희연이란 독자가 등장합니다. 김희연의 주장에 따른다면, 이런저런 이유로(실로 조목조목 장황히 따져) 자기 남편이 흡혈귀라 는 것.

이러한 김희연의 주장을 제법 그럴듯하게 논리화한다면 다음 두 가지로 요약되겠지요. (A)죽을 수 없는 운명을 속성으로 하고 있 음. (B)흡혈귀와 접한 주변 인물들이 어느새 흡혈귀화하기. (A)를 좀더 살펴볼까요. 일상성만큼 지겨운 것이 있겠는가, 라고 물을 수 있는 사람이라면, 그러니까 방랑하는 화란인(flying Dutch) 전설만 큼 잔인한 것이 없음을 직감하겠지요. 그야말로 지겨움이지요. 김 희연의 남편이, 그 세계를 바꾸어 보겠다고 날뛰거나 무의미하기 짝이 없는 통속적 코미디물을 제작하는 등등도 모두 이 형벌에 대 한 탈출이 아니었던가. 판에 박힌, 영원히 되풀이되는 일상에서 벗 어나기 위한 필사적인 노력을 하고 있는 김희연의 남편을 보라. 일상성에서 벗어나기 위한 필사적 탈출 감행의 최상급에 놓인 것이 예술이 아니었겠는가. 예술가란, 그러니까 그 누구도 그가 만일 진짜라면 흡혈귀가 어찌 아닐 수 있으랴. 김희연의 남편은 진짜 예술가(인간)였던 것. 그렇다면 (B)란 무엇일까. 어느새 김희연도 예술세계의 문지방까지 와 있음이 아닐까.

신세대의 대표적인 작가 김영하란 무엇일까. 지극히 '정상적'인 자리에 서 있는 작가라 할 수 없겠는가. '정상성과 괴물스러움'의 이분법이 아니라 '정상성과 정상성의 대립'에 해당되겠지요. 그러니까 문제는 언제나 '원점'의 논의에로 되돌아간다는 것. '소설이란 무엇인가'가 그것.

현실 반영(대상에 대한 사유, 주어적 사고)이냐, 자기 언급적(self-referential, 술어적 사고)이냐로 이 사정이 요약될 터. 신세대 작가 김영하 씨가 서 있는 곳은 후자. '모든 희랍인은 거짓말쟁이라고 한 희랍인이 말했다'에 해당되는 것. 진위를 판별할 수 없는 상황, 그것이 오늘날의 소설의 운명이 아니겠는가. 이 패러독스를 돌파하기 위해 금세기 초, 걸출한 두 수리 철학자(러셀, 화이트헤드)가 모종의 대안을 제시한 바도 있었지요. '지금부터 내가 하는 말은 거짓이니 절대로 받아들이지 말라'라는 언명(불복종의 문맥)을 설정하여 그 진술을 보강하기가 그것. 이 얼마나 따분한 짓이랴. '나는 거짓말쟁이다'를 요소(member)로 하는 집합(class) 전체의 레벨에 두기, 그리하여 '집합은 그 자체의 요소가 되지 않는다'에로 겨우 이르기란 얼마나 답답한 조치인가. 이 역설을 초극하기 위한 몸부림으로서의 글쓰기, 그것을 두고 소설이라 부른다고 김영하 씨는 주장하고 있는 형국이지요. 자기 언급적 진술에는 외부가 없는 법. 그것은 비유클리드 기하학과 흡사한 것. 만일 유클리드 기하학(제5공리, 평행선은 절대로 교차하지 않는다)이 정당하다면, 비유클리드 기하학(평행선은 어느 무한점에서 교차한다)도 정당한 것. 이 점에서

80년대와 90년대 작가가 구별된다면, 그것은 어느 모로 보나 정상성 대 정상성이 아닐 수 없겠지요.

중요한 문제는 지금부터라 할 수 없겠는가. 이 논리적 계형 (logical typing)이 파탄될 때 일어나는 혼란이 그것. 이른바 이중 구속(double bind)의 덫에 빠져 허우적거리는 인간상을 단지 현대인의 분열증으로만 치부할 수 있을까. '식별의 문맥'에서 '도박의 문맥'으로 치닫는 동물 실험이 그대로 인간에 적용되기란 시간 문제가 아닐까. 여기까지 이르면 '진/위' 따위가 문제일 수 없지요. 생존 문제일 테니까. 현실반영론(리얼리즘)과 '진/위'의 문제가 마주치는 곳, 주어적 사고와 술어적 사고가 서로 엉겨 붙은 장면이 늪처럼 펼쳐져 있다고 볼 수 없을까.

신세대 작가의 '진/위'의 문제가 중요한 것은, 그것이 반영론과 구별됨에 있지 않지요. 바로 '엉겨 붙음'에서 말미암는 것.

3. 전기적 사실이나 생각―김인숙·함정임

김인숙 씨의 〈그 여자의 자전거〉(《현대문학》, 12월호)는 두 가지 문체로 짜여져 있습니다.

(A)오랜만에 햇살을 본다. 커튼을 열었을 때 느닷없이 눈앞으로 닥쳐온 햇살은 거의 쨍, 하고 소리를 낼 지경이었다. (215쪽)
(B)자전거는 한 달째 내 집 현관문 옆에 묶여 있었다. 번호를 맞춰야만 열 수 있는 자물쇠를 매단 채 요지부동인 자세로 말이다. 빛바랜 녹색 몸체를 갖고 있는 그 자전거는, 내 집에서 이사를 나간 전 주인의 것이었다. (216쪽)

(A)에서 주목되는 것은 주어 '나'(혹은 아무개)의 생략입니다. (B)에서 거세게 등장하는 '나'와 썩 대조적이지 않습니까. '나' 하고

시작하고 또 이어지고 끝나는 소설을 무수히 대해 온 독자라면 작가 김씨의 이러한 두 가지 문체에 모종의 낯설음을 느끼지 않을까.

곰곰이 생각해 보면, 소설에서 내세우는 '나'란 어떤 경우에도 허구입니다. 문학(소설)이란 것이 언어라는 허구에 의해 구축되는 것이기에, 그 속의 모든 것은 원리적으로는 허구일 수밖에. 당초 언어가 현실을 지시하지 않는 허구인 만큼 '나'만이 문학에서 실체 행세를 할 수 없기 때문. 그렇다면 어째서 작가는 '나'를 내세워야 했던가. 이 물음에 대해서는, 이런저런 대답이 나올 수 있겠으나, 다음과 같은 소박한 답변이 제일 직접적이 아닐까. 곧 '관습이다'가 그것. 아무리 사소설 작가라도 작가의 전기적 사실이라든가 있는 그대로의 생각이 기술될 수는 없는 법. 언어 자체가 여지없이 그것을 차단해 버릴 테니까. 그럼에도 불구하고 사람들은 어떤 고정 관념이랄까 전제를 암묵적으로 승인하고 있습니다. 곧 '사실 그대로의 인간의 전기적 사실이나 생각이 어딘가에 반드시 있다'가 그것. 독자들이 작품을 읽을 수 있는 것은 알게 모르게 이 전제를 승인한 까닭이지요. 그렇지 않다면 도무지 작품을 읽을 엄두도 낼 수 없지요. 이 점이 중요합니다. 독자가 작자와 마주 놓인 '나'의 존재를 작품 속에서 확인할 수 있음도 이 전제 덕분이지요. '얼굴 없는 작가'로 소문난 M. 블랑쇼의 경우도 사정은 마찬가지. '얼굴 없는 작가'라는 사실이 바로 그 전기적인 사실을 구성하고 있으니까.

작가에 따라서는 이 전제가 유독 뚜렷한 경우가 있게 마련입니다. 김인숙 씨도 그러한 경우의 하나라 하겠지요. 김씨는 자기의 전기적 사실이나 생각을 내세움에서 벗어나는 방식으로 자주 '나' 대신 '그'(그녀)를 사용해 왔습니다. 말을 바꾸면, '나'를 내세운 김씨의 글쓰기는 가능한 한 작가의 전기적 사실이나 생각에서 벗어난 경우였던 것. '나'를 깃발처럼 내세웠을 때 김씨의 소설은 가족 관계, 그러니까 가족 콤플렉스(상처)로 위장했던 것. 전기적 사실이나 생각에 기울어질 경우 김씨는 날쌔게 '나'에서 후퇴하여 '그'(그녀)로 위장해 보입니다. 그렇게 함으로써 거꾸로 전기적 사실이나 생각을 강조해 놓은 형국이었던 것. 일종의 자의식이지요. 가령 〈먼길〉(1995) 같은 것이 그것. 한편 '나'를 깃발처럼 내세웠을 경우는 어떠했던가. 거꾸로 전기적 사실이나 생각의 왜곡에 힘을 쏟는 방식을 취함으로써 또 다른 자의식을 창출해 내었지요.

이런 사정을 염두에 두고 김씨의 작품을 읽는다면 김씨의 전기적 사실이나 생각의 좌표가 어느 수준에서 포착될 터. 어찌 김씨 작품에만 그러하랴. 소설 읽기가 가능한 것, 정확히 말해 '소설 계속 읽기'의 관습이란, 이러한 좌표 없이는 성립되기 어렵다는 하나의 원칙이랄까 법칙 비슷한 것이라 할 수 없을까. 이 점에서 작가 김씨는 하나의 표준적 존재인 셈.

김씨의 이번 작품은 앞에서 보인 대로, (A)와 (B)를 씨와 날로 하여 짜여 있습니다. 흥미로운 점이라 할 것입니다. 전기적 사실이나 생각에 대한 모종의 변화라 볼 수 없겠는가. 이 경우 그것이 자각적이냐 아니냐는 잠시 시렁 위에 올려 놓아 두어도 좋으리라 생각됩니다. 주제 쪽이 그러한 (A)·(B)의 동시적 문체를 이끌어 갔을 테니까.

작품 속으로 들어가 볼까요.

(1)밤낮이 뒤바뀌어 버린 생활 습관은 한 달이 지나도록 고쳐질 생각을 하지 않았다. 이사를 와서 처음 일주일 정도는 자리가 바뀐 탓인 줄로만 알았었다. 새벽 네 시 다섯 시가 되도록 잠이 오지 않아서 온 집 안의 불이란 불은 다 밝혀 놓고 흐트러진 이삿짐들을 정리하곤 했었다. (215쪽)

작가의 전기적 사실이나 생각이 제일 첨예하게 노출된 대목이라

하겠지요. 만일 김씨의 작품을 처음 읽는 독자라면, 이 대목이 '잘 못 씌어진 사례'로 인식될 것입니다. 작품 전체와 이 대목은 전혀 관계가 없기 때문입니다. 작품상으로만 보면 결혼 7년째의 '나'와 남편은 별거중. 남편은 삶이 지겨워 자원해서 중국 지사로 가 버린 상태. 그러니까 다른 동네로 '나'가 이사온 데서 소설이 시작되지 않겠는가. 그렇다면 굳이, ⑴에서처럼 밤낮이 '뒤바뀌어 버린 생활 습관'이라 할 이유가 있을까. 물론, 그 동안 부부간의 갈등으로 '나'가 비정상적 생활 습관을 가졌다고 헤아려 볼 수도 있긴 하나, 그렇다면 그 나름의 보조 설명이 뒤따라야 했을 터. 그러나 만일 김씨의 〈먼길〉이나 이 계보에 속하는 작품을 읽어 온 독자라면 ⑴장면이 썩 자연스럽게 이해될 수 있지 않을까. 외국 생활에서 귀국한 '나'의 자의식이 그것.

주제 쪽으로 시선을 돌려 볼까요. 부부 생활 7년 만에 남편이 '나'로부터 도망쳐 버렸던 것. '나' 역시 남편으로부터 도망쳐 버렸던 것. 왜?

⑵그로서는, 우리에게 한 번도 경험해 보지 않았던 새로운 환경이 필요하다고 생각했을 것이다. 열두 번도 더 가 본 극장이 있는 거리, 스무 번도 더 가 본 여관과 모텔이 있는 동네, 백 번도 더 가 본 술집이 있는 도시 (중략) 그러나 내가 지겨워하고 있는 것은 거리나 동네나 도시가 아니었던 것이다. 나는 내 선택을 지겨워하고 있었다. 그 끊임없는 일상의 반복, 그러면서도 점점 낯설어져 가는 한 남자의 얼굴, 더 이상은 이해할 의욕도 충동도 생기지 않는 그 똑같은 얼굴…… (224쪽)

남편의 도주가 일상성에서의 탈출이라면 '나'의 그것은 삶 자체에 대한 탈출로 요약되겠지요. 남편의 추구는 희망을 향한 것이어서 어디까지나 정상적이라 하겠지요. '무엇인가 새로운 것이 있다'는 신념(전제) 밑에서 행동하고 있으니까. 이에 비해 '나'는 어떠한가. 갈 데 없는 허무주의. 끝장에는 죽음밖에 없는, 아니 죽음보다 더한 구제 불능의 상태이지요. 어릴 적 자전거를 타다가 자동차가 달려오자, 피할 줄 몰라 눈을 감기와 흡사한 것. 눈을 감으면 죽을 수도 있음이 그것.

이 두 가지 경우 어느 쪽이 먼저 '그 새로움'(구제)에 도달할 수 있을까. 후자 쪽이지요. 절망의 밑바닥에까지 갔기에 거기에서의 탈출 모색이 가능했던 까닭. 그것은 우연성에서 촉발됩니다. 이사온 아파트 입구에 녹색 낡은 자전거가 한 대 자물쇠에 채워져 있지 않겠는가. 전 주인 여자의 것. 집을 판 전 주인은 자전거를 버리고 떠났던 것. 열쇠로 채워 둔 채. 우연히도 '나'는 자전거에 손을 대어 봅니다. 거짓말같이 자물쇠가 끊어져 있지 않겠는가. 우연히도 '나'는 이 자전거를 손에 넣게 되었고, 타 보게 됩니다. 왜? 자전거니까. 자전거란 무엇인가. 두 바퀴밖에 없어 그냥 두면 자빠지게 마련. 움직이면서 균형을 취함이 그 본질(기능)이 아니겠는가. 어떻게 하면 이 균형 감각을 획득할 수 있는가. 의식(머리)으로서가 아니라 '신체'로 할 수밖에. 누구의 자전거이든 자전거를 구해 그것을 실제로 타보기, 신체가 균형 감각을 획득하기, 이것이야말로 제일 확실한 길이라는 것. 신체 다음에 '의식'(이념)이 놓인다는 것. 사르트르와 맞섰던 M. 퐁티의 자리라고나 할까.

어째서 이 발견이 소중한가. 이 물음은 다시금 작가 김씨의 전기적 사실과 생각에로 귀환되지 않을까요. '희망'에 이르기가 그것. 구원이나 희망에 이르기란 무엇이겠습니까. '이성의 힘으로 세계를 바람직한 것으로 바꿀 수 있다'는 저 유토피아 사상이야말로 바로 '희망'이 아니었던가. '세계를 바꾸겠다'는 믿음이 희망이듯, 뭔가 절망의 밑바닥에서 균형 감각을 찾아 나서고자 하는 몸부림(자전거

민담의 진실성과 소설의 허위성 21

타기)이란, 저 80년대 이 나라 운동권을 휩쓸던 바로 그 열정에 다름아닌 것. 말을 바꾸면, 사회란 극복 대상이 아니라, 타자(他者)에 지나지 않는 것. 불연속성(개인의 운명)에 대한 공포에서 벗어나기 위한 방식으로 타자를 통한 연속성 모색의 일종이었던 것. 이 점에서 작가 김씨는 80년대에서 조금도 변하지 않았지요.

전기적 사실이나 생각이 한 작가를 이해함에 있어 필수불가결로 보이는 작가에 〈말은 슬프다〉(《작가세계》, 겨울호)와 〈내 마음의 석양〉(《라쁠륨》, 겨울호)의 작가 함정임 씨가 또 있습니다.

(A)나는 배달된 신문을 무심히 넘기다가 나에 대한 기사를 발견하고는 이것이 정녕 나에게 일어난 일인가를 끈질기게 되물으며 읽고 또 읽었다.(〈말은 슬프다〉, 171쪽)

남편 민성이 갑자기 죽었다는 것. 이 부조리한 삶의 덫 앞에 온 몸으로 노출된 '나'의 내면은 어떠한가. 첫 번째 반응은 (A)에서도 보듯 과연 이것이 '현실인가 허구인가'의 장면, 곧 혼선이겠지요. 가장 소중한 존재가 누구의 잘잘못과는 관계없이 일방적으로 사라졌을 때 이를 운명이라 부르며, 받아들이기까지 (1)그 과정은 어떠하며, (2)그 시간은 얼마나 걸리며, (3)마침내 종교와 일상, 종교와 문학(일상보다 한 수 위의 단계)의 관계는 어떠할까. 작가 함씨가 마주치고 있는 문학적 문제 상황은 이 셋. 작가 자신의 전기적 사실과 생각이 거의 여과 없이 작품의 육체를 이루는 경우이면 그럴수록 작품의 밀도가 증대될 터. 그것은 계속 작품을 쓰게끔 작가를 내몰아 간다는 점에서, 그리고 그 결과 치열성이 확보될 수 있다는 점에서 운명(자질)적일 수도 있을 터. 바로 여기에 센티멘털리즘과의 변별성이 주어질 터.

작가 함씨의 발견은 무엇이었던가. 작품 속으로 들어가 볼까요.

가장 소중한 존재가 돌연 소멸되었을 때, 고통스러운 첫 번째 단계는 무엇일까. '나' 앞에 있었던 그 가장 소중한 존재가 헛것이었던가 실체였던가를 의심하기가 그것. 일찍이 석가세존께서는 이에 대한 해답을 제시한 바 있었지요. 제행무상 색즉시공이 그것. 그러나 어리석은 중생에겐 쇠귀에 경 읽기에 지나지 않는 것. 쇠귀에도 통하는 경 읽기란 무엇일까. 쇠귀에서 '인간의 귀'(경험자)에로의 전환 없이는 불가능한 법. 종교에서 문학에로 한 단계 내려앉기가 그것.

(B) 한달음에 금당터를 건너질러 주춧돌 위에 올라서서 나는 민성을 외쳐 부르곤 했다. 하늘을 향해 한 번, 남산 쪽으로 한 번, 그리고 석굴암 쪽으로 돌아서서 한 번. 이렇게 배에 힘을 주고 차츰 소리를 높여 가며 세 번 불러 보고 나면 가슴속에 맺힌 응어리가 녹아 내리는 것 같았다. 하늘도 벌판도 바람도 새들도 모두 나의 간절한 부름에 귀를 내어 주고 자리를 비켜 주듯 고요히 흐를 뿐, 그 어느 것도 나를 방해하지 않았다. (중략) 과연 나는 푸른 하늘 아래 존재하고 있는가. (같은 책, 183쪽)

바로 위기 의식입니다. '나' 란 존재하고 있는가에 이르기가 그것. 민성이 부재하는데 '나' 는 존재한다는 것이 도무지 믿을 수 없음이 그것. 종교라면 실로 간단하겠지요. 세존께서 가르치고 계시니까. 그러나 문학은 종교일 수 없는 법. 세존께서 섰던 자리에서 아래로 내려와야 하는 법. '구경적인 삶의 형식'(김동리)에 이르기 위해 '노력하기' 만 있는 것이 문학인 까닭. 결코 그 경지에 이를 수 없는 것이 문학인 까닭.

'푸른 하늘 아래 나는 과연 존재하는가' 의 단계에서 이번엔 '가족, 친지 속에 나는 과연 존재하는가' 를 물을 차례.

(C)오빠. 우리가 가족이라든지 친구라든지 부족함 없이 채워졌을 때는 공유하는 것, 공감이라는 것을 문제 삼지. 그냥 그대로 있는 것도 필요한데. 저 광대무변한 바다, 태평양처럼 말이야. (〈내 마음의 석양〉, 185쪽)

'공감 문제 삼기'냐 '개개인의 존재감 문제 삼기'냐의 문턱까지 작가는 이르고 있습니다. 이러한 이르기의 '과정'만 있고 결말(해결, 해답) 없음이 종교와 문학의 갈림길이라면 이 작품의 끝 구절은 너무 안이하다고 할 수 없겠는가.

(D)그렇지?, 말은 그렇게 했으나 짐짓 쑥스러워져서 슬쩍 오빠를 바라보려 고개를 돌리니 오빠는 그 자리에 없었다.
여기!
언제 준비했는지 오빠는 사진기를 내 쪽으로 디밀고 있었다. 나는 해 저무는 바다와 등대 사이에 서서 오랜만에 참으로 오랜만에 활짝 웃어 보였다. 찰칵!
석양과 함께 바다는 온데간데없이 사라졌다. (같은 책, 185쪽)

천지간 속의 '나'의 존재감이 이처럼 간단히 해결될 수 있을까. '나'의 존재감이란 이처럼 금방 초극될 수 있는 수준의 것에 지나지 않았던가.

4. 민담의 잔혹성─윤영수

〈착한 사람 문성현〉(1996)의 작가 윤영수 씨의 활약이 이 계절 전체를 눈부시게 합니다. 〈옛날이야기〉 시리즈 IV(《작가세계》, 겨울호), V(《실천문학》, 겨울호), VI(《문학사상》, 12월호) 등의 묶음이 그것. 무엇이 어째서 눈부시는가. IV에서 VI에 이를수록 그 밀도가 치밀하면서 다양하게 증대되고 있기에 그것은 눈부실 수밖에. 이 나라 전래 민담을 소재로 한 이 궁핍한 시대의 방법론상의 지평의 하나이기에 눈부실 수밖에.

일찍이 원로 작가 황순원 선생이 이 지평을 열어 보인 바 있었습니다. 황씨의 작품 〈땅울림〉(1985)이 그것. 이 작품의 소재는 〈나무꾼과 선녀〉계 민담(설화)이지요.

대체 민담이란 무엇인가. 예로부터 민간에서 말로 전하여 내려오는 이야기(folk - tale)이겠지요. 대부분의 민담이 그러하듯, 인간의 원초적 삶의 바탕에서 자연스럽게 형성된 삶의 '앙금'이기에 어느 특정 지역이나 나라에 국한되지 않습니다. 황씨가 문제 삼은 〈나무꾼과 선녀〉계 민담이란, 비단 우리 나라에만 있는 것이 아니죠. 수렵에 관련된 동아시아 전체에 걸쳐 있는 것. 일본에도 중국에도 큰 얼굴로 놓여 있는 민담계에 속하는 것.

〈나무꾼과 선녀〉계 민담의 핵심은 이른바 '금기'(터부)에 있습니다. 세계성 확보의 기본항이지요. 이 금기 사항에 주목한 같은 유형의 민담이 일본에서는 〈우라시마타로〉 민담.

갯마을에 우라시마타로라는 총각이 살았다. 잡은 거북을 놓아 준다. 거북의 도움으로 용궁에 가서 호강을 한다. 보물인 조가비를 얻어 온다. 절대로 그것을 열어 보지 말라는 금기를 깨고 총각은 조가비를 연다. 폴싹 연기가 나며 총각은 3백 살의 노인이 되고 만다는 것.

《인간 실격》의 작가이자 김승옥에게 영향을 미친 다자이 오사무[太宰治]는 이를 현대화시킨 바 있지요. 한편 중국 근대의 대문호 루쉰[魯迅]은 위나라 때의 민담인 〈담생(談生)〉을 재생시킨 바 있습니다.

나이 40에 장가도 못 간 담생이 어느 날 밤 처녀를 만나 부부가 된다. 금기가 있었다. 아내를 밝은 불빛에 비추면 안 된다는 것.

다만 3년 뒤에라야 금기가 해소된다는 것. 두 해가 지났다. 아들을 낳았다. 안심하고 불빛에 아내를 비추어 보았다. 몸 아랫부분이 해골이었다. 그 나라 공주의 귀신이었던 것. 모든 것이 끝장났을 수밖에. 그러나 아내는 남편과 아기를 위해 뒷바라지까지 걱정해 주었다는 것.

일본 것은 그냥 허무(꿈)로 되돌아갔군요. 중국은 그래도 인간적 배려가 남아 있군요. 작가 황 선생이 문제 삼은 우리의 민담 〈나무꾼과 선녀〉는 어떠할까. 허무도 아니지만, 인간적 배려도 없다. 이것이 심히 못마땅하다. 어째서? 아들 둘씩이나 낳은 뒤에도 아내를 못 믿겠다면 대체 그 부부 관계란 무엇이겠는가. 작가 황씨는, 이 민담의 변종인 〈하늘에 올라간 나무꾼〉에 대해서도 불만입니다. 하늘에 올라, 아내와 살고 있는 나무꾼의 괴로움은 지상에 남겨진 어미에 대한 것. 선녀는 천마 한 필을 나무꾼에게 주면서 말이 세 번 울 때까지 그 말을 타고 지방에 홀로 있는 노모와 만나고 바로 천상으로 귀환해야 된다는 것. 노모가 아들에게 점심 한 끼를 먹이고자 하자 말이 세 번 울었다. 세 번째 울 때 나무꾼이 노모를 팽개쳐 두고 달려갔으나 천마는 멀리 떠난 뒤였다.

이것에 대해서도 작가 황씨는 못마땅합니다. 모자 관계가 그 정도까지 각박한 것이라면 대체 인간이란 종자란 얼마나 시시한 것이랴.

작가 황씨의 〈땅울림〉이 지닌 참된 의미는 무엇이었을까. 일목요연한 해답이 주어집니다. 이 나라 분단 문제에 걸린 금기 극복의 과제가 그것.

월남하여 재혼, 가장이 된 강 노인은 이산 가족 고향 방문단의 문제가 정부 차원에서 논의된 1985년에 돌연 심장마비로 죽지 않았겠는가. 사할린에 살고 있는 한 교포는 어느 날 고향의 가족 소식을 듣는 순간 심장마비로 죽지 않았겠는가. 금기 중 금기가 분단이었던 것.

이러한 금기 사항 앞에 일본 작가 다자이 오사무란 무엇이며 대문호 루쉰이란 무엇이겠는가. 그들로서는 상상도 감히 할 수 없는 영역이 아닌가. 바로 여기에 작가 황씨의 작가적 패기가 빛나고 있지 않았을까.

잠깐 하고 누군가 저를 제지하고 있군요. 지금 무슨 헛소리를 하고 있는가. 작가 윤씨의 민담 소화 능력을 문제 삼는 마당인데, 어디 삼천포로 빠져나가고 있는가, 라고. 그렇군요.

윤씨의 세 편의 동시 발표작 중 Ⅵ부터 볼까요. '하늘 여자' 라는 부제가 붙어 있습니다. 곧 〈나무꾼과 선녀〉계이지요. 윤씨의 시선은 자기 목숨을 구해 준 나무꾼 떡쇠에게 보답으로 선녀 옷 훔치기의 비법을 가르쳐 준 사슴에 놓여 있습니다. 인간 떡쇠를 시종일관 관찰한 사슴이 같은 동료 사슴에게 얘기하고 있습니다. 인간이란 얼마나 욕심쟁이며 영악한가. 선녀인 아내를 집에 가두어 베를 짜게 하고 그것으로 돈벌이를 하여 온갖 사치를 누리며, 자식을 잇달아 낳고, 반항하는 선녀를 개 패듯이 두들겨 패고……. 세 번째 아이를 배에 넣은 채 선녀는 벼랑에 몸을 던져 자결해 버렸던 것.

여기까지 이르면 작가 윤씨의 메시지는 분명하지 않겠는가. 욕망 덩어리의 인간에겐, 그러니까 토를 달면 오늘의 인간에겐 '금기 사항' 따위란 이제 안중에도 없다는 것. 인간으로 지켜야 될 최소한의 예의 따위란 아예 존재할 수도 없다는 것. 분단 문제의 아픔에 비견되는 이 욕망의 덩어리란 무엇인가. 작가의 목소리지요.

Ⅴ는 도깨비 민담. 도깨비와 사귀어 '돈 나와라, 뚝딱' 하는 〈황금 방망이〉 민담이지요. 두 가지 에피소드로 구성했군요. 하나는 신림동 고시촌에서 번번이 떨어지는 고시생의 독백. 도깨비 방망이를 좇는 건달들. 다른 하나는 자린고비 염포종의 일대기. 그의 아들이 배고픔을 못 참아 백정집 양자로 들어가고 딸이 뱃사공에게 팔려 가고, 아내가 동네 부잣집 후실로 가자, 얼씨구나 "내가 먹여

살릴 필요가 없으니 얼마나 다행인가"(65쪽)라고 외치는 위인. 도깨비가 오히려 무색할 인간 도깨비들.

5. 소설을 비판하기 위한 세 가지 층위

Ⅳ는 어떠한가. 제가 Ⅳ에 주목하는 이유는 무엇일까. Ⅴ, Ⅵ과는 달리, Ⅳ가 진짜로 보이기 때문입니다. 어째서? 민담인 만큼 민담의 수준에서 논의해야 되기 때문.

동아줄을 문제 삼고 있습니다. 그 왜 있지 않은가. 떡장수 어미와 남매가 있었다. 호랑이가 어미를 요리조리 잡아뜯어 먹었다. 이번엔 변장하여 남매 잡아먹기. 남매는 하늘에 호소. 하늘이 동아줄을 내려보냈다. 남매는 구출. 호랑이는 썩은 동아줄에 매달려 죽었다. 수수밭에 떨어졌기에 오늘날 그 모양 그 꼴이 되었다. 여사여사.

모든 민담(동화 포함)이 그러하듯, 참으로 잔인하기 짝이 없는 얘기. 어린이들 앞에, 팔다리 모가지를 뜯어먹는 장면을 학습시키는 짐승 수준의 민담이기 때문. 창작 동화의 경우도 사정은 마찬가지. 가령 저 유명한 〈가시 공주〉 민담을 보라. 왕자가 키스하기까지 백 년 동안 잠자는 공주 얘기 아닙니까. 이 왕자의 모친이 실상 식인종이었던 것. 이 잔혹한 얘기를 민담 또는 동화라 하여 읽힘이란 너무도 잔혹하지 않겠는가. 독일 교육자 칼 하인츠 말레트의 연구서《모가지를 쳐라》(1985)가 이 점을 잘 밝혀 내고 있습니다. 우리의 민담 〈동아줄〉 민담도 잔인하기는 마찬가지. 팔 다리를 뜯어먹고 있으니까.

작가 윤씨는 이 민담을 어떤 시각에서 바라보는 것일까. 곧 무슨 상황 돌파를 위해 이 민담에 매달려야 했을까. 황 선생의 그 분단 의식만큼 절실한 것일까. 민담의 잔혹성의 발견이 오늘의 소설의 무력화 현상에 대한 충격 요법일까.

민담이 세 가지 레벨에서는 이 나라 소설계의 소설적 상황 돌파구에 대응되고 있다고 볼 수 없을까.

(A)민담(모든 이야기)이 지닌 잔인성에 대한 층위:

'한 중년의 사내(호안희)가 지하실 계단 난간에서 떨어져 죽었다' 라는 사건 현장에서 IV가 시작됩니다. 그러니까 수사물의 일종.

시점(1) : 건물 주인의 것.

호안희(虎眼熙)를 본 적도 없는 67세의 건달 노인은 누가 죽었든 별 관심이 없다. 호안희가 친딸도 아닌 월희(마담급 여배우)를 깡패 로부터 구하다가 살해당한 사건이란, 건물 주인에겐 조금은 기분 나쁜 일이지만, 별 상관이 없다. 월희에 약간 관심을 둔 바 있었던 늙은이의 주책이 깃들여 있을 정도.

시점(2) : 교도소 간수의 것.

20년 동안 옥살이를 한 호안희의 죄와 벌에 관한 사상만이 부각 된다. 출옥해서 얌전해졌다는 둥, 구두 수선공으로 살아갔다는 것. 23세에 옥살이하여 40세에 나왔으니, 가족이고 뭐고 있을 턱이 없 다. 여동생이 하나 있다던가. 하기야 잘 죽었지.

시점(3) : 오누이가 살던 사글세방 여주인의 것.

시점(4) : 오누이 이모의 것.

시점(5) : 골목 안 슈퍼 주인의 것.

시점(6) : 명수 담임의 것.

시점(7) : 명수 친구의 것.

시점(8) : 큰길가의 비디오 가게 주인의 것.

시점(9) : 비디오 집 앞의 부러진 은행나무의 것.

시점(10) : 축대 위의 집 주부의 것.

시점(11) : 오뉘가 살던 골목 안 홀아비의 것.

시점(12) : TV 프로 〈수사본부 사람들〉 고정 출연자의 것.

시점(13) : 집 뒤 언덕 바위의 것.

시점(14) : 도봉동 버스 정류장 앞 역술가의 것.

시점(15) : 도봉 지하철역 앞 개척 교회 목사의 것.

한 편의 완전한 수사물 아닙니까. 그러니까 살인 사건을 규명하는 수사 기관의 수순을 그대로 내보이고 있는 형국. 무려 (15)나 되는 시선들을 종합해 보면 다음과 같은 줄거리가 이루어집니다.

혈혈단신의 살인범 호안희가 20년 옥살이를 하고 출옥, 어떤 골목에서 구두 수선을 하며 사회에 복귀했다. 어느 날, 떡 장수 아줌마를 만나고 조금씩 친해지는 도중, 그 아줌마가 교통사고로 즉사했다. 사건 현장에 있던 안희가 떡 장수 아줌마에게 보답하기 위해 그녀의 주민증을 찾아서 아줌마의 아들 딸인 명수 명옥 오뉘의 아비 노릇을 했다. 오뉘에겐 본래 아비가 없었으니까. 이 가짜 아비에 매달려 살아간다. 고등학생인 명수는 깡패 비슷한 학생이었고, 누나인 명옥은 고교 중퇴, 영화 지망생이며 애인도 있었다. 월희는 예명이었다.

이 사건에서 풀리지 않는 대목은 과연 무엇인가. 살해당한 호안희의 행동 동기가 아닐 수 없지요. 어째서 호안희는 생판 부지의 오뉘의 아비 노릇을 자청하기에 이르렀을까. 그 아비 노릇의 끝에 자기의 죽음이 가로놓여 있음을 그는 몰랐을까. 아무도 그를 대해 주지 않을 때 떡 장수 아줌마가 그를 사람 대접해 주었다는 그 한 가지 이유로, 오뉘를 떠맡은 것이었을까. 오뉘를 먹이고 살리며 보호하다가 결국 죽고 말았던가. 이런 시선으로 보면 그야말로 감동적인 민간 드라마이자 저 《레 미제라블》의 주인공 장 발장 얘기일 수도 있겠지요. 인간의 성선설(낭만주의)에 근거를 둔 것이니까.

그러나 호안희가 마약 밀매범이라면? 영화 관계 인사들에게 마약 관계로 싸우다 살해되었을 뿐. 거기 명옥(예명 월희)이 끼여 있었던 것. '장 발장이냐', '호랑이 가죽을 쓴 사내냐'. 만일 전자라면 민담의 표층적 주제에 해당되겠지요. 후자라면 어떠할까. 연약한 떡 장수 아줌마에 접근하여 팔다리부터 잘라먹고 몸뚱이까지 잡아먹은, 나중에는 오뉘까지 잡아먹은 호랑이가 아닐 수 없겠지요.

이 장면에서 작가의 시선은 과연 어떠했을까. 이 나라 민담의 정통성에 선다면 응당 하늘이 이 사악한 호랑이를 응징하게 마련입니다. 썩은 동아줄을 내려보내, 호랑이를 죽이게 되어 있으니까. 작가 윤씨는 물론 이 민담의 판정에 불복하고 있습니다. 시선(13)의 도입이 그것. 어떤 인간의 간사한 시선보다 가치중립적 시선은 '집 뒤 언덕 바위'의 것이니까. '바위도 입을 열어 외치리라'라는 성경 구절도 있거니와, 윤씨의 바위는 한마디로 증언을 거부하고 있습니다. '나는 증언할 생각 없음'이 그것. 어째서? 민담이란 어떤 소설보다 우위에 선 일종의 위안의 형식이니까. 살인범이 떡 장수 여인을 잡아먹고, 그 오뉘도 잡아먹고, 마침내 그 자신도 죽었다는 것. 민담의 위대성은, 이 세 가지 죽음을 그냥 둘 수 없음에 있습니다. 오뉘만을 죽음에서 구출하는 방식이 고안된 것은 위안의 장치에 다름아니겠지요. 위안과 진실은 다를 터. 작가 윤씨는 진실의 측면도 한 점 올려 놓고 싶었는지도 모릅니다. 바위의 입을 빌려서라도 말입니다.

(B) 창작의 동기화(motivation)에 관한 층위 :

러시아의 민담 연구가 V. 프로프(1895~1970)의 《민담의 형태학》(1928)이 나온 이래 민담을 주제로 한 다양한 창작물이 도출되기에 이른 바 있습니다(이 방면의 특출한 작가로 일본의 작가 아쿠타가와를 들 수 있다. 〈나생문(羅生門)〉이 그러한 사례). 창작의 동기화에서 주목되는 것은, 구속 모티프(bound - motif)와 자유 모티프(free - motif)라 하겠지요. 원형으로서의 민담이 지닌 줄거리를 훼손시킬 수 없음이 전자라면, 후자는 원형을 '크게 훼손시키지 않는 범위' 안에서 어떤 변형을 시도하는 것. Ⅳ는 후자에 속하는 것. 그 득실을 따져 보기가 이후의 문제일 터. 말을 바꾸면 자유 모티프의 무한한 가능성 앞에 모든 민담이 노출되어 있다는 것. 넓은 뜻의 패러디화라 불러도 되겠지요. 이 점에서 Ⅳ를 비롯한 Ⅴ, Ⅵ도, 그리고 후속될 작품도 항시 잠정적이며 가능성의 하나로 존재할 터이지요.

(C)문체의 리듬화의 층위 :

(1)헤헤이, 내가 이 나이에 뭘 어쨌겠어? 그저 어린애가 고생한다 싶어 가끔 찻값 내주고 용돈 좀 쥐어 주고. (149쪽)

(2)애구 불쌍한 우리 성. 이 사진은…… 이 사람이 우리 형부예요? 많이 변했네?(154쪽)

(3)아버지는 무슨 아버지? 명옥이 그애 기둥서방이지. 척하면 모르겠어요?(161쪽)

(4)물이 보여. 술 아니면 다방, 하여간 물을 팔아. 분명 살아 있다니까, 주, 죽었어?(165쪽)

이러한 리듬화는 Ⅴ와 Ⅵ에 오면 한층 강화되기 마련. 주체적 사고에서 벗어난 까닭. 작가가 소재를 통제할 수 있는 힘이 약화될 때 벌어지는 현상이 아닐까. 문예학자 M. 바흐친은 이런 현상을 두고, 좀 후한 점수를 준 바 있지요. 왈 '다음성적이다'라고. 이 모두는 90년대 이래 형편없이 무력해진 이 나라 소설 장르에 대한 비판이 아니고 새삼 무엇일까.

6. 빛의 미학―윤대녕

윤대녕 씨의 〈장미 창〉(《세계의 문학》, 겨울호)은 〈빛의 걸음걸이〉(《문학동네》, 가을호)에 이어진 것. 따로 읽어도 괜찮지만 마주 읽으면 썩 그럴 법합니다. 전자가 파리의 센강 옆에 있는 프랑스인들이 만든 절 노틀담을 소재로 한 것이라면 후자는 5인 가족의 삶의 터전인 30평짜리 대전쯤에 있는 시골집을 다룬 것이나, 빛을 함께 주제로 삼았던 까닭.

〈빛의 걸음걸이〉부터 볼까요. 이 작품엔 주인공이 없습니다. 5인가족이 살았던 건평 30평의 평면도뿐. 이 평면도를 입체도로 바꾸기가 윤씨의 소설 쓰기의 일차 작업인 셈. 윤씨만이 할 수 있는 자질이자 솜씨. 그 자질을 조금 볼까요. 5인 가족이 살아가기 위한 최소한의 방식은 벽 만들기. 무엇으로? 윤씨의 솜씨가 여기서 빛났지요. 시멘트나 흙으로 벽을 만드는 것이 아니라 투명한 질료인 빛으로써 벽을 만들고 있지 않겠는가. 더욱 놀라운 것은 이 입체 도면에다 시간을 통과시키고 있다는 점. 빛이 시간과 숨바꼭질하는 장면이 벌어지고 있습니다. 빛과 시간이 숨바꼭질하는 그 속에 삶과 죽음이 자리바꿈하는 현장이 포착되어 있습니다.

이 현장성이야말로 윤씨 특유의 자질이자 방법론. 36세에 귀신을 본 사람이라면 '하늘에서 신발이 매우 매우 떨어진다'라고 서툴게 말하는 발리섬의 처녀 모양 혼자 중얼거릴 수 있을 것입니다. 클로드 모네의 〈인상, 해돋이〉도 그러하지 않았던가. 〈장미 창〉도 이에 이어져 있습니다. 다만 30평짜리 평면도가 센강변의 절 노틀담에로 옮겨진 형국이라고나 할까.

이 절의 큰 자랑거리 중의 하나가 스테인드 글라스의 일종인 이른바 '장미의 창'이 아니겠는가.

하늘로 뾰족 솟은 고딕 건물, 그 원형이 노틀담이라 합니다. 어째서 노틀담이 그토록 아름다운가. 일목요연한 해답이 주어집니다. 고딕 건축이라는 관념이 생기기 전에 이루어졌다는 점이 그것. 고딕 양식이 만들어진 이후에 그것을 모델로 하여 국화빵 찍듯 찍어낸 무수한 건축들이란 절대로 아름다울 수 없는 것. 모방이고 가짜이고 아류들이니까. 그러나 틀이 처음 만들어진 것이기에 노틀담은 진짜인 것. 유식하게 말해 '관념이 사물로 되었다'는 것. 아름다움의 근거이지요.

이 건물에 숨결을 불어넣은 것이 이른바 '장미 창'. 건물의 컴컴하고도 거대한 내부 공간에 빛을 스며들게 하는 최상의 방식은 무

엇이었을까. 이 물음에 대한 해답이 '장미의 창'이기에 아름다움의
근거일 수밖에.

이 장면에서 작가 윤씨는 신촌의 더러운 술집 화장실 유리창을
대치시킵니다. 그것도 엉터리긴 하나 스테인드 글라스였으니까.
'장미 창'과 '신촌 화장실의 창'의 대비란 무엇인가. 이 물음에서
작가 윤씨는, 둘을 점검하기 위한 장치로 빛을 도입합니다. 기묘하
게도 이번에 사용된 빛은 섹스입니다. '장미 창'과 '신촌 화장실의
창' 사이에 육체를 끼워 넣기. 육체(섹스)라는 황홀경을 잣대로 두
창의 미적 거리 측정하기라고나 할까.

이 방식은 그러나 너무 환각 쪽으로 기울어졌다고 할 수 없을까.
여인의 육체란, 아무리 얇게 만들어도 투명하기란 어려운 법. 섹스
의 대상인 신촌 여인도, 파리에 있는 여인(하루키 소설에 자주 등장
하는 쌍둥이 여인 모티프)도 환각이기는 마찬가지. 빛 속에 지나치
게 의존한 탓에 빛 속에 엉켜 길을 잃고 만 형국이라고나 할까.

(A)콜럼비아산 마리화나에 취한 그녀를 부축해 가까운 호텔에 든
것은 자정이 가까운 시각이었다. (51쪽)
(B)언니가 알면 기가 막혀 하겠죠?(51쪽)
(C)당신은 그 여자를 만나지 않았고 또 만나지 못하게 될 거
야. (52쪽)

여기까지 이르면 작가 윤씨가 아직 머뭇거리고 있는 문턱 하나가
언뜻 보입니다. 빛과 시간의 숨바꼭질 속에 놓인 육체의 불투명성
이 그것.

● 정치적 시선과 문학적 감각

박 청 호

백 민 석

이 응 준

원 재 길

이 청 해

김 승 희

김 상 영

김 영 현

정치적 시선과 문학적 감각
―글쓰기 방식으로서의 흡혈귀와 드라큘라

박청호의 〈죽은 시인의 사회〉, 백민석의 〈목화밭〉,
이응준의 〈Lemon Tree〉, 원재길의 〈먼지의 집〉,
김상영의 〈희망〉, 김승희의 〈백중 사리〉,
이청해의 〈지금 서울에는 비가 내린다〉, 김영현의 〈고통〉

1. 흡혈귀와 드라큘라―박청호

박청호 씨의 〈죽은 시인의 사회〉(《문학사상》, 1월호)가 새삼 반짝이는 까닭은 어디에 있는 것일까. 반짝인다고 해서 다 금은 아니라는 격언도 있지만, 반짝이지 않고서야 우선 금일 수 없지 않겠는가.

"극장 안에서는 영화 〈아이다호〉가 시작되고 있었다"라고 첫 줄이 시작됩니다. 동성 연애자들이 모이는 파고다 극장이라 하나 이 물음은 중요치 않습니다. 〈아이다호〉를 아는 것이 키워드. 동성애물이므로 그와 관계 있는 사건이 벌어지게 마련이니까. 마지막 영화 상영이 끝났을 때 한 사내가 죽어 있었다면 어떻게 될까. 작가 박씨는 이 사실에 민첩합니다. 이 사건을 '정치적 사건'에서 바라보면 어떠할까가 그것. 정치적 시선이라니. 도대체 정치적 시선이 아닌 사건도 다 있을까. '있다'고 작가 박씨는 주장합니다. 그렇다면 그것은 무슨 시선일까. 이 작품이 긴장을 갖는 것은 이 물음 속에 있을 터.

동성애를 다룬 영화를 보다가 한 사내가 죽었다. 사내는 최고 정

점에 이른 미혼의 젊은 시인. 이것이 객관적으로 드러난 사건의 전부이지요. 이 사건을 두고 (A)정치적 시선에서 바라보면 어떻게 될까.

'모든 뉴스가 철저한 풍자화의 일종'이라는 사실을 모르는 사람이 세상에 다 있을까. 그 과장된 억양, 일그러진 형태, 과장된 편집, 심지어 자유자재로 조절하는 줌 방식의 도입으로 말미암아 어떤 뉴스 보도도 드라큘라화(化)에서 벗어날 수 없는 법. 여기는 그런 조작을 만들어 내는 본산인 방송국 보도국 산하 다큐멘터리 특집부. PD 정 부장, 사진 담당 한철, 카메라 성민, AD 광우, 작가 정연 등이 한 팀. 이 중 작가의 시선이 머문 곳은 정연과 광우·한철. 광우·한철의 시선이 바로 뉴스의 정치적 시선입니다. 어떻게 하면 이 시인의 죽음을 동성애와 결부시켜 드라큘라화시키느냐로 요약되는 것. 이런저런 멋대로의 공작이 한철에 의해 조작되기 시작합니다. 죽은 시인에겐 ⑴남자 친구가 있다, ⑵가족들이 부검을 한사코 거부했다, ⑶자살했을지도 모른다, ⑷여자를 사랑했는데 죽기 얼마 전 그녀가 이민 갔다, ⑸그 여자의 남편이 기관 요원이었다 등등.

이 드라큘라화에 자의 반 타의 반으로 가담했다가 필사적으로 저항하는 방송 작가 정연의 시선이 있습니다. 이를 잠정적으로 (B)문학적 시선이라 부르면 안 될까. ⑴한 시인이 그저 빈혈 증세와 심장마비로 죽었다, ⑵시인으로서의 절정에 있었다, ⑶애인이 있었는데 딴 남자에게 시집 갔고, ⑷무슨 병으로 일찍 죽은 모와 누이가 있었다, ⑸문단에 교우 관계가 넓었다 등의 더도덜도 아닌 사건에 지나지 않는 것. 이를 삶의 우연성이라 부르는 것. 이 경우 작가 정연의 최후의 저항선은 어디쯤일까. 다음과 같은 꿈의 장면이 그것.

비. 소년이 우산을 쓰고 걸어가고 있다. 골목을 돌아서자 소녀가 우산을 쓰고 가는 것이 보인다. 거리가 좁혀지고 소년이 약간 앞선다. 소녀는 노란 비옷에 노란 우산, 그리고 노란 장화를 신고 있다. 소년은 앞서면서 흘긋 소녀를 돌아본다. 소녀는 우산에서 물방울이 떨어져 장화 끝을 때리는 것을 보면서 걷는다. 소년은 소녀와 보조를 맞추면서 걸으려고 애쓴다. (239쪽)

작가 정연이 소녀이고 죽은 시인이 소년이라는 것. 노란 장화를 신은 소녀와 그렇지 못한 소년의 처지가 뚜렷해집니다. 소년의 이름은 형우. 우등생. 상장을 개울에 띄울 수밖에. 선생의 가정 방문을 한사코 거부하는 소년을 그리워하는 소녀.

이런 꿈 장면이 죽은 시인의 유년기라면 이는 한층 교묘한 정치적 시선이 아닐 수 없지요. 정치적 시선을 깃대처럼 내세운 한철이 '광주 사건' 속으로 시인을 끌고 들어간 것과 비교해 보면 이 점이 뚜렷해질 것입니다.

잠깐, 하고 누군가 제지하겠지요. 그렇다면 진짜 (B)문학적 시선이란 무엇인가, 라고. 저도 잘 모릅니다. 다만 이렇게 말해 볼 수는 있겠지요. "정치적 시선과 싸우고자 애쓰고 있는 것, 그 과정 자체 속에 그것은 있다"라고. 아무리 애쓰더라도 결국 실패하지 않겠는가, 라고. 또 묻는다면 어떠할까. 제가 "기다/아니다"라고 할 처지가 못 됩니다. 제가 이 작품에서 말하고자 하는 것은 오직 다음 한 가지. 가장 90년대다운 작가 김영하 씨의 〈흡혈귀〉(《세계의 문학》, 겨울호)와 쌍을 이루는 작품 운용 방식이란 점이 그것. '흡혈귀'와 '드라큘라'라고나 할까. 김씨의 〈흡혈귀〉가 《나는 나를 파괴할 권리가 있다》라는 현실 작가 모씨의 작품과 그를 둘러싼 흡혈귀스런 모 비평가와의 관계를 제3자의 시선에서 바라본 것이라면 이는 위에서 본 '드라큘라'와 동일한 작품 운용 방식이 아니겠는가. 문제는, 어째서 이런 방식이 등장하기에 이르렀고 또 그 의의는 무엇일까. 이런저런 설명이 가능하겠지만 다음과 같은 견해가 어떠할까.

작품이란, 적어도 단(중)편이란 소금 장수 얘기일 수 없다는 것. 백 미터 경주라는 것. 9.80초로 달리면 일등을 못하고 9.79초로 달리면 심장이 파열된다는 것. 말을 바꾸면 자기 의식을 떠난 것은 소설 축에 들지 못한다는 것. 의식을 다룬다 함은 무엇인가. 헤겔의 《정신현상학》(1807)의 주인공이 '의식'이듯, 소설도 같은 것. 《빌헬름 마이스터의 수업시대》가 교양 소설이듯, 《정신현상학》은 의식을 주인공으로 한 교양 소설(철학)에 지나지 않는다는 것.

잠깐, 그대는 또 말을 바꾸고 있다, 그대가 소설 읽는 기준을 '말의 밀도'에다 두지 않았던가, 라고 누군가가 손을 들지 모릅니다. 의식이 말의 밀도로 나타날 뿐이다, 라고 답하면 어떠할까. '의식=말'이니까. 그런데 이 '의식'의 추구란 우선, 작가 개개인의 단독적인 것으로 내세우기엔 이런저런 난점이 끼여들기 쉽습니다. 의식의 사사화(私事化, Privatisierung)라고나 할까. 아무리 한 작가에게 절실한 의식의 드라마라도 그 작가 개인의 사적인 것이라면 그가 대작가가 아닌 한 설득력을 얻기 어려울 터. 작가 김영하, 박청호 등이 이미 사회적 사건으로 된 의식의 덩어리(기형도의 죽음 또는 김영하 자기의 공론화된 작품)를 소재로 삼았음은 그들이 이 사실을 제일 잘 의식한 때문이 아니었을까. 소설(단편)이 얼마나 난처한 물건인지 투철히 알아차린 결과라 할 수 없을까.

2. 동성애와 청각―백민석 · 이응준

'신세대 작가' 특집이 《문예중앙》(겨울호)에 마련되어 있습니다. 오해를 살까 봐, 90년대 작가 특집이라 하지 않았군요. 김소진의 죽음으로 90년대의 종언을 논한 신진 비평가 방민호(《문학정신》, 97년 가을호) 씨에 대해 같은 세대 비평가 장은수 씨가 어리둥절한 표정을 짓고 있더군요(《한국문화예술》, 97년 11월). 90년대란 방씨의 경우, 80년대에서 90년대까지 계속 이어져 온 '그 어떤 의식'이 김소진의 죽음으로 완전 소진되었다는 뜻이 아니었을까. 문학과 사회의 등가 사상, 개인과 가족, 공동체, 국가(분단)의 등가 관계로 요약되는 인정주의(리얼리즘)가 그것. 김소진의 죽음은 그러한 리얼리즘이 더 이상 고민의 대상일 수 없음을 가리키는 시금석이 아니었던가.

90년대에 등장한 신세대란 이와 그 위상이 다른 것. 일종의 괴물이라고나 할까. 흡혈귀 또는 드라큘라라고나 할까. 좌우간 종래의 표정과는 다른 것. 무엇이 어떻게 다른가. 이 물음엔 〈믿거나말거나박물지〉의 백민석 씨가 인형 의식의 의상을 걸친 배수아 씨, 컴퓨터 속의 바리공주의 일대기에 골몰한 송경아 씨와 더불어 논의의 표적으로 됨직하지 아니했을까. 어째서? 주제도 별스럽고, 내용도 신선하고, 문체도 날카롭고 등등을 지적할 수 있겠고 또 많은 논자들에 의해 그렇게 말해졌지요. 그러나 따져 보면 주제, 문체, 내용 등이란 도대체 새로울 수 있을까. 새롭다 함이 정도의 문제일까. '흡혈귀'와 보통 사람의 차이점 정도가 아니라면 그게 새롭다고 할 수 있을까. 지금쯤은 이런 의문 앞에 이른바 신세대가 노출되어 있다고 할 수 없을까.

백민석 씨의 〈목화밭〉(《문예중앙》, 겨울호)부터 볼까요.

"여섯 번째 돌멩이를 파낼 때는, 한창림은 똥을 조금 지렸다." (165쪽)라고 썼군요. 왜 한창림은 똥을 조금 지렸을까. 힘이 드니까. 뭣하기에 힘이 그렇게 드는가. 땅을 파야 하니까. 왜? 사람을 잡아죽여 감쪽같이 묻어야 하니까. 왜? 사람 시체가 거름이 되어 푸른 공터, 초원을 만들어야 하니까. 왜 푸른 공터를 만들어야 하는가. 목화밭을 만들어야 하니까. 왜 하필 목화밭일까. 작가 백씨는 여기서 일단 멈춥니다. 멈추다니, 왜 멈추는가. 왜를 더 계속해도 여기서 멈추어도 마찬가지니까. 어째서 마찬가지인가. 어떤 '왜'도 무의미한 연속이니까. 이는 '왜'에 대한 도전이 아닐 수 없지요.

왜란 무엇인가. 모든 인과 법칙이 그것. 우리의 일상이 인과 법칙으로 일관된 것이라 할 수 없겠는가. 인과 법칙으로 우리의 일상이 짜여 있다고 믿고, 그 위에서 전개되는 것이 리얼리즘(현실) 아니었던가. 과연 그러한 인과 법칙이 있는 것일까. 한갓 헛것이 아니었을까. 혹은 그보다 더 근본적인 것이 우리의 삶을 구성하고 규정하는 것이 아닐까. 가령 사회 구성의 기본 단위인 가정을 들어보자. 결혼이란 남녀 양성의 원리 위에서 세워진 것이다. 남성과 여성이 있고 이 둘의 성적 결합이 전제되어 세계가 이루어진다. 그래서 가족이, 그래서 사회가, 그래서 국가가, 그래서 또 무엇이 성립되어 있다. 만일 이런 '그래서'가 한갓 환각이거나 가짜라면 어떠할까. 목화밭이란, 가정을 전제로 한 것. 남녀 결합 원칙 위의 산물이 아니겠는가. 이를 파괴하는 방식이 아니라, 이 인과 법칙이 과연 정당한가가 아니라, 얼마나 견고한지를 확인해 보고 싶은 욕망, 바로 여기에 백씨의 글쓰기의 이유가 놓여 있지 않았을까. 백씨가 택한 방식이 '동성애'로 되어 있음에 주목할 것입니다. '남녀 사랑'을 전면 부정함이 아니라, '동성애'를 도입하여 남녀 사랑의 견고성을 한번 흔들어 보는 것. 여기에 작가 백씨의 유연성이 드러납니다. 주인공 한창림은 결혼 10년째. 아내와는 그럴 수 없이 금슬이 좋다. 그럼에도 한창림은 삼촌과 동성애에 빠져 있었고, 아내의 어린 제자 중학생 소년을 사랑하기(잡아죽여 거름 만들기)에 나아가고 있지 않겠는가. 세상을 이루는 '근원(이성)'을 송두리째 부정하기란 한갓 오기이거나 깡패짓에 불과하지요. 다만 그 근원을 임계선까지 흔들어 보는 것. 여기에 글쓰기의 90년대스런 유연성이 있지 않을까.

백씨의 〈뷰티풀 피플〉(《한국문학》, 겨울호)에서도 사정은 마찬가지. 여기에는 한창림의 아내 박태자의 시선으로 한창림이 묘사됩니다. 수학 가정 교사인 박태자는, 이 부잣집 아이를 겁탈한 적이 있는 여자. 그 아이를 박태자는 남편과 함께 납치, 바야흐로 거름을 만들 차비를 하고 있다. 여기에 잠시 머뭇거림이 개입된다. 총명한 아이가 한창림에게 비밀을 실토한다. 박태자와 잔 적이 있다, 라고. 순간 한창림의 '근원' 흔들기에 불이 붙여졌다. 수컷에 대한 그리움(죽음)이 그것. 아이는 수컷이 되어 큰 수컷에게 놀이(사랑)의 대상이 되는 것이었다. 그 끝에 죽음이 놓일지라도.

백씨의 이러한 우연성 획득이 자칫 구식 깡패 소설로 비칠 우려가 있다면 이응준 씨의 〈Lemon Tree〉(《문예중앙》, 겨울호)는 자기 최면의 일종이라 하겠지요. 글쓰기란 자기 최면의 일종이라는 사실을 작가 이씨는 '가볍게' 처리하고 있어 인상적입니다. 가볍게라니? 피터 폴 & 메리의 노래 〈Lemon Tree〉를 왼쪽 청각만으로 듣고 있으니까. 오른쪽 청각만으로 들으면 어떠할까. 어느 쪽도 불구이기는 마찬가지. 만일, 양쪽 청각을 동시에 사용해야 제대로 된 정상적 세계 인식이라면 어떠할까. 그게 리얼리즘(인정주의)이라면 작가 이씨는 분명 이를 거부하는 몸짓이겠지요. 어느 한쪽 청각이면 족하다고 우기고 있으니까.

여기까지 이르면 다음 두 가지 점을 말해도 되지 않을까. 자기 최면 걸기로서의 글쓰기란 독백의 범주라는 사실이 그 하나. 타자가 끼여들 곳이 아니지요. 다른 하나는, 이 점이 중요하거니와, '청각(울림)'이 지닌 힘이랄까 차이성이 그것. 지난해 이웃 나라 상상력계를 강타한 사건을 들어 이 점을 보충 설명해도 되지 않을까. 이른바 어드벤처 게임으로서의 TV게임이 그것. 이 게임에는 영상이 없습니다. TV화면엔 아무것도 나오지 않고 오직 소리만 들립니다. 4시간 연속되는 이 소리 게임이 어째서 그렇게 대단했을까.

TV화면의 그림이란, 어떤 그림도 고정된 획일적인 것. 시청자 측에서 보면, 고정불변의 것이기에, 일방적 강요 사상이 아닐 수 없지요. 이에 비해 소리란, 가령 "지금 여기는 그대가 다니던 초등학교다"라고 하면, 각자에 따라 자기가 정말 다닌 그 학교의 정경을 떠올릴 수 있습니다. 듣는 자 수만 명이면 학교도 수만 개이겠지요. 진짜 상상력이 풍요로워지는 영역이 아닐 수 없지요.

영상 세대라 하고, 글쓰기도 영상식이어야 한다는 너절한 속설에서 벗어나기, 이를 두고 IMF 시대의 거품 걸어 내기의 하나라 하면 안 될까.

여담 하나. 백씨도 이씨도 동물원을 등장시키고 있습니다. 어째서 동물원 냄새나 동물 화장실이어야 했을까. 혹시 무슨 유행성일까.

3. 우화성의 순수성—원재길 · 김상영

원재길 씨의 〈먼지의 집〉(《문학사상》, 97년 12월호)은 우화성 글쓰기의 범주에 드는 것. 한 여자가 있었다. 먼지 알레르기가 심하여 조금이라도 바람이 부는 날은 외출할 엄두를 못 내는 여자. 먼지가 쌓일 틈을 주지 않고 끝없이 집안 구석구석을 닦는 여자. 요컨대 먼지와의 전쟁을 선언한 여자의 일대기라고나 할까. 줄거리란 실로 구식. 사진쟁이 형을 가진 '나'는 모델인 형수를 좋아했다. 형수는 7년 만에 형과 갈라섰다. 왜? 형이 사진에 미쳐 돌보지 않았으니까. 아니, 사진 찍기의 도구적 존재 가치(아내)가 사라졌으니까. 형은 이번엔 먼지 알레르기성 여자를 끌어들였다. 형의 실험 도구가 된 먼지 여인의 운명은 어떻게 되었을까. 드디어 형이 먼지 여인의 그 '먼지'를 화면에 담을 수 있었다. 그 순간 먼지를 깡그리 빼앗긴 여인은, 시체로 변해 있었다.

이런 줄거리라면 '괴담'에 지나지 않는 것. 얘기가 도무지 얘기 같지 않음으로 전화시키기가 작가의 솜씨. 예술(미, 여인)이나 삶의 결벽주의란, 우화성을 동반할 때 비로소 돋보이는 법.

신인 작가 김상영 씨의 〈희망〉(《창작과비평》, 겨울호)도 이 범주에 드는 것. "먼지가 켜켜이 쌓인 창틀 언저리로 아침 햇살이 스며들 무렵"이라고 첫 줄에 썼군요. 여기는 K의 빵 만드는 주방. K는 누구인가. 빵 장사를 하던 홀어미, 뒤엔 실 공장에 다니는 홀어미 밑에서 자란 K. 빵 냄새만큼 그리운 것은 없었다. 어느 날 어머니가 K를 버리고 가출했다. 실 공장 사장과 눈이 맞아 도망쳤던 것. 그로부터 K는 빵 장사를 시작, 가정을 이루었다. 아내는 바람기가 있는 여자. 시인이란 작자와 그렇고 그런 사이. K도 이를 알고 있다. 그럼에도 K는 조금도 동요하거나 불평을 내비치지 않는다. 속으로 이 모든 고통과 슬픔을 이겨 나간다. 그 힘은 어디서 오는가. 빵 만들기에 온갖 정성을 다 쏟기가 그것.

이 작품이 지닌 이상한 매력이랄까 감동이란 어디서 말미암는 것일까. 작가 김씨가 너무도 담담하게 서술한 데서 말미암지 않았을까. 빵쟁이 K가 동네 최고의 빵 장수가 되기 위해 최선을 다해 정성스레 매일매일 주방에서 빵을 만들고 있음만 보여 주고 있습니다. 빵쟁이에게 그 이상 최고는 없지요. 그것은 K의 생리이자 체질이며, 또 삶의 목적이자 수단인 것. 목적과 수단이 동전의 앞뒤로 되어 있는 세계. 이것을 두고 젊은 마르크스가 "사람은 가슴마다 라파엘을 갖고 있다"(《독일 이데올로기》)라 했던 것. 감동이란 그러니까 담담한 묘사, 과장 없는 제시에서 증폭되는 것. 그것은 정보가 아닌 '순수 얘기'인 것. "아들을 버리고 정부와 달아난 어미도 시인과 바람피우는 아내도, 최고의 빵 만들기에 비하면 대체 무엇이겠는가"라고 작가는 결코 말하지 않음. 작가는 다만 빵쟁이 K가 빵을 만들고 있음만을 제시했을 뿐. 빵 만드는 순간순간의 전체 과정이 자기의 전생애에 해당되는 방식이었던 것. 우화성의 범주의 으뜸 자리라고 하면 어떠할까.

4. 고백체 편지 형식의 풍요로움─김승희·이청해

김승희 씨의 〈백중 사리〉(《창작과비평》, 겨울호)는 두 가지 텍스트에 연결되어 있습니다. 하나는 이상의 〈오감도〉(시제7호).

영원한 귀양살이의 땅에도 나무가 있다. 가지마다 꽃이 핀다. 특이한 4월에 피는 화초도 있다. 30개쯤 되는 굴대를 가진 양측으로 된 거울인 태양. 싹처럼 놀이하는 지평을 향하여 금시금시 낙백하는 보름달. 서늘한 기운 가운데 만신창이의 보름달이 코를 베인 형벌에 처해져 뒤죽박죽이 되는 곳. 귀양의 땅을 관류하는 집에서 온 한 통의 편지. 나는 근근이 견디었더라……. (《오감도》 시제7호의 대강의 뜻)

〈백중 사리〉 도입부에 비석 모양 서 있는 이상의 〈오감도〉란 작가 김씨가 이상 전문가라는 사실을 드러냈을 뿐 아니라 그로써 글쓰기의 실마리를 찾았다는 점이 우선 지적될 것입니다. 그것은 (1)유형지에 대한 자의식과 (2)거기에도 꽃이 핀다는 것, (3)본가(국)에서 오는 편지로 말미암아 (4)귀양살이를 겨우 견딜 수 있다는 것으로 요약됩니다. 이상의 〈오감도〉가 지시한 지도를 따라 작가 김씨가 글을 쓰고 있는 만큼 원작자는 이상인 셈.

또 하나의 텍스트는 무엇일까. 서라벌예술대 출신 아니라도 모두가 잘 아는 다음 시가 그것.

영산홍 꽃 잎에는/산이 어리고//산자락에 낮잠 든/슬픈 소실댁//소실댁 툇마루에/놓인 놋요강//산 넘어 바다는/보름 살이 때//소금밭이 쓰려서/우는 갈매기 (미당, 〈영산홍〉)

한 여인의 운명의 표정이라고나 할까. 이만하면 작품 〈백중 사리〉의 위치가 드러나지 않았을까.

여기는 미국 서부의 도시 버클리. 30대에 접어든 작중 화자인 '나'가 국내의 언니에게 실로 길게 떠벌리고 있습니다. '실로 길게'라고 했거니와 숨쉴 틈 없이 떠벌리고 있다고 해야 옳을 듯. 그도 그럴 수밖에. 검사인 오빠의 새 집 중도금을 훔쳐 도망쳐 왔으니까. 그로 말미암아 가족들의 고통이 얼마나 심했던가. 그 속죄 의식을 하느라고 바닷가에서 향을 사르고 있다는 것. 그러나 과연 그것이 속죄 의식일까. 혼자 지껄이기에 취해 스스로 황홀경에 빠져 이것저것 주워섬기고 있는 것은 아닐지. 자기 절제가 없으면 그럴수록 밀도가 떨어지는 법. 자기 황홀증의 글쓰기라고나 할까.

이청해 씨의 〈지금 서울에는 비가 내린다〉(《창작과비평》, 겨울호)도 2인칭 편지 형식의 고백체. "희영아, 뭐라 입을 떼어야 좋을지 모르겠다"라고 시작됩니다. 이렇게 말하는 '나'는 번역가. 남편이 자살해 버린 40대 과부. 편지를 받는 희영은 대학생 딸을 가진 대학 동창. 두 여인의 '여자의 일생'이 딸 상희의 성장 과정을 중심으로 심도 있게 펼쳐져 있습니다. 여기서 '심도 있게'란 스스로를 적당히 감추면서 드러내는 방식을 가리킴인 것.

(1)어째서 '나'의 남편이 돌연 자살해 버렸던가. 이에 대해 '나'는 아무 설명도 하지 않고 있음. '모르겠다'고 하면 그만일까.

(2)친구 희영의 인생을 단지 딸 상희의 성장을 통해 보여 주고 있다는 것.

글쓰기의 간접화 방식이 고른 필력으로 어느 수준에서 성취되었다고 보면 어떠할까.

5. 희망 없는 시대의 희망─김영현

김영현 씨의 〈고통〉(《현대문학》, 1월호)은 각각 다른 세 가지를 내놓고 있습니다.

첫 번째 얘기는 75학번 세대의 체험기. "1980년 10월 27일, 백화산에는 첫눈이 내렸다"로 시작되는 세대. "감옥의 가을은 먼저 비둘기 깃털부터 왔다"고 말할 줄 아는 세대. 그 감옥에서 제일 고통스러웠던 것은 무엇이었을까. 주인공 명준의 경우 그것은 면회 온 애인의 떠나감이었다. 영영 떠나감이었던 것. 명준은 철창에 매달려 고릴라처럼 광포해졌던 것. 식기에 오줌을 싸고 책을 찢어 벽에다 부적처럼 달아 놓기. 간수가 말했다. "5542번. 그대는 미쳤도다"라고. 사도 바울을 향해 로마 총독 페스토가 한 말 본새 그대로였다.

이 장면은 감동적입니다. 어째서? 심문하던 검사를 조롱하며 타이피스트 엉덩이를 곁눈질하며 성욕을 느꼈던 〈깊은 강은 멀리 흐른다〉의 그 주인공도, 다름 아닌 5542번이었던 까닭. 그런 그가 극히 사소한 개인적 일로 고릴라처럼 광포해지다니. 스스로 국립 정신 병원으로 이송되는 길을 택했던 까닭. 작고 사소한 것의 고통이 진짜 고통임을, 인생의 제일 아득함임을 첫 번째 이야기로 삼았다면, 두 번째의 고통은 어떤 것일까. 1997년 2월 5일, 수원성 서포루 안에서 음독 자살한 사내 일대기. 32세의 사내는 살인 누명을 썼고 이에 항의하다 형만 늘어 17년. 세상으로 나왔으나 그 냉대 앞에 견디지 못하고 죽었다는 것. 실화라도 이는 신파 연극조.

세 번째 얘기는 어떠할까. '달과 바람'이란 제목이 달려 있군요. 달은 하늘의 질서에 속하는 물건이기에 인간이 관여할 수 없는 법. 바람이면 어떠할까. 그 역시 인간 세계를 비껴가는 물건이 아닐까.

그곳에 가면 영원의 저쪽에서 흘러와 영원의 저쪽으로 흘러가는 강이 있다. (201쪽)

그곳이란 티벳 고원. 건조한 바람이 물기를 송두리째 앗아 가는 땅. 이곳에 들른 관광객 일단이 있습니다. 일행 중 치과 의사 황씨가 주역. 싸구려 카메라를 대중없이 눌러대며 첫날부터 수통에 든 소주를 홀짝거리며, 노처녀 여선생을 음탕하게 홀리고 있는 위인. 황이 취재차 끼여든 작가인 '나'에게 이렇게 실토하고 있습니다.

사실 난 쓰레기 같은 인간이라오. 나도 나 자신이 그렇다는 걸 잘 알아요. 그러나 난 인간이 어차피 어떻게 살든 크게 다를 바가 없다고 생각하는 편이오. 안 그렇소, 작가 양반?(211쪽)

황은 이 순진한 작가에게 삶의 진실을 애정 어린 눈으로 설교하듯 조용히 또 격하게 읊고 있지 않겠습니까. 왈, 자기도 한때 운동권이었고 감옥에도 갔고 지하 단체에도 가입했다는 둥, 세상을 바꾸고자 하는 열정과 희망에 날뛰었다는 둥, 아내가 자기를 버리고 떠나갔다는 둥, 어느 날 창녀방에서 잠을 깨자 망명을 결심했다는 둥, 그러나 세계 어느 곳도 망명지가 없다는 둥. 파락호의 넋두리.

(황) : "망명을 꿈꾸었던 것도 하나의 꿈에 지나지 않은 것이었소. 나는 처음부터 알고 있었소. 이 세상에 우리가 망명할 곳이 어디 있겠소?"
(작가) : "……."
(황) : "누군가는 희망을 가지고 살아야겠지요. 살아 있는 한 누군가는 말이오. 그렇지 않소?"
(작가) : "……."
(황) : "사랑을 하면 누구나 외로워지게 마련이지요. 그녀도 마찬가지였소. 정인영이 말이오. 이야기를 해볼수록 정말 매력 있는 여자요. 그런데 그 유부남인 남자를 잊지 못하는 것 같더군요. 나는 당신이 그 여자에게 관심을 가지고 있다는 것을 처음부터 알고 있었소."

(작가) : "……."

(황) : "당신이 만일 독신주의자가 아니라면 오늘 같은 밤이야말로 사랑을 고백하기 가장 좋은 기회지요. 나라면 아마 그랬을 거요. 후후." (217쪽)

어째서 작가는 한 마디 대꾸도 못하고 있을까요. 일목요연한 해답이 주어집니다. 티벳 고원이기 때문. 달이 설산에 걸려 있기 때문. 황량하기 짝이 없는 바람이 휩쓸고 있기 때문. 그러니까 '희망'을 잃지 않았기 때문. 이것만큼 큰 형벌(고통)이 따로 있겠는가. 희망 그것이 글쓰기의 근원이었으니까. 희망 그것이 정체를 알 수 없는 슬픔이 되어 돌멩이처럼 가슴을 눌러 내리고 있지 않겠는가. 글쓰기의 김영현스런 근거가 이것.

그렇다면 어째서 작가는 세 가지 얘기를 따로따로 써 놓았을까. 한 가지로 묶을 수 없을 만큼 어수선한 것임을 자각했기 때문이 아니라면 무슨 다른 이유가 있단 말인가. 첫 번째 얘기가 사회적 고통보다 개인의 고통이 우선함에서 오는 고통이라면 두 번째 얘기는 전혀 사회적 고통 일변도가 아닌가. 세 번째 얘기는 그렇다면 무슨 고통이었던가. 고통을 갖지 못함에 대한 고통이 아니었던가. 만일 독자들이 고통의 통일성이랄까 단일화를 요구한다면 작가 김씨는 무어라 대답할까. 이 점이 끝으로 남았습니다. 작가는 아마도 이렇게 대답하지 않을까. "단일화 요구란, 나의 제일 아픈 상처이자 고통이다"라고.

● 제 '3' 의 시선 도입과 그로테스크 리얼리즘

윤 순 례

김 준 성

최 인 석

최 재 경

제 '3' 의 시선 도입과 그로테스크 리얼리즘

및 신춘문예 총평

윤순례의 〈바람의 궁전〉, 김준성의 〈욕망의 방〉,
최재경의 〈숨쉬는 새우깡〉, 최인석의 〈내 사랑 안드로메다〉

1. 신춘문예 제도의 위기

신춘문예 제도는 응고되고 있는가.

모 신춘문예 시상식 석상에서 격려사를 하던 심사위원 모씨의 한 마디가 갈고리 모양 귀에 걸리더군요. "IMF의 춥고 한심한 연말에도 희소식에 접해 본 사람이 있다면 오직 여기 모인 당선자 여러분뿐"이라고. 신춘문예, 듣기만 하여도 가슴 설레는 이 신토불이형 제도도 그것이 '제도'인 한 제도 일반이 지닌 굳어짐(물신화 현상)에서 자유로울 수 있을까. 굳어짐에 대한 자기 점검 혹은 반성적 성찰이 요망되는 이른바 위험 수위에 와 있다고 볼 수 없을까. 제도 그것이 제도적 구실을 계속하기 위해서는 산소 공급이 반드시 필요한 법. 산소 공급이란 무엇인가. 신춘문예가 출발점이어야 한다면 그 다음의 활동 무대가 이른바 문단이겠지요. 이 경우 문단이란 주로 중단편 중심 체계를 가리킴인 것. 만일 그들이 이 무대에서 빛을 발하지 못한다면 어떠할까. 제도의 굳어짐이 필연적으로 주어지게 마련. 어째서? 그들의 문단에서의 활동이 빛나지 않는다면 이 제도에 응모하는 응모자들이 끊기기 때문. 응모자들이 끊기다니, 지천으로 널려 있지 않겠는가, 라고 말할지 모릅니다. 그야 그렇겠지만 지천으로 있으면 뭐할까. 수혈이 되지 않는 응모자란 시체와 다름없지 않은가. 신춘문예 출신들의 문단 활동이 빛난다면 다음의 신춘문예 응모자들이 여기에서 수혈을 받게 되겠지요. 출발점이자 되돌아가는 점일 때, 비로소 어떤 제도도 활성화되는 법. 가령 하성란의 〈풀〉《서울신문》, 96년), 조경란의 〈불란서 안경원〉《동아일보》, 96년) 등이 문단에서 빛날 때 비로소 수혈이 가능할 것입니다. 만일 이러한 수혈 통로가 막히든가 상호 소통이 쇠약해진다면 신춘문예의 물신화는 불을 보듯 뻔하지 않겠는가. 비유컨대 신춘문예 당선작이 심층적 부분이라면, 그들의 문단 활동은 표층적 부분에 해당되는 것. 이 양자의 상호 작용(서로가 서로의 출발점)이 없다면 썩은 웅덩이나 다름없는 상태에 빠지게 마련.

그렇다면 지금은 어떤 상태일까.

2. 주류에서 벗어나기—조윤정·김정진·이상인

조윤정 씨의 〈알제리, 하씨 메싸우드〉《중앙일보》)

우선 표제가 낯설다고 하겠지요. 알제리는 아프리카에 있는 나라 이름. 이 나라 동부 사막에 있는 작은 도시 이름이 하씨 메싸우드. 어째서 이 도시가 문제적일까. 최대의 유전지인 까닭. "나는 현장 보급 담당 역으로 하씨 시내에서 서남쪽으로 2킬로 떨어진 곳에 위치한 보급 기지에서 생활하고 있었다"고 할 때 작중 화자인 '나'는 누구인가. 이곳에 파견된, 영국인 회사의 석유 탐사 기술자. 한국인. 집은 서울. '나'는 어떤 상황에 놓여 있는가. 석유 자원이 이미 고갈되어 본사로부터 명령을 받고 시방 그 뒷마무리를 완료한 상태. 이곳에 머문 지 3개월. 이제 내일이면 떠날 판. 직속 상관인 부장이 환송회를 베풀어 준다. 외국인 전용 클럽. 부장은 애인인 아랍 여자와 어울렸고 '나'는 또 다른 아랍 여인과 정사. 그리고 공항행.

이 작품에는 상황 설명이 너무 많습니다. (1)알제리라는 곳이 우선 문제입니다. 그도 그럴 것이 알라신이 지배하는 곳이니까 여기에 대한 설명이 없을 수 없지요. (2)사막이 또한 문제적. 사막이 뭔지 모르는 독자에게 사막의 사막스러움을 설득해야 하니까. (3)석유 탐사 기술자의 습성에 대한 것 역시 낯선 부분이겠지요. 이처럼 소재를 낯선 데서 찾을 땐 부담해야 할 짐이 많은 법. 그 때문에 작품은 몸이 무거워 정작 핵심을 드러내야 할 대목이 위축되어 범작으로 떨어지게 마련. 또 하나, 이런 종류의 글쓰기의 함정은, 자칫하면 '로맨스'(비소설)에 떨어지기 쉽다는 점. 이러한 위험 부담을 이 작품도 떨쳐 버리지 못하고 있긴 하나, 나름대로의 성과를 얻었다고 하겠지요. 핵심은 '나'와 부장의 삶에 대한 길 잃음이 그것.

　(부장) : "이봐, 자네도 들어서 알겠지만 내가 원래 이런 놈은 아니야. 난 시추 현장에서 이십 년을 굴러먹었어. 베테랑이라구. 자네도 듣는 귀가 있으면 회사에서 내 평판이 어떻다는 걸 조금은 알 거 아냐. 난 원래 이런 놈이 아니었어. 하지만 이런 곳은 처음이야."
　(나) : 나는 그렇게 한동안 거울을 쳐다보고 있었다. 거울 속에 비친 내 얼굴을. 나는 내가 어느새 울고 있다는 것을 깨달았다.

어째서 베테랑이라 자처하는 부장이 절망적 몸부림을 치고 있을까. '사막 때문이다'라고 말할 수 있겠지요. 아랍인 때문이고 석유 때문이라 해도 되겠지요. 적어도 표층적으로는 그렇겠지요. 한편 '나'는 어째서 울고 있는 것일까. 겉으로 드러나듯 거칠게 다룬 아랍 여인 때문이라 하겠지요. 그러나 과연 속뜻도 그러할까. 부장의 저러한 절망은 삶에 대한 피로감에 다름아닌 것. 사막을 핑계 삼았을 뿐. 그렇다면 '나'의 울음의 진짜 이유는 무엇일까. 작가는 이점에서 자각적이 아닙니다. 정황으로 따져 보면, '나'의 절망이란, 다름아닌 일종의 센티멘털리즘이라 할 수 없겠는가. 부장으로부터 무수히 '사막 체질'이라 불린 '나'란, 따지고 보면 한갓 허풍이었던 것. '나'란 3개월짜리 향수병 환자였던 것. 중요한 것은 이 엄연한 사실을 아직 '나'가 깨치지 못하고 있다는 점.

김정진 씨의 〈볼수록 낯선 거리〉《조선일보》. 구식 소설. 50대 여인의 일대기인지라 범주상으로는 '여자의 일생(une vie)'형에 속하는 것. 짧게 쓰기로 소문난 모파상조차도 장편을 택했던 소재. 이를 단편으로 도전했다면 필시 무슨 기법이랄까 작품 운용 방식이 있어야 하는 법. 다음 두 가지 점이 지적될 수 없을까.

문체에 승부 걸기가 그 하나. 돈놀이하는 늙은 과부에 알맞는 문체란 어떤 것일까. 하루하루의 일상성의 묘사가 그 정답. 50대 여인의 일생이란 것도 하루하루로 이어진 것. 이것만큼 평범하고도 확실한 방법이 따로 있을 것인가. 노조 운동 하던 외아들이 교통사고로 죽은 지 5일째인 어느 날 하루만 촘촘히 묘사하기만 하면 훌륭한 '여자의 일생'이 이루어지는 법. 왜냐면 '이 거리에 끝까지 남는 사람이 결국 주인이 되는 거다'이기 때문.

다른 하나는, 이 점이 중요하거니와, 처음부터 세상을 수다스럽게 보기가 그것. 수다스러운 문체란 어떤 것일까.

(1) 벨소리가 열 번이나 울렸을까. 화장실에서 부리나케 나와 수화기를 드니 미제집 미순 엄마다. 토요일에 도자기 구으러 가자고 종주먹을 댄다.

(2) 집 앞이 조용하다. 굴다리 앞을 닦아 아스팔트 도로를 낸 뒤로는 동네 아이들이 나와 뛰어놀지 않게 되자 조용해서 좋기는 했지만

사람 사는 맛이 나질 않고…….

시장 바닥의 수다스러움 그것이 곧 삶의 수다스러움인 것. 이 수다스러움의 문체 속에서는 외아들의 횡사도 희석되게 마련. 이것이 이른바 기술(문체의 힘)이 아닐까. 그렇기는 하나 이 기술 속에는 이른바 모랄 감각이 없지요. 우리를 그토록 못살게 굴게 만들지만 끝내 회피할 수 없는 그 모랄 감각.

이상인 씨의 〈소금길〉(《세계일보》). 관념 소설형. 매년 신춘문예엔 이런 종류의 것이 한두 편 등장하게 마련. 새로움에 대한 갈망이 낳은 산물. 실험성이 지닌 장단점이 함께 있음이 특징이라고나 할까.

상황 설정부터 볼까요. 곳은 사막 한복판에 있는 여관. 바다는 까마득히 밀려 버리고 사막 위에 덩그러니 남은 등대라고나 할까. 이 여관의 종업원이 '나'다. 어째서 '나'는 이런 여관에 있게 되었는가. 이유는 없다. 상징 조작인 까닭. 인간의 실존성(조건)이란, 누구나 사막 속에 던져진 존재니까. 인간이란, 누구나 허허한 사막 속에 던져진 존재이니까. 이 여관에 두 사람이 찾아 들었다. 하나는 여자, 그리고 하나는 남자. 여자의 이름은 은희. 면도사. 금방 떠날 것 같은 눈빛을 읽은 '나'는 사막이 제일 잘 보이는 3층 305호 방 대신 안내실 옆방의 107호실로 안내했다. 은희는 잠에 깊이 빠진 듯 장기 투숙. '나'와도 관계. 사내는 어떻게 되었는가. 305호실로 안내했다. 사막으로 떠나지 않는 표정이었으니까. 투숙 첫날부터 은희를 끌어들인다. 은희와 '나', 은희와 사내의 관계가 벌어지게 마련. 107호실, 305호실이 의식의 단층을 보이는 것이라면 그 중간층인 203호실은 무엇일까. 107호가 이곳에 붙들어매기 위한 장치라면 305호는 사막을 향해 멀리 떠날 수 있는 자리. 그러니까 203호란, "싱싱한 날들이 잠들어 있는 방"이라 했것다. 그렇지만 여기에도 어떤 상징성은 별로 없다. 은희가 면도사라고는 하나 이 역시 별 의미가 없다. 길 없는 사막 속의 여관에 갇힌 '나', 은희, 사내의 관계 어느 것도 불투명하다. "태어날 때부터 몸 속에 알이 있는 그런 물고기" 타령에 빠진 은희의 물고기 이미지도 어떤 상징성을 띠지 않고 있다. 더구나 끝장면의 무의미한 넋두리.

그럼에도 이 작품이 나름대로 의미를 갖는 것은 인정주의(리얼리즘)에서 벗어나 있다는 점. 일종의 관념 형태의 제시겠는데, 이런 유형의 작품이 성공하려면 철학 공부가 필수적이 아닐까.

3. 문단의 자화상 ─ 최인 · 강명숙 · 이수경 · 한지혜 · 양선미

위에서 본 세 편이 기성 문단과는 조금 거리를 둔 경우라면, 다음 작품들은 실로 낯익은 범주들. 우리 문단의 자화상이랄까.

최인 씨의 〈비어 있는 방〉《동아일보》. 이른바 한 인간의 내면 풍경을 다룬 범주. 여기는 아파트 5층. 한 중년의 사내. 책을 읽고 있습니다. 어떤 상황 속일까. 자동응답기의 내용부터 볼까요.

(1) "나 퀸 광고 기획 박이야, 도대체 어떻게 된 거야."
(2) "나 마케팅부 강인데 한 과장 당신 정말 이럴 수 있어? 광고업겐 신용이 목숨이야. 누구 죽는 꼴 보고 싶어서 그래? 사흘 안으로 자금 메워 놓지 않으면……."
(3) "귀하의 전화 요금이 연체되었으니……."
(4) "나 형구다. 네 승용차 팔았다."
(5) "과장님 저 이 주임입니다. 짐 안 가져가실 겁니까? 회사에서 짐 치우라고 난립니다."
(6) "가스 요금이 연체되었으니……."
(7) "저 경찰서 권 형삽니다."
(8) "나 황이야. 그래도 그렇지 친구 돈까지 떼어먹을 수 있냐?"

(9) "아빠 나 혜원이야. 엄마가 아빠한테 전화하면 혼내 준다고 그랬어. 그래도 난 아빠가 좋아."

한 중년의 직장인이 모종의 이유로 실직, 아내로부터 이혼당해 혼자 아파트에 웅크리고 있는 상황. 이를 절망적 상태라 하겠지요. 탈출구가 과연 있을까. 없을 수도 있고 있을 수도 있겠지요. 작가의 의도는 '있다/없다'의 중간점에 놓여 있습니다. 그러한 중간 지점을 형상화하는 방법이 이 작품의 묘미. 곧 내면 풍경/외면 풍경의 동시적 진행이 그것. 아파트 5층에서 '그'가 내려다본다. 한 '사내'가 개와 더불어 벤치에 앉아 있다. 개에게 무엇인가를 준다. 기침을 해댄다. 초라하다. 매일 '그'는 이 '사내'를 관찰한다. 어느 날 이 사내가 죽는다. 대체 이 사내란 누구인가. 바로 '그(한 과장)'였던 것. '그'는 현실의 한 과장(외면 풍경)이며 '남자'는 '그'의 내면 풍경이었던 것. 그렇다면 중간이란 어디인가. 개를 죽이지 않기가 그것. 죽은 사내와 더불어 있던 개 그것이 자의식이었으니까. '그'가 '남자'이었기에 방은 늘 비어 있었던 것. '그'가 '남자'이었기에 방은 가득 차 있었던 것.

강영숙 씨의 〈8월의 식사〉《서울신문》. 심리 소설 범주. 열등 의식이 일상성 속에서 어떤 모습으로 있는가를 살핀 점에서 돋보인다고나 할까.

여자는 쇼윈도 쪽 진열대 위에 놓인 알로에의 쭉 뻗은 줄기를 물 묻은 수건으로 닦고 있습니다. 여기는 아파트군 옆의 상가 1층. 그녀의 하루를 상세히 관찰하는 사내가 있다. 대학을 나와 별 볼일 없이 그녀의 가게 옆에다 잡화 가게를 낸 '나'다. 어째서 대학까지 나와, 그래도 제법 괜찮은 집안의 아들이 잡화 가게꾼이 되었을까. 이 물음이 이른바 이 작품의 키워드인 셈.

아버지는 잡화 가게를 열겠다고 했을 때 혀를 끌끌 차며 등을 돌리고 앉았다. 사내놈이 막노동을 했으면 했지 고작 사탕이나 껌쪼가리를 파는……등신 같은 놈.

어째서 아비는 형제 중 굳이 '나'만을 미워할까. 그 이유를 '나'는 알지 못한다. 그 대신 어머니는 무조건 찬성이다. 그 중간에 끼여 살아 온 '나'였다. 모르긴 해도 아비의 판단이나 어미의 판단이 다 옳을 수도 있고 그렇지 않을 수도 있지 않을까. 이를 증명해 보이는 곳에 이 작품의 창작 동기가 놓인 셈. 작가는 이 사실을 증명하기 위해 알로에 가게 여자를 집요히 관찰한다. 그녀와 유리창 하나를 사이에 두고 신경전을 벌인다. 어느 날, 뜻하지 않게 그녀와 '나'가 부딪친다. 넘어진 그녀는 한쪽 다리에 보조기를 낀 장애인이었음이 판명된다. 그녀를 잠시 사랑하던 어떤 사내가 그녀를 버리고 떠난 일도 밝혀진다. 그녀는 '나'였던 것. 열등감을 알로에로 포장하고 있었던 것. 조금 안이한 해피 엔딩이 흠이라고나 할까.

이수경 씨의 〈가위 바위 보〉《한국일보》. 요설형 범주. 흔히 입심이라 부르는 것. 풍자형으로 뻗기엔 지적 조작이 너무 모자라고 유머 쪽으로 나서기엔 감성이 메마른 형국이라고나 할까. 그렇지만 요설형은 나름대로 강점이 있는 법. 무엇보다 이야기의 분명함이 그 미덕. '가위'부터 볼까요. "나는 해고당했다"라고 첫 줄에 썼다. 분명한 이박자 문장. 왜? 사용주 측에게 잘못했으니까. 당장 그만둔다. 이 오기는 무엇인가. 반항이 아닐 수 없다. 무엇에 대한? 자기 운명에 대해서이다. 무슨 운명? 어릴 때 부모로부터 버림받았기 때문. 그렇다면 막가파인가. 그렇지도 않다. 대학까지 다녔으니까. '바위'는 어떠할까. 친구의 소개로 맞선보기. 사내의 일방적 요설이 벌어진다. 삼풍 백화점 참사로 애인을 잃은 사내였던 것. 사내는 거침없이 말한다. "저는 이제 아무 결정도 내리지 않습니다. 제

노력으로 힘으로 어떻게 해볼 수 없는 세상, 가위 바위 보 하듯이 발 닿는 대로⋯⋯." 영락없는 막가파적 태도. '보'는 어떠할까. '나'가 말하는군요. "나는 그가 편안했고 그에게 기대고 싶었다. 마찬가지로 그는 나를 편안해했고 나에게 기대고 싶어했다"라고. 그럴 수밖에. 유유상종이니까. 인생이 이렇게도 단순하다면 무슨 걱정 있으랴.

한지혜 씨의 〈외출〉《경향신문》. '나'의 의식으로 일관하는 이른바 독아론(獨我論) 범주. 자기에게 제일 가까운 것이 제일 크게 보이는 그런 의식이라고나 할까. 여기엔 타자의 개입이 불가능한 법. 자기를 스스로 뚜렷이 통제하는 유형. 설사 그것이 자기의 한갓된 편견이라 할지라도 무슨 상관이랴. 당당하지 않겠는가.

작중 화자 '나'는 모 광고 대행 회사의 임시 직원. (1)변두리 지방대 출신에다 (2)인문계 전공이고 (3)그것도 여학생인 것. 32번째 이력서를 들고 다녀도 취직 불능. 겨우 선배 소개로 임시직에 나아갔으나 3개월 만에 쫓겨났다는 것. 그렇다면 원통한가. 그럴 리 없다. 흡사 그 3개월의 직장 생활이란 꼭 외출했다가 길을 잃어 진종일 헤맨 기분이었을 뿐. 그 '길 잃기'란 무엇일까. 자취방이 있는 집에서 직장으로 향하려면 두 인물과 마주쳐야 했다. 둘 다 불쾌했다. (1)중풍에 걸려 죽음을 기다리고 있는 주인집 남자와 (2)같은 동네의 다세대 주택 지하방에 세들어 사는 슬기라는 이름의 계집아이. 주인집 노인의 시선은 '나'를 보는 것이 아니라 허공이었다. 그의 안중엔 '나'의 자리란 없었다. 한편 슬기란 어떤 아이인가. 어리지만 교활하기 짝이 없는 이른바 '웃자란' 아이. 이 두 시선을 지나서야 '나'는 직장에 간다. 국장이 있고, 사귀고 싶은 남자가 있으나 그에겐 애인이 있고, '나'를 겁탈하고자 덤비는 놈도 있고. 이래저래 3개월 만에 짤려 났다. 그뿐이다. 이제 셋방에 가만히 앉아 곰곰이 생각해 본다. 직장에 나갔던 3개월이란 무엇인가. 아무

것도 아니었다. 길 잃기였던 것. 얻은 것도 잃은 것도 없다. 왜? 얻고자 하지도 잃고자 하지도 않았으니까. 다만 궁금한 것은 두 가지. 하나는 (1)죽은 주인집 노인이 바라본 시선이 허공일 수 없다는 것. 다른 하나는 (2)슬기가 아직도 음탕한 가겟집 주인과의 거래(잠지 만지기)를 하고 있는가에 관한 것. 작가는 단호히 결론을 짓는다. "다른 것은 하나도 궁금하지 않았다"라고.

양선미 씨의 〈차를 타고 안개 속으로〉《문화일보》). 강박 관념을 다룬 유형. 주제상으로 보면 문단 여류 소설의 정통 노선인 오정희, 신경숙 계보에 이어진 것. 섬세함이랄까 내면화를 이루기만 한다면, 그러한 문체를 개발한다면 하고 기대를 걸 만하다고나 할까. 제목부터가 촌스럽지 않겠는가.

(1)색깔과 디자인 모두 요즘 유행하는 가구와는 전혀 다른 것이어서 눈 빠른 사람들의 기호에는 맞지 않을 소파였다.

(2)먼지를 닦고 치아가 고른 그 사진을 보니 가슴 한쪽이 뭉클하고 내려 앉는 것처럼 진동이 왔다.

두 문장이 모두 낯설지 않겠는가. '눈 빠른 사람들'에서 멀어지기가 이 작가의 가능성이 아닐까. '진동이 왔다'를 계속 추구한다면 새로운 문체가 열리지 않을까. 오정희에서 벗어나기, 신경숙에서 벗어나기가 그것.

주제 쪽을 볼까요. 삶의 덫에 걸린 사람의 심리와 그 해소 방식이 그것. 삶의 덫이란 무엇인가. 아이를 키우는 일상적 삶 속의 부부가 있었다. 어느 날 아이가 차에 치여 창자가 쏟아진 채 죽었다. 누구의 잘못도 아닌지 모른다. 덫이니까. 그런데 남편은 이를 견디지 못해 가출했다. 책임을 아내에게 돌리면서. 덫을 이길 힘이 그에겐 결여되어 있었던 까닭. '나'는 어떠한가. 이겨 낼 수 있을까.

모른다. 다만 노력하고 방황한다. 음주 운전하기. 시골 길 달리기. 안개 속으로 밤길 질주. 이러한 암중모색의 과정 속에서 빛이 보이기 시작한다. 그 차에 누군가 치인다면 어떠할까. 우선 고양이가 치였다고 치자. 이것이 덫에 맞서는 방식. 사건이 일어났던 것. 뜻하지 않은 사건이 일어났던 것. 뜻하지 않은 남자와의 정사. 구토. 기타 등등. 고양이의 장례식과 덫을 묻는 제의(ritual)가 요망되었던 것. 안개가 서서히 걷히는 것은 이 의식을 치른 연후이다. 그녀의 앞뒤를 가리던 안개란, 〈무진기행〉(김승옥, 1964)의 안개처럼 '의식으로서의 안개'였던 것. 덫을 이기는 방법이라고나 할까.

4. 명백히 부도덕하지 않은 사랑──윤순례·김준성

윤순례 씨의 〈바람의 궁전〉(《라쁠륨》, 97년 겨울호)은 숨이 찹니다. 역작이라 불러도 되겠지요. 첫 문장에서부터 너무 손에 힘을 주어 그 속도를 늦추지 않고 중편 전체가 끝나기 때문. 우직하다고 할 정도의 이러한 글쓰기는 자학증이라 부르면 어떠할까.

편지는 매번 같은 레파토리로 채워졌다. 견뎌야 하는 게 회한만이면, 의사가 시키는 대로 다섯까지를 센 기억이 전부인 낯선 방 선득한 이부자리 위에서 다시 눈을 떴을 때부터 온몸이 아려오던 고통만이면 그저 광란이 불고 간 것쯤으로 치부할 수 있겠다고. 하지만 부여잡을 끈 하나 없이 절벽에 매달려 있는 듯한 이 아득함까지 감당할 자신은 영영 생기질 않을 것 같다고. 단 한 대의 주사로 그 많은 시간들을, 추출된 사랑의 결정들을 깜쪽같이 처리했던 것처럼 지난 기억과 앞날의 불안을 잠재우는 마취제도 있었으면 좋겠다고. (99쪽)

지금 한 처녀가 고속버스로 시골 고향으로 향하고 있습니다. 임신 3개월의 중절 수술 직후. 왜 임신을 했을까. 남자를 알았기 때문. 어째서 수술을 해야 했을까. 해서는 안 될 사랑이니까. 어째서 안 될 사랑일까. 유부남을 사랑했으니까. 이른바 불륜 관계라 부르는 것. 어째서 불륜인 줄 알면서 그런 늪에 빠지지 않을 수 없었을까. 적어도 많은 소설은 이 물음에 걸려 있지 않겠는가. 이 점에서 신진 작가 윤씨도 이른바 주류에 턱걸이를 했다고나 할까. 그렇다면 무엇이 문제점인가.

엄격한 분류는 아니나, 나름대로 범주화해 본다면 어떠할까. (1)불륜이 사회 제도에서 근거하는 경우. 톨스토이의 걸작 《안나 카레리나》가 이에 속할 것. (2)개성에 연유하는 경우. 기질과 개성이 구분된다고 T.S.엘리엇이 강조한 바 있지만, 개성이 만일 타고난 사태의 적극성을 가리킴이라면 불륜 역시 그것에 귀착되는 것으로 보겠지요. 이른바 당당한 불륜이 그것. '내가 좋아서 하는 불륜'이니까 죄의식이나 자책감이란 약에 쓸래야 없지요. 은희경 씨의 〈명백히 부도덕한 사랑〉(《세계의 문학》, 97년 가을호)이 그러한 사례. (3)성격에 근거하는 경우. 만일 성격을 환경의 소산으로 본다면 그것은 적극성과는 다른 유형이겠지요. 수동형이라고나 할까. 윤씨의 작품은 이 유형에 드는 것.

어째서 윤씨의 작품 주인공 '나'는 수예점 가게를 꾸려 나가면서 손님 중의 한 유부남과 불륜에 빠졌을까. 환경 때문. 가족 관계 때문. 요약컨대 불륜을 밥먹듯이 하는 아비 때문. 본 것, 배운 것이 그것밖에 없었던 까닭. 지금도 그 아비의 덫에 걸려 허우적거리고 있는 판국. 이런 환경만으로 보면 위에 언급한 은희경 씨의 것도 꼭 같으나(어미의 불륜 반복), 양자간엔 아주 뚜렷한 차이점이 있지요. 윤씨의 것이 어디까지나 수동적이며 따라서 죄의식과 자학증에 빠져 있다면 은씨의 경우는 너무도 당당하여 무슨 깃대 모양 떠들고 있는 형국이지요. 자학증이냐 당당함이냐의 문학적 힘겨루기에 두 작가가 직면해 있다면 어떠할까. 명백히 도덕적 사랑이냐 명백히 부도덕한 사랑이냐. 어느 쪽이 구식이냐 신식이냐, 어느 쪽이 독자의 취향에 맞느냐와는 관련없이 이 두 유형은 음미의 대상이겠지요. 왜냐면, 불륜만한 부르주아 사회의 흥미거리는 없으니까. 또 그것은 양성을 가진 인간의 고민의 씨앗이니까. 이 틀을 깨뜨리는 것이 동성애임은 불문가지. 동성애가 근대 사회의 비판용 이데올로기임은 이 때문.

김준성 씨의 〈욕망의 방〉(《문학사상》, 2월호). 제목이 말해 주듯 한 인간의 '욕망'을 다룬 것. 욕망이란 무엇인가. 그 위에 욕구(欲求)가 있고 그 아래 욕동(欲動, 크리스테바의 이른바 코라에 해당되는 것)을 거느린 이 욕망은 충족되지 않음에서 욕구와 구별되며, 의식과 무의식에 양다리를 걸치고 있다는 점에서 순수 에너지 상태의 욕동과 구별되는 것.

줄거리를 볼까요. 여기에 성창민이라는 직장인이 있습니다. 기술자군요. 뭐하는 기술자냐. 조폐공사에 근무하는군요. 조폐공사 중에서도 낡은 돈을 분쇄하여 폐기하는 기계의 책임자이군요. 독일제 기계이기에 독일 회사 소속의 기사인 셈. 그가 지금 임시직으로 조폐공사 화폐 정사실(精査室)에서 일하고 있습니다. 성창민의 감독 및 이 밀폐된 방의 총책임자로는 과장인 홍상도가 있습니다. 성창민과 홍상도 두 인물의 대결이 전개됩니다. 이 경우 돋보이는 것은 작가 김씨의 노회(老獪)한 상황 설정의 솜씨. 아직도 얼마든지 쓸 수 있는 돈을 가루로 만드는 방의 설정이 그것. 만일 틈만 난다면 돈에 대한 욕망이 일어날 터이고, 또 그것이 욕망인 한 끝이 없을 것이며, 그 욕망의 끝에는 반드시 죽음(파멸)이 기다리게 마련인 것.

두 인물의 대결이란, 이 작품에서는 다만 욕망을 드러내기 위한 방식에 불과한 것. 욕망을 유발하는 진짜 실마리는 다음 대목에 있었던 것.

그때 홍상도는 이미 혀끝에 닿고 있었던 말을 내뱉고 말았다.

"레즈비언⋯⋯."

홍상도는 입을 다물고 그 이상은 더 설명하려 하지 않았다. (198쪽)

기사 성창민의 운명적 파탄은 이 금기 사항에 노출된 탓. 잘만 하면 이 근대 시민 사회의 욕망의 분출과 그 간접화된 비판이 전개 될 수도 있겠지요.

고언 한마디. 작가는 사건을 보여 주고 나서 번번이 그 다음에 그것에 대해 친절하기 짝이 없는 해설을 해놓고 있는 점. 가령 "서 봉희와 레즈비언 관계를 맺고 있는 정사원을 찾아 내어 감시하라는 암묵적인 지시였을 것이다"(202쪽)라고 설명할 필요가 있을까. 독 자치고 그것도 모르고 읽는 사람도 다 있을까. 작가가 나서서 이것 저것 다 설명해 버린다면 무슨 재미로 소설을 읽겠는가. 소설 읽기 란 작가와, 작가의 감추는 솜씨를 찾아 내고자 하는 독자의 대결에 다름아닌 것.

5. 이중 시선의 과제―최재경·최인석

최재경 씨의 〈숨쉬는 새우깡〉(《상상》, 97년 겨울호)의 서두는 이 러합니다.

우선 내가 어쩌다 이렇게 어정쩡한 상태로 영지의 영혼에 들붙어 살게 되었는지 궁금할 것이다. 나도 확실히는 알지 못하겠다. 나는 분명 행복한 30대 초반을 살고 있었다. 사랑하는 아내와 자식과 성 공적인 지위도 갖고 있었다. 이 정도면 만족할 만하다고 생각했던 날에 교통사고로 죽은 것이 기억난다. (233쪽)

'나' 란 누구인가. 아니, 이런 물음은 적절하지 않겠지요. 71년생 소녀의 영혼에 들러붙은 영혼이니까. 영혼이라 하나, 남의 영혼에 들러붙은 영혼인 만큼 분명 귀신 얘기가 아닐 수 없기 때문.

세속 왈, 사람이 죽으면 혼백이 갈라진다. 몸에서 혼이 분리되어 헤매는 경우가 있다. 헤매다 영영 몸으로 되돌아오지 않음을 죽음이라 한다. 이를 확인하는 작업이 고래로 있어 왔다. 일찍이 《예기(禮記)》에서 이 점을 점검해 놓았다. 이를 복(復)이라 한다. 사람이 죽으면 그 사람의 옷을 가지고 지붕 위에 올라가 '아무개 복(復)이요' 하고 세 번 부른다. 그래도 혼이 되돌아오지 않으면 죽은 자로 장사지낸다. 소월의 유명한 〈초혼〉(송옥의 〈초혼〉에 연결된 것)은 이 '復'을 다룬 것. 혼이 육체에서 분리되었어도 이른바 49일 간의 중음(中陰) 기간이 있다. 이 기간 안에 혼이 자기의 갈 곳으로 가야 한다. 이른바 저승이 그것. 이때 비로소 신위(神位)가 된다. 원통해서 갈 수 없다면 어떠할까. 귀(鬼)가 되어 해꼬지를 한다. 굿으로 이를 달래야 한다.

교통사고로 죽은 사람이 있다면 어떠할까. 이 작품의 동기화는 여기에 설정되어 있습니다. 작품 도입부에서 또 하나 인상적인 것은, 영지의 혼에 '나'가 달라붙는 방식의 고전적 처리 방식. 《구운몽》의 주인공 성진이 신장(神將)의 안내로 당나라 양처사(楊處士) 부인의 몸 속으로 들어가 생전의 의식을 송두리째 잃어 버리는 경우가 그것. 물론 작가 최씨는, '나'의 그 다음 행적에 주력하고 있습니다. 곧 제3의 시선(이중 의식)이 그것.

소설이란, 소금 장수 얘기일 수 없는 것. 의식(언어의 과잉 상태)의 더도 덜도 아닌 것. 의식의 치열성(욕구→욕망→욕동)을 다루는 방식으로 '나'를 내세움이 일반적이지요. 소설의 주인공이 실명의 아무개이든, '그'이든 결국 '나'로 귀착되는 것은 이 때문. '나'란 그러니까 작가 자신일 수 없는 것. 언어의 에너지(과잉)에 다름아닌 까닭. '나'가 작가의 분신인 듯 읽히는 것(쓰는 경우도 동일)은 일종의 착시 현상인 것. 어떻게 하면 이 '나'를 처리할 것인가. 이 물음에 한 가지 답을 보여 주는 것이 〈숨쉬는 새우깡〉이겠지요. 71년생 영지의 '의식'과, 이를 지켜보면서 비판적 시선으로 바라보는 30대의 처자를 가진 '나'의 시선이 그것. 이러한 시선 도입은 이 나라 문단의 낯선 부분이라 해도, 그 시선이 보여 주는 주제도 그러할까. 이 작품은, 이 물음 앞에 노출되어 있습니다. 새우깡의 매력에 대한 시대 감각의 비판에 속하니까. 이른바 세태 풍자의 범주에 멈추었던 것. 여기서 조금만 나아가면, 이데올로기 비판 영역이 아닐까. 이데올로기란 물건도 '새우깡 맛'과 크게 다르지 않으니까.

계간 《상상》지가 악마주의 미학을 세기말적 현상으로 파악하고 있습니다. 귀신(악마)이 등장하는 공포의 세계. 멀쩡한 사람 몸 속에 쳐들어온 악마와 이를 퇴치하기 위한 신부와의 처절한 싸움을 다룬 〈엑소시스트〉를 기억하겠지요. 드라큘라도 이 범주에 드는 것. 동양식으로 보면 라마 불교도 라마(혼)의 이전이라는 점에서 같지만 악마와는 구별되는 것. 기독교 문명권과 동양 문명의 차이점이라고나 할까.

상상력의 돌파구 찾기로서의 혼의 시선 도입이 지닌 매력은 여기에 멈추지 않았군요. 최인석 씨의 〈내 사랑 안드로메다〉(《문학사상》, 2월호)도 이 범주에 드는 것. '속도에 관하여'라는 부제를 단 이 작품은 달동네 출신의 한 청년이 세상에 적응하지 못해 범죄자가 되어 심판당하는 얘기. 누가 '나'를 심판하는가. 재판관 그러니까 '나'를 낳고 키운 아비, 어미이다. 아비, 어미가 자식 잡아먹는 얘기. 이를 그로테스크 리얼리즘(환상적 악마주의)이라 부르는 것. '나'의 죄목은 과연 무엇이었던가. "어렸을 때에 나는 어미의 유방이 둘인 것이 못마땅했다"(228쪽)에서 보듯 세상에 적응치 못해 세상에 대항한 죄목이었던 것. 세 개의 유방 찾기야말로 금기 사항이었던 것. 천공의 성좌 카시오페이아의 딸 안드로메다 찾기가 그것.

유방 셋 가진 괴물은 지상에는 없는 것. 이를 추구함이란 죽음에 닿게 마련. 정치적 경우도 사정은 마찬가지.

이러한 그로테스크한 상상력 돌파 방식에서 주목되는 것은 '나'의 시선이겠지요. 제3의 시선(이중 의식)의 도입이 그것. '나'의 몸에서 분리된 혼(시선)이 그것.

내가 죽었는지 살았는지, 뇌사인지 아닌지를 알 수 없어 모든 의사들을 불러 모은 당신들의 지루한 회의는, 토론은, 논쟁은 송두리째 허위다. 당신들도 왜 그런지 짐작할 것이다. (262쪽)

'나'의 뇌사 상태의 몸뚱이를 바라보고 있는 '나'란 무엇인가. 항변하고 고발하고 저주하고 있는 '나'란, 아마도 작가의 이데올로기이겠지요. 흉악한 악령이 못 되고 결국은 연약하고 가여운 혼령에 멈추고 있습니다. 기독교 모양의 강렬한 의식체(意識體)의 훈련이 우리에게 없었던 탓이었을까.

● 가면의 미학과 과정

전 경 린

김 인 숙

이 인 성

김 형 수

가면의 미학과 과정
— '가면 없이는 춤추지 않는다'의 명제에 대하여

전경린의 〈밤의 나선형 계단〉 〈거울이 거울을 볼 때〉,
김인숙의 〈어느 해의 봄날〉, 김형수의 〈그 이발소에 두고 온 시〉,
이인성의 〈강 어귀에 섬 하나〉

1. IMF 이후의 글쓰기

연초 어느 모임에 얼굴을 내밀었다가 나오니 신진 비평가이자 모지 편집 동인인 K군이 따라 나오더군요. 광화문 한복판으로 바람이 맹렬하게 나부끼고 있었습니다. 포장마차에 나란히 앉아 소주를 한잔 해도 쉽사리 한기가 가시지 않더군요. 몸이 조금 녹아질 때까지 우리는 거의 말을 잃고 떨고 있었는데, 어느 순간 문득 K군이 그가 잘하는 버릇대로 시를 외지 않겠습니까. 그런데 그의 버릇인 미당의 〈풀리는 한강가에서〉도, 박용래의 〈저녁눈〉도 아닌, 청마의 〈죄욕〉이 아니었겠는가.

때는 20세기의 人文을 자랑하는 中葉
그러나 이 어인 조짐이리요
내 오늘 이 거리를 가건대
비린 바람은 음산히 匕首의 妖氣를 띠고
뭇 눈은 오히려 중세의 暗愚에 흉흉하나니

보라 여기선

強盜와 義人이 분간되지 못하고

피와 진한 참과 입에 발린 거짓이 뒤죽되어

진실로 원수를 넘겨야 할 칼이

猖狂하여 그 노릴 바를 모르거늘

이는 끝내 濟度 못할 백성의 근본이려뇨

이날 이 不義의 저지른 슬픔 恥辱을

여기에 기틀 삼는 者 또한 있거들랑

하늘이여 마땅이 三千萬을 들어 벽력할지니

아아 겨레된 罰로 묻힌

내 손바닥의 이 罪辱을 두고두고 않으리라.

　백범 피살(1949. 6. 29)에 부쳐 씌어진 이 시를 K군이 왼다는 것은 K군의 '어떤 의식'의 반영이 아니었을까. 시 한 편을 외기까지엔 상당한 연습이 필요한 법. 자의식의 시간이 걸리는 사항인 까닭. 서로 입 밖에 내지는 않았으나, K군의 '어떤 의식'이란 이 시대에 대한 '문학적 의식'의 일종이 아니었을까. 민족 단위의 '죄욕'이며 민족 단위의 '죄의식'이란 또 무엇일까. 너무 큰 얼굴이라 할 수 없을까.

　제가 이런 표정을 짓고 있자니, K군의 얼굴엔 금송아지를 만들어 숭상하던 옛 이스라엘 백성의 표정이 스쳐 지나가더군요. 그렇다면 K군은 지사인가. 문인이란 예언자의 목소리를 지닌 자인가.

　민족 단위의 죄의식을 환기시키는 목소리란 문학이기보다는 종교 그것의 몫이라 할 수 없겠는가. 이런 표정을 제 얼굴에서 간파한 듯 K군은 조금 멋쩍게 웃더군요. 이번엔 제가 K군을 위로할 차례.

　(1)문학적 의식이란 언제나 미미한 변화라는 사실. 강한 이미지의 역동적 유도로 말미암아 바위가 물결에 닿는 것만으로 가볍게

느껴지는 그러한 현상이라고나 할까.

　아직도 짧은 한순간 동안 물결은 정지하고 있었다. 이윽고 불타오
르는 듯한 파도는 천천히, 살며시 여기저기 물거품을 던지며 내려가
기 시작했다. 고통이 두 기둥의 물보라 사이에 비죽이 내민 암초의
검은 이빨처럼 되나타났다. 그러나 그것은 일체의 다른 감정이 닦여
나가, 사실 '물결에 닳은 바위처럼' 매끄럽게 헐벗기어 그것의 진수
만으로 환원되어 버린 것 같았다. (베르나노스, 곽광수 역, 〈환희〉의
일절)

　'물결에 닳은 바위처럼'에 주목할 것입니다. 배신이라든가 죄악
이라든가 실수 등으로 말미암아 우리는 시커먼 바윗덩이와 같은 고
통에 직면하겠지요. 이를 가장 확실하게 극복하는 방식의 하나는
'물결에 닳은 바위처럼'의 방식이 아니겠는가. 극히 미미한 변화를
통해 마침내 바위(고통)는 조금씩 가벼워지지 않겠는가. 견딜 만하
게 가벼워지는 고통, 그것을 두고 문학적 의식(대응 방식)이라 부를
것입니다.

　(2)종교의 영역에로 한 발자국 내밀기라고나 할까. 죄의식이 종
교의 몫이라면, 그래서 예언자의 목소리여야 한다면 문학의 의식은
죄의식의 명암 가운데 몸을 놓아 두는 의식이며 그래서 그 목소리
는 이중적이어야 한다는 것. 쉽게 말해, 망설임을 동반한 목소리여
야 한다는 것. '명백히 부도덕한 사랑'도 있었고, '명백히 부도덕
하지 않은 사랑'도 있었을 터. 당당할 수도 있고 거기에서 대리만
족하는 경우도 있었겠고, 주눅들린 것에서 대리만족하는 경우도 있
었지요. 이 두 원이 겹쳐져 구른다면 어떻게 될까. 어느 쪽도 문학
적 의식으로 작동하기엔 역부족이라 할 수 없을까.

　그렇다고 해서 70년대 이 나라 문학을 살찌운 영자, 경아의 전성

시대를 상기시키는 것은 아닙니다. 속죄 의식만으로 문학이 이루어지는 것은 아닐 테니까요. 그렇지만 당당함(내가 좋아서, 내가 선택한 창녀다, 라는 의식)만으로도 문학이 안 되기는 마찬가지. 이제 그 중심점의 모색에 이르렀다고 보면 어떠할까. '거품 걷어 내기'란 이 중간점 모색의 다른 명칭이라 할 수 없겠는가.

독자의 경우는 어떠할까요. 문학 독자란 다음 두 가지 상상력의 소유자입니다. 비교적 낮은 차원의 상상력과 고급한 상상력이 그것. 개인적 성격의 상상력이 전자에 속하는 것이지요. 곧 자기 신상의 문제에 관련된 내용이라든가 친지에 관련된 사건이나 분위기가 작품 속에 들어 있으면 감동하는 상상력. 자기의 과거의 한 부분, 낯익은 풍경, 생활 양식, 분위기 등이 나오면 여지없이 감동하는 상상력. 이 경우 최악의 사태는 무엇일까. 작중 인물과 자기를 동일시하는 일종의 샤머니즘 현상이 그것. 고급한 상상력은 그러니까 '몰개성적 상상력'이겠지요. 예술적 환희가 그것. 작가의 마음과 독자의 마음 사이의 조화로운 균형 감각에서 오는 즐거움과 기쁨이 이에 해당되는 것.

그렇게 하기 위해서 독자의 태도는 어떠해야 할까. 적어도 어느 수준에서 초연해야 하고, 치열해야 하겠지요.

그렇다면 이 시대의 독자의 상상력은 어느 쪽으로 기울어져야 할까. 균형 감각일까. 후자 쪽에 무게 중심이 실려야 할까. '예술적 기쁨'이냐 '자기 만족'이냐를 점검하는 작업이 독자에게도 주어져 있다고 하면 어떠할까.

2. 고양이의 생리와 글쓰기—전경린

전경린 씨의 〈밤의 나선형 계단〉(《현대문학》, 3월호)과 〈거울이 거울을 볼 때〉(《21세기 문학》, 봄·여름호)를 동시에 읽어도 될까요. 앞엣것엔 고양이가 결정적 몫을 하고 있다면 뒤엣것은 거울이 그 몫을 하고 있습니다.

앞엣것부터 볼까요. 제목이 먼저 고양이스럽다고나 할까요. 밤이니까 어둠 아닙니까. 암흑이기도 하지만 그 속에서 온갖 은밀한 생성이 진행되는 세계. 나선형 계단이란 또 무엇일까. 나선형인 만큼 밤의 연속이 아닐 수 없지요. 벗어날 출구가 없는 그런 상황 설정이 아닐 수 없다고 생각하는 독자라면 매우 읽기 편한 작품입니다. 그도 그럴 것이 고양이가 주역 몫을 하고 있으니까. 대체 고양이란 무엇인가. 이 물음은, 여자 심리 묘사의 대가급인 헤밍웨이를 떠올릴 때 한층 선명해질 것입니다. 〈비 속의 고양이〉에서 보듯, 헤밍웨이의 솜씨는 임부(姙婦)의 심경 변화에 엄밀히 대응되고 있었던 것이지만 이는 곧 중산층 여인의 그것으로 확산될 성질의 것이었지요. 전경린 씨의 고양이는 어떠할까.

　여자애는 열두 살이다. 그때 여자애는 어렴풋이 알아챘다. 엄마가 그 잠깐 사이에 누군가를 만났다는 것을. 그는 엄마를 사랑하는 남자라는 것을……. (156쪽)

열두 살짜리 여자애의 시선으로 한 중산층 가정의 무너져 내리는 모습이 드러나기 시작합니다. 그렇다고 '나는……'이라고 하지 않습니다. 이러한 서술 방식의 득실은 무엇일까. 일찍이 이 나라 소설계에서는, 〈사랑 손님과 어머니〉(주요섭, 1935)가 있었지요. 소녀의 시선으로 상황을 그린 것.

이때 결정적인 것은 그 소녀의 연령에 상응하는 현실 인식이지요. 작가도 감히 이에 관여하지 못하는 법. 이를 소설적 약속이라 부르는 것. 명작으로 소문난 윤흥길의 〈장마〉(1973)의 경우도 사정은 마찬가지. 초등학교 4년급 소년의 눈으로 과연 이데올로기 문제의 감응력이 그렇게 작동될 수 있었느냐가 작품 평가의 관건이었던 것. 이 경우 대개의 작가는 주제에 대한 표현 의욕에 이끌려, 실수를 범하기 십상이었던 것도 사실. 이러한 덫을 피하는 방도는 과연 없는 것일까. 이렇게 물을 때 비로소 '여자애는……'의 의의가 뚜렷해집니다. 이를 두고 이른바 전지적 시점이라는, 작가치고 누구나 신이 되고 싶어하는 유치한 서술 욕망이 이로써 조금은 충족되면서, 신일 수 없는 작가의 한계성의 흉내도 낼 수 있는 방식이라 보면 어떠할까. 그렇지만 이런 서술 방식이 '나는……'의 장점도 전지적 시점의 장점도 송두리째 잃어버릴 위험은 없는 것일까.

이러한 물음에 대한 썩 그럴싸한 해답이 고양이의 등장, 그러니까 '고양이스런 현상'이라 할 수 없을까. '열두 살의 여자애는'의 서술 상황 속으로 잠시 들어가 볼까요. 여자애의 집은 아파트군요. 비디오광이자 아이스크림을 좋아하는 유치원생인 사내 동생과 부모로 구성된 가정. 그런데 지난해 아비가 실직. 사업을 시작했다 여지없이 실패했고, 아파트가 빚에 잡혔고, 가정이 파탄, 어미는 또 그럴 법하게 '종이꽃'으로서의 삶의 허망함(놈팽이)과 놀아나고. 이른바 콩가루 집안. 고양이 메메의 등장은 바로 여자애의 분신에 다름 아닌 것. 여자애의 의식의 객관적 상관물로서의 이 고양이란 이 집안의 처지에서 보면 외부에서 침입한 이질물이자 타자가 아닐 수 없습니다.

작품상에서 보면 메메는 '자동차에 친 새끼 고양이'였으며, 그러니까 버려진 타자. 이를 집안으로 이끌어 들여 지금껏 정들이며 키워 오지 않았겠는가. 왜?

배와 등과 꼬리가 온통 흰색 털인데 두 눈가에만 커다란 이태리제 선글라스를 낀 듯 까만 반점이 동그랗게 찍힌, 다치지 않았다면 결코 여자애의 손에 몸을 맡겼을 리가 없는 앙증맞고 쌀쌀한 고양이였다. (164쪽)

고양이란 그 자체가 열두 살 여자애였던 것. 적어도 그러한 '열두 살스런 여자애의 의식의 현상'이었던 것. 그런데 중요한 것은, 콩가루 집안 이전에 이 고양이가 수용되었다는 사실. 콩가루 집안이 된 이후의 고양이는 어떠해야 했을까. 바로 여기에 소설적 흥미가 깃들여 있습니다.

콩가루 집안이 된 이후, 여자애는 당연히도 처음 주워 온 그 자리에 고양이를 갖다 버립니다. 실패. 어째서? 고양이의 생리를 몰랐던 탓.

그 다음은 어떤 방식일까. 어미의 가출용 가방에 넣어 열쇠를 채운 채 호수 속에 버리기가 그것. 완벽한 수법. 섬뜩한 살의가 번득이는 방식이지요. '고양이스런 의식'에서 벗어났을 때, 여자애는 어떻게 되었을까. 아마도 표독한 이기주의적인 한 마리 야생 고양이로 성숙해 가겠지요. 이것에 비하면 스스로를 거울에 비추어 보는 〈거울이 거울을 볼 때〉는 억지스럽지 않겠는가. 타자 없는 글쓰기란(거울이 매개항일 수 있을까), R. 지라르의 표현을 빌면 이른바 '낭만적 허위'에 속하지 않겠는가. 자기 황홀증, 곧 자위 행위 같은 것.

3. 생의 한가운데 놓인 글쓰기―김인숙

소설 쓰기란 무엇일까. 이런 물음은 수없이 던져졌고 또 앞으로도 그러하겠지요. 저마다의 개성에 뿌리를 둔 이런저런 대답이 주어질 테니까. 그럼에도 어느 수준의 갈래랄까 범주랄까 유형이 드러날 수도 있지 않을까. 가령 민족 문학이라든가 운동권 문학은 편집광 유형이라는 해답이 나올 수 없을까. 남성 중심주의에 기반을 둔 시민 사회를 흔들기 위한 글쓰기란 동성애라는 유형이거나 정신 착란증 유형일 수 있지 않을까. 김인숙 씨의 〈어느 해의 봄날〉(《문학사상》, 3월호)을 대하고 있노라면 이러한 소설 쓰기의 근본을 새삼 음미하게 됩니다.

여기 중년의 주부가 있습니다. 하늘엔 영광, 땅에는 평화, 남편
이 있고, 아이는 그럴 수 없이 잘 자라고 있습니다.

봄은 마치 거짓말 같았다. 그렇게 따뜻하고 강렬한 햇살이라니.
그날, 아이를 모래사장에 부려 놓은 채 깜빡깜빡 졸던 졸음을 기억
한다. 나는 아이를 걱정하지 않았다. 아이는 어쩌면 자기 생애 최초
로 만져 보았을 모래 알갱이들의 신비하고 경이로운 느낌에 완전히
빠져 버렸다. 그리고 따뜻한 햇살. 아이를 해칠 만한 위협은 그 어
디에도 보이지 않았다. 삶이…… 그냥 그 전체로서 따뜻했던 봄날이
었다. (188쪽)

'내게 봄이란 그런 것이었다'라고, 작중 화자는 되풀이하고 있습
니다. 이러한 봄날이 바로 '나'의 숨통을 누르고 있다는 것. 이 따
뜻한 졸음, 신성한 무언가 후광과 같은 삶이 '나'를 죽이고 있다는
것. 그 이상 바랄 것 없는 상태인데도 어째서 '나'는 견딜 수 없는
가. 일목요연한 해답이 주어집니다. 삶의 중심부에서 밀려났기 때
문. 삶의 강물에 뛰어들지 못하고 강기슭 언덕에 서서, 구경이나
하고 있었기 때문. 따뜻하고 평화롭고 눈부신 햇살이란 따져 보면
'무료함'에 지나지 않는 것. 참으로 딱한 것은, 삶의 격류에 뛰어
들기만 하면 된다는 사실을 알면서 그렇게 하지 못함에 있습니다.
방법을 알면서 행할 수 없음이야말로 바로 '삶의 덫'이라는 것.
이러한 설명은, 누가 보아도 상식이겠지요. 문제는, 어째서 '나'
가 그러한 덫에 걸렸는가라는 개인사적 과제(상상력)에 있습니다.
가령 어느 중산층 가정에 딸 셋이 있었다고 칩시다. 그 중 막내가
제일 잘나고 똑똑했다. 아비의 총애를 받을 수밖에. 이 나라 최고
의 대학에 입학한 것도 막내였다. 삶에 실패한 아비가 막내에게 자
기의 욕망 체현의 기대를 건 것도 당연한 일. 민감하고 영리한 막

내는 아비의 이 시선을 견디기 어려웠다. 이 시선에서 벗어나는 길은 단 하나. 허겁지겁 결혼해 버리기가 그것. 기껏 가정에 처박히기 위해 최고 학부를 다녔던가. 실망한 아비의 시선에서 보면 '네가 그러면 그렇지'였다. 결혼 5년 간 애가 없었다. '네가 그러면 그렇지'였다. 절망 속에서 소설을 썼고 당선되었을 때도 그랬고, 당선작 한 편으로 작가 생활이 끝장났을 때도 '네가 그러면 그렇지'였다.

삶의 격류인 아비의 존재를 막내는 다만 여분으로 강기슭에서 바라만 보고 있었던 것. 그런데 어느 날 '나'는 문득 이상한 생각에 이르게 됩니다. 정작 '네가 그러면 그렇지'를 연발한 것은 아비가 아니라 '나' 스스로라는 사실의 자각이 그것.

> 내가 낳아 놓기는 난 놈으로 낳아 놨는데, 그 다음이 없어. 개가 원래 그래. 백 가지 재주는 있어도 이루는 게 없어. (199쪽)

'생의 한가운데'에 뛰어들어야 뭔가 이루어지지 않겠는가. 뛰어듦이, 실패가 두려워 성공(이룸 자체)을 포기한 형국이라고나 할까. 작가 김씨는, 이러한 삶을 산 한 여인이 조금씩 이 사실을 깨닫는 과정을 그려내고 있습니다. 첫 번째 시도가 소설 쓰기. 당연히도 소설 쓰기란 아비를 소재로 한 것. 그러니까 아비에의 도전에 다름 아닌 것. 두번째 시도는 아기 낳기. 천신만고 끝에 5년 만에 시험관 아기 낳기. 그런데 참으로 기묘하게도 이 두 가지 시험도 졸음과 같은 봄날처럼 무료하기 짝이 없는 헛수고였다는 사실을 깨닫게 됩니다. 세 번째 시도가 요망되는 것은 이 때문. 아비와의 마지막 대결이 그것.

이 마지막 대결을 유도한 것은 '나' 쪽이 아니라 '아비' 쪽이었다는 점이 이른바 소설적 구성이라 부를 만한 것. 자연스러움이기에 그러합니다. 암으로 죽어 가는 아비가 '나' 더러 자기의 전기(자서전)를 쓰라는 명령이 그것.

"쓸 수 없어요. 아버지 나는 못써요."

"쓸 수 없다구요. 아시겠어요."

이러한 앙탈은 실상 정반대였던 것.

"쓸 수 있어요. 아버지 나는 절대로 써요."

"쓸 수 있다구요. 아시겠어요 아버지."

김씨의 이 작품이 아름다운 것은 자기의 글쓰기의 근거를 삶의 한가운데에서 발견해 보여 주기 때문. 시험관 아기도 능히 해낼 수 있는 일. 글쓰기.

4. 미정형의 틀—김형수

김형수 씨의 〈그 이발소에 두고 온 시〉(《창작과비평》, 봄호). 이발소에 또는 어느 동구 입구에 '시'를 두고 왔기에, 이제 그 시가 소설로 되고 있어 인상적입니다. 제가 유독 인상적이라 함은 무슨 까닭일까. 다음 세 가지 이유 때문. 줄거리부터 잠시 볼까요. 여기 나이 40세의 사내가 있습니다. 직업은 시간강사. 취미 및 생업은 아마추어 화가. 제법 이름 있는 화가인 아내 덕분으로 그럭저럭 꾸려 가면서 초등학교 4학년짜리 딸을 둔 위인. 학생 운동, 제대, 그림그리기, 당국의 조사, 도피, 토끼장 취직, 카페 취직 등의 경력. 40세를 맞는 생일날 시골 후배의 전화를 받는다. 주례를 서 달라는 것. 비행기로 광주로 가서 담양으로 향한다. 거기서 그는 유년기 푸쉬킨 시구가 걸려 있던 이발소가 있는 그 강가 방풍림으로 간다. 강가에서 그는 지나간 이런저런 삶을 회고하며 감상에 젖는다. 한 여인이 생각난다. 이런저런 이유로 헤어졌다. 우연히 들른 이발소에 뜻밖에도 이발사 남편을 돕고 있는 그녀를 만난다. 그 충격으로 주례 서기도 잊고 되돌아온다.

(1)여로형. 이 줄거리만으로 본다면, 그러니까 남자의 시선에 선다면 영락없는 여로형(旅路型)의 틀에 속하는 것. 붕어빵처럼 틀에서 찍어낸 것이기에 실수할 수 없는 법. 그만큼 구조상의 안정감이 확보된 셈. 그런데 작가 김씨의 솜씨는 이 붕어빵 틀에 얽매이지 않고 '여지없이' 넘어서 버리고 있습니다.

(2)후일담형.

(여자) : 내가 왜 널 좋아했는지 알아, 그렇게 어렵게 사는데? 짐작이 가니? 네겐 폭력성이 없다는 거였어. (중략) 그래도 의심은 남아. 너도 폭력적일 수 있다는 거. (230쪽)
(남자) : 아무리 생각해도 인간의 감정은 흉기인 것 같습니다. 저는 아직도 흉기 사용에 서툰가 봅니다. 이렇게 그릇된 상처를 남기니까요. (251쪽)

섹스도 이데올로기만큼 폭력의 일종이었던 것.

(3)인생유전(人生流轉)형.

이 강산 낙화유수식의 글쓰기를 두고 인생유전형이라 부르는 것. 한 남자가 있었다. 여사여사한 삶을 살았다. 한 여자가 있었다. 여사여사하게 살았다. 그러다가 여사여사하게 이발소에서 만났다.

헤어졌다. 그게 전부다라고 말하기가 그것.

작가 김씨는 이를 두고 〈그 이발소에 두고 온 시〉라 부르고 있습니다. 앞에서 보였듯 이 작품은 세 가지 층위로 되어 있습니다. 그러나 기묘하게도 그 어느 유형도 순종이 아니라는 사실. 여로형 구조이긴 하나 선명하지 않으며, 후일담계이긴 하나 죄의식이 전무합니다. 자부심이 결여된 까닭. 인생유전형이긴 하나, 이 역시 불투명하긴 마찬가지. 뭔가 뒤틀린 감정(주관)이 작동하여 '주례 서기'를 포기하기에 이르지 않았겠는가.

그렇다면 '김형수 형'의 구조일까. 아직 어느 틀에도 들지 않는 서투른 토르소 같은 미완성의 서글픈 모습일까. 혹은 어느 기성의 틀로써도 정리될 수 없는 그런 내용이 들어 있기 때문일까.

혹은 이 나라 소설계의 세련된 층위를 비웃기 위한 음모의 일종일까. 다음과 같은 청소년식 인생론은 또 무엇일까.

(1)인간은 때로 전혀 예기치 못한 순간에 민감한 악기가 되어 자연에게 영혼을 연주당한다. (234쪽)

(2)아, 연륜이란 얼마나 잔인한 것인가. (238쪽)

(3)삶이란 결국 이런 것인가. (265쪽)

어이없는 감상문이라 할 수 없을까. 이렇게 태연히 말하는 화자는 대체 작가인지 아니면 작중 인물인지 구별조차 되지 않는 형국. 서두에 내세운 푸쉬킨의 시 한 줄이면 족한 것이 아니었던가.

인생은 보들레르의 시 한 줄보다 못하다고 갈파한 문사는 아쿠타가와 류노스케[芥川龍之介]였고 그 때문에 그는 자살할 수조차 있었지요.

5. 처용의 하회탈화 과정─이인성

이인성 씨의 〈강 어귀에 섬 하나〉(《문학과사회》, 봄호). 오랜만에 대하는 역작. 모든 것이 환상이라는 점에서 보면 문학이란 한층 환상적인 것. 그러기에 문학이 지닌 고통은 삶 그것처럼 환상의 추구에 있는 것이 아니라, 그 환상에서 깨어났을 때 돌연 앞길이 보이지 않음에서 오는 법. 세 가지 층위로 읽어 볼까요.

(A)점묘화의 층위.

아마도, 언제나 해질 무렵이었기 때문일 것이다. 무엇에 자꾸 발

길이 이끌리는 것인지는 도무지 헤집어지지 않았는데, 그러나 어느새 그 집에 가 닿아 있곤 하던 것은 번번이 돌이킬 수 없는 사실이었고, 그러면 제일 먼저 달려가던 맨 오른쪽 그러니까 동쪽 끝방의 작은 창문에는 언제나, 아련하면서도 아뜩한 빛의 점묘화가 펼쳐졌었다. (235쪽)

이 서두 장면에서 31세로 요절한 프랑스 인상파 조르주 쇠라(1859~1891)의 〈그랑드 자트섬의 일요일 오후〉를 떠올림은 저만의 편견일까. 이른바 점묘주의(點描主義)라 불리는 수법이 작품 서두에서부터 끝날 때까지 지배하고 있기 때문.

화가가 그림을 그릴 때 팔레트 위에 원하는 바의 이런저런 색을 섞어 그리는 것이 보통의 방식이지요. 이 경우 여러 가지 물감을 섞으면 그럴수록 흑색에 가까워지게 마련. 그런데 밝은 태양 아래에 비친 자연의 모습이란 온갖 색깔이 다 섞여 있어도 결코 어둡거나 흑색으로 되지는 않는다는 사실에 주목한 것이 소위 인상파들. 자연의 빛이란 섞으면 섞을수록 검기는커녕 백색에 가까워지지 않겠는가. 인간이 그리는 그림이란 얼마나 이와 다른가를 자각한 패거리 중 요절한 조르주 쇠라가 철저했다고나 할까. 화면의 백색(밝음)을 보존하기 위해서는 물감을 섞는 대신 그 자체 작은 터치로 화면에 병치하는 방법이 고안되었지요. 이렇게 하면 보는 눈에는 혼합색의 효과가 얻어지나 밝음은 훼손되지 않지요. 이른바 색채 분할이 그것. 쇠라는 이러한 방식을 한층 철저히하여 터치 대신 작은 색의 점들을 열심히 늘어 놓은 방법을 취했던 것. 점묘주의라 부르는 것은 이 때문.

작가 이씨는 시종 점묘화스런 수법으로 단편도 아닌 중편을 이끌어 나가고 있습니다. 얼마나 많은 점들을 원고지 위에 그렸던가. 김씨는 시종 침묵으로 외치고 있습니다. '내 그림은 물건이 다른 것이다. 아무리 물감을 섞어도 늘 맑은 가을이다. 계절이 없다. 자연의 빛 그대로이다. 어쩌다가 먹구름이 눈높이까지 내려오는 날도 마찬가지다'라고. 이러한 외침이 지닌 강점은 당초부터 의도적이자 방법론적 자각 위에 서 있다는 점입니다. 절대로 '나는……'으로 나가지 않음이 그것.

(B) 문화적 현상의 생리화의 층위.

이 작품의 줄거리는 실로 간단합니다. 서해 바다를 내려다보는 강 입구. 섬이 보이는 지점에 절벽이 있고 고풍스런 누각 하나가 있다. 베란다에서 내려다보면 절벽 아래에 백사장이 펼쳐져 있다. 강줄기가 꼬불꼬불하게 S자형으로 굽이쳐 흐르기에 물도리동[河回洞]을 이루고 있다. 폐허나 다름없는 이 누각에 한 여인이 살고 있다. 무당이라 해도 되고 창녀라 해도 되고 작부라 해도 된다. 여인의 속성 전부를 갖춘 원여인(原女人)인 까닭. 한 사내가 근 한 달 간 이 무당과 동거했다. 이런저런 무적(巫的) 황홀경에 빠졌다는 것. 어느 날 홀연 깨고 보니 일장춘몽이었다는 것. 환상으로 그치기엔 너무 아까워 발 밑에 '새의 알'이라도 놓아 두고 싶은 심사라는 것.

이 원여인의 탐구만 해도 대단한 작업이라 할 것입니다. 그러나 작가 이씨의 야심은 이곳에 있지 않지요. 어째서 기를 쓰고 원여인을 창조 혹은 탐구했을까. 그녀를 통해서 비로소 '나'가 원남자(原男子, 이른바 der Urmann)로 되는 길이 열릴 가능성이 있기 때문. 어떻게 하면 '원여인'을 창조할 수 있을까. 순종 한국인 작가 이씨의 고민의 단초는 이 물음에서 나왔던 것. 만일 이씨가 유럽인이었다면 저 에우리디케나 헬레네나 페넬로페이아의 모습에서 혹은 막달라 마리아의 모습에서 쉽사리 '원여인'을 상정하고 거기에 대응하는 '자기'를 형성할 수 있었을 터. 아담이 그러했듯 말입니다. 요컨대 '문화' 말입니다. 문화적 전투 속에서 비로소 아담도 이브도 발전해 왔던 까닭이지요. 매우 다행스럽게도 혹은 딱하게도 작

86

가 이씨는 토종 한국인이었지요. 이 토종에게 대응되는 헬레네란 누구일까. 작가 이씨의 명민함이 이 물음에 걸려 있지 않았던가. 그것은 이 씨의 탐구의 열정(고통)에 정비례하는 것. 그 열정의 끝에 처용(處容) 설화가 연꽃의 모습으로 저만치 떠올랐던 것.

토종 한국인에게 있어 '원남자'란 처용이었던 것.

처용의 가면화 과정이 장황하게 펼쳐집니다. 처용의 가면화 과정이란, 실상 '원여인 찾기'에 다름 아닌 것. 원여인이 '나'로 하여금 처용을 만들어 갔던 것이니까. '나'의 얼굴에 무수한 처용 가면을 덧씌우는 성스러운 예식(ritual)이 물도리동 백사장 절벽 위 누각에서 한 달을 두고 벌어졌던 것.

6. 새가 쪼아 만든 양반탈의 형이상학─이두현 교수와 미당의 새

어째서 이 가면화 과정이 '문화적 현상의 생리화'일까.

　(1)물도리동을 이루는 강 이쪽 편에는 둥근 백사장이 고요하게 둘러쳐져 있었다. 강 이쪽 편의 망루랄까, 그 집 베란다로부터 발끝에 거의 수직으로 내려다보이는 높이를 의식하면 아찔했지만 기묘하게, 그 백사장은 추락하는 온몸을 깊게 받아 감싸 안아 줄 듯 육감적으로 느껴지기까지 했다. (237쪽)

　(2)이제쯤 철새들이 섬의 갈대숲으로 줄지어 내려앉으리라는 감각적 확신이 들 때, 그 창가로 옮겨 가면/그 섬 너머로는 서해의 수평선이 막 잦아들려는 황금빛 줄 하나로 단면의 암청색 공간을 가로지르고 있었다. (237쪽. 밑줄 인용자)

육감적이란 무엇인가. 감각적 확신이란 무엇인가. 정의하기는 쉽지 않겠으나 '정신적'이라든가 '이성적'이라는 것과는 먼 거리에 놓인 것. 본능적 원초적 생리적 생명적인 것에 가까운 것. 이른바 원형(archetype) 탐구인 것. 인간의 생리적 본능적 층위에서 '한국인'의 원형을 문제 삼기, 그것이 처용 설화인 것.

인간의 원형에서 한국인의 원형을 이끌어 내기, 그 매개항(물)이 이제 이씨에 의해 발견(형상화)되기에 이른 것입니다. 처용의 가면화(假面化) 과정이 그것. 처용의 하회 탈춤화가 그것. 한국인의 '심층적 미학'으로 놓인 처용의 의식화가 그것. '가면 없이는 춤추지 않는다'는 명제가 그것.

모두가 아는 바와 같이 처용의 미학(가면)화란, 향가의 (가)〈처용가〉를 거쳐 고려 가요의 (나)〈처용가〉로 이어졌고, 조선조에 와서는 이른바 (다)궁중 아악으로서의 '처용무'가 큰 얼굴로 군림하고 있었을 뿐만 아니라 (라)민중 신앙 '제웅'으로도 빈틈없이 작동하고 있지 않았던가. 이것만한 한국인의 미학 사상의 큰 줄기가 따로 있었을까. 이 점을 알아차림을 두고 착상의 패기라 부르는 것.

(C)무적(巫的) 황홀경과 새의 환각.

(1)매우 제의적인 동작으로 그것을 두 손으로 받쳐 다시 가슴 위에 얹어 놓고 나서, 부드럽게 상체를 굽혀 얼굴을 핥아 대는 것이었다. (243쪽)

(2)지독한 열병이었다. 어떻게 움직이지도 못하고, 움직이지도 못하는 것에 대해 어쩌지도 못하고, 그대로 누워 허덕였던 게 며칠이었던가. (249쪽)

(3)그리고 예의 그 제의적인 동작으로, 다시 얼굴을 빈틈없이 핥았고 또 하나의 종이 탈을 붙여 나갔다. (251쪽)

(4)주름 사이로 스며나오는 진득한 액체가 껄끄러우면서도 자극적인 혀놀림에 온 엉덩이로 가득 번지던 어느 순간, 그 엉덩이로부터 목구멍까지 긴 진공의 구멍이 일직선으로 뚫리는 것 같았고, 곧이어 그 구멍으로는 진한 박하 향기가 액체처럼 흘러갔다. (260쪽)

⑸순간에, 쫄아든 온몸이 어느 쪽으론가 쏠렸고 그 쏠리던 몸을 누군가가 싸안으며 밀쳐 주는 바람에, 정통으로 도끼를 얻어맞지는 않았으나, 날카로운 도끼날 끝이 얼굴을 스쳐간 듯했다. 놀이 삼아 한번 놀래켜 봤다는 듯 이죽이며 물러서는 파계승 탈을 자라 가슴으로 멍하게 올려다보는데, 이마 한쪽에서 눈꺼풀을 비켜 귀 밑까지 그어진 예리한 선 하나가 느껴졌다. (265쪽)

⑹성거신 이마, 깅어신 눈썹, 오울허신 둥근 눈, 웅기허신 코(중략) 처용 탈은, 출혈로 번진 피가 두텁게 스며 그렇게 되었는지, 검붉은/얼굴빛으로 자기 몸의 형상 없는 얼굴을 내려다보며, 미소 짓는 것 같기도 했고(272쪽)

⑺그때 어디쯤에선가 강렬한 햇살이 급작스럽게 쏟아져 내렸고, 그 비수 같은 빛살들은, 형체상으로는 이미 존재하지 않았지만 아직 마음으로는 감지되고 있던 눈의 동공에 사정없이 날아 와 꽂혔다. 그리하여 빛을 보면서 동시에 잃어 버릴 수밖에 없던 그 한 순간 속에서, 그 마지막 눈은, 착각처럼, 제 몸이 말린 거적을 휘덮는 갈대와 푸른 하늘을 배경으로 푸드덕 날아오르는 새떼를 본 것 같았다. 그러자 마음 역시, 착각처럼/제 몸이 바로 그 섬의 늪에 빠져들고 있다는 믿음을 가진 것 같았다. 착각이었건 아니건, 아무튼 이제 그 늪 같은 어딘가에 가라앉아 잠기면 그것으로 끝이었다. 그런데, 그 다음을 물고 늘어지는 이 환상은 무엇이었던가. (272쪽)

⑻그 거대한 새는 얼굴의 형상이 없는 얼굴의 맨살 덩어리를 부리로 쪼아 대기 시작했었다. 피가 튀는 것 같았지만, 아프지는 않았다. (273쪽)

⑼그 커다란 새가 하늘 아득한 곳에서 눈동자만한 크기로, 빙글빙글 맴을 돌고 있을 때였다. 멀었던 눈이 갑자기 트이면서, 그 눈 둘레로 모든 것이 빙글빙글 도는 것 같았다. 이 세상에 '나'가 있었다면, 아마도 그때의 그 눈이야말로 바로 '나'였을 것이다. 그때, 그

'나'는 강이 아찔하게 내려다보이는 어떤 절벽 위의 누각에 던져져 있었다. (273쪽)

(10)회오리가 솟구쳐 날아간 그 자리엔, 그리하여/ 이제 아무것도 없었고, 그러므로 그 집에는 다시 갈 수 없을 것이었지만, 그럼에도/ 발 밑에, 웬 새알 하나가 떨어져 있었다. (273쪽)

(1)에서 (10)까지에서 보듯, 처용 설화가 어떻게 하회 양반탈로 승화되어 갔는가를 미학적 차원에서도 제의적 수준에서도 아닌, 생리적 과정(마음의 착각)으로 파악한 것입니다. '환상'이라 함은 이 까닭. 놀라운 것은 이 생리적 파악이 미학으로 인식된다는 사실에 있겠지요.

두루 아는 바와 같이 탈 연구의 권위자인 이두현 교수의 하회탈(국보 121호) 발견(1960) 이래, 그 중 양반 가면은 한국인의 원형(原人)으로 인식되고 있지 않습니까. 얼굴 바탕색은 주황(vermilion)에 가깝고 머리 부분과 눈썹은 검게 칠했고 양볼 위와 눈 구석 언저리에 가느다란 주름살이 잡혀 실눈과 함께 역시 웃는 표정. 눈과 코는 뚫렸고 턱은 따로 달려 움직이고, 코 밑과 아랫입술 밑에 식모공(植毛孔)이 남아 있는 것. 높이 23cm, 너비 17cm. 도포에 정자관(程子冠)을 쓰고 부채를 든 황새걸음. 재료는 오리나무. 칠기와 마찬가지로 나무에 종이를 입히고 옻과 안료로 두 겹 세 겹 채색한 기법. 이러한 물도리동이 낳은 양반탈이란, 기실 처용의 형상의 미학화가 아니었을까. 고유 명사였던 처용이 긴 세월 속에서 아주 미미한 변화를 거쳐 마침내 익명의 한국인의 집단적 형상의 원형으로 승화해 가는 과정이란 어떻게 설명하면 적당할까. 마음의 착각(시) 현상으로밖에 묘사할 도리가 없지 않았을까. 처음부터 끝까지 '나'라는 서술자를 은밀히 내면화한 것도 이 때문이 아닐까.

저 혼자 이러한 망상에 빠져 있자니, 요즘 한창 잘나간다는 신진 평론가 P군이 제 방으로 불쑥 들어오지 않았겠습니까. 이웃 나라에 강연차 다녀왔노라고 하면서. 책상 위에 놓인 이 작품을 흘끗 보더니, 흥, 하더니 비행기 속에서 읽었노라고. 그리고 덧붙이더군요. 비행기 속에서 읽어야 제맛이 난다고. 어째서라는 제 표정을 읽으면서 P군의 대답은 이러하더군요. 새가 등장하고 있으니까라고. P군의 이 지적은 제법 그럴 법하지 않았을까. 아마도 P군의 머릿속엔 '인간은 벌레다'의 명제를 깃발처럼 내세운 90년대의 작가 윤대녕스런 현상이 번득이고 있지 않았을까. 지리산 하늘 가득 나는 되새 떼의 무리, 태양 콤파스에 따라 정확히 하늘을 가르는 새. 그런 것은 본능이어서 처용(미학)을 낳은 새와는 구별되는 것. 혹시 P군의 머릿속엔 강릉 바닷가 소리고동이 천 년 만에 일제히 파랑새로 변신하여 날아오르는 장대한 날개 소리에 놀란 윤후명스런 환상이 떠오르고 있었을까. 그러나 이것 역시 맨얼굴을 쪼아 하회 양반가면을 만들어 내는 저 이인성스런 새와는 구분되는 것. 한 번 더 P군의 공부를 믿어 보기로 하자.

내 마음 속 우리 님의 고운 눈썹을
즈믄 밤의 꿈으로 맑게 씻어서
하늘에다 옮기어 심어 놨더니
동지 섣달 날으는 매서운 새가
그걸 알고 시늉하며 비끼어 가네(미당, 〈동천(冬天)〉)

제 머릿속을 스치는 이러한 미당스런 새를 눈치챈 P군은, 문득 싱긋 웃지 않겠습니까. 형이상학이다, 라고. 환상에 대한 미안함으로 말미암아 발 밑에 있지도 않은 새알 하나를 억지로 놓아 두었다, 라고.

● 설명에 봉사하는 묘사체

양 선 미

최 인

이 상 인

배 수 아   김 영 하

박 완 서   김 원 우

설명에 봉사하는 묘사체
—염상섭과 채만식에게서 배워야 하는 것

양선미의 〈사월의 눈〉, 최인의 〈안개 속에서 춤을〉,
이상인의 〈키 작은 이발사〉, 김영하의 〈바람이 분다〉,
배수아의 〈여점원 아니디아의 짧고 고독한 생애〉,
김원우의 〈난민 하치장〉, 박완서의 〈꽃잎 속의 가시〉

1. 어째야 비로소 신인일 수 있는가—양선미, 최인, 이상인

《현대문학》은 이 달을 송두리째 98년도 신춘문예 당선자 특집으로 삼고 있습니다. 이를 두고 기성 문단이 얼마나 신인층에 목말라 하고 있는가의 반영이라 선뜻 말하기는 어렵겠지만 98년도 신춘문예 소설 부문 당선작 총평(본문 51~67쪽)을 쓴 바 있는 저로서는 새삼 반가울 수밖에. 반가움이란 무엇인가. 낯익음이라 할 수 없겠는가. 첫인상도 소중하지만 두 번째 인상도 소중하기는 마찬가지. 세 번째 인상이 기다리고 있을 테니까. 누군가 잠깐 하고 물을 법합니다. '인상'이란 무엇인가라고. 대상이 사람의 정신에 주는 직접적인 모든 효과를 두고 인상이라 한다면 대상으로서의 작품은 흡사 인간 그 자체와 같다고 할 수 없겠는가. 그런데 이 경우 미지의 신인층이란, 기성 작가의 고정 관념과는 달라서 지극히 유동적임을 특징으로 하고 있지 않겠는가. 저는 이 점에 늘 주목합니다. 신인이란 자기를 형성해 가는 과정이기에 펼쳤던 인상을 거둬들일 수도 있고, 새로운 날개를 펴보일 수도 있다는 사실이 그것. 그렇기는 하나 매우 안타깝게도 자주 그러한 제 기대는 배반되어 왔습니다. 첫인상이 자주 결정적이었다는 것이 그것. 제가 작품을 볼 줄 모르는 외눈박이 독자인 탓일까요. 아니면 사태 자체가 그러한 때문이었을까. 이 물음을 저는 아직도 소중히 생각하고 있습니다.

양선미 씨의 〈사월의 눈〉은 이렇게 시작됩니다. "자판기에서 커피를 빼기 위해 문을 열자 텅 빈 적막감이 사무실 안으로 쏟아져 들어왔다. 이제 제1교시가 막 시작되려는 시간이었다. 그런데도 복도는 지나치게 어둡고 조용했다. 그녀는 잠시 어깨를 으쓱해 보았다"라고. 자판기, 적막감, 제1교시, 복도, 어둠 등이 '그녀'를 둘러싸고 있습니다. 그녀란 누구인가. 조금 내려가면 4층에 있는 교수의 연구실에 근무하는 사무 조교임이 판명됩니다. 사무 조교를 거느릴 만한 교수라면, 그는 평교수가 아닌 보직(연구소장) 교수일 터. 자판기에서 커피를 뽑아야 하는 사무 조교이기에 그녀의 신분도 교수와의 관계도 지극히 사무적이자 메마른 것임이 이로써 뚜렷해진 셈. 작가의 솜씨이겠지요. 이어서 "사실 교수는 그녀를 좋아하지 않았다"라는 말이 이어집니다. 이 진술은 작가 양씨의 실수. 분위기로 보아 이미 그러하니까. 굳이 설명까지 할 필요가 있었을까 보냐. 그녀의 임무는 교수의 연구 논문 원고의 정리에 지나지 않는 것. 사무용 조교인 만큼 임시직이나 다름없는 1년 계약이었던 것. 그것이 다시 1년 연장될 수 있을까. 연구 논문 원고 정리라 하지만 논문이라면 그 방면의 대학원생들이 제대로 할 수 있는 것인 만큼 그녀로서는 적임도 아닌 형편이 아니었던가. 이 기묘한 그녀의 자리란 새삼 무엇인가. 이런 자리란 대개 자동적으로 2년으로 이어지기 마련이었던 것. 그렇지 않을 수도 있지 않겠는가. 그녀의 자리가 1년 계약 임시직이라는 사실을 새삼 인식케 하는 작은 사건이 끼여들었군요. 그녀의 애인인 플라스틱 회사 영업 사원이 끼여든 것이 그것. 플라스틱 옷장이나 책장 따위를 세일하는 이 청년이란 무엇인가. 그녀 모양 범속한 인간. "그녀의 애인은 별로 유능한 영업 사원은 아닌 것 같았다"(74쪽). 그녀 역시 플라스틱이 무엇인지 알지 못했던 것. 요컨대 '그'나 '그녀'나 서먹서먹하기는 마찬가지. 무엇에? 세상에. 그녀가 산부인과를 다녀왔지만 그것을 '그'에게 말할 처지도 아니었던 그런 관계. 이 낯섦은 그녀의 직장 상사인 교수와의 관계와 흡사한 것.

그가 그녀를 찾아 그녀의 사무실인 교수 연구실로 온 것이었다. 그는 소파에 앉았다. 담배를 피웠다. 그녀는 자판기 커피를 빼온다. 두 잔. 이런저런 답답하기 짝이 없는 두 사람의 관계가 촘촘 엮어진다. 그가 연구실을 나간 지 얼마 되지 않아 교수가 들어왔다. 그녀는 화들짝 놀란다. 교수의 시선은 그녀의 애인이 남기고 간 담뱃재, 냄새 등등에 머물렀다. 그런데 교수가 커피 두 잔을 뽑아오라 명령하지 않겠는가. 동전이 아직 남아 있었다. 교수의 표정은 1년 전 모양 온화하였다. "그녀는 예감했던 일이 너무 빨리 다가왔다는 것을 직감할 수 있었다"(81쪽). 어째서? 근엄하기 짝이 없는 이 보직 교수가 커피를 요구했고 그것도 두 잔(마주앉기)이었으니까. 1년 연장 불가 통지가 그것.

이 작품의 수준이랄까 묘미는, 이 장면에서 그녀의 갈증을 채워 줄 어떤 심리적 방도도 없었다는 데 있겠지요. 커피 아닌, 콜라를 벌컥벌컥 마시고 싶은 그 '갈증'이 그것. 그런데 그녀의 수중엔 동전이 바닥났던 것. 어째서? 애인의 방문으로 두 잔, 교수의 요청으로 두 잔으로. 이 갈증을 그녀는 이제 어떻게 극복하려 했을까.

……콜라를 마실 수 없게 되자 그녀는 뱃속의 것들이 요동을 치며 창자와 창자가 서로 엉키는 듯한 기분에 사로잡혔다. 그러자 걷잡을 수 없이 호흡이 곤란해졌다. (중략) 그녀는 난간에 기대어 조심스럽게 호흡을 조절해 보았다. 고개를 힘껏 젖히고 되도록 맑은 공

설명에 봉사하는 묘사체 97

기를 많이 마시려고 해보았다. 그러자 너무도 청명한 하늘이 그녀의 눈으로 들어왔다. 그녀는 이렇게 눈부신 햇빛 속에서 아직도 꽃들이 떨어지고 있는지 궁금해졌다. (중략) 수를 셀 수 없는 연분홍 꽃들이 눈처럼 가볍게 흔들리며 밑으로 가라앉고 있었던 것이다. (82~83쪽)

이 마지막 장면이 그럴 법하지 않다면 그건 거짓말. 옥상에서 그녀는 꽃잎이 되어 진짜 꽃잎들과 함께 떨어지고 있었으니까.

작가 양씨의 당선작 〈차를 타고 안개 속으로〉《문화일보》는 단연 돋보였던 것. 사건이 그 속에 있으니까. 교통사고로 아이를 잃은 주부의 고민이 돌발 사건(진폭이 큰 동작)으로 극복되었던 것에 비해 이번 작품은 성숙한 수준이라고나 할까.

최인 씨의 〈안개 속에서 춤을〉은 어떠할까. 당선작 〈비어 있는 방〉《동아일보》의 연속선상에 놓인 수법. 서두부터 볼까요.

자, 우리 신사답게 툭 터놓고 이야기해 보자. 그래야 너도 편하고 나도 편한 거야. 어때, 여자가 순순히 옷을 벗었나? 아니면 네가 강제로 벗긴 거야. 어느 쪽이야? 세연이 듣고 있다는 걸 눈치챘는지 이 형사의 말은 점점 더 거칠어진다. 뭐라구? 기분이 어땠어? 여자하고 할 때 기분 말이야. 잘 모른다구? 자식이 능청떨기는…… 좋아, 그럼 너 여태껏 몇 번 해봤어? 창녀 포함해서…… 더 크게 말해임마. (중략) 세연은 그들 쪽으로 귀를 쫑긋 세우고 있다가 자세를 바로 한다. 이 형사의 시선이 세연 쪽으로 돌아온다. 세연은 모른 척하며 피의자 환경 조사표 속으로 눈을 던진다. (154쪽)

이만한 서두면 합격선. 어째서? 사건 내용이 아니라 시선이 문제점으로 등장했기 때문. 사건이야 날마다 있는 것. 엽기적 사건이라해도 사정은 마찬가지. 하늘 아래 무슨 새로움이 있었던가. 금세기

초 한 명민한 비평가가 예술의 방법이란 낯설게 하기(비일상화)라 갈파한 바 있습니다. 어째서? 예술의 목적이 대상이 아니라 지각 과정(知覺過程)인 까닭. 대상을 지각하는 과정을 길게 늘려야 하고 지각을 어렵게 해야 하고 지각하는 데 시간이 많이 걸리게 해야 하기 때문. 예술이란 사물의 행동을 체험하는 방식이지 예술 속에 만들어진 것은 중요치 않기 때문. 이를 두고 '방법으로서의 예술'이라 불렀던 것. '시선'도 그러한 방편의 하나일 터. 자동화(물신화)된 대상(현실)을 생생하게 되살리기 위한 방편 중의 하나가 시선이라면 이 시선이 과연 안개 속에서도 유효할까. 이 작품의 시선은 과연 어떠할까.

여기는 경찰 취조실. 이 형사가 지금 청년을 신문하고 있다. 피의자 청년을 신문하는 이 형사의 시선은 미스 오라 불리는 고용직 여직원인 세연에게로 던져져 있다. 세연의 시선은 어떠한가. 시선이 청각으로 옮아가 귀를 쫑긋하고 있다. 이 두 시선이 마주치는 곳에 여직원과 형사의 직업상의 관계가 드러난다. 형사들이 던져놓는 이런저런 서류를 정리하고, 피의자 환경 조사표를 만들고 또 죄명란을 기입하는 일이 세연의 직업인 만큼, 갖가지 피의자도 다 겪게 마련. 살인, 강도, 강간, 절도, 폭력, 상해, 마약 등등. 피의자와 세연의 관계란 그러니까 죄명란 어디에 동그라미를 치는가로 요약된다. 이 청년의 경우는 어떠할까. 세연이 동그라미를 친 곳은 '상해'였다. 음담이 나오기 직전에 중지된 셈. 립스틱이 키워드. 이어서 먹는 쪽으로 커피. 같은 여직원끼리 또 립스틱 빛깔 얘기. 거친 형사들, 입술이 예쁘다는 상사의 농담. 이러한 세연을 바라보는 제3의 시선이 있다. 내연의 관계에 있는 심 형사가 그다. 남편이 마약범이었고 이를 탐지한 심 형사가 세연을 협박, 그런 관계에 빠졌던 것. 독직(瀆職) 사건으로 다른 서에 가 있는 심 형사와의 관계에 점점 빠져들어 가는 세연의 갈등은 자명하다. 이 관계에서 벗어나고자 하는 의식과, 그대로 머물고자 하는 '육체의 자동화'가 그것. 지금 심 형사가 밀회 장소로 오라 한다. 세연은 범행 도구란에 자신의 행위를 적어 넣을 차례. 총기, 도끼, 낫, 칼, 돌, 독극물 중 칼에 동그라미를 친다. 핸드백에 면도칼을 넣은 세연이 그들의 밀회 장소인 모텔로 간다. 길이 막힌다. 화재. 호텔이 타오른다. 5층에 불탄 남자 시체가 있다. 세연은 면도칼과 립스틱 그리고 사직서를 꺼내 불 속에 던지고 돌아선다.

이상의 줄거리에서 보듯 이 작품은 세연의 의식이 뚜렷합니다. 스스로 범죄 도구란 중 '칼'에 동그라미를 친 의식이란 따지고 보면 심 형사의 관계를 끝장내겠다는 것이지만, 그녀에게 그런 용기란 사실상 없지요. 화재 사건이라는 엉뚱한 환상을 도입했음이 그 증거. 환상적 문제 해결이었을 뿐. 이것이 어째서 낯설게 하기의 일종일까. 다음과 같은 자동화를 의식(비판)의 중심점에 놓아 두었기 때문.

세연으로서는 어쩔 수 없었다. 그의 협박이 두려운 게 아니었다. 세연을 두렵게 하는 것은 그에게 길들여지는 자신의 육체였다. 남자의 몸에 중독되어 가는 여자. (171쪽)

덫에 걸린 의식이라고나 할까. 자동화(낯익음)에서 벗어나는 방식은 결국 없는 것일까. 환각으로만 있는 것일까. 작가 최씨가 짊어진 짐의 하나라 보면 어떠할까.

이상인 씨의 〈키 작은 이발사〉는 제목과는 달리 '제법 키 큰 이발사'입니다. 당선작 〈소금길〉(《세계일보》)의 저 거칠게 빚어진 관념형에서 상당히 벗어났다는 점에서도 반가운 일. 어째서? 이 나라 문학의 썩 낯선 부분이 바로 관념형이니까.

관념형이란 무엇인가. 샤머니즘형(가족, 분단, 노사문제 등을 다룬 것)이랄까 인정담으로 엉겨붙기를 체질로 하는 이른바 공동체 문학의 대칭점에 놓인 것이라고나 할까요. 기하학적 상상력이라 부르면 좀더 친절해질까요. 이론 물리학이랄까 순수 음악 또는 무의식의 탐구도 이 범주에 들 것. 이른바 지(知)의 탐구에 이어지는 것. 그러기에 철학 공부를 떠날 수 없는 것. 그렇지 못할 경우 관념형의 흉내란 괴물이거나 요령부득의 혼란에 지나지 않는 것. 제일 성공한 관념형이 조세희의 〈난장이가 쏘아올린 작은 공〉(1978)이 아니었을까. '뫼비우스의 띠(Möbius' Band)'와 '클라인의 병(Klein' s Pot)'이 그것. 이 두 개의 관념(실은 동일한 것)이 작품집의 서론과 결론을 이루었던 것. 이 관념만큼 지식인을 전율케 한 것이 있었을까.

이러한 과학적 증명서를 갖춘 공부 없이 〈소금길〉을 쓴다면 어떻게 될까. 기껏해야 사막에다 여관 하나를 차려 놓고, 밑도 끝도 없는 손님을 맞이하는 요령부득의 현상이 벌어지고 말지 않았던가. 사막의 사상도 소금의 사상도 철저하지 못했던 까닭. 이에 비해 이번 작품은 아직 요령부득이긴 하나 진전이 있어 보입니다. 우선 관념의 레벨이 낮아졌다는 점. 무대가 구체적인 점. "두 개의 사단 사령부가 있는 영서 북부지방의 작은 읍이었다"라고. 키 작은 이발사가 거기 있었다는 것. 70년대와 다름없는 동네라는 것. 사격장을 향해 꺾어드는 곳에 이발소가 자리잡고 있었다는 것.

이 작품에서 주목되는 것은 다음 세 가지. (A)구성상의 이중성. 텍스트를 둘로 갈라 놓고 있습니다. (1)큰 활자로 된 일곱 토막의 텍스트와 (2)본문 텍스트로 구분함으로써 작가가 겨냥한 것은 무엇일까. 분열된 의식을 통합할 만한 '그 무엇'이 없긴 하나, 이렇게 분리해 놓음으로써 혼란을 상당히 줄일 수 있지 않았겠는가. (B)주인공인 키 작은 이발사가 불구자라는 점. 그는 누군가가 아니라 무엇인가라는 점.

이발사와 나는 여기에서 나고 떠날 때도 그는 여기에서 떠났다. 군복을 입지 않았을 뿐, 장기 군복무자나 다름없었다. 전방의 주민들이 대개 그러하듯 그도 군복 바지를 즐겨입고는 했다. (중략) 하지만 그는 군 생활을 하지 않았다. 채 스무 살이 되지 않았을 때 군용 트럭에 다리가 뭉개졌기 때문이었다. (중략) 이발사는 이렇게 말했다. 걸을 만하면 병원에 입원을 해야 했다고. 지긋지긋한 입원 생활에서 그의 키는 더 크지 않았고 그 지긋지긋함 때문에 술을 마시기 시작했다고 그는 털어놓았었다. 그후 이발사는 더는 키가 자라지 않는 이발사일 뿐이었다. (88쪽)

불구란 무엇인가. 관념이 아닐 수 없는 것. 이 역시 〈난장이가 쏘아올린 작은 공〉에서 조세희 씨가 고전적으로 규정해 놓은 것. 앉은뱅이와 곱추가 혹은 난장이가 사람을 잡아 찢어 죽이는 장면이 전개될 수 있는 것도 관념으로서 불구가 가진 상징성이었을 터. 이제 한 신진이 관념으로서의 '이발사'를 등록하려 하고 있습니다.

ⓒ작중 화자인 '나'와 이발사가 동일인이라는 사실. 그 때문에 이발사가 죽었으나 '나'는 살아 있다는 것. 왜 '그'는 죽었고 '나'는 살아 있는가. '햇빛 때문'이라고 무수히 떠벌립니다. 햇빛 때문에 살인한 것인가, 햇빛 때문에 살아야 하는 것인가. 카뮈가 던진 이 물음이 끝에서 울리고 있습니다.

2. 헤밍웨이가 가르친 것—김영하

김영하 씨의 〈바람이 분다〉(《문예중앙》, 봄호)는 머리에 군소리를 얹고 있습니다. "바람이 분다. 바람이 분다. 바람이 분다. 바람은 분다. 바람이 분다"라고. 다섯 개의 문장 중 앞엣것 셋은 주격이, 네 번째 것은 절대격, 그리고 다섯 번째 것 하나에 다시 주격이 사용되어 있지요. '바람이 분다'는 표현은, 문학판에서는 낯익은 것.

발레리라는 지중해변 시인 때문. 지중해를 굽어보는 언덕 공동 묘지에 서서 삶의 무상함과 이를 넘기 위한 예술의 의의를 명상한 걸작 〈해변의 시〉에서 읊조린 명구였으니까. 그 역시 이젠 그 해변의 묘지에 누워 있지요. 그 언덕엔 그의 박물관이 거창하게 세워졌고요. '바람이 분다' 란 그러니까 '시간' 의 다른 표현이었던 것. 시간이 모든 것을 망가뜨린다면 이것에 그나마 맞서는 흉내라도 낼 수 있는 것이 있다면 인간 정신(방법론)밖에 더 있을까. 예술도 그 중의 하나일 터.

이런 엉터리 해석에 대해 정작 발레리 전문가라면 기절초풍하겠지만, 신진 작가 김씨라면 아마도 고개를 끄덕일 법하지 않겠는가. 씨는 오독의 명수니까. 주격이든 절대격이든 바람은 시간의 대명사니까. 그런데 이 바람을, 시간을, 삶을 거부하고 방해하는 요소가 개입한다면 어떻게 될까. 컴퓨터가 그것. 바람과 컴퓨터의 대결. 바람이 물리적 현실이라면 이른바 가상 현실이 컴퓨터인 것. '현실이냐 가상 현실이냐' 이 대결이란 실상 게임의 일종인 것. 무엇을 노린 게임일까. 시간이 그 정답. 게임이 진행되는 동안 시간은 중단 상태일 수밖에. 시간이 중단된 장면에서 떠오르는 환각이 있습니다. 이 환각을 보여 주고자 하는 것이 작가 김씨의 복안. 환각은 어차피 깨어지게 마련인 것. 어째서? 깨어지기 위해 환각이 있으니까. 발레리가 그렇다고 했으니까.

작가는 겁도 없이 "헤밍웨이의 소설 《킬리만자로의 표범》을 읽고 있었다" 라고 서두에 적었군요. 오독의 명수니까. 문제는, 헤밍웨이도 킬리만자로도 아니었던 것. 표범이었으니까. 표범이란 무엇인가. 1만 9천7백19피트의 킬리만자로 정상 만년설 서쪽 봉우리에서 얼어죽는 표범이 찾고자 했던 것이 문제였을 뿐. 표범은 무엇을 찾아 거기까지 갔을까. 삶 곧 바람 아니었던가. 바람이 불었던 것. 시간 속에 놓이기 위해서였던 것. 그러기에 죽음과 마주칠 수밖에.

이렇게 말해 놓고 보니 조금 빗나간 느낌이 듭니다. 경쾌하기 짝이 없는 이 신세대 대표 주자의 소설이 이렇게 무거울 이치가 없으니까. 실상 작가 김씨는 아주 단순합니다. 이것이 주특기이니까. 요약해 볼까요. 컴퓨터 도사(도사 아닌 사람도 다 있을까)인 '나'는 CD를 불법 복제하여 팔았다는 것. 왜? 환상을 추구하기이니까. 검은 드레스의 여인이 그것. 여자 사원 하나가 고용됐다는 것. 그녀는 알고 보니 유부녀. 불법 영업이 탄로나서 경찰의 수사에 걸렸다는 것. 벌금을 내야 할 판. 그녀도 떠났고. 자, 이제 '나'의 차례. 떠나자. 어디로? 어디든지. "바람이 분다. 분다……"라고 끝을 냅니다. 그뿐이지요. 단순함이 생명이니까. 실상 대가 헤밍웨이도 그렇지 않았을까. 한 작가가 있었다. 재능을 창작에 쏟아야 했다. 그러나 그는 주색에 쏟았다. 이제 생명이 얼마 남지 않았다. 마지막 찬스. 돈많은 과부를 얻어 창작에 열중한다. 이미 늦었던 것. 사소한 사건으로도 치명상. 그는 표범의 '환각'을 보며 숨진다는 것. 대가 헤밍웨이도 이 작가의 죽음이 안타까웠든지 '환각'을 도입하고 말았던 것. 눈부신 킬리만자로 정상을 비상하기가 그것. 실상 작가 김씨가 헤밍웨이를 닮은 것은 이런 환각 흉내내기에 있기보다는, 그 문체에 있습니다. 이른바 하드 보일드 스타일이 그것.

한 사람이 위기에 처하면 다른 사람이 가서 도왔다. 그런 남자 있으면 피곤하지요? 내 철퇴가 용의 머리를 강타했다. 아까 그 남자 손 봤어요? 여자가 용이 흘린 보물을 주웠다. 에너지가 최고로 상승했다. 박쥐 한 마리가 재빠르게 내 머리를 치고 날아가 버렸다. 내 에너지는 줄어들었다. 칼을 더 굳게 움켜쥐었다. (319쪽)

게임하는 장면이지요. 형용사도 부사도 철저히 제거된 문장. 있는 것이라고는 행위 동사뿐. 복문(複文) 거부하기. 이만하면 작가 김씨의 모습이 조금 뚜렷해지지 않았을까요. 작가 김씨는 독서 체험으로 소설을 썼던 것. 그야 어찌 이 작가뿐이랴. 남의 작품 읽지 않고 창작한다는 것은 있기 어려운 법. 상식 중 상식 아니겠는가. R. 지라르가 이 점을 증명해 놓았으니까. 플로베르는 이 점을 잘 알고 있었던 것. 보봐리 부인의 경우가 그것. 촌스런 시골 의사 부인인 주제에 스스로 세련되고 잘난 척했지만 실상 따지고 보니 그것이 그녀의 재능(본성)이 아니라 파리에서 나오는 저속한 주간지를 열심히 읽었던 탓. 욕망조차 가짜였던 것. 작가 김씨도 이 사실을 알아차리고 있었던 것. 그렇다면 작가 김씨의 독자적 전개 방식은 어떠했던가. 표층적으로는 헤밍웨이 읽기에서, 발레리를 감추고 헤밍웨이를 드러내기가 그것. 심층적으로는, 그러니까 그 반대의 방식이었던 것.

3. 헝겊으로 만든 인형과 구름으로 만든 인형—배수아

배수아 씨의 〈여점원 아니디아의 짧고 고독한 생애〉(《문학사상》, 4월호). 또 한 번 배씨의 자질이 드러난 작품.

여점원 아니디아는 십일월의 마지막 수요일 아침 일곱시에 눈을 뜨고 생각했다. 나, 오늘은 사촌 혁명의 집에 가기로 한 날이다.

이 서두에서도 배씨의 솜씨가 감지됩니다. 범속한 일상적 삶 속의 여점원인 처녀가 '아니디아'라는 이름을 달자마자 단박에 신선해지지 않겠는가. 이에 맞서는 사촌 혁명 역시 마찬가지. 아니디아란 무엇인가. 의미는 중요하지 않습니다. 어째서? 울림에서 오는 감각을 겨냥한 것이니까. 그것은 〈푸른 사과가 있는 국도〉라는 감각과 흡사한 것. 혹은 〈닐스의 모험〉과 흡사한 감각. 우체국이 나오는 교외, 기차가 지나가는 언덕 위의 양옥집, 거기 한 부부가 둥지를 틀고 있다고 칩시다. 어린 아들 딸도 있다고 칩시다. 이런 환경이랄까 분위기만 있으면 얼마든지 얘기가 쏟아져 나오는 작가를 이 나라 문단이 받아들이지 않을 수 없었던 이유는 무엇일까.

이 물음은 고통스럽지만 소중합니다. 어째서? 서투른 멋을 부린 것이 아닌 까닭. 관광지 포스터에 나옴직한 배씨의 저러한 분위기(〈마을의 우체국 남자와 그의 슬픈 개〉)란 기실은 '낯설음'을 드러내기 위한 방편으로 읽혔던 것이지요. 그런 이색적 분위기에 사는 부부란, 실상은 가정 파탄에 빠졌거나 불구 상태이며, 아들 딸도 마찬가지. 기껏해야 여학교 중퇴의 점원에 지나지 않지요. 이 불구 의식(결여 형태)이 〈푸른 사과가 있는 국도〉스런 분위기에 놓일 때 생겨나는 것이 이른바 낯섧이지요. 불구 의식이란 그러니까, 따져보면 동화스런 것이 아닐 수 없지요. 이를 달리 인형 감각 또는 공주병이라 부르는 것. 한갓 헝겊으로 만든 인형에다 숨을 불어넣는 솜씨(〈바람인형〉)가 배씨의 자질. 한갓 여점원을 공주식으로 배불리게 함도 그것. 이 자질이 어째서 소중했을까. 근엄했거나 사명감에 불탔던 이 나라 리얼리즘에 주눅들린 독자라면, 배씨의 푸른 사과에 매료됨직하지 않았을까. 왜냐면, 혹시 그 리얼리즘이라는 것도 헝겊으로 만든 인형의 춤추기로 보일 수도 있었으니까. 배씨의 이러한 자질이 방법론의 소산이 아니라 할지라도 사정은 마찬가지. 헝겊 인형 의식이란, 방법론 이전의 생리적 감각이었으니까. 만일 방법론의 소산이라면 헝겊 인형이 저렇게 유려하게 춤출 수 없지요. 기껏해야 풍자로 치달았을 테니까.

헝겊 인형을 '의식'으로서가 아니라 생리의 차원으로 그대로 받아들이는 곳에 작가 배씨의 자질이 빛나고 있다는 것. 이 점은, 또 작가 배씨의 작품이 우화적인 것으로도, 환상적인 것으로도 빠지지 않게끔 하는 요인이었던 것. 헝겊 인형에 모세관이 돌아 살아 움직이는 것의 자연스러움. 이 지점은 소중한데, 이번 작품도 사정은 마찬가지. 그러고 보니 작가 배씨는 이미 자기 세계를 갖춘 셈. 그렇다면 이번 작품은 얼마나 달라졌을까. 흥미를 유발하는 대목.

작품을 볼까요. 아주 담담하게 시작됩니다. 혁명이란 이름의 사내로부터 아니디아가 일하고 있는 상점으로 전화가 왔다. 그들은 사촌간. 집으로 좀 와 달라는 것. 왜? 자기는 외국으로 출장을 가게 되었는데, 집으로 부동산 업자가 찾아오기로 되어 있다는 것. 집을 팔기로 했다는 것. 외국으로 출장 가는데, 영영 안 올지도 모른다는 것. 아내는 가출했고 아들인 장애인 반은 기숙사에 있으니까, 아니디아에게 부탁했던 것. 그녀가 제일 가까운 사람이니까. 사촌의 집으로 간 그녀 앞에 과연 부동산 업자 사내가 나타난다. 이런저런 곡절을 겪는다. 둘은 정사에까지 나아간다.

이런 줄거리만으로 읽는다면 기껏해야 '헝겊으로 만든 인형' 범주일 테지요. 누구나 만들 수 있는 것. 잘만 하면 모세관도 통할 수 있는 물건이 됨직하겠지요. 그러나 작가 배씨는 이번엔 '구름으로 만들어진 인형'을 만들고 있지 않겠습니까. 여간 용한 재주가 아니고는 어려운 작업이겠지요. 구름이란 모양은 있되 실체가 없는 것. 내용은 없되 형체만 있는 질료이니까. 이를 두고 무의식이랄까 심층 심리라 할까.

'구름으로 만들어진 인형' 쪽으로 잠시 들어가 볼까요. 두 가지 길이 있군요. (A)한 소녀가 있었다. 아비는 자살. 어미는 식모로 가출. 고아가 된 그녀는 사생아 출신의 외삼촌 집에 의탁된다. 거기 사촌 오빠가 있었다. 사촌 오빠에게 애인이 생겼다. 철난 소녀는 가출, 직장, 여사무원으로 오늘에 이르고 있다. 세월이 흘렀다. 그 사촌이 집에 오라고 한다. (B)한 소녀가 있었다. 우체국에 근무했다. 한 사내와 사귀었다. 그런데 직장 상사에게 겁탈당했다. 사귀던 사내와 결혼했다. 아이를 낳았다. 남편의 아이일까. 부정한 아이일까. 양파를 써는 일로 눈물을 쏟으면서 살았다. 아이가 열병을 앓았다. 아이는 청각을 잃고 회복되었다. 그녀는 더 이상 견딜 수 없었다. 세월이 흘렀다. 남편과 아이를 두고 그녀는 떠났다.

(A)의 소녀 이름은 아니디아. (B)의 소녀 이름은 아미. 당초 두 소녀가 있었던 것이 아니라 한 소녀만 있었던 것. 두 소녀의 꼭지점에 (C)혁명이란 사내가 있었던 것. 사내인 혁명은 실상은 (B)를 자기 집 벽 속에 가두어 버렸던 것. 살아 있는 아이는 집에서 분리시켜 기숙사에 넣어 두었고. 혁명 역시 이 집을 떠나야 했던 것. 그런데 (D)부동산 업자 사내가 등장합니다.

집주인 혁명이 떠난 자리에 들어선 부동산 업자가 집을 지키는 (A)와 마주 대하고 있습니다. 이 관계를 도식화하면 (A)(B)와 (C)(D)가 대응되겠지요. (A)(B)란 실상 동일한 소녀였던 것. (A)가 실체라면, (B)란 소녀의 심층 의식에 다름아니지요. 꼭 마찬가지로 (D)는 (C)의 심층 의식에 다름아닌 것. 그러니까 소녀가 사촌을 사랑한 임신 3개월의 근친상간적 망상의 일종이었던 것. 그것은 헝겊이 아니라 구름이었던 것.

혁명의 집은 아침 노을이 온 세상을 핑크빛 담요처럼 뒤덮는 시간이면 물에 잠긴 수채화처럼 투명해 보일 것이고 어두운 저녁 기차가 지나갈 때면 동굴처럼 음흉해 보일 것이다. 표현되지 못한 어두운 열정과 차마 말해지지 못한 집착이 겨울 장미처럼 아름답게 혁명과 아미와 아니디아의 생을 장식한다. 아니디아는 이 모든 것을 알고 부동산 회사의 남자는 아무것도 모르는 채로 밤의 안개를 응시하고 있었다. 아니디아가 앉은 소파 아래로 마침내 핏방울이 뚝뚝 떨어지고 있다. (중략) 당신과의 섹스는 나에게 자해였어요. 그걸 아시나요?(225쪽)

'구름으로 만들어진 인형'이란, 이처럼 몽유병 환자의 모습일 수밖에. 공주병에서 인형 의식에서 벗어나기 위한 유산 행위인지도 모를 일. 일종의 자해 행위인지도 모를 일. 헝겊 인형으로 되돌아 갈 수 없는 데까지 이르렀는지도 모를 일. 이 부근에 작가 배씨를 지켜보는 독자의 즐거움이 깃들이고 있지 않겠는가.

4. 횡보와 백릉에서 배우기와 그들을 물리치기—김원우

김원우 씨의 〈난민 하치장〉《작가세계》, 봄호). 중편. 그것도 썩 긴. 대체 김씨의 작품 중 중편 아닌 것도 다 있을까. 썼다 하면 중편이었던 것. 워낙 할말이 많아서일까. 압축력 부족일까. 한갓 버릇일까. 어느 것도 정답일 수 없습니다. 할말이 많지 않은 작가란 세상에 없는 법. 압축 능력이 부족하지 않은 작가도 세상엔 없는 법. 저마다의 고유한 버릇을 갖지 않는 작가도 없는 법이니까. 정답이 다음 인용 속에 숨어 있습니다.

얼굴에 마른버짐이 앉은 한 소년도 그 적산가옥의 깨끗한 화장실을 몇 번인가 이용한 적이 있었다. 물론 누런 덩이가 까마득한 구덩이 속으로 길다랗게 떨어지는 재래식 변소였으나 검은색 골마루를 깔끔하게 파고 들어앉아 있는 하얀 변기는 언제라도 오물은커녕 물기 한방울도 안 보일 정도로 정갈했다. 늘 그 바닥이 차가웠지만 화장실용 하얀 고무신도 눈이 부실 지경으로 닦여서 변기의 볼록한 가리개 쪽을 향해 그 코를 나란히 맞춘 채로 얌전히 놓여 있었다. 엉덩이를 까고 변기 위에 앉으면 누런 덩이가 빠져 나오면서 터뜨리는 소리가 커질까 봐 조심스러웠고, 오물이 혹시라도 어디로 튈까 봐 긴장해서 그랬든지 사르르 아파 오던 아랫배도 순식간에 숙지근해져 버리는 게 신기했다. 그 잦던 배앓이도 피난민 어린이 특유의 영양실조를 반증하는 일종의 한시적 시절병일지도 몰랐다. (147쪽, 밑줄 인용자)

밑줄 친 첫 문장과 끝문장은 설명문입니다. 그 가운데 이른바 묘사문이 자리잡고 있습니다. 이러한 문장 구성법은 단연 김원우식입니다. 메시지로서의 설명문을 앞뒤로 거느린 묘사체의 글쓰기가 그것. 묘사체가 설명체를 뒷받침하고 있기에 설명체가 그 위력(사명)을 적실하게 드러낼 수 있는 김원우식 글쓰기란 이 작가의 고유한 자질이자 방법론이 아닐 수 없지요. 묘사만으로 한몫 본 작가도 있겠고, 설명만으로 나름대로의 소금 장수 얘기를 소설이라 외치는 작가도 있겠으나, 어느 쪽도 불구이긴 마찬가지임을 알아차린 독자라면 김원우식 글쓰기에 새삼 매료됨과 동시에 필시 이렇게 물을 것입니다. (A)앞뒤의 설명을 보충하기 위해 묘사체가 요망된 것일까, (B)묘사체 자체를 위해 호위병으로 설명체를 놓아둔 것일까. 혹은 (C)상호 작용을 통해 제3의 의미체가 형성되는 것일까.

이러한 물음은, 여기서는 일단 접어 두기로 합니다. 구체적인 작품을 떠나면, 방법론이란 공허하기 십상인 까닭. 구체적인 작품, 그러니까 〈난민 하치장〉의 경우는 어떠할까. 물론 (A)유형입니다. 6·25적 피난민 촌에서 유년기를 보낸 소년의 그 잦던 배앓이란 무엇이었을까. 피난민 어린이의 한시적인 의식이었던 사실을 드러내기 위한 가장 효율적인 장치란 묘사체뿐이었던 것. 이 사실은 중요합니다. 이 속엔 이 나라 소설사가 개입되어 있기 때문이지요. 횡보(염상섭)와 백릉(채만식)이 그것. "덕기는 지나가는 전차에 뛰어올랐다. 서대문에서 내려 몇 번이나 물어 홍파동에까지 와 가지고 수첩을 꺼내 보고⋯⋯"《삼대》에서 보듯, 묘사는 설명 속에 녹아버려 문장 전체가 활력을 잃고 있습니다. 지루해지는 것은 이 때문. 백릉의 경우는 이와는 썩 달리 자극적이지요. "하기야 시아버지가 진지상을 받고 계신데 며느리 된 자 어디라고 무엄스럽게 문소리, 목소리를 크게 내서 어른을 불안케 했슨즉, 응당 영감태기로부터, 어허 그 며느리 대단 괘씸쿠나! 하면 필연⋯⋯"《태평천하》).

목소리(묘사)가 설명을 누르고 있는 형국이라고나 할까.

횡보와 백릉이 작가 김원우에게 가르친 것은 무엇이었을까. 설명
과 묘사의 관계항이 아니었을까. 오랜 수련 끝에 작가 김원우가 체
득한 것은, 횡보에서도 백릉에서도 비껴 나기였던 것. 묘사를 설명
속에 해소시킴으로써 생기는 지루함에서도 벗어나야 했겠지만, 묘
사가 설명 위에 올라타 펄럭임으로써 다소 활력을 얻긴 하나, 그
과장된 몸짓에서 오는 경박스러움에서도 벗어나야 했을 터. 김원우
스런 설명, 묘사 관계항이 이로써 구축되지 않았을까. 설명의 보
조 수단으로서의·묘사체 도입이 그것. 산문 작가라면 설명이 지닌
메시지에 비중이 실릴 수밖에. 작가 김원우의 메시지란 무엇인가.
〈난민 하치장〉에서 이 점이 뚜렷합니다. 김원우스런 표준형을 이
루고 있으니까.

작품 서두에 "생업이 물막이질이라 한 사장은 물기라면 질색이
다"라는 문장이 박혀 있습니다. 주인공 한 사장이 등장합니다. 직
업은 물막이질, 그러니까 도장 사업. 회사 이름은 남북 화학 주식
회사. 이른바 '노가다'에 지나지 않는 것. 직원은 여덟 명. 그 중에
외국인 막노동자도 몇 명 끼여 있다. 목욕탕에서 유년기 피난 시절
의 친구를 만난다. 지난날을 회상하고 오늘을 비교한다. 지난날이
란 6·25 이후, 오늘이란 GNP 1만 불 시대. OECD조차 가입한 시
점. 그럼에도 한 사장에겐 조금도 변하지 않은 것이 가로놓여 있
다. '피난민 의식'이 그것. GNP 60불 시대나 1만 불 시대나 한 사
장에겐 꼭같다. 1만 불 시대라 하나, 여지없는 피난민 생활이다.
심지어 방과 후 교문을 나오는 중학생 대열에서도 여지없이 피난민
모양을 읽어낸다(146쪽). 자동차만 보면 '달구지'라 부른다. 이쯤
되면 병치고는 중증이 아닐 수 없다.

불법 체류 노동자에서 50년대 피난민인 자신을 겹쳐 보지 않으면
배길 수 없는 의식. 이러한 한 사장의 의식이란 결국 작가의 의식

이 아닐 수 없지요. 이를 시대적 증언이라 부르면 어떠할까. 세대 감각이라 불러도 되겠지요. 이 50년대 피난민 세대 감각의 부각이 작가 김씨의 메시지에 해당되는 것. 이 메시지가 중요한 것은 오늘 이 나라 사회 저층에 여전히 이 의식이 깔려 있기 때문. 방법으로서의 김원우스러움이 이를 소설스럽게 포착한 것입니다.

5. 참말을 거짓말처럼 하기—박완서

박완서 씨의 〈꽃잎 속의 가시〉(《작가세계》, 봄호)는 이렇게 시작됩니다. "아침에 언니의 부음을 받았다. 언니가 미국으로 쫓겨간 지 두 달도 채 안 돼서였다"라고. 키워드는 '부음'도 '두 달'도 아니고 '언니'와 '미국'입니다.

세상엔 거짓말을 참말처럼 하는 작가도 있습니다. 참말을 거짓말처럼 하는 작가도 있고요. 작가 박씨는 후자에 속하지 않겠습니까. 그것도 아주 전형적으로. 〈엄마의 말뚝〉 연작이 그러하였고 《그 많던 싱아는 누가 다 먹었을까》《거기 정말 그 산이 있었을까》도 그러하였고 심지어 《미망》조차도 그러했던 것. 참말(현실)이 아니면 글을 쓰지 못한다, 참말이 아니면 쓸 생각도 않는다,라고 순간순간 외치는 작가가 박씨입니다. 왜냐면 참말만큼 현실만큼 놀라운, 극적인 아픔은 없으니까. 상흔(傷痕)이 아니라 상처(傷處)를 안고 있기에 그럴 수밖에. 영영 아물 줄 모르는 상처. 금방 피가 솟아나는 그러한 형편에 있기에 그럴 수밖에. 세월이 가도, 아물지 못하는 상처이기에 작가도 어쩔 수 없는 것. 지속적인 박씨의 글쓰기란 이런 곡절에서 말미암는 것. 참말은 그러나 거짓말처럼 쓸 때 제일 빛나는 것. 상처 그것처럼.

그렇다면 이 상처란 체질인가, 사회적인 것인가. 둘 다이겠지요. 양쪽 모두에 걸쳐 있는 상처, 이것이 작가 박씨의 자질이랄까 강점이겠지요. '언니'와 '미국' 땅이 그것. 그러나 무엇보다 소중한 것

은 이러한 박완서스런 방식의 지속성, 쉬하지 않음, 샘물같이 솟아
나옴에 있지 않겠는가. 그것은 상처의 깊이랄까 밀도에서 오는 것
인가, 개인을 넘어선 커다란 공동체의 상처이기에 그러한 것인가.

　잠깐, 하고 누군가가 손을 드는군요. 작품에서 이탈하지 말라고.
이번 작품의 의의는 고령 사회의 최대 과제인 '죽음'에 관한 것이
며, 그러니까 '노인 문학'의 범주에 속하는 것이 아니겠는가. 노인
문학 범주도 응당 형성되어야 하지 않겠는가, 라고. 동감입니다. 참
말을 거짓말처럼 쓰기만 한다면 노인 문학 범주도 리얼리즘의 그것
일 테니까.

　어떻게 하면 참말을 거짓말처럼 쓸 수 있을까. 이 물음에 대한
대답은 오직 하나. 자기 자신을 소재로 하는 길이 그것. 천의무봉
으로 보이는 것은 이 때문. 자기 자신을 까발기기란 또 무엇인가.
마조히즘과 사디즘의 중간에 서기가 그것. 노인 문학 범주의 경우
도 예외일 수 없는 법.

　'나'에겐 미국으로 이민 간 언니가 있었다. 때는 60년대. 30여
년의 세월이 흘렀다. 그 언니가 귀국했다. 큰 아들집 손주 혼사차
들른 것. "언니의 30여 년만의 귀향은 말도 탈도 많았었다"는 것.
왜? 언니의 가방 속엔 소중하게 간직된 수의(壽衣)가 들어 있었으
니까. 장남과 그 아내('나'의 처지에서 보면 조카, 조카며느리)가 전
전긍긍. 왜? 송장 치우기의 공포 때문. 온갖 곡절을 겪어(이 점이
참말스러움) 언니가 쫓겨 미국으로 되돌아갔다. 두 달 만에 미국서
죽었다. 언니의 고유한 죽음이었을까. 어째서 언니는 수의를 안고
귀국했고 또 그것을 안고 쫓기듯 미국으로 되돌아갔을까.

　이런 줄거리, 곧 살아 있는 가족들의 이런저런 심리적 갈등이란
무의미합니다. 소중한 것은 '수의'일 뿐. 죽음이지요. '수의'가 기
품을 획득하기, 그것이 작가 박씨의 자질의 번득임이 아닐까. 참말
이 거짓으로 변하기 때문. '나' 역시 60년대 미국으로 이민 가지

않았겠는가. 거기서 겪은 실감이 바로 '수의'에 관련되었던 것. 장의사에 취직했던 것. 이 장의사에서 '나'가 체득한 것은 '수의'가 지닌 '낯설음'이었던 것. 그러기에 언니의 '수의'에 대한 질부들의 불만도 정당하지만 '수의'에 집착하는 언니도 정당했던 것. 이 두 '참말'이 거짓말처럼 씌어졌습니다.

● 환촉(幻觸)의 이 나라 소설사적 의의

신 장 현

김 호 창

윤 영 수

조 경 란

정 찬

윤 대 녕

환촉(幻觸)의 이 나라 소설사적 의의

─정찬이 이른 곳

신장현의 〈얼음 속의 새〉, 이서인의 〈생각보다 가벼운 일〉,
김호창의 〈달님이 달 속으로 들어간 이야기〉, 윤영수의 〈무대 뒤에서의 공연〉,
정찬의 〈가면의 영혼〉, 조경란의 〈식물들〉, 윤대녕의 〈3월의 전설〉

1. 생각보다 가벼운 것과 무거운 것─신장현, 이서인

신진 신장현 씨의 〈얼음 속의 새〉(《문학사상》, 5월호)를 읽은 독
자 중에 이렇게 물을 사람도 있지 않을까. 어째서 제법 괜찮은 삶
(업적)을 남긴 사람의 과거(유년기)란 형언할 수 없는 밑바닥 인생,
곧 기구한 운명을 겪어야 한다고 작가는 생각하는 것인가가 그것.

여기 한 조각가가 있습니다. 이름은 이동구. 현장각(現場刻)회 회
원. '움직이는 생명'을 조각하는 이 모임을 창설, 주도한 그가 고
급 호텔 전속 얼음 조각가로 나서면서 스스로 만든 현장각회를 부
정합니다. 그러면서도 한 차원 높은 진짜 예술 쪽으로 나아갑니다.
이동구가 현장감으로 사회적 고통과 사회적·정치적 부조리를 고발
·비판하는 현장각회를 떠난 것은 사회적 문제 고발의 예술이란 진
짜 예술일 수 없다는 생각에 이르렀기 때문. 곧 진짜 예술이란, 그
리고 진짜 예술가란 무엇인가. 왈,

조물주가 빚은 유기체의 작품이란 뜻이야. 감히 범접하지 못할 일

이지만……. (185쪽)

이동구는 그러니까 '조물주 흉내내기'를 겨냥하고 있었던 것. 여기서 비로소 뚜렷한 주제 하나가 부상합니다. 진짜 예술가란 '신이 되어야 하느냐'의 여부. 작가란 조물주와 같은 수준의 창작가라는 인식이 그것.

이에 비할 때, 사회 고발 운운의 작품이란 진짜 예술일 수 없다는 것. 이동구는 전자에로 '전향'해 간 것. 이를 지켜본 현장각회 회원이자 작중 화자인 '나'는 거센 반발, 거부 비판으로 나아가지만 어느 틈에 조금씩 이에 물들어 간다는 것. 진짜니까. 곧, 적어도 신이 되고자 한 인간인 예술가의 욕망(구경)은 결국 죽음에 직면할 수밖에 없다는 것. 이 사실이 파탄 직전에 놓인 '나'와 애인 사이의 관계 개선에 결정적 몫을 한다는 것.

여기까지는 그래도 시인하기로 합시다. 문제는 어째서 그 진짜 신(예술가)이 되고자 한 이동구의 과거가 그토록 기구한 운명의 가족 상황 속에 놓여 있어야 한다고 작가는 생각한 것일까. 고아라든가 아비가 파락호라든가 누나가 어쨌다든가 하는 운명을 들먹여야 소설이 된다는 식의 생각이란 참으로 어처구니없는 망상이 아닐까. 이 작가뿐이 아니지요. 아무리 그래 봐야, 이동구가 하필 그림(조각)에로 나아간 이유에 대한 설명은 될 수 없는 법.

고언 한 마디.

그는 강변 고수부지에서 펼쳐졌던 신춘 '현장 세기말 전'을……. (184쪽)

이문구 씨의 소설을 읽어 보지 못한 탓. '고수부지'란 '둔치'여야 하는 것.

118

이서인 씨의 〈생각보다 가벼운 일〉(《내일을 여는 작가》, 봄호)은 과연 생각보다 가볍군요. 다소 어수선한 작품이긴 하나 구성은 의외로 단조롭군요. 39세의 노처녀가 있습니다. 삼류 카페에서 피아노 치는 직업. 시방 동성애 대상자인 어린 여인을 향해 심정 고백서를 줄줄이 엮고 있습니다. 그녀가 사내와 사귀면 동성애 이쪽이 노발대발하고, 그 반대 현상도 같다는 것. 그런데 그토록 죽고 못 살던 동성애인에게 남자 애인이 생겼다는 것. 관계의 파탄에 이르렀다는 것. 겪고 보니, 그 파탄이란 '생각보다 가벼운 일'이라는 것. 물론 그 반대여야 소설적 진실에 가까워지겠지요.

"남자가 생겼어요"라는 선언을 기탄없이 뱉는 쪽도 가볍지만, 이를 받아들이는 쪽도 가볍기는 마찬가지. 그녀('나')의 남자가 교통사고로 죽었으니까. 문제는 이 '선언'의 다음 장면에 있습니다. 온 세상이 암흑으로 변했던 것. 그럴 수밖에. 아파트를 뒤덮은 일시적 정전이 이를 말해 주는 것. 다시 전기가 들어와, 어둠을 일제히 몰아낸다면 어떻게 될까. 다시 시작하는 수밖에. 다시 시작하기란, 인생에 있어 결코 어려운 일이 아닌 법. 어째서? 그건 매우 익숙한 일이니까.

이만하면 썩 괜찮은 주제지요. 다만 작가가 좀더 정리를 한다면.

2. 인식론적 전환과 소설 쓰기─김호창

김호창 씨의 〈달님이 달 속으로 들어간 이야기〉(《실천문학》, 봄호)는 제목부터 멋집니다. 제가 '멋지다' 함은 그것이 소금 장수 얘기나 샤머니즘(공동체, 분단, 노사 등등) 범주에서 썩 벗어났다는 뜻이지요.

이 나라 문학의 샤머니즘 체질이 얼마나 큰 몫을 해 왔는가는 세상이 아는 사실. 누가 감히 폄하하랴. 그렇더라도 그것만이 전부일 수는 없는 노릇. 잠시 조세희 씨의 저 고전적인 '뫼비우스의 띠

(Möbius' Band)'와 '클라인의 병(Klein's Pot)'의 '인식론적 전환'을 염두에 두기로 합시다. 또한 하성란 씨의 〈루빈의 술잔(Rubyn's Cup)〉을 떠올려도 괜찮겠지요. 각각 그 편차가 있긴 하지만 이러한 '인식론적 장소'란, 다음 명제로 요약될 수 있지 않을까.

"모든 희랍인은 거짓말쟁이라고 한 희랍인이 말했다." (에피메니데스)

"나는 거짓말쟁이다"라고 말할 때 만일 그가 진실을 말하고 있다면 그는 곧 거짓말쟁이가 되겠지만 그렇다고 해서 만일 그가 거짓말을 하고 있는 경우에도 (당연히) 그가 거짓말을 하고 있지 않을 수는 없지요. 곧 어느 쪽의 경우도 그는 거짓말쟁이에 다름 아닌 것. 이 논법은 따라서 그가 말하는 것은 참도 거짓도 아닌, 당초 '진·위'로 측정되지 않는 것이지요.

이처럼 자기언급적인 것(self-referential)은 '진·위' 판단이 불가능하다는 것. 이를 결정불가능성의 이론 또는 괴델(Gödel)의 이론이라 부르는 것. 수학자 괴델이 가장 논리적으로 알려진 수학에서조차 '진·위' 불가능의 처지에 있음을 갈파한 것이 1931년이었음을 염두에 둔다면 어떠할까. 〈난장이가 쏘아올린 작은 공〉의 작가 조씨는 이를 일찍이 알고 있었던 것.

그 후배인 하성란 씨에 이어, 김호창 씨가 등장합니다. 늦기는 하지만. 김호창 씨의 목소리를 잠시 들어 볼까요.

거짓말. 거북이는 토끼를 결코 이길 수 없다. 산란기의 거북이는 백 미터가 채 되지 않는 백사장을 한나절 내내 걸어가 알을 낳는다. 토끼에게 백 미터는 30초 안이면 통과할 수 있는 거리다. 토끼는 '한참 동안' 달렸다고 했다. 최소한 10분을 달렸다고 치면 2킬로미터 이상 달렸다고 하는 이야기다. 그 정도 거리면 토끼가 낮잠을 자는 것이 아니라 하루 밤낮을 꼬박 자야만 거북이가 통과하는 거리다. 이 이야기가 사실이 되려면 1.토끼는 달리자마자 잠을 자야만 했고,

2. 엄청나게 오랫동안 낮잠, 아니 밤낮없이 자야만 한다. (170쪽)

작가 김씨는 잇대어 《심청전》이 지닌 문제점에 주목합니다. 두루 아는 바와 같이 심청은 인당수에 빠져 죽는다. 아니 죽지 않고 기적적으로 살아남아 황후가 되어 '맹인 잔치'를 벌이지 않겠는가. 심봉사와 극적으로 만난다. 어째서 심청은 맹인 잔치를 벌였을까. 이 대목을 작가는 도저히 납득할 수 없다는 것입니다. 어째서? 심청이 인당수에 몸을 바치면 심봉사가 눈을 뜰 수 있다고 믿지 않았던가. 뺑덕 어멈이 공양미를 갈취한 사실을 물론 심청이 모르고 있었으니까. 당연히도 심청은 아비가 눈을 떴으리라 믿었으니까. 그런데도 '맹인 잔치'라니, 당치도 않은 일.

자, 여기까지 이르면 어째서 조세희 씨의 〈난장이가 쏘아올린 작은 공〉이 80년대를 폭파하고도 남을 만한 폭약이 장전된 작품이었는가의 해명으로 족하지 않겠습니까. 이른바 '인식론적 전환'이었던 것. 그 훨씬 후배인 김호창 씨는 시방, 또 다른 인식론적 전환을 재촉하고자 합니다. '나는 거북이·토끼 경주 얘기, 심청전을 믿고 싶다'라는 사고법과, '그것은 거짓이어서 믿을 수 없다'라는 사고법 틈에 낀 사람들은 어째야 적당할까.

여기까지 물어 온 독자라면 이 작품을 읽을 자격이 있다고 하겠지요. 뿐만 아니라 그런 독자는 썩 아름다운 한 편의 동화조차 마주칠 수 있습니다. 달님과의 만남이 그것.

아름다운 장면(이야기)에 마주칠 수 있는 사람은, 그럴 만한 자격을 갖추어야 한다는 것. 그런 '자격'을 갖춘 사람이란 어떤 경우일까. 곧 '인식론적 전환'이란 어떤 경우에 찾아오는 것일까. 작가는 인형 장수 홀아비 밑에서 자라고 있는 어린 딸 '달님이'를 통해 보여 주고 있습니다. 작가의 고유한 몫이기에 돋보이기조차 합니다. 그렇다면 그 '자격'이란 어떤 것일까. 그 '자격'을 갖춘 자인 작중 화자 '나'가 지금 그의 어미와 이런 대화를 나누고 있습니다.

    (아들) 내 두 눈으로 똑똑히 봤다니까요. 인형을 쌓아 놓고 애(딸
님)는 묶어 놓고……
    (어미) 무슨 사연이 있겠지.
    (아들) 이건 유아 학대예요. 학대!
    (어미) 그만 진정해라. 일을 안 하니까 별 데 관심을 다 갖구 난리
야, 너는. (179쪽)

직장을 잃고 어미 밑에 붙어 빌빌 놀고 있는 자, 그가 '유자격
자'입니다. 그런 '방관자'의 처지에 설 때 비로소 '인식론적 전환'
이 가능한 법.

문득 이 장면에서 있지도 않은 '헛것'을 보고, 다마스커스에서
눈 먼 사도 바울을 떠올림은 저만의 편견일까. 아침 출근 시간 사
람들이 일제히 출구에서 나오고 있을 때 오직 한 사람만이 거꾸로
출구로 향해 가는 형국이라고나 할까. 죽은 지 3일 만에 부활한 자
를 실제로 목도한 사람이 아니라면 어찌 이런 '인식론적 전환'이
가능하랴. 라스콜리니코프(《죄와 벌》)는 그러한 인물이 아니었던가.
사도 바울도 그러하지 않았을까.

3. 부사 '한편'과 소설—윤영수

윤영수 씨의 〈무대 뒤에서의 공연〉(《내일을 여는 작가》, 봄호)은
이렇게 시작됩니다. "고치기는 뭘 고쳤다는 거야. 아침이랑 똑같은
데"라고. 여기는 내과 병동 302호 4인용 여자 병실이니 '그'가 환
자는 아니지요. 초등학생 올망졸망한 아이의 어미인 '그'의 아내가
환자이니까. '그'는 농약을 먹고 자살하려다 실패하여 입원한 아내
의 병간호를 하느라 4인용 환자실에서 밤샘을 하는 위인. 이는 비

극일까 희극일까. 작가의 시선은 당초부터 분명합니다.

목구멍과 밥줄이 타 버려 주먹만한 구멍을 얼금얼금 기웠거나 말
거나. 온몸의 뼈와 살이 농약에 절어 파김치가 되었거나 말거나. 그
는 의자에서 일어나 아내에게 바짝 다가선다. 침상 머리맡의 라디오
를 켠다. 라디오 소리는 예상 외로 깔끔하다. 여자 아나운서의 목소
리가 나지막이 감겨든다. (194쪽)

아내가 왜 자살을 시도했는지에 대한 사고란 일언반구도 없는 세
계. '왜(인과론)'가 제거된 세계란 과연 어떤 것일까. 이를 철저히
보여 주겠다는 것이 작가 윤씨의 의도.
일찍이 《햄릿》의 저자는 이렇게 적은 바 있지요. "세계란, 느끼
는 자에겐 비극이기 마련이며 보는 자에겐 영락없는 희극이다"라
고. 작가 윤씨는 보는 세계, 그러니까 '보여지는 세계'에다 시선을
고정해 놓았습니다. 희극적 세계의 표정만을 보여 주겠다는 것.
왜? 인과율(필연성)로 일관해 온 소설적 세계에 진절머리가 났으니
까. 적어도 그것에 주눅들린 경우이면 그럴수록 여기에서 필사적으
로 도피할 방도를 찾지 않을 수 없었을 테니까.
제초제를 먹고 자빠진 아내가 '어째서' 그랬느냐를 깡그리 제하
고 난 마당에서 바라보면 과연 어떻게 될까. 희극 중에도 희극이다
가 그 정답. 여기까지는 삼척동자도 아는 일. 그렇다면 무엇이 새
삼 문제일까. '인과율'을 기반으로 하는 소설(리얼리즘, 현실반영
론)이 통시적(通時的)인 세계 인식이라면, 이에서 벗어나고자 하는
것은 공시적(共時的) 세계 인식에 해당된다는 사실이 그것. 요컨대
이 공시성의 철저화란 새삼 무엇인가. 따지고 보면 이것이 소설의
제일 소설다운 측면이 아니었던가.
소설이란 '근대의 산물'인 것. 이야기가 고유하게 지닌 '인과율'

에 소설이 짓눌려 소설 고유의 '공시성'이 잊혀져 왔다는 점에 주목하고, 이를 크게 일깨운 것은 문학판의 사람들이 아니라 정치 사상가들이었음은 아이러니가 아닐까. P. 앤더슨의 명저 《상상의 공동체》(1983)가 그것.

두루 아는 바와 같이 '근대'란 정치적으로는 '국민 국가(nation-state)', 사회·경제적으로는 자본제 생산 양식(Mode of Capitalist Production)의 확립으로 요약되는 것. 이 국민 국가란 실상 '상상의 공동체'의 일종이라는 것. 이 '상상의 공동체'를 창출할 때 소설이 결정적인 몫의 하나를 맡았다는 것이 앤더슨의 주장이지요. 어째서 그러한가. 앤더슨이 내세운 것은 소설이 지닌 고유한 기능의 하나인 '균질적이고 공허한 시간' 개념입니다. 이를 부사 '한편(meanwhile)'으로 대표시킬 수 있다는 것. 발자크가 아니라 너절한 삼류 소설에까지 전형적으로 나타나는 이 '한편'이란 무엇인가. 도표로 보여 볼까요. 소설 속에 등장하는 주인공 A에겐 처 B와 애인 C가 있다고 칩시다. 또 C에겐 정부 D가 있다고 칩시다.

시간
사건
A와 B가 말다툼을 하고 있다. C와 D는 정사를 하고 있다.
A가 C에게 전화를 걸고 있다. B는 물건을 사고 있다. D는 당구에 열중.
D가 술집에서 취해 있다. A는 B와 집에서 식사하고 있다. C는 불길한 꿈을 꾼다.

이 소설 속엔 그러니까 시간이 동시에 주어져 있지요. A와 D는 한 번도 만난 바 없지요. C가 제대로 한다면 A와 D는 서로 알 필요도 없지요. 그렇다면 A와 D를 실제로 관련 짓는 것은 무엇인가.

첫째 A도 D도 사회에 편입되어 있다는 점. 둘째, 이 점이 중요하거니와, A와 D는 전지적 독자의 머릿속에 설정되어 있다는 점. 독자만이 이 사실을 알고 있음이란 무엇일까. A가 C에게 전화를 하고 '한편' B가 물건을 사고 '한편' D가 당구를 치는 것을 '동시에' 볼 수 있는 것은 독자뿐이지요. 등장 인물들의 모든 행위가 시계와 달력상에서 같은 시간에, 그러니까 서로간에 전혀 알지 못하는 행위자에 의해 행해진다는 사실. 이것이야말로 작가가 독자의 머릿속에 떠오르게 한 상상적 세계의 새로움이라는 것. 사회적 유기체가 균질적이고 공허한 시간 속을 달력에 따라 이동해 간다는 이 관념은 '국민'의 관념과 꼭 같다는 것이지요.

작가 윤씨의 이번 작품은 소설이 지닌 '한편'의 기능을 썩 날카롭게 보여 주는 사례입니다. 통시성을 차단하고 공시성으로 치닫기가 그것. 아내를 병실에 둔 채 사내는 간병녀와 놀아나고 있고 '한편' 아내는 병실의 다른 환자들과 남편 자랑(험담)을 늘어놓고 있고, '한편' 고등학생인 간병녀의 아들은 독신녀 아파트에 쳐들어가 술에 취해 널부러진 여자를 노려보고 있고, '한편' 외국에서 귀국한 사내의 아들은 잠긴 대문 앞에서 발길질을 하고 있고…….

작가 윤씨는 지금 무엇을 새삼 드러내고자 이 작품을 썼을까. "보이는 것을 보지 못하는 사람은 보이지 않는 것을 본다. 들리는 것을 듣지 못하는 사람은 들리지 않는 것을 듣는다"(210쪽)라고 작가 윤씨는 말합니다. 국민 국가의 해체를 부르짖고, 실상 그러한 해체 과정이 진행되고 있는 오늘의 시선에서 보면 이러한 '공허한 균질성'이 무슨 의미를 띠는 것일까.

4. 운명의 두 표정―정찬

정찬 씨의 〈가면의 영혼〉(《현대문학》, 5월호)엔 머릿말이 붙어 있고 거기에서 작중 화자인 '나'가 매우 큰소리를 치고 있군요. "나는 유형자다. 하지만 흔히 볼 수 있는 유형자라면 나는 당신을 향해 입을 열지도 않을 것이다. 너절한 이야기로 당신을 지루하게 하는 것도 죄를 짓는 일이니까"라고. 옳은 말씀. 허풍일까. 과연 그러할까. 엿볼 만하지 않습니까. '나'란 누구인가. 기껏해야 퇴역 배우군요. 나이는 고작 서른두 살. 사내 인생 32세에 퇴역 배우에 이른 까닭은 무엇인가. '가면' 때문이라고 우기고 있습니다. 여기서 '우기고 있다'는 제 표현에 주목해 주십시오. 작가 정씨는 지금 작중 인물인 퇴역 배우의 입을 빌어 일방적으로 '고백'하고 있습니다. 고백체의 일반적인 인상이랄까 강점이 죄의식에서 빚어진 머뭇거림에 있다고 믿어 온 사람이라면, 작가 정씨의 이 고백체의 울림은 너무 강해서 오히려 설득력을 잃고 있다고 할 것입니다.

잠깐, 오히려 그만큼 자신감이랄까 고백의 내용에 대한 강렬성을 말해 주는 것이 아니겠는가라고 항의할 법도 하지요. 이쯤 되면 이 작품의 승패란 고백체가 지닌 '강·약'의 정도에 달려 있다고 할 수 없겠는가. 과연 고백의 내용이 그렇게 고압적일 만큼 대단한 것일까 혹은 기껏해야 누구나 다 아는 상식 중의 상식에 지나지 못하는 것일까. 점검해 볼 밖에.

이야기는 3년 전으로 거슬러 올라간다. 《오셀로》의 이아고 역을 성공적으로 해낸 바 있는 '나'에게 소포클레스의 《오이디푸스 왕》의 주역을 맡아 달라는 이름난 연출가의 주문이 들어 왔다. 중견 배우 K씨의 사고로 말미암아 대역이 요망되었기 때문. 이 굉장한 제의를 '나'가 거절할 수밖에. 어째서? '나'는 이아고의 가면을 쓴, 그러니까 이아고였으니까. 이아고의 가면을 벗기까지는 상당한 시간(통과 제의)이 필요한 법. 이 '상당한 시간'을 어떻게 하면 단축시킬 수 있을까. 연출가의 조언은 이러하다.

연어가 물살을 거슬러 올라갈 때 어떻게 하는지 아나? 그 물고기는 최대한의 에너지를 얻을 수 있는 지점을 찾는다네. 물살이 가장 강력한 원심력을 일으키는 곳을 말일세. 그 원심력은 연어가 가진 에너지를 네 배로 올려주며, 연어는 그 힘을 바탕으로 도약한다네. (170쪽)

배우도 연어라는 것. (여기에 90년대적 상상력이 번득이고 있거니와) 세계 연극계의 정상에 놓인 것이 희랍 비극임은 모두가 아는 일. 운명 비극이니까. 다음 단계가 셰익스피어. 성격 비극이니까. 근대 연극은 이른바 《인형의 집》《세일즈맨의 죽음》 같은 사회 비극. 인류사의 이러한 진행 과정에서 운명 비극이야말로 원초적인 것. 아무도 극복 못하는 인간 운명에 대한 비극이니까(성격이란 고치면 되는 것. 사회 모순이란 개혁하면 되는 것). 이아고 역이란 무엇인가. 성격 비극의 최고봉인 《오셀로》에 있어 주역 오셀로란 일종의 허수아비. 진짜는 간사한 '나' 이아고였던 것. '나' 이아고는 연어의 생리를 닮아 바야흐로 오셀로를 능가하고 있었던 것. 이 사실을 연출가는 알고 있었다. 말을 바꾸면 '나' 이아고가 계속 연어의 생리를 이용한다면, 배우라면 누구나 해보고 싶은 저 운명 비극 오이디푸스 역도 해낼 수가 있다는 것.

　연출가의 이러한 논리는 과연 가능할까. 결론부터 말하면, 가능하지 않음으로 기울어집니다. 어느 수준까지는 가능했지요. 이아고 역을 버리고 오이디푸스 역으로 나아간 '나'는 상당한 수준에서 성공을 거둡니다. 그러나 어느 지점에 이르러 마침내 파탄에 직면합니다. 무대 위에서 오이디푸스 역을 하던 '나'의 내면에서 이아고가 분출해 올라왔던 것. 극복되었다고 믿었던 이아고가 살아남아, 오이디푸스와 혈전을 벌이는 장면이 무대 위에서 벌어졌던 것. 대체 이 광란이란 무엇인가. '나'도 모르겠으니, 누가 아는 사람 있거든 좀 해석해 줄 수 없겠는가. 아마 없을 것이다. 전문가인 '나'

도 모르는데, 독자 당신들 수준의 건달들이 어찌 알겠는가. 어림도 없는, 무서운 일이다. 아니 그러한가, 라고 작가 정씨는 '나'를 통해 강변합니다.

글쎄요. 그렇다고 해서 고압적 고백체로 나와도 되는 것일까. 독자 모두가 '나'보다 훤히 알고 있다면 어쩔 셈인가.

두 가지 점만 지적하기로 합시다.

(A)연어의 생리(통과 제의)에 이르지 못했기에 실패했다고 할 수 없겠는가. 배우가 가면을 쓰기 위해 '상당한 시간(통과 제의)'이 요망되지만, 만일 연어의 생리를 제대로 이용한다면(인간도 연어의 일종임은 90년대가 다 아는 일) 실패할 이치가 없는 법. 가면에 잘못이 있지 않고 잘못은 이 '적용'에 있었던 것. 그렇지 않으면 '인간과 연어란 별개다'라는 명제를 성립시켜야 할 일.

(B)환촉(幻觸)의 도입. 여기에는 설명이 없을 수 없지요. 이 나라 소설계의 위력이 드러난 몇 개의 계기가 있다면 아마도 사회적 터부 돌파 방식의 타개가 아니었겠는가. 환청 현상(현기영의 〈순이 삼촌〉), 환시 현상(최인훈의 〈하늘의 다리〉), 환후 현상(임철우의 〈직선과 독가스〉) 등이 그것. 여기에서 또 하나 돌파구를 만든 것이 정찬 씨의 〈슬픔의 노래〉(1995)였지요. 이른바 '환촉 현상'이 그것. 있지도 않은 것을 감촉하는 이 보이지 않는 '손'이란 무엇인가. 보이지 않는 손의 감각이 이번 작품에도 그대로, 좀더 깊이 있게 스며 있어 인상적입니다.

(가)영혼의 액체가 더 이상 흘러나가지 않고 내부가 텅 비면 보이지 않는 손이 나타난다. 보이지 않는 손은 내 눈을 뽑는다. 눈이 없는 나는 어둠 그 자체가 된다. 보이지 않는 손은 내 혀를 뽑는다. (169쪽)

(나)내 손은 무의식중에 두 눈을 더듬고 있었는데, 눈에서 쏟아져

내리는 피의 뭉클한 감촉이 손바닥에 가득했다. (172쪽)

환촉이 이제 작가 정씨에 의해 그 실체를 조금 드러냈다고 할 것입니다. 적어도 이 나라 소설판에서는 선을 긋는 장면이라고나 할까.

5. 30대에 벌써 귀신을 보는 작가들—조경란, 윤대녕

조경란 씨의 〈식물들〉《문학사상》, 5월호)은 식물스런 표정을 짓고 있습니다. 한동안 동물스런 몸짓으로 요란하게 활동하던 작가 조씨의 모종의 변화의 징후로 볼 수 없을까.

동물스런 몸짓이라 했거니와, 그것은 이 작가의 데뷔작 〈불란서 안경원〉(1996)에서 비롯된 것. 이른바 성감대로 말해지는 것. 성적 불안감에 시달리는 여인의 세계만큼 말 많고 탈 많은 얘깃거리가 달리 있을까. 주제(정리된 소재) 자체가 소설스럽다고나 할까. 작가 조씨가 두각을 크게 드러낼 수 있었던 것도. 이 유력한 성감대 때문. 〈유리동물원〉《창작과비평》, 봄호) 역시 이 계보에 드는 것. 무정액증 환자를 남편으로 둔 아내의 성감대 의식이 질펀하게 펼쳐져 있지요.

이러한 자기의 체질에서 잠시 벗어나고자 하는 유혹이 빚어낸 〈식물들〉이기에 동물스런 감각과는 대조적일 수밖에. 들어가 볼까요.

몇 년 사이에 많은 변화가 있었다. 세 번째 연애도 실패로 끝났으며 육 개월 간의 무직 상태를 끝내고 다시 자리를 옮긴 직장에 출근하고 있었다. (서두)

과거형입니다. 작중화자인 '나'는 33세의 노처녀. 얼마나 못났으면 세 번째 연애도 실패했을까. 까다로워서였을까. 자기 말로는 별로 그렇지 않다. 아니, 상대방 잘못도 '나'의 잘못도 아닌, 그런 인과율 따지기 자체가 아예 무용한 지점이다. '나'의 아비가 사고로 죽었고, 여동생은 결혼해서 이민갔고, 노모와 단 둘이서 살아간다. 직장이란 그러니까 모회사 홍보실. 신년 첫날 전화가 걸려 온다. 3년 전에 근무하던 곳에 관련된 소녀(한상미)가 죽었다는 것. 모화장품 회사 홍보팀에 근무할 때 그 회사는 '십대 소년소녀 가장 돕기'에 참가했는데, 그 속에 소녀 한상미가 있었다. '나'의 임무는, 구청을 통해 그 소녀에게 매달 일정한 생활금을 지불하는 것. 그런데 살아 있는 동안 소녀를 만난 것은 단 한 번뿐. 그런데 죽은 소녀의 수첩에는 '나'의 전화번호가 적혀 있었던 것. 전화를 받은 '나'가 빈소로 찾아갔고, 영정 앞에 곶감 한 상자를 가져다 놓았다는 것. 그리고 '나'는 곧바로 이번에도 해고되었다는 것.

중요한 것은 여기서부터입니다. 해고당했다는 사실을 노모에게 말할 수 없었다. 왜? 노모가 충격을 받으면 안 되니까. 방법은 단 하나. 매일 출근하는 흉내를 낼 수밖에. 하루 종일 볼일 없이 헤매다가 귀가. 그런 어느 날 밤, 침대에 한상미가 찾아왔다는 것. 함께 잤다는 것. 대화를 했다는 것.

　(한상미) 곶감을, 사오셨더군요.
　(나)네가, 먹고 싶어했던 거잖아. 그리고, 그날 약속했었고. (172쪽)

바로 이날이 한상미의 사십구일재였다. 어째서 이런 지경에까지 이르렀을까. 물론 인과율을 따지자면 한상미를 죽게 한 원인은 '나'의 실책(송금하기를 잊었던 것)에 있겠지요. 그것이 '나'로 하여금 고아원으로 들어간 한상미를 한 번 만나 곶감 사주기의 약속에로 나가게 했던 것. 죄의식이 깔려 있는 이 '곶감'이 이제 환각으로 나타나, 이불 속으로 스며든 것이지요. 문제는 이런저런 얘기 줄거리에 있지 않습니다. 환각을 보고 있었다는 것. 한상미의 귀신을 보고 있었다는 것. 조금 막말로 하자면 '귀신'이 소설 속으로 거침없이 스며들었다는 것. 노모의 불경 읽는 소리 틈으로. 이러한 징후가 〈은어낚시통신〉의 작가 윤대녕 씨에게도 나타나고 있습니다.

윤대녕 씨의 〈3월의 전설〉(《현대문학》, 5월호)을 잠시 볼까요. '나'가 지리산 자락 화개(쌍계사)에 갔다 왔다는 것. 거기서 구례 장터도 꽃도 보고 무엇보다 여인들도 만나고 왔다는 것. 만발한 꽃 속의 여인들이라, 도대체 여인들이 하나이기도 여럿이기도 하다는 것. 여기까지는 약간의 재치만 부릴 줄 아는 작가라면 쉽사리 그릴 수 있는 경지. 그렇지만 여인 A, 애인 남현주, 그들이 동일 인물로 다가온다는 것은 분명 환각이 아니었겠는가. 이 '헷갈림의 미학'이 석가세존께서 가르치신 '인연' 그것의 참 모습일까. 여기서 손가락 하나만 건드려도 저 '귀신스런 세계'로 떨어지는 것이 아닐까. 농경 사회 상상력의 절정을 보인 작가 신경숙 씨가 〈언덕 위의 빈집〉(1993) 전후 한동안 '귀신 보기'를 일삼았음과 혹시 무슨 관련이라도 있는 것일까. "마흔다섯은/ 귀신이 와 서는 것이/ 보이는 나이"(〈마흔다섯〉)라고 미당은 읊었거니와, 미당도 아닌 이 나라 30대의 작가들이 귀신을 함부로 보아도 되는 것일까. 귀신도 귀신 나름일까.

고언 두 마디.

(A)때로는 샤워를 한답시고 남자가 금방 들어갔다 나온 여관 화장실 변기에서 똥 냄새를 맡아야 할 적도 있었다. (〈식물들〉, 160쪽)

(B)고작해야 방바닥에 떨어진 한 점 핏방울을 흰 손수건을 들고 엎드려 닦아낸 정도의 모습이었다. (〈3월의 전설〉, 48쪽)

지금도 이런 대목이 과연 적절하다고 작가 스스로도 생각하는 것일까.

● '루빈의 술잔'과 인체결시증(人體缺視症)의 상상력

하 성 란

김 영 하

함 정 임

이 청 준

이 순 원

'루빈의 술잔'과
인체결시증(人體缺視症)의 상상력
—하성란, 김영하의 민첩함에 대하여

하성란의 〈곰팡이꽃〉〈식사의 즐거움〉, 김영하의 〈고압선〉〈비상구〉,
함정임의 〈그리운 백마〉, 이순원의 〈첫사랑〉〈1968년 겨울, 램프 속의 여자〉,
이청준의 〈내가 네 사촌이냐〉

1. 인식론적 전환으로서의 '루빈의 술잔'—하성란

자기만의 화두를 발견하고, 그것이 화두이기에 맹렬할 수밖에 없
을 때 한 작가가 탄생하리라.

〈곰팡이꽃〉(《문학동네》, 여름호)의 작가 하성란 씨에 있어 그 화
두는 무엇일까. 적어도 현재까지는 '루빈의 술잔'이 그 정답. 과연
'루빈의 술잔'이 저 유명한 〈난장이가 쏘아올린 작은 공〉(1978)의
화두 '뫼비우스의 띠/클라인의 병'에 견줄 만한 것일까에 대해 속
단할 필요는 없겠으나, 적어도 한 신진 작가의 야심찬 '인식론적
전환'의 일종이라 볼 수 있지 않을까.

대체 '루빈의 술잔'이란 무엇일까. 현상학자 루빈의 이름을 딴
이것은 반전도형(反轉圖形)을 가리킴입니다. 같은 도형(그림)이면
서 보고 있는 중에 원근 또는 그 밖의 조건으로 다르게, 그러니까
뒤바뀌어 다른 그림으로 보이는 도형. 네커의 입방체 등이 그런 사
례. 일종의 게슈탈트스런 인식에 해당되는 것.

같은 도형이 원근 또는 그 밖의 조건으로 말미암아 다르게 보이

는 이른바 착시 현상이란 일상 속에서 우리가 자주 보아 오는 터. 이 착시 현상의 발견이란 그 자체가 예술 범주에 든다고 지적한 것은 저 당돌한 러시안 포멀리스트들. 〈방법으로서의 예술〉에서 쉬클로프스키 왈, 삶의 감각을 회복하고 사물을 의식하기 위해서, 곧 돌멩이를 돌멩이답게 하기 위해서 예술이란 물건이 존재한다, 라고. 안다는 것으로써가 아니라 본다는 것으로써, 사물에 감각을 부여하는 것이 예술의 목적이기에 일상적으로 낯익은 사물을 기이한 것으로 표현하는 낯설게하기의 방법이 바로 예술의 방법이다, 라고. 지각하는 과정이 예술의 목적이기 위해서는 어떠해야 할까. 그 지각화 과정을 될 수 있는 한 늘이기, 지각을 어렵게 하기, 지각에 이르는 시간을 증대시키기 위해 도입하는 난해한 형식이 바로 예술의 방법이다, 라고. 그도 그럴 것이 예술은 사물의 행동을 체험하는 방식인 까닭. 그 때문에 예술 속에 만들어진 내용이란 중요치 않은 것으로 될 수밖에, 라고.

쉬클로프스키의 이 고명한 낯설게하기론이란, 잘 따져 보면 초기 마르크스의 소외론 및 훗날 하이데거의 기술론 비판(그는 이성을 둘로 나누어, 기술적 이성의 측면을 비판해 마지않았다)과 맥을 같이 하는 것처럼 보이기도 하지만, 잘 따져 보면 이 낯설게하기론에는 중대한 문제점이 잠복되어 있지 않았을까. 마르크스나 하이데거와 정반대로 나아가기가 그것. 말을 바꾸면, 예술이란 지각을 느리게 하기 위한 '기술' 개발에 총력을 기울인다는 것. '기술의 자립화'가 예술의 본질이라면, 그 기술 때문에 인류 파멸이 도래한다는 저 하이데거 식의 비판과는 역방향에 서는 형국이지요. 내용(이미지)을 문제 삼지 않는(그러니까 내용을 갖지 않는) 공허한 형식(기술)을 역설적으로 내용이라 부른다면, 이는 누가 보아도 '불가능한 기술'이 아닐 수 없지요.

잠깐, 하고 누가 손을 들겠지요. 대체 당신은 무슨 말을 하고 싶은가, 라고. 그렇소. 쉬클로프스키의 기술론(技術論)을 비판함이 아닙니다. 혹시 '루빈의 술잔'을 기술론의 일종으로 인식할까 보아 미리 방패막이를 해두기 위함이었을 뿐입니다. '루빈의 술잔'은 기술과 무관한 것. 인식론의 범주이기에 '인식론적 전환'에 해당되는 것. 그것은 '반전'의 개념으로 보다 선명히 요약됩니다. 시선에 따라 사물이 '다르게 보인다' 속엔, '반전' 개념이 포함되겠지만, 실상은 이 '반전' 개념이 본질적이겠지요. 작가 하성란 씨의 문제적 인식론도 바로 이 반전 개념에 있습니다.

마이크로스런 사물 묘사가 도입되는 것도, 이 '반전'을 위한 방법론의 일환입니다. 이제 '반전'이란 무엇인가와 그것의 의의를 묻는 일이 남았습니다.

〈곰팡이꽃〉부터 볼까요.

여기는 15평 아파트. 90가구. 독신, 신혼부부, 그리고 노부부들이 사는 곳. 한 독신 사내가 사는 곳은 508호. 사내는 쓰레기 종량제를 위반했다. 주민들의 추적에 의해 발각된다. 그 추적 방법은 간단 명료. 사내가 버린 쓰레기의 정밀 검사가 그것. 주민들 앞에 등장한 사내는, 움직일 수 없는, 미세하기 짝이 없는 증거물에 의해 범인으로 확정됨과 동시에 사내의 모든 것, 심지어 내면 세계까지 천하에 폭로되고 만다. 사내의 본질이란, 그가 배출한 미세한 쓰레기의 총화라는 이 명제가 작품 구성의 한쪽 기둥이라면, 그를 반전시키면 옆집 507호 또는 어느 호수의 아파트의 독신녀나 이혼녀의 것도 천하에 노출될 수밖에. 사내는 최지애라는 여인의 쓰레기 검정에 나아갑니다.

여지없는 구성상의 반전이지요. 그렇다면 이 사내와 그 여자를 잇는 거멀못이란 무엇인가. 최지애를 사랑하는 또 다른 사내의 등장이 그것. (1)쓰레기의 반전에 이어, (2)두 사내의 반전이 겹쳐지고 있습니다. 어느 쪽에 진실이 있는가.

이만하면 〈곰팡이꽃〉의 방법론이 뚜렷해지지 않았을까. 그렇다면 장편에서도 하씨는 이 방법론으로 밀고 나갈 수 있을까. 그 해답이 장편 《식사의 즐거움》(《현대문학》, 6월호) 속에 들어 있어 인상적입니다. '루빈의 술잔'이 다만 '루빈의 밥상'으로 바뀌었다고나 할까요. '잔'이란 워낙 '술잔'이어야 하는 것. 그러니까 비유컨대 단편이 '술잔'이라면 장편이란 기껏해야 '밥상스런 것'일 수밖에. 매일 먹는 '밥상'에서 예술스런 '비일상화'를 구하기란 워낙 무리가 아닐 수 없는 법. 그럼에도 작가 하씨의 창작 방법론은 변할 수 없는 법. '루빈의 술잔'스런 방법론의 현실적 타협선 모색이 그것.

여기 '나'라는 사내가 있습니다. 가족 앞에서 틈만 나면 밥상 뒤엎기를 일삼는 아비 밑에서 27년을 산 이 사내에게 '루빈의 술잔'스런 방식을 적용하면 어떻게 될까. 사내의 반대편에 설정된 여학생 홍재경일까. 그렇지 않지요. '루빈의 술잔'스런 현상이란, 밥상 뒤엎기를 일삼는 아비가 실상은 가짜 아비라는 사실의 발견이 그것. '진짜 아비'와 '가짜 아비'의 반전 관계가 그것. 이는 분명 저 유명한 프로이트의 '가족 소설(Familien Roman)'에 대한 도전이라 할 수 없을까.

'다리 밑에서 주워 온 아이'의 단계를 거쳐 어른이 된 모든 사람들의 성장 체험이 진실인 것은, 가짜 아비가 실상 진짜 아비임을 인식했을 때에 국한된다는 사실에 생각이 미친다면 하성란식 반전이란 이 작품의 경우 뭐라 해야 적당할까. 밤낮 밥상을 뒤엎는 천하 악종인 아비란 가짜 아비이며, 따라서 '나'란, 본래 왕자/공주였다고 착각하는 단계에서 벗어남이 성장의 의미라면, 이에 대응되는 장면 곧 '나'가 진짜 왕자/공주라는 사실의 발견이란 무엇인가. 이 놀라운 발견이 예술이기 어렵다는 것은 웬 까닭일까. 작가 하씨에게 이렇게 우리가 물어 볼 수 있는 것은 또 무슨 까닭일까. '루빈의 술잔' 속에도 모랄이 작동해야 된다는 뜻이 아니고 새삼 무엇일까.

2. 투명담(透明譚)의 뿌리─김영하

김영하 씨의 활동이 눈부십니다. 〈고압선〉(《창작과비평》, 여름호), 〈비상구〉(《문학과사회》, 여름호), 〈아랑은 왜 나비가 되었나〉(《동서문학》, 여름호) 등의 동시적 발표라는 점에서지요. 무엇이 신선하냐. 상상력의 질이 그러하지요. 곧 문체에로 귀착되는 것. 문체란 또 무엇인가.

우선 당당함을 들겠지요. 상상력의 신선함을 가능케 하는 문체를 〈비상구〉에서 조금 볼까요.

> (A) "뭐 이 개새끼야? 뭘 처먹었다고 이 지랄이야?"
>   이럴 땐 화를 돋워야 이긴다. 예상대로 직원은 화가 났다. (521쪽)
> (B) 이럴 때는 더 세게 나가야 한다. (521쪽)

'나'는 20세 청년. 오토바이 타고 장난칠 때도 지났고, 좀도적질할 나이도 지났다. 조직에 들어가 허리 굽히기도 싫고 집구석으로 들어가는 건 더 싫다. 계집들과의 교접 놀이에 빠져들기도 뭔한 이 청년이 갖고 있는 것이라곤 생의 충만한 에너지뿐. 이를 당당함이라 한다. '나는 억울하다'라 외치고 고발하는 저 '맨발의 청춘' 식 소설과 질적으로 구분되는 지점이지요.

환경 탓이거나 사회적 부조리 탓이거나 좌우지간 '탓으로 돌리는 의식'(루카치의 용어)이 실제로 어떤 계층의 구성 분자들 개개인이 갖고 있는 '의식'에 앞질러 사회 변혁의 원동력으로 작동한다는 것, 이를 두고 '계급 의식'이라 불렀던 것. 이 '탓으로 돌리는 의식'에서 자유로운 장면이 신진 작가 김씨의 특권적 자리라 할 수 없을까.

형사에 쫓기면서 "내가 니네 형 죽인 것도 아닌데 왜 이렇게 죽어라고 쫓아와? 좆같은 새끼들아. 그렇게 속으로 욕을 해대면서도 내 발은 계속 지붕에서 지붕으로 넘어 다녔다"라고 당당히 말하기, 그러기에 '타넘을 지붕'이 얼마든지 있을 수밖에. 이 열린 가능성이 '탓으로 돌리는 의식'에서 벗어난 종자들의 세계가 아닐 수 없지요. 가족 때문에, 혹은 서자로 태어났기에, 또는 분단 현실 속이기에, 수몰 지구이기에, 또 어미 아비 때문에 등등의 그 많은 '탓으로 돌리는 의식'에서 소설이 꾸며졌다는 것, 그것이 리얼리즘(현실)임을 그 누가 모르랴. 그렇지만 작가 김씨가 보여 주는 20세의 몸뚱이만 있는 이 청년의 삶도 현실이기는 마찬가지. 단순한 깡패 소설과 다른 것은 이런 문맥에서이지요.

중요한 것은, 이 '탓으로 돌리는 의식'에서의 자유로움이 소설적 의미를 획득하기 위해서는 그것이 문체로 증명되어야 한다는 사실. 문체가 상상력의 다른 이름임을 작가 김씨가 유려하게 보여 주는 작품으로 〈고압선〉을 들 수 없을까.

〈고압선〉은 '탓으로 돌리는 의식'을 압살하는 강도 높은 상상력을 보여 주는 작품. 여기 보통의 은행원(대리)이 있습니다. '탓으로 돌리는 의식'으로 제시된 것은 (1)감원의 계절이라는 것, (2)평범한 자질이라는 것, (3)노모를 모시고 있다는 것, (4)대학 시절 짝사랑한 여학생이 있었다는 것 등이지요. 그러나 이런 정도의 '탓으로 돌리는 의식'이라도 압살하기 위해서는, 3천3백 볼트의 전류 없이는 어림도 없는 노릇.

여기 한 은행원이 있습니다. 어느 날 갑자기 투명 인간으로 변해 버렸다는 것. 이 기상천외의 상상력이란 한갓 우화스런 변신담일까. 아마 그렇겠지요. 일찍이 불세출의 작가 카프카가 이렇게 썼던 것. "그레고르 잠자는 어느 날 아침 뒤숭숭한 잠에서 깨어났을 때

140

흉측스런 벌레로 변해서 침대에 누워 있는 자신의 모습을 보았다"
(《변신》)라고. 행상인 그레고르 잠자의 이러한 날벼락 당함이란 무
엇인가. 이런저런 해석이 가능하겠지만 요약컨대 '탓으로 돌리는
의식'을 철저히 배제, 압살하는 고압선이 아니었던가. 작가 김영하
의 주인공인 이 은행원의 경우도 사정은 마찬가지.

　멀리 괘종시계 소리가 들려 왔다. 남자는 그 소리와 함께 사정을
하고 나가 떨어졌다. 목이 말랐다. (중략) 냉장고 문을 열자 환한 빛
이 어두운 거실로 차고 나왔다. 포카리스웨트는 없었고 콜라가 있었
다. 콜라를 집으려 손을 넣었지만 손이 보이지 않았다. 분명 자신은
콜라를 잡았다고 생각했는데 콜라만 보였다. 그는 천천히 콜라를 꺼
내 보았다. 콜라만 올라왔다. 놀란 그는 콜라캔을 떨어뜨렸다. (중략)
냉장고 문만 열어놓고 어디 간 거야? 그는 분명 냉장고 앞에 있었는
데 그녀는 그를 찾고 있었다. (420쪽)

　카프카의 것이 변신담(變身譚)의 일종이라면 김영하의 그것은 투
명담(透明譚) 계보에 드는 것.
　호사가라면 어째서 이 평범한 은행원이 투명 욕망을 갖게 되었는
가의 심층 분석에 나아갈 법하지요. 노모의 방해로 번번이 부부 잠
자리가 간섭받았다는 것, IMF 원년(元年)의 감원 바람에 대한 불안
등이 그것. 좀더 신중한 호사가라면 중산층 윤리로서의 외도라는
이름의 죄의식이, 그 주범이라고 하겠지요. 외도를 하고 싶은 욕망
과 이를 억제하게끔 훈련된 억압 의식이 낳은 기묘한 상상력이 투
명담의 원천이다, 라고. 잠깐, 무슨 객소리들이야, 라고 덤빌 호사가
도 있지 않을까. 투명 인간이 되고 싶지 않은 인간도 다 있을까.
그러기에 투명담이란 인간 욕망의 본원적 형태이다, 라고.
　이렇게 큰소리로 우기는 호사가라면 그는 응당 저 플라톤의 《국

가론〉에 나오는 '규게스의 반지'를 내세울 것입니다. 정의란 무엇인가. 정의란 혼의 덕(德, 우세한 것)이며 부정이란 혼의 악덕(저열한 것)이라고 소크라테스가 논증해 보이자 청년 그라우콘이 '규게스의 반지'를 들어 의문을 던졌던 것.

옛날 규게스라는 이름의 양치기가 있었다. 왕 리유데이아를 모시고 있던 규게스가 어느 날 지진이 일어난 곳에서 생긴 구덩이에 빠졌다. 거기서 자기의 모습이 사라지는 기묘한 반지를 얻었다. 이 신비한 반지의 힘을 이용, 그는 왕비를 범하고, 그녀와 공모해서 왕을 죽인다. 점점 규게스는 왕권을 탈취해 갔다. 자기만이 타인을 볼 수 있고 타인이 자기를 보지 못한다면 과연 '정의'가 지켜질까. 그는 무슨 짓을 해도, 세상의 비판에서 자유롭다. 거의 신의 경지라 할 것이다. 이때 과연 그는 '부정'을 저지르지 않고 배길 수 있겠는가. 그 '부정'이 자기의 이익(행복)이 되는 경우라면 말이다. 자기에게 이익 되기와 인간으로서의 정의가 일치하지 않는다면 과연 어떻게 될까. 인간이란 원래 착한 혼의 소유자라는 이 대전제가 과연 타당한가.

또 다른 호사가라면, 자살한 노벨상 수상 작가 가와바타 야스나리의 절필 소설 〈민들레〉를 내세울지도 모릅니다. 연인에게 안기는 순간 그 연인의 모습이 보이지 않는 기묘한 병에 걸린 여인 얘기. 이른바 인체결시증(人體缺視症). 이 환자가 정신 병원에 입원, 거기서 한 노인을 만난다. '불계에 들기 쉽고 마계에 들기 어렵도다(佛界易入 魔界難入)'라는 글씨만을 줄곧 쓰고 있는 이 노인이란 무엇인가. 씨의 노벨상 수상 연설에도 나오는 이 문구와 인체결시증이 무슨 관련을 맺는가.

이렇게 보아 올 때 작가 김씨는 '변신담' 계열에서도 벗어난 '투명담' 계보를 이 나라 문학사에 도입하고 있다고 볼 수 없을까. 이 계보를 받아들이되 기껏해야 시류적(IMF) 과제에서 멈춘 것이라 할 수 없을까. 그 증거로 작품 서두의 군소리를 들 수 없을까. "어느 날 그 남자는 희한한 소리를 듣게 되었다. 여자를 사랑하지 마십시오. 위험합니다. 남자는 처음에는 흘려들었다. 그러나 점쟁이는 진지했다"라고. 점치러 갔단 말인가. 난데없는 점쟁이의 이 '신탁'이란 무엇인가. 묻지도 않는데 점쟁이가 찾아왔던가. 실로 밑도 끝도 없는 우화성 도입이라 할 수 없을까.

3. 소설사 속으로 들어온 '철원네' —함정임

함정임 씨의 〈그리운 백마〉(《무애》, 창간호)는 경원선 백마역을 무대로 한 것. 눈발이 내리는 밤, 대합실에서 막차를 기다리는 한 뚱뚱한 노파가 등장합니다. 이름은 철원댁. '철원댁'이라니.

만약 이 나라 소설판을 골똘히 읽어 온 독자라면 이 대목에서 문득 낯익은 이름에 마주치고 잠시 놀랄 수 있을 법하지 않을까. 이 철원댁이 두고 하는 유명한 말이 있기 때문. "이 씨를 말릴 함경도 종자들아!"라고 외치는 철원네란 과연 누구인가.

(A)두구보라구. 기눔의 고양이에게 낚아 채이든지 아니면 지레 들뛰다 올가미에 먹어지를 졸리든지 둘 중의 하나는 틀림없으니끼니.

아버지의 단호한 표정은 무언중에 이렇게 말하고 있었다. 그러나 다음날 아침 가게문을 열어 보던 아버지의 일그러진 얼굴을 민홍은 차마 바라볼 수가 없었다. 아버지의 가랑이 사이로 입술을 훔치며 날렵히 빠져나간 고양이에 의해 가게 안은 사탕 쪼가리 하나 제대로 성한 것이 없을 정도로 분탕질이 돼 있었던 것이다. 어지간히 혼이 나간 얼굴로 도움을 청하듯 민홍을 돌아보는 아버지에게 철원네의 악다구니가 퍼부어졌다.

"이 씨를 말릴 함경도 종자들아"

특히 〈종자〉를 발음할 때 철원네의 입놀림은 기묘했다. 비계 덩어리 같은 것을 입안에 넣고 자근자근 짓씹는 모양이었는데 그 특이함으로 인해 듣는 사람으로 하여금 완벽한 시청각적 효과를 거두게 해 주었다. (김소진, 〈쥐잡기〉의 일절)

(B) 책 속의 어느 구절에선가, 미아리 시절 파출부 일에, 재봉틀 일에 지치고 지쳐 넌더리를 치며 내지르곤 하던 "이 씨를 말릴 함경도 종자들아!"라는 악다구니가 글자 한 자 틀리지 않고 박혀 있다가 철원네 눈앞에 톡 튀어 나왔다. 철원네는 그것이 눈에 들어오자 뒷목이 하르르 떨리고 뻣뻣해지는 것이 마음이 여간 상하는 것이 아니었다. 더더욱 종진이 놈이 무엇을 잘했는지 방송에 나온다고 작은애가 들어 보라고 라디오를 갖다가 틀어 주는데 말마다 북에 두고 온 처자가 어쩌구저쩌구 하는데 귀를 틀어막을 수도 없고 가슴에 이는 불을 태연히 견디기가 보통 괴로운 것이 아니었다. 그 뒤로 종진이 놈이 미아리 얘기를 책으로 쓰든, 신문에 나오든 아예 강 건너 불 보듯 모른 척했다. (〈그리운 백마〉, 205쪽)

(A)가 씌어진 것은 《경향신문》 신춘문예(1991)이지요. 이 작품을 필두로 하여 맹렬히 부상한 신진 작가 김소진 씨가 창작집 《열린 사회와 그 적들》(1993)을 두 해 만에 내었지요. 그 첫머리에다 작가는 이렇게 적어 놓고 있더군요. "어머니께 조촐한 얘기 한 상 봐 올립니다"라고. 그 어머니가 곧 철원네이지요.

6·25적 북에 처자를 둔 함경도의 청년이 있었다. 인민군에 동원되어 포로 신세가 되었고 거제도에 수용된다. 거기서, '별다른 이유도 없이'(막사 대들보를 기어가는 생쥐 때문) 남쪽에 남게 된다.

철원 쪽에 정착, 거기서 여인을 만나 가정을 꾸몄다. 밑바닥 따라지 인생이 시작된다. 상경, 미아리 판자촌에 정착, 거기서 구멍가게를 열고 아들 둘, 딸 둘을 낳아 길렀다. 철원네는 파출부 기타로 살림을 보태어 갔다. 이 집 둘째 아들이 소설쟁이가 됐다. 제 아비를 소재로 쓴 작품이 〈쥐잡기〉였다. 사실 그대로이기에 리얼리즘이라 부를 만큼 진실했다. 이어, 제 어미 철원네를 등장시킨 소설, 이웃 춘하도 등장시킨 소설을 써 대기 시작했다. 민중 문학이라 불리어졌으나 본인에겐 다만 기억의 소설이자 경험 자체였다. 아비 얘기를 쓰면 문단은 일제히 분단 문학이라 불러 부추겼다.

신진 작가로서는 비교적 빨리 알려졌다. 그도 가정을 꾸몄다. 동업의 여류 작가였다. 이름은 함정임.

아이도 낳았다. 이번엔 아비, 어미, 이웃에서 아내, 친구 등에로 나아가지 않으면 안 되었는데, 기억(경험의 영역)이 그의 창작 원천인 까닭.

여기까지는 누가 보아도 범속한 사람 사는 길이지요. 문제는, 그 다음 장면. 형이 갑자기 죽었고, 얼마 지나지 않아 1997년 그도 죽고 말았다는 것. 이 장면에서 과연 철원네 일가는 어떻게 되었을까.

이런 물음이 어떤 의미를 띠기 위해서는 작가 김소진 문학의 역량 전부가 요망되겠지요. 어째서? 고유명사 '철원네'를 보통 명사로 바꿔 놓은 것이 김소진 문학이었던 까닭. 이 점을 문제 삼았다는 점에 〈그리운 백마〉의 의의가 있습니다. 남편을 잃은 '작은 아이'(며느리)의 처지도 딱하지만 자식 없는 며느리한테 얹혀 사는 철원네의 신세도 딱하기는 마찬가지. 이 쌍과부의 운명이 보통 명사로 되기 위해서는, 김소진 문학의 무게가 요망될 터. 이데올로기로서의 민중 의식이라든가 분단 의식의 육체화(생활화)가 그것. 김소진 문학의 자리가 이데올로기와 실생활이 분리되지 않은 곳에 놓인 문학이었기에, 철원네도 문학적으로 구제될 수 있었던 것. 백마역에서 밤마다 아들을 기다리는 철원네의 환각이 금강산행이었다는 것도 이로써 설명될 터. 작가 함씨는 이 점에 민첩했지요. 그렇다면 정작 작가 함씨의 몫은 무엇인가. 다음 두 가지로 요약되지 않을까.

첫째, 작품의 완성도. 이 작품의 문체가 김소진의 〈춘하 돌아오다〉〈키작은 쑥부쟁이〉를 그대로 사용했기에 마침내 달성된 것.

둘째, 이 점이 중요하거니와, 작가 함씨가 갖고 있는 항아리의 상징성. 철원네 눈에는, 그리고 우리 보통 사람의 눈엔 항아리의 주둥이란, 하늘을 향해 뻥 뚫린 구멍에 지나지 않는 것. 그러나 작가 함씨에 있어 그것은 시커멓게 살아 있는 눈이라는 것. 아니, '늪'이라는 것. 철원네가 며느리 사이를 지켜보고 있는 눈이자 늪이라는 것. 그 눈이 고부간을 지켜보고 있다는 것. 이 의식이란 무엇인가. 글쓰기의 의식 그것이 아니라면 대체 무슨 소용이 있단 말인가.

4. 남근주의적 기억 저편—이순원

이순원 씨의 〈첫사랑〉(《문학사상》, 6월호)은 이씨 특유의 자질이 드러난 작품. 유년기 기억 불러 내기가 이씨의 장기임은 모두가 아는 일. '수색 시리즈'에서 거의 완성도를 보였던 작가이니까. 말을 바꾸면, 유년기 기억을 불러 내어 그것에다 이씨 특유의 색깔 칠하기가 그것. 그 색깔이 '물빛'이라 우기고 있지요. 문학적이라 할 만한 색깔이지요.

〈첫사랑〉에도 이씨는 같은 색깔을 칠하고자 했을까. 이 물음은 던질 만하지요. 그리고 그 대답은 조금 유감스럽게도 부정적입니다. 여기엔 색깔이 없기 때문. 첫사랑이란, 한 인간에겐 '꿈'이라는 것. 깨지 않는 꿈꾸기라는 것. 이 점 한 가지를 강조한 나머지 미처 그 꿈의 색깔을 잊은 것이 아닐까.

강원도 산골 초등학교가 있었다. 졸업한 지 30년 만에 동창회를 서울에서 열었다. 시골서 여자들 몇 명도 왔다. 술판이 벌어지고 노래방도 가고. 그런데 그 무렵 '공주 노릇'을 했던 자현이란 여자가 나타나지 않았다. 사내들 가슴속에 아직도 그녀가 새겨져 있다.

그 중에서도 제일 가난하고 소외된 은봉이가 진짜 짝사랑을 했다는 것. 이 작품이 범작에 지나지 않는 것은 기억에 색칠을 하지 않았기 때문.

이 씨의 다른 작품 〈1968년 겨울, 램프 속의 여자〉(《세계의 문학》, 여름호)는 어떠할까. 13세 적의 기억이 참 주제로 되어 있습니다. 작가 이씨만이 제일 잘할 수 있다고 스스로 믿고 있는 그 유년기의 기억. 약간 칙칙하나 여기엔 색깔이 있군요.

13세의 기억이란 무엇인가. 눈 오는 어스름녘에 문득 바깥을 내다보았을 때 가슴 한 구석에 "어떤 아련하고도 쓸쓸한 아픔 같은 것"이 밀려온다고 작중 화자인 '나'가 주장하고 있습니다.

이는 〈창랑정기〉(1938)에서 현민(유진오)이 인용한 박팔양의 시구 그대로가 아니겠는가.

그러면 나는 어김없이 내 나이 열세 살 적의 아이처럼 이제는 얼굴조차 가물가물하게 잊고 만 여자를 위해 그때처럼 램프에 불을 밝히고 싶어진다. 그날 밤새 내린 눈 때문이었을까, 아니면 아직 어린 내 나이 때문이었을까. 막연히 슬퍼 보이긴 했지만 그때는 옆에서 지켜보면서도 그게 어떤 아픔이며 어떤 끔찍함인지 몰랐다. 아직도 잊지 않고 기억하고 있는 것은 오직 하나 여자의 이름뿐이다.

은집이라고 했다. 노은집. (31쪽)

할아버지가 죽자 기다렸다는 듯 아비가 가출했고 형은 군에 갔고, 초등학교 4년생 누이동생만 남은 집에 달랑 남은 것은 13세의 '나'와 어머니뿐. 그러니까 집안의 대주(大主)라곤 '나' 뿐.

이런 집안 구도란 작가 이씨의 고유한 기억의 영역인 '수색 시리즈'에 막바로 이어진 것. 작가 이씨 자신이 아닐 수 없지요. 일종의 광맥이라고나 할까. '수색 시리즈'의 화자는 항시 동일한 인물.

이름은 수호. 시점은 유년기에서 철날 무렵까지. 참 주제는 어미로부터 배우는 가풍(家風).

가문의 기품을 지키게끔 하는 어미의 시선이란 언제나 부재하는 남편에 대한 그리움과 증오를 둘째 아들이 스스로 알아차리게끔 하는 간접화 방식에 놓여 있는 것.

이씨의 '수색 시리즈'가 근본적으로 남성 중심주의(남근주의)라 함은 이런 문맥에서이지요. 《토지》(박경리), 《미망》(박완서), 《혼불》(최명희) 등 대하 소설이 한결같이 여성주의적임에 비해 '수색 시리즈'가 돋보이는 것도 이 때문이지요.

이번 〈1968년 겨울, 램프 속의 여자〉는 어떠한가. 램프불이 주역으로 된 소설이라 할 수 없을까. 램프불이 남성적 상징물임을 염두에 둔다면 쉽사리 짐작되는 것이겠지요.

어느 잔치 마당에 사내들이 골방에 한 여인을 가두고 윤간한 사건을 목도하고 저도 모르게 그 음모에 가담했고(방 빌려 주기), 동시에 그녀를 지키고 싶었던 13세의 수호 소년이 이제 어른이 되어 회상하고 있습니다. 그녀를 위로하는 길은 단 한 가지. 그녀를 위해 남폿불을 켜 주기가 그것.

남폿불이란 무엇인가. 그것은 집안의 어둠을 밝히는 물건이지만 동시에 '거울'이기도 했던 것. 수호 소년 마음을 밝히는 거울이기에 그럴 수밖에. 남폿불이란, 그러니까 가출한 아비의 상징이었던 것.

그럼에도 이 작품이 저 헤밍웨이의 〈살인패〉나 김동리의 〈역마〉 같은 성장 소설(소년이 세상의 악을 발견하는 과정)과 다른 것은 웬 까닭일까. 남폿불이 지닌 상징성 때문이 아니겠는가.

5. 유랑민의 상상력과 그 화해 과정—이청준

이청준 씨의 〈내가 네 사촌이냐?〉(《창작과비평》, 여름호)는 '서편제 시리즈'의 일종. 문체도 그러하고 표정도 그러하며 뭔가 한 수 가르쳐 주고자 하는 목소리조차 그러합니다.

'서편제 시리즈'라 했거니와, 다르게 말해 작가 이씨가 주로 다루는 이 경향을 두고 제 나름으로는 유랑민의 상상력이라 부르곤 했지요. 정주민(농민)의 상상력(신경숙)에 대응되는 이 상상력의 발현 방식의 특색은 그 극한 의식에 있습니다. 이른바 '저주받은 부분(한)'을 가진 주인공의 등장이 그것. 인간성의 깊이에 육박할 수 있었던 것은 이런 방식에서 밀미암았던 것. 이번 작품의 경우도 마찬가지.

형제가 있었다. 형은 '저주받은 병'을 안고 있었다. 마을에서 축출당했다. 유랑민으로 그는 여사여사하게 살다 죽었다. 그의 아들이 이제 아비의 마을로 찾아왔다. 살아 있는 아우, 그러니까 숙질간의 대면이 이루어진다. 이어서 사촌간의 관계가 회복되기에 이른다는 것. 곧 유랑민의 상상력이 정주민의 상상력과 화해 관계에 이른다는 것.

이 점에서 작가 이씨는 항시 '교양 소설(한풀이)'을 쓰고 있는 셈. 뭔가 독자들에게 한 수 가르쳐 주겠다는 것. 그런데 그러한 '가르쳐 주기(한풀이)'를 아주 웅숭깊은 방식으로 진행시키기 때문에 겉으로 표가 나지 않는다는 것. 이씨의 남다른 수련에서 우러난 미덕이라 하겠지요.

고언 한 마디. "제 아비의 고향 고을을 굳이 '이곳'이나 '여기'라 말하고, 제 숙부를 늘 '어른'이라 부르고, 그리고 끝끝내 방안으로 들어가기를 마다한 채 마루끝 자리를 고집해 온 것도 모두 그 때문이었음이 분명했다"(234쪽)라는 대목은 어떠할까.

작가가 나서서 이렇게 설명까지 할 필요가 과연 있을까.

● 고전의 형식과 민담의 형식

김 동 리

이 남 희

남 상 순

한 승 원

전 경 린

고전의 형식과 민담의 형식

—⟨구운몽⟩과 ⟨우렁각시⟩ 설화에 부쳐

김동리의 유작시, 이남희의 ⟨정육점의 고무 영혼⟩,
남상순의 ⟨중독⟩, 전경린의 ⟨어느 낯선 물 속 나의 그림자⟩,
한승원의 ⟨꽃과 뿌리⟩

1. 김동리의 무지개

소설 속으로 IMF가 망설임도 없이 쳐들어와도 되는 것일까. 중견 작가 C씨가 어느 자리에서 던진 탄식. 문학이 어찌 양철 냄비이겠느냐라는 힐난이 아님을 C씨의 작풍(作風)으로 보아 금방 알아차렸지요. 풍속도의 제시로서야 작품일 수 없다는 것. 체험의 범주가 곰삭아서 그것을 알아볼 수 없을 만큼 된 경지, 이른바 체험의 영역에 이르러야 한다는 것. 이러한 C씨와 마주앉아 있자니 제 가슴이 답답해지지 않겠습니까. 헤어져 지하철을 타고 손잡이에 매달려 있자니 그 답답함의 원인이 비로소 머리를 스치지 않겠습니까. C씨가 릴케스런 세대에 속한다는 사실이 그것. 릴케의 속삭임에 귀를 기울였던 세대란 무엇인가.

《말테의 수기》의 이 시인이 말하는 경험이란 체험한 것을 잊어버린 다음 단계라는 것. 그러니까 체험이란 어떤 생명체가 겪은 일을 잊지 않고 그대로 생생하게 간직하고 있는 상태를 가리킴인 것. 여기서는 결코 진짜 문학이 나올 수 없다는 것. 이 생생한 기억이 이런저런 다른 기억과 섞여져, 뭐가 뭔지 구별할 수 없는 상태로 되었을 때를 두고 경험이라 한다는 것. 이 경지에 이른 다음에 비로소 그것이 창작에 연결된다는 것. 문학을 지망하는 젊은이에게 릴케의 속삭임이 그토록 대단한 것이었을까. 어떤 세대이기에 그러했을까. 문학 자체가 원래 그러한 것에 속한 물건일까.

집에 도착해 보니, 《문학사상》(7월호)이 기다리고 있었지요. 김동리 선생의 유작시가 그득 실려 있지 않겠습니까. 청산을 바라보면 이내 목이 마르는 사람, 경칩이 아직 까마득한 때에도 동구 밖에서 개구리 떼지어 우는 소리를 듣는 사람, 그가 김동리였기에 선생께 이 가슴 답답함을 물어 보면 어떠할까.

신은 사회의 상이 아니요 우주의 혼이다. 소설의 중요한 기능이 사회의 상을 그리는 데 가깝다면 시는 본질적으로 우주 참여에 맞다. 사회 참여와 우주 참여의 어느 것이 더 크며 중요하냐의 문제가 아님은 태양과 무주(巫呪)의 어느 것이 더 크며 더 중요하냐의 문제가 아님과 같다.
　　　　　　　　　　　　　—시집 《바위》(일지사)의 '후기' 중에서

분명하군요. 소설과 시의 영분(領分)이 선생에겐 뚜렷하니까. '신과 내가 짝이 된다'는 쪽이 시의 영분이라는 것. 그러기에 〈실존무〉(1955)는 소설이고 〈무녀도〉(1936)는 소설일 수 없다는 것. 시란, 우주에 관여하는 것이기에 당초 인간 문제를 떠난 것. 인간에 관여된 것이 소설이기에 김동리는 이 두 세계 사이에서 헤맬 수밖에. 지상과 천상, 사회상과 우주상(혼) 그 사이를 잇는 매개항이 인간 김동리였던 것. 그는 이 매개항을 무지개라 불렀군요.

하늘과 땅 사이엔

사랑의 무지개
이승과 저승 사이
다리 놓는 무지개
　　　　—〈무지개〉, 마지막 연

　이 무지개가 오색으로 찬란했던 것은 그것이 실체가 아닌 환각이
었던 까닭. 평생토록 선생이 어느 신도 경배하지 않았고 어느 종교
에도 머물지 않았음이 이 사실을 새삼 증거함이 아닐까. 일찍이 공
자께서는 시 3백 편이면 한마디로 생각에 사특함이 없다(《논어》, 위
정편)고 말씀하지 않았던가. 시 30수로 금방 사특함 없음에 이를
수야 없겠지만, 석굴암 대불 앞에서 읊은 〈연꽃 웃고 있네〉를 제가
나즈막하게 소리내어 읽었음은 웬 까닭이었을까.
　릴케가 《말테의 수기》를 쓴 것은 김동리의 〈흥남철수〉(1955), 〈실
존무〉와 더불어 뭔가 착오였지 않았을까. 〈올포이스에 바치는 소네
트〉, 〈두이노의 비가〉여야 했고, 〈황토기〉(1939), 《사반의 십자가》
(1957)여야 했지 않았을까.

2. 기억의 덫에 걸린 사람—이남희
　이남희 씨의 〈정육점의 고무 영혼〉(《문학사상》 7월호)은 두 부분
으로 나뉘어져 있습니다. 실직되어 가정 파탄, 마침내 마지막 가진
것인 장기(臟器)까지 팔아야 될 골목에 이른 사내의 유년기의 섬뜩
했던 기억이 앞부분이라면 뒷부분은 실직된 이후에서 중대 결심을
하기까지의 과정을 내용으로 하고 있습니다. 뒷부분이 시대적 과제
라면 앞부분은 주인공의 고유한 개인적 기억입니다.
　이 기억은 매우 생생해서 단연 돋보이는 것. 이 기억이 후반부를
규정할 뿐 아니라 이끌어 나가고 있는 형국입니다. "아주 오래 전
그는 우시장 뒷동네에서 살았었다"라고 전반부가 시작됩니다. 우시

장이란 그러니까 도살장의 다른 명칭. 이 근처에 살았다는 것은 그의 출신 성분을 말해 주는 것. 온종일 시장바닥에 순대며 막걸리를 팔아서 삶을 꾸려 가는 홀어미 밑에서 두 살 터울인 누나와 살아간 조바심이 지나치게 심약한 소년(그)을 규정하는 다음 두 가지 이미지가 주조저음(主調低音)인 셈.

(A)밤이 이슥해서 장이 파하면, 어머니는 양동이엔 선지를 함지박엔 고기 부스러기를 받아와 연탄불에 밤새 삶을 수 있도록 손질을 하였다. 밤마다 역한 비린내는 집 안을 진동했고, 방바닥에 엎드려 골목을 울리는 발소리에 귀를 기울이며 숙제를 하던 그는 몰래 헛구역질을 하기도 했다. (134쪽)

어째서 이 소년은 이렇게 심약한 상태였을까. 이 물음에 작가는 아무런 암시도 해명도 해놓고 있지 않습니다. 독자 쪽에서 본다면 생래적이라 볼 수밖에 없지 않겠습니까. 이러한 생래적 체질이 환경을 조화, 극복하여 멧돼지 모양 거칠고도 튼튼해질 수 있을까. 혹은 그 정반대일까. 대논문이 될 만한 문제계가 여기 잠복해 있겠지요. 작가 이씨는 이 점에 비자각적이라고나 할까. 대신 작가는 이 소년을 딱 한 번 도살장으로 안내하고 있군요.

술래잡기를 하던 어느 날, 숨은 곳이 바로 도살장. 꼭꼭 숨다 보니 너무 깊은 곳까지 들어왔던 것. 어느새 어둠이 스며들었고, 그 박명 속에서 소년이 본 것은 미루나무에 매달린 쇠고기덩이(시체)였고, 만져진 것은 섬뜩한 그 육질의 감촉이었고, 들은 것은 살인자(백정)들의 목소리였던 것.

(B)어둠의 진군이 시작되자 사물들은 날카로운 모서리를 잃고 뭉툭하니 닳아 가고 있었다. (중략) 귀가 멍멍했고 피비린내는 속을 뒤

156

집었다. 이리저리 헤매다가 섬뜩한 육질에 부딪쳐 소스라치게 놀라기도 했다. "뭔 일이랴? 뭔 소리가 났는데?" (중략) 부시시 깨어나는 사람 목소리. (136쪽)

미각만 빠진 청각, 시각, 촉각, 후각이 모조리 작용된 곳, 거기에다 작가는 소년을 세워 놓고 있지 않습니까. (A), (B)에서 선명해진 것은 기억이 감각으로 이루어졌다는 사실입니다. 기억이란 그러니까 이미지의 별칭이었던 것.

이 압도적인 이미지에 이끌려 작품 후반부가 질질 끌려 가고 있는 형국이라 할 수 없을까. 이 전반부의 역동성이 아니었더라면 후반부란 기껏해야 한 가지 오늘의 풍속도에 지나지 않는 것. 후반부란 어떠한가. 심약한 소년이 천신만고 끝에 직장을 얻고, 제법 잘난 척하는 아내도 얻고(그 때문에 노모를 따로 내보냈지만) 딸도 낳아 이른바 가정을 이루었으나 최근 실직. 당연히도 아내는 짐을 챙겨 가출, 딸도 가출, 모든 것을 잃은 그가 시방 서울 거리를 방황하고 있습니다. 이른바 노숙자. 여기저기서 얻어먹고 지하철 역 바닥에서 자고 나면 또 그 타령. 그러다 장기를 팔아 목돈을 마련키 위해 딸을 찾아가 상의한다는 것. 이런 줄거리란 누가 보아도 TV물 수준이 아니겠는가.

후반부의 독법은 다음 두 가지. 방랑 생활 자체를 즐기기에 관한 것. 등장 인물 정씨가 그러한 사례. 자기가 좋아서 방랑 생활 하는데 누가 뭐라 할까. 일감을 누가 마련해 준다 해도 절대로 나아가지 않을 생리를 정씨는 갖고 있으니까. 이에 비할 때, 주인공인 '그'는 어떠한가. 이것이 하나의 문제점이지요. 이 문제는 추구해볼 가치가 있는 것. 장기나 팔아 한몫 하겠다는 '그'의 결심이란, 비장하기는 하나, 방랑을 즐기는 친구 정씨와 체질적으로 동족이라 할 수 없을까. 이 점에서 주인공 '그'는 덫에 걸려 있는 셈.

다른 하나는, 이 점이 중요하거니와, 무엇이 '그'에게 덫을 놓았는가에 관한 사유. 과연 이 물음의 해답이 작품 전반부 속에 들어 있는 것일까. 전반부와 후반부가 따로따로 놀고 있지는 않은지. 그러고 보니 '덫'의 문제는 여전히 미해결의 장으로 남았습니다. 다음 작에 기대하는 것은 저만의 편견일까.

　고언 한 마디. '먹먹했다', '시작했다'라 일관하지 않고 '훙건하였다'는 또 무엇인가. 또 '현수막'(139쪽)이란 아마도 '펼침막(플래카드)'이라야 하지 않을까. 위에서 아래로 드리우는 것이 현수막이니까.

3. 순진성이 빚어낸 세 층위—남상순

　남상순 씨의 〈중독〉(《문예중앙》 여름호)은 이른바 통제된 문체. 오랜만에 대면하는 입심이라고나 할까. 입심이되 잘 통제된 입심.

　　퇴근을 하기 위해 코트를 챙겨 입고 막 목도리를 걸치는 순간 고모가 전화를 걸어왔다. "나야"라는 특유의 음성은 때가 조금도 묻지 않아 상처받은 경험이라고는 없는 어린아이의 그것처럼 순진하게 들리다가, 어느 순간 나이를 먹어버린 사람의 혼잣말처럼 공허한 울림을 남기고는 힘없이 꺼져들었다. (서두)

　이 서두가 치밀하게 계산된 것임은 이 작품을 다 읽었을 때 확연해집니다. 작가 남씨의 남다른 솜씨가 아닐 수 없지요.

　퇴근을 하기 위해 그것도 '막 목도리를 걸치는 순간'에서 독자는 작중 화자인 '나'의 생동감을 느끼지요. '고모'의 목소리가 전면으로 나옵니다. 고모란 무엇인가. 아버지의 여자 형제의 총칭. 어머니의 여자 형제인 이모와는 달리 고모가 지닌 어감은 어떠할까. 이 물음에 작가는 썩 민첩하여 인상적입니다. 이모 쪽이 어머니 쪽으로 기울어졌기에 어머니의 연장선상에서 이해되는 친밀성이라면 고모 쪽은 이와 조금 다른 것. 이중성이라고 부를 만한 성질의 것이지요. 적어도 가부장제 사회 속의 통념이라면 아버지의 그 권위주의적 가면을 한편으로 갖고, 다른 한편으로는 여자라는 점에서 어머니와의 친밀성을 지닌 존재가 고모라는 것. 이를 (A)층위라 부르겠습니다. 작가 남씨가 여기에다 또 하나의 토를 달고 있습니다. 고모의 이중성을 새롭게 하기가 그것. 이를 (B)층위라 부를 것입니다. 여기에 등장하는 고모란, '고모 일반' 형이 지닌 이중성을 갖추고 있을 뿐만 아니라, 특유의 또 다른 이중성이 갖추어져 있습니다. (1)순진성과 (2)공허한 성격이 그것. 주인공인 고모가 생생해지는 것은 작가가 살려 낸 이 (1), (2)에서 말미암았던 것. 순진성이 공허성에로 직결되기 쉽다는 것.

'순진성'이란 무엇인가. 그것은 '순결성'과는 판이함에 주목할 것입니다. 순결하기는 하되, 분별력이 결여된 상태를 두고 순진성이라 할 수 없을까. 제가 좋아하는 작품에 〈귀여운 여인〉(체홉)이 있습니다. 퇴직 관리의 딸 올렌가가 주인공. 사내들은 그녀의 미소를 보고 '만점이다'고 외치지요. 동네 여인들은 그녀를 두고 뭐라 했던가. 탄식을 머금은 어조로 '귀여운 여인'이라 불렀던 것. 어째서 부인들은 그녀를 두고 탄식 어린 목소리로 마지못해 '귀여운 여인'이라 불러야 했던가. 날고 기는 많은 비평가들이 이 〈귀여운 여인〉에 대해 이런저런 논의를 했지요. 러시아어를 한 마디도 모르는 제가 감히 끼어들어 한 마디 보탠다면 '순진성'이 그녀의 속성이라 할 수 없을까. 이에 비할 때 순결성은 질적으로 다른 것. 감히 말한다면 저 성경 구절 "이와 같은 붉은 피 눈같이 희겠네"에 해당되는 것이라 할 수 없을까. 종교에 대해 무지하지만, 문맥상으로 보아 붉은 피가 눈처럼 희게 되는 과정이란 많은 자기 반성과 그에 따른 불철주야의 고통의 지불을 가리킴인 것. 작가 남씨가 고모의 층위에 독특한 개성을 부여한 것은 '순진성＝공허함(성)'에 대한 성찰이라 하겠지요.

그러나 정작 작가 남씨가 이 작품에서 문제 삼았던 것은, (A)층위와 (B)층위에서 한걸음 나아간 곳에 있지 않았을까. 제3층위인 (C)층위가 그것. 그것은 분단 문제(샤머니즘)에 관련된 것. 제목 '중독'이 적절하게 보이는 것은 공동체(샤머니즘) 내부의 문제임을 입증했기 때문.

이렇게 결론부터 말해 버린다면 무책임하다고 비난받을지 모르겠군요. 직장 여성이나 미혼인 '나'의 시선에서 보면 고모의 성격은 (B)층위로 확정되어 있습니다. 이 (B)층위가 (C)층위에로 진입할 때 벌어지는 이런저런 소동이 이 작품의 육체를 이루고 있습니다.

조금 설명해 볼까요. 이 고모란 대체 어떤 위인일까. 아버지의 하나밖에 없는 누이(이 남매는 정작 아비의 버림을 받아 고아와 다름없이 자랐다). 고아 출신 남편과 결혼, 자식 낳아 집까지 장만해서 그럭저럭 살았으나, 고모의 돈에 대한 무분별이 가정 파탄을 가져왔다. 남편은 직장을 잃었고, 자식들은 중학생이 되어 돈이 요망된 판국. 이런 처지의 고모가 매달린 곳은 어디였던가. 열다섯 살 때 잃어버렸다는 다섯 살짜리 여동생 찾기가 아니겠는가. 이른바 TV의 이산 가족 찾기 열풍에 매달리기가 그것.

TV의 이산 가족 찾기 열정이란 샤머니즘이 낳은 잉여 심리의 탕진을 위한 전형적 산물이 아니었던가. TV가 지닌 기막힌 감염성(感染性)에 중독된 사회라면 샤머니즘 속의 사회가 아닐 수 없는 것. 이산 가족 문제와 아무 관련 없는 이른바 삶이 낳은 온갖 개인적 잉여물(의식, 고민, 기타)이 이 샤머니즘 속에 흡수되기 마련이었던 것.

이를 두고 자기 최면술이라 부르면 어떠할까. 작가 남씨는 '중독'이라 했던 것. 열다섯 살에 헤어진 '이쁜이'란 이름의 다섯 살짜리 여동생 찾기란 과연 무엇인가. 그것은 실로 있지도 않은 허깨비였던 것. 아비에게 다섯 살 적에 버림받아 오늘에 이른 고모 자신을 찾는 일에 다름아니었던 것. 자기가 자기를 찾아 내야 하는 이 기묘한 사기극이란 과연 무엇일까. TV물이 낳은 환각일까. 이산 가족 상황이 낳은 산물인가. 어느 쪽이든, 작가의 시선이 던져진 곳은 그것들이 모두 '자기 최면술'의 일종이라는 것.

그런데 작가의 초점이 '자기 최면술'을 폭로함에 있지 않다는 사실이 돋보이는군요. 풍자에로 이르지 않았음이 그것.

이러한 샤머니즘 비판은 이 나라 문학이 지닌 풍속적 모습이지만 좀더 깊이 따진다면 과연 어떠할까. 일찍이 박완서 씨는 장편 《그해 겨울은 따뜻했네》(1983)를 쓴 바 있습니다. 여동생을 찾아 온갖 동정을 한몸에 입으며 맹렬히 나아간 주인공이 고아원을 통해 진짜 그 여동생을 찾았을 땐 시치미를 뚝 떼지요. 그러면서 여전히 그 있지도 않은 꼭두(여동생)를 찾아 더욱 맹렬히 달려가고 있는 괴물들. 이른바 환각(이념)에 미친 인간상이라고나 할까. 이는 샤머니즘의 비판인가 아니면 부채질하기일까.

문득 이 대목에서 제가 토를 하나 달아 보면 안 될까. 모파상의 단편 중 〈쥘르 삼촌〉이 있습니다. 가난한 가장이 매주 가족을 이끌고 항구로 갑니다. 미국서 들어오는 배를 기다리기 위해서지요. 어째서? 미국서 부자가 되어 돌아올 아우를 맞이하기 위함인 것. 그런데 어느 날, 그 아우가 실은 부호가 되기는커녕 거지가 되어 그 항구에 떠돌고 있음을 목도하지요. 그럼에도 그 가장은, 여전히 매주 가족을 이끌고 항구에 나타나, 수평선을 응시하고 있습니다. 아우를 기다리기 위해. 이 작품의 작중 화자는 장남이지요. 이 아들은 훗날 그 아비의 심경을 이해하고 있습니다.

작가 남씨가 이 작품을 풍자에로 이끌어 가지 않았음에 대한 독자인 제가 표하는 경의로 이 장면을 떠올렸을 뿐입니다. 모파상이

한수 위라고 보기보다는 그가 먼저 태어났다는 사실이 소중하다고 나 할까요.

4. 독신녀를 지향하는 세대의 내면 풍경—전경린

전경린 씨의 〈어느 낯선 물 속 나의 그림자〉(《문학과의식》 여름호) 는 어떤 독법이어야 적절할까. 이런 물음에 대해 제목이 스스로 말해 주고 있습니다. '물 속에 있는 나의 그림자'이니까. 당초 '나'가 있지 않겠습니까. 그림자란 외부의 빛에 의해 생기는 물건. '나'의 그림자가 땅도 아니고 '물' 속에 비춰진다면 어떻게 될까. 이번엔 외부의 빛뿐만 아니라 '물'의 결에 따라 달라질 수밖에. 명경지수도 있고 잔잔한 파도도 있고 격동하는 물도 있는 법. 달이 즈믄 강에 비치는 해인(海印)도 월인천강(月印千江)도 있는 법. 그런데 작가 전씨는 물은 물이되 '어느 낯선'이란 한정사를 달아 놓았군요. 물결과 외부의 빛이나 바람결에 따라 무수히 변하는 '나'란, 말을 바꾸면 '나'의 내면이 아니겠습니까.

여기까지 이르면 다음 두 가지 사실이 뚜렷하겠지요. '나'의 내면이 '수은칠한 거울'이 아니라는 점이 그 하나. 거울과는 달리 물이란, 바슐라르의 논법대로 그 자체가 상상력을 내포한 물질이니까. 작가 전씨의 '물'이란 어떤 상상력의 결로 되어 있을까.

(A)나는 잘못 엎지른 먹물이 화선지에 검게 배는 듯한 나의 감정을 모르는 체하며 애써 일에 대해서만 생각했다. (186쪽)

(B)어디선가 냄새가 났다. 어느 여자가 간밤에 묻힌 정액을 씻지도 않고 돌아다니는 듯도 하고 어느 남자가 간밤에 게워낸 구토물을 아직 묻히고 다니는 것 같기도 했다. (188쪽)

'나'의 내면이란 그러니까 화선지의 일종이라는 것. 무슨 물감이든 묻으면 소화해 낼 수 있다는 것. 또한 이 내면이란 정액이나 토사물에 민감하다는 것. 색깔도 냄새도 흡수해 내는 수동적이자 능동적인 그러한 내면이라는 것. 그도 그럴 수밖에 없는 것이 '나' 란 기껏해야 1990년에 21세였고 운동권 청년 윤재와 스스럼없이 정사를 즐겨 마지않았으나 그가 외국으로 유학 간 뒤 4년째 소식이 두절된 상태에 있으며, 지금은 모 출판사에 근무하는 노처녀이니까. 이 독신녀의 내면이 정액 냄새로 가득 차 있다고 해서 새삼스러울까.

작품의 내용이란 바로 정액을 찾아 헤매기로 요약되는 것. 정액 찾기의 방법이란 무엇인가.

정액 냄새 맡기가 그 실마리. 민감한 후각을 동원, '나' 가 그 냄새를 찾아간 곳은 지방의 Y시.

거기 바로 그 냄새의 진원지가 있지 않겠는가. 그런데 정작 그 냄새를 은밀히 풍기는 40대의 남자(화가)란 성적 불구자가 아니겠는가.

이 장면이 작가 전씨의 자질의 번득임이라 하겠지요. 섣불리 이 불모의 사내를 정치적 감각으로 분석할 필요가 있을까. 5월의 광주로, 또는 무엇으로 성불구가 되었다는 것, 그 불구를 무슨 수로 회복할 수 있을까에 대한 죄의식이 끼여들었다면 오히려 불순한 독법일 수도 있지 않겠는가. 작가 전씨도 이 점을 잘 알고 있군요. 작중 화자인 '나' 가 새벽인데도 선글라스를 끼어야 했음이 그 증거. 아무리 거짓말이라도 십 년 성불구자가 하룻밤에 정액을 쏟을 수야 없는 노릇.

남자의 다부진 뒷모습에 눈길을 두고 있다가 무심하게 나의 소맷부리로 시선이 옮겨졌다. 나는 한순간 화들짝 놀라 선글라스를 벗었다. 스웨터의 소맷부리에 허연 얼룩이 묻어 있었다. 나는 본능적으로 손톱으로 얼룩을 비볐다. 얼룩은 단단하게 붙어 떨어지지 않았다. 정액이 아니었다. 따지고 보면 정액일 리 없었다. 촛농이었다. 그제야 간밤에 촛농이 손등 위에 쏟아졌던 일이 떠올랐다. 나는 다시 선글라스를 쓰고 초연한 얼굴로 촛농가루를 천천히 떼어 냈다. (213쪽)

촛농과 정액을 혼동케 할 만큼 이 독신녀의 내면은 한때 혼란했다는 것. 정액 냄새에 굶주린 세대의 상상력이라고나 할까. 문체가 이를 잘 뒷받침하고 있습니다.

5. 《구운몽》과 〈우렁각시〉─한승원

한승원 씨의 〈꽃과 뿌리〉(《문학과의식》, 여름호)는 부제가 붙어 있습니다. '이설본(異說本) 구운몽의 유씨녀 이야기'가 그것. 샘처럼 쉼없이 솟아나는 중견 작가 한씨의 솜씨가 바야흐로 여지없이 빛줄기를 뿜어내고 있지 않겠는가.

이 작품을 대하면서 제 머리를 스쳐 지나가는 것은 어느 작가의 인터뷰 장면. '그대는 어째서 쓰는가'라는 물음에 왈, '읽었으니까'가 그것. 쓸거리가 있어 쓴 것이 아니라, 남의 작품 읽기가 창작의 기원이라는 것. 만고의 진리가 아닐 것인가. 바르트라든가 크리스테바 등 잘난 학자들이 입에 거품을 물고 외쳐댄 작가의 죽음이라든가 상호텍스트성 이론이란 새삼 무엇이겠는가.

작가 한씨가 이 작품에서 묻고 있는 것은 새삼 무엇일까. 이 나라 고전 소설을 대표하는 것에 몽자(夢字)류의 《구운몽》과 전자(傳字)류의 《춘향전》의 두 산맥이 있다는 것은 모두가 아는 일. 전자가 예술적이라 함은 완결형(시작·중간·끝)이라는 점에 있습니다. 후자가 지금도 씌어지고 있는 미완성형임은 불문가지. 일찍이 게일 박사가 조선의 고전으로 《춘향전》을 제치고 《구운몽》을 영역한 것도 이 때문. 뿐만 아니라 《구운몽》이란, 무대가 대당국(大唐國) 회

남도(淮南道) 쉬따〔壽州〕(부쉐 박사의 고증에 따르면 한문본에 적힌 秀州란 실제로는 없는 지명)가 아니겠는가.

주제 또한 유·불·선의 동시적 전개가 아니겠는가. 《홍루몽》과 견줄 수 있는 고전 반열에 올려졌다 함은 이런 문맥에서이지요. 서양의 학자들(가령 부쉐 박사)이 《구운몽》 연구에 매달리는 것도 이 때문이었을 터.

50여 개의 이본 투성이인 《춘향전》에 비해 《구운몽》은 이본(경판본, 완판본 등이 있긴 하나)이 거의 없습니다. 한문본이 먼저냐 한글본이 먼저냐의 논쟁이 있을 정도이지요. 완결성이 미학적 작품 연구의 조건이라면 이본이 극히 제한적임도 이 조건 속에 포함되겠지요. 작가 한씨가 겨냥한 것도 이 점이 아니었을까. '이설본'이라 내세우고 있으니까.

이설본이 그 빛을 드러내기 위해서는, 원본의 견고성과 보편성이 전제되어야 하는 법. 《구운몽》의 서두는 연화도장. 육관대사 수제자 성진(性眞)이 득죄하여 지상으로 추방된다. 이는 '구슬 모티브'(석교에서 성진이 팔선녀에게 구슬 8개를 줌)로 설정되어 있다. 지상으로 추방된 성진이 양처사(楊處士, 처사는 벼슬하지 않은 선비를 일컬음) 집에서 태어난다. 양씨는 원래 지상으로 귀양 온 선인. 이제 인연이 닿아 흰 사슴을 타고 산으로 들어가 버린다. 양씨 가문의 아이의 이름은 소유(少游). 자라서 과거를 보고 팔선녀를 차례로 아내 삼아 일인지하 만인지상에 오른다. 그러나 작품은 결말이 있어야 하는 법. '피리 모티브'가 그것. 결말을 향한다. 인생무상을 깨우치는 피리 소리로, 모두 불도에 귀의한다는 것. '돌의 모티프'로 구성된 세계적 고전 《홍루몽》과 족히 겨룰 수 있습니다.

이러한 《구운몽》이 철저한 가부장제(남근주의)에 의거해 있음은 모두가 아는 일. 작가 한씨의 돌파구가 이 점에 있습니다. 지상으로 귀양 온 신선과 살다가 중년에야 아들 하나 얻은 유씨의 운명은 과연 무엇인가. 가부장제를 이데올로기로 보고 그것을 통해 분단 이데올로기를 비판하고자 한 최인훈의 〈구운몽〉(1962)과는 달리, 한승원은 '여자의 일생'에 주목합니다. 그런데 한씨가 보여 주는 여자의 운명이란, '자궁'으로 요약되고 있지 않겠는가.

자궁은 참으로 둔하고 미련스러운 신경을 가진 살과 근육을 가진 부위이다. 가령 암이나 물혹이 생겨도 그것이 생겼음을 알려 줄 줄을 모른다. (161쪽)

이 미련스런 살과 근육이야말로 생명의 근원이라는 사실. 만일 연꽃이 있다면 그것을 낳은 모태가 바로 자궁뿐이라는 것. 유씨녀가 자궁에서 연꽃을 낳은 것으로 작품이 끝납니다. '연꽃송이들을 뽑어 내고 싶은 자궁' 그것이 유씨녀의 소망이자 작가 한씨의 시선이라는 것. 성급한 독자라면, '아, 불교적이다'고 말할 수도 있겠지요. '아니야, 샤머니즘이야'라고 말할 독자도 있겠지요. 후자 쪽에 편들 사람이라면 문체를 먼저 내세울 것입니다.

⑴유씨녀가 남편 양(楊)처사의 겨울 핫바지를 짓기 위하여 옥색 천 위에 갓 타낸 솜을 펼쳐 놓은 것 같은 눈이 쌓인 아득한 들판. (154쪽)
⑵백양나무 가지에 걸려 있는 연을 걷어 내려고 하고 있을 때 도망쳐온 앳된 젊은 남자도 떠올랐다. 그 남자의 하얗게 깎은 머리가 햇살을 되쏘던 것, 그를 치마 속에 감추어 준 일, 칼을 든 채 쫓아온 저승사자가 그를 찾으려 치맛자락을 들치려고 한 일, 앳된 남자가 그녀의 음문 속으로 미끄러운 머리를 들이밀고(176쪽)

끈적끈적 묻어나는 이런 문체와 더불어 또 다음 사실에 주목하겠지요. 민담 〈우렁각시〉가 그것. 양소유를 짝사랑하던 이웃집 처녀 수월이 유씨녀를 정성껏 모시지 않겠는가. 우렁각시 몫을 한 수월이란 무엇인가. 이 민담이 작가 한씨로 하여금 원본 《구운몽》을 압도케 만들었던 것.

만일 이러한 독법이 약간이라도 의미가 있을 수 있다면 그것은 과연 무엇일까. 제가 이 작품을 문제 삼는 것은 이 물음 하나에 걸려 있습니다.

고전 형식으로서의 《구운몽》과 민담 형식으로서의 〈우렁각시〉에 관한 논의를 이 나라 창작계도 이제 외면할 수 없다는 것.

일찍이 분단 문제의 벽을 뚫기 위해 민담 〈나무꾼과 선녀〉를 이끌어 온 것은 황순원 선생의 〈땅울림〉(1985)이었지요. 이 민담은 한·중·일에 공유된 것이어서 루쉰〔魯迅〕도 다자이 오사무〔太宰治〕도 작품을 쓴 바 있습니다. 근자에는 윤영수 씨의 민담 시리즈가 있었지요. 그렇다면 고전 형식과 민담 형식의 차이는 무엇인가. 상상력의 질은 어떠한가. 민족적 형식과 인류의 보편적 형식의 관련성은 또 무엇인가. 이런 물음이 강요 사항으로 우리 앞에 열려 있다고 할 수 없겠는가. 우리가 만족할 만한 장면을 열어가지 못한다 할지라도 이 두 형식의 중요성은 사라지지 않을 것입니다.

● 어느 36세 여자 사업가의 에고이즘 형성사

김 종 성

유 익 서

김 석 회

공 지 영

배 수 아

어느 36세 여자 사업가의 에고이즘 형성사

—공지영과 솔제니친

김종성의 〈일요일을 지킵니다〉,
유익서의 〈황조(黃鳥)의 노래〉, 김석희의 〈숨어 있는 날〉,
배수아의 〈신행주대교〉, 공지영의 〈조용한 나날〉

1. 칸트에게—비판의 자리

현장 비평이랍시고 제법 열심히 쓰고 있는 모양인데, 대체 당신
이 말하는 그 '소설'이란 어떤 물건인가, 그 점부터 밝혀 보라는
어떤 젊은 작가의 질문을 받은 때로부터 벌써 여러 해가 흘렀습니
다. 이거다, 하고 딱 부러지게 내세울 수 있다면 얼마나 홀가분하
랴. 지금도 사정은 비슷하여 안타깝기와 민망하기를 멈추기 어렵군
요. 제가 어떤 것에 구속되어 있었기에 이런 지경에 이른 것이지
요. 무엇에 구속되었느냐고 묻는다면 다음처럼 간단명료. 이데올로
기에 예속되었음이 그 정답. 무슨 이데올로기냐면 90년대 한국 문
학이란 이름의 이데올로기이지요. 90년대 한국 소설이란 무엇인가
를 전제로 한 현장 비평이었던 것. '한국 근대 문학사'라는 특정
이데올로기로 문학 연구를 해온 제 학문적 처지도 이와 흡사한 것.
요컨대 언제나 저는 자유인이 못 되었던 셈.

이처럼 딱한 처지에 있는 저를 제일 불쌍한 듯이 물끄러미 바라
보고 있는 것이 칸트가 아니었겠는가. '비판이란 무엇인가'를 말하

기에 철학 전부를 건 칸트에 따른다면 비판이란 다음 세 가지에 대한 객관성 확보로 요약되는 것. '진리'란 무엇인가가 그 첫 번째. 참이냐 거짓이냐를 판가름하는 것이 비판이라는 것. 두 번째는 옳고 그름을 판단하는 것. 이를 윤리적 감각이라 부르는 것. 세 번째, 쾌, 불쾌를 판가름하는 것. 무엇이 어째서 내게 쾌하거나 불쾌하냐로 요약되는 것. 그러니까 진(眞), 선(善), 미(美)로 정리되겠지요. 지적 자율성, 도덕적 자율성, 그리고 미적 자율성이 이에 각각 해당됩니다. 어떤 처지에도 서지 않고 바라볼 수 있는 좌표 설정, 그것을 두고 칸트는 '비판'이라 불렀던 것. 90년대 한국 소설이란 무엇인가를 전제로 두는 한, 칸트식 비판은 불가능한 법. 기껏해야 이데올로기의 노예가 되는 꼴.

여기까지 이르면 제가 어째서 《로리타》의 작가 나보코프의 소설론에 번번이 모자를 벗는가도 조금 해명되지 않았을까. 이 러시아 망명객에 있어 유럽 문학이란 새삼 무엇이겠는가.

그가 버린 러시아 문학이란 또 무엇이겠는가. 미국 대학에서 그는 당당히 그렇게 말하는 처지를 확보했던 것. 《유럽 문학 강의》(1980), 《러시아 문학 강의》(1981)로 정리된 그의 두 저서가 그럴 수 없이 투명한 것은 그가 칸트의 가르침에 따른 까닭이 아니었던가.

소설가 복거일 씨는 자유인일까. 이런 엉뚱한 의문이 머리를 스침은 웬 까닭일까. '민족어'의 한계성에 벌써부터 주목하고 있지 않겠습니까. '민족어' 자체가 '인공어(국민 국가의 산물)'임을 염두에 둔 사람이라면, 복거일 씨와 시비를 걸기에 앞서 '국민 국가의 끝장(the end of nation-state)'에로 좌표 설정을 해야 하지 않았을까. 소설이란 무엇인가라는 물음을 앞에 놓고 저도 이제 이데올로기에서 조금 해방되어도 될 시점에 이른 것일까. 그렇다 할지라도, 소설이 지닌 반예술성(루카치), 잡스러움(루쉰), 그리고 과학스러움(엥겔스), 말의 짜임스러움(바르트) 등등의 역사적 문맥의 압력에서 깡그리 해방될 수 없는 노릇. 결론부터 말하기로 합니다. 소설을 다음 몇 가지 범주로 둔 채, 21세기를 향해 나아가기가 그것.

(A)소설이란 독자를 즐겁게 하는 것이다.

(B)소설이란 타인(타자·사회)을 관찰하기이다.

(C)소설이란 자기를 얘기하는 것이다.

(D)소설이란 자기가 무엇인가를 쓰고 있는 동안에 알게 되는 하나의 장소이다.

(A)에서 (D)로 향하기가 시간 문제라는 것. 독자보다 작가가 많아진 가라오케식 판국이 바야흐로 벌어지고 있는 형국이니까.

이만하면 저도 샤머니즘(공동체끼리 통용되는 코드)에서 조금은 벗어났다고 할 수 없겠는가. 적어도 90년대 한국 소설이라는 이데올로기에서 벗어나고자 제가 애쓰고 있다는 점만은 어느 수준에서 전달되지 않았을까. 이를 두고 수년 전부터 시작된 제 개인적인 구조 조정이라고 한다면 어떠할까.

2. 민담·전설로서의 자연—김종성

김종성 씨의 〈일요일을 지킵니다〉(《내일을 여는 작가》, 여름호)가 담담하게 읽히는 까닭은 어디에서 말미암았을까. 종교를 앞세운 악덕 기업주의 환경 파괴 행위(골프장)에 대한 사회성을 띤 고발형으로 이 작품을 읽기에는 분명 날카롭지도 신선하지도 않으며 그러한 악덕 기업주가 저지른 행위의 피해자이면서도 다른 한편으로는 그 기업주를 이롭게 하는 일에 종사하는 주인공 정환일의 자기 모순을 스스로 고발하는 유형으로 읽기에도 미지근하지 않겠는가. 그럼에도 묘하게 마음 편안함을 주고 있습니다. 생각컨대, 이러한 마음 편안함은 작가 김씨의 소설적 시선 때문이 아니고, 소설 바깥의 시선에서 말미암지 않았을까. 그것은 소설보다 진실한 것에 관련됩니다. 소설가이기 이전의 상태에서 소설을 쓴 형국이라고나 할까.

소설가로서의 자의식이 없는 소설이라고나 할까. 하도 자의식으로 가득 찬 글쓰기판을 헤맨 사람이라면 이 사정이 이해되지 않을까.

줄거리를 볼까요. 주인공 정환일은 광고 회사 과장. 광신 그룹의 기업 선전 광고 따내기에 사활을 걸고 있군요. 광신 그룹이란 대체 어떤 기업인가. 회장의 거창한 인터뷰 기사도 실려 있군요. 일요일은 그룹 전체가 휴무라는 것. 왜? 믿음이 기업 정신이니까. 그러나 알고 보면 골프장이 주력 사업. 환경 파괴의 선봉장이라는 것. 정 과장의 처지에서 보면, 이 그룹을 미화하는 작업에 매달릴 수밖에. 그런데 한 사건이 개입합니다. 사회 정의 차원과는 달리 정씨 자신에게 이 그룹이 직접적 가해자로 등장함이 그것. 정씨의 고향인 용정골에서 정씨의 작은아버지가 이 그룹 골프장의 흙에 치여 사망한 사건이 그것. 그런데 작가는 소설적 상황(긴박성, 문제성)과는 관계없이 딴전을 피우고 있지 않겠는가. 곧 직접적 피해자라고 하나, 따지고 보면 고향에서 쫓겨난 집안이라는 것. 6년 만에 겨우 귀향하고 있음이 그것. 용정골을 저주하며 떠나게 된 이유를 작가는 썩 선명하게, 그러니까 붓이 살아 숨쉬고 있는 형국으로 그렸군요. 아비는 정치꾼으로 집안을 망쳤고 선산도 팔아먹고 마침내 횡사하자 가문에서는 선산에 묻어 주지 않았다는 것.

아버지를 선산에 묻는 걸 완강하게 반대하는 집안 어른들에게 아버지를 선산에 묻어야 한다고 작은아버지가 한마디 해주길 기대했던 어머니는 끝내 작은아버지가 아무 말도 하지 않자, 아버지의 시신을 용달차에 싣고 진천으로 내달렸다. 진천엔 어머니의 일가붙이들이 집촌을 이루고 살고 있었다. 진천에서 올라오는 길로 어머니는 그의 형제를 끌고 구룡을 떠났다. 서울 금호동 산동네에 이삿짐을 풀었다. 어머니는 다라이를 머리에 이고 장사를 나가고, 정환일과 그의 동생은 신문 배달을 시작했다. (206쪽)

174

그러한 '작은아버지'가 죽었다면, 뭐 그리 절통할 것도 없지 않겠는가. 바로 이 대목이 작가가 소설 밖으로 나와 있음이겠지요.

앞에서도 이미 암시했듯 이 작품은 악덕 기업 고발형도 아니고, 자기 모순에 빠진 한 직장인의 고민상을 그린 자기 고발형도 아닙니다. 그렇다면 뭐냐? 멀어져 가는 고향(자기 뿌리, 죽은 아비)에 대한 막연한 그리움으로 요약되는 그러한 것이 아닐까. 쫓겨난 고향이지만 고향은 있어야 하는 것. 굳이 그것을 '자연(녹색, 환경)'이라 부르지 않아도 되는 것. 또 말을 바꾸면 표충비(表忠碑)로 하여금 땀을 흘리게 할 필요가 있다는 것. 또 다르게 말하면 주인공 정씨로 하여금 용정골 미륵불의 땀 흘리는 장면에까지 끌고 가야 하는 것. 국난에 즈음하면, 영락없이 땀 흘리는 표충비와 용정골의 땀 흘리는 미륵불이란 과연 무엇일까. 그것은 주인공 정씨의 고향에 대한 막연한 그리움, 곧 자연이었던 것.

문득 이 장면에서 제 머리를 스치는 것은 작가 김씨의 전작 〈꿈틀거리는 산〉《문학사상》 90년 5월호). 화학 공장의 건설로 말미암아 황폐해 가는 고향을 그린 작품에서 의미 있는 부분이란, 악덕 기업 고발이기보다는 미륵산의 아기 장수 설화가 아니었던가. 씨의 또 다른 작품 〈말 없는 놀이꾼들〉《민족과 문학》 제14호, 1993) 역시 환경 문제와 관련된 것이지만 주인공은 공해 문제 옆에다 강릉 탈춤 축제를 병렬시키지 않았던가. 이번 작품도 이러한 작가 김 씨의 일관된 방식에 이어진 것. 민담·전설이 자연(녹색)으로 인식되는 세계.

3. 정주민의 상상력─유익서

유익서 씨의 〈황조(黃鳥)의 노래〉《문학사상》, 8월호)는 《민꽃소리》(1989) 이래 씨가 제일 잘 다룰 수 있는 소리꾼과 관련된 것. 그렇기는 하나 정공법에서 벗어나 변죽만 울린 것이라 할 수 없을까.

그럴 만한 이유가 있지 않았을까. 독자의 관심이 놓인 곳은 여기가 아니겠는가.

첫 줄이 이렇게 시작됩니다. "아니, 누구에게나 한 번쯤 궤도를 슬쩍 비켜 서 있고 싶은 때가 있는 법이다"라고. '슬쩍'이라는 부사에 주목할 것입니다. 씨는 이 부사 하나로 모자라서 거푸 쓰고 있지 않겠는가. "쓸쓸한 살이라면 말할 것도 없고, 아무리 사랑이 충만하고 광택이 번드르르하게 흐르는 풍요로운 살이라 할지라도 한 번쯤 궤도를 슬쩍 벗어나 보고 싶은 때가 있기 마련"이라고. 이처럼 '슬쩍' 벗어남이란 어떤 것일까. 분명한 것은 본격적으로 벗어남이 아니라는 사실. 본격적으로 벗어나기엔 단편 형식이 감당하지 못한다고 판단했기 때문일까. 독자 측이 감당하지 못하리라고 판단한 까닭일까. 어린 딸의 눈을 찔러야 소리꾼으로 만들 수 있다는 섬찍한 〈서편제〉식 사디즘이란 단편이 감당할 성질이 아니라는 판단 때문이었을까. 요컨대 이 '슬쩍'이란, 제 표현 방식으로 하면, 유랑민의 상상력이 아니고 정주민의 상상력에 속할 것입니다. '소리'가 아니고 '노래' 범주. 정주민이라니? 하고 토를 달 사람도 있겠지요. 작중 화자인 '나'란, 뭣 하는 사람인가. '무미 건조하고 외로운 살이'를 하는 인간이 아니겠는가. 그게 어찌 정주민 범주에 들겠는가. 그럴 법도 하군요. 그렇지만 좀더 따져 볼까요. '나'란 과연 뭐 하는 사람일까. 다음 대목이 이 작품의 질을 결정하는 장면.

그가 내 가슴을 예리한 칼로 북 긋듯 무엇인가 강한 메시지를 던졌다. 순간 그가 내 전력을 다 알고 있다는 느낌을 강하게 받았다. <u>그의 노래를 듣고 있는 동안</u> 나는 오래 전 남원으로 내려가 강도근 선생을 만났던 일을 상기하였다. 그때 나는 생면 부지의 선생 앞에 넙죽 절을 올리고 보름 동안만 옆에서 소리를 듣겠노라 청을 넣었다. 그리고 스승과 제자가 가르치고 배우는 현장의 소리를 녹음기에

다 채록했었다. 그때 채록한 소리 중에 바로 저 '사랑가'도 들어 있었다. 그의 눈빛은 매우 낯이 익었다. 아니 순간 나는, 내가 만났던 진도 들노래의 명인 설노인이며, 이리 향제 줄풍류의 강낙중 선생이며, 동래야류의 문장원 선생이며, 무엇보다 웃다리 농악의 상쇠 송순갑의 모습이 한꺼번에 그의 모습에 겹쳐지는 걸 보았다. (212쪽. 밑줄 인용자)

'나'의 직업이랄까. 경력이 드러난 유일한 대목이지요. '나'란 그러니까, 녹음기를 들고 다니며 소리를 채록하면서 소리를 공부한 경력의 소유자입니다. '오래 전'에 그랬다니까 지금은 그렇지 않다는 것. 그럼 지금은 뭐냐? 소리 공부를 때려치웠음만은 분명하지 않겠는가. 그가 부르는 '사랑가'를 듣고 그토록 놀란 사실이 이를 증거하고도 남는 것. '나'는 그러니까 한동안 소리에 미쳐 있다가 무슨 이유로 일상적 궤도에 주저앉고 말았던 것. 주저앉아도 한참 깊이 주저앉았던 것. '사랑가'를 듣고 '가슴을 예리한 칼로 북 긋듯' 놀란 사실이 그 증거.

정주민의 처지에 놓인 '나'가 '슬쩍', 그러니까 재미 삼아, 멋으로, 장난 삼아 벗어나고자 한다는 것. 이것이 작가 유씨의 창작 동기라 할 수 없겠는가.

일상성에서 슬쩍 벗어나기의 구체적 장면을 잠시 보기로 하지요. 곳은 해인사. 때는 황금빛 꾀꼬리가 우는 계절. 4박 5일의 참선(명상) 대회의 참가군요. 160명 수련생이 모여들었다.

얼마나 재미로 모인 사람들인지는 첫날에 15명이나 탈락했다는 사실에서 알 만한 것. 수련 대회에서 최종 목표(오체투지 1천 80배)를 마친 자는 기껏해야 네 명일 뿐. '나'가 이 네 명 속에 끼지 않았음은 불문가지. 자유 시간이 찾아왔다. 가야산 등정 팀과 마애불 등정 팀으로 갈라진다. 전자가 물론 난코스. 대부분이 전자를 택했고 후자 쪽은 모두 16명뿐. '나'는 마애불 쪽이었다. 도중에 '나'가 만난 자가 바로 '사랑가'를 외쳐대는 미친 소리꾼. 기막힌 소리꾼이었다는 것. 소리를 마친 그에게 이런저런 질문을 하자 드러난 것은 다음 사실. 국문과 출신. 전직 교사. 이름은 정동환. 소리에 미쳐 직장도 가족도 버리고 떠돌이 가객이 되었다는 것. 어째서 유독 소리에 미쳤는가.

제가 하고 싶어한 것이 아닙니다. 피를 더럽게 타고 나서 어쩔 수 없이 하고 있는 것이지. (213쪽)

피라니? 아비가 대금꾼이었다는 것. 요컨대 대물림이랄까 팔자라는 것. 이를 두고 유랑민의 성향이라 할 수 없을까. 그런데 그가 시방 '나'와 더불어 16명의 마애불 등반자들 앞에서 아내를 찾고 있지 않겠는가. '사랑가'를 부른 것은 그 때문. 그의 아내 이름은 최은주.
그가 그녀와 어긋난 것이었다. 그가 최은주라 했을 때 '나'가 놀란 것은 '나'와 마주한 수련녀의 이름이기 때문.
절로 돌아온 뒤 '나'와 마주한 수련녀인 최은주에게 이 사실을 말하자 그녀는 먼저 놀라고, 그 다음엔 태연자약. 여기가 묘수.
수련이 끝나자 최은주는 '나'에게 동행을 청하지 않겠는가. 그녀의 신분은 중학 교사. 정동환의 아내이자 동료. 어느 날 정동환이 가출, 소리 공부로 유랑, 드리어 지리산 마애불 아래 추락사. 그녀는 '나'에게 정동환의 무덤까지 보여 주지 않겠는가. 그렇다면 마애불 등정에서 '나'를 포함한 일행 16명이 만나 '사랑가'도 듣고, 꾀꼬리 소리도 듣고, 담화까지 나눈 그 소리꾼은 대체 누군인가. 한갓 환각이었을까. 아니면, 최은주라는 아내를 두고 가출한 죽은 정동환과 비슷한 처지의 어떤 저주받은 동명이인일까.

178

이 물음에 대해 작가가 선 위치는 분명하군요. 환각(넋)의 문제가 아니라 다만 현실이라는 것. 죽은 소리꾼의 일세대가 정동환이라면, 마애불 근처를 헤매며 시방 한창 소리 공부를 하고 있는 사내는 제2세대 정동환이라는 것. 그리고 다음엔 제3세대의 정동환도 예비되어 있다는 것. 저주받은 인간이란 어느 시대에나 있다는 것. 피 때문이라는 것. 타고난 체질(그것을 재능이라 불러도 될까) 때문이라는 것. 소리꾼, 화가, 문인 따위도 그러한 유형이라는 것. 이러한 사실은 일상성에서 '슬쩍' 벗어났을 때, 잘 보인다는 것. '슬쩍' 벗어나면 가끔 귀신도 보인다는 것. 이것이 정주민의 특권이라는 것.

4. 성적 욕망으로서의 칼날—김석희

김석희 씨의 〈숨어 있는 날〉(《내일을 여는 작가》, 여름호)은 천승세의 〈바람(2)〉의 한 구절을 머리에 이고 출발하고 있군요. "칼 끝에 달린 목숨 오들오들 치울 때면/뜨신 바람 한 줄만/불어 주거라"라고. 작품 머리에 이런 돌비석 같은 에피그램을 달아 놓는 취향에 대해 누가 시비를 할까. 다만 제 취향으로는 이해하기 어려운 일. 작가 정신의 빈곤에서 오는 허세의 일종이 아니겠는가. 물론 경우에 따라서는 그럴 만한 이유, 가령 창작 동기의 직설법에 속할 수도 있을 법하니까. 그러기에 공평한 방식이란 이런 아포리즘을 깡그리 무시하고 읽어 볼 수밖에. 첫 줄이 이렇게 시작되지요.

옆자리가 갑자기 소란해졌다. 큰 놈이 걸린 모양이다. 수면을 박차며 퍼덕이는 소리가 예사롭지 않다. 게다가 벌떡 일어나 낚싯대를 잡아끄는 사내의 동작이 한껏 들떠 있다. 그러면서도 아주 신중한 몸놀림이 곁눈질 자락에 잡힌다. 숨죽인 호흡 속에 두근거리는 설렘도 그대로 전해져 오는 듯하다.

문장의 속도에 주목할 것입니다. 칼날처럼 번득이는 신경줄이 낚싯대의 팽팽한 긴장력으로 생동하고 있지 않겠는가. 이른바 승부수에 걸린 도박사의 심정과 흡사한 것. 이 속도와 긴장력을 과연 작가는 어떻게 끌고 나가려고 이렇게 서두부터 풍을 치고 있는가. 연극(희곡)도 아닌 소설 나부랭이가 이런 긴장력을 시종 일관 지닐 수 있다고 맨 정신으로 작가는 믿는 것일까. 이 작품의 매력은 바로 이 물음에 걸려 있지 않겠는가.

저수지 낚시터에서 두 사내가 몰두하고 있습니다. 이들은 이중성으로 중무장하고 있는 셈.

둘이 함께 예측 불능의 수심 속의 물고기와 승부를 벌이고 있는 대결 의식이 그 하나라면, 옆 사내와 '나'의 예측 불능의 대결 의식이 그 다른 하나. 미지의 적수와의 대결 의식이란 무엇인가. 그것이 형언할 수 없는 긴장감(생의 충실성의 극점)을 유발하는 진짜 이유란 무엇일까. 예측 불가능성이라 할 수 없겠는가. 도박이 지닌 형언할 수 없는 매력도 이에서 말미암는 것. 이러한 매력을 긴 세월에 걸쳐 형식화(문화적 절차를 거친 수용 양식)한 것이 이른바 서부 활극식 결투라든가 일본투의 사무라이 의식 아니었던가.

이러한 승부(대결) 의식이란, 잘 따져 보면 《노인과 바다》(헤밍웨이)의 작가가 잘 보여 주듯 궁극적으로는 허무(자기)와의 대결이라는 사실. 승부의 근거란 자기 자신(운명)에 다름 아닌 것. 이를 헤겔은 자기 의식이라 규정했던 것.

나는 고개를 들어 주위를 둘러보았다. 내가 하는 모양을, 어디엔가 사내가 숨어서 지켜보고 있는 것만 같았다. 그러나 그의 모습은 어디에도 없었다. 아니 그를 알아볼 수나 있을까. (220쪽)

낚시터에 미지의 두 사람이 앉아 있다. '나'와 사내. 사내와는 어둠 속에서 깡술 몇 잔 나눈 것밖에 없는 사이. 인상이라면 (1)치켜 깎은 머리, (2)뿔테 안경, (3)좀 깡마른 체구 정도. 사내가 돌연 가방을 남기고 사라졌다는 것. 가방 속에는 나무로 된, 칼자루에 검은 점이 하나 묻어 있는 예리한 칼이 들어 있었다는 것. 그 칼날을 보는 순간 '나'는 얼마나 흥분했던가. 왜?

가방 속에서는 칼날이 재촉하고 있다. 해치워. 어서. 해치워 버려. 오르가슴의 8부 능선에서 헐떡이는 간부(姦婦)처럼 다그치는 속삭임. (중략) 칼집을 벗겨내자 칼날이 불쑥 대가리를 내민다. (226쪽)

여기까지 이르면 다음 두 가지 점이 분명해집니다. 칼날이란 성적 욕망이라는 사실. 다른 하나는, 이 점이 중요하거니와, 이 욕망이란, 칼날이란, 사내란, 실상은 '나' 자신이라는 사실이 그것. 칼자루의 검은 점과 턱의 검은 점의 대비도 이를 말하는 것.

'타자'가 부재하는 소설. 작가가 수시로, 뿔테 안경으로밖에 사내를 기억하지 못한다고, 그래서 그것으로 과연 칼의 주인이 뿔테 안경 사내라고 확증할 수 없음을 강조하는 것도 이 때문. 이를 두고 심리극 소설 혹은 지독한 관념형 소설이라 부르면 어떠할까. 이나라 소설계가 이런 유형의 작가 한 사람쯤은 필요하다고 하면 안될까.

5. 초록빛 거짓말—배수아

배수아 씨의 〈신행주대교〉(《문학사상》, 8월호)는 산뜻한 작품. "남자아이들이 거의 모두 다 거짓말을 한다는 것을 처음에 여자아이들은 잘 모른다"라고 시작하니까 산뜻할 수밖에. 그러니까 거짓말에 놀아났던 여자아이들 중의 하나가(혹은 전부가) 남자아이들에게 통렬한 복수극을 펼치고 있으니까 산뜻할 수밖에. 남자아이들의 거짓말 사례 하나.

내가 고등학교 다닐 때 처음으로 같이 잠잔 여자가 그때 학교에
갓 부임한 생물 선생님이었어.

이런 새빨간 거짓말을 디테일까지 첨부하여 여자 친구에게 떠벌
리기란 대체 웬 까닭이었을까. 작가 배씨의 이에 대한 답변이 썩
그럴싸합니다. '왼손 마지막 손가락이 하나 없기 때문'이라는 것.
독자인 우리가 배씨에게 물어 볼 말이 이젠 많아질 수밖에. '왼
손 마지막 손가락이 하나 없는 남자아이'의 정체란 무엇일까. 어째
서 왼손 마지막 손가락이 없는 사내아이는 거짓말을 그렇게 하지
않고는 배길 수 없단 말인가. 대체 그 손가락은 누가 왜 잘랐을까.
배씨의 대답이 번쩍입니다. 그것은 초현실주의자의 방식(엉뚱한
비약)과 흡사합니다. 왈, 사내아이는 거짓말을 한 것이 아니라 사
실대로 말했다라고. 손가락을 자른 것은 바로 그 생물 선생이었다
라고. 정말? 하고 우리가 묻는다면 배씨 왈, '내가 바로 그 생물 선
생이었으니까'라고.
또 우리가 그 후일담을 배씨에게 묻는다면 어떻게 될까. 생물 선
생도 그만둔 그녀는 모장교와 결혼, 범속한 중년 여인으로 살아가
고 있답니다. 그러니까 이른바 아줌마인 셈. 이러한 국면은 구행주
대교가 아니라 신행주대교인 셈. 그 고등학생이었던 남자아이도 이
제 가정을 가진 중년으로 나아가고 있지 않겠는가. 같은 도시에 살
면서도 서로 모르고 지나치겠지요.
이런 처지의 사내란 무슨 거짓말을 하는가.
이런 처지의 아줌마는 무슨 거짓말을 기대하는가.
정답은 초록빛.
(1)초록이 짙어 가는 물기 많은 논길을…… (115쪽)

(2)봄인가. 초록빛 논에 비 내린……(115쪽)

(3)안개 사이사이로 환영처럼 보이는 초록빛 파밭. (117쪽)

초록빛이 만들어 낸 환영이 거짓말(욕망)의 정체라는 것. 작가 배씨의 원색적 사유의 소치가 아니었을까.

6. 어떤 경험적 사랑 철학 원론─공지영

공지영 씨의 〈조용한 나날〉(《실천문학》, 여름호)은 과연 조용한가. 36세 여자 사업가의 하루를 다룬 작품임에도 과연 조용할까. 조용함이 격렬함의 대칭점에 있는 것이라면 혹시 작가 공씨가 무슨 역설을 숨겨놓고 있는 것일까. 36세의 여자 사업가의 하루를 다룬 소설이라면 그냥 '어느 여자 사업가의 하루'라는 제목을 붙여도 되지 않았을까.《소설가 구보 씨의 일일》처럼 말입니다.

이런 식으로 말을 붙일라치면 공씨의 답변은 단호합니다. "무슨 객설들이냐. 나로 말하면 8할이 상처로 이루어져 있는 몸이다"라고. 이 상처투성이의 36세 여자 사업가가 하루쯤 조용하다고 해서, 뭐가 이상하냐라고. 만일 독자 중의 누군가가 거기에다 또 말을 붙일 기미를 보인다 해도 작가의 태도에는 아무 변화가 없을 것입니다. 어째서 내 작품이, 저 러시아 농민 출신의 청년이 아무 죄도 없이 스파이라는 죄목으로 3,653일 동안 조용한 나날을 보낸 솔제니친의 〈이반 데니소비치의 하루〉(1962)와 맞먹을 수 없단 말인가라고. 중노동으로 매일매일이 지나가는 하루란 얼마나 대단한가. 영창에도 가지 않았고, 병에 걸리지도 않았고, 소시지 한 토막도 운좋게 얻어먹을 수 있지 않았던가. 이 얼마나 행복한 나날인가. 이런 나날이 3,650일까지 이어졌는데 3일이 거기 덧붙여진 것은 윤달 때문이라고 솔제니친이 적지 않았던가. 한반도 80년대를 살아온 이 땅의 작가가 솔제니친과 맞먹는다고 해서 뭐가 그리 이상한가라고. 내가 이 작품의 결말을 "아무 일도 없었다. 오늘도 조용한 하루였다"라고 했음에 주목해 보라. 솔제니친의 다변함에 비해 내가 얼마나 겸허한가도 짐작하지 못하는가라고.

글쎄요. 그럴지도 모릅니다. 다만 독자인 제 느낌으로는 36세의 주인공의 목소리가 너무 당당하다는 것. 극단적 이기주의라는 것. 혹은 자조적이라는 것. 그러니까 속이 빈 허풍에 속하는 것. 또 다르게 말하면 허무주의자의 뗑고함소리 같은 것. 이런 것들이 독자를 야기케 하는 것은 그 속에서 감지되는 비애감이 아니겠는가.

36세 여자 사업가의 하루를 잠깐만 엿볼까요. 아비의 사업체를 인수, 운영하는 '나'는 이른 아침 전화를 받는다. 남편은 그의 직장으로, '나'는 '나'의 직장으로 다정히 출근한다.

서로는 다정하다. 낮에도 몇 번씩 통화할 정도. 그렇다면 아침에 걸려 온 그 전화는 무엇인가.

'나'의 비서 겸 재산 관리인인 29세의 미혼 청년 김 대리가 묻는다. 오늘 새벽 "사업에 실패한 젊은 남자가 아내와 함께 한 살배기 딸과 동반자살을 했다"는 사실을 알려 주는 전화였음이 드러난다. '그'는 누구인가. '나'는 아무에게도 말하지 않는다. 남편에게도, 김 대리에게도. 그러니까 죽은 '그'의 친구가 아침에 전화로 그 사실을 알려 주었던 것. '나'는 '그'가 자살한 그 병원 앞을 지나면서도 결국 들르지 않기로 한다. '그'가 전남편이었음을 김 대리도 알아차린다. 김 대리와 '나'는 익숙한 솜씨로 섹스를 즐긴다. 집으로 간다. 남편은 아직 오지 않았다. 수첩을 꺼내 오늘 일을 메모한다. "오늘은 조용한 하루였다"라고.

줄거리란 실로 무의미한 것. 제 요약 솜씨 부족 탓이 아닙니다. 유독 이 작품에서 그러합니다. 줄거리보다 다음 세 가지 층위를 제시함이 빠르지 않을까.

(A)층위 : 23세의 유복한 집안 처녀가 있었다. 가출하여, 운동권

사내를 사랑했다. 시키지도 않았는데, 3년 간 그의 옥바라지를 했다. 출옥한 그는 다른 여자와 결혼했다.

(B)층위 : 이제 26세가 된 처녀. 과거를 가진 남자와 결혼. 둘 다 과거를 가진 점에서 동일함. 이런저런 이유로 이혼.

(C)층위 : 36세의 오늘의 여사장인 '나'.

이 세 층위를 관통하는 것은 다름아닌 남녀의 사랑이라는 점. 대체 남녀간의 사랑이란 무엇일까. 두 사람을 사랑했다가 실패하고, 세 번째 사랑을 한 36세의 '나'가 터득한 사랑 철학의 결론은 간단명료하군요. "내가 당신을 사랑하든 그렇지 않든 당신의 사랑은 당신의 것이어야만 한다. 내 사랑도 같다. 나 자신의 사랑을 온전히 나 자신의 것으로 가지는 것이니까". 무슨 말이냐 하면, '나를 위해서라면 사랑 따위도 버리겠다'는 것. 이 도저한 허무주의가 독자를 야기케 하는 것은 웬 까닭일까. 솔제니친에게 묻는다면 그가 뭐라 대답할까. 감옥 속의 이반 데니소비치와 감옥 밖의 36세의 이 여자 사업가가 등가물이라는 통렬한 자기 고발형 아이러니일까.

● 장대높이뛰기 선수들이 쏘아올린 큰 공들

김 종 광

정 영 문

조 용 호

백 도 기

이 상 권

장대높이뛰기 선수들이 쏘아올린 큰 공들

—4인의 신인들에 부쳐

김종광의 〈분필교향곡〉, 정영문의 〈검은 이야기 사슬 1〉,
조용호의 〈베니스로 가는 마지막 열차〉, 이상권의 〈사랑니〉,
백도기의 〈자전거 타는 여자〉

1. 가르치기와 배우기—비트겐슈타인, 김종광

신인 김종광 씨의 〈분필교향곡〉(《현대문학》, 9월호)을 어떻게 읽으면 적절할까. '분필'이 일으키는 교향곡 또는 분필이 작곡한 교향곡이기에 응당 '교향곡'이라는 악곡 형식에 입각한 독법이어야 하는 것일까.

첫 줄이 이렇게 시작됩니다.

창가 쪽, 1분단 맨 앞 줄, 두 개의 책상을 네 명의 학생이 둘러싸고 있었다. 틀림없어! 종필의 말투는 거셌다. 책상에 턱을 괴면서 회창이 힘없이 말했다. 경찰서 놈들이겠지. 곧 소나기가 쏟아질 것 같은 창 밖에 주고 있던 시선을 거두며 인제가 덧붙였다. 검찰이거나 안기부일 수도 있어. 학생들은 서로를 멍하니 바라보았다. 다리를 꿈틀거리던 주영이 창가 쪽의 책상에 걸터앉았다.

분필이 암시하듯 학교의 한 교실. 제1분단엔 네 명. 종필, 회창,

인제, 주영이 그들. 그들은 필시 이런저런 놀이(사업, 일, 짓)를 벌이고 있습니다. 교실인 이상 제4분단도 어김없이 있는 법. 다섯째 줄. 여기엔 승만, 찬호, 동렬, 남준, 봉주 등이 '동전 따먹기'를 하고 있다. 제2분단 네 번째줄. 건희, 영삼이 책이랍시고 읽고 있다. 제3분단 두 번째줄. 정일, 우중. 수학 문제를 놓고 앉아 있다.

기타 등등 모두 56명이 있는 이 반의 구성 성분이란, 별의별 개성들이 모여 번쩍거릴 수밖에. 이쯤 되면 이 나라 정치판의 풍자로 읽힐 법도 하지요. 이런 독법이라면, 여기에 결정적인 '사건' 개입이 불가피한 법. 체육 교사의 등장이 그것. 체육 교과서와 출석부, 그리고 봉걸레 반토막에 기름을 먹인 지휘봉을 쥔 이 교사를 향해 어디선가 분필 한 토막이 날아왔다. 이 '사건'의 개입으로 말미암아 교사와 학생 사이에 긴장감이 고조된다.

'누가 이런 짓을 했느냐'를 두고 교사와 학생이 대립되는 극단적 장면이 벌어지게 마련. 학생 쪽이 침묵한다면 교사는 절대로 용인할 수 없다. 교육 자체가 솔직, 정직에 있으니까. 교단이 무너질 판. 학생 측이 끝까지 버틴다면 어떻게 될까. 온갖 집단적 체벌과 고문에도 거부한다면, 교실(교육)이란 끝장.

이 순간 해결점이 돌파된다. 일성의 자수가 그것. 일성이 진짜 범인인지 아닌지는 아무 상관없는 일. 좌우간 일성이 자수했던 것. 그렇다면 일성만 벌을 받으면 되는 것일까. 그는 어째서 그동안 버티었던가. 왜 자수했을까.

작가는 여기에다 아무 설명도 하지 않습니다. 단지 또 하나의 '사건'을 개입시킬 뿐. 곧 태우의 발작 사건이 그것. 어째서 하필 일성이 자수한 그 순간 태우의 발작 사건이 일어났을까. 여기에 대해서도 작가는 아무 설명이 없습니다. 다만 작가는 반장의 '경례'라는 구호를 받으며 교사가 교실을 나갔을 때의 장면을 이렇게 보여줄 뿐.

열 명 정도의 학생이 감사합니다, 소리치며 고개를 숙였다. 스무 명 정도의 학생은 말없이 고개만 까딱했다. 나머지는 멀뚱멀뚱 교사를 바라보았다. 교사는 끝내 학생들에게 눈길을 주지 않고 교실을 나갔다. (173쪽)

만일 이 교실을 어떤 집단의 정치판을 상징하는 것으로 읽는다면 어떻게 될까. 교사를 역사(의지)라든가 현실이라 불러도 될지 모릅니다. 56명이 '어떤 사건'(우연성이든 작위적이든)의 개입으로 말미암아 벌어진 상황에 대해 10명 정도가 수긍하고 20명 정도가 반신반의하고 나머지 26명 정도가 무관심한 것으로 볼 수 있을지 모르지요. 종필, 대중, 주영, 건희, 찬호, 정일, 우중, 봉주 등은 여전히 그 교실에 그대로, 그 모양 그 꼴로 지내고 있을지도 모르지요 (소설로 다루기엔 이런 실명이란 실로 무의미한 것. K라든가 R이어도 무방한 것. 이 점에서 작가는 아직 비자각적이다).

그러나 이런 식의 독법이라면 실로 유치한 작품이 되고 말지 않겠는가. 풍자도 상징도 아니기 때문. 차라리 원론적 독법이어야 하지 않겠는가. 뭐가 원론적 독법일까. 일목요연한 해답이 주어집니다. 교실을 다룬 작품은 일찍이 김국태의 〈우리 교실의 전설〉(1979), 전상국의 〈우상의 눈물〉(1980), 이문열의 〈우리들의 일그러진 영웅〉 (1987) 등이 있었지요. 사회의 축도로서 말입니다. 일종의 비유였던 것. 일정한 성과도 한계도 있었지요. 그러나 이번엔 사정이 다릅니다. 문제의 소재가 교사와 학생의 대립에 있기 때문. 과연 그것이 대립일 수 있을까. 만일 대립으로 본다면, 교실(교육) 자체가 성립될 수 없지 않겠는가. 어째서? 교사는 가르치는 사람, 학생은 배우는 사람인 까닭. '가르치기·배우기'의 도식이 그것. 이 경우 주목할 것은, 이것이 대칭(對稱) 구조(관계)일 수 없다는 사실에 있습니다. 만일 배우는 쪽이 거부하면 교육(교실) 자체가 성립될 수 없는 법.

따라서 교사 쪽이 일방적으로 우위에 설 수 없는 법. 어린이의 경우를 보면 이 관계가 명백합니다. '가르치기·배우기'의 관계란 그러니까 비대칭(非對稱) 구조(관계)에 다름 아닌 것. 소쉬르의 '말하기·듣기'에 기초를 둔 '언어 시스템'론에 맞서 비트겐슈타인 (R.Wittgenstein)이 내세운 '언어 게임'론이 바로 이 사정을 잘 말해 줄 터. '말하기·듣기'란 문법을 공유한 자들 사이에 벌어지는 것. 그러기에 일종의 '독백'이자 마스터베이션에 지나지 않는 것. 따라서 비생산적, 정태적일 수밖에. 문법 체계가 전혀 다른 두 사람(교사와 학생)이 의사 소통을 위해서는 서로가 필사적으로 도약하지 않으면 안 될 터. 서로가 조금씩 규칙을 만들어 가는 '게임'의 일종을 두고 '대화'라 부르는 것. 창조적일 수밖에. 동적일 수밖에. 체육 교사와 학생 사이에 벌어진 '분필 사건'이란, 당초부터 대립일 수 없는 것이지요. 비대칭 구조라는 사실이 은폐되어 있지 않다면 어째서 일성이 이유도 없이 자수하며, 그 순간 이유도 없이 태우의 발작이 일어났을까. 이 과제는 좀더 깊이 탐구될 성질의 것이 아닐까.

2. 난쟁이와 꼽추―조세희와 정영문

신인 정영문 씨의 〈검은 이야기 사슬 1〉(《문학과사회》, 가을호)은 〈임종 기도〉, 〈곱사등이〉, 〈장대높이뛰기 선수의 생각〉 등 세 편으로 구성되어 있습니다. 이 세 이야기가 사슬을 이루고 있다는 것입니다. 승부처가 이 사슬에 있다는 것. 사슬 찾아 내기야말로 이 작품의 독법 자체라는 것.

그렇다면 작가가 어떤 사슬을 어느 틈에 숨겨 놓고 독자로 하여금 '찾아 내면 용하지……'라는 식이냐 하면 그렇지가 않습니다. 기묘한 일이 아닐 수 없지요. 그렇다면 대체 그 '사슬'이란 어디 있으며,

대체 무엇을 위한 사슬일까. 이만 하면 읽어 볼 만하지 않겠는가.

〈임종 기도〉부터 볼까요. "내가 인기척에 눈을 떴을 때, 어떻게 된 노릇인지, 내 방문 앞에는 안쓰러워 보이는 늙은 난쟁이 하나가 눈을 끔벅이며 서 있었다"라고 첫 줄이 시작됩니다. 작가는 이 첫 장면에서 '늙은 난쟁이'를 등장시켰군요. 대체 어디서 온 난쟁이며 무엇하러 온 난쟁이일까. 작중 화자인 '나'는 이렇게 말합니다. "나로서는 알 길이 없었다"라고. 분명 인기척이 났고, 눈을 떠 보니 방문 앞에 늙은 난쟁이가 측은한 모습으로 '나'를 보고 있었다는 것이니까, 정황으로 미루어 보면 '인기척'이 일종의 환청이었는지도 모릅니다. 인기척에 눈을 떴다고 하니까 만일 인기척이 환청이라면 눈앞에 놓인 난쟁이도 일종의 환각인지 모릅니다. 요컨대 작가는 지금 '나'를 내세워 인간 개개인의 내면 속에 깃들이고 있는 '설명 불가능한 악마적 요소'를 검토하고 있는지도 모르지요. 우화성의 도입에 다름 아니었던 것.

그렇다면 '나'란 무엇인가. 작가는 이렇게 적었군요. "이제 난쟁이가 나를 찾아온 이유를 알게 된 나는 그가 하필이면 나를 찾아온 것이 이상했다. 나는 우리 고장에 나만한 목사가 없다고 자부할 수 없다는 것을 잘 알고 있었다"(995쪽)라고. '나'란 그러니까 목사 신분이 아니겠는가. 목사이되, 신앙심이 없지만 그렇다고 뭐 유별나게 나쁜 짓을 한 바도 없는 위인. 군이 말해 보라면 "다른 많은 사람들처럼 마음속으로 간음을 즐길 뿐". 또 군이 말해 보라면 "될 수 있는 한 아무 노력도 하지 않기 위해 노력했다는 것". 왜? 삶이라는 무의미에 대항하는 대신 그것에 투항하기 위해. 그러니까 '나'란, 현실 속의 '나'가 아니라, 우화의 일종인 셈. 난쟁이란 그러니까 '나'가 스스로 창출해 낸 허깨비(幻, 꼭두)에 다름 아닌 것.

이 난쟁이가 '나'에게 요구하는 것은 과연 무엇이었을까. '나'가 목사인지라 임종 기도를 드리는 데 필요한 도구들을 챙겨 자기와 함께 가자는 것이 난쟁이의 요구. 파문 직전에 있는 '나'에게 목사직을 강요하는 난쟁이. 그럼 어째서 '나'는 난쟁이의 요구에 응했을까. 협박에 따른 것인가, 자진해서 나선 것일까.

(A)나는 기가 막혔지만 짐짓 아무렇지 않은 척을 했다. (995쪽)

(B)나는, 내가 좀더 마음이 독한 인간이었다면 이렇게 따라 나서지도 않았겠지, 하고 혼잣말을 했다. (997쪽)

(C)난쟁이의 집은 무척 작았고 (중략) 난쟁이 여자는 겉보기에도, 죽어가고 있는 듯 (중략) 나는 주님의 대리인의 자격으로 그녀의 구원을 약속했다. 하지만 장담할 수는 없지, 하고 나는 혼잣말을 했다. (998쪽)

(D)좀더 머물고 싶었던 임종의 자리에서 쫓겨나, 투덜대며 방을 나온 나는 그의 집 마당에 우두커니 서서, 한데, 난쟁이들은 아무리 해도 마음 놓고 미워할 수가 없단 말야, (중략) 나는 처음으로, 내가 난쟁이가 아닌 것이 후회가 되었다. (999쪽)

(A)~(D)까지가 〈임종 기도〉의 절반을 이루고 있습니다. 나머지 절반은 이와 정반대의 순서이지요. 집으로 돌아온 '나'는 '나'의 방에 난쟁이가 누워 있음을 발견하지요.

"이제 이 집은 내 집이 되었으니 자네도 그걸 인정해야 하네, 쫓아내지는 않을 테니 그냥 나가도록 하게"라고 난쟁이가 점잖게 타이르지 않겠는가. 자기 집에서 쫓겨나면서도 '나'는 점점 화가 사라지고 어떤 은밀한 기쁨까지 솟아나지 않겠는가. 이 기쁨은 대체 어디서 오는 것일까. 그런데 기묘한 것은, 그 기쁨이 '나'의 것이기보다 '주님'의 것으로 여겨짐은 웬 까닭일까. '나'의 참된 해방은 여전히 불가능했던 것.

작가는 여기서 무슨 메시지를 내보이고 있는 것일까. 임종 기도

와 더불어 이웃 사랑을 말하는 것일까. 임종 기도 따위보다 남을 자기 몸처럼 도우는 것이 한층 소중하다는 뜻일까. 아무리 참된 기독정신도 임종이라든가 난쟁이 같은 매개체를 통해서야 비로소 이루어진다는 것일까. 그래 봤자 결국 신의 방해로 헛수고라는 것일까.

이런 물음에 대해 뭐라고 말하기 어렵습니다. 〈곱사등이〉를 읽어볼 수밖에. "어느 여름날 밤 내가 산책을 나와 길을 걷고 있는데, 누군가가 내곁에 바짝 달라붙는 것이었다"라고 시작되는 이 작품에서 '나'는 누구이며 또 곱사등이란 무엇인가. '나'란 물론 난쟁이로 말미암아 해방당한 그 '나'일 수도 있고 아닐 수도 있겠지요. 어느 쪽이든 결국은 마찬가지. 어째서? 곱사등이가 곧 난쟁이니까. 난쟁이의 업(業)을 '내것'으로 해도 '나'의 해방이 불가능하듯 곱사등이의 '외로움'을 '내 것'으로 해도 결과는 마찬가지. 이쯤되면 독자도 지칠 만하지 않습니까. 작품 〈장대높이뛰기 선수의 생각〉에 기대를 걸 수밖에.

지금 동물원에 '그'가 근무하고 있습니다. 직업은 동물원지기. 원래 그의 직업은 높이뛰기 선수였으나 불운으로 땅바닥에 곤두박질쳐 불구가 되었다. 그래도 살아야 하는 법. 어느 날 동물원을 배회하다 그곳에 취직이 된 것. 어느 날 밤 그는 기묘한 장면에 부딪쳤다.

　　환한 달빛 속에서, 그가 앉아 있는 벤치 앞의 가로등으로부터 힘없이 퍼져나온 불빛이 그의 발 아래에서, 땅 속으로 스며들고 있었다. 그것을 보며 그는 지하를 흘러가는 빛의 지하수를 상상했다. (1013쪽)

이 상상력이 바로 기적이었던 것. 은하수란 하늘에만 있는 것이 아니라는 사실. 지하에도 엄연히 있다는 사실의 발견. 이 상상력이 바로 장대였던 것. 그가 이 길고도 단단한 장대로 동물원 울타리를 뛰어넘고 있지 않겠는가. 사자와 만날 수 있지 않겠는가.

이 작품에 대해 제가 너무 말이 많았습니까. 그렇긴 합니다. 앉은뱅이, 곱사등이, 그리고 지체장애인, 이 셋은 대체 무엇인가. 겉으로 나타난 이들의 형상은 정상인의 내면 형상과 엄밀히 대응되는 것. 사람이 있어, 운명이나 신을 들먹거린다면 적어도 기독교적 신의 과제에로 뻗어 나감으로써 이 나라 작가도 독자도 그저 멍청하거나 신학을 빌어 올 수밖에. 카프카의 〈심판〉 그것처럼 말입니다. 그렇지만 만일 이러한 과제가 이 나라 소설사의 문맥에 걸리고 있다면 사정이 다릅니다. 말이 많을 수밖에.

(가)앉은뱅이는 꼽추가 다가오는 발짝 소리를 들었다. 꼽추는 들고 온 플라스틱통을 불기가 닿지 않는 곳에 놓았다. 통에는 휘발유가 가득 들어 있었다. (조세희, 〈난장이가 쏘아올린 작은 공〉, 문학과지성사, 1978, 12쪽)

(나)아버지의 신장은 백십칠 센티미터. 체중은 삼십이 킬로그램이었다. 사람들은 이 신체적 결함이 주는 선입관에 사로잡혀 아버지가 늙는 것을 몰랐다. (중략) 아버지는 처음 보는 꼽추 한 사람을 데리고 와 여러 가지 이야기를 했다. (윗책, 100쪽)

(다)우리들은 마당에 서서 하늘을 쳐다보았다. 까만 쇠공이 머리 위 하늘을 일직선으로 가르며 날아갔다. 아버지가 벽돌 공장 굴뚝 위에 서서 손을 들어 보였다. (윗책, 151쪽)

이른바 80년대 이 나라 문학을 송두리째 폭파할 만큼의 폭약을 지녔던 〈난장이가 쏘아올린 작은 공〉이 20세기가 저물어 가는 이 나라 문단에서 신인 정씨의 손을 빌어 되살아나고 있지 않겠는가. 장대높이뛰기 선수가 쏘아올린 저 거대한 공. 사자 입 속으로 향한 공.

3. 죽음의 장소 찾기—최윤, 고종석, 조용호

신인 조용호 씨의 〈베니스로 가는 마지막 열차〉(《세계의문학》, 가을호)는 표제 그대로 베니스행이군요. 문제는 장소로서의 베니스 (베네치아)에 있지 않겠는가.

훈족의 침공을 피해 갯벌로 몰려들었으나 갯땅쇠로 주저앉지 않고 마침내 동방 무역으로 거대한 부를 축적, 그 넘쳐나는 부를 바탕으로 천하건달 카사노바를 낳고, 오페라의 발상지로 유럽 근대사 위에 군림한 베니스가 아니겠는가. 어둠과 추위에 떨던 북쪽 게르만 야만족들이 오렌지, 시트론 꽃 피는 이곳을 얼마나 꿈에 그렸던가. 괴테라는 사나이는 물론 슈만의 몽상도 토마스 만의 상상력도 마찬가지. 오죽하면 대문호께서 《베니스에서 죽다》(토마스 만, 1912)까지 썼겠는가. 산 마르코 성당 속에 들어가 보라. 천장의 장식이 어째서 동방적이었는지도 거기 가 서 보면 알 수 있지 않겠는가. 또 어쩌고 저쩌고.

잠깐, 지금 무슨 잠꼬대를 주절대고 있는가. 그렇습니다. 잠꼬대일지 모르지요. 그러나 이 나라 90년대 문학의 맥락에서 보아도 역시 잠꼬대일까.

숨가빴던 이 나라 문학판에서 파리만큼 불타오른 도시는 없었지요. 《개선문》(레마르크, 1946) 때문이 아니었지요. 망명객의 천국으로 소문난 도시(망명객을 보호할 뿐 아니라 급여까지 주는 도시)를 무대로 최윤은 〈아버지 감시〉(《문학정신》, 1990년 10월호)를 썼지요. 파리 유학생인 이 나라 망명객(북쪽의 아버지, 남쪽의 아들)이 부자 상봉을 할 수 있는 장소로 파리만큼 적절한 곳이 없다는 작품상의 설정은 작가 최씨가 파리 유학생이었기에 현실적이었지만 동시에 이 도시 자체로도 현실적이었지요. 꼭같은 장면이 고종석의 〈제망매〉(《문학과사회》, 1994년 겨울호)에서도 벌어집니다.

최씨의 작품에서는 일찍이 이념에 불탔던 사내가 월북, 거기서 환멸을 느껴 중국으로 망명했다가 파리에 정착한 아들을 찾아왔던 것. 70년대의 아비와 아들이 파리 시내 구경차 나선 곳이 저 유명한 파리 코뮌의 전사들의 무덤이었지요. 147명의 위대한 노동자 인민 혁명 전사들이 1871년 5월 마지막 순간까지 싸우다 무참히 학살된 이 역사적 장소란 과연 무엇인가. 고종석은 파리 특파원 이진우의 입을 통해, 골수암으로 32세에 죽어간 여의사인 고종 사촌 누이를 조상하는 마당에 어째서 저 파리 코뮌 무덤이 요망되었을까.

　동무들, 이 위대한 전사들의 무덤〔벽〕을 잘 봐두라우.

　최씨도 고씨도 이 다음 장면을 잇지 못하고 침묵할 수밖에. 파리의 카페나 순례하며 촌스럽게 겨우 이제 소시지를 '장봉'이라 발음한다는 사실을 깃발처럼 들고 주절대는 관광객 수준의 작가라든가, 노틀담이라 불리는 제법 큰 절에 들어가 그 창문이 '장미의 창'이라 떠들면서 계집과 놀아 나는 줄거리를 작품이랍시고 내놓는 오늘의 처지이니까. 파리는 이제 없지요. 파리가 없다면 이젠 그 다음은 뉴욕인가 런던인가. 베니스일 수도 있다는 것일까.
　이런 물음에는 다음과 같은 토를 달아놓아야 되겠지요. 그렇지 않으면 폭언이 될 공산이 있으니까. 곧 이 나라 문학판의 소중한 광맥의 하나인 이른바 '지식 인문학 계보'가 그것. 분단 문학이 특히 그러한데, '이념'이 사고의 뼈대를 이루고 있기 때문. 신인 조씨의 베니스는 이 범주에 드는 것.
　작중 화자인 '나'는 지금 베니스를 향해 열차에 올랐군요. '나'는 누구이며 어째서 하필 베니스행인가. 따라가 볼까요. 주네브에서 국제 열차 3등실에 타고 새벽 1시에 출발. 11시간 예정. 기차 속에서 '나'의 회상이 시작된다. 술집에서 혁명가를 부르던 여인. 혁명가란 과연 무엇일까. 그것이 연가와 어떻게 다른가. 이 물음을 음미하며 밤 열차에서 잠 못드는 '나'는 누구인가. 운동권 출신. 회사원. 지금은 퇴출 인생.

나는 그러나 내가 원했던 지도자 덕분에, 그의 최종 결정에 따라, 내 생계의 텃밭을 잃어버려야 했다. 우리가 원하던 민주주의는 시장 경제가 투명하게 보장되는 사회와 병행해야 한다고 그는 말했고 실천에 옮겨가고 있었다. (중략)나는 내가 뽑은 지도자에 의해 퇴출 인생이 된 것이다. (193쪽)

퇴출 인생이 베니스에 가면 무슨 살판이라도 생기는가. 그럴지도 모르지요. 왜냐면 퇴출 인생이니까. 퇴출되기 전에 이미 베니스에 가서 죽은 여인이 있으니까. 그녀는 누구이며 어째서 하필 베니스를 골라서 자살했을까.
다음 두 가지만 지적하기로 합니다.
하나는 운동권 시절, '나'가 살기 위해 동료 세 명을 배신한 사건. 이른바 배신자의 경력을 가진 위인. 한 번은 거듭나야 할 인종. 이른바 혼의 과제였던 셈.

(가)하지만 나도 밥 벌어먹고 사는 월급쟁이니 당신 친구나 선배 중 아무나 세 명만 대라. 형식적이어도 좋다. 나도 어차피 상부에 형식적일망정 보고해야 되는 입장이다. (중략)나는 서둘러 그리 가깝지 않은, 우리들의 일과는 아무 상관이 없는 몇 개의 이름을 불렀다. 얼마 후 나는 사회면에 1단으로 보도된 변시체 이름 하나를 발견했다. 그 이름은 내가 둘러댄 사내 중의 하나와 같았다. (205쪽)
(나)그녀로부터 두툼한 편지를 받은 것은 일 년 전이었다. 여성지 기자로 취직해서 밥벌이를 하던 그녀가 대학생들의 배낭여행 동반 취재차 베니스에 들렀다가 산 마르코 성당 옆 바닷가에서 포도주에

만취한 채 바다에 뛰어든 것은(하략) (202쪽)

　죽음의 장소를 찾아가고 있습니다. 그렇지만 누가 보아도 (가)도
(나)도 불철저합니다. (가)(나)만큼 심각하고도 아픈 과제, 그러니
까 '혼'의 문제인데도 이렇게 지나가는 말로 말해 버릴 수 있는 것
일까. 신인이라는 조건이 변명일 수 있겠는가.
　그렇다면 뭐가 또 문제냐. 죽는 장소, 그것이지요. 혁명의 장소
가 파리였다면 죽음의 장소가 베니스라는 것. 곤돌라를 보시라. 영
락없는 관(棺)이자 요람의 형상이 아니었던가. 이제 우리 문학도
죽음의 장소를 알아 낸 형국이 아니겠는가.

4. 생니와 사랑니의 관계—김소진, 이상권

　신인 이상권 씨의 〈사랑니〉(《실천문학》, 가을호)는 어떤 독법이
적절할까. 처자를 거느린, 그러니까 이른바 어른이 그것도 사내 주
제에 사랑니를 앓았다는 것. 그 곡절을 실로 염치도 없이 늘어놓고
있습니다. 이른바 허풍이 작품 밖으로 넘쳐나는 형국이라고나 할
까. 대체 이 넘쳐흐름이란 무엇인가. 세상은 이를 두고 익살이라
하기 십상이지요.
　대체 익살이란 무엇인가. 남을 웃기기 위해 일부러 하는 말이나
짓을 익살이라 한다면 이 풀이는 물론 부족하기 짝이 없지요. 거기
엔 목적이 빠져 있기 때문. 왜 웃기려 하는가, 라는 목적을 묻는다
면 어떻게 될까. 저는 지금 뭐 《시학》의 저자 이래 논란이 되어 온
이 거창한 주제에 도전할 뜻은 없습니다. 목적 없는 행위도 있을
까. 아마 있겠지요. 목적의 자기목적성이 그것. 남을 웃김으로써
스스로 쾌감을 얻기가 그것. 거기 예술의 순수한 기능(놀이)의 하
나가 있겠지요. '희극'이 그토록 인류사와 더불어 융성해 온 것이
이를 증거하는 것. 이 순수 기능에다 이런저런 잡스러운 기능을 첨

가한다면 어떻게 될까. 개인의 원한, 사회·정치적 과제, 집단 무의식 등등 수많은 갈래들이 웃김의 외피를 입고 펼쳐졌던 것. 이 중 제법 돋보였던 것이 이른바 '동물 농장' 식의 방식. 상대방을 칼로 찌르는 웃음, 그러니까 웃음 속에 비수를 숨긴 일종의 음모형. 비판적 기능을 수행하기 위한 고도의 지적 작업이 아닐 수 없지요. 그렇지만 이러한 것은 그 상황이 끝나면 일시에 효력을 상실하게 마련. 그렇다면 그것으로 끝장이 나고 마는 일회성의 물건에 지나지 않는가. 그렇지 않지요. 기묘한 현상이 벌어지니까. 곧 동화로 정착되기 때문. 〈걸리버의 세 가지 세계〉(스위프트)가 그러하며 〈동물 농장〉(오웰)의 돼지떼들도 그러하지요. '목적의 자기목적화'라고나 할까. 그렇다면 당초부터 '자기 목적화'인 경우는 어떠할까.

신인 이상권 씨의 경우를 살펴볼까요. 사랑니를 앓기 시작, 이런 저런 곡절을 겪어 마침내 치과에 들러 그놈을 처치했다는 얘기 아닙니까. 어떻게 처치했느냐의 '사건성'이 이 작품의 키워드. 하도 기묘하게 생긴 사랑니인지라, 이놈을 뽑자니 그 옆의 생니까지 함께 뽑혔다는 것. 사랑니의 줄기가 옆의 어금니 뿌리에 엉켜 있었으니까. 주인공 '나'만의 고유한 특성이지요. 바로 이 고유성이 웃음의 자족적 목적성에 해당되는 것.

송학을 만나 삼학이 되니, 홍단이 삼십격으로……(211쪽)

이는 암(윗녘의 이데올로기)으로 죽은 아비의 입버릇. 사랑니란, 다름 아닌 이 고통 속에 평생을 보냈고, 그 고통을 입밖에 내지 않고(그것이 이데올로기와 관련된 것이든 아니든 관계없다. 왜냐면 고통이란 누구나 견딜 만큼 있는 것이니까. 이 점에서 아비의 이데올로기를 치켜든 작가의 의도는 일회성에 떨어질 수밖에) 죽어간 아비에 다름 아닌 것. 이 아비의 유산이랄까 중압에서 벗어나는 길(〈날개〉의 작가 이상은 아비를 일찍이 "내 인생을 차압하려 달겨드는 모조기독"이라 읊은 적이 있다)은 무엇인가. 내 생니를 뽑는 아픔이 요청된다는 것.

실상 독자인 제 입장에서 보면, 이 작품에서 갖는 무게는 이런 주제에 있지 않지요. 문체에 있을 뿐. 문체란 무엇인가. 이 물음은 《눈사람 속의 검은 항아리》를 남기고 요절한 작가 김소진의 작풍(作風)에 관련됩니다. 김씨의 문체는 속담 사전이랄까 토착어(민중어)에 대한 지적(知的) 훈련장이었지요. 여기서 지적이라 함은 생리적이자 의식적(작위적, 인위적)이라는 모순적 표현에 관련되지요. 김 씨의 창작 모티프란, 아비(사랑니)와 자식(생니)의 관계에 있었지요. 인민군으로 내려온 아비가 남한에 정착, 철원댁을 만나 자식 낳고 구멍가게로 생활하다 죽지 않았던가. 작가 김소진은 이 아비와 자기의 관계를 생리적 차원에서 이해해야 했고 동시에 지적 차원에서도 이해해야 했던 것. 문체 개발이 불가피했던 것. 최고 대학 영문과 출신인 김씨의 작가적 싸움(민중어 수용)이 여기 있지 않았던가. 김씨가 없는 이 문학판에 이제 신진 이상권 씨가 있군요. 이데올로기와 무관한 아비이면서도 이데올로기에 감싸인 아비. 이 끈을 잇는 일과 끊는 일. 사랑니와 생니의 관계. 문체로 승부하기.

5. 자전거 도둑들—데시카, 김소진, 김인숙, 백도기

백도기 씨의 〈자전거 타는 여자〉(《문학사상》, 9월호)는 김소진의 작품 〈자전거 도둑〉(1995)에 촉발되어 쓴 작품.

일산의 어느 아파트에서, 현관 문 밖, 도시가스 연결 파이프에 쇠줄로 붙들어 매놓은 자전거의 자물쇠를 풀고 신문기자인 주인 몰래 타고 다니다가, 임자가 들어오기 전에 얌전히 제자리에 갖다 놓는 이상한 '자전거 도둑'이 있었다라고 소설가 김소진이 썼다. 그러나

그와 같은 일이 우리 아파트에서 있다는 소문을 아직 들어본 일은 없다. (179쪽)

자전거 주인인 기자 김승호와 자전거 도둑 에어로빅 강사 서미혜가 서로의 속내를 드러내지요. 서미혜는 장애자인 오빠를 죽였고, 김승호는 아비를 괴롭히는 혹부리 노인을 죽였던 경력의 소유자. 물론 각각 살인자라 자처하는 처지. 이쯤되면 서로는 또 다른 삶의 무게(죄의식)를 향해 각자의 길을 갈 수밖에. 작가 백씨는 이런 김소진의 아픔을 딛고 대체 무슨 얘기를 하겠단 말인가.

이런 얘기를 쓴, 그 소설가는 석 달쯤 전에 간암으로 세상을 떠났다. 예수처럼 서른세 살의 나이였다. 나는 언제부터 남자 나이 서른세 살 앞에는 넓고 깊은 강이 흐르고 있다는 생각을 떨치지 못하고 살아왔다. (181쪽)

이렇게 말하는 '나'란 작가 자신인가 아니면 단지 '작중 화자'에 지나지 않는 것일까. 대체 '나'란 누구인가. 이 작품의 키워드가 아닐 수 없지요. '나'를 따라가 볼까요.

"아직 서른세 살이 채 안 된, 서른두 살의 나는……"이라고 하지 않겠는가. 대체 32세의 '나'란, 그러니까 예수보다 한 살 아래인 '나'는 뭘 해 먹고 사는 위인일까. 아주대학 근처에 살고 있군요. 아내가 있고, 딸도 있는 위인. 아내는 농촌 부녀자들과 도시 소비자를 연결시켜 주는 몫을 하는 공무원 혹은 그런 종류의 직종에 종사하는 직업인. 그런데 '나'는 무엇하는 위인인가.

불투명하군요. 기껏해야 드러난 것은 한민선교문화회관에 있는 '환경운동연합'이라는 단체에 가담하고 있는 무슨 자문위원 수준. 이 환경 운동 단체에서 수원시와 약간의 마찰을 빚으며 싸우고 있는 내용인즉, 하천 복개 공사 반대운동. 이 환경 운동 단체의 꿈은 자전거 전용도로 만들기. 그런 위인이면 자전거에 흥미를 가져야 마땅한가. 어째서 그것이 '운명스러운 것' 일까.

우연히 가게에서 만난 여인 때문이라는 것. 그녀가 "흰 운동복에 은빛 나는 자전거"를 타고 달리면서 '나' 를 향해 온몸으로 웃었다는 것. 그녀가 달려들어 사랑한다고 했다는 것. 그녀가 이제 외국에서 '나' 에게 말을 걸고 있다는 것. 그게 '나' 가 환경 단체에 뛰어다니며 자전거길 만들기에 덤비는 이유일까. 거기다가 '영혼' 이니 '운명' 이란 말을 붙여도 되는 것일까. "불빛에 반사되는 눈물은 너무도 투명하여 그것이 영혼처럼 느껴졌다"(195쪽)라든가, "그 순간 무슨 운명처럼 전화가 끊겼다"(201쪽)라고. 글쎄요. 사람에 따라 그럴 수도 있겠지요.

제가 여기까지 읽어 온 것은 다름이 아닙니다. 한편으로는 〈자전거 도둑〉의 김소진 때문이며, 다른 한편 김인숙 씨의 〈그 여자의 자전거〉(1998) 때문. 국적이 분명한 사건성이 그것. 쓸 내용이 있어 작가가 작품을 쓰는 것이 아니라, 그가 남의 작품을 읽었기에 창작한다는 만고의 진실이 그것.

각설하고, 자전거란 무엇인가. 빗토리오 데시카 감독에 있어 그것은 생계의 수단이었고, 김소진에 있어 그것은 영혼의 징검다리였으며(혼의 문제였던 것), 김인숙에 있어 그것은 자립성의 근거였던 것. 자전거란 무엇이뇨, 네 발 달린 유모차가 아닌 것. 세 발 달린 유아용도 아닌 것. 두 바퀴로 홀로 서야 하는 물건. 이 균형 감각이 삶의 위기 의식 끝에 놓인다는 사실을 안다면 아무나 자전거를 소재로 삼을 수 없는 법. 혹시 환경 보호도 자전거와 같은 것일까.

● 분단 문학의 초극을 위한 두 표상

박 성 원

김 영 하

하 성 란

배 수 아

박 상 우

윤 흥 길

분단 문학의 초극을 위한 두 표상

―윤흥길 · 배수아의 경우

박성원의 〈인디언 서머〉, 김영하의 〈피뢰침〉,
하성란의 〈치약〉, 박상우의 〈옥탑방〉,
배수아의 〈은둔하는 北의 사람〉, 윤흥길의 〈낙원? 천사?〉

1. 2003년의 〈오감도〉

찌는 듯한 여름이 가고 찌는 듯한 가을이 지속되고 있던 어느 오후, 신진 평론가 김동식 씨가 문화 무크지《이다》(제3호)를 두고 가지 않겠습니까. 말도 뒤돌아봄도 없이. 1호(1996) 때도 2호(1997) 때도 그랬지만 이번엔 한층 철저하더군요. 그도 그럴 것이 '2003년 가을호'가 아니었겠는가. 무려 5년이나 먼저 나온 미래형 잡지라 자부한 것이니까. 기껏 5년 정도 앞선 것인가, 이제 겨우 5년인가, 라는 반격을 겁내어 숨도 못 쉬고 도망친 것은 아니었을까. 도대체 3년을 두고 김씨와 치르는 이런 기묘한 의식이란 무엇인가. '역사의 끝장'을 처음으로 체험한 자가 다름 아닌 헤겔 그 자신이 아니었던가. 나폴레옹의 예나 공격 때 이미 헤겔이 말하는 역사는 끝장이 나고 말았던 것. 어째서? '자유의 자기 운동의 완결'이 유럽(세계) 전역을 뒤덮었으니까. 그 직계 코제브(사르트르, 퐁티, 바타이유 등의 스승격)는 제2차 세계 대전 직후 '역사의 끝장'을 목도했으며, 그 손주격인 후쿠야마는 구소련 해체의 장면에서 그 끝장을 보아 버렸던 것. 그렇다면 기껏 5년 앞잡이로 자부하는 《이다》패들은 어떠한가.

역사는 아무 일 없이 끝없이 지속되고 있다. 그 끝없음이 역사의 끝을 가리킨다면 역사가 끝났다는 말은 옳다. 지속은 여전히 현란하지만 아무런 역사도 없는 지속이다. (3쪽)

'지속'만이 전부라는 것. 그러니까 되풀이만이 남아 있다는 것. 그렇다면 역사의 끝장 이후의 인간이란 그 이전의 인간과는 별종인가. 그렇다고 서슴없이 말하고 있을까. 대답해야겠지요. 적어도 어떤 징후라도. 그래야 문학일 테니까.

이 모든 것은 헤겔에 대한 도전이었다는 것. 어째서? 인간의 본질을 헤겔은 위신 승인(Prestigekampf)에 두었던 것(프로이트가 욕망이라 부른 것). 위신을 위한 싸움이 '역사'라면 이것의 소멸은 역사의 끝장이 아닐 수 없는 것. 위신 승인을 위한 싸움이 없는 세계란 어떠할까. 동물스런 삶이 아닐 수 없지요. 은어, 메뚜기, 연어 따위의 세계. 역사의 끝장이 네 번씩이나 거듭된 2003년의 인간은 어떤 몰골을 하고 있는가. 박성원 씨의 〈인디언 서머〉부터 볼까요.

아내는 들어오자마자 환하게 웃음을 지어 보였다. 신발을 벗으면서 오래 기다리셨죠, 하였다. 아내는 그와 그들이 저질러놓고 간 행위들을 보고서도 열브스름한 미소를 지어 보일 뿐이었다. (중략) 나는 설명을 하려다가 그만두었다. 도대체 그 누가 믿어 줄 것인가. 당신이 나가면 곧장 그와 그들이 쳐들어와서는 엉너리치며 나를 괴롭힌다는 것을 도대체 어떤 식으로 설명을 해야 할까. 다리 병신인 주제에 이제 정신까지 미쳤다고 차라리 말할 것이다. 나는 내 나름대로 사리가 있는 사람이다. 해서 내가 저지른 행위가 아님을 알면서도

나는 아내에게 아무런 말도 할 수 없는 것이고 또 해서도 안 되는 것이었다. (209쪽)

'나', '아내' 그리고 '그들'이 등장합니다. '나'와 '아내'만의 순수 의식의 도식이라면 이 나라 소설사는 참으로 뚜렷한 것. 〈오감도〉(1934) 작가의 〈날개〉(1936)가 그것. 〈날개〉란 그러니까 〈종생기〉(1937)와 맞물린 기념비적인 작품이었던 것. 어째서? 소설(의식)을 쓰고자 덤비는 초년생들이 반드시 거쳐야 될 통과역이니까. 만일 이 나라 소설판에서 〈날개〉가 없었더라면 상상조차 할 수 없는 사태가 벌어지지 않았을까. 저마다 날개스런 작품 쓰기에 골몰한 나머지 도무지 다른 일을 벌일 틈이 없었을 터이니까. 〈날개〉가 이미 있기에, 그것이 거울 몫을 함으로써 작가 지망생들은 스스로 거울 되기를 차단당하고 있었고 그 때문에 그것은 그들의 정력 낭비를 막아 낼 수조차 있었던 것. 그래도 별종은 있는 법. 정력이 넘쳐 탕진하지 않고는 못 견디는 패거리 중의 하나로 박씨를 들 수 없을까. '나'와 '아내' 사이에 타자인 '그들'의 등장이 그것. 일찍이 작가 박씨는 〈이상(異常), 이상(李箱), 이상(理想)〉(《황해문화》, 1995년 봄호)을 쓴 바 있습니다. 제목만큼 별난 것이자 멋진 작품. 멋질 수밖에 없는 것이 글쓰기(의식)란 본래 정상이자 정상일 수 없으며, 〈날개〉의 작가야말로 그 최상의 표본이라는 것.

제대한 청년이 아르바이트에 나아갑니다. 소설 원고 타이핑하기. 고용주는 〈날개〉의 작가. 관찰해 보니까 자기의 고용주는 (1)절대로 게으름, (2)아내(창녀)가 있다는 것, (3)아달린(아스피린)으로 무장하고 있다는 것. 청년의 눈에 비치는 소설 쓰는 사내란, '뇌만 남은 사람'이었던 것.

그로부터 3년이 지난 이 시점에서 작가 박씨는 어디에 이르렀는가. 〈인디언 서머〉에 이르고 있지 않겠는가. '나'와 '아내' 사이에 타자들의 개입을 용인하기가 그것. 이 개입은 늦더위의 일종이 아닐 수 없지요. '나'와 '아내'의 순수 의식만으로는 소설 쓰기의 지평이 조만간 폐쇄되기에 이른다는 점을 3년 만에야 깨친 증거. '나'와 '아내' 사이에 타자를 개입시키되 그것도 복수형 타자라는 것. 순수 의식(뇌의 덩어리)에서 한발 물러나지 않으면 글쓰기의 지평이 막혀 버린다는 것.

"나는 내 나름대로 사려가 있는 사람이다."

이 대목에 주목할 것입니다. 무능한 '나'가 타자들을 불러들일 수 있는 통로이니까. '아내'가 외출한 틈엔 어김없이 찾아들어 '나'의 뇌 속까지 쪼개 보는 이 칼 든 깡패들이란 무엇인가. '나'가 타자들과 싸워야 할 명분은 무엇인가. 아니, '아내'와 '타자들'은 같은 패가 아닌가. '아내'와 타자들이 함께 정면으로 공격해 온다면 '나'는 어째야 하는가. 〈날개〉의 작가가 이를 〈종생기〉라 하여 백골에서 빠져 나온 넋을 읊었다면, 신진 박씨의 〈종생기〉는 어떠한가.

이런 물음들만으로 가히 족한 것. 그러기에 2003년 가을에도 아직 작품 〈날개〉의 유효성이 확인되고 있습니다. '역사의 끝장' 이후의 역사란, 이처럼 '지속'과 아울러 변종을 낳기에 이르고 있을 뿐.

박 씨의 태도가 2003년에 이르러도 소설의 지속은 그대로일 것이고, 그 '지겨움'도 그대로일 것이라면, 이문환 씨의 〈21세기 정신분열증 환자〉는 어떠할까. 제목이 제법 거창합니다. 21세기 정신분열증 환자도 별종이라 우기고 있긴 하나, 기껏해야 20세기의 그것과 별로 다르지 않군요. '나'의 친구 형만의 이야기(자기 아비가 어미를 죽였다는 사실)란, 어떤 방식으로도 타자에게 전달할 방도가 없다는 점이 그것. 어째서? '나'가 바로 형만이니까. 신경증이 아니라 정신 분열증 환자의 세계이니까. 21세기도 20세기와 같다는 이 아이러니가 소설 쓰기의 일종이라면 제법 그럴 법하군요. 그렇다면 '역사의 끝장'도 겁낼 것 없지요. 이미 그 속으로 깊숙이 우리가 들어와 있으니까. 그것도 네 번씩이나. 어떻게 하든 이성의 힘으로 세계를 바람직한 방향으로 바꿀 수 있다는 사람(신념)들에게 모욕 주기, 안타까움 주기에 안성맞춤이라고나 할까.

2. 주피터가 그려낸 전문(電紋)—김영하

김영하 씨의 〈피뢰침〉(《작가세계》, 가을호)의 참신함은 어디서 말미암는 것일까. '견고한 상상력'이라 부를 만한 모종의 힘에서 연유하지 않았다면 어떤 설명 방식이 적절할까. 김씨가 구사하는 상상력 속에는, 이 나라 작가에겐 썩 낯설은 부분인 이른바 '에게 해의 파도'와 흡사한 견고성이 있습니다. 대리석만큼의 굳셈과 부드러움. 대리석만큼의 은은히 눈부신 색깔이 무늬져 있습니다. 비너스를 낳는 기반이 아닐 수 없지요. 〈피뢰침〉을 에워싸고 있는 상상력이란, 그러기에 칙칙함이 없습니다.

이 에게 바다의 거품을 뺀다면, 그러니까 소설 〈피뢰침〉이란 어떠할까. '나'의 입을 통해 이렇게 말하고 있군요.

누구나 살아가다 보면 한 번쯤 잊지 못할 경험을 한다. 문제는 그 경험이 아주 짧고 강렬했을 때 발생한다. 시간이 흐르면 모든 디테일들은 부정확해지고 나중엔 그런 일이 정말로 있었나 싶은 지경까지 이르게 된다. 그런 일을 방지하기 위해 사람들은 그 잊지 못할 일을 이야기로 만들어 다른 사람에게 이야기하곤 한다. 한번 언어로 만들어지면 쉽게 없어지지 않는다. (중략) 그러나 내 경우는 조금 달랐다. (276쪽)

이야기 만드는 일반적 유형과 자기의 그것은 '조금 다르다'고 우기고 있군요. 과연 다를까. '조금도 다르지 않음'을 증명하기 위해 작가 김씨가 안간힘을 쓰고 있는 형국이라 하면 어떠할까.

무엇보다 작가 김씨의 강점부터 지적해야겠지요. 착상의 패기랄까 대담성(기괴함과는 구별되는)을 들 수 있습니다. 이 작품의 경우 특히 그러하지요. 벼락을 맞아 본 사람들의 모임에 관한 얘기 아닙니까. 특정 집단의 모임, 이 점은 윤대녕의 〈은어낚시통신〉(1994)에 이어진 것. 〈손〉(1996), 〈흡혈귀〉(1997)의 경우도 그러했지만, 김씨의 상상력은 근본적으로 희랍적입니다. 몬순이 판을 치는 황하 유역 모계 사회의 끈적끈적한 흔적이 전무한 곳, 농경 사회 상상력에서 아득히 벗어난 곳.

해양 민족의 상상력 그러니까 항해술을 체득한 사람들의 그것이지요. 번개란 무엇이겠는가. 하늘, 아비, 절대 권위, 남성적인 것의 권능을 상징한다는 것은 삼척 동자도 아는 일. 막바로 그것은 주피터의 권능에 해당되는 것. 영락없는 희랍적 상상력. 남성 중심주의랄까 대리석 기둥과 신전의 파풍이 견고하게 버티고 있습니다. 벼락이란 무엇인가,라는 문학적 물음이 멜빌의《모비 딕》에 이어진다는 것도 상식 중의 상식. '세인트 엘모의 불(Saint Elmo's fire)'이 그것. 뇌우가 내리고 있는 가까이에 강한 전기장이 있을 때 피뢰침이나 배의 돛대 끝에서 방출되는 이 파란색 불꽃이란, 흰 고래를 찾아 지옥 끝까지 달려가는 아합 선장의 집념이었던 것. 항해술의 대가, 세계의 정복자, 오직 나침반 하나로, 해도와 천체도에 기대어 무인지경으로 내닫는 기하학적 정신만이 할 수 있는 세계.

이만 하면, 김씨의 착상의 패기의 어떠함이 조금 드러나지 않았을까. 그런데 이러한 착상이 이 작품에선 어떤 이유에서인지 별로 유효하게 작동하지 못했다면 어떠할까. 두 가지 이유를 들 수 없을까.

(A) 주인공 '나'를 여성으로 잡은 점. 이 독신녀의 벼락 맞은 경험이란 부모의 잠자리와 무관하지 않다는 점.

(벼락으로부터) 살아났다고 판단한 순간, 내가 가장 먼저 한 일은 우습게도 시계를 본 것이었다. (중략) 그러나 시계는 보이지 않았다. 나는 더듬거리며 대충의 방향을 잡아 비틀거리며 텐트 쪽으로 걸어갔다. (중략) 그때 다시 텐트가 흔들릴 정도로 강한 벼락이 쳤다. 그제서야 아빠가 부스럭거리며 일어났고 나는 엄마와 아빠 사이로 기어들어가 몸을 웅크렸다. (280쪽)

(B) 습기가 도처에서 침입하고 있다는 점.

(가) 그럴 때, 그들의 음성엔 습기가 끼어 있었다. (282쪽)
(나) 습기 머금은 바람이 불어오고 하늘은 금세 어둑해져서…… (286쪽)

부모의 틈 속으로 끼여들기(A)와 이 습기(B)란 대체 무엇인가. 벼락(번개)이란 주피터의 전유물. 이를 망각한 (A)(B)가 아니었겠는가.
그럼에도 작품 〈피뢰침〉은 멋진 작품. 어째서? 디오니소스의 탄생을 엿보고자 했으니까. 다음 대목이 아름답지 않다면 그건 거짓말.

늘 비슷한 꿈이다. 꿈에서 깨어날 때면 방광은 터질 것 같은데 막상 화장실에 가면 조금밖에 나오지 않는다. 어떤 날은 그날(벼락 맞은 날—인용자)처럼 오줌을 지린다. 어쩌자고 이런 꿈을 계속 꾸는 걸까. 팬티를 갈아입다가 거울에 비친 내 몸을 본다. 그러다가 나는 보았다. 두 젖가슴에서 시작되어 배꼽을 거쳐 내려가는 희미한 전문(電紋)을. (286쪽)

이 '전문'이 지닌 미학이 아니라면 이 작품은 기껏해야 독신녀의 성적 욕망에 지나지 않는 것.

3. 고유 명사와 보통 명사의 연결 고리 찾기—하성란

하성란 씨의 〈치약〉(《문학사상》, 10월호)에서 박하 냄새가 나는 것은 너무도 당연한 일. 치약의 성분 중에는 박하가 반드시 섞여 있기 때문. 작가 하씨는, 그러니까 '그'도 '그녀'도 아니고 언제나 '남자'와 '여자'로 세계를 구성합니다. 대명사 없음, 그러니까 고유 명사 없음과 등가가 아닐 수 없는 세계에다 소설판을 짜고 있습니다. 갈 데 없는 이분법적 사고. 이것이 하씨 특유의 구성법이지요. 이 구성법에서 오는 소설적 '긴장 만들기'가 하씨 특유의 강점. 그렇다면 저 박하 냄새란 무엇인가.

남자는 지금 스크랩북을 보고 있다. 국내외 팸플릿과 그동안 남자가 맡은 광고지들을 모아놓은 스크랩북이다. 그 동안 치약을 네 개나 썼지만 별다른 것이 떠오르지 않았다. (중략) 치약의 맛을 보고 치약을 짜서 손가락으로 문질러 보며 질감을 느껴 보려고도 했다. 식욕이 없어졌다. 된장찌개에서도 박하향 냄새가 났다. (중략) 남자는 스크랩북을 한 장 한 장 넘겨 나갔다. 아카시아, 죽염, 소금, 안티프라그, 클로즈업—그때 낡은 광고지 한 장이 스크랩북 어딘가에 끼여 있다가 팔락거리며 땅바닥으로 떨어졌다. 광고지를 줍기 위해 바닥으로 상체를 구부리는 순간 남자의 머릿속에 스쳐 가는 것이 있었다. 박성철이라는 사람 앞으로 온 두 통의 편지였다. (213~214쪽, 밑줄 인용자)

하씨가 말하는 '남자'란, 그러니까 어떤 경우에도 박하 냄새 따위가 아무리 진동하더라도, '남자'이기에 '여자'를 전제로 합니다. 고유 명사도 아니지만 그렇다고 보통 명사라고 단정할 수도 없는 이 기묘한 '남자/여자' 란 무엇인가.

(가)남자가 그 아파트에 대해 알고 있는 것은 시공 회사의 이름뿐이었다. (214쪽)

(나)촬영 장소로 정해진 곳은 남자가 근무하고 있는 빌딩의 로비였다. (216쪽)

(다)남자는 책꽂이 맨 위칸에서 비디오 테이프 한 개를 빼낸다. (중략) 오렌지 주스 광고다. (중략) 그 밑에 떠오르는 자막 '따봉' 은 '매우 좋다' 는 뜻의 브라질 말입니다. 남자는 재빨리 정지 버튼을 누른다. 그 원주민(브라질―인용자) 아가씨가 최명애였다. (217쪽)

작가 하씨의 이러한 '남자/여자' 의 작업이 일종의 소설판 깨기의 도전이라 함에는 설명이 없을 수 없지요. 어찌 하씨뿐이랴. 여성 작가들이 모두 그렇게 이미 쓰고 있지 않은가. 문제는 자각적이냐에 있지요. 밀도 말입니다. 방법 말입니다. 소설이란 '김아무개가……' 로 시작되는 고유 명사 식에서 벗어나기인 것만은 분명하군요. '남자' 의 저편에 '여자' 가 꼭 있다는 것. 이 대타 의식화(對他意識化)의 균형 감각을 위한 필사적 노력에서 긴장이 발생합니다. 이 긴장 속으로 가로지르는 백금선, '남자' 와 '여자' 를 잇는 고리인 '박성철' 이라는 고유 명사의 발견에 이르는 과정. 이는 표나게 내세워도 되지 않겠는가. 자각적으로 하씨가 이러한 시도를 감행할 수 있었던 것은 그동안 자주 지적되었듯 (1)마이크로 묘사법과 (2)이원법의 자각 현상에 이어진 것. 이 둘은 항시 현재형이지요. 거의 생리적이라 할 만큼 하씨의 철저성이 돋보였던 것이니까.

이러한 집요성을 성과의 하나로, 이번 작품의 성과의 하나로 들어도 되겠지요. 물론 잠정적 성과로 말이지요.

'남자/여자' 의 이분법의 긴장력과 마이크로 묘사의 연결 고리 찾기로 〈치약〉이 놓여 있습니다.

4. 이미지가 만들어 낸 정결성―박상우, 신경숙

박상우 씨의 〈옥탑방〉(《문학사상》, 10월호)이 지닌 매력, 기릴 만합니다. 언어가 환기하는 이미지가 쓴 소설이기 때문. 작가가 무슨 메시지 전달을 위해 쓴 것과는 구별되는 것. 말이 환기하는 이미지에다 다만 작가가 손을 빌어준 형국이라고나 할까. 언어의 이미지가 작가 박씨로 하여금 글을 쓰게 만들었기에, 이 경우 작가란 단지 평균치의 백금선(촉매 작용)에 지나지 않는 것. 매력이 있다면 이 백금선의 작동 방식에 있지 않겠는가.

아무튼 옥상에 얹혀진 방을 목격한 직후부터 나는 그것을 정서적으로 수용하기 위해 은근히 고심하지 않을 수 없었다. (중략) 그럼 그런 곳에 위치한 방을 도대체 뭐라고 부르나, 나는 반문하지 않을 수 없었다. 그러자 삼빡한 분절음으로 또박또박 그녀는 이렇게 대답했다.
옥. 탑. 방.
그것은 내가 지상에 태어난 이후 단 한 번도 들어 본 적 없는 해괴한 말이었다. 생게망게한 표정으로 옥, 탑, 방 하고 나도 또한 그녀처럼 발음해 보았지만 그것이 하나의 언어라는 느낌은 도무지 들지 않았다. (164쪽)

옥탑방(屋塔房)이란 말이 주는 이미지의 힘. 오직 이 한 가지에 이끌려 소설 한 편을 꾸밀 만한 자질을 작가 박씨가 확보하고 있음은 분명합니다. 작중 화자 '나'의 지적처럼 적어도 10년 전엔 이런 낱말이 없었음을 염두에 둘 것입니다. 그 무렵 시골 촌놈이 서울에 와서 공부를 한다고 칩시다. 메뚜기와 개구리를 벗으로 자란 이 촌놈에겐, 용산이 고향인 친구란 얼마나 굉장한 괴물이었을까. 작가 박영한이 〈지상의 방 한 칸〉(1983)을 썼을 때 그것은 단지 농경 사회의 상상력에 지나지 않았지요. 그러나 어느 새 옥상방(屋上房)이 '옥탑방'으로, 그러니까 '上/塔'이 가져온 의미 변화란 일찍이 〈날개〉의 작가가 조감도(鳥瞰圖)를 '오감도(烏瞰圖)'로, 동해(童孩)를 '동해(童骸)'로 바꿔놓은 것만큼의 충격을 가져왔을 수도 있지 않았겠는가. 이 점에서 작가 박씨는 단연 문인이라 할 만합니다. 그것도 시인.

옥상방, 하고 발음하면 옥상에 위치한 방으로 그것의 의미가 절로 설명된다는 걸 알 수 있으리라. 하지만 옥탑방, 하고 발음하면 완연히 다른 느낌. 일테면 요령 부득의 위압감이나 이방감 같은 게 느껴진다. (165쪽)

이 작품의 창작 동기이자 참 주제에 해당되는 대목입니다. 소설과 시를 구별하는 장면에서 사람들은 일찍이 《문학이란 무엇인가》(사르트르)의 저자가 "플로렌스(Florence)는 도시이며 꽃이며 여자다, 그것은 동시에 꽃=도시, 여자=도시, 꽃=소년인 것이다"(김봉구 역)라고 갈파한 대목을 떠올릴 법하지요. 뿐만 아니라, 작가 박씨의 민감성은 시대적 감수성에 직결되어 있기조차 하여 인상적입니다.

(A)옥탑이라…… 여기서는…… 슈퍼가 한 눈에…… 보이는군. (《인디언 서머》, 206쪽)
(B)A가 언제 왔느냐? 묻고 있다. 어젯밤에, 라고 L이 대답한다. L의 목소리가 서걱서걱하다. A는 L의 옥탑방으로 들어가는 문틈에 끼여 있을 메모지들을 생각한다. L이 없는 사이에 A만 해도 L의 옥탑방 문틈에 세 번이나 메모지를 끼워놓았다. (신경숙, 〈작별인사〉,

《창작과비평》, 가을호, 98쪽, 밑줄 인용자)

어쩌자고 2003년의 작가라 자부하는 박성원도 〈그는 언제 오는가〉(1997)의 작가 신경숙도 '옥탑방'의 이미지에 이처럼 휩쓸리고 있는 것일까. 이런 물음에는 글쓰기의 본질, 곧 '비대상화'로 그 대답을 삼을 수 있지 않겠는가.

《문학이란 무엇인가》의 저자는 당초 조금 경박하지 않았을까. 이 저술에서 그가 막바로 산문(소설)과 시를 구별하고자 덤볐던 것이니까. 훗날, 이를 수정, 글쓰기 자체의 비대상화(非對象化) 또는 자동사화(自動詞化)에 나아갔음은 널리 알려진 일. 요컨대 작가 박씨는 어떤 의미에선 글쓰기의 '본질적 형식'에 접근한 형국. 그렇다면 문제는 그 이미지의 질이라든가 밀도에 있지 않겠는가.

옥탑방이 환기하는 이미지는 두 겹으로 되어 있습니다. 박영한식 또는 70~80년대 식 '지상의 방 한 칸'의 이미지가 그 하나. 다른 하나는 카뮈의 시지프 신화.

전자부터 볼까요. 가난만으로 다 설명될 수 없는, 그 무엇이 잠겨 있습니다. 그것은 부끄러움과 직통하는 그 무엇. 정결성과 궁핍성이 맞물리고 있는 그런 마음의 지점.

돌아가신 엄마는 인생이 서천의 구름 같다는 말을 자주 했지만, 그러면서도 자신의 찌든 가난에는 끝끝내 초연하지 못했습니다. (195쪽)

한 소녀가 있었다. 이름은 주희. 가장 가난한 그녀는 가장 화려한 백화점 입구 안내원이었다.

가난한 농촌 출신의 촌놈이 있었다. 이름은 민수. 서울에 겨우 턱걸이하여 형네 집에 기식하며 직장에 시달리고 있었다. 그도 그럴 것이다. 촌놈치고 제대로 직장에 적응하여 능력을 발휘할 수 없음은 불문가지. 자연 외톨이일 수밖에. 이 외로움이 백화점 안내원 쪽으로 향할 수밖에. 그녀도 꼭 마찬가지 외톨이였으니까. 둘이 옥탑방으로 합류될 수밖에.

어째서 이 옥탑방이 한 순간이나마 휘황한 원광을 오롯이 켜게 되었을까. 정결성이 그 해답. 가난이 부끄러움으로 인식되는 것은 오직 정결성의 밀도에 좌우되는 것. 이 점에서 두 사람은 일치되고 있었던 것. '옥탑방'이 감옥으로 느껴지는 강도는 이 정결성에 비례하는 것. 옥탑방에 철저히 머물고 싶음과 철저히 벗어나고자 하는 힘의 균형 감각이란 과연 지속될 수 있을까. 이 물음에서 비로소 정결성이 배제될 터. 옥탑방(영혼)과 세속(육체)의 분리 문제로 나아갈 수 있으니까.

작가 박씨는 영리하게도 이 균형 감각에서 벗어나고 있습니다. '영혼/육체'의 과제란, 소설이 감당할 영토로는 부적절하기 때문. 그 대신 작가는, 실존주의와 더불어 한동안 유행했던 〈이방인〉의 작가를 이끌어 왔군요. 두 겹 중 다른 한 겹인 시지프의 헛된 노력이 그것. 곧 한 세대를 휩쓴 실존주의라는 담론 체계가 그것.

그렇지만 이것은 조금 비약이 아닐까. 헛된 노력임을 알면서도 줄기차게 지속하기란 무엇인가.

그것은 죽음을 피할 수 없는 인간 조건에 대한 도전일 수도 있는 것. 불사를 자랑하는 신에 대한 도전이기도 하고. 어째서 인간은 이러한 꿈(헛된 노력)을 멈추지 못하는가. 이것이 시지프 신화의 핵심이라면, 작품 〈옥탑방〉은 이와는 너무 먼 거리에 있는 것이 아닐까. 그도 그녀도 시지프 되기를 한때 꿈꾸었을 뿐, 여지없이 팽개쳐 버렸으니까.

잠깐, 시지프를 꿈꾸다 여지없이 자빠진 남녀 얘기를 두고 이렇게 장황히 살펴본 까닭은 무엇인가. 이렇게 토를 달 분도 있겠지요. 다름이 아닙니다. '영혼/육체', '신/인간'의 거창한 도식도 아니고, 그렇다고 막연한 꿈꾸기 타령도 아닌 것. 오직 '옥탑방'이라는 이미지에 있었던 것. 십 년 전의 회고록이며 따라서 센티멘털리즘이 스며들었던 것. 이 센티멘털리즘이 소중한데, 왜냐면 '가난/정결성'으로 표상되는 이 나라 70~80년대 문학적 정결성에 은밀히 이어져 있기 때문. 만일 이 정결성이 어떤 연유로 쇠잔되어 갔는가를 묻게 된다면 작가 박씨가 발을 딛고 있었던 것 〈캘리포니아 블루스〉(1995)에 닿을 법도 합니다.

5. 탈이데올로기로서의 정치 공작―배수아

배수아 씨의 〈은둔하는 北의 사람〉《작가세계》, 가을호)은 놀랍군요. 낯설기도 하고. 어째서? 배씨 특유의 초록빛 세계에서 벗어났을 뿐 아니라, 서툰 우리말 문법(그럴 수밖에 없는 표현체이니까)이라 비난받는 문체에서도 크게 벗어나 있기 때문. '발견으로서의 문체'가 글쓰기임을 새삼 증명해 보인 형국이라고나 할까.

그의 이름은 얀. 나이는 마흔 살에서 쉰 살 사이의 어디쯤. 외모는 중국인과 일본인과 한국인을 적당히 섞은 듯한 모호한 인상. 그들 중의 누구라도 될 수 있는 큰 거부감 없는 표정. 왼편 뺨에는 체코에서 입은 총상의 흔적이 희미하게 남아 있다. 그의 오른편 얼굴을 찍은 사진은 그가 인텔리 계층의 사람으로 보이게 한다. 약간 마른 듯한 건강한 몸에 검은 피부. 그가 가지고 있는 한국의 주민등록증은 솜씨좋게 위조된 것이고 1953년생 김무사라는 이름으로 되어 있다. 한국에서 살게 된 지는 십 년 정도. 적어도 1987년 이전에는 그가 체코에 있었고 그 이전에는 평양과 상해에서 살았다는 것을 증명해 줄 비교적 정확한 증거들이 있다. 그는 북조선으로 귀화한 일본인 여자와 재일 한국인 이세인 아버지 사이에서 태어났으며 상해와 평양을 오가며 자랐다. 그의 아버지는 재일 한국인 이세라는 불리한 신분 여건에도 불구하고 김일성의 특별한 신임을 받아 북아프리카에서 외교관으로 활동했다. 체코에 머무를 당시 김무사의 직업은 생화학자였으며 프라하 국립대학의 고분자 연구소에서 일했다. (240쪽)

드물게 보는 서두. 김무사라는 한 인간의 인상, 신분, 출신 성분, 경력 등이 일목요연하게 제시되어 있습니다. 그야말로 명명백백한 '사건성'의 제시이지요. 초록빛이라든가 빨간색 지붕의 양옥이나 정거장 따위 장난감 그림 엽서의 세계(동화)와는 너무 딴판 아닙니까. 이른바 흑백의 세계랄까 X선으로 투시된 세계 속에 한 중년의 사내가 전면적으로 노출되어 있는 형국.

X선에 노출된 세계란 어떠할까. 문제는 X선이 '정치적 감각'이라는 점에 있습니다. 그것은 '이데올로기'(인간의 위엄에 어울리는 고상함)와는 전혀 무관한 것. 어째서 정치적인 것이 이데올로기 문제와 무관한가. 곧 분단 문제와 무관한가.

작품 속으로 들어가 볼까요. 외교관 아들인 김무사는 물리학자였다. 체코에서 연구원으로 있었다. 평양에 처자가 있었다. 남한 정부에서 공작이 시작된다. 서울에 온다. 물론 평양서도 그의 서울행에 동의한다. 서울에서 연구 활동이 시작되고, 평양과 공동으로 한다는 조건. 남한의 정치 공작은 여사여사한 것, 곧 '정치적인 것'(전향용)이었다. 그런데 김무사는 어떠했던가. 단지 가족과 공부에만 열중하고 있었다. 이러한 김무사란 무엇인가. '비정치적 인간'이라 부를 수밖에. 이러한 김무사를 가운데 놓고 서울과 평양이 함께 '정치적 실험'을 하고 있었다면 어떻게 될까.

(서울) : 그들은 기꺼이 대한민국 만세를 부르고 평양을 욕하고 어떤 종류의 비방이 쓰어진 대본도 큰소리로 읽어내렸습니다. (249쪽)

(평양) : 박(남한 공작원—인용자)이 김무사에게 집착하고 있던 그 사이 비슷한 일을 하던 정보부의 직원 하나가 북아프리카의 북조선 외교관을 포섭하는 데 성공했다. 그 정보부의 직원이 평양의 은밀한 지시를 받았을 가능성은 아주 높다고 박은 생각했다. 그 일로 평양의 고위층은 김무사의 아버지를 결정적으로 매장시킬 수가 있었으니까. (261쪽)

평양과 서울의 X선에 전면적으로 노출되어 있는 김무사의 모습이 뚜렷합니다. 이 X선은 그러니까 이데올로기와는 전혀 무관한 것. 정치적 공작의 차원에 속하기 때문. 정치적 공작이 이데올로기와 무관한 것이기에 '서울/평양'일 필요조차 없는 과제이겠지요. 분단 문제의 틀에서도 훨씬 벗어난 곳. 거기 공작 정치의 자리가 놓여 있습니다. 그렇다면 이데올로기라든가 분단 문제와 결정적으로 구분되는, 이 공작 정치란 과연 무엇인가. 이 점에 작가 배씨는 썩 유력하여 인상적입니다.

그것은 멀쩡한 영혼을 파멸케 하는 것으로 정의되는 것. 박의 정부이자 타이피스트인 곽명의 파멸이 그것.

마지막이라고 생각하면서 곽은 박을 뒤따른다. 언제나 그랬다. 처음 그들이 만났을 때 박은 정보부의 직원이었고 곽은 그곳의 타이피스트였다. 그리고 곽은 아버지가 감옥에 들어가 있은 지 오 년이나 되었고 다니던 야간 대학을 중퇴한 다음이었기 때문에 (하략) (262쪽)

김무사, 곽명 두 사람의 혼의 파멸 과정이 공작 정치라면, 이 나라 문학의 늪인 이데올로기(분단 문제)의 울타리는 이제 넘어선 셈일까.

222

6. 어떤 용왕의 아들의 죽음─윤흥길

윤흥길 씨의 〈낙원? 천사?〉(《21세기 문학》, 제4호)는 과연 '?' 표를 두 개쯤 가질 만한 역작. 낙원인가? 아닐 수도 있겠지요. 천사인가? 아닐 수도 있겠지요. 그렇다면 낙원도 천사도 아닌 제3의 그 무엇일까. 혹은 진짜 천사이고 낙원이고 또 잘만 하면 천사가 살았던 낙원이었을까.

(A)나는 학보사 사무실 창가에 앉아서 한 눈으로는 실크 스카프라도 두른 듯 진달래 꽃너울을 함씬 덮어쓴 뒷산 풍경을 지키며 다른 한 눈으로는 난공불락의 성벽만큼이나 완강해 보이는 주간실의 출입문을 삼엄하게 지켰다. (135쪽, 밑줄 인용자)

서두의 일절. 밑줄 친 대목에 주목하지 않는다면 이 작품의 상징적 주제(분단 문제, 그러니까 순수한 이데올로기 범주)를 전적으로 몰각하는 것. 다시 말해 이 작품의 마지막 대목에서 다시 이 진달래 빛깔에 마주치게 마련인 것.

(B)자취방으로 옮길 사물들을 이것저것 정리하고 있는데, 갑자기 어디선가 나를 부르는 소리가 들린 듯싶었다. 그랬더니 웬걸, 캠퍼스 뒷산 풍경이 내 눈 속으로 와르르 쏟아져 들어오는 것이었다. 바람받이 산비탈에 진달래꽃이 지천으로 깔려 있었다. 오후의 햇살을 엇비스듬히 받으며 진달래 꽃너울은 실크 스카프라도 두른 듯 고혹적인 자태로 저녁을 맞이할 준비를 하고 있었다. 방금 전에 내 이름을 불렀던 오군의 모습을 기어코 진달래 꽃밭에서 찾아 낼 작정인양 나는 캠퍼스 뒷산을 마주한 채 오래도록 창가에서 떠날 줄을 몰랐다. 이제 그를 떠나 보내야 할 때가 됐다고 생각했다. (192쪽, 밑줄 인용자)

(A)와 (B)에서 이토록 표나게 내세운 '진달래'란 무엇인가. 이 나라 분단 이데올로기의 은밀한 메타포가 진달래임을 모르는 독자도 다 있을까. 광주의 화가가 오월의 진달래를 그렸다는 그 사실 하나로도 처벌받아야 했던 이 나라 분단 의식의 감수성을 알고 있는 독자라면, 작가 윤씨의 저러한 은밀하고도 과도한 반응이란 대체 무엇일까.

여기는 대학 캠퍼스. '나'는 학보사 기자. 학보에 실리기 위해 기사 하나를 작성하고 있는 중. 무슨 기사냐. '오군'이라 불리는 캠퍼스의 명물인 한 소년의 죽음을 다룬 것. 소년이라니? 천만에. 10년간 이 대학 캠퍼스에 상주하고 있었으니까, 학생도 아닌 이 만년 소년이 IMF 한파로 말미암아 올 겨울 얼어죽었다는 것. 그렇다면 대체 '오군'이란 무엇인가. 어째서 캠퍼스 내의 모든 계층(교수, 사무직원, 식당 주인, 관리인, 도서관 사서, 학생 등등)이 한결같이 그를 못 잊어 죄책감에 시달려 안절부절하고 있는가. 한파에 얼어죽었기 때문일까. 작가 윤씨는 〈아홉 켤레의 구두로 남은 사내〉(1977)의 솜씨로 분석해 보이고 있습니다. 분단 문학의 백미인 윤씨의 〈무제(霧堤)〉(1978)에 막바로 이어진 것.

대체 '오군'이라 불리는 이 괴물의 정체는 무엇일까.

(A)그 녀석이 천사라는 견해에 대해서도 난 엿이나 먹어라고 말하고 싶어. 그 녀석은 무위도식하는 기생충 같은 존재였어. (180쪽)

(B)첫째, 어린것이 그 나이에 벌써 사람을 차별할 줄 아는 못된 재주를 익혔기 때문이야. 둘째, 어린것한테 서푼짜리 동정심을 나타내는 것으로 인간의 도리를 다했다고 믿는 사이비 휴머니스트들한테 구역질이 났기 때문이야. (중략) 너만 착하고 너만 인정머리 있는 놈이냐? 난 뭐 피도 눈물도 없는 냉혈 동물인 줄 알았어, 이 새끼야?(180쪽)

(C)만약에 아저씨들이 오군이라면, 십 년도 넘게 정붙이고 살아온 집을 그렇게 쉽게 포기하실 수 있겠어요? 만약에 아저씨들이 오군이라면, 식구들이 한때 좀 구박한다고 해서 가정을 버리고 미련없이 딴 세상으로 가출하실 수 있겠어요?(186쪽)

작가 윤씨는 IMF 한파에 동사한 만년 소년 오군에 대한 행적을 살아 있는 캠퍼스 주변 모든 계층의 인물들의 시선으로 보여 주고 있습니다. 결과는? (A)를 거쳐 (B)로 그리고 (C)로 점점 내려갈수록 동정론으로 기울고 있지 않겠는가. 불쌍한 고아였으니까, 그것도 얼어죽었기 때문이었을까. 이 대목이 중요한데, '그 이상'이라는 것이 참 주제가 걸린 곳.
오군이란 분단 이래, 이 나라 사람들이 은밀히 내면에서 길러 온 이데올로기의 형상화였던 것.

"그래, 난 용왕님 아들이다!"(165쪽)

이 나라 사람들은 분단 이래 저마다의 가슴에 은밀히 소년 하나를 기르고 있었던 것. 영영 자랄 줄 모르는 소년. 출처불명의 이 기묘한 소년. 용왕의 아들이라 부를 수밖에 없는 괴물 하나를 가슴에 키워 오고 있었던 것. 고수답게 작가 윤씨는 만년 소년 오군에 대한 '어째서'가 아니라 '어떻게'만 보여 주고 있습니다. 이제 이 소년과 작별할 때가 온 것인가. 그것이 IMF를 고비로 한 것일까. 그렇다면 윤씨의 이 작품 이후에도 과연 분단 문학이 가능할까. 진달래꽃 속으로 스며든 이 괴물, 용왕의 아들은 이제 자연으로 되돌아간 것이었을까. 그래서 '환경 문제'라는 새로운 이슈에로 향하는 것일까. 혹시 다시 꿈에라도 나타나 우리의 잠자리를 어지럽히지나 않을까.

씻김굿이 없더라도 과연 뒤탈이 없을까. 독자인 우리는 조심스럽게 작가 윤씨에게 물어 볼 수 없을까.

● 근대 소설가가 '근대 소설'을 비판하는 방식

민 경 현

최 성 각

박 덕 규

김 원 우

정 종 명

근대 소설가가 '근대 소설'을 비판하는 방식

―선후배 관계형과 '갈매빛'에 대한 김원우식 사유

민경현의 〈꽃으로 짓다〉, 최성각의 〈바퀴 저쪽에〉,
박덕규의 〈끝이 없는 길〉, 정종명의 〈빛과 그늘〉, 김원우의 〈반풍토설초〉

1. 인생 도제(徒弟) 관계―민경현

신진 작가 민경현 씨의 〈꽃으로 짓다〉(《문학사상》, 11월호)는 썩 공들인 작품. 시문(施紋), 머리초, 초지(草地), 가칠(假漆), 저필(猪筆), 금문(錦紋) 등등, 이른바 금어(金魚) 전용어들이 동원되어 있습니다. 이러한 전문어들이 과연 작품에 육화되었느냐와는 별도로 작가가 맨주먹으로 작품에 임하지 않았음만은 분명합니다.

흔히 신인들에서 시도되는, 자기는 원래 귀한 핏줄인데 버림을 당해 지금은 형편없는 가짜 부모 밑에서 고생하고 있다는, 그런 범주의 실로 터무니없는 자기 환각(망상)에 빠져 염치도 없이 줄줄이 엮어 내는 이른바 '가족 소설'(프로이트의 용어)에 지겨움을 느껴 온 독자라면, 민씨의 '꽃으로 말하는 방식'에 호감을 가질 법하지 않을까. 적어도 소설 쓰기를 위해 나름대로 공부(자료 수집)했고, 그 위에다 약간의 도식적 상상력을 발휘했던 것이니까. 이 경우 자료 쪽에 무게 중심이 가 버리면 상상력이 위축될 수밖에. 그 반대도 역시 성립되겠지요. 문제는 그러니까 균형 감각에 있지 않겠는가. 과연

이 균형 감각이 이 작품에서는 어느 수준으로 평가될 수 있을까.

"이 놈의 비가 지랄이다. (중략)노사(老師)는 기어코 길을 나설 모양이다." 서두의 장황한 서술 및 묘사는 단지 이 두 문장으로 요약되는 것. "이 놈의……"에서 보듯 석(이)라는 인물의 됨됨이와 현재의 심정을 동시에 드러내고 있습니다. '비가 내린다'와 '이 놈의 비가 지랄이다'의 낙차에서 독자는 노사의 시봉을 들고 있는 석이라는 인물의 넘쳐나는 치기와 경박스러움에 전면적으로 부딪히게 마련. 헤픈 수사학으로 정작 정신의 빈곤성(젊음이란 으레 그렇다는 듯)과 맞바꾸고자 덤비는 형국.

줄거리를 잠시 볼까요. 여기는 초창 불사 원통전 단청 공사가 벌어진 어떤 절. 우두머리인 노사가 있습니다. 그림이 부하 금어들에 의해 완성되기도 전에 노사는 홀연 하산하고자 한다. 왜? 도대체 그림이 맘에 차지 않았으니까. 노사의 의중대로 되지 않았던 것. 당초부터 마음 내키지 않은 공사였던 것. 억지로 하자니 제대로 될 턱이 없었다. 노사의 의중을 금어들이 헤아리지 못했다 함은 과연 무엇일까. 이 물음은 끝이 없을 수도 있다. 깨달음의 경지란, 노사로서도 어쩔 수 없는 아득한 것. 항차 그 후배들에 있어서랴. 좌우간 노사는 하산해야 했던 것. 진리는 아득한 법이니까. 문제는 15년간 노사를 시봉하고 있는 청소년급인, 금어 입문자이기도 한 석이에 있지 않겠는가.

이 경우 주목할 점은 노사와 석이의 관계란, 근대적 직업의 도제(徒弟) 관계와는 다르다는 사실. 그것은 단지 인연이었던 것. 이 설명 불가능한 인연 관계를 거창하기 이를 데 없는 형이상학으로 무장한 것이 불교의 연기설(緣起說)이 아니었던가.

석이가 노사를 따라 화구바랑을 짊어진 것은 하늘에서 벼락치듯 무슨 엄청난 인연이 있어서가 아니었다. 석이는 정서암이라는 남덕

유산 깊은 자락에 들쥐구멍처럼 감춰진 작은 절집에서 살았다. 할머니는 조고여생(早孤餘生)의 석이를 데리고 암자의 공양주보살 노릇을 살았는데(하략)(190쪽)

공양주보살의 공덕으로 말미암아 석이와 노사의 인연이 맺어졌던 것. 그로부터 15년 간 석이는 노사의 시봉 노릇을 해 오고 있거니와, 이 경우 지적될 수 있는 것은 이미 앞에서 말했듯 '도제 관계'가 아니라는 것. 15년이나 노사의 '화구바랑'을 짊어지고 다녔으나, 노사가 단순한 그림쟁이가 아니듯, 석이 역시 그림 공부에 나아간 것은 아니었던 것. 석이가 붓을 잘못 들었다가 노사로부터 혼쭐이 나는 것도 그 때문. 근대적 직업 의식이 빠져 버린 이 시봉 관계란, 일종의 인생 공부에 다름아닌 것.
　바로 여기에서 비로소 이 작품의 참 주제가 부상합니다. 노사가 못내 찾아 헤매는 것(형이상학)이 결국은 '별것' 아니라는 사실이 그것. 기껏해야 '에로스'의 그림자에 지나지 않는다는 것. 에로스의 끝에 죽음(Thanatos)이 놓여 있기에. 석이가 이 사실을 간파할 수 있었던 것은 절에서 일하는 어떤 여자를 산신각에서 겁탈한 직후였던 것. 여자와의 교접 행위란 무엇인가. 그 빛깔, 그 밤꽃 냄새란, 이 에로스의 경지란, '꽃 그리기'의 일종이었던 것. 그런데 석이의 꽃 그리기란 노사의 꽃 그리기(상여)와 어떤 점에서 같고 또 다른가. 근본적으로는 그 끝에 죽음이 잇대어 있다는 점에서 서로 같은 것. 그렇지만 석이의 그것에는 적어도 표면상으로는 죽음이 잇대지 못한다는 점에서 노사의 것과 다른 것. '속임수다!'라고 석이가 뇌까리는 것은 이 사실을 가리킴인 것. 적어도 석이의 꽃은 밤꽃 냄새가 진동하는 감각적 실체였던 것. 이 실체의 그림자에 불과한 노사의 꽃이 지닌 회색의 형이상학이란 그렇다고 속임수라 할 수 있을까. 그림자와 속임수의 낙차는 어떻게 하고.

실체란 그림자가 있는 법. 실체와 그림자의 관계란, 또 무엇이겠는가. 신진 작가 민씨의 고민이 이 부근으로 나아간다면 어떠할까. 성장 소설계에서 벗어날 수도 있겠으니까.

2. 마음의 시간에 대한 자의식—최성각

최성각 씨의 〈바퀴 저쪽에〉(《동서문학》, 가을호)는 단편이 감당할 수 있는 양질을 갖추고 있는 작품. 긴박감, 투명성, 그러면서도 한 가지 초점으로 수렴되는 주제의 뚜렷함.

여기 40대의 사내가 있습니다. 이름은 진우. 직업은 만화 영화 작업. 사는 곳은 성내역 근처 미성아파트. 어느 날 저녁 잠실대교를 타다가 북단 끄트머리 인도에 서 있는 노파를 목도합니다. 대체 노파를 목도했다고 하는 것은 정확히는 어떤 상황을 가리킴일까. 작가의 주장은 이러합니다.

진우(眞愚)가 어둠 속 다리 북단 끄트머리 인도에 서 있는 노파를 차창 밖으로 힐끗 보게 되었을 때, 진우의 차는 이미 40킬로 이상의 속도로 날개를 휘감아 돈 뒤 다리 입새로 진입한 뒤였다. 그러나 마음의 시간과 세상이 그렇게 하기로 받아들인 객관적 시간의 길이는 서로 달라도 한참 달라서, 실제 진우가 노파를 목격한 때가 어쩌면 그보다 먼저일 수도 있었다. 날개 끄트머리께에서 노파를 보았지만 차는 흐르던 속도로 마냥 흘러서 다리 북단의 2차선으로 이미 들어서고 있었던 것이다. 그러니까 참으로 명징한 정신으로 말해서, 그 때는 진우가 노파를 발견한 순간이라기보다는 노파가 처해 있는 상황을 이해하게 된 순간이라고 말해야 옳았다. (117쪽)

서두에 걸려 있는 이 대목이 실상 주제가 걸려 있는 곳. 시간이란 무엇인가로 요약되는 것. 두루 아는 바와 같이 뉴튼적 시간 개

넘을 뒤엎고 등장한 것이 저 아인슈타인의 시간 개념. 균질적인 개념으로서의 시간관에서 관찰자적 시간관으로의 전환. 작가 최씨가 새로운 시간관에 도전하고 있는 형국.

(A)마음의 시간, (B)세상의 시간, (C)정신의 시간의 3분법이 그것. 시속 40킬로미터의 시간과 정지된 시간의 낙차란 얼마나 될까. 나아가 이러한 시간 중 어느 쪽이 진정한 시간일까. 만일 이러한 논의가 진행된다면 그 무게로 말미암아 단편에서 벗어날 수밖에. 이 점에 작가는 민첩합니다.

'마음의 시간'과 '세상의 시간'과의 낙차만을 문제 삼기가 그것. 두 시간의 낙차에서 오는 당혹감이랄까 애매성이랄까 낯섦의 정체란 무엇일까. 어느 것이 진짜이고 어느 것이 어리석음(가짜)일까.

어째서 진우는 길 잃은 노파에게 그토록 시선을 집중시킬 수 있었을까. 이런 물음에서 마음의 시간이 비롯됩니다. 무엇보다 그 노파가 위기 상황에 놓여 있음에 주목할 것입니다. 인도가 철저히 배제된 도로 교차로의 한복판에 노출된 노파란, 잘 따져 보면 실재하는 현실적 노파이기에 앞서 주인공 진우의 마음속의 실체에 다름 아니었던 것. 마음속 실체란 또 무엇인가. 그것은 주인공의 무의식 속에 잠긴 어떤 사건과 관련되고 있습니다. 무의식 저편으로 가라앉아 완전히 처리된 사건도 많지만 간혹 그 속에서 편충처럼 꼬물거리며 표면으로 부상하는 것도 있습니다. 이러한 부상을 가능케한 것은, 곧 편충이 의식(일상성) 속으로 떠오르는 것은 의식의 압력이 한순간 얇아진 경우이지요. 한 개인이 의식의 통제력을 잃었기 때문. 주인공이 노파를 목도했을 때, 그는 돌연 의식의 통제력을 잃었던 것이지요. 편충이 분출해 올라왔던 것. 기억 한 토막이 그것.

7,8년 전 친구와 함께 시골 모 성당에서 거행되는 친구 혼례식장으로 갔것다. 시간에 쫓겨 택시로 달려가는 도중 교통사고를 목격

했다. 아니, 정확히는 목도했다고 '생각' 했다. 고속으로 질주하는
택시 속에서 목도한 사고 현장(사건)이란 일종의 환각 범주에 드는
것이 아닐까.

사람의 순간적인 상황 파악력은 놀랍고도 놀라워서 택시가 휑하니
달리던 그 짧은 순간에도 진우는 자신이 목도한 현장의 풍경에 대한
기억을 의심하지는 않았다. 그런 확신은 백만분의 일 초, 혹은 그보
다 더 짧은 순간 인도에서 우산을 쓰고 있던 사람들이 차도에 쓰러
져 있던 그 친구를 병원에 옮겼을 거야, 하는 추측으로 급속히 발전
했다. (131쪽)

40킬로미터로 달리던 차 속에서의 노파 목도와 100킬로미터 이
상으로 달리던 택시 속에서 목도한 것이 그 질(인식도)에서 같을
수는 없지만, 그래도 속도에 의해 시간의 편차가 생긴다는 점에서
는 동일한 성격의 것이 아닐 수 없지요. 마음의 시간과 세상의 시
간, 그리고 정신의 시간의 판별이란 과연 어떻게 해서 가능한가.
이러한 문제 의식의 무게에서 작가는 돌연 방향을 바꿉니다. 윤리
성 개입이 그것. 교통사고를 목도한 진우가 현장을 그냥 지나쳐 혼
례식장(성당)으로 달려갔음에 대한 자괴감이 그것. 성당을 나온 뒤
진우는 파출소를 찾아다니고 그래도 모자라 병원을 모조리 조사해
보지 않았겠는가. 결과는 과연 어떠했던가. 교통 사고의 확인 불가
능의 확인이었을 뿐. 이른바 '세계의 시간' 범주입니다. 그런데
'마음의 시간' 범주로서의 진우가 목도한 광경이란, 백만분의 일
초 속의 일이긴 하나, 분명히 실재했던 것. 그렇다면 진짜(자신)의
시간(사실)이란 무엇인가.
이 장면에서 작가 최씨는 또 한 번 민첩합니다. 마음의 시간도
일종의 환각이지만, 세상의 시간도 환각이라는 사실의 발견이 그

234

것. 백만분의 일 초에 목도한 사건이란 아무리 마음의 시간이 실재하는 진짜라 인식하더라도 사실상 일종의 환각인지 모른다는 것. 이를 증명하기 위해 '세상의 시간'을 세세히 검토해 마지않습니다. 파출소, 병원 등등의 반응이 그것. 한결같이 그들은 사건을 부정하고 있었던 것. 그렇다면 마음의 시간이란 마음이 멋대로 지어 낸 환각일지 모르지 않겠는가.

이쯤 되면 참된 시간(사건)이란 불가지론의 저편에 있는 것이 아닐까. 일찍이 칸트는 '물자체(Ding an Sich)'를 모색했던 것. 40킬로미터로 달리는 차 속에서 주인공 진우가 목도한 '노파'란 실상 마음의 시간이 창출해 낸 일종의 허깨비였던 것. 이 점에 작가는 순도 높은 현대판 자의식 소설을 쓰고 있다고 하겠지요. 또한 그것이 현대판 우화성이라는 점도 아울러 암시합니다. 진우란, '참된 어리석음'이 아닐 것인가, 라고.

3. 대중 가요 속을 걷고 있는 거울―박덕규

박덕규 씨의 〈끝이 없는 길〉《내일을 여는 작가》, 가을호)은 세 가지 점에서 선명합니다. 투명성, 구성의 치밀성, 주제의 세태 풍속성이 그것들.

이 중 어느 것 하나 손쉽게 설명할 수 없지요. 왜냐면 기묘하게 서로 엉켜 있기 때문. 문제는 그러니까 기묘하게 서로 엉키게 하는 기술이야말로 작가 박씨의 남다른 자질이 아니었을까. 이 셋 중에서도 셋째 것이 비교적 설명하기 쉽습니다. 논의의 순서를 이렇게 시작할 수도 있겠기에 특히 그러합니다.

(A)IMF 이후에 자식들이 생업을 잃고 아내마저 노환에 시달리게 돼 살고 있던 집을 팔고 전세방으로 옮기면서, 자신의 장서 4천여 권을 어느 사찰에 기증했다고 하지요. 50년 간 곁에 두고 손때를 묻

혀 온 책들이 트럭에 실려 떠나는 날 그 원로 시인은 자신의 관이 실려가는 것을 보는 것 같아 비를 맞고 서서 한참을 우셨다고 합니다. (중략) 아침 신문에서 이런 기사를 보고 저는(하략) (251쪽)

여기에 나오는 원로 시인이 누구라는 것은 문단판에서라면 금방 아는 사실. 어째서? 신문마다 크게 났으니까.

(B) 며칠 전 텔레비전을 통해서 북한에서 침투한 무장 공비의 것으로 보이는 시체 한 구를 인양한 것을 봤다. 신문에서도 그 사진만 크게 눈에 띄더라. (249쪽)

이 장면에서는 TV로 모자라 신문까지 동원하는 판.

(C) 북한의 대남 공작원 양성소 교관 중에는 1970년대 말에서 1980년대 초 한국 해안에서 납치된 사람이 스무 명이 더 된다는 얘기가 대문짝만하게 난 게 몇 달 전이던가. 남파되었다가 체포된 공작원이 기자 회견에서 밝힌 내용이었다. 지금 주로 30대 후반에서 50대 초반이 된 사람들로, 당시 학생이거나 낚시꾼, 해녀 등이었다고 했다. 그 중 몇은 이름과 당시 재학중이던 학교명까지 알려지게 되었고, 죽은 줄로만 알았던 자식 소식을 이제야 듣게 된 부모들이 통한의 눈물을 터뜨리는 장면이 텔레비전과 신문에 소개되기도 했다. (250쪽)

(A) (B) (C)에서 보듯, 신문·TV에서 보도된 내용에 근거한 소설 쓰기로 이 사정이 요약될 터. 그렇다면 TV·신문에 보도된 내용 자체란 무엇인가. 당대의 풍속이 아닐 수 없지요. 소설이란 무엇이겠는가. 신문 매체와 더불어 발생·성장해 온 것이 소설이란 장르

가 아니었던가. 당대의 풍속 그리기로 이 사정이 요약되겠지요. 시대의 거울이랄까 자화상 같은 것. 저 도스토예프스키의 〈악령〉은 1869년 11월 모스크바에서 일어난 대학생 이와노프의 살해 사건에서 소재를 얻은 것으로 알려져 있습니다. 신문에 그야말로 대문짝만하게 연일 보도된 이 사건의 범인은 네챠예프라는 학생 운동 지도자. 조직의 비밀 유지를 위해 조직원 전원이 아무 관련 없는 사람 하나를 죽임으로써 공범 의식을 확보하는 기묘한 장치의 일종이었던 것. 요컨대 이 신문 기사가 〈악령〉을 낳게 한 기본 동기였던 셈. 어찌 이런 사례에 그치리요. 당대 사회의 거울이 소설이라면 이러한 사례는 너무 당연하다 하겠지요.

잠깐, 하고 의문을 던질 분도 있겠지요. 신문 · TV에 난 것에 작가 박씨가 민감하다, (A)에서 보듯 특히 문단 사정(문학사적 사정)에 박씨만큼 민첩한 작가는 드물다는 것까지는 이해가 된다, 그렇다면 그것이 작품 〈끝이 없는 길〉과 무슨 상관이 있단 말인가. 실상 이 작품은 방송국 음악 담당 진행자로 산전수전 다 겪은 중년 여인의 단면을 그린 것에 불과한 것이 아닌가, 라고. 남편을 우습게 알고, 별거를 선언한 이 잘난 여인이 작품 전체를 빈틈없이 장악하고 있지 않은가. 하도 그 목소리가 커서 주변의 산천초목조차 숨도 제대로 쉬지 못하는 형국 아닌가. 실상 이는 작가 박씨의 위치이기도 하다. 그만큼 작가는 소설 속의 모든 것을 놓치지 않고 장악하고 있기 때문. 이는 박씨가 고수인 증거일 수는 있어도 '당대의 거울'이라는 지적과 무슨 상관이 있는가, 라고. 의문을 던지는 이런 독자라면 필시 그는 〈부용산〉(최성각, 《현대문학》, 98년 6월호)을 보지 않았음을 증거하는 것. 〈부용산〉의 이미지의 울림이 반세기 동안 이 나라 문학판에 은밀히 스며 있었음을 미처 깨치지 못한 탓이지요. '부용산'의 울림이란 무엇인가. 빨치산 노래로 은밀히 통용된 '부용산'의 울림이 갖는 그 은밀성과 지속성의 비밀은 다음 두

가지. 하나는 물론 한반도의 분단 의식이라는 역사 · 사회적 조건이고, 다른 하나는, 이 점이 실상 중요하거니와, 익명성입니다. 발생적인 익명성이자 유통상의 익명성이기에 이는 자칫하면 물신성(物神性)으로 뻗어나갈 위험성을 스스로 자아내고 있었던 것.

그러니까 작가 박씨는 이러한 '부용산'의 울림이 지닌 물신성을 대낮 속으로 이끌어 냄으로써 이성적 판단이랄까, 일상성 속으로 이끌어 내고자 한 것이라 할 수 없겠는가. 아니, 정확히는 또 다른 '부용산' 그러니까 제2의 '부용산'을 창출하고 있다고 할 수 없겠는가. 그 어느 쪽이든 '당대의 거울'에 민첩히 반응한 결과임엔 틀림없습니다.

줄거리만 요약해 두기로 합니다. 남쪽 바다 어느 섬, 윤씨 성을 가진 소녀가 있었다. 뭍에 살던 대학생인 외삼촌이 이곳에 친구들과 와서 야영을 했다. 어느 밤 외삼촌이 실종됐다. 세월이 흘렀다. 성장한 소녀는 외삼촌의 유품 속에서 악보를 발견, 그 중 한 편을 방송국에서 하는 청취자 대상 프로에 신작 발표로 냈다. 주인공인 오늘의 진행자인 '나'가 바로 그 담당자였다. 소녀는 커서 방송국 구성 작가가 되었다. '나'는 이런저런 이유로 남쪽 섬으로 이 구성 작가와 함께 갔다. 거기서 '나'는 젊은 날의 '사건'을 회상한다. 첫 번째 애인인 대학생과의 사랑. 그 애인이 바로 소녀의 외삼촌이었다.

야윈 체구에 내 손을 잡아 자기 젖꼭지를 만지게 하고 그 젖꼭지 밑 흉터를 만지게 하던 그 남자의 이름이, 북한의 남파 공작원 양성소에 근무하고 있다는 남한 출신 교관 명단 속에 나와 있지 않았을까…… 물론 없었다. (262쪽)

여기까지 이르면 작가 박씨가 이 작품을 쓴 것이기보다는 '부용산'의 울림이 작가 박씨의 손을 빌었다고 볼 밖에. 이 모두는 그러니까 익명성의 울림에 수렴되는 것. 그것이 무수한 박건호 작사 이현섭 작곡 박인희가 부르는 또는 이재호 작사 작곡의 무슨 강, 유호 작사의 무슨 고개 등 이른바 대중 가요, 유행가의 울림이 아니겠는가. 당대의 심층 심리가 그것.

그건 그렇다 치고, 어째서 '나'는 남편에 그토록 냉담한가. 대중 가요를 무시 경멸했기 때문.

"제가 이 노래를 좋아하는 건 밝힐 수 없는 사연이 있어선데요"라고 말하면서 노래 신청하는 그런 대중을 경멸할 수 있는 그런 인간, 그런 문학, 그런 문화도 있는 법. 작가 박씨가 대답해야 할 차례가 아닐까.

4. 환각으로서의 상업주의 비판—정종명

정종명 씨의 〈빛과 그늘〉《문학사상》, 11월호)은 정석(定石)으로 쓰어진 작품. "지난 오 년 동안 나는 모 재벌 기업의 홍보팀에서 근무했다"라고 시작되거니와, 이것만으로도 독자들은 대번에 다음 네 가지 점을 짐작하게 됩니다. (1) '나'가 작가라는 것, (2)사보 및 사사(社史) 쓰기가 주어진 직책이라는 것, (3)IMF로 실직했다는 것, (4)부모를 모신 장남이자 대학에 다니는 자녀들로 말미암아 돈을 벌어야 할 처지에 있다는 것. 이 중 (2)와 (3)은 한갓 상식 개념에 속하겠지만, (1)과 (4)는 조금 특별나지요. 작가 정종명의 이름에 어울리는 것이기 때문. 어째서? 다름 아닌 문예지 편집인 정종명이니까.

이 점은 강조될 필요가 없을까. 작가 정종명 씨가 살아온, 쌓아온, 전개해 온 삶이 곧 작품인 까닭.

작가를 글쓰는 사람이라 규정한다고 칩시다. 글이 우선하느냐 그 인간이 우선하느냐의 물음이 잇따르겠지요. 전자에 무게 중심이 기울어질 때를 두고 작품론의 범주라 함이 보통입니다. 후자 쪽이 작가론의 범주일 테고. 그렇지만 이러한 분류란 대체로 형식적이라 할 수 없을까. 작품론이냐 작가론이냐를 두고 깊이 천착해 들어간다면 연구자는 필시 그 한계를 긋기 어려운 장면에 부딪치게 마련. 어째서? 여기에 대한 해답 한 가지가 〈빛과 그늘〉 속에 들어 있습니다. 작품 속으로 들어가 볼까요.

 그 와중에서도 내게는 소설을 쓰는 일이 하나 남아 있었다. 아무 할 일도 없는, 해야 할 마땅한 일자리를 찾지 못해 무작정 거리를 배회하는 다른 실직자들에 비하면 그나마 다행이라면 다행이었다. 나는 가능한 한 외출을 삼가고 책상 앞에 붙어 앉아 소설을 써 보려고 나름대로는 무던히 애를 썼다. 그렇지만 써야 한다는 의욕과는 달리 내가 원하는 소설은 쉬이 씌어지지 않았다. (143쪽)

작가의 본업이란, 원리적으로는, 소설 쓰기가 아닐 수 없지요. 재벌 기업 홍보팀에 근무할 때나 거기서 쫓겨났을 때나 이 사정은 불변인 것. 기업 측에서도, 진짜 사원으로 간주하지 않았음은 불문가지. 기껏해야 촉탁이었으니까. 해직 후에도 소설이 씌어지지 않았다 함은 해직 이전에도 그러했기 때문. 요컨대 작가인 주제에, 사보나 사사에 관한 글을 쓰고 있었던 것이니까. 그것도 글쓰기임에는 틀림없지요. 다만 소설이 아니었을 뿐. 이제 소설 쪽으로 막바로 옮겨오자니 어려운 것은 당연한 일. 그렇다면 가능한 방법은 오직 하나. 사보나 사사에 준하는 어떤 행위에 나아가는 길, 곧 소설에 이르기 위한 중간 단계가 요망될 수밖에. 그게 무엇일까. 소설 학교 개설이 그것입니다. 소설쟁이 12명의 모임인 소우회를 내세워 소설 학교(창작 교실)를 연다는 것은, 거듭 말하지만 기업 홍보팀 범주의 연장선상에 해당되는 것. 자, 여기서 비로소 소설에 나아갈 수 있는 틈이 조금 엿보입니다.

20여 명의 수강생 중 오정선(吳貞善)이라는 중년 여인이 있었다. 시를 쓴다고 했으나 별로 그렇지도 않았다. '나'와 농을 주고받을 처지까지 발전했다. 그녀는 자주 병원 출입을 하는 약자였다. 재벌의 며느리였다. 그녀의 소개로 '나'는 새 직장을 얻게 된다. 모 문예 월간지의 주간 자리가 그것. 발행인은 시인이자 오정선의 사촌 언니 오정월(吳貞月). 문예지 경영의 현실적 어려움과 이를 타개하기 위한 온갖 물구나무서기가 손에 잡힐 듯이 펼쳐진다. 그야 모두가 아는 사실. 고료는커녕, 게재료 안 받는 것만도 다행. 신인 추천의 무제한 남발. 자비 출판 알선한답시고 이익을 챙겨 잡지 경영에 보태기. 자기 작품이 게재된 잡지를 무더기로 떠안기기 등등. 한 발 나아가 문학상을 제정하기까지 이른다. 문학상이란 것도 미리 대상자를 정해 놓고 작품과 관련 없이 주기로 작정된 것.

얼마 뒤 서동일이라는 사람의 시집을 내기로 하는 장면에서 주간인 '나'는 한계점에 이른다. 사표를 낼 수밖에. 그러자 발행인은 극구 말리면서 출판 기념회 때까지 기다려 달라는 것이었다. 드디어 출판 기념회 날. (1)의외로 출판 기념회는 단출했다. (2)중년의 서씨는 겸허했다. (3)서씨가 시를 쓰게 된 이유도 단순했다. 아내의 권유 때문이라는 것. 그러니까 아내 사랑의 방식이었던 셈.

내가 시인이 되기를 나 자신보다 더 열망했던 한 여자가 있었습니다. 그 여자는 지금도 나를 사랑하고 있고, 나 역시 그 여자를 사랑하고 있습니다. 안타깝게도 그 여자는 지금 내일을 예측할 수 없는 시한부 인생을 살고 있습니다. 내가 이처럼 덜 여문 시로써 시집을 서둘러 묶어 내게 된 것도(하략) (163쪽)

바로 이 장면이 반전(反轉)에 해당되는 대목. '아내 사랑'이라는 뜻밖의 문학 동기가 돌출해 나온 것입니다. 상업주의라 하여 그토

록 매도당하는 문단 잡지계의 한복판에 돌출한 '아내 사랑' 모티프
란 대체 무엇인가.

　이런 물음에는 두 가지 대답이 있을 수 있지 않을까. 하나는 풍
자의 길. 다른 하나는, 이 점이 중요하거니와, 환각으로 처리하기
가 그것. 작가 정씨는 후자를 택했습니다. 울먹이는 목소리로 서씨
가 인사말을 주절대고 있던 바로 그 순간, '나'가 본 것이 그것.

　　드러나 보이지 않으려고 애쓰면서 출입문 앞에서 커다란 꽃다발을
　힘겹게 안고 서성거리는 한 여자를 나는 언뜻 보았다. 처음에는 미
　처 알아차리지 못했으나 그 여자는 뜻밖에도 오정선이었다. 나는 아
　무도 모르게 사람들 뒤로 빠져 나와 출입문 밖으로 걸어나갔다. 그
　런데 이게 어찌 된 노릇인가. 조금 전에 내가 보았던 오정선은 어디
　에도 보이지 않았다. 나는 마치 꿈을 꾸고 있는 듯한 기분이었다.
　바로 그 시각에 그녀가 병원에서 마지막 숨을 거두었다는 슬픈 소식
　을 나는 나중에 그녀의 언니 오정월을 통해 전해 들었다. (163쪽. 밑
　줄 인용자)

　만일 이 장면을 액면 그대로 읽는다면 이 작품은 실로 유치한 인
생미담형의 동화 수준에 지나지 않겠지요. 그러니까 이 장면을 작
가 정씨는 '마치 꿈을 꾸고 있는 듯한 기분'이라 하지 않았겠는가.
냉철한 현실 속엔 이 따위 '꿈 같은 것'은 상상도 할 수 없는 법.
면밀한 계산(이해 타산)으로 이루어졌고, 또 그 원리에 의해 굴러가
고 있는 문학판(상업주의)에서는 그 따위 '꿈 같은 것'이 끼여들 틈
이란 전무한 것. 문학(소설)도 그러한 환각의 일종인 것. 작가 정씨
가 던지고 있는 참 주제가 아닐 수 없지요. 작가의 민첩함이 번득
인 곳.

　고언 한 마디. 노련한 목수는 둔한 연장을 선택한다는 격언. 아

무리 그렇더라도 너무 정석에 의존한, 지나치게 무딘 연장에는 과연 문제가 없을까.

5. 소설적 흥청거림—김원우

김원우 씨의 〈반풍토설초(反風土說抄)〉(《동서문학》, 가을호)는 흥청거림과 넘쳐남으로 요약될 수 있는 작품. 흔히 말하는 '입심'과는 구별되는 이 흥청거림이란 대체 무엇인가.

봄비가 잦더니 올해 신록은 역시 미당(未堂)의 '갈매빛' 운운한 바로 그 심록(深綠)이다. 그 어휘가 그쪽 지방에서 흔히 쓰는 말인지, 우리말을 태깔나게 쓰려는 시인이 사전을 뒤적거리며 골랐는지 한때 의문을 품다가, 아무래도 부등호를 매긴다면 후자쪽에다 그것을 열어봐야 할 것이라는 잠정적인 생각을 여뤘는데, 그러고 보니, 그 말맛은 의외로 낡은 것이 되고 말던 당황감이라니. (35쪽)

흥청거림이되 그 속에 모종의 원칙이랄까 균형 감각이랄까 비판 의식이 작동하고 있음을 위의 대목이 은밀히 내비치고 있습니다. 고수의 솜씨. 말과 말의 틈서리를 자유자재로 드나들고 있으니까.

가난이야 한낱 남루에 지내지 않는다.
저 눈부신 햇빛 속에 갈매빛의 등성이를 드러내고 서 있는
여름 산 같은……(미당, 〈무등을 보며〉의 일부분)

어째서 작가는 '갈매빛'이 그쪽 지방 사투리냐 아니면 사전에 실린 표준어(인공어)냐로, 곧 이분법으로 재고 있을까. 그리고 또 어쩌자고, 인공어 쪽이라고, 잠정적이라 하나, 상당히 단호한 판정을 내리고 있을까. 물을 것도 없이 자연성의 인공성에 대한 우위론에

근거한 것. 작가 김씨의 방법론이 벌써 노출되어 있다고 하겠지요.

자연성/인공성의 이분법이란 무엇인가. 언어의 경우부터 따져 볼까요. 흔히 우리는 '국어'라 합니다. 이른바 표준어. 따져 보면 이것은 일종의 인공어에 가까운 것이지요. 어째서? 갈 데 없는 국민 국가(nation - state)의 산물이니까. 국민 국가가 폭력으로 사투리를 모조리 학살, 추방하고, 그 위에 세워 놓은 평준화된 언어가 국어였으니까. 〈날개〉의 작가 이상이 '기능어·조직어·사색어'를 시험 중이라고 한 것은 근대를 표상하는 인공어 편에 확고히 선 증거가 아닐 수 없지요. 국민 국가란, 이러한 언어 없이는 생심도 할 수 없는 것.

문제는 그러니까 국민 국가의 인공성(근대어 중심)에 놓여 있습니다. 국민 국가를 '상상의 공동체'라 부르는 것은 이 때문. 그런데 이 국민 국가의 탄생을 두고 인류사는 '근대'라 규정하지 않았던가. 소설이란 그러니까 '이야기'와는 전혀 다른 이 '근대'의 산물이었던 것. 소설이란 바로 '근대 소설'의 약어에 다름 아닌 것. 《삼국지》나 《춘향전》을 이런 문맥의 소설이라 부를 수 없음은 삼척 동자라도 아는 일. 문제는 이 당연함을 승인하면서도 쉽사리 받아들일 수 없음에 있지 않았겠는가. 당연함 쪽은 이성적 판단(근대성)에 의한 논리 쪽이며, 쉽사리 받아들일 수 없음이란 심리적 혹은 마음(생리) 쪽이었던 것. 마음은 언제나 외로운 사냥꾼이니까.

논리와 마음 사이의 이러한 갈등이란 무엇인가. 작가 김씨가 문제 삼은 곳은 이 과제. 20여 년을 이른바 '근대 소설'을 써 오면서도 작가 김씨가, 또 많은 작가들이 뭔가 어색함을 느껴 오지 않았겠습니까. 소설 자체에 대한 자의식의 과잉이라고나 할까. 이 과잉을 두고 넘쳐흐름이라 하겠지요. 근대 소설에 대한 자의식이란, 그 자체가 '근대성 = 인공성'에 대한 마음(생리) 쪽의 저항이라 하겠지요. 생리적 마음 쪽의 '자연성'이 '인공성'과 균형 감각을 이루지 못하고 삐걱거리는 것은, 우리가 놓여 있는 오늘의 국민 국가 속의 근대적 삶 자체의 그것에 각각 대응되는 것. 이런 점에서 작가 김씨의 딜레마는 큰 주제가 아닐 수 없지요.

작가 김씨는 이러한 딜레마를 드러내는 방식으로 전업 작가 두 사람을 내세운 구성법을 사용하고 있습니다. 시골에 집필실을 갖고 있는 선배 작가를 후배 작가가 방문하는 형식이 그것. 이러한 구성법은 '사제 관계 구성법'과는 성격이 썩 다르지요. 후자의 경우는 손쉽게 최인훈의 〈광장〉(1960), 〈회색의 의자〉(1964)의 정선생의 방식과 근자엔 이윤기의 〈숨은 그림 찾기·1〉(1997)의 일모 선생의 방식을 들 것입니다. 인류사적 교사로 은사가 등장함이 전자라면 후자는 교활하기 짝이 없는 일상적 삶의 지혜(간지)를 가르치는 은사이지요. 이런 유형에 비해 '선후배 관계형'이란 무엇인가. 작가 김씨가 아주 전형적으로 그 특징을 보여 주고 있어 인상적입니다. 이른바 자기 성찰적 수필류의 방식. 지식인 특유의 이런 방식은 신식 〈관촌수필〉(이문구)이라고나 할까.

(선배) : 믿기지 않아. 있어야 할 그 자리에 다른 것이 앉아 있어. 무슨 설화(說話)의 세계 같잖아.
(후배) : 근대 소설이 아니라 신화나 설화 같은 거요?
(선배) : 그것보다는 좀 낫겠지만. 저렇게도 살고 이렇게도 사는 것이, 이 삐걱거리는 공존이 겉으로는 일단 조화롭긴 한데, 차곡차곡 돌계단이나 밟아가는 이쪽도 왠지 사기 같애. (77쪽)

동감이 아닐 수 없지요. 선후배 관계형의 소설적 구도란, 이 나라 소설판의 균형 감각의 소설적 발굴 및 유지와 그 점검을 위해서도 썩 근사한 유형이라 할 수 없을까. 이제 이 나라 문학판엔, 괜찮은 선배도 후배도 풍성한 편이니까.

● 갈데까지 간 사람과 공중에 뜬 어릿광대

김 영 현

윤 애 순

성 석 제

송 영

전 경 린

갈 데까지 간 사람과 공중에 뜬 어릿광대

—성석제와 전경린의 방법론 비판

김현영의 〈애완견〉, 윤애순의 〈구멍〉, 성석제의 〈협죽도 그늘 아래〉,
전경린의 〈메리고라운드 서커스 여인〉, 송영의 〈발로자를 위하여〉

1. 탄생하기와 만들어 가기—신인의 경우

신인이라 할 때 어떤 표정을 떠올리면 적절할까. 작가란 태어나
는 것일까 만들어지는 것일까.

이런 물음이 어리석음은 삼척동자도 아는 일. 태어나는 작가도
만들어지는 작가도 있는 법이니까.

어찌 작가만 그러하랴. 사람 역시 그러하지 않겠는가. 《제2의 성
(性)》의 저자 보봐르는 '여성이란 만들어지는 것'이라 천명한 바
있지요. 태어나는 여성이 있기에 가능한 명제가 아니었던가. 태어
나는 작가란 어떤 경우일까. 일찍이 프라하 출신 독일계 문인 릴케
가 이 점에 민첩했지요. 어떤 작품도 그 작가에겐 기념비적이라는
것. 자기의 온몸을 던졌기에 가능한 작품이 그것. 이 순간 작가는
별처럼 탄생하는 것. 〈무녀도〉의 작가 역시 이 점에 민감했지요.
작가의 개성과 세계의 여율(呂律, 리듬)이 한 순간 일치할 때라고.

여기까지 말해 놓고 보면 이 과제가 이렇게 정리될 수 있겠지요.
작가란 매순간 신인으로 태어난다는 것. 작품의 탄생 때마다 그가

거듭나야 하는 것이니까. 그 탄생의 한 순간을 위한 길고 아픈 기다림도 있겠고, 자연스런 경우도, 폭죽처럼 순간적으로 터질 수도 있겠지요. 이러한 논의 범주가 오직 작가/작품의 틀 속의 것에 지나지 않음은 새삼 말할 것이 없습니다.

지난날의 문학사가 작가/작품의 관계사의 틀이었음을 비판하고, 독자의 개입을 내세워 새로운 문학사의 틀을 제시한 것은 야우스, 이저 등의 이른바 수용미학론입니다. 작가/작품의 이원론 구조에서 작가/작품/독자의 삼원 구조로의 이행이 그것. 그러니까 제3계층으로서의 독자의 개입의 중요성은 갈수록 뚜렷해지고 있습니다. 더구나 다른 글쓰기와 달리 문학이란 '무규정개소'를 본질적으로 안고 있는 물건이니까.

작가가 작품과 더불어 탄생하며, 그때마다 자기 갱신이기에 그는 매번 신인일 수밖에 없지만, 처음으로 등장하는 신인이란 또 무엇일까. 이 경우 신인이란 일종의 표정이라 할 수 없을까. 작품이되 진짜 작품이 아니고, 한 가지 '표정'의 일종이라는 사실. 이 경우 중요한 것은 독자 개입의 폭이 너무 좁다는 사실.

2. 공포를 다스리는 두 가지 방식—김현영·윤애순

신인 김현영 씨의 〈애완견〉(《문학동네》, 겨울호)과 윤애순 씨의 〈구멍〉이 나란히 실려 있습니다. '나는 실종되었다'라고 시작되는 〈애완견〉은 재수하는 여학생의 개꿈을 그린 것. 꿈이기에 무슨 짓을 못하랴. 어찌 꿈뿐이랴. 글쓰기이기에 무슨 글을 못 쓰랴. 그렇기는 하나, 저마다의 그럴싸한 꿈이어야 하는 법. 글쓰기 역시 그럴 법한 것이어야 하는 법. 이 작품을 오늘의 재수생 일반의, 혹은 신세대의 생리적 감각으로 읽을 수도 있고, 작가 개인적인 기질로 읽을 수도 있습니다. 때로는 시대의 풍속도로 읽을 수도 있겠지요. 잠시 엿볼까요.

여기 거품으로 이루어진 한 가정이 있습니다. IMF로 거품이 빠지자 (1)어미의 실종, (2)아비의 실종, (3)오빠의 실종, (4)딸인 '나' 재수생의 실종이 차례로 이어집니다. 그런데 알고 보니 '개꿈'이었다는 것. '개꿈'일 바에 무엇 때문에 꿈까지 꾸어야 하는 것일까. 온 식구가 차례로 실종되고, 마침내 '나' 자신도 실종되고자 하는 욕망까지가 글쓰기의 영역이 아닐 것인가. 만일 실종 모티프를 좀 더 탐구했더라면 개꿈 아닌 진짜 꿈(작품)이 되지 않았을까. 이 작품에서 볼 만한 장면은 인형 이야기.

한 엄마가 아기에게 어여쁜 인형을 사 주었다. 가게 주인 왈, 인형과 단 둘이 있어서는 절대로 안 된다는 것. 이 터부를 명심했으나 인간이기에 실수도 하는 법. 인형과 아이를 두고 외출하기가 그것. 귀가하자, 입가에 피를 묻힌 인형이 웃고 있었다. 문제는 이 인형의 인간화 에피소드가 지닌 우화성에 있지 않고 이를 수용하는 주인공의 태도입니다. '아주 아주 무서운 얘기'인데도 '나'는 '무섭다기보다는 기분이 나빴다'는 것.

여기까지 이르면 이 작가의 신인다움의 위치가 어느 정도 드러난다고 볼 수 없을까. (1)아주 아주 무서운 얘기, (2)기분 나쁜 얘기, (3)이도 저도 아닌 중립적 얘기, (4)신바람 나는 얘기 등으로 굳이 나눈다면 (2)항에 속한다는 사실이 그것. (3)으로 나아간다면 어떠할까. 만일 (4)에로까지 나아간다면 어떠할까. 마녀의 세계가 열릴지 모릅니다. 헝겊 인형의 모험기 같은 것.

〈구멍〉의 작가는 어떠할까요. 여기 한 여인이 있습니다. 이름은 명애. 나이는 33세. 대학 때 피우다 끊었던 담배를 다시 피우기 시작했군요. 무슨 곡절로? 수술을 했기 때문. 유방암 수술. 한쪽 유방이 송두리째 잘려 나갔던 것. 물론 그 상처는 이제 아물었다. 이쯤 되면 여자 나이 33세에 대한 음미가 불가피한 법. 여자 나이 33세면 "그만두었던 것을 시작하기도 시작했던 것을 그만둘 수도 있고 또……"(212쪽)라고 했군요. '또'란 무엇인가. 소설적 주제가 걸린 곳.

여기 '아름다웠던'이라고 과거형으로 표현된 33세의 여인이 있습니다. 한쪽 유방이 잘려 나갔으니까 '과거형'일 수밖에. 항아리로 치면 구멍이 뚫렸거나 깨진 불균형의 흉물. 찻잔으로 치면 손잡이가 떨어져 나간 형국. 남편은 지금 '과거형'을 '현재형'으로 바꾸고자 덤비고 있습니다. 수술하는 길이 그것. 성형수술로 감쪽같이 복원되는 판국이니까. 그렇지만 따지고 보면 성형수술로 본래의 미가 회복되는 것일까. 어림도 없다는 것은 삼척동자도 아는 일. 그렇다고 해서 이 미에로 향한 균형 감각 회복의 욕망을 떨쳐 버리기도 난감한 법. 그것은 미의 강도에 비례하는 것. 이를 위기 의식이라 부르겠지요.

남편은 현재형으로는 말하지 않았다. 침대에서 가슴을 파고드는 명애를 슬그머니 밀어 내며 또 말했다. 미안해, 이대로는 안 되겠어. 난 이해가 되질 않아. 전보다 훨씬 간단한 수술이잖아. 남편은 명애의 갈망을 이해하지 못했다. 스스로도(후략)(212쪽)

남편만이 속물이 아니라는 점, 명애 스스로도 갈망하고 있음이 분명하지 않습니까. 이 갈망이란 무엇인가. 두 가지로 생각해 볼 수 없을까. 미에 대한 갈망이 그 하나. 다른 하나는, 이 점이 중요한데, 삶에 있어 어떤 결단엔 반드시 모종의 의식화(ritual)가 요망된다는 사실. 이 작품에서는 그것이 적절하게도 도자기 굽기로 되어 있군요.

결단이란 새삼 무엇인가. 암 덩어리(죽음)를 잘라 내었음이란 정말 무엇이었던가. 죽음과의 결별이었던 것. 명애는 어느새 그 죽음을 사랑(갈망)하지 않았던가. 이 점이 인간다움이랄까 일상성의 함

252

정이지요. 그런데 그 암 덩어리를 제거하고 생을 되찾자 이번엔 생이 돌연 낯설고(상처) 그 동안 친숙했던 죽음이 그럴 수 없이 다정하고 그립지 않겠는가. 이러한 체험을 한 명애이기에 성형수술에 나아가기 위해서는 암 수술과 역방향의 심리적 과정을 겪어야 했던 것. 삶과 죽음의 고비, 수술에서 의식이 깨어날 때 체험한 어둠의 구멍 같은 것.

이 정체 불명의 공포를 다스리는 길이란 무엇인가. 의식화는 그 공포를 제압하기 위해 인류가 발명한 방법론에 다름아닌 것. 도자기 만들기, 예술, 굿 등등이 모두 그러한 장치들이었던 것.

여기까지는 우둔한 독자라도 쉽사리 짐작할 수 있지요. 문제는 여기서 한 발자국 나아가기에 있지 않겠는가. 이 점에서 작가는 매우 굼뜨다고 볼 수 없을까. 불안에 헤매던 명애가 인사동 가게에서 찻잔을 보았다. 그 찻잔 속에서 죽음에서 깨어날 때의 그 '공포'를 본다. 하필 찻잔이랴. 지푸라기라도 붙들고자 하는 명애이니까. 그 찻잔을 만든 도공을 찾아간다. 둘이서 도자기 굽기에 몰두하고 불덩이처럼 서로 껴안고 몸을 덥히고……

이것이 의식화의 일종인 만큼 크게 빗나간 것이라 할 수 없겠지만, 거기 사용된 대화나 기타의 생각들이란 치기 어린 것이라 할 수 없을까.

지금까지 신인이란 무엇인가에 대해 논급해 왔습니다. 태어나되, 스스로를 만들어 가야 한다는 것으로 요약할 수 없을까. 후자에 계속 주목함이 독자가 작가에 대해 갖추는 모종의 예의라 하겠지요. 이 예의가 소중한 것은 작가/독자가 함께 이루어 내는 것이기 때문.

3. 독한 서정시의 방법론—성석제

성석제 씨의 〈협죽도 그늘 아래〉《문예중앙》, 겨울호)가 유려합니다. 아름답다고도, 멋지다고도 할 수 없음, 그렇다고 애잔하다든가 우아하다고도 하기 어려움, 산문적이라 하기도 반산문적이라 규정하기도 난감함, 이러한 글쓰기의 좌표란 무엇일까. 이런 물음에 그럴싸한 해답을 쥐고 있는 사람이 있다면 미당 선생이 첫 번째가 아닐까.

(A)한 여자가 앉아 있다. 가시리로 가는 길목, 협죽도 그늘 아래.

협죽도 그늘 아래 치잣빛 저고리와 보랏빛 치마를 곱게 차려입은 여자가 앉아 있다. 여자의 옷은 칠순 잔치에 맞춰 친정 조카들이 마련해 준 것이다. 여자는 오십여 년 전에 연분홍 치마 저고리를 차려입고 가시리에서 구고례(舅姑禮)를 치렀다. 그때의 신부가 앉아 있다. 큰길에서 보일 듯 말 듯한 곳에, 화려한 협죽도 그늘에 가려 눈에 띌 듯 말 듯한 모습으로 나무 빛깔을 하고 있는 시멘트 의자 위에 앉아 있다. (서두)

(B)여자의 방에는 여자가 시집올 때 가져온 숟가락이 있다. 끝이 초생달 모양으로 닳은 놋쇠 숟가락이다. 그 숟가락은 여자가 자신의 집에 들어와 자던 첫날밤, 문고리에 걸렸다. 그때처럼 여전히 끝이 날카로운 그 숟가락이 여자 아닌 누군가의 손에 의해 벗겨진 적이 있었던가. 누군가 그것을 벗기고 여자의 집에서 여자와 다른 무엇을 가져가려고 했었나. 여자만이 알 것이고 기억하리라. 그러나 가시리에서 여자와 함께 살아온 사람들은 누가 감히 여자의 집에서 도둑질을 할 수 있겠느냐고 말한다. 도둑질한다고 해서 도둑질할 수도 없는 것을 가져가서 무엇에 쓰겠는가. 협죽도도 안다. 협죽도에게 물어 보라. 수국에게 물으라. 남의 삶을 도둑질할 수 있는가. 있다면 그걸 어디다 쓰겠는가고. 여자는 자신의 일생을 위해 일생을 바쳤다. (결말)

미당이 아니면 해답을 알기 어려운 글쓰기가 (A)~(B)로 확연히 드러났다고 할 수 없을까.

잠깐, '유려한 글쓰기'라 스스로 말해 놓고 무슨 말장난을 하고 있는가,라고 저를 힐책할 분도 있겠지요. 먼저 말하고 싶은 것은, 작가 성씨가 한 편의 시를 쓰고 있다는 점입니다. 그것도 아주 '독한 서정시'. 어째서? 협죽도 그늘 아래이니까.

대체 협죽도(夾竹桃)란 무엇인가. 식물 도감을 펼치면 마삭나무과에 드는 것으로 불그스름한 꽃이 피는 식물, 원산지는 동인도로 되어 있습니다. 그야 어쨌든 작가 성씨는 몽탄의 한 동네인 가시리(佳詩里) 길가에 보일 듯 말 듯 협죽도가 있다는 것입니다. 제일 먼저 협죽도가 있습니다. 전문적인 술어로 바꾸면 '태초에 협죽도가 있었다'이지요. 알파요 오메가인 만큼 그 다음에 오는 것은 천하없어도 한갓 잡스럽고, 요컨대 본론이 아니라 부록일 뿐.

성씨의 본론, 그러니까 글쓰기의 본론부터 잠시 엿볼까요. 작가는 실로 망설임도 없이 이렇게 읊습니다.

협죽도는 여름부터 가을까지 불그죽죽한 꽃을 피워 낸다. 푸른 잎에 붉은 꽃잎이어서 잘 어울릴 법도 하건만 잎은 잎대로 꽃은 꽃대로 거세게 피어 외지 사람들은 그 꽃을 볼 때마다 이름을 묻고, 이름을 들은 다음에는 촌스럽다고 흉을 보기도 한다. 협죽도의 꽃잎이 붉기만 한 것은 아니다. 붉다고 해서 그냥 붉은 것도 아니다. 홍색, 자홍색, 황색, 흰색, 황백색 꽃도 있다. 협죽도의 꽃은 어른 집게 손가락만한 지름의 화관에 윗부분이 다섯으로 갈라져서 (후략) (319쪽)

태초에 협죽도가 있었고, 그것이 천지를 창조하고 있는 형국. 그러니까 말꼬리잡기의 연쇄. 프로이트의 직계이자 스승에게 반기를 든 라캉이라면, 시니피앙(기표)의 미끄러짐(연쇄)이라 규정하는 장면. 협죽도 → 꽃 → 붉다 → 독 → 청승맞다 →……의 연쇄. (A)에

서 보라. 협죽도 → 자색 → 치잣빛 저고리 → 70 여인의 옷 → 치마
저고리 → 친정 조카들 → 시집의 연쇄. (B)에서 보라. 도둑질 → 도
둑놈 → 도적이 가져갈 것 → 도둑질하기 → 도둑질할 물건의 연쇄.

 잠깐, 그런 연상법이란 어린이들 말장난 놀이가 아닌가라고. 성
석제의 얼굴은 길다 → 긴 것은 기차 → 기차는 빠르다 → 빠른 것은
비행기 → …… 식의 놀이. 맞습니다. 바로 그 말장난이지요. 이것
이 작품을 '미학'으로 끌어올리는 작가 성씨의 글쓰기의 방법론이
었던 것. 어째서 그것이 '미학'으로 나아갈 수 있는 기법일까. 말장
난이 지닌 기능이 사람의 생리적 리듬, 그러니까 〈무녀도〉의 작가
식으로 말하면 '세계의 여울'의 하나에 해당되기 때문. 이러한 '세
계의 여울'의 한 가지를 산문의 형식으로 보여 준 것이 김동리였다
면 이에 대응하는 운문의 형식으로 보여 준 것이 미당이었던 것.

 신부는 초록 저고리 다홍치마로 겨우 귀밑머리만 풀리운 채 신랑
하고 첫날밤을 아직 앉아 있었는데, 신랑이 그만 오줌이 급해져서
냉큼 일어나 달려가는 바람에 옷자락이 문 돌쩌귀에 걸렸습니다. 그
것을 신랑은 생각이 또 급해서 제 신부가 음탕해서 그 새를 못 참아
서 뒤에서 손으로 잡아 다니는 거라고, 그렇게만 알곤 뒤도 안 돌아
보고 나가 버렸습니다. 문 돌쩌귀에 걸린 옷자락이 찢어진 채로 오
줌 누곤 못 쓰겠다며 달아나 버렸습니다.

 그러고 나서 사십년인가 오십년이 지나간 뒤에 뜻밖에 딴 볼일이
생겨 이 신부네 집 옆을 지나가다가 그래도 잠시 궁금해서 신부방
문을 열고 들여다보니 신부는 귀밑머리만 풀린 첫날밤 모양 그대로
초록 저고리 다홍치마로 아직도 고스란히 앉아 있었습니다. 안스러
운 생각이 들어 그 어깨를 가서 어루만지니 그때서야 매운재가 되어
폭삭 내려앉아 버렸습니다. 초록재와 다홍재로 내려앉아 버렸습니
다. (미당, 〈신부〉)

초록저고리 다홍치마로 겨우 귀밑머리만 풀리운 미당의 '신부'가 첫날밤을 앉아 있지 않겠는가. 치잣빛 저고리와 보랏빛 치마를 곱게 차려입은 70세의 노파가 시집온 지 50년 만에 가시리 마을 길가 협죽도 그늘 아래 앉아 있지 않겠는가. 이쯤 되면 미당의 '신부'인지 성석제의 '신부'인지 도무지 구별할 재간이 독자인 우리에겐 없지 않겠습니까.

잠깐, 그렇다면 작가 성씨가 기껏 시를 쓰고 있었단 말인가. 이런 물음이 나올 법하지 않겠습니까. 이 물음에 그럴싸한 대답을 성씨의 다른 작품 〈해방〉(《창작과비평》, 98년 여름호)이 해 놓고 있지요.

여기는 찻집. 지역 신문의 기자, 연극쟁이, 연극쟁이의 후배 등 사내 셋과 40대 후반이며 그림을 그린다는, 결혼을 했는지 안 했는지 알 수 없는 찻집 주인인 여자가 앉아 있습니다. 이런저런 헛소리를 주고받고 있을 무렵 '그'가 들어온다. '그'란 누구인가. 세상에서 가야금을 제일 잘 타는 사람이다. 찻집인 줄 알면서 '그'는 찻술을 청한다. 이때부터 '그'는 찻술을 마셨고 다른 사람들은 녹차를 마시면서 '그'의 연주를 기다린다. 30분쯤 흐르자 찻집 여자가 울기 시작한다. "왜 운 거요"라고 '그'가 묻는다. "왜 울지"라고 또 묻는다. 다시 '그'가 묻는다. "왜 우는 거요"라고. 여자는 오도카니 앉아 있다. 끝내 대답을 하지 않는다.

작품 〈해방〉은 그러니까 찻집 여자의 울음에 대한 이유를 알아내기로 요약되는 것. 이때 사용된 기법이란 〈협죽도 그늘 아래〉의 그것과 한치도 다르지 않는 것. 협죽도 그늘 아래 앉은 여인의 그 '치잣빛 저고리와 보랏빛 치마'의 내력이 색깔이라면 〈해방〉의 찻집 여인의 내력이란 울음(음향)이었을 따름. 내력이란, 삶이란, 그 삶 속에 잠긴 이런저런 곡절의 처지에서 보면 양자가 전혀 동일한 것. 그 곡절의 실상이란 이름 불러 한(恨)이라 하는 것. '한'이란 또 무엇인가. '갈 데까지 간 사람'(310쪽)으로 요약되는 것.

'갈 데까지 간 사람'의 이야기, 이것이 작가 성씨의 소설 쓰기가 아니었겠는가. 소설에 우리가 감동하는 이유란 이 부근이 아니겠는가. 기법이란, 그러니까 '갈 데까지 간 사람'을 드러내는 방식에 다름 아닌 것. 그것이 〈해방〉에서는 울음의 형식이 되고, 〈협죽도 그늘 아래〉에서는 색깔로 나타났던 것. 어느 것이나 원음(原音), 원색(原色)으로 나타났던 것. 그렇다면 그 다음은 어떻게 될 것인가. 작가 성씨의 다음 행보가 궁금함은 곧 글쓰기의 궁금증이 아닐 것인가.

4. 마녀냐 어릿광대냐―전경린

전경린 씨의 〈메리고라운드 서커스 여인〉(《문학사상》, 12월호)은 이렇게 시작됩니다.

> 그 여자. 풍문대로 오래 전에 해진 여자인걸요. 아무것도 지키지 않고 아무것도 갖지도 않고, 생에 대한 의지도 상실해 버린 채 모든 것으로부터 떠나 먼지 가득한 잠을 자온 여자. 그 여자 죽음과 같은 지긋지긋한 격리의 나날 속에서 가끔 벼락을 맞은 듯 깨어나 짙은 화장을 하지요. 그리고 겹겹이 옷을 입은 안전한 당신들에게 와락 다가가 꼬리치며 함부로 교태를 떨고 이토록 엄숙한 삶에게 가랑이를 벌려 노역을 하지요. 삶을 돌보지 않고 구멍난 옷을 입고 떠돌아다니며 너무나 간단히 옷을 벗는 가난하고 권태로운 서커스 여인…… 그 여자는 알지요. 삶의 굴욕과 침묵을 버린 뒤에 우리가 바라는 궁극은 죽음이란 것을. (208쪽)

작품 전체가 위의 인용 속에 송두리째 잠겨 있는 형국. 오래 전에 해진 여자라 하지 않겠는가. 아무것도 지키지 않고, 갖지도 않는 여자. 죽음 같은 상태 속에서도 번개처럼 짙은 화장질 하는 여

자. 엄숙한 우리들의 삶 속에 서슴없이 가랑이를 벌리는 여자. 삶과 죽음에 걸친 여자. 이런 종류의 여자란 무엇인가. 서커스 여자라 부르고 있습니다. 대체 이런 여자의 속성은 무엇인가. 먼저 접점이랄까 임계선(limit)에 서 있는 여자임에 주목할 것입니다. 엄숙한 삶과 가랑이 벌리기, 지긋지긋한 나날과 벼락 같은 화장질, 아무것도 거부하지 않고 모든 것을 수용하기, 생의 양쪽 끝 양다리 걸치기라고나 할까. 서커스의 줄타기라고나 할까. 요약컨대 '공중에 뜨는 여자'. 회전 목마식의 변신술을 속성으로 하는 여자. 그러니까 삶의 극단에서 극단으로 왕래하는 여자. 생과 사, 엄숙과 저급, 상류층과 밑바닥층, 연꽃과 진흙, 환희와 고통, 순수와 불순, 선과 악, 위선과 위악 등등의 양다리 걸치기란 무엇인가. 여자만 그럴까. 남자도 그러할 수 없겠는가.

두 가지 문제가 제시된 셈입니다. 양다리 걸치기가 그 하나. 다른 하나는 이 점이 중요한데, 양다리 걸치기(임계선 넘나들기)에서 남자/여자 구별이 원리적으로는 무의미하다는 사실이 그것. 이른바 어릿광대, 멋대로 하는 자, 신화학에서 말하는 이른바 사기꾼으로서의 트릭스터(trickster). 잠시 신화학 쪽으로 들어가 볼까요.

어릿광대란 무엇인가. 그것의 기능이 왕(성스러운 것)과 대비될 때 선명하지요. 어릿광대란, '그림자로서의 왕'인지도 모르기 때문. 어째서 그러한가. 먼저 왕을 생각해 봅시다. 왕이란 어떤 의미에서도 세계의 지배자가 아니면 안 되는 존재가 아니었겠는가. 인간계의 지배자일 뿐 아니라 자연계의 지배자이니까. 농사가 잘되는 동안은, 짐승이 잘 잡히는 동안은 왕권은 건재하는 법. 만일, 거기에 이상이 생긴다면 어떻게 될까. 불문가지. 설사 이상이 생기지 않더라도 인간이기에 왕은 늙고 죽어야 하는 법. 신(질서)의 체현자인 왕의 쇠약과 죽음이란 어떻게 처리되는가. 후계자에 의해 왕권을 뺏기고 살해됨이 필연적일 수밖에. 실제로 왕을 죽이지 않더라도 사정은 마찬가지. 만일 왕권의 절대성을 조금이라도 유지시키고자 한다면 그 왕은 자기의 정책(판단)의 실수나 자연의 재앙이나, 노쇠함을 다른 대상에다 덮어씌우지 않으면 안 된다. 희생양이 요청되는 것은 이 때문. 그러니까 왕의 빛나는 절대성을 보장받기 위해, 왕권의 마이너스적인 부분(그림자)을 이끌어 내어 인격화한 장치의 하나가 어릿광대인 것. 어릿광대라는 장치가 왕(신성함)의 그림자이기에 실체(왕)와 그림자(어릿광대)를 합쳐서야 비로소 왕권 및 왕국이 지속될 수 있었던 까닭.

제 설명이 너무 서툴지요. 요컨대 왕과 어릿광대란 동전의 앞뒤라는 것. 왕이 선이라면 어릿광대란 악의 세계를 가리킴인 것. 왕의 절대권에 따르지 않는 것은 모조리 '악'이 아니겠습니까. 그런데 참으로 딱하게도 악의 세계가 없으면 그 잘난 왕국(선)이 존립되지 못합니다. 실제로 어떤 왕국도 이웃 나라와 교역 없이 번영될 수 없는 법. 왕이 백성에게 모든 이웃 나라가 악의 집단이라는 전제(명분)를 내세우지요. 그럼에도 뒤로는 그 악의 집단과 손잡지 않으면 안 되지요. 이 몫을 맡은 존재가 소위 어릿광대. 어릿광대란 어리석은 자이기에 '악'과 결탁한다는 것. 그러니까 바보이기에 '선악 구별 불능'이라는 것. 어릿광대란, 그러니까 왕권을 초월하는 세계와 통하는 자가 아닐 수 없지요.

잠깐, 뭐 그렇게 자꾸 빙빙 돌지 말고 막바로 말해 보라고 성급히 요청하는 분도 있겠지요. 두 개의 세계에 통하는 존재가 어릿광대다, 그 말 아니겠습니까. 헤세의 그 유명한 〈데미안〉의 첫장에 나오는 그 두 세계가 그것. 선악 두 세계의 경계선에 있는 존재. 어릿광대가 무대에 올라올 때 흑백의 옷이 아니라 '흑·백·적' 등의 '반점 복장'을 하는 이유도 이로써 분명하지요. 양쪽 세계에 왔다 갔다 하기에 겉으로 보아 불분명한 존재인 까닭이지요. 애매모호한 존재.

이 '반점 복장'이야말로 어릿광대의 전유물이 아닐 수 없지요. 자유롭게, 멋대로, 누구의 눈치도 안 보고 '바른 말'을 하기 위해 고안된 복장인 까닭. '비규범'으로 규범을 뒤엎는 존재로서의 복장인 까닭. 세계가 다양하고 다가치적임에도 사람들은 거기에 질서를 부여, 하나로 '통일'(헤겔이 말하는 동일성)하려 들지 않습니까. 여기에 안주하는 한 다양성이 갖는 의미(세계의 전체성)를 모르지요. 그러나 어릿광대의 '곡예'가 이러한 정상적 공간을 뒤집어 보이고, 때로는 파괴해 보이지요. 왕을 바보로, 바보를 왕으로 만들어 보이는 위력(비밀)이 거기 은밀히 작동하고 있지요. '축제'의 공간도 이런 구조이지요. 예수도 그러한 존재가 아니었을까.

배경 설명이 너무 길었습니다. 신진 작가 전씨의 작품이 '마녀스러운 것'이냐에 대한 제 나름의 비판을 하기 위해서 여기까지 이른 것일까요. 그렇기도 하지만 그렇지 않기도 합니다. '마녀'란 실은 어릿광대의 일종이니까. 두 세계의 임계선을 왕래하는 트릭스터임엔 둘이 동일하니까. 제가 지적하고 싶은 것은 따로 있는데, 마녀란 본질적으로는 그것이 트릭스터의 반열에 오르고자 한다면 그는 남성도 여성도 아니라는 사실. 꼭 마찬가지로 여자 어릿광대냐 남자 어릿광대냐의 구별도 본질적으로는 무의미하다는 사실.

이제 작품 〈메리고라운드 서커스 여인〉을 분석할 차례에 이르렀군요. 여기 한 여자가 있습니다. 이름과 성씨, 나이, 경력, 집안, 학벌 뭐 그런 따위란 아무래도 상관없다. 광고를 보고 구직하러 가고 있다. 메리고라운드라는, 섬 유원지에 있는 서커스단에 '어릿광대'로 가기 위해서다. 단장은 섬의 실질적 주인이자 독재자(왕)인 최모. 외부와 단절된 유원지에서 한해 동안 이런저런 곡절이 빚어진다. 단장과 그녀는 곡예와 더불어 기묘한 관계가 벌어진다. 단장과 그녀 사이로 류라는 청년 사육사가 끼여든다. 삼각 관계. 단장인 최모도 류도, 그리고 그녀도 모두 실패하고 만다.

그렇다면 대체 이 소설의 메시지는 무엇일까. 줄거리야 아무래도 상관없지요. 중요한 것은 그녀가 어릿광대라는 점. '공중에 뜬다'는 점이 아닐 수 없지요. 이 어릿광대라는 존재에게 있어 자기의 본래적 기능이 정지된다면 어떻게 되는 것일까. 유원지(세계)의 파멸이 아닐 수 없지요. 그녀 스스로도 파멸되기이지요. 그렇다면 어릿광대의 기능이란 무엇인가. 공중 앞에 나타나야 하는 법. 어릿광대 놀이를 연출해야 하는 법. 그런데 유원지는 외부와 폐쇄되었고, 청년 사육사 류도 결국 폐쇄되었고, 그 속에서 아무리 '공중에 떠' 보았자 관객이란 '앵무새' 뿐이었던 것. 마녀든, 어릿광대든 기능이 멈춰질 땐 한 마리의 동물, '커다란 새장 속에 갇힌'(232쪽) 앵무새일 뿐. 어릿광대의 인형화라고나 할까. 그러니까 진짜 어릿광대 축에 들지 못하는 것.

두 가지 논의가 아직 남아 있습니다. 어째서 '습니다' 체를 사용했느냐가 그 하나. 다른 하나는 작가 전씨 전유물인 인공어(人工語) 사용.

5. 삶의 고달픔과 잔잔한 감동 — 송영

중견 작가 송영 씨의 〈발로자를 위하여〉(《문예중앙》, 겨울호)는 러시아 여행기의 일종. 담담하게 읽힙니다. 여행을 다룬 소설에서 흔히 범하기 쉬운 과장된 몸짓이 자제되었기 때문. 센티멘털리즘이 어느 수준에서 정화되었다고나 할까.

'어째서 하필 페테르부르크인가' 라고 친구들이 극구 말렸다. 그러나 '나' 는 꼭 거기로 가야 했다. 누구나 자기의 절실한 사연이 있는 법이니까. 그렇다면 '나' 의 사연이란 무엇인가.

그렇지만 내 생각은 이미 결정되어 있는 상태였다. 나는 벌써 페테르부르크를 향해 기차나 비행기를 타고 가고 있는 내 모습을 그려

보고 있었다. 이런 상상은 어제 오늘 시작된 것이 아니었다. 아마 몇 해 전부터 그곳을 향해 기차나 혹은 비행기를 타고 달려가고 있는 내 모습을 그려왔을 것이다. 페테르부르크에는 내 친구가 있었다. (339쪽)

그 친구 이름은 발로자. 대체 그는 누구인가. 어째서 꽤 나이살이나 먹은('나'는 동행 박 교수의 선배니까) '나'와 발로자라는 러시아 청년이 친구일 수 있었는가. 간단명료한 해답이 나오지요. 1992년 러시아행 단체 여행을 한 바 있는데, 그때 가이드 청년이 발로자였기 때문. 그는 페테르부르크 대학 동양어과 2년생. 유태계. 동양 고대사에 흥미가 있고, 특히 한국 고대사 연구를 위해 한국어를 배웠다는 것. 한국 여인과 결혼했다는 것. 이 청년이 일행에게 큰 감명을 준 것은 정확한 한국어의 구사와 단정한 행동에 있었던 것. (1)술을 먹지 않음(유태교), (2)가족과의 식사 지키기, (3)페테르부르크에 대한 자부심 등을 단정함의 근거로 내세울 수 있겠지요. 그러나 무엇보다 그의 '유창한 한국어'를 당할 수 있을까. 여행객 치고 낯선 땅에 울리는 정확한 한국어에 감동하지 않으면 그건 거짓말. 여행객의 객기랄까 우월감이 작동하지 않았다면 이 또한 거짓말. 뭐라도 사 주고 싶고, 돈도 주고 싶고, 선물도 주고 싶은 우쭐댐을 두고 객기랄까 센티멘털리즘이라 부르겠지요. 그쪽에서 이 모두를 정중히 거절하면 그럴수록 센티멘털리즘이 증대되는 법. 이런저런 곡절로 '나'는 발로자와 '친구'가 되기로 작정했던 것.

여기서 작가는 '나'로 하여금 왜 '친구'를 찾아가야 하는지에 대한 이유를 밝히지 않고 있습니다. 92년부터 지금까지 '나'는 무엇을 했으며 직업은 무엇이었던가. 왜 지금 거기 가야 했던가. 이 점이 생략되었기에 뭐라 하기 어려우나 작품의 진행으로 보아 그동안 '나'가 '고단한 삶' 속에 있었다고 할 수 없겠는가. 청년 발로자의

'고단한 삶'이 잔잔히 펼쳐지기 때문이지요.

　몇 해 만에 보는 발로자는 얼굴이 마르고 표정이 밝지 못했으며 조금은 지친 듯한 모습이었다. 내가 뿔코보 공항에 도착해서 공항 밖으로 나갔을 때 발로자는 출구에서 조금 떨어진 곳에 혼자 서서 나를 기다리고 있었는데 석양을 등지고 서 있는 그의 모습은 내가 상상했던 싱싱하고 젊은 그런 모습이 아니었다. (356쪽)

　그는 십 년쯤 더 나이를 먹은 사람처럼 보였다고 했거니와, 무엇이 그로 하여금 그렇게 지치게 만들었을까. 물론 어느 곳에나 도사리고 있는 '삶의 고달픔'에서 말미암은 것이지만 작가 송씨의 솜씨는 그러한 사실을 과장하거나 은폐하지 않음에 있습니다. '친구'란 무엇이겠는가. 나이나 직업이나 국경과 관련 없이, '삶의 고달픔' 속에서도 지켜야 할 법도랄까 품위를 잃지 않기로 요약되는 것. 그것은 서로가 저마다의 '삶의 고달픔'을 고유하게 안고 있기 때문. 이 작품이 독자의 가슴에 잔잔한 파문을 일으키는 것이 어찌 우연이겠는가.

● 한국인적 상상력과 지구인적 상상력

원 재 길

윤 대 녕

윤 후 명

서 정 인

최 일 남

한국인적 상상력과 지구인적 상상력

―윤후명과 윤대녕의 세대차론

원재길의 〈신종 바이러스에 관한 보고서〉,
윤대녕의 〈많은 별들이 한 곳으로 흘러갔다〉,
윤후명의 〈새벽의 만남〉, 최일남의 〈사진〉, 서정인의 〈불타는 집〉

1. 사회 · 역사적 울림과 실존적 감각―이호철 · 최인훈

한파(寒波) 이 년인 지난해 12월 2일 오후 1시 30분 세종문화회
관에서는 감동적인 한 장면이 벌어졌습니다. 문학사상사 주관 5개
문학상 시상식장, 축사에 나아간 원로 작가 이호철 씨의 온몸수사
학이 그것. 문학이란 얼마나 굉장한 것인가를 드러내는 방식의 하
나로 씨는 거침없이 시 한 편을 읊지 않았겠는가.

山새도 오리나무
우혜서 운다
山새는 왜우노, 시메山골
嶺넘어 갈나고 그래서 울지.

눈은나리네, 와서덥히네.
오늘도 하룻길
七八十里

도라섯서 六十里는 가기도햇소.

不歸, 不歸, 다시不歸,
三水甲山에 다시不歸.
사나희속이라 니즈런만,
十五年정분을 못닛겟네

산에는 오는눈, 들에는 녹는눈.
山새도 오리나무
우혜서 운다.
三水甲山가는길은 고개의길.

　소월 시집 《진달래꽃》(1925)에 나오는 〈山〉(전문)이 아니겠는가.
어째서 '산새가……'도 '산새는……'도 아니고 '산새도……'여야
했을까. 바로 이 의문 속에 소월시의 비결이 잠겨 있다고 고 박재
삼 시인이 자주 우리 속인들에게 일깨워 준 그 시가 아니겠는가.
한 번 가면 좀처럼 되돌아올 수 없는 삼수갑산, 15년 정분을 뒤에
두고 차마 발이 떨어지지 않지만 그래도 떠나가야 할 그곳. 다시
오기 어려운 그곳.
　이 시의 요체가 '불귀, 불귀, 다시불귀'에 있음은 한눈으로 알
수 있습니다. 그러나 여기서 우리가 알 수 있다는 식의 생각은 논
리적 분석의 세계일 뿐. 7,80리 길을 가다가 되돌아 60리 온다면
겨우 10~20리 정도 간 거리라는 계산이 그런 범주에 들겠지요. 그
러나 이러한 분석은 별 쓸모가 없는데, 왜냐면 '불귀, 불귀, 다시
불귀'가 던지는 '울림'이 시 전체를 압도하고 있기 때문. '산'이 주
어이지요. 그 속의 산새란 한갓 산의 주민에 불과하기에 '산새
도……'일 수밖에. '불귀, 불귀, 다시불귀'라는 이 삼박자의 울림

이 산 전체를 울리고 있기에 그럴 수밖에. 이 울림은 슬픔도 기쁨
도 아니지만 생명적이지요. 아름다움(미적인 것)이 아니라 칸트가
말하는 '숭고'의 범주에 속하는 것. 이 '울림'이 접동새의 넋과 통
하는 것임은 쉽사리 알 수 있겠지요.

　이렇게 말해 놓고 나면 물론 부당합니다. 논리 쪽이 가만히 있지
않겠기 때문. 되돌아온 60리란 과연 어느 지점인가. 소월 스스로 〈삭
주구성(朔州龜城)〉에서 이 점을 아래와 같이 밝히고 있습니다. 그것
은 실로 '六千里'라고 말입니다. 그도 그럴 것이 소월이 10년 동안
(명년이면 10년이라 했으니까) 머문 곳이 바로 삭주구성이었으니까.

　　물로사흘 배사흘
　　먼三千里
　　더더구나 거러넘는 먼三千里
　　朔州龜城은 山을넘은六千里여 (〈삭주구성〉 첫 연)

　뿐만 아니라, 〈三水甲山—次岸曙三甲山韻〉에서는 이미 삼수갑산
에 와 있음을 노래하고 있지 않겠는가.

　　내故鄉을 돌우 가자
　　내故鄉을 내못가네.
　　三水甲山 멀드라
　　아하 蜀道之難이 예로구나 아하하

　　三水甲山 어디메냐,
　　내가 오고 내 못가네
　　不歸로다 내 故鄉을
　　아하 새가되면 떠나리라 (2, 3연)

논리 쪽은 주장하겠지요. 60리가 6천 리로 되기도 한다는 것, 삭주구성이 바로 삼수갑산이라고. 거기서 벌써 10년이나 갇혀서 살고 있었다고. 그렇지만 이러한 논리란 '불귀, 불귀, 다시불귀'의 울림 앞에 여지없이 흡수되고 마는 것. 〈삭주구성〉이나 〈삼수갑산—차안서삼갑산운〉이 저 〈山〉의 밑그림이거나 습작 수준이라 보는 것은 이런 문맥에서이지요. 〈옛님을 따라가다 꿈깨어 탄식함이라〉가 절창 〈초혼〉의 밑그림이듯이.

'산새가⋯⋯' 라든가 '산에는⋯⋯' 의 세계가 논리 쪽이라면 '산새도⋯⋯' 란 단연 시적 세계라는 사실, 이를 제가 실감한 것은 1995년 7월 5일, 실크로드 중간 기점인 우룸치의 어느 지하실 노래방이었지요. 우리 일행의 단장 이호철 씨가 그 굵은 목소리로 노래 대신 읊지 않았겠습니까. '산새도 오리나무 우헤서 운다' 라고. 모두가 숨을 죽였던 것은 웬 까닭이었을까. 혼의 흐느낌이 스며 있었던 까닭이 아니면 무슨 설명이 적절했을까. 6·25 이래 최대 국난의 해라고 말해지는 1998년을 마감하는 장면에서 다시 그 울림을 듣는 일이란 무엇일까.

이번에 읊은 씨의 〈山〉이 지닌 특별한 이유가 거기 있었지요. 모두가 아는 바와 같이 〈큰 산〉의 작가인 씨는 '불귀, 불귀, 다시불귀'의 터부 속을 뚫고 평양을 다녀왔습니다. 신문에서 잡지에서 그 보고문이 발표되었지요. 평양에 닿아 북한인과 첫 만남에서 씨가 내세운 방식은 과연 무엇이었을까. '산새도⋯⋯' 였다는 것. 정확히는 '불귀, 불귀, 다시 불귀' 였던 것. 그 순간 씨의 안중엔 평양이 사라졌던 것. 그 증거로 씨가 제시한 것이 '불귀, 불귀, 다시 불귀'에 화답한 다음 노래.

인생의 길엔/ 상봉과 리별/ 그 얼마나 많으랴/ 헤어진대도/ 헤어진대도/ 심장 속에 남아 있는/ 아아, 그런 사람/ 나는 귀중해.

오랜 세월을/ 같이 있어도/ 가슴속에 없는 이 있고/ 잠깐 만나도/ 잠깐 만나도/ 심장 속에 남는 이 있는/ 아아, 그런 사람/ 나는 못 잊네.

이만하면 문학의 소중함이랄까 위대함이 증명되지 않았을까. DMZ를 뚫는 가장 확실한 방도 중의 하나이기에 그것은 그러하지요. 6·25적 19세에 단신 월남한 원산 중학생 작가 이호철 씨의 문학관이 휘황히 빛나고 있지 않겠는가.

이를 두고 문학이 지닌 사회·역사적 감각이라 하겠지요. 이때 '역사적'이란 공동체에 관련된 것이지요. 이데올로기라든가 민족이라든가, 뭐 그런 것들이겠지요. 누구나 이 속에서 숨쉬기에 한순간도 이 감각에서 벗어날 수 없는 법. 그만큼 절박한 것이지요. 그런데 이와 똑같은 비중으로 놓인 것이 있지요. 생명체인 개개인이 지닌 세계 속에서 느끼는 감각. 이른바 실존적 감각이 그것.

1999년 첫날이 밝자 제가 맨 먼저 읽은 것이 《화두》(1994)입니다. 이호철의 원산 중학 후배이자 〈광장〉(1960)의 작가 최인훈 씨가 10년 침묵 끝에 내놓은 대작이지요. 발표 당시 제가 서평을 썼기에 낯익은 작품. 어째서 다시 읽고자 했던가. '불귀, 불귀, 다시 불귀'의 울림이 저도 모르게 그렇게 하게끔 이끌었다고나 할까. 그런데 다 읽고 난 뒤에, 제가 쓴 서평과 견주어 보자 실로 낯이 뜨거워지지 않겠습니까. 역사적 감각에 지나치게 민감히 반응한 나머지 정작 《화두》가 지닌 또 다른 측면을 소홀히 대했음이 그것. 물론 《화두》 자체가 역사적 감각의 부각과 이를 넘어서기 위한 자기 합리화로 구성된 것이기에 제가 이에 반응한 것도 사실이겠지요. "이 소설의 대부분 사실에 근거하지만(중략) 이 소설은 소설이다"(서문)라고 작가가 표나게 내세웠음에 대한 제 나름의 반응이었으니까.

다시 읽어 본 《화두》에서 제가 새삼 발견한 것은 작가가 아주 지나가는 투로 적어 놓은 다음 대목. "해방 전 H에서 살 때 일이다. 어느 해 여름에 어머니는 나를 데리고 친정에 가신 적이 있었다" (제1부, 282~283쪽)로 시작되는 에피소드가 그것.

　모자가 시골길을 걸었다. 날씨는 덥고 길은 먼지라 소학교 3년짜리 소년은 덥고 다리도 아프고 지루했다. 투정이 날 밖에. 앞지르기도 하고 뒤로 처지기도 했다. 무어라 달래는 어머니의 소리도 귓전으로 들어가면서 앞서거니뒤서거니 하다가, 어느 순간 멈춰 섰다. 어머니가 보이지 않는 것이다. 하얗게 햇빛 쏟아지는 한낮. 뒤처졌는가 싶어 달려갔으나, 어머니는 없었다. 다시 되돌아 달렸다. 길만 휑하니 뚫려 있지 않겠는가. 허둥거릴 수밖에. 그 순간 옆 풀섶에서 어머니가 나타났다. 왈칵 소년은 울음을 터뜨린다. 왜? 어머니가 사라지고 다시 나타날 때까지의 그 사이, 거기서 소년은 '영원'을 보아 버렸던 것. 영원이란 무엇이뇨. '비어 있음'이 아닐 것인가. 소년 앞에 나타난 영원의 형식은 비어 있음의 모습이었던 것. 그렇다고 '아무것도 없음'을 뜻하는 것은 아니라는 것. 왜냐면 어머니의 부재를 알고 달려가서 숲 모퉁이를 돌아섰을 때 길 저 앞쪽에 있던 철교와 그 밑으로 뻗쳐 나가 오른쪽으로 휘어지는 길이 지금도 따라갈 수 있을 것처럼 보였기 때문. 되돌아보았을 때 저쪽 숲 모퉁이로 사라지는 길 위에 하얗던 햇빛이 눈을 부시게 했기 때문. 그런데 그것들은 없는 것이나 마찬가지였다. 어째서? 어머니가 사라지자 그 이전의 것들이 한순간 낯설어졌기 때문. '나 자신조차도 바로 전까지의 내가 아닌 누군가였다'인 까닭.

　대체 이 '비어 있음'의 느낌이란 무엇인가. 세계 속에 혼자 던져짐이 아니고 무엇일까. '갑작스런 길 잃기'로 이 사정이 요약되겠지요. 이를 두고 '실존적 감각'이라 부르는 것.

　역사적 감각이냐, 실존적 감각이냐, 이 두 가지 물음이 세기말을 겪어 가는 이 나라 문학의 화두로 제 주변을 에워싸고 있습니다.

그렇다면 그대의 화두는 무엇인가, 라고 누군가 물을 법도 하지요. 이분법이란 이성의 교활함이 날조한 허상일까. 세기말을 인류가 날조했듯 균형 감각 타령도 그러한 날조된 것의 일종일까. 이것이 제 화두입니다.

2. 저널리즘 증후군 비판─원재길

원재길 씨의 〈신종 바이러스에 관한 보고서〉(《소설과사상》, 98년 겨울호)가 지닌 글쓰기 형식의 고민이 눈부십니다. 형식이라니? 이렇게 따지길 좋아하는 사람을 그럴듯하게 설득시킬 방도가 따로 있다면 얼마나 간편하랴. 여기에는 주석이 조금 없을 수 없지요.

이 나라 문학판에 익숙한 사람이라면, 문학판을 손금 보듯 훤히 꿰뚫고 있는 기묘한 인물의 머리에 시인 · 작가 · 비평가인 박덕규 씨를 놓지 않을까. 〈끝없는 길〉(《내일을 여는 작가》, 98년 가을호)을 읽어 본 독자라면 직감할 수 있지요. 신문, TV 등 이른바 시대성 (풍속성)에다 글쓰기의 기원을 두는 방식이 그것. 〈부용산〉이란 노래가 있고 그 기원을 추적한 소설(최성각)이 화제가 되자 즉각 이를 소재로 재창조에 나아가는 기민한 상상력, 이 점에서 박씨만큼 민첩한 작가는 드물지요(졸문, 〈이달의 문제작〉, 《문학사상》, 98년 12월호 참조). 이러한 글쓰기 형식을 두고 저널리즘 증후군이라 부르면 어떠할까.

저널리즘을 면밀히 살피고 그 증후군을 알아 내어 거기에서 글쓰기의 기원 삼기(상상력)의 형식이 지닌 의의란 어디 있을까. 이 물음 속엔 의외로 중요한 동기가 숨겨져 있습니다. 두루 아는 바와 같이 이 나라 문학의 중심부를 이룬 글쓰기의 형식이 '기억(역사성)'에 의거한 상상력이 아니었던가. '아비는 종이었다'라든가 '아비는 이데올로그였다'가 이를 대표합니다. 이에 막바로 이어지는 것이 '나는 구로 공단 출신이다'이지요. 이들의 글쓰기가 이 나라 문학의 중심부를 이룰 수 있었던 것은 역사성이기에 앞서 '문학성 자체'에서 말미암았던 것. '기억'에서 비로소 '묘사'가 그 본래의 기능을 발휘했던 까닭. 그렇기에 이러한 글쓰기가 지닌 문학성의 밀도가 다른 어떤 형식보다 압도적이었던 것이지요. 그 '기억'이 '공적인 것(이데올로기)'이었으니까.

그렇지만 이 형식에는 불행히도 그 한계가 있지요. '기억'이 화수분일 수 없음이 그것. 기억이란 생리적이며 유한한 것인 만큼 '탕진'의 개념에서 자유로울 수 없습니다. '기억'을 아주 작게 부수어 야금야금 사용해야만 지속적인 글쓰기가 보장되는 법. 그 탕진의 순간 그는 글쓰기를 포기할 수밖에. 그렇지 않으면 기껏해야 귀신 얘기, 죽음 얘기로 치닫기. 이 점에서 그것은 시한 폭탄이라 하겠지요.

만일 그러한 유별난 '기억'이 없는 사람의 글쓰기는 어떠해야 적당할까. 자기 나름의 '기억(사적 기억)'으로 출발한 경우도 그 사정은 마찬가지. 아직 이 '사적(私的) 기억'의 문제는 한계점의 노출 여부가 점검되는 단계에 이르지 않았으나, 어차피 그런 단계가 오기 마련이니까.

여기까지 검토해 본 사람이라면 어째서 박덕규식 저널리즘 증후군이 하나의 '형식'으로 인식되는가에 새삼 주목할 것입니다. 저널리즘 증후군이란 시대성이기에 (1)카멜레온적이며, (2)무한정이며, (3)자유롭지요.

그렇다면 시인·소설가·번역가인 원재길 씨의 경우는 어떠할까. 그 출발점의 상태는 앞의 박덕규 씨와 별로 다르지 않습니다. '저널리즘 증후군'으로서의 글쓰기이기에 카멜레온성, 무한성, 자유로움 등을 깔축없이 그 속성으로 갖추었지요. 그렇지만 원씨의 경우엔 그 상상력에다 납으로 된 추를 낱낱이 달고 있음이 특징적입니다. 상상력에 추 달기란 또 무엇인가. 잠시 볼까요.

한 중견 소설가[3]가 어느 일간지에 기고한 글에서 무차별 폭로증의 징후를 드러낸 건 지금으로부터 꼭 10년 전의 일이었다. 그 글에서 그는 자신이 세상을 살아오면서 저지른 과오를 굴비 두름처럼 줄줄이 꿰어서 고백했다.

고백 중의 하나는 낙태 건이었다. (중략)지금까지 살아오면서 낙태를 통해서 네 명의 태아를 죽게 만들었다고 털어놓았다. 셋은 아내가 아닌 다른 여자들[4]의 뱃속에 든 태아였고(중략) (121쪽)

이 대목에서 작가는 각주 3)과 4)를 달았습니다. 이것이 바로 납으로 된 추에 해당됩니다. 어째서 각주로 처리하지 않으면 문단을 지배하고 있는 '신종 바이러스' 증후군을 적절히 밝힐 수 없다고 판단한 것일까. 각주 3)부터 볼까요.

이 소설가는 환경 운동가와 탈춤 연구가로도 활발한 활동을 펼쳐왔다. A산 관광단지 제3차 개발계획이 수립되었을 당시에 (중략)세계적인 명성을 획득했다. (중략)인간성 회복과 자연으로의 복귀를 주제로 삼는 그의 칼럼은 발표될 때마다 대단한 반향을 일으켰다.

각주란 그러니까 본문의 증거물. 이쯤 되면 '그'가 누군지 알 수 있지요. 각주 4)는 이렇지요.

한 여자는 결혼 전에 사귄 여자, 두 여자는 결혼 이후에 아내 몰래 사귄 여자라고 그는 밝혔다.

자신의 과오에 대해 모든 독자에게 용서를 구했고, 독자들도 각자 숨겨 두었던 과오를 떳떳하게 고백하고 만인의 용서를 구할 것을 요구하는 이 신종 바이러스의 전염 과정이 매우 절도 있게 전개됩니다. '모든 건 다 내 잘못이란 말이네'라는 모 종교계의 구호를 비롯, 한 여성 작가의 수필집《백년의 어둠을…》도 모 변호사와의 간통을 고백한 것이었고, 또 무엇 무엇을 거쳐 최근 모 여류 소설가의 고백에 이르기까지 줄기차게 번져 나가고 있다고 원씨는 각주를 단 논문체 형식의 도입으로 진단한다. 현재 이 바이러스는 이 나라 문필가 삼분의 일을 감염시키고 있다는 것. 이 '악성 바이러스'를 퇴치시키지 않고는 이 나라 글쓰기판이 위태롭다는 것. 고로 보건 당국 및 문필가 협회는 방도를 강구해야 한다는 것.

어째서 작가는 이 바이러스를 '악성'이라 단정하는 것일까. 어떤 부분엔 유익하게도 작용하는 바이러스가 아닌가. 이렇게 묻는 일은 그리 중요하지 않습니다. 작가 원씨는 글쓰기 형식(논문체)의 하나를 시방 실험하고 있기 때문. 그것은 '저널리즘 증후군'으로 요약되는 것. 이 증후군에서 글쓰기 형식을 창출하기 위한 장치의 하나로 '각주'를 내세운 것. (1)카멜레온적, (2)무한정, (3)자유로움을 좀더 확실한 그 무엇으로 만들기 위해서 고안해 낸 것이 추 달기가 아니었겠는가. 저널리즘의 고백·폭로 증후군이란 한순간 지나면 깡그리 잊어버리는 것을 기본 속성으로 하는 것. 지독한 망각 증세이지요. 이를 재확인시키는 방식이란 객관화시키기 위한 그래서 논증을 동원한 논문 쓰기밖에 더 있겠는가. 소설 형식을 파괴하지 않고도 이를 살릴 수 있다면 굳이 이런 실험을 했을 까닭이 없지요. 〈이리도〉(황순원, 1950), 〈숙부는 늑대〉(최일남, 1981)를 연상시키는 〈삼촌의 좌절과 영광〉(《세계의문학》, 98년 겨울호)에 비할 때 이는 단연 몸부림이 아닐 수 없지요.

이러한 저널리즘 증후군의 글쓰기 형식의 개발의 불가피성이 이제 자명해지지 않았을까. '기억'의 근거가 없는 세대란 그 근거를 저널리즘에서 창출해 내지 않을 수 없었기 때문. 이들보다 한 세대 아래인 이른바 90년대 신세대군의 그 기원은 어디일까. 그 앞잡이

인 김영하의 경우가 대표적이지요. 이른바 멀티미디어 증후군이 그
것. 원작과 복사의 시뮬레이션에 기원 두기가 그것. 그러기에 그들
의 글쓰기란 앞뒤도 상하도 없는 것. 기표의 연쇄일 수밖에. 거기
엔 진실하지도 않지만 거짓일 수도 없는 글쓰기 형식이 무한대로
펼쳐져 있지 않겠는가. 반복의 연쇄, 반복의 미끄러짐의 형식이기
에 아무도 시비를 걸 수 없겠지요. 완벽하게 씌어지면서 철저하게
지워지는 글쓰기.

3. 생물학적 상상력—윤대녕

윤대녕 씨의 〈많은 별들이 한 곳으로 흘러갔다〉(《문학사상》, 1월
호)는 표제의 꼬리가 길지 않습니까. 밤하늘을 한순간 비수같이 가
로지르며 빙어처럼 꼬리를 길게 남기며 사라지는 유성군의 상상력.
윤씨다운 것이 아닐 수 없지요. 무엇이, 어째서 윤씨답다는 것일
까. 윤씨다움이란, 윤씨의 상상력이란 90년대 이 나라 상상력의 박
토를 곡괭이로 힘겹게 열고 나간 장본인이니만치 따져 볼 가치가
충분하지요.

'많은 별들이 한 곳으로 흘러갔다'고 했는데, 먼저 따져 볼 것은
'언제'입니다. 그 다음이 '왜'이지요. '언제'가 '1998년 11월 18일'
임이 밝혀져 있습니다. 유성우가 쏟아지는 날이라고 온갖 매스컴이
떠들던 그날 아닙니까. 33년 만에 돌아오는 살별 꼬리 속으로 지구
가 통과하는 날. 세상엔 할 일 없는 사람들이 넘쳐흘러서 철도 안
지난 아이까지 동원, 아마추어 천문 관측자들이 한밤의 그 추위 속
에서 눈을 크게 뜨고 관찰하던 풍경을 TV와 신문이 멋대로 보여
주지 않았던가. 과학적 사실이자 '사건성'이 아닐 수 없지요.

이른바 세기적인 '우주쇼'였던 것. 이것이 '왜'에 해당되는 것.
우주쇼란 무엇이겠는가. 이 물음에 천 근의 무게가 실려 있습니다.
윤씨만의 자질의 번득임. '언제'와 '왜'가 드러났다면 '곳'은 어디

인가. 논산, 강경에서 경기도 광탄을 거쳐, 정동진, 속초까지이군요. 이 또한 범상치 않은 길이지요. 이 나라 문학의 달마들이 동쪽으로 간 행로인 까닭.

줄거리를 잠시 볼까요. 주인공인 '그'는 37세. 문화부 소속 신문기자였으나 한파로 정리 퇴출된 위인. 수개월 뒤 모 잡지 객원 기자로 풀칠. 실직 후 한 해 동안 별 볼일 없이 헤맬 수밖에. 고향 강경, 논산도 가고, 서울도 속초도 가고. 이런저런 망상도 하기 마련. 줄거리란 일종의 '실직자의 일지'라고나 할까. 이 망상이 휘황한 창조적 상상력으로 승화될 수 있었던 것은 작가 윤씨의 자질에서 말미암았는데, 여기에는 문학사적 설명의 개입이 불가피합니다. "빙어 모양의 유성이 꼬리를 끌고 밤의 대지로 곤두박질치는 것이 사이사이 그의 눈에 튀어 들어왔다"(183쪽)라고 표현할 수 있는 사람은 윤씨밖에 없기 때문.

'세기적인 우주쇼'란 무엇인가. 무엇보다 이 물음에서 주목되는 것은 그것이 인간 세계와 무관하다는 점이 아니겠는가. 인간이란 종자란, 기껏해야 지구적 울타리 속의 사물에 지나지 않는 것. 제법 용을 써 본 종교조차도 이 울타리 속의 사유 형태였던 것. 인간과 무관하게 벌어지는 우주쇼를 대하고 어떻게 하면 이를 인간계로 끌어들이느냐에 인류가 오랫동안 고심해 온 것은 모두가 아는 사실. 종교적 방식이 그 대표적이지요. 신의 노여움이라는 썩 그럴싸한 날조성이 그것. 그러나 지금은 과학으로 모든 것이 깡그리 밝혀진 마당이기에 그런 해묵은 방식을 쓸 수는 없겠지요. 해직자와 다름없는 '심사'로 우주쇼를 바라보기 정도일 수밖에. 해직자인지라 공중에 떠 있다고나 할까. 생활의 은유인 지구의 중력이 매우 희박하기에 자칫하면 우주로 빨려들어갈 형국이지요. 윤씨는 이 점에 민첩합니다.

주인공인 '그'에게 시방 사귀는 여자가 있다. 이름은 나운. 그런데 3년 전에 헤어졌던 여자 해연이 돌연 나타난 것이다. 뱃속의 아기를 지우고 유학길에서 돌아온 해연은 무엇이며 지금 사귀는 나운은 무엇인가. 아무리 심각한 척해 봤자 기껏해야 흔해빠진 유치한 △관계에 지나지 않는 것. 이 유치한 인간사를 뛰어넘는 길이 바로 우주쇼에 촉발된 '우주적 상상력'이지요. 이 작품 전체를 울리고 있는 하모니카 소리란 따지고 보면 유성우가 내는 소리였던 것. 작가 윤씨는 이 소리를 들을 줄 아는 귀를 가졌을 뿐 아니라, 그 소리를 낼 수조차 있었던 것입니다. 이 소리의 정체란 윤씨 속에 잠재하고 있는 생명 감각이기에 가장 섬세하나 그만큼 확실한 윤리 감각이자 미의식이었던 것. △관계 한복판에다 이 감각을 놓아 두기가 그것.

(그) : 그냥 돌아갔으면 해.
(해연) : 안 갈 거예요.
(그) : 내 아이는 지금 어디 있는가. 데려왔는가? 그럼 만나지.
(해연 퇴장, 나운 등장)
(나운) : 우리 그분(해연)하고 함께 가요.
(그) : ······
(나운) : 안 그러면 그쪽은 삼십삼 년 후에나 다시 유성우를 보게 될 거예요. 그때 그분(해연)의 나이를 한번 생각해 봐요. (182쪽)

3년 전 지워 버린 아이는 어디로 갔는가. 작가 윤씨의 민첩함이 번득이는 대목. '그'의 아비도 유성우 쏟아지는 밤 하모니카를 불며 사라졌던 사실의 도입이 그것. 아비의 행방, '그'의 행방, 그리고 지워 버린 아이의 행방을 맺어 주는 거멀못이 유성우였던 것. 우주적 상상력인 증거.

작가 윤씨의 이러한 상상력의 신선함을 뒤집어 보면 썩 허망하다
는 사실을 발견할 수 있습니다. 화두를 내세우는 이른바 선문답(禪
問答)으로 일관하기가 그것.

(제자) : 달마가 동쪽으로 온 까닭은 무엇입니까?
(스승) : 마당 앞의 잣나무니라.

구산선문계의 유명한 선문답이지요. 물음과 대답의 범주가 엄청 다
르기에 그럴 수밖에. 진리를 논리적 차원에 묻고 있는데 잣나무라니.
진리란 감각으로 체득하는 것이지 논리와는 거리가 멀다는 것이니까
그럴 수밖에. 작가 윤씨의 자질인 이 선문답이 생물학적 상상력에 뿌
리를 두고 있기에 현실적이자 원초적이지요. 〈은어낚시통신〉(1994)이
그러한 상상력의 발휘였습니다. 문학사적 개입이란 이 생물학적 상상
력이 이 나라 문학판의 주류인 역사·사회적 상상력과 겨누었다는 사
실을 가리킴인 것. 세대 교차의 돌파구였으니까.

(나운) : 아까는 왜 사슴이라고 안 그랬어요.
(그) : 함부로 말할 수가 없었던 거지. 그는 내 아비이므로.
(나운) : '숭어' (슈베르트)를 하모니카로 불 수 있다는 걸 꿈에도 몰
       랐어요.
(그) : 아직도 12월 31일에 속초에 갈 생각인가?(186쪽)

달마가 아니라도 모두가 동쪽으로 달려가고 있습니다. 이제하,
윤후명, 신경숙, 이순원, 김형경 등등. 정동진이 있고, 강릉 바닷
가의 소라고둥이 있고, 속초가 있고, 낙산사가 있고, 또 잘만 하면
관음보살은 물론 용궁조차 있으니까.

4. 부계 문학에의 힘겨운 도전—윤후명

윤후명 씨의 〈새벽의 만남〉(《동서문학》, 98년 겨울호)이 눈이 아리게 빛납니다. 작가의 말 그대로 '몇 번이나 시도했던 소재'이기 때문. 그래도 '그것이 필연이냐'에 대해 확신을 가질 수 없기 때문. 어찌 윤씨만 그러하랴. 문학 본래의 존재 방식이 그러하지 않겠는가. 그렇기는 하나, 이번의 이 작품은 작가 윤씨에겐 특별해 보입니다. 더욱 중요한 것은 결과적으로 문학 자체의 특별함을 보여 준다는 사실.

'몇 번이나 시도했던 소재', 그러면서도 한 번도 성공하지 못한 소재, 그렇지만 다시 도전하지 않을 수 없는 소재, 그것은 과연 무엇일까. 글쓰기의 기원 묻기가 그 정답. 아비가 그 기원임은 새삼 말할 것도 없지요. 이 나라 리얼리즘의 뿌리가 그것. '아비는 종(이데올로그)이었다'가 글쓰기의 기원이기에 그것이 금기 사항이면 그럴수록 비례하여 글쓰기의 밀도가 거의 전면적으로 보장되었던 것. 이 점에서 이 나라 문학은 다분히 부계성(父系性)이었던 것.

이러한 부계성이 작가마다 깃발처럼 하도 강렬히 뿜어져 나오기에 오히려 이에 반발하고 싶은 충동이 일어날 수는 없었던가. 문학이 그것을 은밀히 감추고 있어야 문학답지 않겠는가. 이렇게 의심한 작가, 그가 윤씨 아니었을까. 일찍이 윤씨는 〈모든 별들은 음악소리를 낸다〉(1983)를 썼지요. 아비 얘기였지요. 이 아비는 달동네 당나귀 마차꾼이었지요. 세상이 모두 자동차로 바뀐 이 마당에 골동품 모양 말을 끌고 다니는 아비란 누가 보아도 골계가 아닐 수 없지요. 아들은 그런 아비와 당나귀가 문득 하늘의 별자리가 되어 음악소리를 낸다고 했지요. 윤씨는 그런 아비를 좇아 실크로드를 헤매고(《돈황의 사랑》, 1982; 〈비천〉, 1983), 카자흐스탄, 우즈베키스탄(《여우사냥》, 1993; 〈하얀 배〉, 1995)을 톺고 있었던 것. 실크로드에서 씨는 북청 사자무와 봉산 탈춤을 찾아내었고, 카자흐스탄에서는 중앙 시베리아에 버려졌던 동포의 목소리를 들었지요. '아버지 나라!' (《하얀 배》)라는 민족어의 울림이 그것. 이 모두는 아비 찾기로 요약되는 것. 하늘에서 당나귀와 더불어 음악소리를 내는 별자리의 아비를 (1)실크로드로 이끌어내리기, (2)시베리아 한복판으로 이끌어내리기를 거쳐 이제 (3)이 땅으로 모셔올 단계에 이른 것.

그렇다면 어떤 방식이어야 적당할까. 여기에 작가 윤씨의 역량이자 이 나라 90년대 문학의 빛남이 있습니다. 위악적 방식이 그것. 천 년 묵은 소라고둥이 일제히 파랑새가 되어 하늘 가득 날아 오르는 강릉 앞바다가 한순간 천길 난간과 같은 똥통간으로 떨어지기가 그것.

(A)대관령 아래 그 유서 깊은 도시의 중심지, 읍사무소 바로 앞에 자리잡았던 우리 집은 흔적조차 더듬을 길이 없었다. 그때마다 집을 전체 생김새로 찾을 수 없음을 깨달은 나는 바깥쪽 길가로 난 변소 푸는 구멍을 찾고자 이리저리 기웃거렸다. 예전에는 집집마다 변소 아래쪽에 네모난 구멍이 길가로 뚫려 있어서 그리로 똥바가지를 집어 넣어 오물을 퍼내게 되어 있었다.

나는 지금 무슨 얘기를 하고 있는가. 전쟁으로 인해 그 똥바가지가 우리 재래의 나무 바가지의 그것에서 미제 깡통이나 저 철모 속 파이버로 바뀌었다는 풍속을 이야기하고 있는가. 변소가 화장실로 바뀌었다는 소리를 하고 있는가. 아니다. 나는 우리 집 변소의 그 네모난 구멍을 너무도 또렷이 되살리고 있는 것이다. (121~122쪽)

(B)전쟁중의 어느 날 간밤에 시가전이 맹렬히 벌어지고 나서 조용해진 아침에 살그머니 고개를 빼고 대문 밖으로 나간 나는 그 변소 구멍을 보았던 것이다. 거기에 머리를 반쯤 안으로 들이밀고 쓰러져 있는 한 남자를 보았던 것이다. (중략)군복 차림이었다. 누구일까, 하고 나는 그 얼굴을 살피려 했기 때문에 변소 구멍으로 눈길을 쏟을

수밖에 없었다. 하지만 이미 말했다시피 그 얼굴은 반쯤 구멍 속으로 기어 들어가 있어서 누구인지 알 길이 없었다. (122쪽)

(C)내가 몇 번이나 그 변소 구멍조차 찾지 못하고 돌아선 다음에 은연중에 간직하게 된 것은 그때 변소 구멍으로 감춰져 있던 그것이 바로 아버지의 얼굴이 아니었을까 하는 생각이었다. (122쪽)

이 도저한 위악적 환상이란 대체 무엇인가. '아비는 똥통에 머리를 박고 죽었다' → '아비는 똥통이었다'라는 등식으로 작가가 도전하고 있는 것은 과연 무엇이었을까. '아비는 종(이데올로그)이었다'라는 이 나라 글쓰기의 중심부를 향한 정면 도전이 아니었을까. 작가가 은밀히 내세운 것은 그러니까 '똥통=별자리'의 도식이 아니었을까. '별처럼 찬연한 똥통'의 환상이 글쓰기의 기원이었던 것.

(D)오늘은 틀림없이 초생달이 뜰 거요. 새벽까지라도 별을 보며 내 얘길 들어요. 아버지와 변소 구멍 얘기 말요. (126쪽)

별과 똥통의 아득한 거리 메우기, 여기에 작가의 영분(領分)이 아득합니다. 이 점에서 윤씨는 또 다른 윤씨인 윤대녕의 환상과 질적으로 구분됩니다. 전자가 '아비(인간)'를 찾고 있는 레벨이라면 후자는 '아비(생물)'를 좇고 있으니까. 이를 두고 단순히 세대차라 할 수 있을까. 문학사적 진전이라 해야 할까.

5. 청소년기 문학 벗어나기―최일남·서정인

최일남 씨의 〈사진〉(《현대문학》, 1월호)과 서정인 씨의 〈불타는 집〉이 나란히 신년 벽두의 바둑돌로 던져져 있습니다. 두 고수의 솜씨가 여지없이 발휘된, 한 장관이라고나 할까. '솜씨란 연륜에 정비례하는 것이다'라는 명제를 증명하고 있기 때문.

(최일남) : 화제를 남들과의 사귐이나 지면 관계의 유지 발전에 국한시켰을 때 그라는 인간은 영 밥맛이다. 스스로 그렇게 느낄 정도이므로 한다리 건너 듣는 자신에 대한 바깥 소문 또한 어찌 넉넉하기를 바라겠는가. 두말할 것 없이 신통치 못했다. 어쩌다 만난 구면과의 악수에서 그걸 확인한다. 성실치 못했던 적조의 동안을 다소나마 복원할 양으로 간에는 제법 힘을 주어 내민 그의 손 안에서 상대방은 벌써 동곳을 빼기 쉬웠다. 손마디에도 무슨 무슨 부진 현상이 일어날 수 있다면 이러려니 싶을 만큼 축 처져 간댕거렸다. (46쪽)

(서정인) : 그가 용건을 여섯 번째로 말했다. 교장은 그가 죽을 줄 알고 있었다. 그는 전혀 몰랐다. 마지막 만났을 때 마누라 중병 걱정하던 놈이 지가 덜컥 가버릴 줄은 꿈이나 꿨겠냐? 지난 봄에 마누라 대학 병원에 입원시켜 놓고 와서, 택시비 좀 달라고 하고, 개미주 삼십 도 넘는 것을 대낮에 넉 잔이나 털어넣고 갔다. 그가 죽을 것을 짐작했느니, 차라리 그가 죽을 것을 짐작할 그가 죽을 것을 짐작했겠다. 차비는 줬냐? 술은 왜 줬냐? 택시비 주고 버스 타고 가라고 했다. 술은 안 줄 걸 그랬냐? 첫 잔은 한 잔만 하라고 주었지만, 나머지 잔들은 거의 뺏어 마셨다. 이렇게 되고 보니 안 줬더라면 외려 찌일번봤다. 그 애가 전에 중풍으로 한 번 쓰러진 적이 있었다. 이번에 재발해서 이레 만에 갔는갑다. 가봤더냐? 아니다. 언제 틈이 있냐?(중략)틈이야 항상 없었다. 물샐 틈이 없었다. 그가 틈을 만들기로 했다. (79쪽)

이 나라 정상급 문체가 빛나고 있습니다. 여기에다 대고 누가 대체 무슨 군소리를 덧붙이랴. 최씨의 것이 토종의 어투에다 근대적 논리를 접목시킨 독창적 문체라면 서씨의 것은 투명한 인공어(人工語)로 이루어진 지적 문체라고나 할까. 투명하기에 직접 화법과 간접 화법의 경계선조차 사라져 버린 형국이라고나 할까.

두 고수의 솜씨는 이에 멈추지 않습니다. 문체의 고도화에 비례한 주제의 고도화가 그것. '죽음'을 문제 삼기가 그것.

대체 죽음이란 무엇이뇨. 누가 말했던가. 인간에겐 똑바로 바라볼 수 없는 것이 두 개 있다고. 태양과 죽음이 그것. 경험할 수 없지만 틀림없이 찾아오는 이 죽음에다 승부를 건 철학자가 있었지요. 《존재와 시간》의 저자이지요. 죽음만큼 사치스러움이 없다고 내세운 것은 《에로티시즘(l' erotisme)》의 저자였지요. 그렇다면 이 나라 정상급의 작가 두 사람은 죽음을 뭐라 하고 있을까.

(최일남) : 죽음이란 '나'에겐 없다. 가족과 친구놈들이 그것을 가리고 있기 때문에 나는 죽을 수도 살 수도 없다. (정리─인용자)

(서정인) : 죽음이란 있기는 있되 볼 수가 없었다. 죽음이 남기고 간 물건인 미망인 상주 등만이 죽음처럼 서 있었다. (정리─인용자)

두 고수가 그들의 갈고 닦은 솜씨로 이렇게 죽음을 숨기고 있었지요. 왜? 그것이 산 자의 예의이자 문학의 위엄에 어울리는 것이니까. 이로써 이 나라 문학판도 〈너무도 쓸쓸한 당신〉(박완서, 1998)과 더불어 '고령 사회 문학'에로 진입하고 있습니다. 청소년 문학으로 출발한 〈무정〉(1917)에서 바야흐로 82세의 나이를 먹었으니까.

고언 한 마디. '죽음 자체'를 돌파하지 않고 겨우 그 주변 맴돌기란 어떠할까. '죽음 자체'와 '늙어 가기'의 거리는 어떠할까. 그만큼 아직 이 나라 문학의 '문학 청년스러움'을 증거하고 있는 것일까. 나이 82세인데 아직?

● '가족 소설'에서 벗어나야 할 이유

최 예 원

서 하 진

이 승 우

하 창 수

'가족 소설'에서 벗어나야 할 이유

—최예원의 〈생존 게임〉에 부쳐

'99 신춘문예 당선작과 최예원의 〈생존 게임〉,
서하진의 〈개양귀비〉, 하창수의 〈천년부〉, 이승우의 〈하늘에는 집이 없다〉

1. 신문과 문학성

해마다 신춘문예 무용론을 고함치는 축이 있습니다. 해마다 신춘
문예 예찬론을 염치도 없이 펼치는 축이 있습니다. 어느 쪽이나 딱
하기는 마찬가지. 어째서? 문학에 대한 과도한 반응인 까닭. 구제
불능의 무관심파에 비할 수야 없겠으나 문학에 대한 과도한 반응이
빚기 쉬운 함정을 스스로 속이거나 피하고 있는 것처럼 보이기 때
문. 무엇이 함정인가. 정신(본질)과 제도(환경)의 관계를 혼동하여
정신＝제도의 사고하기로 요약될 수 있지요.

이 과제를 여기서 논의할 처지가 아니기에 접어 두지만 이 점만
은 지적해 두고 싶네요. 신춘문예란 우리만이 갖고 있는 기묘한 제
도라는 점이 그것. 그렇다고 그것이 짚신이나 된장찌개라는 뜻은
아닙니다. 문자적 상상력의 현실체인 신문(저널리즘)이 공들여 신
춘문예를 키워 왔고 또 있는 것은 따지고 보면 저널리즘 자체가 정
보 전달 이상의 것임을 은밀히 암시함인 것.

저널리즘(신문)이란 무엇인가. 신문쟁이들은 아마도 이렇게 말하

겠지요. 저널리즘이란 정보 전달이며, 신속함이 그 특징이며 일회성으로 규정된다고. 맞는 말. 그러나 부분적으로만 맞는 말. 정보 전달이란 대체 무엇인가. 그것이 일회성이자 번개 같은 신속성으로 규정된다 하더라도, 실상 그것이 문자(글자)로 '기록된다'는 점이 기본항이 아니었던가. 정보 전달만을 목표로 한다 해도 이는 자기 기만 행위가 아닐 수 없는데, 왜냐면 문자란 '기록됨'을 원리적 특권으로 갖고 있기 때문. 기록이 정보 전달을 우습게 깔아뭉갠다는 사실을 직시하지 못하는 저널리즘이란 가짜 중의 가짜인 셈.

잠깐, 대체 무슨 말을 하고 싶은가, 라고 묻는 분도 있겠지요. 기록이란, 그러니까 정보 전달 이상이자 이하라는 것. 원리적으로 그러하다는 것. 이를 '문학성'이라 부르지 않고는, 무슨 표현이 적절할까. 김대중 칼럼《조선일보》이 그러하고, 김성우·장명수 칼럼《한국일보》이 그러하고, 권영빈 칼럼《중앙일보》이 그러하지요. 정보 전달을 깡그리 빼 버리고도 스스로 버틸 수 있는 힘이 그 속에 없다면 그것은 원리적으로 글쓰기 범주에 들 수 없지요. 그렇다면 그 잘난 '글쓰기'란 대체 무엇인가. 이 물음에 '문학성'이라는 표현이 제일 적절하지 않겠는가. 자기와의 대면, 곧 비대상과의 대면, 그러니까 허무(죽음)와의 대면, 문자를 쓰자면 '운명'과의 대면(역사의 운명이라 해도 마찬가지)이 아니라면 대체 '글쓰기' 행위란 무엇이겠는가. 신춘문예를 신문사들이 발명하고 가꾸고 북돋우는 이유가 여기에 있지 않다면 대체 어떤 변명이 가능하겠는가.

여기까지 이르면 응당 다음과 같은 질문이 뒤따르겠지요. 어째서 저널리즘의 그 잘난 '문학성'이 하필 이 나라에서만 빛을 뿜어 내고 있는가, 라고. 솔직히 말해 저도 잘 모르겠습니다. 다만 이렇게 말해 볼 수 있을 따름. 이 나라 문학사가 정보 전달 쪽으로 오랫동안 경사졌다는 사실과 무관하지 않다는 점이 그것. 반제 투쟁, 반봉건 투쟁, 분단 문제, 노사 문제 등등이 그것. 《토지》(박경리), 《태백산맥》

(조정래), 《난장이가 쏘아올린 작은 공》(조세희) 등이 이 사실을 잘 말해 주고 있지 않겠는가. 정보 전달과 문학성(물질성)이 이중으로 결합된 이런 글쓰기의 오랜 지속이 이 나라 글쓰기판의 무게 중심에 놓여 있었다면, 이는 저널리즘으로도 문학성으로도 혼자 온전히 감당하거나 해명되기 어려운 과제였을 터. 저널리즘의 깃발인 정보 전달의 일회성에다 송두리째 몸을 맡기기를 주저한 이 나라 글쓰기의 원형질(原形質)이 은밀히 작동하고 있기에 신춘문예 제도가 새삼 빛나고 있는 것은 아닌지. 제가 이 나라 글쓰기판의 저널리즘 수준을 기리는 것도 이와 무관하지 않습니다. 이 진술 속엔 이 나라 저널리즘이 이 원형질에서 끝내 벗어날까 저어함이 은밀히 감추어져 있음은 새삼 말할 것도 없지요. 저널리즘이 정치적 권력의 시녀 노릇일 수 없는 근거의 하나가 신춘문예 제도의 보존, 육성, 강화와 그 지속에 있다는 점이 이로써 조금 드러나지 않았을까.

2. 순수와 전략─신춘문예 당선작의 경우

신춘문예 당선작은 과연 새로워야 하는가. 이런 물음에 머리를 젓는 쪽도 있겠지요. 저도 그 속에 포함됩니다. 햇빛 아래 새로움이란 없는 법이니까. 다만 '낯설게 하기(ostranenie)'가 있을 뿐. 일상적인 것을 모종의 '장치'를 동원, '비일상화하기'로 정리되는 '낯설게 하기'는 그렇게 만들 수 있는 장치(기술)의 개발에 그 의의가 있습니다.

삶의 감각을 회복하고 사물을 의식케 하기 위해서, 곧 돌멩이를 돌멩이답게 하기 위해서 예술이라 부르는 물건이 있다. 알기 위한 것으로서가 아니라 보는 것으로서의 사물에 감각을 주는 것이 예술의 목적이며 일상적으로 낯익은 사물을 기이한 것으로 표현하는 비일상화의 방법이 예술의 방법이다. 지각 과정이 예술 그것의 목적이기 위해서는 어떻게 해야 할까. 그 지각 과정을 될 수 있는 대로 늘려야 한다. 그러기 위해서는 지각의 곤란함(어려움)과 시간적 깊이를 증대하는 난해한 형식의 방법이 도입되지 않을 수 없다. 예술은 사물의 행동을 체험하는 방식이기에 예술 속에 만들어진 것(내용)이 중요하지 않을 수밖에.

쉬클로프스키의 저 고명한 논문 〈방법으로서의 예술〉(1925)의 일절이지요. 낡았다면 한참 낡은 이 논문을 이 자리에서 새삼 들먹이는 까닭은 무엇인가.

주의 깊은 독자라면 쉬클로프스키의 이 논문이 지닌 기묘한 자기 모순에 주목할 것입니다. 인상을 강화하는 수단으로서의 시적 이미지를 한층 뚜렷이 하기 위하여 감행하는 수단으로서의 기술(장치) · 이, 이번엔 거꾸로 시적 이미지를 압도해 버리기가 그것. 예술 속에 창조된 시적 이미지가 문제 되는 대신 '어떻게 쓰는가'라는 기술을 위한 기술이 예술상의 가치를 결정하게 되지 않겠는가. 당초 겨냥한 예술상의 가치로서의 시적 이미지는 드러난 기술 앞에 그 가치를 잃어버리고 말지 않겠는가. 이때 언어에 의한 표상으로서의 리얼리즘의 전제는 붕괴되고, 예술이란 내용(이미지)을 갖지 않는 공허한 형식(기술)을 역설적으로 내용이 되게끔 하는, 실로 불가능한 기술이 될 수밖에. 여기까지 이르면 이미 예술에 대한 논의가 불가능할 수밖에. 현명한 독자라면, 이 장면에서 다음 사실에 주목하겠지요. 곧 시적 이미지(내용)와 기술의 경계선 찾기가 그것. 임계선(limit)까지 갔을 때의 장면 말입니다.

'낯설게 하기'의 효용성은 이에 멈추지 않습니다. 소박한 독자들에게도, 그 나름의 유익함이 있겠기 때문. 가령 신춘문예 당선작의 독법에도 이 '낯설게 하기'의 소박함이 적용될 수 없을까.

김도언 씨의 〈소년, 소녀를 만나다〉(《한국일보》)와 은미희 씨의

〈다시 나는 새〉(《문화일보》)를 조금 비교해 볼까요.

〈소년, 소녀를 만나다〉의 제목에 먼저 눈이 가겠지요. 외국의 모 영화 제목 그대로이고 신진 작가 박청호 씨의 창작집 제목이기도 하니까. 이미 영화를 보았거나 박씨의 소설을 읽은 독자는 말할 것 도 없고, 그렇지 않은 독자라도 한눈에 이 작품이 패러디의 일종임 을 알아차릴 것입니다. 패러디란 무엇이겠습니까. 이런저런 설명이 주어지겠지만, 요컨대 그것이 일종의 낯설게 하기의 한 형태라 할 수 없을까. 원작을 앞에 놓고 그 낯익음을 결정적으로 무너뜨리기 를 작심하고 달겨들기인 까닭. 이때 주목할 것은 작가 측이 원작에 대한 고도의 자의식을 갖추고 있다는 점입니다. 고도의 자의식이란 무엇인가. 원작을 완전히 파악했음에서 오는 자의식이지요. 원작을 완전히 파악했다 함은 곧 원작이 갖추고 있는 설계도를 철저히 분 석했음을 가리킴인 것. 이를 기술이라 하겠지요. 원작의 설계도의 복원과, 그에 따라 원작을 깡그리 해체할 수 있는 기술(방법론)을 획득했다면 응당 그의 앞에는 다음 두 가지 길이 열려 있겠지요.

(A)기술을 최대한도로 내세우기의 방식과 (B)그 정반대의 경우. 〈소년, 소녀를 만나다〉가 (A)형이라면 〈다시 나는 새〉는 (B)형이라 할 수 없을까.

"아버지와 어머니는 5월의 어느 날씨 좋은 일요일, 부부 동반 계 모임에 다녀오다가 교통사고를 당했다"로 시작되는 〈소년, 소녀를 만나다〉는 부모를 잃은, 3년 위의 형을 가진 중학생인 소년의 시선 으로 부모의 2주기째 되는 날까지를 그린 것. '나'가 형의 애인인 소녀를 자기 것으로 만들기 위해 형을 죽이기로 작정하고 그것을 실행에 옮기기까지의 과정을 이 년 동안 치밀하게, 그러니까 소년 수준에 가장 알맞은 방식으로 계산하고 있습니다. '치밀한 계산'이 라 했거니와, 바로 이것이 역설적이지요. 원작이 가진 모든 기술적 인 완벽성(낯익음)을 〈소년, 소녀를 만나다〉에도 그대로 완벽하게 드러내기가 그것. 그러니까 이 작품은 구성상으로도, 문장력으로도 또 기타로서도, 기술적으로 완벽할 수밖에. '낯익음을 낯익게 하기'라는 현상이라 하지 않을 수 없지요. 이를 두고 '새로움이다'라고 할 땐 새로움에 대한 통렬한 아이러니가 아닐 것인가. 새로움을 희구하는 독자에게 똥물을 퍼붓는 꼴이라고나 할까.

이와는 정반대의 똥물 퍼붓기가 (B)형이라 하겠지요.

여기 40세의 한 여인이 있습니다. 자칭 화가. 화실을 갖고 있으니까. 10세 아래인 기둥서방이 있군요. 시인이며, 방송국에 근무하는 건달. 가끔 찾아오는 이 건달이란 무엇인가. 습관적으로 섹스를 하고, 담배를 피우고, 헤어지고. 이 짓도 마침내 종말이 올 징조가 보이는군요. 여인을 옆에 둔 건달이 화장실에 들어가 수음하기가 그것. 이 여인에게 기묘한 일이 벌어집니다. 고아원의 소녀와 친해지기가 그것. 토악질을 두 번씩이나 할 만큼 점액질의 덩어리 같은 이 웃자란 아이(웃자란 소녀 모티프는 지난해 《경향신문》의 당선작, 한지혜의 〈외출〉에 이어진다)란 무엇일까.

나 아주머니 딸로 입양해요. 하지만 결혼 안한 여자는 입양할 수 없대요. 방송국 아저씨랑 결혼해 나 입양해요. 아주머니는 나이가 많아 이제 자식도 가질 수 없잖아요. 나는 피아노도 잘 치잖아요.

이 대목이 작품의 참 주제가 걸린 곳. 혹시 동화라면 모를까 누가 보아도 유치하기 짝 없는 대목. 요컨대 작품 전체가 이처럼 어색하기 짝이 없는 구성과 문장으로 채워져 있습니다. 그렇다면 대체 이러한 현상을 어떻게 읽으면 적절할까. (B)형 곧 작가가 일부러 '어색하기 짝이 없음'의 방식을 구사한 유형으로 볼 수 없을까. 신인의 새로움을 겨냥하기 위한 전략적인 작품 운용이라면 어떠할까. 그렇다면 (A)형보다 한 수 위가 되는 셈인가.

잠깐, 비약이 너무 심하지 않은가. 실제로 신인의 서투름의 제시 그대로라면 어떠할 텐가. 이런 항변이 금방 들릴 법하지요. 일부러 서툴게 구성하고, 일부러 비문장(非文章) 사용하기의 도입이 실제로 가능한가. 그러한 꾸밈이란 금방 들통이 나지 않겠는가, 라고. 단정할 수는 없겠으나 아마도 금방 들통이 나겠지요. 그렇지만 이렇게 말해 본다면 어떠할까요. (A)형이 자각적인 전략이라면 비자각적 전략이 (B)형이다, 라고. 신춘문예엔 새로움이 없다는 것을 보여 줌으로써 신춘문예스러움을 증명해 보인 것이 (A)형이라면 그 반대 현상으로 증명해 보인 것이 (B)형이다, 라고.
　이렇게 말해 놓고 보니, 뭔가 조금 불공평하게 느껴짐은 웬 까닭일까. 박정란 씨의 〈틈새〉《대한매일》가 지닌 문체의 세련성 때문. 특히 윤성희 씨의 〈레고로 만든 집〉《동아일보》이 지닌 98학번의 애처로움 때문. 문방구에서 아르바이트하는 98학번 소녀의 경험의 질 때문. 복사기가 작동될 때마다 뿜어져 나오는 빛에 한동안 눈이 시큰거리게 되고 눈물이 맺히었겠지요. 그 빛을 보는 것이 좋아지는 과정이 곧 경험의 질이었으니까.

　빛은 잠시 나를 낯선 세계로 이끌어 준다. 나는 복사하면서도 빛에 눈을 찡그리지 않으려 애쓴다. 매캐한 공기가 감도는 건조한 복사실에서 견딜 수 있는 것은 바로 이 빛 덕분이다. 처음 복사를 시작했을 때에는 종이 사이로 새어나오는 이 빛을 잠시도 쳐다보지 못했다. 그래서 일일이 복사기 뚜껑을 닫아야 했다. 그러다 보니 일은 더뎌질 수밖에 없었고 사장의 눈총을 받아야 했다. 하지만 언젠가부터 빛에 따스한 열기가 있다는 사실을 알게 되었다. 빛이 오른쪽 눈을 지나 왼쪽 눈으로 옮겨질 때 느껴지는 열기가 좋아지면서 복사하는 일이 재미있게 여겨졌다. (〈레고로 만든 집〉)

98학번 휴학생 소녀가 아니고는 도저히 찾아 내기 어려운 슬기로움이 아니겠는가. 이 대목 하나로도 신춘문예란 빛날 수밖에. 어떤 전략도 잔꾀도 없는 노동의 본래적 산물이기에 이처럼 풋풋할 수밖에.

3. '가족 소설'에 오염되지 않음—최예원

최예원 씨의 〈생존 게임〉(《문학사상》, 2월호)은 상큼한 작품. 무엇이 어쨌길래 상큼하다는 말인가. 근자 이 나라 문학판이 자주 빠져 허우적대던 이른바 '가족 소설'에 오염되지 않았기 때문. '가족 소설'이란 무엇인가. 다시 한번 설명하기로 하지요. 프로이트에 의해 만들어진 표현으로, 주체가 그 양친과의 관계를 상상적으로 수정하기 위해 사용하는 망상을 가리킴인 것. 이러한 망상의 기반이 바로 오이디푸스 콤플렉스라는 것. 오토 랑크의 《영웅의 탄생》에 부친 프로이트의 〈노이로제 환자의 가족 소설〉이라는 약 5페이지에 걸친 텍스트에서 유래하고 있지요. 스스로를 다리 밑에서 주워 온 아이라 망상하기가 그것. 원래 자기는 고귀한 핏줄인데 뭔가 잘못되어 형편없는 가짜 부모 밑에서 이 지경의 비참한 신세가 되어 있다는, 실로 어처구니없는 망상이 그것. 어릴 적엔 흔히 경험하는 이 망상이 소설의 기원이라 주장한 사람이 있습니다. 《기원의 소설과 소설의 기원》(1972)의 저자 M.로베르가 그 사람. 철날 무렵이면 누구나 이 망상에서 벗어나 정상으로 돌아감이 원칙. 형편없는 가짜 부모로 보였던 부모가 사실은 진짜 부모라는 사실을 발견하는 순간, 그는 정상으로 돌아가겠지요. 스스로도 범속한 인간에 지나지 않는다는 인식에 이를 때 그는 진짜 부모를 적당히 공경하고 또 적절히 멸시하면서 균형 감각을 획득하겠지요. 형제·자매에 대함은 물론 이웃에 대한 이해도 그러하겠지요. 아마도 그는 범속한 생활인으로 건강하게, 실수 없이 살아갈 수 있겠지요. 문제는 계속 망상에 빠져 끝내 '철나지 못한 자'에 있지 않겠는가. 그런 인간이 이른바 노이로제 환자 축에 든다는 것. 그렇다면 이런 환자의 한 축을 이루는 것이 '가족 소설'을 줄줄이 써 내는 작가라는 족속이 아니겠는가.

잠깐, 거기까지는 알겠다. 지속적으로 그대가 '가족 소설'을 비판하고 있는 이유도 짐작이 간다. 그렇지만 그대가 아직 숨기고 있는 것이 있지 않은가. 지금껏 작가들의 '가족 소설'형을 기리다가, 이제 와서 비판으로 선회한 이유 말이다.

이런 목소리가 들리는군요. 이런 질문에 대해 간단히 대답할 수 없긴 하지만 이렇게 말해 보면 어떠할까. 한국형 가족주의(제도)의 특이성과 그것의 역사적 굴곡이 지닌 시대적 의의가 '가족 소설'형의 근거를 증폭시켰다는 것. 가령 한국형 가족주의를 엉겨붙음성이라 부를 수 없을까. 이것만 해도 사회적이며 공적인 범주인데 거기다 '일천만 이산 가족'으로 말해지는 거대한 역사적 폭력이 가해졌기에 개인의 '사적(私的) 망상'이 어느새 공적 망상으로 떳떳이 자리잡을 수가 있지 않았던가. 이를 두고 '망상의 역사화'라 부르면 어떠할까. 심하게 말해 노이로제 문학의 범주였고, 작가가 노이로제 환자이기를 멈추지 않을수록 작가답게 보였던 것. 문제는 이러한 '망상의 역사화'의 시효성이겠지요. 90년대 신세대도 그러한 '망상의 역사화'의 주술(呪術)에 걸려 있어도 되는 것일까. 아버지 세대의 부적을 몸에 두르고 나설 수 있는 신세대라면 그게 어찌 신세대랴. 기껏해야 '사적 망상'에 떨어질 것은 불을 보듯 하지 않겠는가. 갈 데 없는 노이로제 문학이겠지요. 노이로제 환자의 작품이니까 그럴 수밖에. 〈생존 게임〉이 새삼 돋보이는 것은 이러한 시선 변경에서 말미암는 것. 작품 속으로 들어가 볼까요.

그 여자를 보면 나는 유년 시절에 아이들이 가지고 놀던 공벌레

(쥐며느리)가 연상되곤 했다. 고무줄뛰기나 선돌차기 따위의 놀이에 지친 아이들이 간혹 즐기곤 하던 작고 연약한 회색 버러지. 담 밑에 깔린 부서진 콘크리트 조각이나 정원의 나무 그늘 아래 아무렇게나 놓여 있는 손바닥만한 돌멩이를 들치면, 습기 녹녹한 돌들 밑에 몸을 숨기고 있던 무방비 상태의 그 버러지들은 생명에의 위기감을 느끼고 부리나케 어디로든 달아나려고 애를 썼다. 따가운 해의 조명을 피하느라 이리저리 기어다녀 보지만, 결국 숨길 곳을 찾지 못한 녀석들이 최후로 선택하는 자기 방어는 언제나 제 몸을 공처럼 똥그랗게 말고 꼼짝도 않은 채 죽은 시늉을 하는 것이었다. (221~222쪽)

서두에서 조금 지난 대목이지요. 누가 보아도 서툰 문장이 아니겠는가. '숨길 곳'이라니, '숨을 곳'이 아니겠는가. 어디 그뿐이랴. 이 서투름은 작품 첫 줄에서도 뚜렷합니다.

그 여자를 처음 보았을 때부터 나는 그 여자가 어딘지 상서롭지 못한 사람이 아닌가 하는 공연한 경계의 빛을 감출 수가 없었다.

과연 '상서롭다'가 적당할까, '공연한'이란 얼마나 어색한 표현인가. 흠을 보자면 끝이 없습니다. 어째서 이런 지경이 벌어졌는가. 문장 수업도 하지 않은 채 등단한 탓일까. 아마 그럴 수도 있겠지요. 문제는 그러나 '안 그럴 수도 있다'에 있습니다. '가족 소설'에서 너무 멀리 떨어졌기 때문에 빚어진 현상이라 볼 수 없을까. '가족 소설'이 지닌 세련성을 상상해 보시라. 물 흐르듯 줄줄 이어지는 '가족 소설'들이 아니었던가. 망상에 취한 자들이 흡사 무당 신들린 듯 저도 모르게 엮어내는 '가족 소설'이 아니었던가. 그러한 성과의 축적물이 얼마나 많이 있었던가. 땅 짚고 헤엄치기였던 셈.

이 궤도에서 벗어난 경우를 상상해 보시라. 아득할 뿐. 황량한 들판이 아니겠는가. 곡괭이로 황무지를 갈듯, 자기 힘으로 문장, 문체, 세상을 일구어 낼 수밖에. 이 판국에 어찌 세련성이 요망되겠는가. 유창한 문장이란, 서두에서 언급했듯 일상성(낯익음)에 다름아닌 것. '낯설게 하기'의 정반대편이 아니겠는가. 일상성, 세련성이 이른바 직업적 전문성이라면 낯섦이란 단연 아마추어리즘이 아니겠는가. 《오리엔탈리즘》(1978)의 저자가 지식인을 규정하는 장면에서 직업적 전문가를 첫 번째로 제거한 것도 이런 문맥에서였지요. 일찍이 〈기상도〉(1936)의 시인은 이런 비유를 든 바 있습니다. "아무도 그에게 수심(水深)을 일러 준 일이 없기에/ 흰나비는 도무지 바다가 무섭지 않다"(《바다와 나비》)라고.

'가족 소설'에서 벗어나기의 한 방식이란 무엇인가. '나'는 30세의 노처녀. 16평짜리 독신자 아파트에 살고 있군요. 무슨 직업인지 명시되어 있지 않음으로 보아, '독신녀'가 직업 자체 그러니까 의식체(意識體)임을 드러내고 있습니다. 사건인즉, 같은 아파트에 조금 모자라는 여인이 새로 입주했다. 그녀는 동네에 있는 오락실 '서바이벌 게임'의 캐셔였다. '조금 모자람'이 두 사람을 맺어 주는 계기였다. '나' 역시 조금 모자람(유별남)이 아니라면 가까워질 이치가 없는 법. '나'의 이 '모자람'을 이 캐셔로부터 서서히 알아차리게 되는 과정이 작품 내용을 이루고 있습니다. 이중 노출의 방식으로. (A)유년기 동네에 공벌레를 연상케 하는 소녀가 살았다. 무당 딸인 그녀는 몽골리즘(mongolism)이라는 병(선천성 백치)에 걸려 있었다. (B)30세인 '나'가 살고 있는 독신녀 아파트에 조금 모자라는 '나' 또래의 여인이 입주했다. (B)와 이런저런 관계를 맺으면 그럴수록 (A)를 떠올리지 않을 수 없었다. 시간이 지날수록 (B)란 (A)에로 합쳐지지 않겠는가. 그런데 알고 보니 (C)라는 존재가 발견되었다. 곧 그것은 '나'가 아니겠는가. (B)에서 (A)에 이르기, 그리고 마침내 이 둘이 (C)인 '나' 자신의 심층 심리임이 드러났다.

그렇다면 이러한 발견이 어째서 '생존 게임'일까. 참 주제가 걸린 대목이지요. 공벌레의 생존 전략이 (A)무당 딸의 그것이자 (B)캐셔의 그것이지만, 그러니까 (A)(B)가 모두 대인 공포증(자기 방어증)의 환자들이며 이 둘은 실상 '나' 자신이었던 것. 이 사실을 '나'가 발견했기에 이제부터 '나'는 몽골리즘에서 해방될 수 있지 않겠는가. 스스로 정신 분석을 해 보인 작품이지요. 작가는 저도 모르게 30년 간 앓아 온 자기 방어증에서 해방된 형국이지요.

이러한 작품 해석의 근거로 다음 사실을 제시할 수 있습니다.

(1) 나로서는 그 여자와 공벌레에 대한 기억을 동시에 떠올리지 않을 수 없었다. (222쪽)

(2) 아니, 나는 어쩌면 그날 이후로 그 일에 대한 기억을 고의로 지우고 있었는지도 모르겠다. (232쪽)

(3) 그런데 언제부터인가 그 몽롱한 안개는 내 머릿속에서 떠난 대신 다른 곳에서 기억의 흔적으로 찾아오기 시작했다. (249쪽, 밑줄 인용자)

'기억'에 의존한 글쓰기(기억을 떠올리고 그것을 이번엔 지우고, 다시 그 흔적을 찾아 내기로 요약되는 것)였던 것이지요. 작가 최씨 고유의 '기억'이 아니었던가. 서툴 수밖에 없었던 증거.

4. '불륜'의 승화 방식—서하진

서하진 씨의 〈개양귀비〉(《동서문학》, 98년 겨울호)는 순도 높은 작품. 〈제부도〉(1995)에서 〈라벤더 향기〉(《문학동네》, 97년 겨울호)에 이르기까지 서씨의 지속적 관심은 이른바 '불륜'에 관한 탐구였지요. 이 나라 문학판에서는 단연 낯선 부분. 어른의 세계, 그러니까 부르주아의 세계이지요. 작가 서씨로 말미암아 이 나라의 샤머니즘 체질이 한 순간 주춤했다고 하면 조금 과장일까. 여기에는 서씨로서도 넘기 어려운 한계가 있었지요. '불륜'을 죄의식으로 바라보는 이 나라 혹은 동양적 윤리 감각이 그것. 시민 계급의 윤리 감각에 익숙하지 못한 풍토에서라면 아무리 용을 써 보아도 역부족일 수밖에. 요컨대 작가 서씨는 처음부터 이 박토에서 외로운 싸움을 해 왔다고나 할까. 이 주제가 서씨에겐 자각적임에 주목할 것입니다. 그렇다면 비자각적인 곳은 어디일까.

애쓰지 않아도 저절로 달성되는, 그래서 좀더 유려하게 빛나는 고유한 자질이 작가 서씨에겐 분명 있습니다. 그것은 서씨도 거역할 수 없는 운명 같은 것. 요컨대 생리적인 것. 주의 깊은 독자라면 서씨의 〈매제(埋祭)〉(《문학과사회》, 95년 가을호)를 기억하겠지요. 한 집안의 상제(喪制)를 다룬 이 작품에서 주목되는 것은 작품 속에 은밀히 배어 있는 기품이었지요. 한 가문(家門)이 어째서 기품과 권위를 유지해 왔고 또 할 수 있는가를 보여 주기에 실로 모자람이 없었지요. 이러한 영역이 실상 작가 서씨의 고유함이 아니었을까. 〈노루〉(《현대문학》, 98년 11월호)에서 이 점이 새삼 확인되지 않았던가.

여기까지 이르면 한 가지 문제가 제기됩니다. 한 작가에 있어 자각적 주제와 생리적 주제가 있을 수 있겠는데, 어느 쪽이 생산적일까, 라는 물음이 그것. 쉽사리 대답할 수 없지 않겠습니까. 자각적일 땐 억지에 가까운 요소가 끼여들지만 그 대신 문제성이 확보될 것이며, 생리적일 땐 유려함이 보장되는 대신 자기 황홀증에 함몰될 터.

이 난제에 대한 하나의 해답을 보여 주는 작품으로 〈개양귀비〉를 읽으면 어떠할까. "'저기, 저 집인가 봐', 남편이 가리킨 곳에 집 한 채가 서 있었다"라고 시작됩니다. 그러니까 아이 둘을 가진 직장(교직) 다니는 여인이 남편과 함께 어떤 집을 방문하고 있습니다. 당연히도 이 여인이 '나'로서의 시점입니다. 그런데 곱디곱게 늙은 시어머니까지 동행하고 있습니다. 남자 주인은 출타중이고 그 집 주부가 안내하는군요. 방문객들이 일제히 놀랍니다. 숲 속 넓은 터전에 기기묘묘한 화초들로 뒤덮인 집이었으니까. "단풍나무가 그처럼 우아한 빛임을 나는 처음 알았다"(175쪽)라는 대목에 주목할 것입니다. '우아함'으로 요약되는 분위기로 충만한 집이니까. '나'의 남편의 선배인 이 집주인이 식물연구소 연구원이었으며 목하 그는 신품종 허브의 다양한 세계에 열중하고 있었고, 라벤더, 디기타리스, 로즈메리, 레몬밤 등이 다투어 현란했것다.

그런데 이러한 꽃들에 대해 '나'가 유독 거부 반응을 일으키는 곡절은 무엇인가. 바로 시어머니 때문. 시어머니가 꽃을 사랑하다 못해 꽃에 전생애를 걸고 꽃에 몰입하여 세상을 등졌던 그런 경력의 소유자인 까닭. 손주새끼 따위란 안중에도 없고 오직 꽃 기르기에 빠져 있는 이 시어머니란 무엇인가. 양귀비꽃을 기르다 마침내 마약 사범으로 실형(두 달 구류)까지 받고 나온 이 늙고 초라한 시어머니란 무엇인가. 이런저런 곡절이 소상히 펼쳐집니다. 거기엔 물론 시아버지의 '불륜(첩살림)'이 도사리고 있습니다. 그러니까 시어머니의 '화초에 빠지기'란 시아버지의 '불륜'에 대한 대타 의식화(對他意識化)의 산물이었던 것.

작가 서씨가 제1차적으로 보여 주고자 한 것은 불륜의 대상물(對象物)이겠지요. 인간을 버리고 꽃에 빠지기가 인간살이를 표준으로 할 땐 일종의 사회적 범죄라고 작가는 고발하는 것일까. 물론 그렇지 않습니다. '불륜'이 아니었더라면 그런 사태 자체가 일어나지 않았을 터이니까. 원인 제공이 '불륜'에 있었으니까. 그렇다고 해서 시어머니의 이러한 '꽃사랑 행위'를 반사회적 행위로 비난할 수 있을까. 바로 이 물음 속에 작가 서씨의 웅숭깊고 세련된 자질이

번득이고 있습니다. '나'가 안고 있는 시어머니의 자기 방어 의식 (대타 의식)이란 얼마나 섬세한 것이며, 그 때문에 얼마나 깨지기 쉬운 것인가. 비록 그것이 개양귀비일지라도 누가 감히 이를 비난할 수 있을까. 개양귀비의 그 붉음 속에 '죽음'이 깃들이고 있음을 알기에 그것은 그러합니다.

작가 서씨는 이 사실을 시방 방문한 남편의 선배집에서 확연히 깨닫지요. 허브, 라벤더가 지천으로 핀 이 집의 꽃 가꾸기란 남자 주인 직업과 연결된 것이라 칠 수도 있습니다. 과연 그것만일까. 이 집 여주인이 보여 주는 것은 바로 이것의 연장선상에 있습니다. 여주인이 방문객에게 보여 주는 장면은 꽃이 아니라 어떤 '특별한 방'이었지요. 별을 소재로 한 방.

여자가 커튼을 내리자 손톱만한 별들이 희미하게 보이기 시작했다. 서서히 드러나 점점 뚜렷해지는 연초록의 야광빛. 별들이 눈앞에서 막 돋아나는 것 같은 느낌이었다. 침대 바로 위로부터 수많은 별이 은하수의 물결처럼 무리지어 흘렀다. 하마터면 나는 여자에게 물을 뻔했다. 저 많은 야광 스티커를 붙이고 나서 목이 성했어요? 막 그렇게 말하려는 찰나 나는 유난히 빛나는 별 하나를 보았다. 그것은 북극성이었다. (181쪽)

이러한 별들을 배경으로 하여 벽 한쪽에 앙증맞은 첼로가 별빛을 받아 신비한 광택을 내며 서 있지 않겠는가. "따님이 첼로를 하는군요. 레슨 받으러 간 모양이지요?" 이렇게 묻는 '나'에게 안주인의 대답은 이러합니다.

그 앤 지금…… 유학중이에요. 저건…… 아이가 어렸을 때 켜던 거구요. 첼로는 아이 키에 맞춰 바꿔 줘야 되거든요. (182쪽)

그런데 이상하지 않은가. 지금은 여름 방학중이 아닌가. 무남독 녀라면 응당 부모 곁에 귀가해 있어야 하지 않겠는가. 이 점을 물 어 보고자 하다가 '나'는 입을 다물 수밖에. 어째서? 어슴푸레한 방의 빛에 떠오른 여자의 얼굴이 창백했기 때문. 별들이 여자와 '나'의 머리 위로 쏟아질 것 같아 어질머리가 났기 때문. 여자의 눈에 어린 물기를 보았기 때문. 내려오는 계단에 걸린 그 집 가족 사진 때문. 이미 저세상으로 간 시부모 내외와 열서넛쯤 되어 보이 는 딸 그리고 여자의 남편이 웃고 있지 않겠는가. 그런데 이상하게 도 사진 속의 여자의 남편('나'의 남편의 선배)도 이 집에 살고 있 지 않은 듯한 느낌이 들지 않겠는가.

이를 두고 단순히 작가 서씨의 작품 운용상의 기술이라 불러도 되는 것일까. 작품 운용상의 기술 차원이라면, 개양귀비에 혼령을 빼앗겨 현실적 삶이 없는 '나'의 시어미와 딸 아이의 키에 맞춰 첼 로를 바꾸는 이 집의 여주인이 동격이라는 지적으로 족하겠지요. 왜냐면 실상 딸아이는 열서너 살 적에 이미 저세상으로 가고 없으 니까. 절대로 딸아이의 죽음을 현실로 인정할 수 없음, 그것이 이 집 여주인의 현실이었으니까.

그러나 여기까지라면 이중 노출을 겨냥한 작가의 소설 운용상의 기술 수준에 지나지 않겠지요. 이 작품의 중요성은 따로 있는데, 기품 유지가 그것. 늦게 온 이 집 남자의 말이 들립니다.

실은…… 오늘이 우리 딸애 기일이거든요. 꽃다발을 갖다 놓고 오는 길이지요. (중략) 집사람은…… 그런 얘길 안하지요. 삼 년이 지 났지만 아직도 아이 방을 치우고 아이랑 이야기를 해요. (195쪽)

기품이란 무엇인가. 인간의 위엄에 어울리는 행위나 분위기에서 드러나는 그 무엇으로 규정되는 것이 기품이라면, 이를 주변에서 깨뜨릴 수 없는 법. 죽은 딸과 더불어 살기, 곧 귀신 속에 산다든가 환각을 현실로 착각함이라 보고, 이러한 허상을 깨우쳐 주는 것이 인간다움인가, 그대로 그 꿈속에 두게 함이 인간의 위엄에 어울리는 것일까. 작가 서씨는 물론 이에 대해 깨뜨려야 한다는 쪽으로 무게 중심을 두고 있습니다. 저만치서 자기 아이들이 소리를 지르며 달려오고 있다고 결론 삼았으니까. 그렇지만 작가 서씨의 무게 중심이 비판적이라 하더라도 그 강도가 크게 순화되어 있습니다. '불륜'의 과제와 '죽음'의 과제가 비로소 나란히 작가 서씨 앞에 어깨를 겨누고 있기에 그럴 수밖에.

5. 한국적 관념 소설에 주어진 과제—하창수 · 이승우

하창수 씨의 〈천년부〉(《현대문학》, 2월호)는 구약 성서에서 취재한 작품. 바벨탑 건설 현장에 천부(天父)가 나타났습니다. 이미 상태는 최악으로 돌입해 있지 않겠는가. 혼란의 원인이 무엇이었는가에 대해서는 수천 년에 걸쳐 정교하게 마련된 정답이 있지 않습니까. 신에 대한 도전을 꾀한 인간의 오만이 그것. 이런 인간의 자만심을 깨뜨리는 방식으로 천부가 선택한 전략 · 전술이 언어의 혼란이라는 것. 그렇다면 인간의 자만심의 근거란 무엇일까. 작가 하씨는 이 근본 과제에서 벗어나 '성스러운 책(유언비어)'의 필경사를 등장시키고 그것을 회수하는 천부의 행위만을 보여 주고 있습니다. 한갓 관념 수준이지요.

이 근본적 과제에 대한 해답 하나를 보여 준 것이 도스토예프스키의 〈대심문관장〉(《카라마조프의 형제들》)으로 알려져 있지요. 천부가 그러니까 인간을 창조할 때 자유(자율권)를 부여했음이 그것. '사람은 빵만으로 사는 것이 아니다'의 명제가 그것. 그럼 뭐냐. '자유'도 있어야 한다는 것. '빵이냐' '자유냐'의 갈등 및 패싸움이 인류사라는 것.

이반의 극시가 보여 주는 인류사의 이러한 과제가 특별한 의의를 갖는 것은 그것이 단순한 관념적 혹은 종교적 교의의 차원에서가 아니었음에 있습니다.

90세의 노련한 추기경인 대심문관이 수많은 이교도를 처형한 16세기 스페인 세빌리아 마을의 어느 저녁에 출현한 예수를 포획하여 이렇게 묻지 않습니까. '그대는 누구의 사업을 망치려고 다시 왔는가'라고. 어리석은 민중과 소수의 선택된 자유인을 구별한다면 우리 제수이트 교단(로만카톨릭)은 단연 민중 편이다라고. 가장 중요한 해결을 위해 우리가 진력을 해 오고 있다는 것.

이런 논의란 아무리 대단해도 '천상의 빵이냐' '지상의 빵이냐'의 단순 이분법 그러니까 한갓 관념에 지나지 않습니다. 도스토예프스키의 위대성은 이런 관념에서 온 것이 아니지요. 당대의 '러시아의 현실'에 관련되었음에서 그 문학적 의의(리얼리즘)가 있지요.

러시아에서 농노 해방(1861)이 이루어졌을 때 농민들이 일제히 '자유'를 반납한 '역사적 사실'이 그 근거였지요. 도스토예프스키는 러시아 사회사를 문제 삼고 있었던 것. 관념 놀이가 아닌 증거로 이보다 확실한 리얼리즘이 달리 있을까.

이승우 씨의 〈하늘에는 집이 없다〉(《문학사상》, 2월호)는 어떠할까. 좀 모자라는, 그러니까 이상한 여자가 2,600세대가 입주해 있는 아파트 단지에 나타났다는 것입니다. 흡사 16세기 세빌리아 마을에 나타난 예수처럼 말입니다. 무슨 일이 벌어졌는가. 아파트 단지 왕벚나무 아래 보금자리를 틀지 않겠는가. 색색의 우산을 펼쳐 놓고 그 아래 색색의 꽃으로 보료를 삼은 여인의 둥지가 생겨 버렸던 것. 경비원들이 가만히 있을 수 없지요. 수천 개의 주민들의 눈이 가만히 있지 않았으니까. 당연히도 이런저런 일이 벌어집니다. 전도사가 끼여듭니다. 일찍이 부모를 잃어 어머니의 젖가슴을 만져 보지 못한 이 전도사란 무엇인가. 이 전도사는 '그 여인이 내 어머니인지 모른다'는 생각에 사로잡힌다. 자기 집으로 여인을 모시기로 결심한다. 겨울이 왔다. 혹한의 어느 날 전도사는 왕벚나무 아래 우산 천막을 치고 그 속에서 얼어죽는다. 왜? 경비원들이 여인을 추방(경찰서로)했으니까. 경비원들은 이 기묘한 현상에 당황할 수밖에. 작가 이씨는 이렇게 결말을 짓고 있습니다. 그것은 '부활'이라고.

　　누운 사람은 움직임이 없었다. 김씨(경비원)가 쭈그리고 앉아서 그 사람의 팔을 흔들었다. 얼음처럼 차고 딱딱했다. (중략)눈송이가 하나씩 떨어지기 시작했다. 눈송이는 그들(경비원)의 두툼한 방한복 위에 떨어지고, 그리고 이미 죽은 것으로 판명난 늙은 왕벚나무 가지 위에도 떨어졌다. 눈송이가 떨어진 가지에 푸른 기운이 도는 것을 아무도 보지 못했다. (219쪽)

이런 독법에 따른다면 지독한 관념이 아닐 수 없지요. 결말이 훤히 들여다보이는 것이니까. 한갓 우화에 지나지 않으니까. 작가 이씨가 그동안 전개해 온 관념형 소설의 전형이라고나 할까. 우리는 작가에게 이렇게 물어 볼 수 없을까. 리얼리즘(문학)은 대체 어떻게 되었는가, 라고. 문학보다 위대한 것이 따로 있음을 누가 모르랴. 대체 이러한 관념 놀이의 되풀이가 언제까지 이어져야 할까, 라고.

일찍이 샤머니즘의 늪에서 허우적거리는 이 나라 문학판에 관념의 사다리를 놓은 것은 제1회 동인문학상 수상작인 〈바비도〉(김성한, 1956)였지요. 그 앞에 〈오분간〉(1955), 〈제우스의 자살〉(1955)이 있지요. 〈바비도〉〈오분간〉 등이 단순한 관념형이 아니라 리얼리즘이었음은 그것이 6·25 직후 한반도의 현장감에 탯줄이 닿고 있었던 까닭. 독자가 〈천년부〉나 〈하늘에는 집이 없다〉에서 오늘의 현장감에 대한 긴장감을 느끼지 못한다면 그 이유를 독자의 둔감함으로만 돌려야 할까.

● 다시 한 번 빛난 생물학적 상상력

정 영 문

박 청 호

윤 대 녕

서 영 은

송 우 혜

다시 한 번 빛난 생물학적 상상력

—예술과 동성애의 등가 사상

정영문의 〈괴저〉, 박청호의 〈DMZ—매혹의 바깥〉,
윤대녕의 〈수사슴 기념물과 놀다〉,
송우혜의 〈너희가 소금을 아느냐〉, 서영은의 〈강물〉

1. 성대가 잘린 계간지의 주역—소설가들

80년대 중반 모 시인, 있어 이렇게 읊었지요. "계간지 떼지어 나오는 계절이면 목놓아 울고 싶다"라고. '우리가 갈 수 있고 또 가야만 할 길을 창공의 별이 지도(地圖)가 되어 주는 시대는 복되도다'의 심정이 아니었을까. 지도의 몫을 하는 영역이란 물을 것도 없이 공들인 특집란. '우리는 역사에 무엇을 기여할 것인가'로 요약되는 특집란들이 얼마나 밤을 새우며 열정을 태운 산물인가를 여지없이 보여 주었고, 또 받아들여졌던 시대. 그 열정은 대체 어디로 갔을까. 이렇게 묻자, 이런 소리가 들리는군요. '가다니, 어디로 갔단 말인가. 잘 살펴보라. 그 자리 그대로 있다'라고. 계간지 속에 그것이 내장되어 있단 뜻일까. 80년대 계간지의 존립 방식이 바깥으로 드러나는 목소리로 조직되었다면, 오늘의 그것은 목소리 없는 코드로 입력되었음인가. 목소리가 기호의 형태로 변조되었음인가. 비평가도 시인도 더 이상 목소리를 낼 수 없는 장면에서 '기술한다'는 것으로서의 글쓰기만 있는 셈인가. 이 영역을 담당한 층은 누구인가.

이제는 누군가 다시 읊어야 될 시대인지도 모르겠습니다. '계간지 떼지어 나오는 계절이면 헤매고 싶다'라고. 침묵하기 위해 씌어진 글들. 변함없이 계간지를 계간지답게 하는 무리들. 시인의 몫과 비평가의 몫을 동시에 수행하는 괴물들. 단연 소설가들. 이 나라 계간지가 낳은 이 기묘한 신종 군상들. 그 중의 몇 사람의 표정만 조금 엿볼까요.

2. 리얼리스트 카프카와 마주한 모더니스트—정영문

정영문 씨의 〈괴저〉(《문예중앙》, 봄호)는 이렇게 시작됩니다. "어느 날 아침, 잠에서 깬 그는 자신의 몸이 이상한 것을 느꼈다. 하지만 그 이유는 알 수 없었다. 단지 그는 자신의 몸의 적은 일부를 뜯어 낸 것처럼 몸이, 거의 알아차릴 수 없게 가벼워진 것처럼 느껴졌다"라고.

이 '느낌'만을 문제 삼는다면, 일상에서 누구나 가끔 겪는 현상 아니겠는가. 바로 이 '느낌'이 카프카와의 변별성. 카프카는 이렇게 썼지요. "그레고르 잠자는 어느 날 아침 뒤숭숭한 잠에서 깨어났을 때 흉측스런 벌레로 변해서 침대에 누워 있는 자신의 모습을 보았다"(《변신》 첫줄)라고. 카프카는 단호합니다. 꿈에서 일어날 법한 일이 현실에서 막바로 일어났으니까. 이 기괴함이 충격적인 것은, 루카치의 지적대로 환각이 아니라 리얼리즘이라는 사실에서 말미암았던 것. 많은 사람들이 꿈꾸고 있을 때 카프카는 혼자 깨어 있었다고나 할까. 이런 현상을 두고 이른바 '낯설게 하기'라 부르는 것. 표현할 내용(대상)을 문제 삼는 것이 아니라 일상성을 충격함이 예술의 목적이라는 모더니즘계 예술의 실험이 거기 번득이고 있습니다. 더욱 충격적인 것은, 그러니까 이러한 '낯설게 하기'가 자각적 현상이라는 점입니다. 그레고르 잠자가 흉측한 벌레(갑충)

로 변한 '자신'의 모습을 '직접 보고' 있다는 사실이 그것. 자기가 다른 자기를 본다는 것, 이 자기 의식이 "꿈은 아니었다. 틀림없는 그의 방이었다"라고 강조해 놓고 있지요.

카프카의 텍스트를 앞에 놓고 그것을 지우고자 덤비는 작가 정씨의 전략은 어떠할까. '자기 의식'에 대한 '자기의 느낌'을 대치시키고 있군요. 이 변별성을 추구해 들어간다면 어떻게 될까요. 후설(1859~1938)을 조상으로 한, 20세기 철학계를 진동시킨 '현상학'의 기본항이 지향성(Intentionality)이지요. 지향성이란 무엇인가. 이렇게 묻고, '무엇에 대한 의식'이라 대답함이 보통 아닙니까. 곧 '의식'이 무엇(지향적 대상)과의 관련하는 기제를 들고, 의식의 지향성을 무슨 굉장한 발견 모양 떠들지 않겠습니까. 그러나 한국인의 처지에서 보면 기이한 느낌을 물리치기 어렵지요. 어째서? 우리에겐 그런 것은 한갓 상식이니까. 문제는 서구적 사고에 있었던 것. 근대 서구의 철학자들은, 그러니까 데카르트 이래, 자기 의식(의식하고 있음에 대한 의식)을 제1차적으로 놓고, '대상 의식'을 제2차적인 것에 놓는 경향이 강렬했던 것. 한국인의 경우는 어떠한가. 가령 열중해서(자기를 잊고) 영화를 보고 있을 때도, '의식' 상태에 들어감이 예사이지요. '아, 내가 지금 영화를 보고 있다고 자각하는 의식', '영화를 보고 있는(의식하고 있는) 의식', 이러한 자기 의식을 제1의적인 의식으로 느끼지는 않습니다. 서구인의 경우는 그렇지 않지요. '내가 영화를 보고 있다'가 제1의적이고, 영화(의식 대상)는 제2차적인 까닭. 작가 정씨와 카프카의 변별성이 이처럼 뚜렷하다면, 그 다음 장면은 어떻게 될까요. 작품 〈괴저〉를 문제 삼은 범위에서라면 이렇게 말해 볼 수는 없을까. 곧 '자기 의식'과 '대상 의식'의 중간 지대 모색이 그것. '느낌'과 '확신'의 차이라고나 할까.

잠시 작품 안으로 들어가 볼까요. 여기는 대도시 근처 작은 읍.

한 가정이 있습니다. 아비는 어미와 같이 열심히 장사를 하고 있군요. 겨우 입에 풀칠하는 그런 형편. 남매가 있군요. 아들은 고교졸, 군복무, 제대 후 벌써 몇 달째 놀고 있군요. 누이는 어떠한가. "누이는 손에 나비 한 마리를 쥐고 있었는데 나비는 아직 죽지 않았지만 날개가 부서져 있었다. (중략) 그러면 안 돼, 그는 나비를 가리키며 손을 저었다. 나비를 잡아서는 안 된다는 의미였다. 누이는 알았다는 듯 고개를 끄덕이며 미소지었다." 어째서? 누이는 저능아니까. 오뉘는 손짓 발짓 표정 등으로 그렇게 의사 소통을 하는 처지. 요컨대 누이는 언어 장애자. 작가는 이렇게 정리했군요. "그들이 거의 항상, 채 세 단어가 넘지 않는, 문법이 무시된 문장으로, 그리고 때로는 의성어에 가까운 말로, 그보다 더 자주, 서툰 몸짓 언어로 서로 완벽하게 소통을 할 수 있었다는 것은 조금은 놀라운 일이다. 그들은 서로를 완벽하게 이해했다"(272쪽)라고.

이러한 의사 소통의 완벽성이란 무엇인가. 오뉘가 함께 언어 장애임을 가리킴이겠지요. 이 과제에 조금이라도 관심이 있는 분이라면, 저 고명한 야콥슨의 논문 〈언어의 두 측면과 실어증의 두 유형〉(1956)을 들출 것입니다. 환유와 은유의 근거이기도 한 인간 언어의 두 가지 축이 그것. 언어 장애 현상이란 그러니까 연사 관계의 장애이거나 연합 관계의 장애, 둘 중의 하나. 그렇다면 이 오뉘의 그것은 어느 편일까. 양쪽을 겸한 것일까. 그럴 수도 있는 것일까. 작가 정씨는, 만일 씨가 그토록 당당하게 〈단장들〉(《현대문학》, 3월호)에서 무의식(언어 이전의 세계상의 보여 줌이라는 신영토 개척 의지)의 신영토를 읊는다 해도 이 오뉘의 언어 장애에 대한 구조 해명 없이는 한갓 혼돈 조장에 그치지 않을까. 이 밑도 끝도 없는 혼돈에서 그래도 조금 구제당할 수 있는 길이 있다면 언어 장애 연구에로 향하는 길이 아니겠는가. 야콥슨이 언어 장애자들의 검증에서 이론을 도출했듯, 또는 정신과 의사인 라캉이 그러했듯, 실제로 환자를 연구 분석해야 하는 법. 그러한 연구 결과에서 상상력을 발휘해야 하는 공적인 것이겠지요. 가령 연사 관계와 연합 관계가 심층에서 이루어져 표층화될 때, 기표(소리 이미지) 쪽이 기의(개념의 의미) 쪽보다 우세하다는 임상 실험이 있었다면 어떻게 될까(무수한 사례들이 발표되어 있음이 오늘의 실정이다). 주어적 사고 중심이냐 술어적 사고 중심이냐의 과제가 이와 결코 무관하지 않음도 연구자들에 의해 지적되어 있는 형편이고. 작가 정씨는 나름대로 이렇게 적기는 했군요.

아무런 허위도, 기교도, 그것들에 대한, 어쩔 수 없는 의존의 흔적도 없는, 한없이 나지막하면서도 긴 울림을 갖고 있는, 은연중에 떠오르는 미소, 혹은 연못의, 이제 막 피어난 은은한 연꽃과도 같은 문장. 그러한 문장에 대한 열망. (《단장들》, 172쪽)

이러한 것은 기껏해야 정씨 개인의 사적(私的) 추정물에 지나지 않는 것. 임상 실험으로 검증되지 않음이란 한갓 혼돈일 뿐. 불립문자(不立文字)에 대한 꿈꾸기에 지나지 않는 것이기에 더 이상 나아갈 영토는 없지요. 느낌일 뿐.

정씨에게 카프카가 필요한 까닭이란 무엇일까. 〈변신〉의 주인공 잠자가 속한 가정은 중하층. 잠자는 행상인. 부모는 하숙을 치고 있습니다. 똑똑한 누이가 있다. 흉측한 갑충으로 변한 잠자는 부모로부터도 배척당하고, 벌레처럼 죽어 갔다. 잠자가 죽자 장사를 지낼 뿐, 아무도 기억하지 않는다. 누이조차도.

한편 〈괴저〉는 어떠한가. 서서히 몸의 일부가 떨어져 나가는 병에 걸린다. 가족이, 동네 사람들이 이를 조금씩 알아차린다. 잠자의 '돌연한 변신'과는 다른 방식. 괴저병에 대한 연구용으로 거액을 지불한 의사의 출현으로 집안은 구제받지요. 모두가 그의 죽음을 적절한 방식으로 슬퍼하기도 기뻐하기도 하는데, 오직 하나 예외가 있군요. 누이입니다. 누이는 "연못의 이제 막 피어난 은은한 연꽃과도 같은 문장으로 된 존재"였으니까.

정씨와 카프카의 변별성이 이제 어느 수준에서 드러나지 않았을까. 카프카에 있어 변신담(變身談)이란, 비유도 알레고리도 아닌 리얼리즘임에 비해 〈괴저〉는 한갓 비유랄까 알레고리의 범주라는 사실이 그것.

주인공 잠자가 어느 날 아침 일어나 보니 한 마리의 흉측한 갑충으로 변해져 있었다고 했을 때, 변신 자체가 아무리 황당무계하고 그로테스크하기 짝없는 현상일지라도, 실제로, 현실로 일어나고 있었음에 주목할 것입니다. 가령 아버지가 아들 잠자를 두고 "저것이 우리의 기분을 알아 준다면" 하고 말했듯, 한때 식구 중 제일 오빠를 사랑했던 누이마저도 "아버지, 저것이 그레고르라는 생각을 버리세요"라고 외쳐 마지않지요. '사람'에서 '저것'으로의 변화를 리얼리즘으로 처리함으로써 카프카는 물신화 과정이 진행되고 있는 중부 유럽의 중심부 프라하의 미래를 선취하고 있었지요. 모더니즘(환각) 수법을 통한 리얼리즘이 탄생하고 있었다고나 할까.

〈괴저〉를 읽는 흥미는 이와 대척적인 점에서 생겨나고 있습니다. 주인공인 '그'의 변신 과정은 카프카와는 달리 주변에서는 눈에 잘 띄지 않게 서서히 진행되며(누구나 사노라면 신체의 일부가 조금씩 변하니까) 이 점에서 결코 황당무계하거나 그로테스크하지는 않지만, '그'의 죽음에 대해서는 실로 황당무계하달까 비현실적이 아닐 수 없습니다. 어째서? 누이의 몸짓이 그것이지요. 죽은 나비를 손에 쥐고 머리에 개나리꽃을 꽂고 오빠의 관의 뒤를 따르는 누이의 존재란 무엇인가. 한 손에 죽은 나비, 다른 한 손은 빈손으로 균형을 잡으면서 걷고 있는 백치 상태의 누이야말로 비현실이며 황당무계하지 않겠는가. 그 때문에 작품 전체가 우화성으로 전락, 한갓 알레고리에 떨어졌다고 할 수 없을까. 현실성이 이처럼 무화되었을 때, 글쓰기란 한갓 사적(私的) 꿈꾸기 수준에 멈추는 것이 아닐까.

3. 문학의 바깥을 본 작가―박청호

박청호 씨의 〈DMZ―매혹의 바깥〉(《내일을 여는 작가》, 봄호)은 멋진 소설. DMZ란 무엇인가. 이 시대의 가장 고압적인 전류가 흐르고 있는 이데올로기(정치성) 바로 그것의 상징이 아니고 무엇일까. 그것도 금세기 최후로 남은, 극단성으로서의 정치성. 이 정치성이 섹스와 등가물임을 눈치챈 제일 민감한 작가로 우리의 박씨가 있습니다. 이 나라 작가가 아니고는 뚫을 수 없는 상상력의 신선함이라고나 할까.

몸은 출발이자 끝이었다. 몸은 아예 그만두고 싶어했지만 단 한 번도 멈춘 적이 없었고, 동시에 몸은 끝까지 가고 싶어했지만 늘 어느 순간에 뚝 멎곤 했다. (241쪽)

몸을 아는가, 라고 작가 박씨는 말합니다. 영혼이나 마음 또는 정신이 아니라 몸(신체)이라는 것. 메를로 퐁티가 사르트르와 결정적으로 갈라지는 대목이 이 물음에 걸려 있지 않았던가.

그녀는 자신의 몸이 어떤 감정 상태로 들어가게 되었는지를 느끼고 싶어했다. 몸만이 감정을 느낄 수 있었다. 영혼이나 정신 따위는 아무런 감정이 없었다. 그녀에겐 몸이야말로 그 자체로 사랑하는 기계였다. (241쪽)

'사랑하는 기계'로서의 몸이야말로 우주의 척도라는 사실을 보여주는 방식은 무엇일까. 참으로 다행스럽게 DMZ가 있었던 것. 이

고압의 전류가 흐르는 이데올로기 이쪽과 그 저쪽이 갈라져 있습니다. 소도 돼지도 드나드는 판이니까 이 역시 시간 문제이긴 하나.

'그녀'는, 그러니까 '그녀의 몸'은 모든 남자를 사랑했다. 단 한 남자도 배반한 적이 없다. 그 절대의 사랑이 가능한가. 몸으로만 감지할 수 있는 이 절대적 사랑을 대개의 남자들은 알지 못했다. 어째서? 사내들의 입을 다물게 한, 그래서 사내들을 여지없이 위선자로 만든 주범은 '정신' 따위였던 것. 사내들이 불구인가 아닌가를 단번에 감지할 능력이 '그녀'에겐 있었다. 결과, 사내치고 불구 아닌 놈은 없었다. 이 절망적인 장면을 뚫는 그녀 특유의 방식이란 무엇일까. DMZ 넘어서기, 저쪽의 사내와 섹스하기였던 것. 어째서 그것이 유일한 타개 방식인가. DMZ란 '정신', '혼', 이데올로기의 상한선인 까닭. 이를 넘어서지 않고는 완벽한 사랑(몸)이란 불가능하기에.

정치성(DMZ)이란 무엇인가. 작가 박씨가 묻고 있는 것은 그것이 남성주의라는 것이지요. 남자들의 창조물. 남자들의 질서. 남자들이 지키는 것. 남자들이 죽어 가는 장소. 이에 맞서는 것만큼 매혹적인 것이 따로 있을까. DMZ 저쪽에서 섹스하기, 이것만큼 가슴 벅찬 행위가 있겠는가. DMZ가 남성주의라니. 말도 안 되지요. 그것은 인간이 인위적으로 만든 질서, 창조물, 그래서 죽어 가는 장소였던 것. 박씨가 비판하고 있는 또 다른 측면이지요.

박씨의 또 다른 작품 〈사랑의 아픔〉(《문예중앙》, 봄호)도 요령을 얻고 있군요. 아내가 지겨워 도망치게끔 한 37세 산부인과 의사의 내면을 다룬 이 작품 역시 섹스 분석이군요. 신경증의 치유 방식으로 고안된 섹스론이 생명 의식으로 변질된 것은 정작 후기 프로이트가 아니었던가. 한 산부인과 의사가 최초로 17세 소녀의 낙태 수술이라는 불법 행위를 했지요. 강물을 거슬러오르는 어린 물고기가 제대로 산란하지 못하고 뱃속의 알을 빼앗겨 버린 형국이라고나 할

318

까. 이에 대한 깊은 죄의식(윤리 의식)과 물고기의 생리(존재 의식)
의 대립에서 드러나는 결과는 무엇이었을까. 물고기 자체의 죽음이
지요. 그 죽음의 현장을 흐릿하게나마 보여 주고 있습니다. 몸으로
써 말입니다.

4. 서울 1999년 2월, 보이스와 백남준의 만남―윤대녕

윤대녕 씨의 〈수사슴 기념물과 놀다〉(《문학과사회》, 봄호)는 바야
흐로 〈장미의 창〉(1997)을 넘어서는 장면이자 또 다른 〈은어낚시통
신〉(1994)으로 향함인 것. 눈부실 수밖에 없는 것이 〈은어낚시통신〉
이 새롭게 탄생하는 장면이니까. 이런 현상은 작가 윤씨로서도 행
운이지만 무엇보다 독자인 우리 쪽의 행운이라 할 수 없겠는가.

여기는 남대문 근처 삼성생명 본관 1층에 있는 로댕 갤러리. 때는
1999년 2월 13일 토요일 오후 3시. '백남준과 요셉 보이스전'이 열
리고 있습니다. 토요일이라고는 하나, 이 전시회에 들른 '나'는 누
구인가. 왜 들렀을까. 서른다섯 살 하고도 두 달이 지난 '나'는 백
수건달. 1996년까지만 하더라도 모 회사 영상사업단의 잘나가는 프
로그래머. 그런데 거기서 쫓겨났군요. 이유는 '이반(동성애자)'이었
기 때문. 동료들의 궁둥이를 슬쩍슬쩍 만지며 쾌감을 누렸기 때문.

어째서 그런 일이 벌어졌을까. 곧 '이반'이 되는 길은 선천적인
가(인간의 생물학적 조건), 어떤 특정 개인의 기질적인 것에서 연
유한 것일까. 바로 이 물음이 결정적이지요. 〈은어낚시통신〉과 꼭
같은 주제가 아닐 수 없는 지점이기 때문.

자기가 '이반'임을 깨달은 것은 그러니까 3년 전. 그때부터 그는
낡은 전셋집에서 혼자 살고 있습니다. 물론 여자도 있었지요. 사랑
도 했고. 그가 종로에서 토큰을 사는 사이, 그녀는 스스럼없이 팔
소매를 붙드는 사내를 따라 가 버렸군요. 알고 보니 그를 만나기
전전(前前)에 사귀던 사내였던 것. 이 순간, '그'의 역설(逆說)이랄

까 아이러니가 발동합니다. 잘됐다, 라고. 그보다 두 해 전(1992) '그'는 한 아이와 살고 있었는데, 웬 여자가 낳고 버린 아이. 일 년 만에 생모가 나타나 유치원에서 오는 아이를 채 가 버렸던 것.

이런 일들이 '나'가 '이반'이 된 이유 전부입니다. 과연 그러할까.

나도 한때는 사랑을 염주처럼 목에 걸고 살고 싶었다. 그토록 투명한 갈꾀빛 사랑을. 그런데 어느 날 단 한 번 헛디딘 발이 이렇듯 생을 송두리째 바꾸어 놓을 줄이야. 그리고 마침내 막다른 골목에 이르러 나는 내게 남겨진 것이 막상 젖은 소금 한 되뿐이라는 것을 알았다. 생은 아마 백 년이 지나도 아물지 않을 몇 겹의 깊은 상처. 그 앞에 놓인 한 그릇의 짜디짠 소금. (129쪽)

여기서 '나'가 말하는 한때의 사랑이란 무엇인가. 생 자체에서 온 것인가, '나'의 개인적 실수(덫)에서 말미암은 것인가. 이 물음에 대한 해답으로 작가 윤씨가 모색하고 있음은 다음 두 가지.

첫째, 이 '젖은 소금 한 되'로서의 생의 덫을 초극하는 길의 하나는 예술이라는 것. 둘째, 다른 하나의 초극의 길은 '이반'의 길이라는 것. 그러니까 이반의 길과 예술의 길이 등가라는 것. 이 단순명쾌한 논리를 증명함에 있어 작가 윤씨가 취한 방식이야말로 소중한 것인데, 곧 윤씨의 방식이기 때문. 그 방식이란 무엇인가.

(A)요셉 보이스 Joseph Beuys
조지 마추나스를 위한 수사슴 기념물
연주회용 그랜드 피아노, 동판, 펠트, 기름
419×535×173
1985
(B)너는 이 앞에 혼자 고요히 서 있었다. 남대문 근처 삼성생명

본관 1층에 있는 로댕 갤러리. 1999년 2월 13일 오후 3시. '백남준 과 요셉 보이스전'. 밖엔 늦겨울 하오의 바람이 쉼없이 불어가고 있 었다.

(C)이번 전시의 백미라 할 수 있는 보이스의 〈조지 마추나스를 위 한 수사슴 기념물〉은 플럭서스의 창시자 조지 마추나스를 추모하기 위해 백남준과 함께 벌인 퍼포먼스에서 사용하였던 피아노를 1982년 '시대정신'전에 출품하면서 전시회 문맥으로 옮겨놓은 작품이다. (중 략)이 작품에서는 고통과 위험이 닥칠 때마다 상처받는 영혼을 치유 해 주는 위로자로서의 수사슴이 피아노라는 물체로 구체화되었고 생 명의 에너지를 보유하고 전달하는 매체로 상정된 지방(脂肪)과 펠트 천, 구리 등의 재료가 도입되었다.

(D)우선 너의 뒷모습부터 : 160cm 정도의 키에 두피에 착 달라붙 어 있는 머리칼, 색바랜 코르덴 점퍼, 주머니 속에 깊이 질러넣은 두 손, 허리 밖으로 나와 엉덩이를 덮고 있는 남방 셔츠, 낡은 청바 지, 갈색 구두, 나이는 서른 혹은 서른하나.

(A)와 (C)사이에 (B)(D)끼워 넣기, 이것이 작가 윤씨의 구성 방 식의 고유성이지요. (A)(C)란 그러니까 벤야민식으로 말하면 '아우 라(Aura)'(예술 작품에 고유한 일회성의 원천)에 해당되는 것. 큰 글 자로 된 (A)(C)속에 비속한 일상성 (B)(D)가 끼여들었지요. 이 조 립 방식이 바로 〈은어낚시통신〉의 그것이자 윤씨 특유의 방식. 일 상성의 비소함을 아우라에 물들이는 방식이라고나 할까.

복제 기술이 전면적으로 진행되고 있는 오늘의 현실에서 소설 쓰 기란 무엇인가, 이 물음을 나름대로 집요하게 추구하고 있는 작가 의 한 사람이 윤씨임은 새삼 강조할 필요가 있습니다. 중요한 것은 이러한 사실을 자각함에 있지 않지요. 자각하기와 이에 대처하는 방식의 발견과는 별개인 법. 작가 윤씨는 그 방식의 발견에까지 이른 예외적 현상이지요. 〈은어낚시통신〉이 70년대 〈난장이가 쏘아올린 작은 공〉에 맞먹는 폭파력을 지녔음이 그 증거. '아우라'의 상실을 자각하고 이 회복 불가능의 것을 회복케 하는 방도란 무엇일까. 그 방도 찾기의 하나가 〈은어낚시통신〉이었기에 이는 작품이자 방법론의 행보였던 것. 이를 두고 제가 자주 인간학적 상상력에서 '생물학적 상상력'에로의 질적 전환이라 불렀던 것. 이 꼬리에 달라붙은 현상이, 그 동안 이 나라 이류 작가들이 떼지어 동해로 몰려가면서 연어떼를 찾아 헤매기, 바로 그것이 아니었던가. 어찌 똘마니 작가뿐이랴. TV조차 연어떼 찾기에 남대천으로 뛰어가는 판이 벌어지고.

이 '아우라'란 결국 무엇이었던가. 지금쯤 그 모습이 뚜렷하게 드러났지요. 역사(인간)가 무너져 내린 곳에 구원처럼 부딪친 생물학이 그것. 단지 본능 도식에 지나지 않지만 그것은 역사보다 한층 깊은 곳이지요. '인간은 벌레가 아니다'에서 '인간은 벌레, 물고기다'로의 방향 전환이란, 작가 윤씨에게 물어 보면 단지 새로운 '아우라' 찾기였다고 대답할 것입니다.

그런데 지금은 어떠한가. 이제 남대천엔 '아우라'가 없지요. 남대천의 연어란 한갓 미꾸라지 꼴이 되어 버렸던 것. DMZ모양 소도 돼지도 드나드는 판이었던 것.

윤씨는 그로부터 새로운 '아우라'를 찾아 헤매고 있었지요. 〈수사슴 기념물과 놀다〉가 그 한 가지 해답. 그것은 비행사 출신의 요셉 보이스와 백남준으로 표상되고 있습니다. 예술로서의 동성애가 그것. 아니 예술과 동성애의 등가 사상이 그것. 이른바 전위 예술이 그것. 이 전위 예술 속에 불모의 인간(사랑)을 끼워 넣고 있습니다. '너'가 그것.

예술과 동성애의 등가 사상을 이 나라 작가 윤씨에게 가르쳐 준 장본인은 누구인가. 파우스트적 염원을 가진 보이스와 백남준인가.

이렇게 고개를 갸웃거리는 사람에게 작가 윤씨가 단호히 말하고 있군요. '카프카다!' 라고. '프라하다!' 라고.

잠깐, 비약이 너무 심하지 않는가. 사랑의 불모성(아우라의 소멸)을 충격하기 위해 예술이 요망된다는 것까지는 알겠는데, 그것이 어째서 카프카이며 프라하이며 동성애라야 하는가. 이 의문이 작가 윤씨에게 던져져 있군요. 비약에 대한 해명 말입니다.

5. 무당과 과학자 가운데 선 작가—송우혜

송우혜 씨의 〈너희가 소금을 아느냐〉(《문학사상》, 3월호)의 키워드는 '녹슨 구리방울'. 구리로 만든 방울이란, 그러니까 주물(鑄物)의 일종이 아니겠는가. 쇠붙이를 녹인 쇳물을 일정한 거푸집에 부어서 일정한 형으로 굳혀 만든 것이기에 그 소리가 독특한 청아함을 갖는 법. 무녀들이 사용하는 방울이 특히 그러하지요. 작가 송씨가 들고 있는 구리방울도 이것. '늘 푸른 속에 덮여 있다' 는 것입니다. 어째서? 그 동안 아무도 사용하지 않았으니까. 송씨가 이제 이 녹슨 구리방울을 조금 흔들어 보겠다는 것. 그러면 작가 송씨는 무당인가. 아마 그러하리라. "녹슨 구리방울이 미세하게 흔들리는 듯한 이 음성이 들리는가"라고 말하고 있으니까. "흡사 마법에 걸린 자가 마법을 푸는 주문을 들은 듯 그 순간 내 혼백이 푸르르 전율했다"라고. "오랜 세월 동안 이 세상에 대한 원통함으로 얼어붙은 쇠토막처럼 차게 굳어 있던 내 영혼의 혀가 풀린 것을 돌연 깨달았다"라고.

'혼백', '영혼', '마법' 등에서 표상되듯, 위의 진술들은 모두 무당의 것이지요. 무당이란 무엇인가. 원통하게 죽어, 저승에도 못가는 혼령을 불러 내어 그의 목소리를 대변하는 몫을 맡은 존재를 가리킴이기에 특히 그러하지요. 그렇다면 대체 누가 무슨 원한이 사무쳐 아직도 중음신(中陰身)으로 이 땅을 헤매고 있단 말인가.

다름아닌 구한말 소금 장수 김두원(金斗源)이군요.

이 소금 장수가 아마도 이런저런 곡절로 원통히 죽었겠지요. 그렇다면 이 원혼 달래기의 의뢰인은 대체 누구인가. 의뢰인 없이 무당이 움직일 턱이 없으니까. 굿판의 주인 말입니다. 김두원의 자손인가. 아니군요. 자손이 없으니까. 친구들인가, 친척인가, 친구도 친지도 없군요. 그렇다면 대답은 하나, 무당 스스로가 의뢰인인 셈. 자진해서 초혼굿을 펼친 형국. 어째서 이런 일이 벌어졌을까. 무당의 조상인 바리공주처럼, 김두원이 무당의 조상이 아니라면 이런 일이 일어날 턱이 없지요.

무당이 김두원을 자기의 조상으로 모시지 않으면 안 될 절박한 이유란 무엇이었을까. 진짜 무당에서 한 발자국 나오고자 함에서 말미암지 않았을까. 송씨는 무당이되 작가라는 자각이 그것. 의뢰인을 겸한 무당이란 또 무엇인가. 참으로 위험한 존재가 아닐 것인가.

왜냐면 무당의 본래적 기능에서 일탈하여 스스로는 물론 주변 모두를 위험에 빠뜨릴 테니까. 문화의 저쪽, '귀신의 세계'에 들어가 버리니까. 문화의 이쪽과 저쪽 한가운데 놓여야 무당의 바른 기능인데, 그 경계선에 대한 통제력이 사라질 테니까. 이 위험성을 구해 주는 장치가 이른바 '과학'이겠지요. 작가 송씨가 빛나는 것은 바로 이 '과학'의 도입에 있습니다. 무당으로서의 작가와 과학자로서의 작가를 겸한 그러한 작가형을 대표하는 존재가 송씨입니다.

여기는 서울 태평로에 있는 언론 연구원 자료실. 한 젊은 신문 기자가 들어섭니다. 그는 일제 시대 발간된, 이광수의 〈무정〉(1917)이 실린 바 있던 《매일신보》를 들추고 있습니다. 총독부 기관지 아닙니까. 한참 뒤 기자가 문득 소리내어 외치지 않겠는가. "오! 그 시대에 이런 사람이 있었다니! 참으로 놀라운 이야기다! 김두원, 이 사람이야말로 그 시대의 큰 인물이었구나!"(186쪽)라고. 어째서 그러한가를 보여 줌이 이 작품의 내용입니다. 소금 장수 김두원(실명)이 악덕 일본인 상인에 속아 수천만 원 상당의 소금배 전부를 잃었다는 것. 이에 대한 보상을 일본 정부 및 총독부를 향해 필사적으로 요청했다는 것. 이런저런 곡절 끝에 마침내 총독부로부터 일부 보상을 쟁취했다는 것.

신문 기사(기록성), 그것이 과학자의 몫이지요. 신문 기사란, 물론 기사 자체와 그 기사를 작성하기까지의 행간에 감추어진 이런저런 의미 등이 함께 과학적 증거(기록성). 신문 기사란, 그러므로 '기록성'으로 거기 비석처럼 놓여 있습니다. 이 방법으로 송씨는 《윤동주 평전》(1988)을 썼던 것. 윤동주와 함께 옥살이한 생존 인물 고희욱 씨의 추적과 고씨에게 몸을 의탁한 무당 송씨와 과학자 송씨의 멋진 합작품.

그렇다면 작가란 무엇인가. 무당과 과학자 그 경계선에 선 존재가 아닐 수 없지요. 이 경계선에서 균형 감각을 시험하고 있는 작가에 송씨 오른편에 나설 자는 많지 않습니다. 무당 쪽으로 기울면 청승스러움에 떨어질 것이며 과학 쪽에 무게 중심을 두면 작품 대신 한갓 평전에 멈출 것입니다.

6. 호리병 든 백수광부와 그의 처―서영은

서영은 씨의 〈강물〉(《내일을 여는 작가》, 봄호)엔 부제가 달려 있습니다. '님이여 그 물을 건너지 마오(公無渡河)'가 그것. 오늘날 우리가 물려받은 문학 유산으로 상고 시대의 작품 내용이 남아 있는 것으로는 〈공무도하가〉〈황조가〉〈구지가〉 셋뿐.

님이여, 그 물을 건너지 마오
님은 그 물을 건너셨네
님은 마침내 물에 빠져 죽으니
님이여 어찌 하리오.

이 작품이 여옥(麗玉)의 작품인지 백수광부(白首狂夫)의 처의 작
품인지를 두고 학자들 간에 논쟁이 붙기도 했지요. 대체 이 백수광
부란 무슨 기능을 맡은 존재인가. 또 물의 이미지, 죽음에 대한 상
고인의 사고 방식 등등에 대해서도 많은 문제성을 안고 있는 고전
이지요. 이러한 고전에 도전하는 작가라면 응당 고전을 감당할 만
한 무게를 자기 또는 자기 주변에 갖고 있어야 하는 법. 작가 서씨
는 능히 그러한 무게를 감당할 만한 처지에 있습니다. 그 처지란
상고인(고층적 세계, 고대인의 사고방식)의 세계에 서씨가 접하고
있었던 까닭. 〈무녀도〉의 작가 김동리가 바로 호리병의 술을 연신
마시며 새벽 강물에 뛰어들어 빠져 죽은 백수광부였다면 그의 처였
던 작가 서씨가 여옥으로 자처한다 해서 어찌 이상하다고 할까.

　(A)남편은 항시 이맘 때 챙 달린 모자에 운동화를 신고 조깅을 하
러 나선다. (178쪽)
　(B)계단을 올라오는 남편의 발걸음은 집을 나설 때보다 훨씬 가벼
워져 있었다. 여옥은 남편이 벗어 놓은 운동화를 신발장에 집어넣고
안방으로 따라들어갔다. 샤워를 하기 위해 땀에 채인 옷을 벗고 있
는 남편에게 여옥이 물었다.
　"저녁에 누가 오나요?"
　"아니." 그리고 서둘러 뒷말을 이었다. "누구를 부를까?"
　제발로 찾아와 저녁 식사를 함께 하는 손님이 없는 날이면, 부부
는 항상 이런 대화를 나누었다. 적적해하는 맘을 헤아리는 뜻이었
고, 저녁마다 손님들 때문에 부담을 끼치는 것을 미안해하는 뜻이었
다. (181쪽)
　(C)기묘하도록 조용한 남편의 뒷모습에 그만 절로 입이 다물어진
것이다. (중략)그것은 그저 말이 없어 조용하다기보다, 모르는 새 그
가 어디론가 저만큼 흘러가 있는 것 같은 그런 거리감이었다. (184쪽)

(D)아주머니가 호리병이 담겨 있는 뜨거운 물주전자를 갖다 놓았고, 남편은 분홍빛 마른 행주로 호리병의 주둥이를 감아 새끼줄처럼 꼬아서 뜨거운 물로부터 병을 건져올린 뒤, 맨 먼저 술을 부어 줄 사람을 눈으로 찍었다. (186쪽)

(E)남편은 여옥을 잡아끌려 안방으로 갔다. 손에 들고 있던 오래된 녹슨 장칼로 그가 다시 안방 창문의 커튼을 조금 들추고 감나무 밑을 가리켰다. 부릅뜬 눈으로 다시 보아도 그것은 늘 감나무 밑에 웅크리고 있는 낯익은 그림자였다. 그러고 보니 남편의 두려움은 딴데 있는 게 아닌가, 하는 생각이 스쳐갔다. (192쪽)

(F)술도 제자들의 응석도 여자의 교태도 그의 마음이 재촉하며 가는 걸음을 막지 못했던 것일까. (194쪽)

상고인(上古人) 김동리가 백수광부의 형상으로 호리병을 쥔 채 새벽 강물 속으로 바야흐로 들어가고 있는 장면들. 처인 여옥으로서는 속수무책. 다만 바라볼 수밖에. 어째서? 여기는 상고의 세계, 다시 말해 저 삼국 시대 이전의 아득한 고층적 세계이니까. 〈사반의 십자가〉의 작가 감동리가 어째서 상고인이며 백수광부인가. 이 물음에는 장대한 김동리 평전 및 그가 일구어 낸 세계가 버티고 있습니다. 서구 근대와 혼신으로 맞선 '구경적 생의 형식'이 그것. '서구 근대'와 맞설 수 있다고 그가 고안한 것은 저 〈공무도하가〉의 세계가 아니었던가. 그가 제시한 고층적 세계로 말미암아 정작 구제당한 쪽은 서구 근대파(도남, 임화, 현민 등등)였던 것. '구경적 생의 형식'이라는 김동리의 거울에 자기들의 모습이 비치고 있었으니까. 서구 근대가 비로소 상대화될 수 있었던 까닭.

잠깐, 거기까지는 알겠다, 김동리 = 상고인 = 백수광부의 도식은 그렇다 치자. 그렇다고 해서 어찌 막바로 여옥 = 서영은의 도식이 성립되겠는가, 라고.

이 물음에 잘 대답하기 어려우나 다음 대목을 제시해 보이면 어떠할까.

두 사람은 부부라고 하지만 나이 차이가 삼십 년이나 되었다. 남편은 여옥의 학교 때 은사로서 몇 년 전 상처를 한 뒤 여옥과 재혼했다. 여옥은 초혼이었다. 결혼 말이 오가며 그렁저렁 만날 때는 삼십 년이란 나이 차이가 어떤 것인지 미처 실감되지 않았다. 남편의 얼굴에 주름살이 한두 줄 더 많은 것만으로는 도무지 알 수가 없었다. 그가 오래 몸담고 있던 학계에서 정년퇴임을 한 지도 오 년, 삼남 일녀의 자식에다 아홉 명의 손자손녀를 둔 할아버지라는 신상의 리얼리티 또한 비현실적이긴 마찬가지였다. (185쪽)

이만하면 호리병을 쥐고 새벽 강물에 뛰어드는 이 백수광부를 바라볼 수밖에 없는 서씨의 거리감이 그 이유로 될 수 없겠는가.

● 우리에게 카프카란 과연 무엇인가

박정란

윤성희

한창훈

원재길

이청해

김연경

이동하

우리에게 카프카란 과연 무엇인가

—윤대녕 · 정영문 · 김연경 및 김동리에 부쳐

박정란의 〈당신의 자리〉, 윤성희의 〈이 방에 살던 여자는 누구였을까〉,
한창훈의 〈변태〉, 김연경의 〈심판〉, 이청해의 〈플라타너스 꽃〉,
원재길의 〈물 속의 집〉, 이동하의 〈앙앙불락〉

1. 신인들의 표정—박정란 · 윤성희

신인을 대하면 어째서 가슴 설레는가. 황야이기 때문, 아득하기
때문. 금년도 신춘문예 당선자 특집(《현대문학》, 4월호)도 예외는
아니겠지요. 금년도 신춘문예 소설 당선작의 총평을 쓰는 마당에서
제가 지적한 것은 다음 두 가지. 당선을 위한 전략에 관한 것이 그
하나. 그러한 전략의 하나로, 아주 통속적인 글쓰기형이거나 아주
서툰 글쓰기형을 들어 보았지요. 물론 이러한 전략이란 당선을 위
한 방편에 지나지 않는 것. 다음 작품부터는 통용될 수 없겠지요.
전략이란 어디까지나 일시적인 공격용에 지나지 않는 것. 또 다른
전략이 요청될 수밖에. 이를 감당할 수 없다면 자연 도태되는 것은
불을 보듯 훤한 일. 다른 하나로 제가 지적한 것은 글쓰기의 자질
에 관한 것. 그대로 옮겨 볼까요.

이렇게 전략만 말해 놓고 보니, 뭔가 조금 불공평하게 느껴짐은
웬 까닭일까. 박정란 씨의 〈틈새〉(《대한매일》)가 지닌 문체의 세련성

때문. 특히 윤성희 씨의 〈레고로 만든 집〉《동아일보》)이 지닌 98학번의 애처로움 때문. 문방구에서 아르바이트하는 98학번 소녀의 경험의 질 때문. 복사기가 작동될 때마다 뿜어져 나오는 빛에 한동안 눈이 시큰거리게 되고 눈물이 맺히었겠지요. 그 빛을 보는 것이 좋아지는 과정이 곧 경험의 질이었으니까. 《문학사상》, 99년 3월호, 〈이 달의 문제작—소설〉)

박정란 씨의 〈당신의 자리〉의 첫 줄은 이렇습니다. "그예 눈이 오시는군요"라고. '습니다' 체이지요. "오래된 앨범을 들여다보고 있던 참입니다"라고 이어집니다. 당신이 누군지 모르겠으나 앨범 속에 들어 있는 당신이기에 회상 속의 인물 아니겠는가. 그리움의 대상일 수밖에. 그러니까 이 작품의 참 주제는 '당신'이라는 구체적인 인물이 아니라 '시간'이지요. '시간이 모든 것을 미화한다'는 명제. '시간'을 어떻게 그릴 것인가. 이런 물음에 대한 작가의 해답은 간단명료한 법. 문체가 그 정답. 일찍이 《잃어버린 시간을 찾아서》의 작가가 철저히 모색하지 않았던가. 일찍 고아가 된 오뉘가 외갓집에서 자라 어른이 된 오늘, 두 사람은 서로의 자리를 확인하고 있습니다. 그것은 '빈 항아리를 품은 듯함'의 심사가 아니었겠는가. 누이의 목욕하는 장면을 훔쳐보던 오빠가 서 있던 대숲 그늘의 그 자리가 작가의 문체 속에서 비로소 숨쉬고 있군요. 이 작가 고유의 자질이 아니겠는가.
　윤성희 씨의 〈이 방에 살던 여자는 누구였을까〉의 자질은 어떠한가. 〈레고로 만든 집〉에서도 그러하듯, 작가의 노동(삶의 곤궁함에 대한 응전)에 대한 감수성이라 부르면 어떠할까.

　편의점 안에는 아무도 없었다. 나는 과외 모집 안내지를 붙일 넓은 테이프를 살 생각이었지만 눈에 띄지 않았다. 계세요. 안으로 나 있는 문을 향해 소리를 냈다.

"어머 은오 씨?"

소리는 등 뒤에서 들려왔다. 반가운 사람을 만난 것처럼 원래 제 소리보다 다소 고조된 목소리였다.

"어머 죄송해요. 전 또 아는 사람인가 해서요."

편의점 직원은 아까보다 더 고조된 목소리로 사과를 했다. (189쪽)

학생 과외로 아르바이트하는 여자인 '나'가 셋방에 듭니다. 전에 세든 여자의 짐이 그냥 있는 방. 야반도주를 했던가. 이름은 은오. '나'는 '은오'라는 여인과 이런저런 이유로 대비되고 있습니다. 서로의 처지를 이해할 수도 있는 그런 삶. 작가 윤씨의 노동에 대한 경험적 사실이 없다면 이러한 삶의 밀도란 획득되지 않지요. 그러니까 자질이란, 신경숙 씨를 낳은 남산 모 예술학교의 분위기와 무관한 것. 저마다의 고유한 별자리인 것.

2. 받아쓰게 하기와 방부 처리된 포장 식품—한창훈

모 신문사 현상 응모 당선작 《홍합》(1998)의 작가 한창훈 씨를 잠시 만난 바 있습니다. 시상식장에서였지요. 활동 사진 배우 모양 키도 컸고 훤칠한 사내더군요. 헐렁한 개량식 한복 차림으로 기억됩니다. 박완서 씨, 황광수 씨와 더불어 제가 그 심사의 말석에 있었기에, 엉뚱한 에피소드 하나로 심사 보고를 했지요. 재능 있는 한 작가가, 그 재능을 낭비한 탓에 죽음에 이른다는 외국의 모 작가가 쓴 소설에 대한 것이었지요. 킬리만자로의 장대한 눈봉우리를 꿈꾸며 죽어 가면서, 이 작가가 꼭 소설로 써야 될 자기의 소설거리(체험한 것들)를 회고하는 장면에서 이렇게 적은 대목이 나옵니다.

"여기까지는 받아쓰게 할 수 있겠지만 꽁트르 스카로프 광장에 대한 일은 받아쓰게 할 수 없을 것이다"라고. '받아쓰게 할 수 있는 것'과 '그렇지 않은 것'이 있다는 것, 아무나 쓸 수 없는 것, 그러니까 대필(代筆)과 직필(直筆)이 있다는 것, 후자가 진짜라는 것을 암시한 경우라 하겠지요. 이 작가의 경력으로 보아도 뚜렷하지요. 1차대전이 일어나자 남의 나라 전쟁에 뛰어들지를 않나, 스페인 내란에 달려가지를 않나, 코끼리 잡으러 아프리카로 가지를 않나, 갈 곳이 궁하니까 물고기 잡으러 카스트로의 동네로 서슴없이 갔지요. 갈 곳이 막히자 엽총으로 자살까지 했고. 《홍합》의 작가도 범주를 따진다면 '받아쓰게 할 수 없는 글쓰기'에 속하지 않았던가.

이러한 매끄럽지도 못한 제 비유법에 비하면 작가 박완서 씨의 것이 훨씬 생생합니다. "한창훈의 소설을 읽는 맛은 냉동 식품이나 방부 처리된 포장 식품만 먹다가 싱싱한 자연산 푸성귀를 먹는 맛과 같다고나 할까"라고. 기억에 의한 글쓰기, 그것은 실상 한창훈의 작품에 대한 지적이 아니라 정작 박완서 씨 자신의 그것이 아니었겠는가.

만일 작가를 세 범주로 가른다면, (A) 자기 얘기를 남의 얘기처럼 하는 작가, (B) 남의 얘기를 자기 얘기처럼 하는 작가, (C) 자기 얘기를 자기 얘기처럼 하는 작가로 될 수 없을까. 한씨는 박씨와 더불어 (C) 범주에 들겠지요. (C) 범주 중에서도 개인의 편차에 따라 천차만별이겠는데, 그 변별성이 문체로 드러납니다.

그렇다면 한씨의 문체 근거란 어디에서 말미암았을까. 황광수 씨는 적절하게도 그것을 '토착적 생명력의 문체'라 지적한 바 있습니다. 만일 이 '토착적 생명력'을 분석 불가능한 에너지의 일종으로 본다면 어떠할까. '자전 소설'이란 깃발을 세워 놓은 마당에서 한씨 자신이 그럴 법하게 말해 놓고 있어 인상적입니다.

내가 맡은 것을 부담스러워하는 이유는 아마 저 선창가에서 어린 시절을 보내며 듣고 보고 자랐기 때문인 듯도 한데, 선창가란 즉석

에서 보기에 재미있는 것들로 가득했다. (《변태》, 《문학동네》, 봄호,
116쪽)

'변태'일 수밖에 없는 이유를 한씨 자신이 밝혀 놓은 이 대목은
새삼 음미할 만합니다. 곧 술집 작부에 '익숙'하면서도 거기 빠져
버린다면 작품의 반열에 오를 수 없다는 것. 적어도 '하숙집 딸'을
꿈에라도 품어야 작품이 된다는 것. 체험과 관념, 기억과 추상의
모순, 대립을 두고 한씨는 스스로의 창작 방법을 '변태스러움'이라
부르고 있군요. 이를 초극하는 방식은 무엇인가. '총소리다!'라고
한씨는 주장합니다. 비약이 심하긴 하나, 그러기에 과연 초극일 수
있을까 염려스럽기도 하나, 이 자각적 현상은 소중해 보입니다. 젊
은 작가이니까.

3. 받아쓰기의 종류들—김연경

'작가는 무엇으로 작품을 쓰는가'. 이 물음에서 《홍합》의 작가
왈, '체험이다'라고 명쾌하게 말합니다. '받아쓰게 할 수 없음'으
로 정리되는 이런 식 글쓰기의 뚜렷한 전범의 하나로 《외딴 방》
(1996)의 작가 신경숙 씨를 들 수 없을까. 농경 사회의 상상력이라
부를 수도 있는 것. '싱싱한 자연산 푸성귀를 먹는 맛'이 깃들인
작품들일 수밖에. 이러한 농경 사회(본래적인 가치, 훼손되지 않은
가치의 세계, 수공업적 세계)의 상상력이 지닌 강점이 이른바 삶의
직접성이며 따라서 세계의 감각이 그대로 '나'의 감각일 수 있는
세계라면, 또 다르게 말하면, 물신화 이전의 세계라면, 이는 저 스
타브로긴(《악령》의 주인공)으로 하여금 미치고 환장케 한 황금 시대
(끌로드 로랭의 그림 〈아시스와 갈라테아〉)가 아니고 무엇일까. 그렇
기는 하나, 아니 그렇기에 황금 시대란 과거의 것일 수밖에. 니체
가 눈물을 흘린 것도 이 때문. 그 대단한 '직접성'이란 이미 지상

에서 신과 더불어 떠났던 까닭.

신이 지상을 떠나자 세계는 돌연 낯설어졌고, 어둠으로 기울어졌던 것. 직접성이란 간 곳 없고, 낯설기 짝이 없는 간접성이 곳곳에 장막을 드리웠지요. 대체 신을 추방한 그 범인은 누구인가. '냉동 식품이거나 방부 처리된 포장 식품이다'가 그 정답.

이렇게 말해 버리면 너무 허황하다거나 무책임하다고 비난받겠지요. 조금 수위를 낮추어 볼까요. 냉동 식품이나 방부 처리된 음식으로 뒤덮인 세계가 지배하는 삶이 현실적이라는 사실은 극소수를 빼면 이제 누구도 거부하거나 회피할 수 없다는 사실이 그것. 이 압도적인 힘에서 벗어날 수 있는 극소수의 분자란, 따지고 보면 유랑민의 상상력이겠지요. 들뢰즈가 말하는 유목민의 상상력(《천의 고지》)이 그것. 농경 사회 상상력과 유랑민의 상상력이 등가를 이룰 수밖에 도리가 없지요. 《외딴 방》과 〈서편제〉(이청준)가 마주치는 그런 장소라고나 할까.

제가 시방 연거푸 '극소수'라 했습니다. '싱싱한 자연산 푸성귀'를 먹는 사람이 극소수라면 대부분이 냉동 식품으로 배를 채운다는 뜻이겠지요. 받아쓰게 할 수 없는 글쓰기란 극소수의 작가, 가령 《홍합》의 작가이거나 《어머니》(1906)의 작가 고리키, 헤밍웨이, 박완서 등에서나 겨우 가능한 법. 그런데 이 '기억'에 의한 글쓰기란, 체험의 일회성으로 말미암아 조만간 탕진에 직면하지 않을 수 없지요. 화수분일 수 없기에 아주 조금씩 아껴 써먹더라도 어차피 바닥이 날 수밖에. 곧 시간 문제. 냉동 식품식 글쓰기, 받아쓰기 글쓰기의 전면적 등장이란 불을 보듯 훤한 일. 여기에는 여러 가지 방법이 있습니다. 냉동 식품의 종류만큼이나 있겠지요. 그 중 '간접화'라 불리는 방식 하나를 잠시 분석해 볼까요.

김연경 씨의 〈심판〉(《21세기 문학》, 봄호)이 그 하나. 첫 줄부터 볼까요.

336

아침에 일어나 보니 이상한 일이 일어나 있었다.

내가 딱정벌레로 변해 있다든가 엄지와 검지 사이에 물갈퀴가 생겨 있다거나 하는 것이 아니라 상당히 이상하게 생긴 고지서가 날아와 있었던 것이다. (251쪽)

제목도 그렇지만 아무리 둔한 독자라도 대번에 카프카의 〈심판 (der Prozeβ)〉을 떠올릴 것입니다. 소송 또는 절차를 뜻하는 이 작품을 유독 '심판'이라 번역해 오고 있는 까닭까지는 잘 알지 못하나, 요제프 K(프란츠 카프카를 뜻함)라는 이름의 주인공(독신의 은행원)이 어느 날 돌연 법정의 소환장을 받고 이유도 모른 채 이런 저런 신문을 겪어 유죄 판결을 받는 과정을 그린 것. 하숙, 은행, 법정의 세 영역에서 얘기가 전개되고 있는 이 작품은 이렇게 시작되지요. "누군가가 요제프 K를 중상한 것이 틀림없다. 왜냐하면 그는 아무런 나쁜 일도 하지 않았는데, 어느 날 아침 체포되었으니까"라고. 신진 작가 김씨가 이에 잇대어 자기의 글쓰기, 그러니까 '받아쓰기'를 감행하고 있는 형국.

이렇게 말하면, 잠깐 하고 토를 달 독자도 있겠지요. 작가 김씨가 소설 〈심판〉을 읽고 받아쓰기 했다면 그래도 제법이게, 기껏 해야 그것을 해설한 활동 사진(명작 해설 TV물)에 기대어 쓴 것이 아닌가, 라고. 맞는 말. 작가 자신도 실토해 놓았으니까. 그렇더라도 받아쓰기는 마찬가지. 받아쓰기(TV물)의 받아쓰기였으니까. 곧 간접화의 이중성에 불과하니까.

문제는 다음 두 가지. 하나는, 이처럼 받아쓰기를 아주 공개적으로 하는 방식과 은폐하는 방식에 관한 것. 다른 하나는, 전자에 대한 자각 현상의 한계점에 관한 것.

받아쓰기(간접화)의 불가피성과 이를 자각하는 현상은 구별될 성질의 것입니다. 인간의 욕망(자발적)이란, 따지고 보면 간접화(모방)에 지나지 않음을 적발하고 이를 간접화라 하고, 이 간접화를 거치지 않은 소설이란 근대적 소설이 아니고 '낭만적 허위'라 갈파한 논자가 있었지요. 가령 《보봐리 부인》이 근대 소설일 수 있는 이유란, 시골 의사 부인 보봐리가 고상한 취향(욕망)을 갖고 있다고 스스로 믿고 그것이 자기 고유의 성품인 듯 착각하지만, 따져 보면 기껏 해야 파리에서 간행된 천박한 주간지를 읽은 덕분에 지나지 않는 것. 이처럼 욕망조차 가짜(간접화)라는 것. 모방의 유혹일 뿐. 이때 비로소 소설이 성립된다는 것. 욕망의 삼각형이라 부르는 것은 이 때문.

단테의 《신곡》 속엔 지옥에 떨어진 두 연인 파올로와 프란체스카의 삽화가 들어 있지요. 열정적 사랑에 빠졌던 이 연인들이 지옥에 빠진 이유는 무엇이었던가. 인간과 신의 한계에 도전, 이 세상뿐 아니라 저승에까지도 열정을 승리에로 이끌 만큼 고상한 것인지도 모르지요. 그러나 잘 따져 보면 단테의 생각은 딴 곳에 있었음이 판명되지요. 열정(사랑)의 그 굉장함이란 두 연인의 자발적인 것이 아니라 기껏해야 남의 열정을 모방했고 그것도 자각하지 못한 것임이 판명되지요.

어느 날 두 연인은 무심코 란셀로트(Lancelot)의 얘기를 읽었던 것. 기사 란셀로트와 아더 왕비 귀네베아(Guinevere)의 사랑 장면이 그것. 두 연인의 지옥까지도 겁내지 않을 만큼 그 대단한 열정도 기껏해야 책(얘기)을 읽고 그것을 모방한 것에 지나지 않는다는 것. '갈리에오트가 그 책이자 그 저자이다'라는 프란체스카의 말이 그 증거. 곧 파올로와 프란체스카란, 기껏해야 란셀로트와 왕비의 모방이며 또 거슬러오르면 란셀로트와 왕비란 기껏해야 갈리에오트의 모방이었던 셈(R. 지라르, 《이중 구속》 참조).

이처럼 감춤 또는 비자각적이거나, 좌우간 숨겨진 간접화도, 김연경 식의 공개적인 간접화도 냉동 식품이기는 마찬가지. 이 간접화 없이 흡사 자기의 욕망 자체가 자기의 선천적 총명성으로 착각하는 현상이야말로 비소설적이자 낭만적 허위라는 것이 R. 지라르의 소설론이지요(졸역, 《소설의 이론》, 삼영사 참조).

제법 그럴 법한 논의이지요. 근대 자본제 사회에선 욕망조차 가짜라는 이 논법이란 자본제 생산 양식이 진행될수록 기승을 부리기에 모자람이 없겠지요. '작가는 죽었다'라고 외친 바르트를 거쳐, 크리스테바의 상호텍스트론이 한동안 판을 친 것도, 따지고 보면 당연한 귀결이 아니었을까. 오늘의 이 나라 작가치고, 이 모방론에서 자유로운 경우란 거의 없다 해도 이상할 것 없지요.

문제는 이러한 사실의 확인이란 이젠 무의미하다는 것에 있지요. 그렇다면 무엇이 의미 있는 대목인가. 원작 〈심판〉과 베끼기 〈심판〉의 낙차에 대한 것이 그것.

4. 우리식 사고 방식도 있는 것일까─주어적 사고와 술어적 사고

어째서 금세기에 들어와 서구 실존주의 문학의 문제작으로 그토록 카프카의 작품이 요란하게 논의되고 있을까. 난해성 때문이라 알려져 있습니다. 누구에게 난해한가. 그야 물론 서구측 독자들. 어째서? 자기들(희랍적) 사고에서 벗어나 있으니까.

T. H. 보만에 의하면, 〈심판〉의 세계가 지닌 이질성을 이해하려면 헤브라이적 사유 방식에 대해 알지 않으면 안 된다고 지적합니다. 헤브라이인과 희랍인의 사유 방식엔 '본질적 차이'가 있기 때문. 희랍인의 그것이 정적·공간적·시각적·관념적임에 비해, 헤브라이인의 그것은 동적·시간적·청각적·구체적이라 합니다. 특히 후자는 동적인 점에 특징이 있다는 것. 그러기에 존재는 존재이자 생성이라는 것(《헤브라이인과 희랍인의 사유》 참조).

가령 '앉아 있다' 함은, 후자에 있어서는 주체에 의해 선택된 내적 행위, 곧 의지 행위의 결과로서 현재 '앉아 있는 것'이 생긴 것

임에 지나지 않는다는 것입니다. 가령 '제단은(주어) 나무이었다
(술어)'에서 주어 속에 술어가 종속되는 희랍적 사고와는 달리 '제
단＝나무'의 동일성 위에서 성립된 사고라는 것. 그래도 제가 잘
못 알아차리자, 카프카 연구의 권위자 박환덕 교수가 딱한 듯이 이
렇게 설명해 줍니다. 희랍적 사고란 주어 중심주의적 사고인 만큼,
먼저 제단의 형식을 표상하고 그 다음에 그 제단이 무엇에 의하여
만들어졌는가를 생각하고, 그 다음 제단이 목제임을 확인합니다.
그럴 때 제단의 형식을 갖고 제단으로 사용된 것, 가령 동제의 제
단이 있을 수 있다는 것을 전제합니다. 그렇기 때문에 희랍적 사고
란 사물의 형식과 소재는 분리되고 그 형식에 대하여 주요한 관심
을 갖습니다. 이러한 희랍적 사고에서 도출된 예술관이 《시학》이
래의 서구를 지배해 온 것이지요.

　　물질이란 말은 보통 예술가에게 주어진 모든 재료에 적용되며, 따
　라서 그것은 주어진 것이기 때문에 예술이 그 자체로서 제공할 것이
　못된다. 형식이야말로 예술 그 자체의 작용 안에서 그리고 그 작용
　을 통해서 마련되는 것이다. (A. 라랑드, 《철학용어사전》)

이러한 예술관(사고 방식)에 반기를 든 사상가로 물질적 상상력
의 주창자 바슐라르가 있지 않습니까. 물질 자체도 그 자체의 작용
에서, 그리고 그 작용을 통해서 예술에 직접 관여한다는 바슐라르
의 견해란, 앞에서 보만이 말하는 헤브라이적 사고 방식이라 볼 수
도 있겠지요. 헤브라이인에게 재료는 그대로 사물이기에 제단이 목
제이면 동제의 제단은 생각하지도 않는 셈. 그들에게 있어 이 개념
이란 구체적인 개개의 현상에서 연역된 것이 아니고 개개의 현상
그 자체 속에 포함되어 있는 실제의 전체성이기에 개개의 사물에서
출발하여 일반에 이르는 '추상의 길'은 없는 셈. 따라서 '그것은

무엇인가'라는 이원론을 전제로 한 질문이 성립되지 않겠지요.

잠깐, 그야 실재론자와 유명론자(唯名論者)의 해묵은 논쟁이 아닌가. 한 마리의 개란 '개'라는 개념의 우연적 현상이라 주장하는 쪽이 실재론자라면, 유명론자는 개물(個物)만이 실체이며 일반성이란 거기에서 이끌어 낸 개념에 지나지 않는다는 쪽이지요. '개'라는 개념은 많은 개들에서 경험적으로 추상화한 것이니까. 이러한 실재론과 유명론 이외의 길은 없는가. 이런 물음을 돌파한 것이 저 유명한 키에르케고르의 단독자(Singularity)이지요. 개별성(특수성)에로도 일반성(보편성)에로도 회수되지 않는 '그' 인간만의 고유한 영역이 있다는 것.

잠깐, 대체 무엇을 말하고자 함인가. 그쪽으로 나가면 삼천포가 아닌가. 그렇군요. 문제는 카프카의 〈심판〉에 대한 독법입니다. '삶＝재판소'의 사유 구조인만큼 여기서는 '법정이란 무엇인가'라는 물음이 성립될 수 없지요. 그럼에도 희랍적 사고 방식(이른바 형이상학)으로 〈심판〉에 접근하고자 한다면 오리무중, 난해할 수밖에. 그러니까 체포, 재판에 대한 의미란, 주인공 K의 일상적인 모든 것(직업까지 포함한 전영역에 걸친 존재 자체)에 대한 체포의 형식이 아닐 수 없는 것. 생＝재판의 일체화된 형상 세계에서 주인공의 도피란 불가능하다는 것(불거역성)의 형식으로 이해될 수밖에.

사정이 이러하다면, 우리의 작가들이 혹은 서구의 작가들이 카프카를 두고 고민함이란 썩 그럴 법할 수밖에. 왜냐면 자기의 한계를 대상화시켜 주는 반성적 거울 몫을 하고 있는 것처럼 보이니까. 특히 스스로 잘났다고 믿는, 실제로도 그러하긴 하지만, 서구인에겐 그러했겠지요. 한국인 작가 윤대녕(《수사슴 기념물과 놀다》, 《문학과 사회》, 99년 봄호)도, 〈괴저〉(《문예중앙》, 99년 봄호)의 정영문도 그래야 했던가. 이런 물음이 채 던져지기도 전에, 이번엔 신진 김연경 씨가 '카프카다!'라고 외치고 있는 형국.

본래 우리도 서구(희랍인) 모양 주어 중심주의자들인가. 혹은 학교에서 그런 식 사고를 진짜로 믿고 배워 버린 탓이었을까. 우리식 사고 방식이란 당초 없었던 것일까. 일찍이 〈무녀도〉(1936)의 작가가 대담하게도 이런 물음에 직면, 돌파해 가고자 시도한 바 있지요. 《사반의 십자가》(1957)가 그것. 개신교 신학자 모씨 왈, 작가 김동리가 메시아 사상이 뭔지도 몰랐던 탓에 예수가 흡사 동양의 도술사로 그려졌다는 투의 비판을 한 바 있었지요(안병무, 〈종교가가 본 한국 작가의 종교 의식〉, 《문학사상》, 72년 11월호). 김동리는 '구경적 생의 형식'이라는 용수(龍樹)의 철학(제로[Zero] 개념)에서 출발할 것이 아니라, 니시다[西田]의 철학(술어 중심주의)에서 출발해야 저러한 비난에서 자유로울 수 있지 않았을까. '소금은 짜다' 혹은 '소금은 희다'에서 벗어나 '종소리가 들린다'의 사고 방식에서 일단 멈추었다가 이 모두를 송두리째 부정하는 제로에로 나아가야 하지 않았을까.

그렇기는 하나 김동리식 작업은 소중한데, 왜냐면 이런 노력 끝에 우리 식 사고의 전망도 떠오를 수 있겠기에.

5. TV 뉴스가 만들어낸 현실 비판—이청해

이청해 씨의 〈플라타너스 꽃〉(《세계의 문학》, 봄호)엔 이런 이미지가 되풀이하여 울리고 있습니다.

그날 나는 플라타너스 꽃을 보았다. 하얀 몇 송이의 꽃이 커다란 초록색의 잎사귀들 사이에 거짓말처럼 드문드문 피어 있었으며, 그것을 나는 길가 2층의 그 야릇한 카페인지 술집에서 내려다보고 있었다. 홑겹의 치자꽃 같기도 하고 산목련 같기도 한 흰 꽃이 저녁 어스름 속에 깨끗하고 청초하게 피어 있는 정경은——지금 생각해도 환상인지 현실인지 구분할 수 없을 정도로 모호하기만 하다. (124쪽)

홑겹의 치자꽃 같기도, 산목련 같기도 한 흰 꽃의 이미지의 울림
이라니. 이미지가 울림으로 다가온 까닭은 무엇일까. 이미지도 아
니고, 울림도 아닌 제3의 그 무엇일까. 작가는 아직 그것이 현실인
지 환상인지 '모호하다'는 현재형을 사용하고 있습니다. 어째서?
카페인지 술집인지에서, 그러니까 취해서 본 정경이었으니까. 그
런데 작가는 또 의심하고 있군요. "나는 지금도 생각한다. 그것이
정말 꽃이었을까? 혹시 가지 걸린 휴지쪽이 아니었을까?"라고. 물
론 다시 확인했지요. 그런데도 무엇인가 계속 석연치 않았던 까
닭. '무엇'이란 무엇일까. 산목련 같음이냐 휴지 조각 같음이냐를
구별하기 어려움, 그것이 현실이다, 하고 작가 이씨가 주장하고
있습니다. 아니, 주장하다니! '형상화'하고 있습니다. 요컨대 작
가 이씨는 소설적 방식, 그러니까 이청해식 고유성으로 쓰고 있
었던 것.

분단 문학이 사라진 오늘의 문학판에서 새로운 분단 문학이란 무
엇인가, 라고 쓰고 있습니다. 아니, 그렇지 않군요. '정치성'이란
무엇인가, 그러니까 신식 정치 소설을 쓰고 있습니다. 아니, 그렇
지 않군요. '현실'이란 무엇인가, 라고 묻고 있습니다. 아니, 그렇
지만도 않습니다. 그렇다면 대체 무엇인가. '소설이다'가 그 정답.
오늘의 현실이란 말로 되어 있다는 것. 곧 현실이란 TV 뉴스로 존
재한다는 것. 작품 속으로 들어가 볼까요.

"내가 주식회사 〈백합〉에 입사한 것은 11년 전인 1987년이었다"
라고 시작됩니다. 대학을 나와 취직했을 테니까 지금쯤은 과장 정
도. 여우 같은 마누라와 토끼 같은 자식도 있는 '나'는 마케팅부에
근무하고 있습니다. 치열한 생존 전략 속에 용케 살아남는 방식을
몸에 익힌 현장인(現場人)이라고나 할까. 자기 말대로 젊음을 불살
랐것다. 지금도 빈틈없는 현장인. 그런 '나'에게 최근 감당하기 어
려운 '그 무엇'이 스며들었다는 것. 마누라도 자식도 진짜이긴 하

나, 그러니까 산목련 같기도 하고, 한편 휴지 같기도 하지 않겠는가. 어라? 하고 다시 확인해 보자, 틀림없이 산목련꽃(플라타너스 꽃)이 아니겠는가. 그런데도 자꾸 헷갈리지 않겠는가. 무엇이 이런 헷갈림을 가져왔는가. 따져 보니 다음 두 가지.

뉴스가 보도한 친구 태환의 실종 사건이 그 하나. 다른 하나는 TV를 가득 채운 북한의 굶주린 아이들의 표정. 불알친구가 한마디 말도, 암시도 없이 솔가(率家)하여 월북한 사건이란 대체 현실인가 환각인가. TV의 현실이 그것. TV를 가득 채운 굶주린 어린이의 표정이 환각인가 현실인가. 뉴스를 가득 채운 태환의 북한행이란 환각인가 현실인가. '나'가 살고 있는 홍은동 아파트가 진짜인가 환각인가. 혹시 천호동인지도 모르지 않겠는가. 이쯤 되면 냉소주의를 넘어서서 허무주의에 빠지지 않을 수 없는 법.

작가 이씨가 지닌 소설사적 문제점은 다음 두 가지.

(A) '모든 나무엔 꽃이 핀다'란, 현실의 견고성에 대한 도전이 그 하나.

(B) 이 냉소주의 또는 도저한 허무주의가 실존적 의미(덫)와 구별된다는 점이 그 하나. (A)에 주목한다면 이 나라 분단 문학에 대한 통렬한 아이러니인 셈. (B)에 주목한다면, 이 점이 중요하거니와, 삶이란 본래 허황하다는 식의 실존적 의미와는 무관하다는 것. 이 땅에 살고 있는 한국인만이 겪는 그런 덫이기 때문. 실존적 작품(존재론적 고통)계란 세계 문학에서 지천으로 널린 것이니까. 다음 대목이 빛나는 것은 그것이 (B)에서 연유한 까닭.

현관문을 나서는데, 뒤쪽에서 뭔가가 끌어당기는 듯한 느낌이 들었다. 나는 뒤돌아보았다. 평소와 다른 점은 아무것도 없었다. 나는 공연히 집안으로 도로 들어가서, 그림책을 펴들고 혼자 중얼거리는 아들 녀석을 번쩍 안아올렸다. 녀석은 나한테 안아올려져서도 그림책을 내려놓지 않고 그것으로 내 머리를 툭툭 쳤다. 나는 다시 녀석을 끌어내리며 뽀뽀를 했다. 내 눈과 마주 본 녀석의 눈은 그림책의 세계에 열중되어 있었다. 나는 푸른 기가 도는 녀석의 흰자와 「아기 곰 푸우」에 열중되어 있는 검은 동공을 한참동안 들여다보았다. <u>가슴속을 예리한 것이 허비고 지나갔다.</u> 나는 녀석을 꼭 끌어안았다. 녀석은 캑캑 숨을 쉬었다. 나는 녀석을 내려놓고, 다시 구두를 신었다. (129쪽, 밑줄 인용자)

오늘의 '현실'이란, TV가, 기타 뉴스가 만들어낸 이미지, 울림이 아니었던가. 그런데 정작 TV(정보원)란 무엇인가. 그 자체가 환각이 아니었던가. 현실 환각의 혼선이 일어났음은 불문가지. '현실'이란 단지 뉴스가 만들어낸 실체(허상)가 아니었던가.

6. 센티멘털리즘의 정체─원재길

원재길 씨의 〈물 속의 집〉(《문학사상》, 4월호)은 이렇게 시작됩니다.

물고기 두어 마리가 마루 위를 헤엄쳐 건너가서 안방 문을 주둥이로 툭툭 받는다. 물고기들은 눈에 보이지 않을 만큼 빠른 속도로 모든 지느러미를 움직이고 있다. 문이 약간 열리자 물고기들은 방으로 들어간다. 안방엔 이미 수십 마리의 물고기가 모여서 놀고 있다. (중략)물 속은 전체가 온통 어두컴컴하진 않다. 어두운 곳은 어둡고 밝은 곳은 제법 밝다. 마당에서 물 그림자가 너울너울 춤춘다. (중략) 물고기들은 부엌에도 있고 외양간에도 있다.

작가 원씨는 시방 어떤 수몰 지구(마을)를 묘사하고 있습니다. 근대화의 논리에 따라 이 나라 곳곳에 수몰 마을이 이루어진 바 있지 않습니까. 이런 사태에 대해 많은 사람들이 안타까워했지요. 안타까움의 정체란, 분석해 보면, 논리적으로 수락하면서도 정서적으로는 받아들일 수 없음이었던 것. 작가들이 이에 민감히 반응한 것은 모두가 아는 일인데, 왜냐면 작가란, 당대 사회의 정서적 징후의 촉각의 하나인 까닭. 고쳐 말해 논리에 약한 대신, 정서 면에서 예민한 촉수를 갖춘 족속. 여기에 센티멘털리즘이 끼여들 수밖에. 이러한 정서 일방 비대증을 물리치게끔 하는 장치가 요망되었는데, 분단 문제 도입이 그것. 전상국 씨의 〈아베의 가족〉(1979)이 그러한 장치의 선구적 사례. 가출한 가족의 기다림을 이데올로기화함으로써 논리에 맞설 수 있었기에, 〈아베의 가족〉식의 소설적 방식이 센티멘털리즘에서 벗어날 수 있었던 것.

분단 문제라는, 그 대단한 논리가 별 볼일 없는 오늘의 시점(금강산 안 가본 사람도 다 있을까. 단 한 사람이 금강산 갔다 왔다면 모두가 갔다 온 셈. 소떼의 경우도 마찬가지)에서 수몰 지구란 무엇인가. 이렇게 작가 원씨가 묻고 있습니다. 이데올로기를 떠난 수몰 지구란 무엇인가. 그래야 수몰 지구 자체의 본 모습이 드러나지 않겠는가.

작가 원씨의 이러한 문제 제기란, 따지고 보면 원점 회귀에 다름 아니지요. 원점이란 또 무엇인가. 문학이 논리에 취약하거나 논리에 대한 거부감을 갖는 데 반비례하여 정서적인 것에 지나친 반응 보이기가 그것. 어떤 특정한 것에 과도한 반응 보이기를 두고 센티멘털리즘이라 부르는 것. 이 센티멘털리즘을 끝까지, 그러니까 문학적 방식(상상력)으로 추구해 보면 어떠할까.

여기는 시골길. 쾌청한 가을 날씨. 들판으로 버스가 달리고 있다. 버스 속엔 이런저런 사람들이 졸기도 하고 떠들기도 하고. 일단의 낚시꾼도 섞여 있다. 그 중 빛바랜 쑥색 원피스에 연분홍 카디건을 걸친 여인이 있다. 카메라 초점이 이 여인에게 맞춰진다.

여인은 남색 짐가방을 갖고 있다. 제법 무거워 보인다. 검문소. 순경이 등장. 여인의 얼굴이 사색으로 변한다. 짐가방의 끈을 세게 움켜 세운다. 순경의 눈이 짐가방으로 향하자 여인의 호흡이 멈춘 상태를 빚는다. 정류장. 낚시꾼들이 내린다. 여인도 내린다. 무거운 짐가방을 끌면서. 묘산읍이다. 엎어지고 자빠지기도 하면서 여인은 짐가방을 끌고 어디로 가고 있다. 여인이 찾아가는 곳은 용두리. 수몰 지구. 그러니까 용두리는 저수지 속에 잠겨 있다. 길바닥에서 30평생을 살아 온 여인에게 있어 제일 낯익은 곳. 할머니가 살았던 집이 있던 곳. 기절하여 밤을 지샌 여인 앞에 태양이 솟아올랐다. 혼신을 다해 여인은 짐가방을 끌고 저수지 속으로 잠겨 간다. 짐가방 주둥이를 연다. 놀라운 장면이 연출된다.

찬란한 햇살이 물 위에서 물 속으로 쏟아져 들어오고 있다. 물고기들이 지느러미를 퍼득거리며 허공을 새처럼 날아다닌다. 여자는 가만히 짐가방 끈을 놓는다. 바닥에 내려앉은 짐가방이 꿈틀댄다. 여자가 가방의 지퍼를 열자 속에 누워 있던 아이가 일어나 앉는다. 잠시 후에 아이는 아장아장 가방 밖으로 걸어나온다. 눈을 부비며 엄마를 바라보고 배시시 웃는다. (193쪽)

두 살 된 아이의 시체를 이처럼 애처롭게 묘사해 놓았군요. 한 편의 동화라고나 할까. 어째서 이런 지경까지를 보이고자 했을까. 작가 원씨에게 물어 보기보다는, 철학자 칸트에게 물어 보고 싶은 마음 금하기 어렵네요. 취미 판단(쾌, 불쾌)을 위한 조건으로 내세운 것이 어떤 것을 '무관심'에서 바라보기라는 것. 무관심이란 그러니까 인식론적(진리) 및 도덕적 관심을 괄호 속에 넣기인 것. 그게 대체 가능한 일일까.

7. 피해 의식의 극복 방식―이동하

이동하 씨의 〈앙앙불락〉(《작가세계》, 봄호)은 단편소설의 전범의 하나. 이 경우 전범이란, 단편 형식의 제일 큰 미덕인 집중성을 가리킴인 것. 압축성과는 구별되는 집중성이란 어떤 방식으로 이루어지는 것일까.

장편 소설을 고래에, 단편 소설을 멸치에 비유한 것은 〈따뜻한 강〉의 작가 W. 사로얀. 그가 하고 싶은 말은 물고기 논쟁이 아니라 다음과 같은 토를 다는 데 있었던 것. "저질의 장편 소설이란 무엇인가. 지루함을 참기에 한계에까지 이른 것을 가리킴인 것. 한편 저질의 단편 소설이란 무엇인가. 짧다는 이유 그것만으로도, 훨씬 예의에 맞는 것이다"라고. 단편 소설이란 아무리 저질이라도 독자에게 예의를 갖춘 물건이라는 이 발언 속에 스며 있는 뜻은, 단편 소설을 문학 작품이라든가 책이라 보기 전의 단계, 곧 우리의 일상적 삶 속에 흔히 있는 경험의 하나라는 생각이 아닐까. 시도 소설도 모두 그렇기는 하나, 단편 소설이 이 방면에 유독 자연스럽다는 뜻이 아니겠는가. 이런 일이 일어났다, 이런 식으로 일어났다, 이런 원인이었다 등등에 대한 중추적 위치를 갖는 이런 경험들. 중추적 경험을 어떻게 감지하는가. 삶 속에 잠겨 있다가 어느 순간 돌연 모습을 드러내는 경우가 아니겠는가. 고수답게 작가 이씨가 이 점에서 민첩합니다. 중추적 경험의 돌연한 출현부터 시작하고 있습니다.

험한 세상 살다 보면 일쑤 이런저런 봉변들을 겪게 마련이다. 개 같은 경우를 당하는 일이 허다한 까닭이다. 그렇다고 해도 내가 얼마 전에 당한 일은 너무나 황당하다. 산행길에 나서자마자였는데 이 때문에 상한 마음이 아직도 치유되지 않고 있다. 당사자인 나로서는 이만저만 비통한 심사가 아니었던 만큼 먼저 사실 정황부터 자세히 이야기해 두는 것이 좋을 듯하다. (서두)

위에서 언급된 '중추적 경험'을 이해한 사람이라면 작가의 이러한 서두는 군소리가 아닐 수 없지요. 막바로 저 황당한 경험으로 들어가면 되는 것이니까. 이런 지적에 작가 이씨는 당연히 반격하겠지요. 무슨 소리냐. 이 서두야말로 의미 있는 대목이다, 라고. 어째서? 작가가 '나'를 강렬히 내세우는 방식으로 제시된 것이니까. '나'를 강렬히 내세움이란 무엇인가. 작품 전체를 작가가 위압적으로 완전히 장악하기 위함이니까. 다시 말해, 위압적인 몸짓을 함으로써 삶 속의 경험이 한층 뚜렷해지니까. 과연 그러하군요. 작가가 작품 분위기를 빈틈없이 처음부터 장악하고 있습니다.

주인공 '나'는 교감 신분. 살 만큼 살았고, 알 만큼 아는 중년급이 아니겠는가. 그런데 그는 최근 뜻하지 않은 두 가지 사건('나'와 직접적으로 관련 없는)을 겪습니다. 퇴출당한 서무직원에게 멱살을 잡힌 사건이 그 하나. 다른 하나는 아내의 가출(아내 생일 잊은 것은 새삼스런 것이 아니었으니까). 이 사건들은 따지고 보면 '나'와 직접적 관련성은 없기에 억울하기 짝이 없는 것으로 다가오지만, 잘 따져 보면 뭔가 이런저런 관련성이 있지 않았던가. 이 대목이 삶의 '중추적 경험'인 셈. 참 주제가 잠긴 곳이지요. 작품 〈앙앙불락〉은 어디까지가 '나'의 경험 영역에 속하는가를 심도 있게, 그러니까 소설적 방식으로 보여 주고 있습니다. 그 방식을 보기로 합니다.

(A)일요일 산행 도중 아파트 건널목에서 나자빠지기. 스포츠카의 돌연한 질주 때문. '뒈질라고 환장했어!'라는 소리까지 들으며. 이 장면에서 '나'는 생각한다. '나'가 옳으냐 스포츠카의 욕설이 옳으냐.

(B)산불 예방 차원에서 완장 찬 관리인들이 입산 통제를 하고 있었다. 등산객 여자 6명과 경비원이 입씨름을 하고 있지 않겠는가. 그런데 그 입씨름이란 것이 농담으로 변해 가고 있지 않겠는가. '나'가 여기 끼여들지요. "무조건 입산 통제만 능사가 아니지요.

산불 예방을 위해서라면". 계몽도 하고, 협조도 구해야 한다는 뜻. 그러자 여인들도, 경비원도 함께 노려보지 않겠는가. 싸우던 그들이 '나'를 공동의 적으로 규정한 까닭. 어째서? 이 대목이 참 주제가 걸린 곳. 이 도저한 냉소주의라니. '나'의 잘못인가 그들의 잘못인가.

(C)하산하여 귀가 도중의 사건. 차량이 물 흐르듯 하는 10차선을 한순간 건너온 사내의 출현. 이 사내의 돌연한 출현이 삶의 중심부의 구성 원리랄까 참된 의미망을 드러내 준다는 것.

사내는 오르막을 숨차게 올라가느라고 가르릉거리는 차들 사이를 헤치고 중앙 분리대까지 겅중겅중 건너왔다. 십차선 도로를 무단 횡단하는 것이 목표라면 이미 반은 성공한 셈이었다. (206쪽)

그 순간 경적이 울렸지요. 여차하면 깔아뭉개 버리겠다는 울림. 그런데도 개의치 않고 유유히 이쪽으로 건너오는 사나이란 대체 무엇인가. 작가는 숨을 죽인 채 이렇게 적었군요. "반가움과 두려움 반반!"이라고. 어째서? 반가움의 감정은 사내가 죽지 않았음에 대한 것이지만 '두려움'이란 무엇인가. 참 주제의 노출이지요. 곧 '나' 속에 '녹슨 철사뭉치처럼 잔뜩 쑤셔 박혀 있는 피해 의식'이 그것. 사내는 괴물도 초인도 아니고 단지 고장난 트럭 운전사였고, 담배 한 대 얻어 피우기 위함에 지나지 않았던 것. 이 '사실' 앞에 삶의 중심부가 노출되고 있습니다. '나'가 그 동안 당한 이런저런 어처구니없는 경험(사건)들이란 따지고 보면 '담배 한 대 피울 만한 여유 없음'에서 말미암았던 것. 담배 한 대라니? 목숨을 걸 만큼 대단한 것이 담배 한 대일 수도 있는 것. 담배 한 대뿐이랴. 기적이란, 운명 같은 것이란, 그 속에 있으니까.

● 헛구역질과 진짜 구역질

서 하 진

엄 광 용

권 택 영

황 병 하

헛구역질과 진짜 구역질

—소설 읽는 독자의 심리에 대하여

서하진의 〈회전문〉, 엄광용의 〈푸른 광기의 시절〉,
황병하의 〈마법의 팔찌〉, 권택영의 《사랑의 의지》

1. 어째서 소설을 읽는가—독자 측에 서서

아직도 당신은 소설 나부랭이를 읽고 있는가, 라고 딱한 듯이 묻는 사람이 제 주변엔 있습니다. 그럴 때 저는 다만 싱긋 웃고 말지요. 별다른 방도가 없기 때문. 그러나 좀 떨어진 곳, 말하자면 아직도 배우는 층이 이렇게 물을 땐 웃고 넘어가기 어렵습니다. 뭔가 말을 해야 되기 때문. 그러니까 논리적 설명을 할 수밖에요. 소설 자체는 논리가 아니지만 그에 대한 설명은 논리적이어야 함, 이런 상황은 불공평해서 난처하기 마련. 머뭇거리면서 말더듬이같이 이렇게 말하기 시작합니다.

(객) 왜 소설을 열심히 읽는가?

(주) 좋아하기 때문.

(객) 왜 좋아하는가?

(주) 삶의 이미지로서, 인생에 대한 우리의 흥미, 관심을 자극, 만족시키기 때문.

(객) 무엇이 그토록 흥미, 관심을 이끄는가?

(주) 소설에서 일어나는 흥미, 관심이 어떠하든 우리가 소설에 마음을 빼앗기는 특수한, 그러니까 직접적인 흥미란, 항시 스토리(얘기)에 의한 흥미가 아닐 수 없다. 스토리란 단지 인생의 이미지일 뿐 아니라 움직이는 실생활의 이미지, 곧 개개의 등장 인물이 그 독자적 경험을 거듭하면서 우리를 깊은 의미를 가진 것으로 받아들이게끔 어떤 결과를 향해 이동해 가는 모습을 그리는 것이다. 스토리 속에 아주 특징적으로 묘사되어진 경험은 그러니까 하나의 '문제', 곧 하나의 '투쟁'에 직면케 하는 경험이다. 막말로 해서 '투쟁'이 없는 곳에 스토리란 없다.

(객) 투쟁이 소설의 중심부를 점한다는 것. 거기까지는 알겠다. 과연 투쟁(갈등)이 삶의 중심이니까. 그러나 현실의 삶에 있어 끊임없이 이런저런 난처한 경험에 골머리를 앓으면서도 내면의 평화나 외계와의 원만한 관계를 원하는 우리가 아닌가. 그런 우리가 투쟁의 '이미지'에 지나지 않는 소설을 읽고자 함은 웬 까닭일까?

(주) 투쟁에 대한 우리의 태도가 애·증 양쪽에 걸쳐 있다는 사실에 주목할 것이다. 만약 우리가 실생활에 대해 완전히 만족할 만큼 조화를 찾았다면 어떠할까. 그 타성에 젖어 삶의 활력을 잃고 말지 않겠는가. 그것은 돼지의 삶과 같지 않겠는가. 우리 자신, 우리의 환경이 다시 어떤 문제성에 접할 때 비로소 그 만족의 관습(타성)에서 눈떠, 삶의 에너지(삶 자체가 에너지의 발로다)의 물결에 접할 것이다. 요컨대 한층 풍부한 삶이야말로 우리가 추구하는 것이 아니었던가.

(객) 한편에서는 평화를 바라면서 동시에 눈이 번쩍 뜨이게 하는 것을 원하기가 이른바 애·증 병립성이라면, 그것이 소설 읽기의 근거라면, 어찌 소설뿐이겠는가. 히말라야 탐험가도 운동 선수도 도박사도 숨바꼭질하는 아이들도, 동대문 운동장에 가서 어떤 팀을 고래고래 소리치며 응원하는 축도 마찬가지가 아닌가. 이른바 '문

제적인 상황'을 찾는다는 점에서 똑 같으니까.

(주) 그렇다. 우리는 누구나 정도의 차이는 있지만 정신이 번쩍 들 만한 긴장 상태, 뭔가 문제적 상황을 찾든가 만들고자 한다. 이러한 것은 우리에게 고양된 에너지의 느낌, 삶에 대한 통렬감을 준다. 그러나 소설엔 뭔가 다른 것이 있다. 실생활상의 문제적인 것이 덮쳐오는 듯한 강박 관념이 소설의 세계에서는 중재되었다고나 할까. 단순한 상황으로 변해짐과 동시에 그 문제에 대한 모종의 해결이 소설에 알맞은 성격 그것에 의해 약속되어 있다. 스포츠나 탐험가와 구별되는 이 '소설적 약속'이야말로 스토리가 갖는 특성이 아니겠는가.

(객) 스토리가 해결을 약속한다는 점을 최대 무기로 내세우는데, 해결이란 그러니까 해결을 모르는 우리의 실제 삶과 비교한다는 뜻이겠는데, 맞는가?

(주) 우리는 긴장 상태에서 사태가 어떻게 결말되는가를 기다린다. 무엇이 일어날까에 대해 긴장할 뿐 아니라 그것이 무엇을 뜻하는가에 대해서도 긴장 상태에 빠진다. 어째서 그러한가. 이유는 이렇다. 우리는 소설의 스토리보다 훨씬 중요한 그러니까 밀접한 또 하나의 스토리인 우리 자신의 실제적 생활에 대해서도 똑같이 긴장 상태에 있기 때문이다. 우리 자신의 실생활 쪽의 스토리가 대체 어떻게 될지 도무지 짐작되지 않는다. 그것이 어떤 의미를 갖는가에 대해서도 짐작되지 않는다. 소설 속의 스토리에 대해 우리가 느끼는 긴장으로 말미암아 자칫하면 사라질 법한 삶에 대한 깊은 긴장감 속에서 소설을 읽음으로써 우리의 실생활상의 스토리에 대한 어떤 암시를 받고자 한다.

(객) 실생활과 소설상의 생활 간의 관계가 본질적 의미에서 우리를 소설 읽기로 유혹한다는 것. 거기까지는 알겠다. 그렇다면 그것은 일종의 현실 도피와 뭐가 다른가?

(주) 백일몽임엔 틀림없다. 그러나 소설 쪽은 단순한 현실 도피가 아니라, 쓸모 있다는 점에서 구별된다. 그것은 더블 게임(이중적 행위)으로 설명된다. 독자는 소설을 통한 상상적 실연(實演)을 하게 된다. 주인공과 자기를 일치시킴과 동시에 주인공과 거리 두기의 행위로 이 사정이 요약된다. 상상적 실연을 통해 우리는 삶의 내부적 논리를 응시하기에 이른다. 실생활엔 결말을 짐작할 수 없으나 소설엔 결말이 '반드시' 나는 법이니까. 양자의 대비에서 문제되는 것은 결국 경험 속에서 모종의 논리를 발견함이 아닐 수 없다. 어떤 충격을 받은 사람이 만나는 사람 모두에게 되풀이하여 그것을 말하는 것과 흡사하다. 그렇게 함으로써 그는 자기를 해방시킬 뿐 아니라, 그것을 '객관화'하기에 이른다. 그 충격(경험)을 지적으로 처리하기 쉽게 하는 방법의 모색이 거기 작동하고 있다. 가혹한 자기의 운명에 맹목적으로 분노하는 사람이 있다고 치자. 어째서 내 팔자가 이러한가라고. 그러나 도무지 알 수 없는 그 운명도 실은 그가 저지른 행위의 결과라든가, 가족 관계의 혹은 태어난 시대의 탓이라든가 혹은 삶 자체의 고유한 가혹성이라는 사실을 그가 이해하게 된다면 그의 저러한 앙앙불락의 분노는 완화될 수 있지 않겠는가. 지적으로 처리되기 쉬운 것은 감정적으로도 처리되기 쉬운 법이니까.

(객) 소설의 스토리 속엔 경험이 처리되기 쉬운 것으로 되어 가는 과정의 이미지가 보인다, 그러니까 경험이 원근법에 의한 논리적 구성물을 보여 준다, 알기 어려운 경험의 상태가 이야기 속에서 '알 수 있는 상태'로 이행해 가는 하나의 운동이 드러난다? 거기까지는 알겠다. 그런데 소설을 예술이라 함은 또 웬 까닭인가?

(주) 소설의 기반이 투쟁이라 했음을 상기하기로 하자. 투쟁의 해결이란 일종의 '판결'이라 할 수 없겠는가. 판결이란 무엇인가. 가치 판단일 터이다. 최종적으로 어떤 가치의 전환이 생긴다. 새로운

자각, 일종의 심리적 질서가 형성된다.

(객) 그래봤자 소설은 소설에 지나지 않는다. 소설 자체는 결국 소설 이외의 것에 대한 대용품은 아니지 않은가?

(주) 바로 그 점이 예술의 기반이다. 상상적 실연이라는 자체의 법칙, 심층부의 욕구에 순응하는 법칙에 일치하여 언어를 통해 형성된 경험의 한 가지 이미지가 소설이다. 작가의 스타일이 관여하는 것은 이 '언어'를 통함에서 연유한 것이다.

여기까지 이르면 저도 질문하는 쪽도 함께 지치게 마련. 어째서? 한꺼번에 너무 깊이 들어가 버렸으니까. 인류가 수세기에 걸쳐 만들어 온 소설을 몇 마디 심리적 질서관으로 정리함이란 당초부터 무리. 그렇지만 이런 심리적 질문은 자주 되풀이될 필요가 있는데 독자 쪽에서의 접근 방식인 까닭. 독자 쪽에서 소설 바라보기란, 작가 쪽에서 바라보기와 같은 비중으로 맞서야 함에도 불구하고 이상하게도 우리의 문학판은 후자 쪽에 무게 중심이 가 있지 않았던가. 이 나라 근대사가 문학을 작가 쪽으로 몰고 갔기 때문. 이제는 균형을 회복할 시점에 와 있지 않겠는가. 작가도 독자도 이제 경험의 형식, 곧 현실적 삶과 상상적 삶의 대비에서 우리의 삶을 좀더 높은 곳으로 이끌어 올리는 데로 향해야 되지 않을까.

2. 회전문에 갇힌 초라한 남근주의 바라보기—서하진 · 공지영

서하진 씨의 〈회전문〉(《21세기 문학》, 봄호)은 밀도 높은 작품. 〈제부도〉(1995)의 작가 서씨의 자질이 잘 드러났기 때문. 불륜이란 무엇인가. 부르주아(시민)의 삶에 있어 이것만큼 골치 아픈 것도 없지만 또 이것만큼 매혹적인 것도 없지요. 하층민이나 상류 사회에선 전혀 무의미한 이 윤리 감각의 근거란 무엇인가. 일부일처의 가족 구조가 그 정답. 그렇다면 일부일처제의 가족 구조의 원리란 또 어디에 근거하고 있었을까. 두 가지 문제점이 지적되겠지요.

개인과 사회의 관계 유지를 위한 균형 감각이 그 하나. 근대의 산물인 시민 사회의 덕목이란 중세적 공동체(교회, 지역, 공동체 등)의 막강한 압력에서 벗어나 개인의 자리 확보를 위한 투쟁사라 볼 수도 있지요. 헤겔의 저 유명한 《정신현상학》(1807)이 그토록 주인·노예의 투쟁(변증법)을 강조한 것도, 독일 고전주의 철학이 희랍적 세계를 전범으로 내세운 것도 개인과 사회(공동체, 폴리스)의 조화된 상태를 거기에서 본 까닭. 중세가 이 균형 감각을 송두리째 깨뜨려 교황, 영주의 공동체 속에 개인을 예속시켰던 것.

가족 구조의 원리 중 다른 하나는 무엇일까. 개인과 공동체의 조화를 모색함에 있어 시민 사회는 남성 중심주의를 그 핵심에다 놓았음을 들겠지요. 입센의 〈인형의 집〉(1879)에서 이 점이 한 번 유럽 지붕을 들썩거린 적이 있지 않습니까. 입센의 경우 그것이 여성의 경제권에 관련되었다고 지적한 것은 중국 문호 노신(魯迅)이었지요. 〈노라는 가출한 뒤 어떻게 되었을까〉(1923)에서 노신은, 경제권을 문제 삼지 않는 한, (1)굶어죽는 길, (2)창녀 되기, (3)가정 복귀 등의 방도뿐이라 보았지요. 이 물음은 부르주아 사회 전반에 하도 은밀히 작동하고 있는 원리여서, 공기처럼 의식되지 않음이 일반적이라 하겠지요.

이 경제권이 눈에 보이기 시작한 단계가 언제였을까. 산업 사회의 진입이 그 고비였을까. 이를 고비로 하여, 남녀의 역할에 대한 혼선이랄까 역할 철폐에 대한 인식이 솟아올랐던 것. 동성애로 이 사정이 설명되겠지요. 타자(他者)란 무엇인가를 묻고, 이를 철저히 탐색하는 철학의 줄기에서 막다른 골목에 이른 형국이 동성애로 퉁겨져 나왔던 것. 타자란 그러니까 '나'의 한 변형이라는 인식. 거기에 동성애의 근거가 놓여 있었던 것.

정보 사회로 진입했을 때, 이 과제는 어떻게 되었을까. 동성애조차 해체되었다고 보는 징후가 있습니다. AIDS로 대표되는 생명주의가 그것. 성(性) 자체가 소멸되는 그런 장소에 직면한 형국이라고나 할까요.

이러한 전망 속에서 보면 작가 서씨의 위치는 어디쯤일까. 〈회전문〉 속으로 잠시 들어가 볼까요.

"여왕처럼 대접받고 싶으면 먼저 남편을 왕처럼 모셔라. 여자가 그렇게 말하는 순간 나는 텔레비전 리모컨을 눌러 화면을 죽여 버렸다"라고 시작됩니다. 왜 TV를 꺼 버렸을까. '남편을 왕처럼 모셔도 하녀처럼 버림받는다'는 경험적 사실 때문. 이 엄연한 경험적 사실을 가진 '나'에겐 무엇이 구원일 수 있을까. '체념' 뿐이라는 것.

  "내가 사랑하던 침묵, 그 고요와 정결함이, 이제부터 어쩌면 평생을 함께 해야 할 그것이 내게 엄습했다."(213쪽)

체념을 '침묵'이라 했군요. 뿐만 아니라 '정결함'이라고도 했군요. '침묵'이 때론 고성능 폭약일 수도 있겠으나 '정결함'에 이르면 사정이 크게 달라집니다. '침묵→고요→정결함'에 이르는 이 도정이 결국은 '체념'에서 오는 승화의 일종이라 할 수 없겠는가. 이렇게 지레짐작하는 독자 측을 작가 서씨는 냉소하고 있습니다. 작가 서씨는 지금 여성주의라든가 가부장제에 대한 비판 따위를 문제 삼고 있지 않습니다. 그런 것 따위야 아무래도 상관없는 것. 왜? 기껏해야 제도의 일종이니까. 제도가 만든 덫이란, 아무리 어렵더라도 제도로 풀 수 있는 법이니까. 그렇다면 작가 서씨에겐 무엇이 문제였을까.

  그(아버지—인용자) 앞에는 한 오라기의 비밀도 없이 모든 것이 투명해야만 했다. 그에게 비밀은 죄악의 다른 이름이었으며 절대적으로 무익한 것이었다. 남편이야말로 어머니가 가진 최초의 비밀이었다. 다락방에 숨겨 준 시동생의 후배가 사위가 된 것을 어머니는 끝내 밝히지 않았다. 어머니와 공유한 비밀, 그 비밀이 이제 내게는 무거운 허물이었다. 벗겨지지 않는, 탈피의 과정이 너무나 아프고 힘겨운 허물이었다. 내가 용서할 수 없는 것은 남편의 외도, 다른 여자를 사랑했다는 사실이 아니라는 생각이 언뜻 스치듯 지나갔다. (230쪽)

남희주라는 이름의 30대 중반의 주부 작가가 있습니다. 운동권 출신 남편 민씨는 환경을 연구하는 시민 단체의 간사. 남편의 외도가 삼 년 간 지속되었음을 발견합니다. 남편 왈, 아내도 사랑하고, 그 여자도 사랑한다고. 그 여자 왈, 그저 남자 쪽의 응석부리기(심심해서)라고. 어느 쪽도 진실이겠지요. 아니, 정확하지 않겠지요. 왜냐면 누구도 자기의 감정 및 자기 자신을 정확히 모르는 법이니까. 이 경우, 문제되는 것은 '투명성'에 대한 사유가 아닐 수 없습니다. 참 주제가 걸린 곳이지요.

(1) '나'와 남편의 만남(사랑)의 성립 근거가 '비밀'(불투명성)에 있었다. (2)시동생의 친구이자 다락방에 숨겨 준 운동권 대학생이 사위라는 사실이 어머니의 '비밀'이었다. (3)남편의 외도가 남편의 '비밀'이었다.

(1) (2) (3)은 그러니까 회전문 저편의 세계이다. 한편 회전문 이쪽의 세계, 곧 '투명성'의 세계는 어떠한가. 거기 아버지 혼자만이 서 있지 않겠는가. (1) (2) (3)을 분석해 보기로 하자. '비밀' 속에 (1)도 들어 있으니까 실상 (2) (3)의 공모자가 아니었겠는가. 이 공모적 성격이야말로 '나'를 견디기 어렵게 한, 그래도 끝내 넘어야 할 고비라는 것. 그럼에도 아직 그러한 방도를 찾지 못하고 있다는 것. 이 점을 작가 서씨가 아주 어렵게 내비치고 있는 곳에 이 작품의 밀도가 있습니다. 과연 투명성으로 나아감이 구원일까. 투명성

조차도 '덫'이 아니겠는가라고.

"회전문이 돌 때마다 똑같은 면이 나타났다 사라지기를 반복하고 있었다. 그 안으로 들어서는 사람을, 어느 순간 회전문이 서고 그 사람(아버지—인용자)이 거기 꼼짝없이 갇힌 채 유리 너머로 이편을 바라보는 것을, 그의 창백하고 그늘진 얼굴을 나는 가만히 지켜보았다."(결말)

여기까지 이르자 다음 두 가지 점이 스쳐 감은 웬 까닭일까. "사람이 비밀이 없다는 것은 재산 없는 것처럼 가난하고 허전한 일이다"(《실화》)라는 명제로 일관한 〈날개〉(1936)의 작가 이상의 목소리가 그 하나. 다른 하나는, 90년대 고전적 작품 《무소의 뿔처럼 혼자서 가라》(공지영, 1993)의 초점 화자인 이혼녀 혜완이 오랜만에 고향집으로 내려가 아버지를 만나는 장면이 그것. 실수로 아들 헌이를 죽인, 눈물로 참회하는 딸에게 아버지는 끝내 '연민'을 보내지 않는 장면이 그것. 작가 공지영과 마찬가지로, 작가 서씨 또한 회전문 속에 갇힌 아버지에게 '연민'을 보내지 않는군요. '투명성'도 '비밀' 모양 구원의 실마리일 수 없다는 것. 이 점에서 둘은 닮아 있다고 볼 수 없을까.

3. 구역질의 정체—엄광용

엄광용 씨의 〈푸른 광기의 시절〉(《문학사상》, 5월호)은 의식형 작품. 수법은 구식. '낮도깨비'라는 부제를 달고 있습니다.

낮도깨비라니, 지금이 어느 시대인데, 라고 묻겠지요. 그렇지만 누구나 도무지 설명하기 어려운 상황에 부딪히는 법. 도깨비란 원칙적으로는 밤중에 일어나는 현상인 것. '대낮'엔 나타날 수 없는 법인데도 그것이 나타났다면 어떻게 될까. 웃음거리나 구역질의 대상이 되기에 맞춤하지 않을까. 앞엣것이라면 여지없는 풍자로 향하겠고, 뒤엣것이라면 과연 어떠할까.

앞엣것의 경우는 이 나라 문학판에서 낯익은 바 있고, 근자엔 신진 작가 성석제 씨에게서 자주 볼 수 있습니다. 성석제 씨의 재주는 놀라울 만큼 현란해서, 낮도깨비를 아주 친근한 아비상으로까지 발전시켜 놓음으로써(가령 〈꽃피우는 시간〉, 《현대문학》, 4월호) 그것을 삶의 진실에까지 올려놓고 있더군요. 그런데 이 낮도깨비를 구역질의 대상으로 바라보고 있는 시선이 나타났습니다. 음미될 사항이 아닐 수 없지요. 작가 엄씨는 구역질의 모습을 이런 식으로 드러냅니다.

나는 언젠가 내장이 투명하게 들여다보이는 작은 물고기를 본 적이 있었다. 내 기억이 정확하다면, 그것은 제천 의림지에 갔을 때 어느 식당 입구에 놓인 어항 속에서 떠다니던 '빙어'라는 물고기였다. 그곳 사람들은 그 물고기를 '공어'라고도 불렀다. 뱃속이 비어 있는 듯 훤히 들여다보이기 때문에 그런 명칭이 붙여졌는지는 모르지만, 아무튼 나는 그때 형광 불빛에 투사되고 있는 어항 속에서 그 물고기의 부유하는 모습을 바라보며 문득 헛구역질을 느꼈었다. (서두)

헛구역질의 근거가 자명합니다. 어떤 대상이란, 그 나름의 겉모습을 지니고 있는 바, 우리가 반응하는 것(개념)이란 이 겉모습에서 형성됨이 원칙 아닙니까. 요컨대 속모습(창자)을 감추어야 비로소 가능한 것이지요. 우리의 일상적 삶이란, 이로써 이루어졌다 해도 과언이 아닙니다. 이 범주에서 비로소 안심할 수 있습니다. 그런데 대상(사물)이 속모습을 깡그리 드러내고 있다면 어떻게 될까. 실로 낮도깨비스런 느낌이 아닐 수 없겠지요. 깊이 감추어야 할 창자까지 송두리째 드러낸 사물에 돌연 마주친다면 저 퐁피두 센터처럼 얼마나 황당하랴. 이 황당함이란, 따지고 보면 조금도 이상하지 않습니다. 어떤 사물도 내용과 형식을 갖추고 있지 않은가. 내용만 있고 형식이 없다든가 그 반대의 경우란, 현실 세계에선 존재하지 않습니다. 만일 그런 것이 있다면 비유해서 '유령'이라 부르지요. 간판만 있고 속알맹이가 없는 회사를 두고 유령 회사라 부르기 같은 것. 유령이란 없는 것이니까 그럴 수밖에.

이처럼 내용과 형식을 한순간 갖춘 존재가 사물이며, 이 기본항이 너무도 당연해서 자주 이 사실을 잊고 사는 것이 이른바 세속인 (das Mann)의 갈 데 없는 버릇이지요. 물고기의 창자란, 절대로 보여서는 안 된다는 것이 그것. 만일 일상 생활에서 그 창자들이 깡그리 드러난다면 어떻게 될까. 대혼란이 일어날 수밖에. 애인의 창자(비밀)가 송두리째 드러나 보라. 가족의 창자가 모두 드러나 보라. 낮도깨비의 현상이 아닐 수 있겠는가.

이 충격이 실상 예술의 목적임을 외친 패들이 저 유명한 러시아 형식주의자들이 아니었던가. 쉬클로프스키 왈, 예술이란 어떤 대상을 그린다든가 반영하는 것이 아니다. 그럼 뭐냐. 낯익은 것을 낯설게 함이다. 따라서 지각을 어렵게, 지각되는 시간을 길고 교묘하게 함이다(《방법으로서의 예술》, 1925)라고. 이른바 비일상화(非日常化)라 불리는 이 '낯설게 하기'가 소중한 것은 일상성을 일깨움에 있겠지요.

그런데 이 낮도깨비스런 현상이 다름아닌, 예술의 방법 그것이라면 이처럼 신선함이 어디 또 있겠는가. 헛구역질이라니 말도 안 된다고 하겠지요. 그럼에도 작가 엄씨는 헛구역스러움을 느끼고 있습니다. 이 장면에서 어떤 사람은 공원 의자에 앉아 마로니에 나무뿌리를 보다가 돌연 멀미(구역질)를 느끼는 〈구토〉(사르트르, 1938)의 주인공 로깡땡을 연상할 수도 있겠지요. 그러나 그것은 오해이겠지요. 〈구토〉의 경우가 존재론적 과제라면 엄씨의 헛구역질은 심리적인 것이니까.

심리적인 현상으로서의 헛구역질, 이를 분석해 보이면 이러하지요.

(A)사물은 내용·형식으로 구성됨이 원칙인데 이를 은폐시킨 것이 일상성이다. (B)이 일상성을 폭로시킴이 이른바 낯설게 하기이다. (C)그러나 그 폭로물 속엔 신선함(기분 좋은 것)도 있지만 불쾌한 것도 있다. (D)불쾌한 부분이 바로 헛구역질을 일으키는 주범이다.

작가 엄씨가 보여 주는 것은 주인공인 '나'의 (D)에 해당됩니다. 처자를 가진, 10여 년 간 출판사에 근무한 '나'가 한파 이후 실직되지 않겠는가. 그렇다고 그 나이에 취직될 가망도 없지요. 그렇다고 당장 생활의 위기에까지 몰리지 않을 만큼 여유가 있다면 어떻게 될까. 이런 위인이라면 자기식 고집 한 가지를 확고히 갖고 있는 법. 그 확고한 자기식 고집의 나타냄이 '수염 기르기'이지요. '나'라는 사물의 형식이지요. 그런데 '수염 기르기'에 대응되는 내용이란 무엇인가. 유년기에 겪었던 낮도깨비스런 인물과 '나'의 관계입니다. '나'는 결코 이 '내용'을 남에게 송두리째 드러내어서는 안 됩니다. 왜냐면 '나' 자신의 세계 속이 알몸으로 노출되니까. 이는 위기 의식이 아닐 수 없지요. 절대로 '수염 기르기'를 고수하기. 그것만이 자기 방어책(살 길)이지요. 취직하기 위해 10년 간 길러 온 수염을 깎아야 한다면 차라리 취직 포기의 길을 택할 수밖에.

과연 '구역질 감추기'야말로 '나'의 살 길이자 가족의 살 길일까. 이 물음에 이 작품의 참 주제가 놓여 있습니다. 그것은 '살 길'이 아니라 '나'의 위기이자 가족의 위기이며, 진실의 은폐에 다름 아니라는 것. 수염 깎기를 거부한 채 면접 시험을 포기한 '나'가 귀가하는 도중에 이를 확연히 깨닫지요.

그 순간, 나는 또다시 눈이 노란 고양이의 재채기 소리를 들은 듯

했다. 그 소리가 들리는 쪽으로 시선을 돌리던 나는 대문 앞에서 이 쪽을 바라보고 서 있는 아내의 모습을 보았다. 그와 동시에 나는 정말로 뱃속에서 솟구쳐 올라오는 토사물을 막으려고 두 손을 급히 입으로 가져갔다. 그러나 토사물은 두 손가락 사이를 비집고 흘러나와 나의 턱수염을 마구 더럽히고 있었다. 나는 그 순간, 어쩌면 아내가 나의 그런 모습에서 또다른 낮도깨비의 형상을 보았을지도 모른다는 생각을 하였다. (끝 장면, 밑줄 인용자)

앞의 '그 순간'이 '나'의 유년기 체험의 구역질이라면, 뒤의 '그 순간'은 타자인 아내의 구역질이지요. 어느 것이든 작가 엄씨의 강점은, 소설을 '의식의 기술(記述)'로 대하고 있음에 있습니다. 비록 구식이나 소금 장수 얘기가 소설일 수 없음을 새삼 일깨우고 있는 장면이라고나 할까.

4. 비판으로서의 메타 소설

황병하 씨의 〈마법의 팔찌〉(《세계의 문학》, 봄호)는 이른바 메타 (meta) 소설. 다음 두 가지 점에서 그러하지요.

묘사의 대상이 사회도 인간도 인간과 사회의 관계일 수도 없다는 것이 그 하나. 이를 종종 비평가 황씨는 반리얼리즘이라 불렀던 것. 그렇다면 인간도 사회도 그 관계도 아닌 대상이란 어떤 것일 까. 지식이라 부를 수 있는 일종의 상상의 구성체라고나 할까. 씌어진 소설들을 일종의 대상으로 삼기도 그 중의 하나이겠지요. 정통 리얼리즘 소설이 쇠퇴하거나 조만간 막다른 골목에 빠질 것임을 전제, 이를 뚫는 방도란 무엇인가. 비평가 황씨는 정통 리얼리즘으로 무장된 이 나라 문학판에서 너무 앞서 가고 있었다고나 할까. 황씨를 이런 앞잡이로 만든 것은 보르헤스라는 걸출한 작가였지 않았을까.

밤거리에 나오면 그는 박제 같은 잠에서 다시 서서히 눈을 뜨는 것 같았다. 밤의 불빛과 인파는 그에게 마치 아침 커피와 흡사했다. 그는 또 마법의 팔찌를 바라보며 기도를 시작했다. 그는 오늘 자신에게 두 건의 손님이면 충분하다고 생각했다. (서두)

'마법의 팔찌'가 첫 장면에서 제시되어 있습니다. 이 팔찌가 바로 주인공.

술집 종업원인 한 청년이 우연히 길거리에서 은팔찌를 줍는다. 이 싸구려 팔찌를 끼어 보고 몹시 흐뭇해한다. 어째서? 기이한 차림새나 장신구를 가지고 자신의 부족함을 감춰 보려고 애쓰는 축에 그도 속하니까. 바로 이 욕망이 함정. 싸구려 은팔찌로 하여금 초인적 힘을 발휘케 한 것은 바로 이 욕망이었던 것. 파우스트적인 주제인 셈. 욕망에다 영혼을 판 형국이라고나 할까.

그러나 작가 황씨의 경우는 파우스트 쪽과는 썩 다릅니다. 바로 이 점이 안타까움이겠지요. 작가 황씨도 넘을 수 없는 한계. 그 청년은 마법의 팔찌의 마법을 자신의 세계 정복(출세) 욕망에만 국한시켜야 했음에도 불구하고 어머니의 목숨 쪽에도 도박을 걸었던 것. 그 순간 팔찌의 마법은 사라질 수밖에. 도로 아미타불이 될 수밖에. 어머니의 목숨이냐 자신의 출세 욕망이냐에서 전자를 택했을 때 그는 이미 죽었다고 생각할 수밖에. 욕망을 위해 목숨을 팔았으니까. 욕망을 위해 목숨(영혼)을 판 점에서는 《파우스트》의 구조와 닮았으나, 구원이 없다는 점에서 후자와 구별됩니다. 기독교 문화권에서 벗어난 이 나라 작가 황씨의 메마름이랄까 한계랄까.

메타 소설이라 했거니와 이에 상응하는 또 다른 이유는 무엇일까. 국적 불명의 문체가 그것.

(A) "그는 종소리처럼 생각의 잠을 깨뜨리며 다가서는 향수 냄새에 부시시 고개를 쳐들었다." (182쪽)

(B) "눈을 감기 전 언뜻 깨달았던 상계동 근처의 동1로 거리를 택시는 달빛처럼 달려 영원한 현재 속으로 멀어져 가버리는 것 같았다." (190쪽)

(C) "살다보니 나를 낳아 준 어머니마저도 아주 뒷전일 때가 있고, 사랑마저도 허망한데 먹고 사는 것이라고 뭐 별다를라고 우리는 그토록 몸부림을 치는 걸까." (200쪽, 밑줄 인용자)

밑줄 친 곳은 어떠할까. 대상 없는 메타식 언어 용법이라 할 수 없겠는가.

반리얼리즘의 기수답게 작가 황씨의 면모가 여실합니다. 리얼리즘 일변도의 이 나라 문학판에 홀연히 나타난 한 마리 까마귀라고나 할까. 황씨의 이러한 노력을 다시 대할 수 없음은 안타까움이 아닐 수 없습니다. 삼가 명복을.

5. 장다리꽃은 언제 피는가—권택영 · 이청준

평론가 권택영 씨가 소설을 썼고 소설가 이청준 씨가 그에 대한 평론을 썼다는 사실. 이는 일종의 문단적 사건일까.

일찍이 백철이 〈전망〉(1940)을, 이어령이 〈장군의 수염〉(1966), 〈환각의 다리〉(1969)를 썼지요. 시인이 소설을 썼다든가 평론가가 시를 쓴 경우와 이는 조금 구분되지 않을까. 육체 없이 소설이 구성되지 않음을 염두에 둔다면 특히 그러하지요. 그런데 평론가들이 쓴 저러한 작품들을 따져 보면, (1)단(중)편이라는 점, (2)위에서 잠시 엿본 〈마법의 팔찌〉 모양 메타 소설스럽다는 점이 판명되지요. 육체의 빈곤(쇠약)으로 특징되겠지요. 평론가 권씨의 소설 《사랑의 의지》(민음사, 1999.2)의 경우는 (1)장편이라는 점, (2)육체를 가졌다는 점이 지적되겠지요.

이 소설의 육체 몇 가지를 잠시 엿볼까요. 제목이 지닌 역설이랄까 아이러니. 사랑을 두고 맹목이라 부름이 자연스럽다는 통념에 대한 비판이 그것. 사랑도 다른 어떤 인간적 영위와 마찬가지로 '의지'적 행위라는 것. 그러니까 권씨가 말하는 '의지'란, '문학하기'와 동의어인 셈입니다. 어째서?

지연이라는 시골 출신의 한 여자가 있었다. 미국 유학에 나아갔다. 왜? 문학 공부 하기 위해. 사랑도 해야 했다. 왜? 여자이니까. '사랑이냐 문학이냐'의 선택이 가로놓여 있었다. 이 둘을 동시에 수행하기의 길, 바로 이것이 소설의 주제인 셈. 사랑도 문학도 몽땅 다 갖겠다는 데서 생기는 고통(갈등, 투쟁) 그것이 이 작품의 육체를 이루고 있다. 이 육체는 과연 튼튼한가. 혹시 '의지'란 '억지'가 아니었을까. 말을 바꾸면 '고민'의 깊이에 있지 않겠는가. 그것은 작가 권씨의 자기 고백의 용기와 그 심도에 비례하는 것.

이 결정적 물음에 대해 소설가 이청준 씨는 씨 고유의 방식으로 이렇게 적어 놓아 인상적입니다.

오히려 어딘지 좀 이상한 느낌이 드는 것은, 저 1987년의 〈6·29 선언〉과 맞아떨어져야 했기에 그랬는지 모르지만, 그리고 봄이 늦은 북쪽 마을이어서 그랬는지 모르지만, 그 삼척의 장다리꽃은 봄철이 아니라 초여름에 피는 꽃처럼 보인 점이라 할는지 모른다. (286쪽)

소설가가 소설가에게 던지는 시선이 여기 숨쉬고 있습니다.

● 글쓰기 욕망의 현장감

김 현 주

조 용 호

하 성 란

이 혜 경

박 청 호

신 경 숙

글쓰기 욕망의 현장감

—글쓰기의 근거에 대하여

김현주의 〈에어컨〉, 조용호의 〈이별〉,
하성란의 〈깃발〉〈악몽〉, 박청호의 〈우렁 신랑〉,
이혜경의 〈잘 있거라 내 사랑〉, 신경숙의 〈딸기밭〉

1. 사물 되기의 욕망—김현주

신진 작가 김현주 씨의 〈에어컨〉(《문학과사회》, 여름호)은 두 가지 산뜻함과 한 가지 논의점을 지닌 작품. 산뜻함부터 볼까요.

(A)구성상 대화 형식이라는 점. 단편인데도 이러한 이중 구조가 요망되었던 이유란 무엇인가. 음미해 볼 만한 대목이지요. 부부 일체란 말이 있습니다. 또 남녀 대립이란 말이 있습니다. 두 명제 모두가 진실이지만 동시에 모순되고 있지 않겠는가. 일치이되 모순됨이 가져오는 혼란이랄까 혼선을 어느 수준에서 적절히 조정할 것인가. 이 과제는 인류가 동굴 속에서 나와 오늘에 이르기까지 끊임없이 모색되어 왔고, 그 해답의 하나가 제도로서의 가족이 아니었던가. 그런데 이 가족의 해체가 전면적으로 벌어진다면 어떻게 될까. 남편/아내는 남/녀로 분리되어 저만치 타자로 존재하지 않겠는가.

작품 〈에어컨〉이 놓인 자리는 아직 타자에 이르지 않은, 그렇지만 조만간 타자가 될 처지에 있는 상태를 보여 주고 있다고 할 수 없을까. 수천 년에 걸쳐 인류사가 창출해 낸 가족 제도가 어느새 핵가족에 이르렀지 않았던가. 그런데 핵가족조차 지금 해체 직전에 와 있지 않았겠는가. 여기까지 생각이 미친 독자라면 이 작품 속에 이미 들어온 셈. 어째서? 〈에어컨〉이라는 존재가 핵가족의 입구에서 머뭇거리고 있으니까.

여기 결혼한 부부가 있습니다. 남자는 절에서 수도한 인물. 여자는 일찍이 어떤 중을 사랑한 바 있는, 다리를 약간 저는 여자. 결혼이라는 제도에 흡입되어 갈팡질팡, 일 년의 세월이 흐릅니다. 제도 속으로 이미 들어왔지만 여기에서 과연 주저앉을 수 있을 것인가. 이 순간 문제되는 것이 '타자' 개념입니다. 구성상 대화 형식의 도입이 요망되었던 것은 이 때문. 그렇지만 이 작품에서 과연 그것이 '타자'일 수 있을까. 아내의 의식이 한편에 굵은 인쇄체로 전개됩니다. 이에 잇대어 남편의 대응이 보통 활자체로 전개됩니다. 그렇지만 누가 보아도 이는 타자 개념일 수 없지요. 아내의 생각이란 기껏해야 '나'(남편)가 만들어낸 '의식'에 지나지 않는 것. 남편의 의식이 아내라는 이름에 투영되어 있을 뿐. 이를 일러 '독백'이라 하는 것. 그러니까 아내와 남편의 대화적 구성법이란 실상은 독백체를 위장한 수법. 이를 두고 타자 없는 상태, 곧 자위 행위의 일종이라 하겠지요.

그렇다면 진짜 타자란 무엇이뇨. '나'와 생각(의식)이 전혀 다른 사람과의 마주침이지요. 이를테면 문법 구조 체계가 전혀 다른 두 사람의 대화가 그것. 의사 소통을 위해 양쪽 모두 필사적일 수밖에 없는 상황, 그때 타자의 실체가 드러나는 법. 〈에어컨〉은 타자의 '근처'에까지는 와 있다고 보겠지요.

(B)인간에서 사물화에로 : 실상 이 작품의 신선함이란, '사물 되기'의 욕망에 있습니다. 간사한, 그래서 무한한 것을 꿈꾸는 인간의 '의식'에서 오는 고통을 겪어 온 인류는 여기에서 벗어나는 제도적 장치를 수없이 모색해 오지 않았던가. 그 중의 하나가 사물

되기이지요. 시인은 이렇게 읊었지요. '내 죽으면 한 개의 바위가 되리라'(청마)라고. 돌이나 나무 또는 모래나 바람이나 흙이 되는 길, 그것이 바로 해탈이었던 것. 의식의 강도에 비례하여 생기는 것이 사물 되기의 욕망인 셈. 그런데 사물 되기 중에서도 하필 '에 어컨 되기'여야 했던 까닭은 무엇인가. 핵가족의 현장성이 그 해답의 하나.

(C)사물화한 인간과 동거하기 : 앞에서 말한 한 가지 문제점이란 이를 가리킴입니다. (B)에서 보듯, 인간에서 사물 되기에로의 이행을 역행하고자 덤비는 것이 (C)입니다. 실상 작가는 에어컨으로 변신한 아내를 어루만지며, 에어컨을 인간인 아내로 바꾸고자 안달이 나 있는 형국 아닙니까. 알량한 휴머니즘 때문일까. 그렇다면 실로 유치한 수준이겠지요. 어째서? (B)의 신선함을 송두리째 짓밟는 행위이니까. 그렇다면 어째서 작가는 (C)를 도입했을까. 이를 조급성이라 할 수 없을까. 말을 바꾸면 소설 결말에 대한 초조감이 그것.

소설의 결말이란 무엇이뇨. '화해'가 정답이라고 주장하는 패거리가 있었지요. 시작, 중간, 끝이 미학(비극)의 기본 법칙임을 발견한 사람이 《시학》의 저자 아리스토텔레스. 이 연장선상에 이른바 리얼리즘의 정통성이 놓여졌지요. "길이 시작되자 여행은 끝났다"라고 《소설의 이론》의 저자 루카치가 외쳤지요. 소설이란 결국 '이로니(Ironie)'에 지나지 않는다고. 화해 모색으로 치닫고 만다고. 《낭만적 허위와 소설적 진실》의 저자 지라르는 이렇게 갈파했지요. 서구 소설의 결말은 한결같이 결말에 가서는 욕망의 삼각형을 배반하고 '수직적 초월'에로 치닫는다고.

이러한 리얼리즘계에 맞선 패거리로 모더니즘계를 들 수 있습니다. 사사건건 루카치와 맞섰던 《부정 변증법》의 저자 아도르노 왈, "여기 저기 보이는 착란의 흔적이야말로 모더니즘의 진정성이다"《미학 이론》)라고. '착란의 흔적'이란 무엇이뇨. 강요된 화해가 아니라, 산산 조각난 것을 그 상태 그대로 보존하는, '폭력 없는 총합'이 그것. 특수에 대한 보편의 지배를 거부하기로 이를 요약할 수도 있겠지요.

작품 〈에어컨〉이 서 있는 좌표는 어디인가. 인간에서 '사물 되기'에로의 이행 욕망과, 이를 되돌리기의 욕망 한가운데가 아니었겠는가. 이 좌표축이 어떻게 이동할 것인가. 앞으로의 과제라 할 수 없을까.

2. 혼자 추는 진혼굿―조용호

조용호 씨의 〈이별〉(《21세기문학》, 여름호)은 이른바 후일담계. 아직도 후일담계인가. 이런 물음이 나올 법하지요. 〈이별〉은 이러한 물음에 대한 한 가지 대답이라 하겠지요. 후일담계란 무엇이뇨. 사람에 따라 천차만별의 해답을 이끌어 낼 수 있다는 것. 신진 작가 조씨가 겨냥한 곳이 바로 이 문제입니다.

잠시 작품 속을 엿볼까요. 여기는 지하 록카페. 굉음, 현란한 불빛 아래 남녀가 앉아 있다. 여자가 말한다. "오늘이 그이 칠주기예요. 오늘 시댁에 다녀왔어요. 아이가 엄마를 잘 몰라봐요!"(381쪽). 간결한 이 말 속에 줄거리가 함축되어 있습니다. 여자 이름은 은주. 7년 전 남편과 교통사고로 사별. 아이는 시가(媤家)에서 키우고 있다. 시모(媤母)가 한사코 재가를 권했던 까닭. 아이가 어미를 몰라봄은 당연. 은주는 그간 어떠했던가. 직장에 취직, 동료 홀아비와 동거 생활 5년. 별거. 이젠 지쳐서 혼자 살고 있다. 지금 마주 앉아 있는 남자는 누구인가. 이름은 승규. 죽은 은주 남편의 대학 후배. 동아리 '노래패'의 일원들. 미대에 다니던 은주도 이 동아리에 끼어든다. 고전 무용에 능해 인기 독점이었다. 시골서 올라온 승규는 외로웠고, 이 동아리가 그에겐 삶의 의의 전부였다. 은주를 짝사랑하기 시작. 그러나 결국 은주는 선배와 결혼. 승규는 직장 생활하며 아직 홀아비. 그 선배가 죽은 지 7년 만에 은주와 승규가 록카페에 마주 앉아 있다.

이만하면 사연이 드러날 법하지 않습니까. 사건이 생길 법도 하고. 그렇지만 작가는 아무런 사건도 만들지 않습니다. 담담하게 끝냅니다. 대체 담담함이란 무엇인가. 후회도 아니고, 아픔도 아니고, 그렇다고 원통함도 아닌 그 무엇. 이것이 작가가 겨냥한 곳이지요.

명멸하는 조명 아래 쾅쾅대는 굉음을 들으며 은주가 승규에게 이렇게 말하는 대목.

언젠가 한번은 그이 대신, 제가 그이가 자고 있을 때 일어나서 이불을 여며준 적이 있지요. 잠들어 있는 그이 모습을 처음 본 듯한 착각이 일 정도였어요. 꿈속에 들어가 있을 그이 얼굴은 세상의 쓸쓸함이란 혼자 다 쓸어안고 있는 듯한 표정이더군요. 한편으론 <u>섬뜩함이기도 하고 뭔가 모를 아픔 같은 것이 명치 끝을 꼭 누르는 느낌</u>이었어요. 그이가 나에게조차 숨긴 무언가가 있었을지도 모르지요. 그이가 죽고 난 뒤 그런 심정이 더 굳어지더군요. 형은 그이의 친한 후배였으니 웬만한 정보는 가지고 있을지도 모른다는 생각이 들어서 사실은 그이가 죽은 뒤 한번 만나 보고 싶었는데, 뜻대로 되지 않더군요. 어쨌든 죽은 사람 곁에서 떠나고 싶었어요. (386쪽, 밑줄 인용자)

죽은 사람 곁에서 떠나고 싶었던 은주가 어째서 죽은 사람 곁으로 되돌아왔을까. 아이 때문일까. 다른 남자에 대한 실패 때문일까. 둘 다 아니군요. '느낌' 하나 때문. 곧 밑줄 친 부분의 그 '섬뜩함'이랄까 '아픔' 같은 것. 잠자는 남편의 얼굴에서 본 '느낌'이 그것. 이 '느낌'이란 무엇인가. 승규가 기껏 말해 줄 수 있는 것은 이러하지요. 은주 남편이 고아였다는 것. 아버지는 자유당 시절 악질 경찰이었고, 선배는 그의 첩의 소생이라는 것. 그 첩은 산욕열로 죽었다는 것. 본처가 이 아이를 잘 키웠다는 것. 시모가 그토록 매몰차게 은주의 재혼을 권한 것은 같은 여자로서 그러한 비극을 아직 젊은 은주가 겪을까 봐 감행한 배려였다는 것.

이처럼 후일담계의 소설이란, 실상 깊이 천착해 보면 개인사적 사실, 곧 가족 구조에서 비롯되었음이 잘 드러납니다. 개인적 편차에 그 승부처가 놓여 있다는 점이지요.

물론 이 작품은 여기에 멈추지 않습니다. 실상 이 작품의 소중함은 따로 있는데, 위의 밑줄 친 부분이 그것. 어째서 은주는 동아리의 지도자인 선배를 사랑하고 또 그와 결혼했는가. 어째서 승규를 물리쳤던가. 남녀 사랑의 승부처란 어디인가. '섬뜩함'이랄까 '뭔가 모를 아픔' 같은 것, 그런 것이 '명치끝'을 누르는 곳에 있다는 것. 이를 '끼'라 부를 것입니다. 은주가 선배에게 반한 것은 그 선배가 추는 춤에서 이 '끼'를 느꼈기 때문. '광기'에 휩쓸리기. 어떤 '끼'란 무엇일까. 삶의 감각의 첨예한 발현, 이를 예(藝)라 부르는 것. 이는 섬뜩함, 슬픔 같은 것. 명치끝을 누르는 그 무엇이지요. 그 뿌리는 고아 의식에서 왔을 수도, 또 다른 데서 왔을 수도 있는 것.

그렇지만 이 점이 중요한데, '예'란 조직화되어야 비로소 '섬뜩함'에서 벗어날 수 있다는 사실. 이 불안정한 '예'의 '조직화'란 무엇이뇨. '예술'이 그 정답. 이 점에서 작가 조씨는 의외에도 민첩하여 인상적입니다. 카페에서 나온 은주와 승규가 가로등 주차장에서 벌이는 춤판이 그것. 한판 춤으로 이 작품은 결말을 내고 있습니다. "어허 어허 어허 제헤 보살, 나무여 아미타불 이슬 길을 닦으면……"이라는 승규의 소리에 맞추어 은주가 춤을 추고 있습니다. '예'에서 '예술'에로의 이행이지요. 만일 여기에 '끼'가 작동한다면 두 사람 모두 파멸하겠지요. 진혼굿이 조직화된 예술 곧 예의 단계에서 벗어나지 않는다면 말입니다. 그렇지만 그런 위험이 아주 없지는 않아 보입니다. 〈분홍신〉의 주역 모이라 샤라(영화 주인공)의 텅 빈 무대 위에서 혼자 추는 춤이 '예술'이었음에 비추어 볼 때 특히 그러합니다.

3. 도시 공간의 환각—하성란

하성란 씨는 〈깃발〉(《문학동네》, 여름호)과 〈악몽〉(《문예중앙》, 여름호)을 내놓았군요. 농경 사회 상상력의 종언을 알리는 신호탄으로 읽힐 수 있는 작품들. 어째서 그러한가. 설명이 간단할 수 없습니다.

먼저 〈깃발〉부터 볼까요. 1997년 도시 한복판 광명 아파트 라동과 연홍 아파트 일대에 정전 사고가 있었는데, 급히 출동한 송배전공 '나'가 사고 전신주에 달려가 보니 전신주 꼭대기에 깃발처럼 팬티가 걸려 있었다는 것. 전신주 아래엔 사내가 벗어놓은 신발, 바지, 런닝, 그리고 혁대 등등이 있었다. 까치들의 집짓기 탓이 아니라 사내의 바지 혁대의 버클이 바람에 날리면서 양전류와 음전류가 마주 닿는 바람에 일어난 정전이었다. 어째서 그 사내는 알몸으로 전신주 꼭대기에 올라갔을까. 그리고 대체 그는 어디로 사라졌을까. 이는 분명 도시 공간이 빚은 불가사의함이랄까 환각의 일종이지요

이런 환각이 두 번째로 일어납니다. 몇 년의 세월이 흘러 이제 1999년에 접어든 '나'는 외제차 판매 사원으로 되어 있군요. 전공에서 벗어난 셈. '나'가 출퇴근하는 상습 정체 구역. 버스 속에서 매일 바라다 뵈는 고층 옥상에 거대한 철제 빔 다리가 달린 광고탑이 있다. '지상 낙원 하와이로 오세요'라는 문구와 함께 꽃무늬 비키니를 입은 원주민 처녀가 손짓하고 있다. '나'의 당직일, 고객으로 한 여인이 찾아왔다. 금방 알 수 있는 여인. 바로 광고 속의 여인이었다. 그녀는 그냥 구경만 하고 갔다. 그녀의 이름이 모델 이민

재임을 안 것은 어느 의상 발표회에서였다. 어느 날 '나'는 버스 속에서 졸고 있었다. 그녀가 '나'의 방에서 자고 있는 환각을 본다. 그런데 그녀가 현실로 '나'의 앞에 두 번째로 나타난 것은 몇 달이 지난 뒤였다. 외제차를 사기 위함이었다. 함께 시승 도중 흥분한 '나'는 큰 사고를 내고 만다. 승용차를 팔 기회를 놓친 것이다.

이런 줄거리에서 뭘 알아낼 수 있을까요. 주인공은 도시 생활에서 환각과 현실의 헷갈림에 시달리고 있는 것일까. 환각이 현실을 압도하고 있다는 것일까. 이 혼란에서 벗어나고 싶다는 뜻일까. 또는 이 양가성이 도시의 속성이라는 뜻일까. 해외 여행의 광고판이란, 그러니까 고압선 전신주 꼭대기에서 알몸으로서 사라진 사내의 염원이란 뜻일까. 이런 물음들은 아마도 모두 정답권에 들겠지요. 말을 바꾸면 작가 하씨의 작품 세계란, 농경 사회의 상상력에서 완전히 벗어났다는 점이지요. 아울러 유랑민의 상상력에서도 벗어나 있다는 점. 그러기에 여기에는 유년기의 기억이라든가 고향에 얽힌 이런저런 일이라든가 가족에 대한 애증과 갈등, 콤플렉스 따위가 깡그리 제거될 수밖에. 유기체(생명체)가 아닌 무기체의 세계와 흡사한 형국이라고나 할까.

〈깃발〉이 도시 공간의 환각이라면, 이 환각이 이번엔 한 소녀의 성장 과정 속에 스며들어 그 출몰하는 과정을 정밀히 묘사합니다. 〈악몽〉이 그것. 과수원집 외동딸이 여인으로 성장하는 과정이 배꽃이 되고, 열매 맺고 가을에 거두어들이는 한 해 동안의 과정 속에서 전개됩니다. 팔천 평이나 되는 과수원인지라 봄부터 많은 일꾼들이 모여듭니다. 그 중 청년도 있지요. 그런 청년을 처녀는 자기도 미처 의식하지 못한 상태에서 유혹합니다. 청년 역시 저도 모르는 사이에 휘말려 듭니다. 마침내 겁탈 사건, 정당 방위의 살인 사건. 그러나 이 모든 것이 한갓 환각이었음이 드러납니다.

〈악몽〉에서 주목되는 것은, 〈깃발〉에서보다 한층 객관적이라는 점. 묘사의 밀도에서 그러합니다. '여자'와 '사내' 그리고 '부모'의 위치가 객관화됨으로써 '환각'의 의미를 실체화하고 있습니다. 그렇다면 '환각'이란 무엇인가. 상상력의 별칭이지요. 글쓰기란 그러니까 환각 찾기에 다름 아닌 것. 도시적 환각을 더듬이로 하여 이를 확산해 가기가 하씨의 유니크한 점이 아닐까.

4. 텅 빈 집의 공포증—박청호

박청호 씨의 〈우렁 신랑〉(《문학사상》, 6월호)은 박씨 특유의 신선함을 잘 보여 주고 있습니다. 제목부터 잠시 음미할까요. 우리의 민담의 하나로 '우렁 각시'가 있지 않습니까. 우렁 속에서 예쁜 여인이 나와 총각 밥상을 차려 놓는 얘기. 밥상 차리기에 대한 염원이란 인류사에서 얼마나 집요한 것이었을까. 이것이 남성 중심주의에서 연원한 것이라 속단할 수 없다 해도 가정 꾸리기, 거기에는 밥상이 있어야 한다는 것 속에 '각시'의 존재 의미를 두었던 것이지요. 이러한 민담 형식을 뒤집어 놓으면 어떻게 될까. 이 전도 현상에 대한 착상이야말로 작가 박씨의 민첩함이라 하겠지요. 그것은 이를테면 민담 형식에 대한 새로운 의미 부여랄까요. 그것을 충격함으로써 오늘의 현실을 좀더 뚜렷이 부각시킬 수 있다면 신선함이라 하겠지요. 가령 '우렁 각시'대 '우렁 신랑'이란 전도 현상의 일종이겠는데, 한파(IMF) 이후의 현실로 치환해 볼 수도 있겠고, 좀더 따져 보면 남녀 평등에서 여성 우위 현상으로의 전환이라 볼 수도 있겠고, 더 깊이 들어간다면 인간 욕망의 근원에까지 소급해 볼 수도 있겠고. 좌우간 민담 형식이 이 작품의 생명선임엔 변함이 없습니다. 만일 이 준거가 없다면 자칫하면 한갓 영화에서 흔히 보는 욕망의 풍속도로 이 작품이 표류해 버릴 수도 있겠기에.

작품 속으로 들어가 볼까요. 인물 다섯 명이 등장합니다. 조, 수, 리, 진, 장이 그들. '조'. 그는 미국에서 영화 공부. 귀국. 재능은 있으나, 기회가 없어 표류중.

'리'. 그녀 역시 미국 유학생. 의상 디자인 전공. 귀국. 둘은 미국서부터 친구 사이. 어느 날 리가 조에게 꿈을 판다. 조는 외상으로 그것을 샀다. 그 '꿈'이란 무엇이었던가.

'수'. 부잣집 외동딸. 부(父) 사망. 유산 받음. 곧 박물관이 그것. 교통 사고를 일으킨다. 사람을 치었던 것. 졸도한 피해자인 사내를 차에 실어 집으로 옮겨온다. 창졸간의 일이라 당황하여 그렇게 한 것이다.

'진'. 수의 애인. 유부남. 시체와 다름없는 사내를 집에 둔 수가 구원을 청했으나 진은 무관심.

그런데 외출했던 수가 귀가해 보니 사내는 사라지고, 밥상이 정연하게 차려져 있지 않겠는가. 그것은 빵 나부랭이가 아니었다.

"밥상이 차려져 있었다. 이게 어찌 된 일일까. 수는 밥상 위에 놓인 식탁보를 들었다. 된장찌개와 생선구이 그리고 냉장고에 들어 있는 밑반찬들이 가지런히 놓여 있었다." (180쪽)

'장'. 재산가의 아들. 영화 제작자. 미국서 공부. 조의 시나리오에 힌트를 얻어 성공함. 그는 바야흐로 조를 찾고 있다. 또 다른 힌트를 얻기 위해. 리 역시 조를 찾고 있다.

핸드폰 번호로 장과 수가 연결된다. 차에 치여 식물 인간에서 소생한 사내가 바로 '조'였기 때문.

여기까지 이르면 등장 인물 다섯 명은 조와 수로 압축되었음이 드러납니다. 나머지는 이 압축을 위한 보조 인물들.

작가 박씨가 말하는 '꿈'의 팔고 사는 일이란 무엇일까. 이 물음 자체는 별로 중요치 않겠지요. 문제는 '수'에 있습니다. 수는 어떻게 살아왔던가. 도자기 전공의 부의 예술적 분야를 인계하지 못하고 오직 박물관(물질)만 계승했을 뿐. 부의 예술적 욕망을 두려움으로 기피해 왔던 것입니다. 도자기 가마가 있는 뒷집을 폐쇄하여 오늘까지 살아온 수의 삶의 방식이 이 사실을 말해 줍니다. 이제 밥상을 차려주는 사내이자 영화 전공의 재사인 조가 그 폐쇄된 도자기 가마 속에 깃들이고 있습니다. 수의 처지에서 보면 아비에의 회귀이며, 그것이 전도된 민담 형식으로 연결될 수 있겠지요. 아비의 환각을 잠시 조에서 본 것이지요.

그렇다면 조의 처지에서 보면 어떠할까. 천재적 상상력(꿈)을 지닌 조는 아마도 수의 아비 몫을 맡지 않을까. 그것이 창조적 '꿈'이니까. 당초 리가 조에게 외상으로 판 꿈도 그런 것이었으니까.

이상이 조의 실종 20여 일까지의 경과 보고입니다. '우렁 각시'에서 '우렁 신랑'으로의 전이 현상이란, 어느 쪽이든 '텅 빈 집'을 채우는 욕망으로 요약되는 것. 공간의 공포, 그것처럼 과거의 사람들도 오늘의 사람들도 '텅 빈 집'의 공포에서 벗어나고자 함에서는 일치하는 것. 이 점에 꿈(욕망)의 본질이 있습니다. 각시든 신랑이든 텅 빈 집의 공포를 해소시켜야 함이 그것.

5. 투쟁에서의 도피—이혜경

이혜경 씨의 〈잘 있거라 내 사랑〉(《문학동네》, 여름호)의 배경은 인도네시아의 한 도시 조크자카르타. 작가 이씨는 모종의 이유로 거기 살고 있으면서, 그래서 현지인들과 살아가면서 자기의 동일성을 재확인하고 있습니다. '어째서 나는 작가가 되었는가'가 그것.

이를 말하는 방식은 이인칭. 전지전능한 제3자의 입을 통해, 작가 이씨로 보이는 '너'의 정체를 밝히는 방식. 이 경우 전지전능의 시선이란, 결국 작가 자신이니까, 작가 자신만이 아는 자기 미화의 범주에서 벗어나지 않겠지요. 그러기에 고백체의 한 변종인 셈.

'어째서 나는 작가가 되었는가'. 이런 고백은 사람에 따라 천차만별이지요. 아비가 종이었기 때문에, 아비가 이데올로기였기 때문에, 혹은 가족 관계의 어떤 콤플렉스 때문에, 혹은 성격적 이유랄까 유년기의 심리적 상처 때문에 등등. 그렇다면 작가 이씨의 경우는 어떠할까.

전체적 성격 규정부터 나옵니다.

첫번째 실패를 딛고 일어서는 사람과, 거기 엎어져서 그냥 축축한 땅에 코를 박고 앞으로 나아가는 사람들의 뒤꿈치만 바라보는 사람이 있다면, 너는 두 번째에 가까울 것이다. 일어날 생각은 안하고 그냥 축축한 흙냄새를 맡으며, 일어설 마음도 기력도 없으므로 차라리 그 진흙탕에 익숙해지는 편을 택하는. (145쪽)

진흙탕에 익숙해지기, 거기에 글쓰기의 기원이 있다는 것. 삶의 투쟁의 회피로 이 사정이 정리됩니다.

그렇다면 삶의 투쟁이란 무엇인가. 적어도 이 물음이 글쓰기와 무관한 혹은 정반대 쪽에 선 그 무엇임만은, 작가 이씨에겐 분명합니다. 가령 인생은 투쟁이다, 실패하면 칠전팔기하여 마침내 목표 달성에 이른다고 했을 때, 그리고 그것이 일상적 삶이라 했을 때, 거기에 맞서고 역행함이 글쓰기라는 것. 다르게 말하면 일상적 삶의 반대편의 세계로 향하기라는 것이지요. 이 점을 작가 이씨는 낮은 목소리로 들려 주고 있습니다.

(1)팔남매의 막내인 농촌 출신의 소녀가 있었다. 최초로 부딪친 그녀의 위기는 여름 방학 숙제하기. 그녀는 포기한다. 형제들이 나서서 이를 해결해 주는 사이, 그녀는 젖비린내 나는 조카아이를 안고 옆에서 남의 일처럼 구경한다.

(2)잦은 가출. 그러나 되돌아오기의 반복.

(3)교과서 아닌 다른 책 읽기에 빠진다.

(4)지방 도시로 유학 간다.

(5)서울의 대학 생활. 애인이 생긴다. 그러나 그녀는 사랑으로부

터 도망친다. 쟁취 아닌 도피이어야 편하니까. 이것이 사랑인가 보다 하고 느끼는 순간 그녀는 거기서 빠져 나온다. 그렇게 하는 것이 마음에 드는 배역이었으니까.

(6)15년의 세월이 흘렀다. 그녀는 작가가 되어 이름이 났다. 어느 날 인도네시아로 전화가 걸려 온다. 독자의 한 사람, 그러니까 대학 시절 사랑했던 그 남자. 글쓰기란 무엇이뇨. 작가 이씨에 있어 그것은 참으로 명백하군요. '누구와 함께 있을 수 없기' 때문.

그러나 과연 그러할까. 지금 그녀는 자기의 글쓰기의 기원에 대해 숙고하고 있습니다. 사진이 아무리 선명하더라도 소리나 냄새까지 찍을 수는 없는 법. 그러니까 쟁취의 반대편에 서더라도, 기력만은 차려야 하는 법. 사진 속에 소리도 냄새도 담는 글쓰기로 향하기. 혹시 그것이 어떤 형태의 쟁취는 아닐까.

6. 관능과 살의—신경숙

신경숙 씨의 〈딸기밭〉(《문학동네》, 여름호)은 이렇게 시작됩니다. '나는 내 삶을 잊어 가고 있는 중이다'라고. 망각이 진행되고 있는 주인공 '나'의 독백으로 일관된 작품. '나'는 누구인가. 시인 연구로 학위를 받고 모학교에서 강의를 하고 있군요. 독신 여인. 강의 도중 수천 번이나 되풀이한 그 시인의 이름을 잊을 정도에 이르렀다는 것입니다. 이 망각 증세를 지금은 지상에 없는 소녀 시절의 여자 친구 '유'에게 낱낱이 드러내고 있습니다.

유. 너도 이제 내 의식 속에서 망각될 것인가. 너의 웃음소리, 너의 흰 팔뚝, 너의 부드러운 목덜미…… 그 날의 피크닉, 너라는 신비도. (194쪽)

유에게 고백하는 이유는 무엇일까. 제일 가까운 친구였기 때문일까. 이 점에 참 주제가 놓여 있겠지요.

실상 '나'의 과거 망각 증세란 한 '남자'를 사랑할 수 없음에서 말미암았음이 조금씩 드러납니다.

(1)내 기억 속의 아버지는 늘 흰 고무신을 신고 다닌다. (188쪽)

(2)23세 적 한 남자를 알게 된다. 남자는 흰 고무신을 신고 있었다. 청바지에 흰 고무신의 남자.

(1)과 (2)란 아주 섬세하게 짜여 있어 간단히 설명되기 어렵지만, 늘 부재한 아비에 대한 콤플렉스가 결국 과거의 망각 증세의 원인이었음이 드러납니다. 다르게 말하면, 외롭게 혼자 자란 '나'의 그리움이란, 자매들이 있는 남의 집이었던 것. 유가 그 중의 하나. '나'의 유에 대한 집착이 시작되고 마침내 딸기밭행이 이루어집니다. 딸기밭은 무엇이며 거기서 벌어진 '나'의 행위란 무엇인가.

(A) "많이 아파?" "응." 처녀는 손목의 힘을 풀고 유를 끌어안는다. 그 통에 유의 바구니에 소복소복 담겨져 있던 붉은 딸기들이 밭에 쏟아지며 으깨어진다. 유의 에이라인 스커트에 딸기의 붉은 물이 스친다." (216쪽)

(B) "처녀가 유의 목구멍 깊숙이 혀를 집어넣었을 때다. 돌연 유가 가슴을 벌려 처녀를 끌어안는다. (중략) "나를 죽이려 했지!" 유가 돌연 거칠어진다. 처녀를 덮치고 웃옷을 젖히고 처녀의 젖가슴에 딸기를 쏟아붓는다." (217쪽)

(A)를 통속적으로 말해 레즈비어니즘이랄까 호모 의식이라 할 수 있을지 모릅니다. (B)란 무엇인가. 관능성이 죽음 의식과 함께 있다는 것으로 볼 수도 있겠지요. 살인 욕망과 관능성의 관련 양상이

이 작품을 가로지르고 있습니다. 그런데 이 작품 속엔 또 하나의 목소리가 들리고 있어 죽음 의식을 한층 강화하고 있습니다. 미국에서 사고로 죽은 유의 어머니의 목소리입니다.

매우 섬세하게 짜여진 이 고백체에서 독자들이 읽어 낸 의미층은 다양하겠지요. 그 중엔 동성애와 죽음, 관능성과 죽음 의식을 읽어 내는 경우도 있겠지요. 이는 망각할 수 있는 것일까. 그럴수록 되살아나 우리의 삶을 생기 있게 하는 것일까.

문득 이 장면에서 윤대녕 씨의 〈수사슴 기념물과 놀다〉(《문학과사회》, 1999년 봄호)를 떠올림은 웬 까닭일까요. 동성애와 예술의 관련성을 주제로 하고 있었지요. 혹시 예술의 존재 방식이 그러한 동성애적 대상으로 존재하는 것일까. 이종 교배랄까 '타자성'을 거부하는, 일종의 자족적 현상이 예술일까.

이런 물음에 쉽사리 명쾌한 해답이 나오리라 믿지 않지만, 그것이 인간 욕망에 근거한다는 점만은 지적될 수 있겠지요.

● 핸드폰이 우리 소설 속으로 들어오는 장면들

이 재 익

김 인 숙

공 지 영

송 영

김 지 원

핸드폰이 우리 소설 속으로 들어오는 장면들
—핸드폰의 소설적 기능

이재익의 〈레몬〉, 김인숙의 〈길〉, 공지영의 〈고독〉,
김지원의 〈꿈 안으로 깨는 꿈〉, 송영의 〈고려인 니나〉

1. 은하계를 여는 열쇠 핸드폰—이재익

이재익 씨의 〈레몬〉(《문학사상》, 7월호)은 이렇게 시작됩니다. "인생이란 레몬 같은 거야"라고. 무슨 말일까, 물어 보려 하는 총각에다 대고 처녀가 잇고 있습니다. "사랑도 레몬 같은 거야"라고. 이 경우 총각 쪽이 조용히 고개를 끄덕거렸다면 어떻게 될까. 그렇게 말하는 처녀의 표정이 '너무 진지' 했다면 고개를 끄덕일 수밖에 없다는 것이 이 작품의 참 주제입니다. 이 사실을 증명하기 위해 작가 이씨는 소설이 감당할 수 있는 자질들을 일정한 수준에서 솜씨 좋게 발휘해 놓고 있습니다. 그렇다면 레몬이란 과연 무엇일까. 작품 속으로 들어가 볼까요.

우린 한강 시민 공원에 앉아 있었다. 바로 앞에서 도시의 불빛을 머금은 윤기 있는 강물이 조용히 넘실거렸다. 모든 것이 반짝이고 있었다. 도시의 까만 밤하늘엔 수많은 별들이, 강 건너 옥수동 한강변을 따라 끝없이 늘어선 주택가에도 별들만큼의 붉은 불빛이 켜져 있었고, 그 아래를 가로지르는 강변 도로에는 또 그만큼의 붉은 불꽃들이 달리고 있었고, 한남대교를 따라 늘어선 황금빛 불꽃들도 거꾸로 타오르는 횃불처럼 물결 위에 출렁이고 있었다. (206쪽)

'도시의 까만 밤하늘엔 수많은 별들'이라 했으나 과연 그러할까. 언제 도시가 깜깜한 적이 있었던가. 좌우간 자정이 조금 지난 한남대교를 차를 모는 처녀와 총각이 달리고 있다면 어떤 기분일까. 한남대교가 다른 은하계로 통하는 '우주 터널'이라는 것. 따라서 지상에서 통하는 모든 법칙들은 무시되었던 것.

이만하면 신세대의 작가임이 드러났겠지요. 은하계 이미지에 속하는 무리들이니까. 농경 사회 상상력은 물론 유랑민의 상상력에서도 아득히 벗어난 것. 그렇다고 하성란 씨처럼 도시 공간의 미세한 분석을 일삼는 두더지형 환각과는 썩 다른 영역이지요. 비현실적으로 느껴지는 것은 이 때문. 은하계란 무엇인가. 광속의 세계라 하겠지요. SF, 또는 스필버그의 이미지와 같은 그런 우주적 상상력에 친숙해진 세대의 상상력이 작가 이재익 씨의 출발점인 셈. 신선하다든가 뭐 그런 것과는 무관한, 가상 현실이 키워낸 세대의 현실감이 아니겠는가. 그런데 만일 한남대교가 은하계의 진입로라면 무엇보다 지상의 법칙들이 깡그리 무시되지 않을 수 없겠지요. 신진 작가 이씨의 겨냥점이 바로 여기.

지상의 법칙들이란 대체 무엇인가. 레몬이라든가 오렌지라든가, 좌우간 그런 것과는 원수지간에 있는 것들, 그것이 지상의 법칙들이라 할 수 없겠는가. 레드 제플린의 '빗속의 바보'를 경멸하는 지상의 법칙들이란 구체적으로 무엇인가. 27세의 엘리트 청년인 '나'는 지상의 법칙(욕망)과 은하계의 법칙(욕망)의 갈림길에 있습니다. 경쟁하여 이기는 길, 출세의 길이 전자이며, 이를 상징하고 있는 것이 애인인 TV MC 윤미이군요. 후자를 대표하는 것이 낙지 음식

집의 무남독녀인 진이이군요. '나'는 이 두 욕망들 사이에서 갈팡질팡합니다. 결과는 뻔한 법. 지상의 법칙에 따르면서도 은하계의 법칙에 대한 미련을 포기할 수 없다는 것. 그것을 두고 '레몬'이라 불렀던 것. '오렌지'라 불러도 '빗속의 바보'라 불러도 사정은 마찬가지.

이렇게 요약해 놓으면 싱겁다고 하겠지요. 작품이 어찌 요약이겠습니까. 다음 몇 가지 점을 지적함으로써 이 작가의 자질을 부각시키고자 합니다.

(A)다소 지루하고 압축미가 없기는 하나, 견고한 구성력을 들 것입니다. '그'와 '그녀'를 정확하게 쓴다는 것이 신진 작가들에겐 드문 일임을 감안한다면, 그러니까 '여자' '남자' 또는 '여자 아이' '남자 아이', 심지어 '딸 아이'까지 난무하는 오늘의 글쓰기판에서는 보수적이라 하겠지요. 잔재주도 일체 부리지 않았고.

대명사에 대한 엄격한 훈련은 사고의 분석력에 작용할 것입니다. 작중 인물들에 고유명사의 빈번한 사용법이 한국 소설의 특징이라고 《토지》 번역자의 한 사람인 파브르 교수가 제게 말하더군요. 그때 제 머리를 스쳐간 것은, 고유명사보다도 '여자', '남자'의 용법이었지요. 어느 쪽이 더 효과적인지는 단정하기 어려우나, (가)고유명사 사용, (나) '여자', '남자' 사용, (다) '그녀', '그' 사용이 우리 앞에 가로놓여 있습니다. 시간 속에 두고 볼 만하지 않습니까. 큰 연구 논문감이지요.

(B)은하계 법칙(욕망)의 존재 방식이 '미소', '무표정', '진지함'이라는 것. 이에 대응되는 지상의 욕망(법칙)이 '슬픈 표정', '눈물', '감정의 격앙'이라는 것. 이 경계선에 선 것이 예술(소설)이라는 것.

(C)핸드폰이 일으키는 기적에 대한 것. 은하계 법칙의 출입구가 핸드폰이라는 것은 무엇을 가리킴일까. 핸드폰이 알라딘의 마술 램

프와 흡사하다는 것은 상상력의 신선함일까 그 자체가 이미 현실일까.

　　너무 힘이 들 때면 오래된 램프를 쓰다듬 듯, 핸드폰을 어루만진다. 아주 열심히 쓰다듬다 보면 마술처럼 진이가 찾아온다. (237쪽)

핸드폰이란 이미 '오래된 램프'라는 것. 은하계 법칙에로 통하는 통로라는 것.

문득 이 장면에서 27세의 나이로 '레몬을 달라!'고 외치며 이국의 수도 도쿄의 어떤 병원에서 숨진 〈날개〉(1936)의 작가 이상을 제가 떠올림은 웬 까닭일까요. 그 외침이란 은하계의 법칙, 비(非)유클리드 기하학의 세계의 꿈꾸기가 아니었을까.

2. 〈당신〉과 〈길〉 사이에 놓인 핸드폰—김인숙

김인숙 씨의 〈길〉(《내일을 여는 작가》, 여름호)은 김씨 특유의 소설 작법에 속하는 역작. 이렇게 말하면 금방 반문이 나올 법하지요. 특유의 소설 작법이란 과연 있는 것인가, 라고. 모든 작법이 다 실험된 것처럼 보이는 소설 마당에서 작가 특유의 작법이 어찌 있겠는가. 특유의 작법이란, 그러니까 주제를 효과적으로 드러내는 작가의 관습이라고나 할까.

김씨의 독자라면 〈당신〉(1992)을 기억하겠지요. 소시민 여성 그러니까 가정 주부를 주인공으로 하여 심리 묘사를 드러낸 역작이었지요. 전교조 사건으로 해직된 남편 대신 가족을 부양해 가는 주부 윤영의 시선으로 남편과의 관계, 가정 꾸리기에서 겪는 과정을 심도 있게 그렸지요. 소시민의 이데올로기란 무엇인가. 그것이 얼마나 뿌리 깊은가가 자기 집에 세든 미장원 여인과의 관계를 통해 날카롭게 묘파되지요. 남편의 엉거주춤하면서도 타성에 젖어 가는 소시민적 심리의 움직임이 손에 잡힐 듯이 포착됩니다. 그것은 '갈 데까지 간' 상태라고나 할까. (1)다른 전교조 교사의 아내모양 남편 노선을 따르기도 아니고, (2)남편과 같이 윤영도 똑같이 집안 일하기와 돈 벌기도 아니고, (3)송두리째 예전으로 돌아가자는 것도 아니고, (4)이혼하자는 것도 아닌 그런 장면까지 갔으니까. 이 장면에서 어떤 변수가 끼여들면 화해의 길(소설 결말)이 열릴까. '내일의 행복'이 아니라 '오늘의 현실과 고통' 쪽에 기울게 됨이 그 가능성으로 제시되어 있습니다. 이 작품이 씌어질 당시의 시대적 의의를 염두에 둔다면, '내일의 행복'이 뜻하는 추상성이 어느 수준에서 극복되었음을 보여 준 것. 리얼리즘의 시선에서 보면 말입니다. '내일의 행복'에 속거나 기댈 수 없을 만큼 현실의 직접성이 부각되었다고나 할까요.

〈당신〉과 나란히 〈길〉을 읽는다면 어떠할까. 김인숙식 소설 작법의 전형이 살아 숨쉬고 있음을 느낄 수 없을까. "매형의 소식을 전한 건 큰형이었다"라고 〈길〉이 시작됩니다. 보다시피 작중 화자는 '나'(남자)입니다.

'나'란 누구인가. 형들을 가진, 한파로 명퇴당한 회사원. 깔끔을 떠는 아내와는 목하 불화 관계. 누이가 있었다. 형들도 모두 서울에 있었는데 제일 못나고 가난한 누이가 '나'의 대학 시절을 책임졌다. 무식하고 못난 누이와 그에 알맞은 매형이 '나'를 마음 편하게 했다. 누나도 매형도 소시민의 상식을 넘어서는 인간 유형이었다. 그들은 밥집을 경영하고 있었다. 그럴 수 없이 사람 좋은 매형은 술만 취하면 누이를 두들겨 팼다. 그런 매형이 '나'에겐 온갖 편의를 주었다. 일종의 서민 특유의 인심이라고나 할까 성격 파산자라고나 할까. 상식에서 벗어났으나 미워할 수 없는 인간상이라고나 할까. 그런데 누이가 죽었다. 십 년의 세월이 흘렀다. 매형은 여러 번 다른 여자와 동거하면서 누이만을 사랑한다고 떠들었다.

수시로 '나'에게 전화로 이 점을 상기시키곤 했다. 그 매형이 간암으로 죽어 간다는 전화가 매형과 동거하고 있는 안동 여인으로부터 큰형에게로 온 것이다. 어째서 '나'에게로 안 왔을까. '나'가 회사에서 퇴직당했기 때문.

여기까지라면 매형이라고 불린 한 이상한 인물의 인생 유전형 얘기에 빠지게 마련. 그런데 작가는 여기서 방향을 '나'에게로 돌립니다. 매형이 누워 있는 시골 병원으로 내려간 '나'는, 안동 여인에게 약간의 돈을 건네는 일밖에 할 것이 없었다. 상경해야 했다.

그런데 어찌어찌 하다 보니까 '나'가 며칠 동안 그곳에서 빠져 나오지 못합니다. 어째서? 이 물음 속에 〈길〉의 참 주제가 걸려 있습니다. 그 '어째서'에 이른 순서를 보이기로 하지요.

(1)안동 여인은 '나'가 건넨 돈봉투의 액수를 확인하는 일과 동시에 눈물 쏟기가 이루어짐, (2)누이를 묻던 날 매형이 통곡한 사실의 기억, (3)그때 아내가 눈물 글썽이며 '나'의 손을 꼭 쥐었던 기억, (4)아내와의 냉전 상태에 들었고, 아내와의 결별의 기회가 사라진 것은 '나'의 퇴직건 때문. 아내는 '나'를 떠날 명분이 사라졌기 때문. 불행해진 남편을 버리고 가정을 빠져 나올 수는 없을 만큼 아내는 도덕적이었으니까. (5)그렇다면 '나'가 집을 나서야 하는 판이 아니었을까. (6)매형의 소식을 듣고 달려감이란, 논리적 순서(일상적 삶)이겠지만, 동시에 심리적 순서(현실 도피)였던 것.

〈길〉은 아내와 '나'의 관계 곧 문제가 '나' 속에 있었음이 드러나게 됩니다. '나' 속에 있는 장애물이 아내(타자)에게로 나아가는 '길'을 막고 있었기 때문. 그렇다면 그 장애물은 무엇이었던가. 이 점에서 〈길〉은 〈당신〉과 유사하면서 또 구별됩니다. 아내를 통한 소시민의 심리가 히스테리에 속할 만큼 철저하게 묘파된 것이 〈당신〉이었고, 그 심리의 히스테리화를 떠받들고 있었던 것이 전교조로 말해지는 이데올로기의 힘이었다면, 〈길〉에 있어 '나'의 장애물은 무엇인가. 한 남편의 심리적 '외상'이 그런 수준에서 묘파되고 있지요. 이 점에서 두 작품은 쌍형입니다.

차이성이란 무엇인가. 소시민 의식이란 '내일의 행복'(유토피아)과 대비되어야 그 의의가 드러난다면, 일종의 시대성의 작용이라 할 것입니다. 이에 비해 유년기 심리적 외상이란 이와는 무관한 것. 굳이 말하자면 한 개인 고유의 성장사에 관련되는 것. 이 점에서 〈길〉은 〈당신〉과 구별된다고 볼 것입니다.

저마다의 고유한 심리적 장애물이 있듯, '나'의 그것은 무엇이었던가. 이 경우 그것은 '징기스칸'이군요. 지붕 위에 두 아이가 올라가 있다. 한 아이는 '나'를 못살게 구는 김명수. '나'는 무서워 오줌을 싼다. 그런 '나'를 비웃으며 김명수는 '나는 징기스칸이다!'고 외치며 뛰어내린다. 결과는 피투성이. 비명이 들리고 놀란 어른들이 달려온다. 공포에 질린 '나'가 아무리 외쳐도 누구 하나 쳐다보지 않는다. 이러지도 저러지도 못하는 '나'란 무엇인가. 덫에 걸린 상황이 아닐 수 없다. '나'를 지붕에 올리게 한 자는 누구인가. 김명수다. 아니, '나' 자신인지도 모른다. 중요한 것은 30년이 지난 지금에도 '나'는 지붕 위에서 벌벌 떨며 오줌을 싸고 있다. 이 악몽이란 대체 어디서 연유한 것일까. 형제 중 유일하게 대학도 나오고, 운동권으로 유치장 신세도 진 바 있지만, 마음 고쳐먹고 열정도, 역사에의 믿음도 모조리 팽개치고 개처럼 살기로 작정하여 오늘에 이르지 않았던가. 아예 지붕 같은 것은 쳐다도 보지 않았다. 그 결과는 어떠한가. 사회에서는 명퇴를 당했고, 가정에서는 아내에게 따돌림당하고 있지 않겠는가. 지붕에서 떨어져 피투성이가 된 꼴과 무엇이 다른가. 혹은 여전히 지붕 위에서 오줌을 지리며 공포에 질려 울고 있는 아이가 아니고 무엇인가.

요컨대 '나'란 억울하다는 것. 일방적 피해 의식으로 이 자폐증이 설명되겠지요. 이를 치유하는 방식은 무엇인가. 이 물음은 심리학(정신분석)상의 과제이자 소설적 과제가 아닐 수 없지요. 소설은 결말을 내야 하니까. 이 자폐증이란 '나'만의 것이 아니라는 사실의 발견이 그것. 매형의 동거녀인 안동 여인도 '나'와 똑같은 상태가 아니었던가. 아내도 똑같은 덫에 걸려 있지 않았던가. 삶 자체가 누구에게나 그러하지 않았던가. 그렇다면 눈 딱 감고 지붕에서 뛰어내릴 수밖에. 이 사실을 매형 댁 방문 며칠간의 현장 체험에서 깨치게 됩니다. 깨침이란 이 경우 몸으로 접근하기(이를 환유적[換喩的] 경험이라 부르겠지요)를 가리킴인 것.

매형의 수술이 성공적으로 끝났고 은행나무 식당은 팔아 버리게 되었다는 여자의 전화를 받던 날, 나는 핸드폰을 잃어 버렸다. (221쪽)

핸드폰으로 길을 뚫기와 맨몸으로 길 뚫기의 두 가지 삶의 형태가 이제 드러났지요. 세속적 삶(지붕 위의 덫) 속에서 길 찾기가 전자라면, 그래서 핸드폰이 요망되었다면, 백날 가야 자기와 정면대결이 불가능한 법. 온몸으로 부딪쳐야 비로소 승부가 가능한 것. 아내와의 '간선도로 뚫기'도 마찬가지. 신진 작가 이재익의 핸드폰이 알라딘의 램프라면, 구세대인 김인숙에 있어 핸드폰이란 저주의 대상인 셈.

이렇게 소설이 화해의 가능성으로 끝납니다. 심리학적 치유 방식이 막바로 소설적 결말인 셈이지요. 참으로 시시하지 않습니까. 〈당신〉에서는 '전교조'라는 이데올로기가 걸려 있어 그 화해의 모색이 그래도 제법 그럴 법했으나, 〈길〉에 와서는 순전히 심리학적 과제에 지나지 않습니다. 그렇지만 이러한 시시함이 소설적 결말일 수밖에요. 소설은 결말을 내야 하니까. 누군가 이 난처한 사정을 빗대어, '길이 시작되자 여행은 끝났다'고 했지요. 진정한 자기를 찾아 나선 주인공이, 막판에 가서는 '이게 아닌데?'라는 상태에 빠

지는 것, 그것이 리얼리즘계의 소설적 결말일 수밖에 없다는 뜻이
아니었을까.

3. 모디아노와 마주하기―공지영

공지영 씨의 〈고독〉(《21세기 문학》, 여름호)은 콩쿠르 수상작 모
디아노의 소설 〈어두운 상점들의 거리〉의 첫 줄 "나는 아무것도 아
니다. 그날 저녁 어느 카페의 테라스에서 나는 한낱 환한 실루엣에
지나지 않는다"의 울림으로 시작되어 이 울림으로 끝나고 있습니
다. 대체 이 소설의 어떤 점이 그렇게 매력적이었을까. 80년대 초
에 번역된 이 소설이 끼친 영향의 어떠함을 알긴 어려우나, "책의
첫 문장은 내 속의 어떤 것과 단번에 일치되었다. 불안정한 허기와
즉흥적이고 공허한 충동들, 아직 형상화되지 않은 혼란스러운 질료
에 불과한 스무 살의 내 삶과……"(전경린, 〈무와 현존 사이의 예민
한 긴장〉, 《문학동네》, 여름호, 413쪽)라는 증언도 있고 보면, 상당
한 영향을 끼쳤던 모양이지요. 공허에 길들여진 자들의 얘기라고나
할까. 유령처럼 살고 있는 인간상이라고나 할까. 과도한 희망도 지
나친 허무도 없는 투명한 삶의 드러냄이라고나 할까. 좌우간 이러
한 것이 던지는 매력을 삶의 초입에 접어든 젊은 층이라면 물리치
기 어려웠을 터. 아직 삶을 살아 보지도 않으면서 "나는 벌써 나의
삶을 다 살았고 이제는 어느 토요일 저녁의 따뜻한 공기 속에서 떠
돌고 있는 유령에 불과했다"라는 장면에 부딪히기의 당혹감, 이것
만큼 신선한 매혹이 달리 있을 것인가.

그런데 《무소의 뿔처럼 혼자서 가라》(1993)를 거쳐 《착한 여자》
(1997)까지 쓴 중견의 공씨가 이 과제를 다시 들먹이는 것은 웬 까
닭일까.

작중 인물부터 볼까요. 초점 화자인 김진영이라는 여인이 있다.
가정 주부. 아이 둘을 키우고 27평 아파트를 3년 만에 장만. 남편

은 성실한 직장인. 결혼 생활 13년째. 쳇바퀴 돌듯 일상이 반복된다. 그녀에겐 성이 다른 동생이 있다. 최서영. 부모는 모두 죽었고, 곡절을 겪으며 동생도 결혼을 했다. 그런데 동생에겐 문제가 생겼다. 그렇게 온갖 장애물을 넘어 결사적으로 연애 결혼했던 제부가 바람을 피운다는 것. 동생이 언니에게 외치고 있다. 사랑이란 무엇인가. '나'란 대체 무엇인가. 다시 말해 그 굉장한 '기억'들이란 무엇인가. 동생의 이러한 비탄의 근거는 무엇이었던가. 남편을 양보할 수도 있으니까 남편과 결혼하라고 전하자 그 어린 애인 왈, '당신 남편은 애인으로는 좋으나 남편감으로는 별로다'. 이 유치하기 짝이 없는 대답이란 대체 무엇인가. 어째서 이 말이 동생을 길길이 뛰게 만들었을까. 다음 두 가지 점을 지적할 수 없을까.

(A) 모디아노의 소설이 먼저 있고, 그것이 씨 다른 동생 최서영을 이끌어 왔다는 점. 삶의 의의랄까 본질에 대한 통찰이랄까 어떤 삶의 욕망이 작가 고유의 것(자생적인 것)이 아니라 독서에서 얻어 온 모방에 지나지 않는다는 것. 이를 '욕망의 간접화'라 부르는 것. 이것이 없는 작품이란 한갓 '낭만적 허위'이고 진짜 소설(로마네스크)의 축에 들 수 없다는 것. R. 지라르의 지적이지요.

(B) 작가 공씨 고유의 문제인 성숙의 정도. 아직도 모디아노의 소설의 마법권에서 못 벗어난 동생과는 달리 김진영은 그 마법권에서 벗어나 있다는 점.

　　오늘보다 나은 내일을 위해서가 아니라, 오늘만큼 한 내일을 위해서라도 약을 먹고 따뜻하게 잠들어야 했다. (355쪽)

이 감기약 기운 때문에 모디아노의 소설적 마법권에서 벗어났을까. 천만에요. 소설이 앞장서서 현실을 이끌어 감에 대해 더 이상 견딜 수 없었기 때문. 약기운을 빌어서라도 소설이 지닌 고약한 마법을 차단하고 싶었기 때문. 제목이 〈고독〉으로 된 이유도 이 때문이 아니었을까. 모디아노의 소설과 결별함이란 공씨에게조차 얼마나 고독한 작업이었을까.

4. 동화스러움과 예술스러움—김지원

김지원 씨의 〈꿈 안으로 깨는 꿈〉《문학사상》, 7월호)은 어딘가 어설퍼 뵈는 신축 양옥 주택 마당의 수돗가에서 할머니와 젊은 여인이 앉아 있는 장면에서 시작됩니다. 회사의 유 과장과 함께 회사 일로 이곳 천안에 내려온 정숙이라 불리는 젊은 여자와는 초면인데도, 할머니는 50년 전, 그러니까 네 살 적에 잃어버린 아이 조적선의 얘기를 하고 있군요. "이 세상이란 게 뭐야? 콩나물 시루속같이 사람들로 차 있는 게 세상 아냐? 별건 거 같아도 사람 세상 아냐? 사람 세상에서 우리 조적선이가 사라졌다. 조적선이 장소에 조적선이 형상만이 오려낸 듯 또렷하게 비워졌다. 조적선이 모양으로 빵 구멍이 났다. 빵."(171쪽)이라고.

서울서 내려온 초면의 젊은 여자에게 이렇게 백년지기 모양으로 말하는 할머니는 무엇인가. 할머니는 그러니까 그녀만의 세계 속에서 살고 있다고 하겠지요. 물론 젊은 여인은 또 그녀의 세계 인식 속에 살고 있을 터. 서로의 말이 들리지 않는다고 할 수 있겠지요. '서로 다른 시간의 갈피'에 끼어 있는 형국이라고나 할까. 이러한 정황이 벌써 동화스런 현상을 빚어 놓습니다.

'서로 다른 시간의 갈피'에 낀 경우는 젊은 여자와 동거하고 있는 양삼촌인 64세의 김발우 사이에도 가로놓여 있습니다. 초점 인물로 등장하는 젊은 여자란 누구인가. 이름은 정숙. 회사에 근무. 미혼. 핏덩이인 채 어떤 집의 대문 앞에 버려진 아이. 미혼의 여인이 이 아이를 길렀는데, 바로 김발우의 누이였군요. 피 섞이지 않은 삼촌, 조카인 셈. 김발우는 연극 전공. 미국에서 공부했고, 정숙도 도미했으나 18세에 귀국했고, 김발우도 별볼일없이 귀국. 여사여사하여 정숙을 다시 만나, 동거하고 있군요. 마비 증세를 일으키는 이 김발우는 대체 무엇인가. 꿈 같은 희곡을 쓰고 있군요. 번번이 낙선. 정숙과 김발우의 이러한 기묘한 삶이란, 물을 것도 없이 '서로 다른 시간의 갈피'에 낀 것이지요. 인척 관계가 아님을 비밀에 붙이고 살아가는 두 사람의 모습이란, 누가 보아도 동화적입니다. 실상 이 점이 작가 특유의 소설적 운용 방식이자 그 매력이지요. 전신 마비를 일으키고 방 안에서 오줌을 싸기도 하면서 꿈 같은 희곡을 쓰고 있는 김발우가, 그가 쓰는 희곡 대본을 읽는 정숙에게 '고운 말씨'를 쓰라고 강요하며 신경질을 부릴 때 정숙은 지긋지긋했고, 이 늙고 '무거운 양삼촌'을 버리고 집을 떠날 작정을 수없이 합니다. 그럼에도 어째서 가출을 감행하지 못하는가. 김발우모양 정숙 자신이 동화 속의 인물인 까닭이겠지요. 이를 분명히 드러내 보이는 다음 대목이 이 작품의 하이라이트.

곧 유 과장과 정숙이 두 번째로 천안 노부부 댁을 방문하지 않습니까. 상경하던 도중이었지요. 별거중인 유 과장이란 무엇인가. 아내, 그러니까 유 과장식으로 말하면 여자란 '남자를 먹고 산다'는 것. 그러면서도 앵알앵알하는 동물이라는 것. 그런 유 과장이 '정숙 씨 우리 사귀어 볼까'라고 호텔로 유혹하지 않겠는가. 정숙은 저도 모르는 사이에 일장 연설을 하고 있었지요. '인생은 어쩌고저쩌고……'라고. 김발우의 희곡 속의 대사 그대로. 이 순간 유 과장은 어떤 반응을 보일까.

그때 딱 하고 제동이 걸렸다.
'갑시다!'
유 과장이 벌떡 일어나고 있었다.

'택시 태워 줄게요. 늦었습니다.'

정숙이 고개를 드니 그는 벌써 요금표를 들고 지갑을 열며 카운터 앞으로 가고 있었다. (195~196쪽)

동화스런 세계의 바깥에 유 과장이 서 있었던 것입니다. '김발우·정숙·할머니'가 동화 속의 인물들이지요. '서로 다른 시간의 갈피'에 끼여 헤매는 군상들이지요. 꿈꾸는 사람들이라고나 할까. 눈 뜬 사람의 시선에서 보면 얼마나 유치하고 황당무계할까. 예술 또한 그러하지요. 실상 이 작품의 중심부엔 B. 쇼의 희곡 〈피그말리온〉을 뮤지컬화한 〈마이 페어 레이디〉(1956)를 다시 영화화한 것이 가로놓여 있습니다. 언어학자 히긴스 교수가 꽃팔이 집시 소녀를 길들여 우아한 사교계의 여인으로 세련시켜 나간다는 얘기지요. 인간의 위엄에 어울리는 고상함이란 무엇인가. 적어도 예술이 그런 이름에 어울릴 법하지요. 인생을 살기보다 꿈꾸기가 그것. 이런 경지란, 실생활의 처지에서 보면 굉장한 모험이 아닐 수 없지요.

정숙은 다이빙이라고는 해본 일도 없는 사람이 두 번 생각할 것도 없이 높은 데서 물 속으로 뛰어든다는 생각뿐, 물 같은 것을 느끼지 못했다. 앞에 있는 물 같은 것에 머리부터 디밀었고, 그리고서 계속 밑으로 뻗어 갔다. (195쪽)

이 대목에 이르면 잠깐, 하고 누군가 나서겠지요. 앞에서 살핀 김인숙의 〈길〉도 그러하지 않겠는가,라고. 지붕 위에서 뛰어내리기, 박살이 나더라도 뛰어내리기가 그것. 누가 떠밀었는지도 모르게 바닥에 떨어져 피흘리고 있는 것이 〈길〉이라면, 김발우·정숙의 그것은 스스로 눈 딱 감고 뛰어내린 점에서 구별되지요. 아니 뛰어내리고자 꿈꾸는 것이지요. 현실 이쪽에 서 있던 유 과장의 처지에서 보면 어떠할까. 이쪽과 저쪽, 실물과 실물 아닌 것이 분명하지요. 유 과장이 가정으로 돌아가기란 시간 문제.

세 번째로 유 과장과 정숙이 만났군요. 유 과장은 이미 직장을 옮겨 유 교수군요. 현실과 꿈꾸기에서 줄타기하던 유 과장이기에 할 수 있는 딱 하나의 기능이 이 작품의 또 하나 볼 만한 데지요. 할머니와 정숙을 이어 주는 매개항 몫이 그것. 적어도 유 과장이란 〈무정〉(이광수)과 〈분노의 포도〉(스타인벡)를 정독한 위인이니까. 굶어서 죽어 가는 남자에게 아기 잃은 젊은 부인이 젖을 물려 주는 장면에 감동한 유 과장이기에 할머니의 메시지를 정숙에게 전할 수가 있었던 것. 누가 내 꿈 안으로 들어왔는가. 나는 누구의 꿈 안으로 들어갔던가. 이를 가늠해 주는 지표가 바로 유 과장이 아니었을까.

5. 언어 게임에서 생긴 어떤 규칙─송영

송영 씨의 〈고려인 니나〉(《창작과비평》, 여름호)는 러시아를 소재로 한, 〈발로자를 위하여〉(《문예중앙》, 1998년 겨울호)에 이어진 작품. 우리 문단도 '우리에 있어 러시아란 무엇인가'라고 묻는 작가 한 사람을 갖고 있는 셈.

〈발로자를 위하여〉는 일종의 러시아 여행기였지요. 1992년 러시아 관광 여행에 참가했던 '나'가 당시의 가이드를 맡았던 러시아 청년 발로자를 잊지 못해 다시 그를 찾아간 일을 다룬 이 작품이 감동적인 것은 웬 까닭이었을까. 유태계이며 페테르부르크 대학 동양어학과 학생이며, 한국 고대사를 공부하는 청년 발로자의 매력은 어디에서 왔던가. 유창한 한국어 구사와 단정한 행동이 그것. 단체 관광이라면 응당 들떠 있기 마련이고, 여지없이 센티멘털리즘(우울감)이 발동하는 법. 이 센티멘털리즘을 소중히 간직함, 이를 세월 속에 발효시켜 보여 줌이 이 작품의 매력. 작가의 노련한 기량이 스며 있었지요. 이른바 '우정'이란 것, 그것이 우울감의 순화된 형태라는 것.

〈고려인 니나〉는 이에 비해 한 단계 나아간 형국. 어째서? 우선 여행기형에서 벗어난 점을 들 것입니다. "부또보로 옮겨온 뒤 나는 아직 한번도 버스를 타고 유즈나야까지 나가 보지 못했다"(123쪽)라고 했을 때, '나'란 무엇인가. 모스크바 교외의 작은 도시 부또보로의 한 아파트에서 어린 아들과 함께 임시로 머물고 있는 한국 남자입니다. 분명 관광객은 아니지요. 아들의 오디션 때문에 지금 '나'는 아들 보호인으로 여기 잠시 머물고 있습니다. 차이코프스키의 나라, 볼쇼이 발레단과 도스토예프스키, 체홉을 낳은 땅이 아니었던가. 어린 아들은 열심히 노력해서 아마 합격하겠지요. 그렇다면 '나'는 무엇인가. 아들 뒷바라지가 전부일까. 이 물음에는 러시아가 이미 단체 관광 범주(1992)에서 벗어나 개인적 경험의 범주(〈발로자를 위하여〉)를 거쳐 바야흐로 생활에의 진입 범주에 이른 과정이 포함되어 있습니다. '우리에 있어 러시아란 무엇인가'란, 그러니까 가전 제품이나 자동차 따위를 팔아먹기 위해 진입한 신교민층이 아니라 '예술'과 관련된 경우를 가리킴인 것.

예술과 관련된 러시아 방문 범주의 초보적 형태를 보여 주는 이 작품의 문제점이 '한국어'라는 사실은 강조되어도 좋겠지요. 고르바초프 시절 독일어 교사였던, 이젠 중년을 넘어선 현지인 니나란 무엇인가. 남편은 죽었고, 시집 보낸 딸을 가진 실업자 니나는 필사적으로 생활 전선에 뛰어들 수밖에. 신교민층을 상대로 한 통역업이 그것. 어찌 통역뿐이랴. 호텔 접시닦기를 비롯, 막일도 할 수밖에. 그 중 한국어 통역(실상은 생활 습관 익히기)은 주당 50불. 그렇다면 한국어란 그녀에게 무엇이었던가. 첫 대면 장면이 이를 말해 줍니다. "거실로 들어온 여인은 다짜고짜 손가방에서 사전과 얄팍한 책자 한 권을 꺼냈다. 사전은 러시아어를 한글로 풀이한 것이고 책자는 고려인 협회에서 발간한 한국어 교습 교재였다"(128 쪽)에서 보듯, 그녀는 '필사적'이었지요. 이 경우 '나' 쪽에서도 '필사적'이어야 하는 법. 이를 두고 언어 게임이라 부르는 것. 그러니까 문자를 쓰자면 〈발로자를 위하여〉가 언어 시스템(소쉬르)의 범주라면, 〈고려인 니나〉는 언어 게임(비트겐슈타인) 범주에 드는 것. 후자 쪽이란 또 다르게 말하면 서로 언어 규칙을 만들어 가기 이지요. 그것은 꼭 '언어'만을 뜻하지 않겠지요. 생필품 사기와 관련된 인간적 접촉이라고나 할까. 그것이 언어의 규칙조차 변형시키거나 만들어 가는 것이니까. 그렇다면 '나'와 니나가 함께 만들어 가는 규칙이란 무엇이었던가. 니나에 있어 그것은 '아주 쉽게 단념하기'였던 것. 니나가 아주 쉽게 단념할수록 '나'는 '너무 서툴렀던 것'. '쉽게 단념하기'와 '너무 서툴게 행동하기'가 부딪쳐 만들어 낸 커뮤니케이션에서 생긴 것은 무엇이었을까. 아직 채 이름 지어지지 않은 그런 종류의 규칙이었던 것.

● 소설스런 분위기의 여자

송 경 아

박 덕 규

서 하 진

호 영 송

최 수 철

소설스런 분위기의 여자
—문학사적 문맥의 어떤 존재 방식

송경아의 〈남편을 기다리는 시간〉, 박덕규의 〈포구에서 온 편지〉,
서하진의 〈불륜의 방식〉, 최수철의 〈매미의 일생〉, 호영송의 〈뒤늦은 추적〉

1. 진짜 현실과 가상 현실—송경아

송경아 씨의 〈남편을 기다리는 시간〉(《문학사상》, 8월호)은 이렇
게 시작됩니다. "날 그렇게 마구 누르면 어떡해? 설마 내가 있다는
걸 잊은 거야?"라고.

누가, 누구에게 하는 말일까. 이 점이 작품 이해의 열쇠인 셈.
열쇠 없이 읽혀지는 작품 없는 법이고 보면, 작가 역시 열쇠 만들
기가 글쓰기의 핵심이었으니까. 이 열쇠를 다르게는 '덫'이라 부르
는 것. 그렇지만 열쇠와 덫 사이에는 차이가 있습니다. 양쪽이 모
두 의도적이지만 다만 후자 쪽의 의도가 불투명하다는 점. 덫이 지
닌 의미의 외연이 너무 넓다고나 할까. 열쇠가 작가 혼자의 몫이라
면, 덫이란 작가, 독자 및 제3의 세계가 개입하는 영역이라고나 할
까. 그러니까 삶의 '덫'이란 무엇인가에 참 주제가 걸린 셈.

여기 주인공이 있습니다. 이름은 지은. 무남독녀. 서울권 대학을
나와 반년 동안 취직하기 위해 헤매고 있군요. 성적도 뛰어나지 않
았고 그렇다고 '눈에 띌 만큼 미모'를 갖추지도 않았을 뿐만 아니

라 면접관 앞에 서면 더듬거리거나 어눌해지는 위인이라 번번이 실패할 밖에. 그렇더라도 괜찮은 집안의 무남독녀가 취직하기에 매달려 있음이란 일종의 엄살인 셈. 리얼리즘계 소설의 삶의 절박성과는 전혀 무관한 것. 무남독녀가 번번이 취직에서 미역국 먹는 것을 보다 못한 부모가 해외 여행을 떠납니다. 이 역시 일종의 비현실적인 상황. 요컨대 처녀 지은의 취직 전선 탐색이란, 한갓 허구인 것. 현실적 삶과는 무관한 환각, 쉽게 말해 심리적 과제 곧 모종의 심리적 절박성에 지나지 않는 것. 바로 이 점이 작가 송씨가 서 있는, 좀더 크게 말해 송씨 세대가 서 있는 가상 현실(사이버 공간 감각)의 상황이 아니겠는가.

이 작품은 부모가 해외 여행을 떠났다가 귀국한 10일 동안 혼자 남은 지은의 내면을 드러낸 것. 그것은 진짜 현실/가상 현실의 대비로 요약됩니다. 진짜 현실이란 무엇인가. 일찍이 많은 인류의 선각자(석가, 예수, 노자 등등)들은 이 물음에 정면 도전, '색즉시공(色卽是空)'이라든가 '공중에 나는 새를 보라'의 인식에 도달하지 않았던가. 그러기에 진짜 현실이란 것도 따지고 보면 한갓 가상 현실에 다름아닌 것. 진짜 현실이란 다만 우리 속인들의 몫이었던 것. 우리 속인들은 원래 가상 현실을 진짜 현실로 믿어 의심치 않았고, 그럴 때 비로소 안심이 되었던 것. 이러한 안심의 바탕(분별심) 위에 구축된 것이 그 동안의 인류사, 정확히는 문명사였던 것. 이제 문명사는 이런 방식으로는 더 이상 지탱될 수 없는 지경에 이르렀습니다. 사이버 공간이 빚어낸 가상 현실이 주범이지요. 이 공간 속에 놓이면 모두가 석가나 예수, 노자 등이 겪었던 정신의 수준에 이른 형국이라 할 수 없을까. 진짜 현실이 깡그리 해체된 점에서 그러하겠지요. 그렇지만, 아직은, 완전히는, 석가, 예수, 노자의 경지에 이르지 않고, 다만 그러한 쪽으로 이행하는 과정에 있다고 보겠지요. 이 점에서 송씨 세대란, 방황하는 세대라 부를 수도 있겠지요. 가짜 현실과 진짜 현실의 혼재 속에서 헤매기가 그것.

이렇게 말해 놓으면 원론만 있고 각론 없는 논의라 비판받기 마련이겠지요. 실상, 이 각론 말하기가 소중하지요. 작가 송씨의 각론이란 두 가지.

(A) '날 그렇게 마구 누르면 어떡해? 설마 내가 있다는 걸 잊은 거야?' 날카롭게 힐난하는 목소리가 허리께에서 들려왔다. 지은은 다시 눈을 감고 숨을 깊게 들이쉬었다. 그러나 허리께의 느낌은 가시지 않았다. 이 목소리는 절대 실체가 아니다, 내가 외로워서 만들어 낸 환각일 뿐이다라고 되뇌어 보았다. 하지만 자신의 혼자말을 그대로 믿기에는 허리의 그 느낌이 너무 생생했다. 누군가가 두툼한 손으로 허리를 꽉 쥐고 있는 듯한, 아니 허리에 굵은 팔을 무신경하게 턱 걸쳐 놓은 듯한 이물감. (194쪽, 밑줄 인용자)

주인공 지은의 허리께에 달라붙어 실재하는 이 목소리의 존재란 과연 무엇인가. 지은의 허리에 기생하는 이 생명체란 대체 무엇인가. 이렇게 묻는 사람이라면 그것이 심리적 현상과는 별개의 범주임에 주목할 것입니다. 심리적 범주라면, 그러한 가상 현실이란 지천으로 널려 있는 것. 신경성 위경련 수준에 지나지 않는 것이니까. 송씨의 경우는 그것이 생물학적 수준, 곧 생명체(인격체)의 범주여서 '나'와의 대화가 가능합니다. 이른바 제2의 '나'인 셈. 자아분열증으로서의 심리적 범주에서 벗어나 알레고리의 범주에로 나아간 형국.

(B)깨어났을 때는 이미 햇살이 그녀의 머리칼을 간지럽히고 있었다. 그녀는 잠에 취한 머리를 힘겹게 들어올리며 시계를 보려고 슬며시 눈을 떴다. 낯선 풍경이 눈 안에 들어왔다. 앙증맞은 회색 화

장대와 거울, 연갈색 장롱은 어느 신혼집 안방에나 있을 것 같은 물건들이었다. 그리고 허리에 무겁게 걸쳐 있는 것은…… 그것을 보려고 고개를 돌린 지은은 순간 기겁했다. 낯선 남자가 냄새 나는 숨을 그녀의 얼굴에 바로 뿜었던 것이다. 허리에 올라와 있는 것은 그 남자의 팔이었다. 지은은 까악 비명을 지르며 남자의 팔을 밀쳐내고 발딱 일어났다. 남자는 눈을 게슴츠레하게 뜨며 고개를 뒤틀었다.

(중략)

"너 왜 그래? 우리 결혼한 지 한 달이나 됐잖아. 갑자기 왜 모르는 사람 취급을 하고 그러는 거야?"(197쪽, 밑줄 인용자)

지은의 허리에 기생하는 생명체(이물질)가 기실은 '남편'이었음이 드러납니다. 이 경우 남편이란 무엇인가.

여기까지 이르면, 가상 현실의 정체가 분명해집니다. 남편이라는 사회의 제도적 장치(덫)를 객관화하기 위해서는 매개항이 새삼 요망된다는 것. (1) '나'(지은)와 (2)허리께에 기생하는 '생명체'(인격체)와 (3)남편이라는 사회적 제도의 삼각형이 구성되지 않겠는가. 작가 송씨는 (1)(2)(3)모두를 가상 현실로 보고 있겠지요. 보다 확실한 것이 있다면 (2)이겠지요. 매개항으로서의 (2)가 제일 신빙할 만하다는 데, 송씨의 상상력의 참신함이 있습니다. 대화가 가능한 유일한 영역이니까.

(허리) : 자 일어나. 언제까지 여기에 누워 있을 거야?
(지은) : 일어날 수가 없어.
(허리) : 일어날 수 있어. 언제라도 일어날 수 있어. 손을 움직여 봐.
(지은) : 만약, 만약에 말이야, 그 남자가 나와 결혼했다 치자. 그렇다면 결혼이 뭐지?

(허리) : 무슨 말을 하고 싶은 건데?

(지은) : 내가…… 당하는 순간에 그 남자는 나타나지 않았어. 나와 결혼했다는 그 남자 말이야. 만약 그 남자와 내가 결혼한 사이라면 그 남자는 자신의 소유권이 박탈당하는 그 순간 나타나지 않았을 리 없어. 어떤 식으로든 나타났을 거야. 몸으로든, 생각으로든, 마음으로든, 뭐로든. 어떤 식의 감정도 좋고 어떤 식의 생각도 좋아. 혼령으로 나타났어도 좋아. 하지만 그는 나타나지 않았어. (209~210쪽, 밑줄 인용자)

사회적 통념으로서의 '남편'이란 무엇인가. 한갓 '덫'이 아니겠는가. 만일 그것이 덫이 아니고 실체라면, 절체절명의 순간엔 혼령으로라도 나타났어야 했던 것. 그렇다면 이 '덫'을 오늘의 시점에서 무엇이라 보아야 적절할까. 가상 현실의 일종일까 진짜 현실의 하나일까. 판단 유보가 이 작품의 매력.

2. 문학사적 빚지기―김승옥 · 윤대녕 · 박덕규

박덕규 씨의 〈포구에서 온 편지〉(《문학사상》, 8월호)는 멋진 작품. 언제 보아도 수준에서 벗어나지 않은 작가로 박씨를 들겠지요. 여기서 '멋진'이라든가 안심하고 읽을 수 있는 작가 중의 한 분이라 함에는 설명이 조금 없을 수 없지요. 60년대스런 문학적 감수성을 담뿍 안고 있다는 점이 그것.

60년대스런 감수성이란 무엇인가. 〈환상수첩〉(1962)으로 대표되는 김승옥스런 감수성이 바로 그것. 70년대스런 감수성은 이와는 썩 다릅니다. 곧 그것은 유신 헌법에 대한 저항 의식을 가미한 60년대적 순수 상상력의 변질 과정으로 설명될 수 없을까. 〈객지〉(1973)로 대표되는 황석영스런 감수성이 이에 해당되겠지요. 이 두 감수성 사이에서 공부한 세대의 한 유형으로 박씨를 들 수 없을까. 박씨는 그러니까 80년대로 대표되는 사회학적 상상력과는 거리를 둔 범주로 분류되겠지요. 실상 문학사적으로 보아 80년대 감수성이란 사회학적 상상력으로 무장한 것이어서, 문학사와 연결된 것이기보다 오히려 문학사와 단절된 곳에서 왔지요. 막바로 사회학에서 문학판으로 뛰어든 형국이라고나 할까. 일종의 돌연변이라고나 할까. 그만큼 절박한 역사적 사명감이 80년대스런 문학을 이루어 냈던 것. 《태백산맥》(조정래), 《황색 예수전》(김정환), 〈밤길의 사람들〉(박태순) 등이 이를 대표하는 것. '인간은 벌레가 아니다'로 요약되는 이 상상력이 얼마나 문학의 질을 높였는가는 새삼 말할 것도 없지요. 그렇지만 이 상상력은 문학사적 문맥보다는 사회학적 상상력에 힘입은 바 크다고 할 수 없겠는가. 〈환상수첩〉의 작가가 붓을 꺾지 않을 수 없었던 이유도 음미될 사항이라 할 수 없을까.

이러한 틈바구니에서 자란 세대 중, 박씨가 있습니다. 박씨는 아마도 60년대, 70년대를 잇는 문학사적 문맥에서 씨의 감수성을 키우고 있지 않았을까. 그 때문에 씨는 구닥다리 신세를 스스로 짊어졌다고 볼 수 없을까.

잠깐, 대체 무슨 말을 하고 싶은가, 이런 물음이 등뒤에서 들려올 법하네요. 구닥다리 지키기, 문학사적 감수성에 젖줄 대기, 60년대스런 감수성 잇기, 이 점에서 박씨는 새삼 빛난다고 볼 수 없겠는가. 〈포구에서 온 편지〉의 놓일 자리란, 그러니까 김승옥과 그를 훨씬 건너뛴 윤대녕의 다음에야 비로소 확정 가능한 것. 이를 두고 문학사적 문맥이라 부르는 것.

(A) "꿈틀거리는 것을 사랑한다는 얘기를 하려던 참이었습니다. 들어 보세요. 그 친구와 나는 출근 시간의 만원 버스 속을 쓰리꾼들처럼 안으로 비집고 들어갑니다. 그리고 자리를 잡고 앉아 있는 젊은 여자 앞에 섭니다. (중략) 그리고 내 앞에 앉아 있는 여자의 아랫배

쪽으로 천천히 시선을 보냅니다. 그러면 처음엔 얼른 눈에 띄지 않지만 시간이 조금 가고 내 시선이 투명해지면서부터는 그 여자의 아랫배가 조용히 오르내리는 것을 볼 수 있습니다."

"오르내린다는 건…… 호흡 때문에 그러는 것이겠죠?"

"물론입니다. 하여튼 나는 그 아침의 만원 버스간 속에서 보는 젊은 여자의 아랫배의 조용한 움직임을 보고 있으면 왜 그렇게 마음이 편안해지고 맑아지는지 모르겠습니다. 나는 그 움직임을 지독히 사랑합니다."

"퍽 음탕한 얘기군요"라고 안은 기묘한 음성으로 말했다. 나는 화가 났다. 그 얘기는 내가 만일 라디오의 박사 게임 같은 데에 나가게 돼서 "세상에서 가장 신선한 것은?"이라는 질문을 받게 되었을 때 남들은 상추니 오월의 새벽이니 천사의 이마니 하고 대답하겠지만 나는 그 움직임이 가장 신선한 것이라고 대답하려니 하고 일부러 기억해 두었던 것이었다. (김승옥, 〈서울, 1964년 겨울〉, 1965)

60년대스런 감수성이 등장하는 한 가지 사례입니다. 단순한 말장난 같은 표정을 갖추었지만, 25세의 고교 출신의 직장인 '나'의 세상 보기의 방식이란 관념적인 것(상추, 오월의 새벽, 천사의 이마 따위)에서 살아 숨쉬는 생명체로의 방향 전환이지요. 때묻은 동전을 바닷가 모래밭에서 발로 비볐을 때 반짝이는 모습이라고나 할까요. 관념(이데올로기)에 주눅이 들었던 세대의 시선에서 보면 위 없는 신선하기가 아니었던가요. '인간은 벌레다'를 외친, 훨씬 후배인 90년대스런 상상력의 윤대녕도 기실 이 계보에 이어졌던 것.

(B)아녜요. 더 거슬러 와야 해요. 원래 당신이 있던 장소까지 와야 해요. (중략) 그녀는 산란중인 은어처럼 입을 벌리고 무섭게 몸을 떨고 있었다. 그녀는 그런 자세로 물끄러미 나를 바라보고 있다가

마침내 벽에 모로 기대어 천천히 흐느끼기 시작했다. (중략) 긴 흐느낌의 시간이 흐른 뒤, 나는 가까스로 그녀에게 다가가 살아 있는 자의 온기라곤 느껴지지 않는 그녀의 차디찬 손을 완강하게 거머쥐었다. 아침이 오기까지 나는 그녀의 손을 잡고 내 살아온 서른 해를 가만가만 벗어던지며, 내가 원래 존재했던 장소로, 지느러미를 끌고 천천히 거슬러 올라가고 있었다. (《은어낚시통신》, 1994)

시원에의 회귀(닿기)란 무엇인가. 관념에서의 해방이 60년대스런 감수성이었다면, 그리고 그것이 살아 숨쉬는 생명 감각이었다면, 윤대녕의 그것은 이처럼 생명 감각의 재확인이었던 것. 김승옥의 경우가 막연한 관념성에서의 해방이었다면, 윤대녕의 그것은 80년대의 중심부에 놓인 거대 담론에서의 해방인만큼, 이에 맞서기 위해서는 '거대 생물학적 몸짓'이 요망되었을 따름. 생물학적 상상력의 거대 몸짓이 요망되었던 것이지요. 윤대녕의 그 뒤의 작가적 행보엔 이 점이 크게 부담스럽지 않았을까. 이 부담스러움이란 거대 담론에 맞서게 된 대가였을 터이지요.

박덕규 씨의 경우는 어떠할까. IMF 이후 술집 '도이취 하우스'에 건달들이 모여들고 있습니다. 개업식 날이니까. 건달 김인기, 건달 신철우, 또 하나의 건달인 유창세, 그리고 또 한패인 양문걸, 호석동. 실상 이들은 단골이자 주주가 아니겠는가. 전 주인으로부터 술집을 인수할 때 투자했기 때문. 그런데 기묘하게도 정작 술집 주인이 된 박송미라는 대학 출신의 처녀가 부재하지 않겠는가. 박송미에겐 대체 어떤 곡절이 있었던가.

문제는 이 '곡절'의 해명에 있지 않습니다. 곡절의 해명이라면 리얼리즘(인과 법칙)에 구속되고 말겠지요. 저널리즘이라면, 박송미의 존재란 '눈에 보이는 데만 가늘고 흰 여자'이겠지요. 리얼리즘의 시선에서 보면 비겁하기 짝이 없는 위선자이니까. 그렇지만 이 범주의 저편엔 '눈에 보이지 않는 박송미'가 빛나고 있습니다. 소래 포구에 세 번째로 와서 싸고 맛있는 안주감을 고르고 있는 박송미. 더욱 놀라운 것은 소래에서 인터넷으로 주주들에게 편지 보내기.

(C) "이곳 소래에까지 이런 인터넷방이 생긴 줄을 전 몰랐어요. 낮에 여기 들어와 보고는 곧 선생님들한테 편지를 보내기로 작정을 하고서 초대 손님을 몇 분 추가하게 되었지요. 창 밖으로 잠시 고개를 돌려보면 옛날에 인천 가는 협궤 열차가 지나다녔다는 철길이 보입니다. 철길 가운데는 깊은 어둠이 내렸습니다." (192쪽)

'눈에 보이지 않는 박송미'의 부분이 뚜렷하지요. '편지 보내기'가 그것. 편지란 무엇인가. 그것은 메시지 전달 수단이자 그 자체가 메시지 형식 자체인 것. 편지 형식이란 그러니까 그 속의 메시지 내용과는 무관한 그 자체인 것. 그러니까 그것은 '협궤 열차스러운 것'. 작가는 이 대목을 아주 민첩하게 드러냈습니다.

"아주 평범한 얘기를 하는데도 세상의 이치를 새롭게 깨닫는 그런 순간의 느낌을 밖으로 환하게 담아내는 표정과 어투를 송미는 구사했다"(192쪽)라고. "송미에게서는 타인과의 대화를 통해 인생에 대해 좀더 진지하게 생각해 보고 한 점 한 점씩 새로운 것을 깨달아 가는 내성적인 한 젊은이의 설레는 숨결이 자주 느껴졌다"라고. 그리고 이 모두가 다음 한 구절을 암시하기 위함이라고 작가는 반복했지요.

조금은 이국적인 정취를 자아내는 음악에 묻힌 채 낯선 체험을 안겨 주는 <u>소설책을 읽고 있는 송미의 모습</u>을 생각하는 것은 마음속에 젊은 날의 애인을 그려서 남겨 두는 일과 같았다. (192쪽, 밑줄 인용자)

작가는 지금 묻고 스스로 답해 놓았지요. '소설이란 무엇인가'가 그것. 소설에로 되돌아가기, 그것이 문학사적 빚갚기가 아닐 것인가. 소설이란, 그러니까 손님을 청해 놓고 주인이 먼 협궤 열차에 가 있기가 아니겠는가. 일부러 편지 형식으로 말하기가 아닐 것인가.

3. 불륜의 세 가지 방식—서하진

서하진 씨의 〈불륜의 방식〉(《문예중앙》, 여름호)은 세 가지 불륜의 양식을 보여 주고 있습니다.

(A)조강지첩형. 조강지처를 두지 못한, 그래서 악처에 시달리는 남자의 안식처에 해당되는 유형을 가리킴인 것. 과연 이러한 경우가 실제로 있을 수 있을까 하고 물을 수 있겠지요. 굳이 따지고 보면 악처도 선처도 없는 법. 남편의 처신에 따라 평가된 주관적 분류인 까닭. 조강지첩형이 유효한 개념으로 작동하기 위해서는, 첩 쪽이 스스로 그렇게 자기 합리화하는 경우이겠지요. 작품상에서는 27세의 무용 선생인 여교사 정 선생의 경우가 이에 잘 해당됩니다. 남자의 아내를 몰래 훔쳐보고, 그녀를 흡사 괴물이거나 가장 우둔한 여인으로 인식하여 실로 경멸해 마지않음으로써 자기의 불륜을 정당화하는 이런 유형이 아전인수격임은 불문가지.

(B)푼수형. 속칭 주제 파악을 못한 유형으로, 원체 모자라는 경우. 5년째 이 학교에서 사물놀이 활동의 명예 교사 노릇하는, 학부형이었던 현미 엄마가 이에 해당됩니다.

그렇다면 (C)유형이란 무엇인가. 이 작품의 참 주제가 걸린 곳. 작가는 그것의 개념 규정을 모색하고 있습니다. 여기 30세의 국어 교사인 노처녀 김 선생이 있습니다. 고향은 예천. 시골서 자라 서울에 유학, 오빠와 단둘이서 자취를 했군요. 그 자취방을 무시로 드나들던 오빠의 친구가 있었다. 작은 키, 얽은 얼굴, '송곳 꽂을 땅뙈기 한 평 없는 부모'를 가진 그는 의과대 학생이었다. "30세

때까지 아무 일도 일어나지 않는다면 너, 나와 결혼하자"라고 그는 농담처럼 말하곤 했다. '나'는 23세에 신출내기 교사로 출발. 아이들은 사랑스러웠고 동료들은 친절했다. 차 한 잔으로 몇 시간을 보낼 수 있는 친구가 있었으며 '나'의 보살핌을 필요로 하는, 그러니까 "다림질 해둔 옷을 입을 때면 정겨운 눈으로 나를 바라보는 오빠가 있었다." '나'는 아이들 모두를 공평하게 대했으며 주변의 누구에 관해서도 험담을 하지 않았다. 교재 연구에 밤을 샜고, 인사동 무명 화가의 전시회를 돌며 요컨대 성실하게 살아왔던 것이다. 바로 이 '성실한 삶'이 덫이었다는 것, 곧 이 '성실한 삶'이 불륜의 새로운 한 방식이라는 것. 어째서? 일목요연한 해답이 주어집니다. "누구도 미워하지 않고 아무도 특별히 사랑하지 않았던 시간"(186쪽) 속에 '나'가 놓여 있었던 것이니까. '성실한 삶'이란 따지고 보면, '나' 속에 그 누구도 끼워 넣지 않았음을 가리킴인 것. 불륜이라는 덫이 기다리고 있었던 것은 바로 이 '성실한 삶' 자체였던 것. 이런 삶의 태도가 자기 위선(속임)임은 불문가지. 30세에 결혼하자는 오빠 친구가 자리하고 있었으니까.

'오빠와 단둘이 자취하던 방을 무시로 드나들던' 의과대 학생인 못생긴 '그'가 '나'가 29세가 되었을 때 부잣집 딸과 결혼한 사건이 일어납니다. 이 사건이 바로 '나'로 하여금 불륜에로 빠져들게 만들었던 것. '나'의 '성실한 삶'이 돌연 '허망한 것'으로 변해 버리지 않겠는가. 그것은 '140〜180'의 혈압 증세로 나타나게 됩니다. 이 혈압을 내리는 방식이 바로 불륜인데, 작가는 이를 '충격요법'이라 부르고 있습니다.

여기까지 이르면, 독자인 우리가 다음 두 가지 의문을 던질 법하지요. 첫째, '나'의 '성실한 삶'이란, 따지고 보면 이 오빠의 친구인 그를 무의식 속에 두었음에서 말미암지 않았을까가 그것. '그'를 염두에 두었기에, '누구도 미워하지 않고 아무도 특별히 사랑하지 않았던 것'이 아니었던가. '그'의 결혼이 '나'의 고혈압을 몰고 온 이유가 이로써 확인되지 않겠는가. 요컨대 '나'의 29세까지의 '성실한 삶'이란 일종의 '위선'이었던 셈. '위선'에 대한 자기 분석의 미흡함이 흠이라고나 할까.

둘째, 이 점이 중요하거니와, '충격 요법'에 대한 비판이 그것. 고혈압을 치료하기 위한 충격 요법이 내과의인 '그'의 처방전이며 그것의 다른 명칭이 '불륜'이라면, 그 자체는 하나의 멋진 '유형'을 이룰 수 있겠지요. 왜냐면 어디까지나 '나'와 '그'의 관계항에 멈추는 것이니까. 도저히 이 충격 요법을 '나'가 용납할 수 없는 것은 그 요법이 '나'에게만 은밀히 행해진 것이 아니라는 사실에서 옵니다. 곧 그 요법은 '그'의 아내에게도 행해졌기 때문. '나'에게만 행해진 은밀성이 아니라 유형화된 충격 요법이어서 '나'도 그 누구도 감당하기 어려운 것. 유형화란 무엇이뇨. 유형화한 순간, 그것은 (A)조강지첩형이거나 (B)푼수형과 다름없는 '구역질'의 일종이니까.

문득 이 장면에서 제가 저 톨스토이의 걸작 〈안나 카레니나〉를 떠올림은 웬 까닭일까요. 불륜이란 무엇이뇨. 그것의 문학적 성취란 또 무엇이뇨. 만일 불륜을 통해 주인공이 자기의 해방을 도모해 나간다면 어떠할까. 농경 사회에서 산업 사회에까지 걸쳐 있는, 일부일처제의 제도적 장치를 정당화할 수 있는 방식의 하나가 바로 그 자기 해방의 성취에 있지 않았을까. 성의 구별이 구조적으로 해소된 정보 사회 속에서 바라보면 참으로 난해한 것이 이 불륜 개념이라 할 수 없겠는가.

4. 카프카의 갑충과 매미의 대비항—최수철
최수철 씨의 〈매미의 일생〉(《현대문학》, 8월호)은 이른바 변신담 계 작품. 한 인간이 어느 날 돌연 매미로 변한 얘기니까.

변신담이란 무엇이뇨. 문학판에서라면 카프카의 〈변신〉(1915)을 금방 떠올리게 마련. "그레고르 잠자는 어느 날 아침 뒤숭숭한 잠에서 깨어났을 때 흉측스런 갑충으로 변해서 침대에 누워 있는 자신의 모습을 보았다. 그는 딱딱한 각질로 된 등허리를 반듯하게 침대에 대고 누워 있었다"라고 시작되는 이 작품이 지닌 전형성이 하도 압도적이어서, 어쩌면 일종의 장르적 성격으로 군림하지 않았던가. 〈변신〉이란 부르주아 사회에서의 인간의 '소외'를 그려냈다고 말해집니다. 그런데 브레히트의 방식과는 정반대로, 카프카의 경우는 독특합니다. 소외된 세계가 진실된 실제의 세계라는 사실. 그 지겹고 무서운 변태성에도 불구하고 실제로는 여전히 '정상적인' 세계라는 점입니다. "충격을 주는 것은 그 기괴함 때문이 아니라 사실성 때문"(아도르노)이라는 지적도 이런 문맥에서라 할 수 없을까. 실로 황당무계한 상황이지만 그것이 그대로 사실성이라면 이처럼 충격적인 것이 달리 있을 수 있을까. 이런 상상력이란 희랍적 사고로서는 결코 도출되지 않는 법. 히브리즘적 사고에서 비로소 그 실마리가 풀린다고 전문가들은 지적하고 있습니다(졸고, 〈우리에게 카프카란 무엇인가〉, 《문학사상》, 1999년 5월호 참조).

　그렇지만 〈변신〉의 이 압도적 장치가 지닌 매력은, '나는 무엇인가'로 방향 전환한 이 나라 90년대의 글쓰기판에서는 의식적이든 아니든 외면하기 어려울 터이지요. 왜냐면 모든 종류의 상상력이 탐색되어야 하는 마당이었으니까. 작가 최씨도 예외라 할 수는 없지요.

　최씨만큼 인간 내면 깊은 곳에 의식의 추를 던져 온 작가는 거의 없는 상태이고 보면, 최씨의 독자라면 〈매미의 일생〉도 결코 낯선 작품일 수 없지요. 요컨대 〈매미의 일생〉은 작가 최씨가 쓴 것이 아니라, 카프카의 〈변신〉이 최씨로 하여금 〈매미의 일생〉을 쓰게끔 한 형국.

만약 그레고르 잠자가 그 끔찍한 갑충이 아니라 매미로 변신했다면 그토록 고통스럽게 생을 마감하게 되지는 않았으리라는 것이 나의 믿음이다. (63쪽)

두 가지 점이 지적될 수 있겠지요. '갑충의 고통스러움'과 '매미의 경쾌함(안온함)'의 대비가 그 하나. 카프카 쪽이 갑충이기에 그것이 고통스러운 것일까. 아마 그러하겠지요. 갑충이란 현실 자체였으니까. 이에 비해 매미란, 탈바꿈을 한다는 점에서 경쾌할 수밖에요.

내가 아침에 잠에서 깨어났을 때 그때 이미 내게서는 매미로의 탈바꿈이 시작된 것이었다. 매미 울음소리에 최면이 걸리듯 나는 기억상실자가 되었고 그것이 내가 매미가 되어가기 시작하면서 처음으로 찾아든 현상이었다. (116쪽)

작가 최씨의 매미로의 변신이란 이처럼 한갓 심리적 현상에 멈춘 점이 그 다른 하나. 꿈속의 일이었기에 당연할 수밖에요. 그럼에도 최씨 특유의 이 탈바꿈 현상이란 썩 그럴 법합니다. 결코 매미 상태에서 인간으로 되돌아오지 않음이 그것. 꿈은 깼지만, 인간으로 되돌아오지 않음이란 무엇인가. 작품이 그 정답.

끝으로 객설 한마디. 카프카의 갑충이 어째서 고통스러운가에 대한 것. 일찍이 곤충학자이자 러시아 문학 대가이며 소설 〈롤리타〉의 저자인 나보코프 왈, 작가 카프카는 멍청이라고. 어째서? 카프카가 제시한 갑충이란, 대체 어떤 곤충인가. 나보코프의 주장으로는, 묘사된 갑충은 등에 작은 날개가 감추어져 있다는 것. 몇 마일이라도 날 수 있는 그런 갑충이라는 것. 우둔하게도 카프카는 이 사실을 몰랐다는 것. 만일 알았다면 비상하지 않았겠는가(《유럽문학 강의》, 1980). 진위까지는 알기 어렵고 그야 어쨌든, 최씨의 매미가 경쾌하다는 것, 그것이 '나는 무엇인가'의 계보에 선 심리적 과제라는 점만은 지적될 수 있겠지요.

5. 늦은 것은 늦은 대로 두기─호영송

호영송 씨의 〈뒤늦은 추적〉(《동서문학》, 여름호)은 잔잔한 작품. 밀도 높은 작품도 아니고 '나는 나다!'로 벌거벗고 설치는 일부 젊은 작가들의 몸짓도 없으며, 〈길〉(김인숙)의 작가모양 독자보다 먼저 작가 쪽이 지레 흥분(감격)해 있지도 않으며, 〈서편제〉(이청준)의 작가모양 전지전능한 자리에서 굽어보며, 우둔한 독자가 혹 못 알아차릴까 봐 조언까지 곳곳에 마련하지 않았는데도, 〈뒤늦은 추적〉은 독자를 묘하게도 움직이게 하고 있습니다.

작품 속으로 들어가 볼까요. 작가 주영덕이 주인공. 일인칭. 그러니까 '나'는 6 · 25 체험 세대의 작가. 유년기 '나'는 피난길에서 미군의 폭격을 당한다. 어머니가 즉사, 동생이 한 명 희생, '나'의 손가락 두 개가 잘려 나갔습니다. 대체 미군 조종사는 어째서 민간 피난민을 공격했을까. 이런저런 이유가 있었을 터이지요. 그야 어쨌든, '나'는 그 후로 작가가 되지 않았겠는가. 그런데 '나'의 소설은 어떠했던가. 자기 또래의 작가들이 〈낙타누깔의 눈물〉이라든가 〈이 땅의 아메리카〉〈엉큼한 엉클〉 등 반미, 반제국주의 성향의 작품으로 대단한 성과를 올리고 있을 때 기껏해야 '나'는, 실로 어리석게도 〈파하의 안개〉니 〈내 영혼의 적들〉 따위의 관념 소설 또는 철학적 우화 소설이나 썼지 않았던가. 그런데 '나'는 꼭 쓰고 싶은 작품이 있었지요. 〈분노의 포도〉(스타인벡)가 그것. 진짜 작품 한 편을 쓰고 싶었지요.

"나는 소위 반미적이라 할 만한 소설이나 시를 쓴 일은 없다"는 것. 어째서? 바로 이 물음이 우리를 감동케 하는 것. 문학이란 그러니까 '마음의 흐름'에 속하는 인간의 행위이니까.

나는 그 미군의 포격으로 반미 작가가 되지는 않았지만, 내 일생의 큰길을 걷는 데 중대한 영향을 받은 것만은 부정할 수 없을 것 같다. 나는 어린 나이, 불과 여덟 살밖에 안 된 나이에 나의 엄마와 형제가 폭격으로 쓰러지는 장면을 지켜보았다. 그 광경은 내가 죽음의 거대한 입으로 떨어져 들어가는 그 순간까지 결코 한시도 잊을 수 없을 만큼 강렬한 사건이다. (172쪽)

그렇더라도 그것이 막바로 문학적 과제로 될 수 없다는 것. 이 점에서 작가 호씨는 신중하면서도 어른스럽습니다. 피난민을 공습한 조종사도 있고 영화 〈전송가〉(록 허드슨 주연)에서처럼 목숨을 걸고 어린이를 구한 조종사도 있지 않겠는가. 스필버그의 '쉰들러'도 있지 않겠는가. 당시의 미군 조종사를 만나고자 한 '나'의 의도란, 그것이 증오와는 무관한 것일지라도, 무의미한 일. 그렇다면? 문제는 '나'의 (1)게으름, (2)무능함, (3)비겁함, (4)두려움에 있었을까. 작가는 그렇다고 합니다. 늦었지만 이제라도 도전하겠다고. 이는 물론 공허한 소리이겠지요. 작가 호씨는 지금 조용히 자기 응시를 하고 있습니다. 방법은 그 다음에 나오겠지요. 늦은 것은 언제나 희망이기에 그러하지요. 이 점 충고해 보고 싶습니다.

● 비틀스의 '노르웨이의 숲'과 소설 쓰기 그리고 노동하기

윤 성 희

이 응 준

이 혜 경

강 규

하 창 수

유 재 용

비틀스의 '노르웨이의 숲'과 소설 쓰기 그리고 노동하기

—이응준의 경우와 윤성희의 경우

윤성희의 〈당신의 수첩에 적혀 있는 기념일〉, 이응준의 〈무정한 짐승의 연애〉,
이혜경의 〈내게 바다 같은 평화〉, 하창수의 〈서른 개의 문을 지나온 사람〉,
강규의 〈봄 그늘 집〉, 유재용의 〈살아남은 자의 묘지〉

1. '나는 무엇인가'와 노동하기—윤성희

〈레고로 만든 집〉《동아일보》으로 금년에 등단한 작가 윤성희 씨의 〈당신의 수첩에 적혀 있는 기념일〉《세계의문학》, 가을호)은, 〈이방에 살던 여자는 누구였을까〉《현대문학》, 1999년 4월호)에 이어진 작품. 신선합니다. 무엇이? 솜씨나 주제 모두가. 어째서? 시방 한창 유행하는 '나는 무엇인가?'에서 조금은 벗어나고 있음이 그것. '나는 무엇인가?'의 명제를 가족 속에서 찾고자 한 작가들이 많았지요(다리 밑에서 주워 온 자식이라든가 서자라든가). 또 이 명제를 남녀 관계(섹스)를 통해 찾고자 덤빈 패들이 지금 맹렬히 덤비고 있는 중이 아니겠는가. 그리고 이러한 덤빔과 맹렬함은 상당 기간 지속되겠지요. 사막을 헤매는 유목민이 아닌 한 그 누구도 '나는 나다!'에 이르기엔 거의 불가능한 판국에 놓여 있으니까.

그렇기는 하나 그 명제만이 전부일 수도 없는 법. 또 자기 동일성 확인이란 가족 관계라든가 섹스(남녀 관계)에서라야 된다는 법은 없는 법. 고전적 방식이 있지요. 노동을 통한 '나는 무엇인가?'

의 길이 그것. 일찍이 마르크스는 이 명제를 유적(類的) 인간에서 찾고 있지 않았던가. 신진 작가 윤씨가 출발점에서부터 이쪽에 서 있습니다. 〈레고로 만든 집〉은 아르바이트하는 98학번 여학생의 고민과 구원이 그려져 있지요. 문방구에 일자리를 얻은 이 어린 학생이 복사기에서 나오는 황색의 온유한 빛에 노출되는 장면은 참으로 인상적이었지요. 노동의 본질에서 나온 것이기에 그럴 수밖에. 두 번째 작 〈이 방에 살던 여자는 누구였을까〉도 마찬가지. 노동에 대한 감수성이기에 신선할 수밖에. 학생 과제로 아르바이트하는 여자인 '나'가 든 셋방과 그 셋방의 전 주인에 대한 관계 모색이 그 감수성이지요. 노동에 대한 경험적 사실이 없다면 이런 감수성이 과연 솟아날 수 있을까.

이번 작품도 마찬가지. 지하실의 셋방에 든 처녀인 '나'의 일상이 잔잔히 펼쳐집니다. '나'는 컴퓨터 앞에 앉아 있습니다. 왜? 장사 밑천인 광고지를 만들기 위해서. 그 광고란 무엇인가. '기념일 서비스' 사업이지요. 선배가 부업으로 하던 기념일 서비스 사업을 인계받은 '나'는 이 사업에 매달립니다. 현대인의 망각증을 이용, 본인 생일은 물론 연예인의 생일, 친지의 축하할 날짜나 시간 등을 입력했다가 때가 되면 이를 알려 주는 사업이란 제법 그럴 법하지요. 상대방과 직접 대면치 않아도 되는 익명성의 직업이니까. 그러나 중요한 것은 어째서 '나'가 이 일에 나서게 되었는가에 있습니다. 삶이 어긋났기 때문. 정상적 삶에서 '어긋나기'란 무엇인가.

내 삶이 어긋나기 시작한 것은 아무리 우스운 이야기를 들어도 이빨을 드러내며 웃지 않았던 때부터였는지 모른다. 아니 거울을 보면서 입술을 움직이지 않고 말하는 법을 연습하면서부터인지도 모른다. 윗입술로 윗니를 가리고는 도저히 발음할 수 없는 이름을 가진 이들이 있기도 했는데, 다른 반이 되어 헤어질 때까지 한 번도 이름을 부르지 않기도 했다. (중략) 이빨을 감추는 대신 나는 스스로 자신을 소외시키는 방법을 선택했다. 혼자가 되면 윗니를 가릴 필요도 없었다. 친구들은 내게 무관심해졌지만, 그전에 나는 그들을 내게서 소외시켰다. 그 결과 벌어진 이를 이용해서 휘파람을 부는, 나만의 악기를 얻을 수 있었다." (37쪽, 밑줄 인용자)

이 '나만의 악기'가 바로 노동의 결과물이지요. 기념일 서비스 사업으로 이어지는 이 고독 속의 발명품이 바로 예술이었던 것.

그런데 여기에는 아직 해석되어야 할, 아니, 숙고해 봐야 될 과제가 도사리고 있습니다. 독자인 제가 잠시 숨죽이는 곳이기도 합니다. '휘파람 소리'에서 '기념일 서비스 사업'에 이르기 위한 과정이 그것. 작가 윤씨는 이 점에서 민첩합니다. 지하실 셋방이 그 '과정'으로 등장하고 있습니다. '지하실 셋방'이란 무엇인가. '나'만의 휘파람 공간이자, 또 '나'와 처지가 비슷한 사람들의 연결 고리가 그 정답. 특히 이 지하실 셋방의 명물로 바닥보다 높게 만들어진 화장실이 등장합니다. 주인집을 건너뛸 수는 없는 법. 주인이 부재하는 어느 날 '나'는 지하실에서 이웃집 옥상 빨랫줄로 점점 나아갑니다. 이불 호청을 널기 위해. 옥상엔 보라색 꽃이 피어 있었으니까. 이는 물론 환각이지요. 마음속으로 빨래를 널고 있으니까. 빨랫줄에 대고 '빵 빵' 손으로 총질 시늉을 하는 것도 그 때문. 이 '빵 빵'의 결과는 어떠했던가. 옥상의 빨랫줄이 총에 맞아 끊기자 이불 호청이 하얗게 눈부시게 부서지지 않겠는가.

지하실 셋방에서의 '나'만의 욕망이 이제 새하얗게 백일하에 드러나는 이 장면이란 무엇인가. '나'만의 몽상이 아닐 것인가. '나는 무엇인가'를 노동에서 찾고자 하다가 그 불가능함에 대한 절망(허망)이 아니었겠는가. 왜냐면 '기념일 서비스 사업'이란, 진짜 노동이 아니었던 것. 각자가 알아서 기억해야 함이 원칙. 그럼에도 이런 사업에 나아감이란 무엇이겠는가. 손으로 총질 시늉하기와 흡사하지 않겠는가. 심리적 스트레스 해소법에 지나지 않는 것이지요. 그렇다면 진정한 노동이란 무엇인가. 그런 것이 과연 오늘의 세계에서도 있단 말인가. 이렇게도 무거운 과제가 신진 윤씨에게 적합하지 않겠지만 그러기에 또 가능성의 푸른 벌판이 아니겠는가.

2. 누가 하루키를 넘어설 수 있는가—이응준

이응준 씨의 〈무정한 짐승의 연애〉(《현대문학》, 9월호)는 두 가지 방식으로 대들고 있습니다. 어깃장놓기의 방식이 그 하나. 잠시 볼까요.

> (1) "그래서 나는, 좋아하는 여름을 가장 두려워한다." (116쪽)
>
> (2) "목사. 나는 이 단어만 떠올리면 언제나, 방금 여색을 탐하여 파계한 승려의 기분으로 입술을 깨문다." (117쪽)
>
> (3) "Y는 그런 사람이었다. 목소리가 망가졌으면 망가진 거고, 사귀던 여자와 헤어졌다면 헤어진 것이다." (119쪽)
>
> (4) "나는 문득, 그의 면상에 불을 지르고 싶었다." (119쪽)
>
> (5) "나는 병실 문틈으로 J와, J의 남편과, 흰 침대 위에 사탕봉지처럼 놓인 그들의 어린 아들을 훔쳐보았더랬다." (120쪽)
>
> (6) "근처 정형외과의 이니셜이 박힌 환자복을 나란히 차려입은 그 둘은 각자 한쪽 다리씩에 깁스를 하고 있다. 함께 무슨 사고를 당한 모양이었다. 아부지, 정말 맛있지? 응. 근데 우리 하마터면 죽을 뻔했어, 그치? 응." (125쪽)

작품 곳곳에 이런 투가 박혀 있습니다. 사건 묘사나 서사적 내용과는 동떨어진 것으로 보이는 이런 수작이란 대체 무엇인가.

이러한 어깃장놓기와 더불어 또 하나의 도전적 언설이 가로놓여 있군요. 작중 인물의 육성이 그것.

그렇다면 이 순간 내 얘기를 듣고 있는 당신은, 고매한 인격을 한껏 발휘하여 내게 욕 대신 이런 질문을 던질 수도 있을 터이다. 몰락한 너는, 어째서 그 많은 과거의 여자들 가운데에서 유독 J를 그리워하고 있는가? 대체 무슨 권리로? 나는 노래로부터 추방당한, 파산한 청춘으로서 당신에게 답하고자 한다. 아이러니하게도, 그건, J가 나를, 진지하게 대해주었기 때문이다. (123~124쪽)

불쑥 모습을 드러내 독자에게 이런 폭력을 행사하는 '나'란 대체 무엇인가. 이른바 '막가파'인가. 이렇게 묻는다면 이 소설(얘기)은 한갓 깡패 소설이거나 패륜아의 얘기 차원입니다. '고매한 인격'을 가진 우리 독자는, 목사의 아들로 아비 말을 듣지 않고 '소리'에 미쳐 제맘대로, 그러니까 자기가 좋아하는 록가수가 되었다가, 3년 전 돌연 목소리를 잃었고, 애인 J를 헌신짝처럼 버렸고, 세상에 대해 앙앙불락하는 '나'란 영락없는 패륜아. 온갖 위악적 몸짓을 펼치고 있습니다. 앞에서 사례로 든 (1)~(6)따위의 어깃장놓기란, 위악적 몸짓에 다름아닌 것. 원래 착한 바탕(맹자의 성선설이 그 기반)을 지닌 사람이 억지로 악한 노릇을 할 때 생기는 자의식이 세상에 대한 어깃장으로 퉁겨져 나간 형국이지요. '나'란 무엇인가. 목사의 막내 아닙니까. 얼마나 목사스런 분위기에 짓눌려 자랐던가. 이유 없는 반항이 생겼지요. '나'와 쌍형을 이루는 Y를 통해 그 반항이 '아비=신(神)=여호아'에 뻗어 있습니다. Y의 저항 방식이 도박 및 힌두교의 신 시바에의 신앙으로 향했다면 '나'는 단지 '록음악'으로 향했던 것. '나'의 록가수 되기가 Y의 경우는 시바 신(창조와 파괴의 신)이었을 따름.
어째서 '나'는 록음악에 빠졌던가. 목사인 아비에 그 단서가 있겠지요. 절대신의 사도인 아비란, 따지고 보면 모든 아비를 상징하는 것. '나'의 삶을 차압하려 덤비는 것이 '아비 일반'이고 보면 아비에 맞서기란 아들이 취할 최초의 몸짓이 아니겠는가. 이 점에서 '나'는 '진지'합니다. 실상 이 소설의 참 주제는, '진지함에 대한 사유'에 있습니다.

어떻게 하면 진지함이 진지함으로 고스란히 드러날까. 이 물음에 고민해 본 사람은 잘 알 것입니다. 진지함이 그 자체로 드러나는 법이 없다는 사실을. 진지함이란 그러니까 부도덕함이나 불성실함의 몸짓을 통해서 비로소 뚜렷해지는 법. 이 점에서 보면 이 소설은 '아이러니'가 아닐 수 없지요. 여기까지 오면 어째서 제목을 '무정한 짐승의 연애'라 했는지 그 이유가 선명해지지 않았을까. '다정한 인간의 연애'가 그것.

그런데 이러한 주제가 '록음악'에서 발단되었음에 주목할 것입니다.

> 내겐 죽으러 가고픈 추억의 장소가 있지.
> 조금은 변했고, 세월이 가도 별로 나아지질 않았어.
> 누구는 떠나고 어떤 이들은 남았지만,
>
> (중략)
>
> 하지만 이걸 꼭 말해 주고 싶어.
> 내가 사랑한 그 많은 친구들과 여자들 가운데서,
> 너와 비교될 만한 사람은 아무도 없지.
> 나는 누구도 너보다 더 사랑하지는 않았어. (113~114쪽)

1986년에 해체된 외국의 모 괴짜 펑크 밴드가 취입한 이 록음악에 주목해야 하겠지요. 작품 서두에 징처럼 걸려 있어 건드리기만 해도 울릴 판이니까. 이 노랫말의 핵심에 놓인 것은 사랑의 진지함이지요. 임종의 마당에서 한 사내가 토한 말이니까 그럴 수밖에. 그런데 이 진지함을 깨닫는 순간 죽음이 기다리고 있다는 사실이야 말로 안타까움이 아닐 수 없지요. 이를 상징하는 것이 이 작품에서는 '나'의 목소리 상실(변질)입니다. 3년 전 '나'는 이유도 없이 목소리를 잃어 록싱어로서의 삶이 끝장나 버렸지요. '이유도 없이'였을까. 제일 사랑하는 J를 다른 뭇여자와 동격으로 다루었음에서 오는 오만함이랄까 무지라고나 할까. 삶의 불투명성이 그 이유였던 것. 이 사실을 깨치기까지 3년의 세월이 걸렸던 것. 그 때문에 J는 다른 남자와 결혼해야 했고, 아이를 낳아야 했고, 또 그 아이가 죽어야 했던 것. 이 아이의 죽음이란, 그러니까 '나'의 죽음에 해당되는 것.

"오빠와 나, 둘 중에 하나가 죽었어야 했어. 그런데 이렇게 뻔뻔하게 살고 있잖아. 아이가 대신 하늘나라로 간 거야."(131쪽)

J의 이 말이 바로 구원이었던 것은 '죽음'이 끼여 있기 때문. '나'가 3년 만에 목소리를 회복함은 이 때문.

작가 이응준 씨가 이 작품에서 보여 주는 의미층은 다음 세 가지.

어깃장놓기가 (A)층이라면, (B)층은 목소리 잃기와 그 회복이겠지요. 목소리란 그러니까 '진지함'의 표상이었던 것. 참 주제가 걸린 대목. 이것만이라면 범작이겠지요. (C)층을 고려하지 않을 수 없는데, 곧 이 작품의 창작 동기에 관련된 것. 록싱어의 자격을 검증하는 잣대로서의 대중 음악이란 무엇인가. 어째서 이 음악이 창작 동기여야 했을까. 이런 물음에는 80년대 이 나라 소설계에 알게 모르게 스며든, 하루키의 《상실의 시대(원제 : 노르웨이의 숲)》(1987)가 자리잡고 있겠지요. 비틀스의 노래 〈Norwegian Wood〉가 하루키로 하여금 한 편의 소설을 쓰게 한 형국이 아니었던가. 하루키는 작중 인물 레이코의 입을 빌어 이렇게 말하지요. "이 사람들(존 레넌, 폴 매카트니, 조지 해리슨)은 인생의 슬픔이나 아름다움을 정말

로 잘 알고 있어요"라고. '슬픔과 아름다움'이 비틀스의 목소리를
빌어 소설 속을 울리고 있었으니까. 갈 데 없는 센티멘털리즘이 아
니었던가. 10년이나 지난 지금 이 나라 신진 작가 이응준 씨가 진
지함을 승부처로 하여 혹시 이를 되풀이하고 있지는 않은지.

3. 에어컨 바람에 직접 닿는 것은 해롭다의 감각—이혜경

이혜경 씨의 〈내게 바다 같은 평화〉(《창작과비평》, 가을호)는 청소
년물에서 벗어난 어른스런 소설. 참 주제가 담긴 대목이 작품 앞쪽
에 나와 있습니다.

"갑자기 등쪽이 거뻣해진다. 에어컨의 바람 줄기가 이쪽으로 향
한 게 틀림없다. 나는 그 바람을 피해서 몸을 옮긴다. 달아오른 공
기를 식히는 에어컨은 좋아하지만, 에어컨 바람이 직접 닿는 것은
건강에 해롭다. 덜그럭거리는 소리를 낸다든지, 일시에 찬바람을
일으켜 제 존재를 의식하게 하는 에어컨은 바람직하지 않다. 에어
컨이 할 일은 제 존재를 의식하게 하는 게 아니라 실내 온도를 조
절하는 것이다." (258쪽)

에어컨의 기능을 규정하고 있지 않습니까. 에어컨의 용도란 그
기능에 있을 뿐, 그 이상이거나 이하여서는 못쓴다는 것. 이는 중
년 고비에 이른 직장인쯤 되면 알아차릴 수 있는 생활 감각이 아닐
수 없습니다. 꼴 같지 않은 것들이 자기 존재 증명을 요구함이란
얼마나 위험스러운가를 직장인이라면 실감하는 것이지요. 직장이
란, 그러니까 삶이란 기능적 몫으로 규정되는 세계일 수도 있다는
것. 이 기능의 범주 지키기란, '에어컨 바람이 직접 닿는 것은 건
강에 해롭다'로도 규정되겠지요. 에어컨의 기능이란 달아오른 공기
를 식힘에 있기에, 이 범위 내에서 모든 것을 판단하고 행동해야
하는 법. 그렇다고 이러한 삶의 균형 감각이 무슨 곡예일 수도 없
는 법. 이런 경지를 탐색함이란, 그동안 줄곧 서자(서녀)를 내세워

인간과 사회의 관계, 곧 피해자의 처지에 서서 그 짓눌린 콤플렉스 해소에 주력해 온 이 작가에겐 한 방향 전환이라 하겠지요.

여기는 여성지 《우먼 파워》의 편집실. 차장인 '나'는 지금 손님을 기다리고 있다. 손님은 누구이며 '나'는 누구인가. 그리고 또 하나의 인물인 경쟁지의 민완 기자 이 모는 무엇인가. 곧 세 가지 동일한 과제의 층위가 소설의 골격을 이룬다. 실질적인 국장과 다름없는 '나'의 층위가 그 하나. '나'는 경쟁지의 스카웃으로 이곳 《우먼 파워》로 옮겨왔다. 새로운 체제로 《우먼 파워》를 정리하는 몫을 '나'가 맡은 것은 '나'의 골목대장 기질에서 말미암은 것. '나'는 그 기능을 수행, 김 모만을 남기고 모조리 물갈이를 했다. 왜 김 모만을 남겼는가. 어떤 조직에도 100% 물갈이란 불가능한 법. 시간을 얼마나 버는가에 따라 김 모의 물갈이가 승부수로 가로놓인다. 그것은 김 모에 대치될 인물 고르기(스카웃)에 비례한다.

두 번째 층위는 김 모와 이 모의 교환 관계. 그것은 이 모의 약점 (여자 관계)에서 말미암는 것. 약점을 담보로 해야 제일 확실하니까.

세 번째 층위는 시방 '나'가 기다리고 있는 택시 기사 청년 문씨. 문씨가 '나'를 찾아온 이유는 단순 명쾌하다. '나'의 대학 동창인 모씨가 아이를 구하고 자기는 차에 치여 죽었는데, 그 아이가 바로 문씨였던 것. 은인을 찾아 헤매던 중 문씨는 드디어 '나'를 찾아왔던 것. 그러나 '나'의 처지에서 보면 조금도 달갑지 않다. 어째서? '나'는 지금 물갈이의 마지막 인물인 김 모와, 이를 밀어내고 받아들일 이 모로 말미암아 머리가 복잡해 있었으니까. 그렇지만 '나'는 찾아온 문씨를 만나고 그에게 술까지 산다. '나'답지 않은 행동이었다. 난데없이 등장한 죽은 옛친구에 대한 제주(祭酒)쯤이었을까. 그 해답은 명백하다. 생활 감각이 그것. 곧 무슨 기사거리나 될까 함이 그것.

술에 취할수록 해쓱하게 질리는 얼굴로 청년은 말했다. 나 대신 다른 사람을 먼저 데려갔다면 그만큼 나를 살려주는 이유가 있었을 게 아니냐고. 자기가 살아야 할 이유를 세 가지만, 아니 하나라도 찾아내고 싶다고 청년이 두 번째 말할 때, 나는 그 동안 펴발랐던 친절한 표정을 거두고 사무적인 얼굴로 돌아가면서 시계를 힐끗 보았다. (273쪽)

'나'가 여기서 딱 멈추어야 했던 이유는 명백하다. 택시 기사인 청년이 지금 인생의 가치(의의)를 끌고 들어왔기 때문. 운명이니, 인생이니, 진실이니, 삶의 가치 따위(존재 증명)를 끌고 들어온다는 것은, 생활인의 처지에서 보면 실로 구역질 나는 것. 그것은 에어컨 바람과 흡사한 것이다. 직접 쐬어서는 안 되는 것. 건강에 해로우니까. 여기서 딱 멈추어야 하는 법.
이 '나'의 층위야말로 작가 이씨의 어른스러움이 아닐 것인가. 설사 택시 기사 문씨가 새벽 강변에서 죽어 가는 두 사람을 구하고 대신 죽었다 하더라도 사정은 마찬가지. 그런 짓은 한갓 사회면과 정치면, 경제면의 기사로 족한 것. '나'와는 무관한 것이 아닐 수 없는 것.

나는 청년에게 내 귀중한 시간을 내주었고, 거기다 술까지 샀다. 어쩌면 미담의 주인공은 이미 자살을 꿈꾸며 강변에 갔었는지도 모른다. 그러니까 그렇게 쉽게 목숨을 내던질 수 있었을 것이다. 어쨌든 남을 위해 희생하는 건 대단한 일이다, 그렇게 할 수만 있다면. 그때 청년의 이름을 묻지 않기를 잘했다는 생각이 든다. (274쪽, 밑줄 인용자)

어째서? '나'와는 상관없는 일이니까. 그런 미담이란 '청결한 실

434

내에 내려앉은 불순한 먼지 같은 것'에 지나지 않는 것이니까.

만다라를 산 하나에 온통으로 투영해 놓은 거대한 부르바도르를 지척에 두고, 활화산의 연기를 밤낮 쳐다보면서 인도네시아 아이들에게 '조선말'을 가르치고 있는 작가 이씨가 이런 생활인의 감각에 이르렀음이란 새삼 무엇인가.

문득 이 장면에서 제가 이청해 씨의 〈플라타너스 꽃〉(《세계의문학》, 1999년 봄호)을 떠올림은 웬 까닭일까. 한반도에 살면서 '모든 나무는 꽃이 핀다'와 '특정 나무인 플라타너스에 꽃이 핀다' 사이에서 방향 감각 잃기를 생활인의 감각이라 지적한 이씨의 작품도 어른스러움이었던 까닭이 아니라면 무슨 다른 이유가 따로 있었겠는가.

4. 어떤 조언 주기도 받기도 거부하는 작가—하창수

하창수 씨의 〈서른 개의 문을 지나온 사람〉(《문학사상》, 9월호)은 고압적인 목소리로 시작됩니다. "나는 지금 서른여섯 살이고, 서른 네 살에 목소리를 잃었다. 물론 잃은 것은 목소리만이 아니다"라고. 망설임을 송두리째 거부한 글쓰기 형태라고나 할까. 작가의 이런 투의 어조(tone)란 일종의 패악치기와 흡사하다고 느낄 독자도 있는 법. 망설이기로 일관된 작품을 읽다 보면 이런 식의 고압적 어조가 때로는 시원하게 느껴질 수도 있겠지요. 어느 편이냐 하면, 저는 시원하게 느끼는 쪽이 아닙니다. 망설이기로 일관된 소설을 근자엔 자주 대하지 못했으니까. 그렇지만 망설임 없음의 글쓰기가 지닌 미덕에 무관심할 수도 없지요. 어째서? 그럴 만한 글쓰기의 이유가 따로 있으니까. 그것은 결론부터 말하면 '고독'이지요.

그것도 절대 고독. 글쓰기가 가져오는 형언할 수 없는 외로움이 그것.

소설 쓰기란 물론 글쓰기의 일종. 그 중에서 제일 분주한 글쓰기이지요. 상상해 보십시오. 책상 앞에 한 사람이 앉아 있습니다. 그의 앞에는 한 장의 원고지가 놓여 있습니다. 이 원고지란, 실상 서울 운동장만큼 넓고 아득하지 않겠는가. 혼신의 힘으로 이 운동장에 바위를 밀고 와 채워야 하는 법. 그렇지 않으면 이 아득한 공간의 공포에 숨이 멎게 될 테니까.

이러한 공간(원고지)의 공포를 사이버 공간으로 옮겼다고 해서 뭐 한치라도 달라졌을까. 어림도 없지요. 지난날의 글쟁이들이 원고지의 공포에 시달릴 대로 시달리는 그 시련을 오늘의 작가 하창수 씨는 컴퓨터 글쓰기 앞에서 연출하고 있습니다. 그게 그것이지만, 풍속의 차이는 있겠지요. 문제는 그러니까 글쟁이의 고통이란 자기와의 싸움(대화)이라는 것. 막바로 말해 '자폐증'이지요. 근원적인 의미에서는 독백이라는 사실.

나치스에 잡히기보다는 자살을 택한 유태계 사상가 벤야민은 이 점에 대해 언급한 바 있지요. "소설을 얘기와, 또 좁은 뜻의 서사적인 것과 구별 짓게 하는 것은, 소설이 근본적으로 책에 의존하고 있다는 점이다"(《얘기꾼과 소설가》)라고. 얘기란, 물론 소금 장수 얘기를 가리킴인 것. 청각의 세계 인식이지요. 그러나 소설은 시각적 세계 인식, 그러니까 인쇄술(활자)과 더불어 시작된 것. 이 순간 작가가 '개인'으로 탄생합니다. 그는 골방에서 혼자 얘기를 지어내야 할 처지에 놓이게 됩니다. 이 골방엔 아무도 들어오지 못하지요. 따라서 그는 누구로부터도 '조언'을 구할 수 없지요. 동시에 그는 누구에게도 '조언'을 할 수 없지요. 절대 고독이 생겨나는 것은 이 때문. 소설을 쓴다는 것은 다른 것과 전혀 비교할 수 없는 성질의 것을 인간적 삶의 묘사 속에서 극단적으로 끌고 감을 의미하는 것. '극단적으로 끌고 간다'에 주목할 것입니다. 최초의 위대한 소설 〈돈 키호테〉를 보면 이 사실이 금방 드러나지요. 가장 고귀한 사람 중의 하나인 돈 키호테의 정신적 위대성과 용감성 및 의

협심이 일체의 '조언'을 결하고 있고 또 일말의 지혜도 내포하고 있지 않다는 점을 한눈에 깨달을 수 있습니다. 어떤 지시적 사항(이데올로기, 기타)이 가끔 소설 속에 끼여들지만 그것은 한갓 방편이 아니었겠는가.

이러한 사실을 작가 하씨가 복창하고 있습니다. 왜? 사이버 공간에서도 그러함을 보이기 위함이 아니라면 무슨 다른 까닭이 따로 있었겠는가.

여기 한 대학 시간강사가 있습니다. 이름은 박영훈. 나이는 앞에서 밝힌 대로 서른여섯 살. 록가수도 아닌 까닭에 목소리쯤 잃었다고 해서 생 자체를 몽땅 잃었다고 할 수는 없는 일(이 점에서는 이응준 씨의 〈무정한 짐승의 연애〉가 훨씬 심각하다). 그렇다면 무슨 연유로 '나'는 목소리를 잃고 3년씩이나 헤매고 있는 것일까. 이유가 없지요. 이 점이 바로 작가다운 점이지요. 곧 글쓰기가 그 숨은 이유인 것. 소금 장수 얘기와는 달리, 글쓰기란 목소리 죽이기, 목소리 없애기, 목소리에서 도망치되 철저히 절망적으로 도망치기가 아닐 수 없는 것. 그럼에도 결국 목소리에 목덜미가 잡히고 마는 것. 어째서? 소설이란, 얘기(소금 장수)에서 완전히 벗어날 수 없는 운명스러움이 그것. 이를 두고 어떤 명민한 비평가 왈, "길이 시작되자 여행은 끝장났다"(루카치)고 했고, 소설이란 아이러니(악마적)라 부르기도 했지요. 진지한 삶의 의미를 추구하다가 막판에 가서는 '아니야, 이게 아닌데'라고 말하기가 그것. 《부정 변증법》의 아도르노는 이를 단호히 거부, 모순 자체를 그대로 두어야 좀더 진실하다고 주장하지만.

대학 강사 박영훈이 바로 그 꼴이지요. 배운 재주가 워드프로세서이겠다, 컴퓨터 속으로 들어갈 수밖에. 목소리(생활)를 잃었으니까. 그 속에서 목소리를 찾아 헤맵니다. 스스로를 음악의 대가인 일본계 지휘자 '세이지'라 자처하며. 이에 응답해 오는 목소리가 있었다. 'losstime'이 그것. 두 목소리의 게임이 시작된다. 쫓고 쫓기는 이 게임이 지속된다. 결과는? 우주 공간의 그 많은 목소리에 아득함이란 한갓 허구였을 뿐, 침술사 뒷방에 몽매에도 찾던 'losstime'이 있지 않겠는가. 놀랍게도 'losstime'은 의수(義手)였지 않겠는가. 글쓰기란 그러니까 이 허무(의수)와의 게임이었던 것. 목소리의 철저한 상실의 끝에 비로소 결승점이 보인다는 것. 목소리에서 필사적으로 도망치기, 그것이 글쓰기라는 것. 이때 마침내 그것은 병신들의 행진임이 확인된다는 것. 휠체어를 타고 결승점을 혼신의 힘으로 오르고 있음과 글쓰기가 등가라는 사실. 이 점에서 보면 글쓰기가 세계의 외부성(外部性), 곧 죽음에 맞닿아 있다는 M. 블랑쇼의 《문학 공간》(1955) 쪽보다는 희망적이긴 합니다만.

그 언덕 위에는 서른여섯 살 먹은 한 사내가 서 있었다. 그는 언덕을 오르고 있는, 팔과 다리가 없는 마라토너를 향해 손나팔을 만들어 힘껏 외치고 있었다. 그 소리는 언덕을 빠르게 내려가, 마라토너를 또 빠르게 지나쳐 갔다. (중략) 거기 활짝 열린 거대한 문이 있었다. 결승점처럼 보이는…… (205쪽)

글쓰기가 팔다리 없는 마라토너의 필사적 달리기임을 작가 하씨가 온몸으로 외치고 있습니다. 조언을 거부한 작가, 누구에게도 조언하기를 거절한 작가 하씨의 육성(목소리)이 아니겠는가.

5. 은유적 세계 인식 또는 농경 사회 상상력과 단편─강규

강규 씨의 〈봄 그늘 집〉(《현대문학》, 9월호)을 읽다 보니, 황순원 선생의 단편 〈내 고향 사람들〉이 떠오름은 웬 까닭일까. 황 선생은, 소설의 머리에서 소설과는 무관해 보이는 에피소드 한 장을 먼저 제시해 놓지 않았던가. 그대로 옮겨 볼까요.

겨울날 지나가던 나그네가 길을 묻는다. 마당귀 양지 쪽에 앉아 타작하고 난 짚에서 벼톨을 털고 있던 노인이 턱으로 동구밖을 가리키며, 이 길을 얼마큼 가믄 개울이 나섭넨다, 거기 난간 떨어데나간 다리가 걸렸는데…… 여기서 노인은 그 다리를 건너 어디로 어떻게 가면 된다는 얘기는 제쳐놓고 딴 말을 꺼내는 것이다. ……하 참, 그 다리 난간이 왜 그르케 됐는디 압네까. 차손이네 소가 게서 떨어뎄다우. 바로 젠년 이맘때웨다. 가마니 공출을 하레 가다가 다리 위 얼음판에 미끄러뎄쉐다레, 죽고 말았디요. 거저두 모르갔는데 짐을 잔뜩 싣구 있었으니 될 말이웨까, 게다가 새낄 밴디 야들달이나 됐디 않가시요. 허 참, 아까운 소 쥑엤디요. 점백이였는데 암소디만 황소 맞잽이루 일을 잘 하였디요. 그런 솔 쥑이구 나선 차손이네 집안 꼴이 그만…… 노인은 추운 겨울날 길손이 바빠하건 말건 한결같이 무표정한 얼굴로 몇 번이고 볏짚을 갈아쥐고 그냥 채질을 계속하면서 중얼중얼 저 할말만 한다.

이를 두고 '삼천포 빠지기'라 할 수 없겠는가. 소설이란, 그러니까 주제를 통째로 제시함이 아니라 변죽만 울리기라는 것. 슬쩍 암시하는 것이어야 한다는 것.

이 과제를 두고 얼마 전에 저는 비평가 K형과 환담을 했지요.

(K) : 우리 나라 소설은 너무 엄격하고 무거워요. 심각해요. 숨이 막힌다니까.

(나) : 외국의 단편은 안 그런 모양이지요. 아마.

(K) : 체홉이나 도데를 보세요. 단편이란 얼마나 경쾌합니까. 변죽만 슬쩍 울리면 그만 아닙니까. 미국도 마찬가지. 오 헨리를 좀 보세요.

(나) : 승부처란 장편이다, 그런 관습인 모양인데요.

(K) : 무거운 것, 엄숙주의란 장편에 맡기고 단편은 가벼워야 하

는 법. 그런데 우리의 경우 (중)단편이 주류였기에 여기에다 너무 과중한 짐을 지웠던 형국이지요.

여기까지 이르렀을 때, 저는 문득 〈내 고향 사람들〉의 작가에 생각이 미쳤지요. 단편이란 〈학〉이나 〈소나기〉 같아야 하는 것일까. 체홉이나 이태준, 이효석, 오 헨리 같아야 하는 것일까. 이런 물음에 저는 익숙하지 않습니다. 우리의 중·단편이란 너무 무거웠고 그 무거움으로 버텨 왔던 것. 저는 아직 이 편에 서 있지요. 우리 문학의 역사성이니까. 그렇기는 하나, '변죽 울리기'의 글쓰기도 그 권리를 주장해야 될 시점에 이르렀다고 할 수 없겠는가. 왜냐면 다양함만한 미덕도 흔치 않은 것이니까. 그렇다고 해서 〈봄 그늘 집〉이 변죽만 울린 작품이란 뜻은 아닙니다. 〈내 고향 사람들〉의 범주를 떠올리게끔 하는 요소가 많다는 뜻에 지나지 않습니다.

이 작품의 주제란, 그러니까 서두에다 작가 자신이 제시해 놓았군요. 독자들이 멋대로 읽으면 못쓴다는 듯이.

비가 내리는 저녁 우산을 받쳐들고 봄날 축축한 생명들 속을 쏘다니다 왔습니다. 그때 제 가슴이라는 것은 이 집 식구들이 부쳐먹는 댓 마지기 논 같아지는 것이, 그 위로 곡우 때를 맞춘 비가 내리고, 그 위로 덜덜덜 이앙기가 지나가고, 다시 그 위로 아기 모가 심겨지고, 어느덧 추수 때와 농한기와 봄날 한식에서 망종 사이 모내기철이 제 댓 마지기 몸과 마음을 거쳐가듯, 저라는 생명 덩어리 하나는 사시장철 우주의 만상 그 어느것도 거스르는 일 없이 그 일생이라는 것의 순환을 따라 이렇게 흘러드는 것만 같습니다. (79쪽)

보다시피, 한 편의 시이지요. 그것도 서정시. 서정시의 특징이 무시간성(비역사성)에 있음은 모두가 아는 일. 자아와 세계의 완전 일치를 겨냥한 세계이기에 어떤 갈등(고뇌)도 생겨날 틈이 없는 법. 왜냐면 어떤 고뇌도 우주의 만상 그 어느 것도 거스르는 일 없음이 생명 원리이니까. 이를 두고 어떤 철학자는 예술 원리라 주장한 바 있지요(하이데거, 《예술의 기원》, 1935). 《들길》에서도 그렇지만 그는 현존재(참인간)와 보통 인간(세속인)의 구별점을 대지(땅)에 뿌리를 내렸느냐의 여부에다 두고 있습니다. 곧 집이 있느냐 없느냐로 정리되겠지요. 나무나 집처럼 하나의 소중한 장소에 뿌리를 내리는 것이 현존재(Dasein)에 적합한 조건이지만 세속인은 이 뿌리 없음을 가리킴인 것. 세속인이란 마치 가난한 아랍인처럼 천막을 들고 이리저리 이동하는 유목민의 처지라고나 할까. 이 세속인(현대인)의 유랑민성(Nomard)을 내세워 현대인의 운명을 직시하고 있는 들뢰즈, 가타리의 자본주의 비판(《천의 고원》, 1980)이란 얼마나 반하이데거적인가.

하이데거의 논법에 따른다면 먼저 '틈'의 생김을 전제로 합니다. 이 틈(Riss)과 틈을 이어 주는 것이 '다리(Brücke)'이지요. 만들고 살고 생각하기이기에 그것은 하천의 둑과 둑을 이어 주는 다리이겠지요. 마지막으로 땅, 하늘 사이의 인간을 원형으로 팽팽히 잡아당기는 테두리(Ring)가 설정됩니다. 나누는 균열, 연결하는 다리, 둘러싸는 테두리의 구조란, 집(땅) 그것처럼 얼마나 안전할까. 그러기에 시인(예술가)이란 창조하는 자일 수 없는 것. 집 지키는 자가 철학자라면 그 집을 찬미하는 자를 일컬어 시인(예술가)이라 부르는 것. 그렇다면 누가 창조하는가. 집(언어, 내력)이지요. 예정조화설의 일종이 아닐 수 없지요. 다르게 표현하면 정주민의 사상, 그러니까 대지(die Erde)의 사상이겠지요. 디지털 시대에 접어든 이 마당에, 서정시의 세계도 가능한가. 편집광의 시대에서 분열증의 세계로 진입한 오늘의 세속인에게 '나는 누구인가'로 정리되는 의문만큼 절박한 것이 따로 있을까.

이렇게 묻는 사람에게도 서정시적 세계란 아주 무의미하지는 않겠지요. 어째서? 지금 단편의 '단편스러움'을 문제 삼고 있으니까.

'만상 그 어느 것도 거스르는 일 없이' 순환하는 생명 운동이란 무엇인가. 여기는 전라도의 어느 시골. 작중 화자인 '나'는 서울서 온 글쓰는 아가씨. 이 집에 민박을 하고 있다. 왜 하필 이곳, 이 집이어야 했던가. 이 물음이 처음부터 제거된 마당이니까 영락없는 서정적 세계인 셈. 이 집 식구를 조금 볼까요. 할머니, 아들, 며느리, 그리고 돌을 막 지나고 있는 손주. 그리고 축사에는 소와 염소들과 개들. '나'는 이들을 은밀히 관찰합니다. 왜? 여기에도 아무 설명(필연성)이 없군요. 물론 약간의 틈이 있긴 하나(커피 사건), 그야 생명의 흐름과 그 조화에 비하면 한강의 빗방울격. "봄날 치고 좀 더운 거 아닌가 싶을 때 아니나다를까 후드득후드득 빗방울이 떨어진다"(95쪽)의 세계이기에 아무도 시비하지 않겠지요. 하늘엔 신(질서)이 있으니까. '나'는 그래도 소설 쓰기에 괜찮을까. 자기에게 도전해 와, 자기를 잃지 않기 위해 필사적인 상황이 아닌 데서도 소설 쓰기가 가능할까.

6. 기억의 존재 방식―유재용

유재용 씨의 〈살아남은 자의 묘지〉(《문학사상》, 9월호)는 "그 일의 발단은 이랬다"로 시작됩니다. '그 일' 그러니까 이 소설의 내용이겠는데, 잠시 볼까요.

고아원 성애원 출신들의 모임이 '성애모'인데, 어느 날 긴급 모임이 있었다. 회원 우광진의 수기 〈살아남의 자의 묘지〉가 《월간 현장》의 공모에서 당선되었기 때문. 이 모임의 주장격인 박일석이 누구보다 흥분할 수밖에. 경사니까. 그런데 이를 읽어 본 박일석은 일시에 격분하는 것이 아닌가. 거짓말투성이라는 것.

"수기 서두부터 거짓말이야. 거짓말로 시작한 수기라니까. 소설이라면 그럴 수 있겠지만 수기를 그렇게 써도 되는 거야? 우광진이한 테 누나가 어디 있어? 우린 기억할 수도 없는 어린아이 때부터 군에 입대하기 전까지 성애원에서 함께 뒹굴면서 살았잖아? 그런데 우린 우광진 누나를 본 일도 들은 일도 없었어. 없는 누나를 만들어 내 가지고 수기를 써도 되는 거냐 말야?"(212쪽)

수기와 소설, 역사와 소설의 해묵은 쟁점 사항이 이 작품의 참 주제. 일찍이 《시학》의 저자 아리스토텔레스가 고민했던 그 문제가 아니겠는가. 기껏 그가 모색한 해답이란 역사는 일회적인 사건의 기록이지만 문학(그땐 소설이 없었으니까)이란 철학적이라는 것. 그 렇다고 역사(수기)/문학(소설)이 보기 좋게 구별되었을까. 어림없는 일. 《보봐리 부인》의 작가 플로베르가 혼신의 힘으로 이에 도전했 음, 그것이 《보봐리 부인》임을 모두가 아는 사실. 이어서 《율리시 즈》의 작가 조이스, 《몰로이》의 작가 베케트 등 줄줄이 이 과제에 골머리를 앓지 않았던가. 역사(수기) 쪽에서도 사정은 마찬가지. 《문학으로서의 역사》의 필자 J. F. 케난도, 《역사란 무엇인가》의 저 자 E. H. 카도 마찬가지. 기껏해야 역사란 과거와 현재(나)와의 대 화가 아닐까의 정도였지 않았던가.

물론 작가 유씨는 이런 식으로 나오지는 않습니다. '기억'을 문 제 삼고 있습니다. 기억이란 무엇인가. 작가는 성애원 출신이자, 재벌 회사 사사(社史) 편집에 종사하는 김중민을 내세워 기억에 대 해 숙고합니다.

(김중민) : "그렇다라두 한 번 더 점검하고 확인하는 의미에서 차근 차근 기억을 더듬어 보세. 기억이라는 것이 백 퍼센트 정확하지는 않거든."

(박일석) : "기억도 기억 나름이야. (중략) 우광진이도 우리와 같아.

부모형제를 기억할 수 없는 나이에 성애원에 들어왔고 나중에 우광진을 찾으러 온 부모형제 같은 건 없었어."(213쪽)

이 장면에까지 이르면 오리무중이겠지요. 그것은 인간의 현실 인식(역사 의식)에 대한 근원적 물음에로 향하게 되겠지요. 현실이란 '언어'로 구성되었다는 사실이 그것. 언어를 떠나면 어떤 현실도 성립되지 않는다는 것. 우리가 6·25라든가 80년대의 현실이라 할 때, 그것이 '언어로만 묘사'된다는 점에 주목할 것입니다. 언어로 묘사되지 않은 현실이란 없는 법. 그러니까 문제는 언어로 귀착되는 것. 언어란 무엇인가. 그것은 인간의 본질과 분리시킬 수 없는 것. 특정한 현실이란 그러니까 '특정 인간의 의식이 만들어 낸 현실'에 지나지 않는 것. 그러기에 우광진에게 '누나'가 있었던 것이지요. '의식의 누나' 말입니다. 소설이 시시한 거짓말일 수 없음도 이 때문.

● 의식의 사물화와 의식의 소멸화

정 영 문

김 연 수

배 수 아

이 제 하

김 인 숙

의식의 사물화와 의식의 소멸화

―정영문과 김연수

정영문의 〈내장이 꺼내진 개〉, 김연수의 〈깐깐오월〉,
배수아의 〈징계위원회〉, 김인숙의 〈개교기념일〉, 이제하의 〈독충〉

1. 사물화된 의식―정영문

신진 작가 정영문 씨의 〈내장이 꺼내진 개〉(《작가세계》, 가을호)
는 주인공인 청년 '나'가 어떤 곡절을 겪어 마침내 '개'가 된 것이
아니라, '내장이 꺼내진 개'로 되었는가를 보여 주고 있습니다. 만
일 의식이란 것이, 죽음 직후까지 조금 남아 있을 수 있다면, 바로
그 의식의 사물화란 가능한가. 이 물음은 단연 심리학적 과제가 아
닐 수 없지요.

심리학 개론 첫 장만 열어도, 실험 심리학과 기술 심리학의 대비
에 마주칠 수 있습니다. 실험 심리학이 가설과 실험을 거듭하여 경
험 쪽에서 일정한 모델을 이끌어내는 근대 과학의 이론에 따른 것
이지만, 기술 심리학의 방법은 이와 썩 다릅니다. 의식의 내부 지
각(內部知覺)을 선명히 반성하고 이를 관찰하여 이를 그 자체로 기
술(記述)함이지요. 브렌타노의 《기술 심리학》이 바로 이에 해당되
는 것. 현상학의 창설자 후설(E. Husserl, 1859~1938)이 이 기술 심
리학의 방법에 착안, 이른바 현상학의 기본 개념인 지향성

(intentionality)을 이끌어 냈다는 것은 모두가 아는 일. '의식이란 반드시 어떤 것에 대한 의식'이라는 명제가 그토록 혁명적이었던 것은 웬 까닭이었을까. 종래의 생각으로는, 의식이란 의식 내용이 담겨 있는 무슨 그릇 모양이라 여겨졌던 것. 후설이 내세운 것은 이를 뒤집은 것이지요. 의식과 의식 내용이 있는 것이 아니고, 의식이란 반드시 '어떤 대상에 대한 의식'(의식 내용)이라는 사실이 뚜렷해졌지요.

어째서 이 문제가 그렇게 중요할까. 이 물음에 맨 먼저 부딪치는 것이 '주관·객관' 또는 '인식과 대상'의 이원론입니다. 이렇게 생각해 봅시다. 여기 '나'의 눈앞에 돌멩이가 있습니다. 사람들은 이 돌멩이를 분명히 의심 없이 보고 있다고 믿습니다. 그런데 우리들이 일상적인 이러한 태도에서 떠나 이를 엄밀히 생각해 보면 어떠할까. 기묘한 문제가 생기게 마련. 곧 이때 우리들은 정말로 그 돌멩이를 똑바로 보고 있는 것일까, 라고 묻는다면 어떻게 될까. '나'가 보고 있는 돌멩이란, '나'의 눈에 비친 돌멩이의 상(인식으로서의 돌멩이)이지요. 이 상(像)은 돌멩이 자신(대상으로서의 돌멩이)에서 온 것이다, 라고 생각함이 보통이겠지요. 그러나 잘 따져 보면 어떻게 될까. 지금 '나'가 보고 있는 돌멩이(인식으로서의 돌멩이)와 '대상으로서의 돌멩이'가 동일하다는 보증은 대체 어디에 있단 말인가. 후설의 말을 그대로 옮겨 볼까요.

인식은, 그것이 어떻게 형성되었든, 한 개의 심리적 체험이며 따라서 인식하는 주관의 인식이다. 그렇지만 인식에는 인식되는 객관이 대립하여 있다. 그런데 어떻게 하여 인식은 인식된 객관과 인식 자신과의 일치가 확정되는 것일까. 인식은 어떻게 하여 자기를 넘어서서 그 객관에 확실하게 적중되는 것일까. (〈제1강〉)

후설이 말하고 싶은 것은 바로 이 점입니다. 곧 논리적으로 생각하는 한, 인간은 원리적으로는 이 '일치'를 확인할 수 없다는 것. 사태가 이러할진댄, 세계 전체라든가 인간을 '객관'으로 파악하는 장면에 이르면 어떻게 될까. 가령 신의 존재, 우주의 끝이 있는가의 여부, 시간의 무한성 등등의 문제에 이르면 그야말로 종잡을 수 없지 않겠는가. 실로 난문제가 아닐 수 없지요. 만일 주관과 객관이 일치되지 않는다면 인간은 사물의 본질이나 가치에 대한 어떤 확실한 것도 말할 수 없지 않겠는가. 한편, 만일 주관과 객관이 일치한다면, 일체가 정해진 것이어서 '결정론', 또 '섭리'에 떨어지고 말지 않겠는가. 여기까지 이르면 후설의 고민, 곧 주관/객관이 머금고 있는 아포리아(난문제)의 참 모습이 드러납니다. 곧 그것은 단지 인식 장치의 완벽성을 대체 누가 보증하는가, 라는 문제가 아니라, 주관/객관이라는 전제에서 출발하는 한, 누구나 논리적으로 반드시 극단적인 '결정론'으로 치닫든가 아니면 극단적인 상대론, 회의론, 불가지론에 떨어지게 마련이라는 것. 그렇다면 어떻게 해야 하는 것일까. 니체처럼 '객관이란 없다'로 향해야 할까. 헤겔모양 이성에 계속 집착해야 할까. 후설의 장대한 '생활 세계'가 펼쳐지게 마련.

잠깐, 당신은 지금 정영문의 소설을 빙자로 삼천포로 빠지고 있지 않은가. 결코 그렇지 않습니다. 정씨는 첫 줄에다 이렇게 썼으니까.

"내가 죽은 지는 그다지 오래된 것 같지는 않다. 어쩌면 내가 맡고 있는 이 냄새가 썩어 가고 있는 나의 육체에서 풍겨오는 것이라면 나는 죽어 가고 있긴 하지만 아직 죽지는 않았는지도 모른다. 물론 어느 쪽이어도 상관은 없다. 나로서는 결코 지상의 빛이 인색하게밖에 닿지 않는 이 어둠의 바닥에 누워, 이 소용없는 한 줌의 부스러기마저도 먼지 속으로 흩어져 더 이상 아무것도 남지 않게 되기를 기다리기만 하면 되는 것이다." (190쪽)

작중 화자이자 주인공인 '나'는 시방 죽어 가고 있습니다. 죽어 가고 있다 함은 과연 무엇인가. '죽어 가고 있다'란, '죽어 가고 있다, 라는 의식'이 아닐 수 없지요. '의식'이란 무엇인가란, 물론 '의식 자체'를 묻는 것이겠지만, 이 '의식 자체'를 묻게 되는 것은 웬 까닭일까. 의식의 본질을 묻는 것이겠지요. 어떻게 하면 이 의식 자체를 묻는 '자리'에 이를 수 있을까. 의식이 단절되기 직전, 그러니까 의식이 최종적으로 머무는 장면까지 추적해 갔을 때라야 하겠지요. 죽음 직전의 의식을 추구함은 이 때문이지요(이 방면에는 소갈 린포체의 《티벳트의 지혜》에 넘치도록 상세히 펼쳐져 있지요. 이 점에서 서양 철학은 아직 초보 단계).

객관이란 무엇인가. '나'의 앞에 있는 이런저런 확신(믿음)이란 일종의 가짜(환각)인지 아닌지 누가 보증하는가. '나'의 앞에 놓인 돌멩이란, 실제로 있는 것이 아니고 환각인지 모르지 않겠는가. 신의 경우도 국가, 역사, 민족, 이웃, 그리고 가족, 친지까지도 마찬가지. 그렇다면 이 '의식 자체'의 정체를 끝까지 물고 늘어져, 끝장을 보아야 무슨 해답의 실마리라도 찾아지지 않겠는가.

여기까지 생각이 미친 독자라면, 어째서 신인 정영문 씨가 참신한가에 어느 정도 동의할 것입니다. 90년대의 이 나라 문학판이란, '객관 세계'에 대한 회의로 비롯되었음을 상기할 것입니다. '나'가 눈앞에 있는 돌멩이를 본 것인가, 단지 돌멩이의 환각을 본 것인가. 이 물음에 많건 적건 또 알게 모르게 직면하지 않은 독자가 있다면 이는 거짓말. 문학판이 온통 후일담으로 가득 찼던 것도 이 때문. 문학판이 '나는 무엇인가'로 기울어졌음도 이 때문. 이 '나'의 추구에서 주목되는 경향이 '가족 속의 나', '사회 속의 나'로 대별된다면, 이 중 전자 쪽에 현저히 무게중심이 놓여 있었지요. 프로이트식 가족 소설이 줄줄이 이어졌음도 지겹도록 보아 왔지 않았던가. 여기까지는 '내면의 탐구' 범주라 해서 그 나름의 성과(육체)를 얻었음도 사실. 그렇지만 아무도 '객관 세계'에 대응되는 '생활 세계'의 핵심인 '의식 자체'에 주목하지 않았지요. 정영문 씨가 돋보이는 것은 바로 이 장면에서이지요. 곧 주관/객관에 걸리는 기본항인 '의식 자체'란 무엇인가가 그것.

죽음이 의식 자체의 종언을 가리킴이라면, 죽음 직전까지의 의식을 추구해야 되는 법. 정씨가 도전하고 있는 방식은 어떠한가. 의식 자체로 보이는 '나'는, 지금 무덤 속에 들어가 의식이 끝장나길 기다리고 있습니다. 당초 '나'가 의식 자체임을 보이는 장면은 이러하지요.

"내가 어디에서 왔으며, 그 전에는 무엇을 했는지 아는 사람은 아무도 없었다. 그 점과 관련해서는 남들보다 좀더 많은 것을 알고 있을 게 틀림없고, 또 알고 있어야 하는 게 당연한 나로서도 기억에 남아 있는 게 별로 없었다. 어쩌면 좋지 않은 기억들에 대한 인위적인 망각이 대부분의 기억들을 지워 버렸는지도 모른다. 내게는 나의 모든 삶이 완전한 허구처럼 여겨질 뿐이다. 어쩌면 내가 내게 들려주는 나와 관련한 모든 이야기는 지어낸 것으로, 나의 지어낸 삶에서 나온 것들인지도 모른다. 어쨌든 나의 인생의 적지 않은 부분을 차지했을, 처벌에 대한 두려움에도 불구하고, 내가 저지를 수밖에 없었던, 그 후에는 그것들의 사소함에 실망했던 죄들에 대한 모든 기억을 갖고 있지 않다는 것은 다행스런 일이다." (191쪽)

이러한 의식이 이런저런 곡절을 겪어, 가장 알맞은 자리를 갖는 것은 '혼자가 아니면서도 누구와 함께 있지 않은 느낌'에 이르렀을 때이지요. '나'가 남성도 여성도 아닌 무성(無性)이란 것(200쪽)도 어떤 시제(時制)에도 해당되지 않음(206쪽)도 바로 이 때문.

이러한 의식 자체(순수 의식)가 사물화된다면 어떻게 될까. 의식 자체를 형상화하여 보여주는 방식밖에 없지 않겠는가. 이 형상화 방식으로 도입된 것이 번제(燔祭)이지요. 광견병에 걸린 개를 번제로 함이 그것. 사람들이 개를 잡아 음식을 장만합니다. 그 개에 물린 '나'도 끼여듭니다.

이제 솥 속에 안치된 말쑥한 모습의 개는 음식이 되어 있었다. 개의 몸에서 꺼내진 내장이 할 수 없지 않느냐는 모습으로 음식이 되어 있었다. 개의 몸에서 꺼내어진 내장이 할 수 없지 않느냐는 모습으로 뒤엉킨 채 땅바닥에 버려져 있었다. (208쪽)

죽음이 찾아오기 직전에 '나'가 본 것이 바로 '땅바닥에 버려진 개의 내장'이었다는 것. 곧 의식 자체란, 이 개의 내장과도 흡사한 것. 아니, 그렇지는 않지요. 의식 자체의 형상화에 해당되는 것. 개의 내장이 아니라 거위나 염소의 내장이어도 상관없는 것. 문제는 순수 의식의 형상화(사물화)에 있었던 것. 왜? 이것만이 문학(소설)의 영역이니까. 헤겔이 예술을 종교보다 철학보다 저질로 친 것도 바로 이 형상화에 관련되기 때문이 아니었던가. 그렇지만 문학이란 이런 수모를 감수할 수밖에.

2. 기억 소멸 작전과 두 희생자—김연수

김연수 씨의 〈깐깐오월〉(《현대문학》, 10월호)은 '오월'인 만큼 광주의 오월이 아닐 수 없겠지요. 그런데, 그 광주의 5월이 이제 '깐깐5월' 곧 음력 윤5월 모양 지루하고도 깐깐한 오월로 인식된다는 것입니다. 5월이라면 그냥 역사 자체이지만 광주의 5월을 이 무거운 역사에서 벗어나게 하는 힘이란 무엇일까. 어떻게 하면 역사에서 분리시킬 수 있을까. 많은 예술가들이 이 점에 주목하지 않았을까. 동시에 많은 작가들이 역사에의 분리에 조금 성공하기도 했겠으나, 근본적으로는 실패하지 않았을까. 이렇게 의심해 본 사람이라면 응당 그 이유를 모색해 보지 않았을까. 김연수 씨도 그러한 사람의 하나입니다.

작품이 시작되기 직전에 작가 김씨는 광주의 오월을 비석 모양 세워 놓고 있군요.

"1980년 5월 17일 24시를 기해 최규하 대통령은 비상계엄 선포지역을 제주도까지 확대, 전국 일원에 비상계엄을 선포했다. 이에 따라 계엄사령부는 국문의 지탄을 받다 오던 (중략) 그 동안 불안 조성 및 학생 · 노조 소요의 배후조종 혐의자 등 모두 26명을 연행 조사중이라고 18일 오후 공식 발표했다."

보다시피, 신문 1면 기사입니다. 이른바 5 · 18 직전의 상황이 전제되어 있습니다. 대체 이 역사 앞에서 작가 김씨는 무엇을 어떻게 할 참일까. 소년 둘을 내세워 정교하기 짝이 없는 보물찾기를 해놓고 있지 않겠는가. 제1급의 추리 소설이라 할 것입니다. 이 추리물이 그대로 소설의 양질에 속하는 이유는, 바로 '기억'에 대한 사유에서 말미암습니다.

대체 사람의 '기억'이란 무엇이며 어떤 방식으로 작동하는가.

(1) 재구는 눈을 찡그리고 시력 검사표를 바라보듯이 기억을 더듬는다. 하지만 아무리 해도 기억은 한자리만 맴돈다. (116~117쪽)
(2) 철조망에서 기다리고 나서도 한참 뒤에 재구는 나타났다. 그때부터 눈빛이 빈집 같았다. (121쪽)

(3)정신이 나갔습니다. 전혀 그때 일을 기억하지 못합니다. (124쪽)

여기는 남도의 작은 도시. 세 명의 소년이 등장합니다. 보통집 아이 재구와, 역전 파출소 순경의 아들 석현, 그리고 이들보다 네 살 많은 역전의 구두닦이 부랑아 봉식 등이 그들. 이 중 재구의 기억에 대한 의식 부분이 (1)~(3)입니다. (1)은 기억 한 가지에 모든 것을 정지시켰음을 가리킴이며, 그 때문에 (2)의 현상이 일어났던 것. 파출소 순경인 제3자의 시선에서 본 것이 (3)입니다. (1)~(3)이 재구 소년이 어떤 충격적인 장면을 목도하고 나서, 정신을 잃어버리는 과정에 관련된 것이라면, 이에 대응되는, 초점 화자인 석현의 경우는 어떠한가.

(가) "꿈과 현실을 구별 못하는 일이 석현에게 잦아졌다." (125쪽)
(나) "석현이 너는 거짓말을 하고 있다. 뽀삐는 밖에 나 혼자 다른 곳에 묻었어. 그 때 너는 뽀삐가 죽은 줄도 모르고 잠만 자고 있었고, (중략) 네가 기억하는 것은 죄다 상상으로 지어 낸 거다." (129쪽)
(다) "그건 결국 너만의 악몽일 뿐이다. 너만 기억하는 악몽은 현실이 아니야. 그저 지나가면 잊혀지는 아홉 번째 구름 같은 것이지." (130쪽)

석현의 경우는 이처럼 참말과 거짓말의 경계선 헤매기로 정리됩니다. '기억' 하나로 말미암아 모든 기억의 소멸을 가져온 경우가 재구라면 석현의 경우는 어떻게 규정될 수 있을까. 작가의 의도가 이 점에 놓여 있습니다. 곧 (가)~(다)에서 석현의 아버지인 역전 파출소 순경 정기가 아들의 기억을 무화시키고자 하고 있습니다. 왜? 죽음(여상 교사가 아카시아 숲에서 목매 자살한 사건)의 간접 증거를 석현이 확보하고 있으니까. 석현이 재구로부터 얻은 '금색 어

454

른 시계'가 그것. 이 시계는 자살한 교사의 것이니까. 일종의 물증인 셈.

그런데 이 물증인 시계의 정체란 무엇인가. 작가의 정교한 추리가 빛나는 대목. 실상 자살한 것으로 되어 있는 교사의 죽음이란, 누군가에 의해 타살된 시체였던 것. 자살을 위장한 것에 지나지 않는 것. 먼저 죽여 놓고, 시체를 아카시아나무에 매달았던 것. 물론 유서까지 가짜로 준비해 놓았겠다. 자살한 사람이니까 시계까지 찬 채로이겠는데, 참으로 기묘하게도 시체에는 시계가 없지 않겠는가. 이 사실을 강력히 지적한 것은 유족인 아비였던 것. 왜? 아비가 아들에게 선물로 준 것이니까. 시간이 아비에서 아들로 이어지기 위해서였던 것.

(정기) : "이런 말씀 드려도 되는지 모르겠습니다만, 요새 시국이 하도 안 좋아서 괜히 긁어 부스럼이 될 수도 있을 겁니다. 그러니까 제가 드리는 말은……"
(노인 — 예비역 소장, 교사의 아비) : "압니다. 제 아들녀석은 의지가 약해서 자살한 것뿐입니다. 다만 저는 그 시계를 찾고 싶은 것뿐입니다." (125쪽)

재구와 석현이 철조망으로 둘러싸인 여상 뒷산 아카시아 숲으로 몰래 들어갔다. 꽃 따먹기 위해서. 나무에 매달린 석현은 가지가 꺾어지는 바람에 곤두박질. 정신을 잃는다. 그때 재구가 석현을 이끌어 낸다. 석현이 매달린 나무에 교사의 시체가 걸려 있었다. 그것을 모른 석현이 매달리자 그 무게로 시체와 함께 석현이 떨어진 것이었다. 재구는 시체를 보았고, 거기서 시계를 가져갔다. 석현이 정신을 차렸을 때 재구의 손에 시계가 보였다.

이상이 사건의 전부이지요. 교사를 죽여 자살로 위장한 쪽(시국)

에서 보면 시계의 없어짐이 가장 난처한 것이지요. 타살의 증거이니까. 이를 막는 방법이 재구의 기억 소멸 작전. 그런데 이 작전은 성공하지만, 걸림돌이 튀어나옵니다. 정작 그 시계는, 이런저런 곡절로 해서 석현의 손으로 넘어갔던 것. 이번엔 석현의 기억 소멸 작전이 펼쳐집니다. 석현의 아비가 이 작전을 은밀히 수행합니다. 구두닦이 봉식을 삼청교육대로 처넣는 것도 이 때문.

어째서 '깐깐오월'인가. 농경 사회의 우리 조상들은 음력 5월의 그 길고 아득한 한 달(공달)을 두고, 멋스럽게 '깐깐오월'이라 부르지 않았던가. 두 소년 위에 진행된 이 길고 아득한 5월과 농경 사회 상상력이 대비되고 있습니다. 그렇다면 정작 그 광주의 5월은 무엇인가. 소설은 어떻게 이를 형상화할 수 있는가. 이 물음에 작가 김씨의 한 가지 해법이 빛나고 있습니다.

3. 조직 속의 균형 감각─배수아

배수아 씨의 〈징계위원회〉(《문학사상》, 10월호)는 중후한 작품. 문장도 정확하고, 세계도 무게중심을 갖추고 있어 인상적입니다. 작가 배수아 하면 데뷔작 〈푸른 사과가 있는 국도〉(1993)를 비롯, 빨간색 우체통이 있고, 다리를 저는 우체국 직원이 있는 시골 풍경이라든가, '닐스의 모험'의 세계처럼 '바람인형'인 허수아비와 기러기 떼의 대화라든가, 지체부자유의 가족들과 먼 거리 저쪽에 서 있는 부모를 가진 여인의 세계를 보여 주지 않았던가. 〈마을의 우체국 남자와 그의 슬픈 개〉(《창작과 비평》, 1996년 봄호 별책)가 '배수아스런 현상'의 전형이지요. 같은 페이지에 '초록빛'이 두 번 나오지요. '흰 개'와 '흰 집'은 무수히 등장합니다. 잠시 볼까요.

(1) "아직 해 뜨기 전의 이른 아침이다. 새벽의 기차가 두 번 지나갔다. 다리를 저는 우체국 남자는 지난 밤 색연필로 기차를 그리면

서 위스키를 한 잔 마시고 흰 개에게 통조림 푸드를 주고 라디오의 심야 방송을 들으면서 차가운 물로 샤워를 하고 새로 다림질해 놓은 잠옷을 입었다. 다리를 저는 마을의 우체국 남자는 새로 다림질해 놓은 따뜻한 잠옷을 입고 잠자리에 드는 것을 좋아한다. 어두운 집 안에서 그의 흰 개가 천천히 움직이는 깊은 밤이다. (중략) 집은 한때 마을에서 가장 아름다운 흰 집이었다. (309쪽)

　(2) 흰 2층집 딸이 더 나이 어린 남자와 결혼한다던데, 이제 이혼 하게 되었다고(311쪽)

완연한 풍경이지요. 무엇을 풍경이라 하는가. 보통 우리가 풍경 이라 할 경우 감각적으로 색깔이 뚜렷하고 인물이 들어 있지 않은 장면을 가리킴인 것. 풍경이란, 그러니까 독백의 세계와 흡사합니다. 가령 나무나 호수, 언덕 등 하나 하나의 대상에 주목하는 동안 은 누구도 풍경을 보고 있지는 않지요. 개개의 대상을 문제 삼지 않고 새로운 전체에 몸을 맡길 때 생기는 것이 풍경인 것. 그러기 에 그것은 백지화와 꼭 같지요. 작가 배씨의 세계란, 이러한 백지 화의 풍경이었던 것. 무수한 인물들이 등장해도 한갓 초록빛일 뿐 인데, 그것 역시 백색 속에 흡수되어 소멸되어 버립니다. 작중 인 물 그 누구도 살아 있는 현실적 인간이 아님은 이 때문입니다. 대 명사의 철저한 거부, 원색으로 펼쳐지는 공허한 기호들의 조직물이 기에, 일종의 '동화스런 분위기'가 살아 있습니다. 서투른 문체, 어색한 비문(非文) 일색이었던 것도 이 때문.

　이 '동화스런 분위기'의 참신성은 어디서 말미암았던가. 이 나라 소설이 그 동안 너무나 많은 현실의 무게를 짊어졌음을 염두에 둔 다면 그 이유가 떠오르겠지요. 소설의 날개가 하도 무거워 번번이 추락하는 장면을 얼마나 많이 보아 왔던가. 작가 배수아의 백치스 런 사고의 참신성은 이와 대비되었음에서 말미암은 것이지요.

배씨는 이러한 세계에서 서서히 벗어나, 지금 40대 중산층의 확고한 현실성에로 나아가고 있습니다. 이 변신에 주목할 것입니다.

이러한 변신의 징후는 체코에서 온 북한 간첩의 문제를 다룬 이른바 분단과제형 〈은둔하는 北의 사람〉(《작가세계》, 1998년 가을호)을 시작으로 〈200호실 국장〉(《문예중앙》, 1999년 여름호)에서 조직 속의 인간 관계 탐색에로 나아갔군요. 〈징계위원회〉는 이러한 변화에서 오는 한 성과라 할 것입니다. 어째서 그러한가. 잠시 작품 속으로 들어가 볼까요.

　

토요일 아침 열시에 징계위원회가 열릴 예정이니 참석해 달라는 통지를 받은 것은 화요일 오후였다. 김시무는 그것을 읽은 다음에 책상 아래 휴지통으로 집어던져 버렸다. 참석할 생각은 없었다. 게다가 토요일 아침 열시라면 길 때문에 시청에 출근하기에는 너무 어울리지 않는 시간이다. (서두)

　

빈틈없는 문장 아닙니까. 시간 순서에 따라 묘사하기, 사건의 경과와 그 보충 설명까지 투명하기 이를 데 없는 문장입니다. '봄날의 현기증 같은 초조감', '우리 형제들은 아무도 수학여행 따위를 가본 일은 없었다'(《철수》) 따위의 비문장이 여기서는 전무합니다. 어째서 이러한 투명도가 획득되었을까. 이 물음에 대한 제법 그럴싸한 해답이 있다면 '현실성'이 소설 속으로 들어왔음을 꼽겠지요.

이 작품에서 현실성이란 무엇인가. 김시무라는 사회인의 인생살이의 현장성(現場性)이 이에 해당됩니다. 이 작품에 등장하는 주인공은 건축연구소의 부소장인 김시무(키 178센티미터, 몸무게 75킬로그램, 45세). 소장과는 동갑 친구. 실질적인 소장 몫을 하고 있는 인물. 중학생 아이가 있음. 최근 아내가 세 번째 임신에서 실패, 상심중. 가정이 우울함. 이 연구소의 여비서 문정인. 그들의 관계는 이렇다.

　(김시무) : "이봐 정인. 오늘이 무슨 기념일인가 보군. 그나저나 그
렇게 보이지 않던데 정인의 남편은 다감한 스타일인가 보군."
　(문정인) : "그런 게 아니에요, 부소장님."
　(김시무) : "하하, 뭘 수줍어하나. 정인은 좀 뻔뻔해질 필요가 있
어. 조금 있으면 학부형이 될 텐데." (168~169쪽)

　정인은 결혼하기 전부터 비서였다. 김시무는, 그러니까 소장이
될 처지는 아니지만 자기 전공을 최대로 살려 실질적인 이 건축 연
구소 소장 몫을 해오고 있습니다. 곧 자기 전공을 살리기와 이를
위한 적정한 삶의 거리 유지가 그것. 여비서 정인과 관계를 가졌지
만 정인의 결혼과 더불어 깨끗이 청산했고, 그럼에도 지금껏 여비
서로 그냥 두는 것도 그런 사례. 그런데 이 거리감을 뒤흔드는 사
건이 끼여듭니다. 건축 연구소의 밥줄인 시청과의 관련성이 그것.
시에서 기획하는 중앙공원 조경사업권 따내기와 기타 문제로, 맹렬
한 권력 투쟁에서 과연 김시무는 어떻게 대처해야 했을까.
　다음 네 가지 조건 속에 김시무가 놓여 있다는 점에 주목할 것입
니다. 조직 속의 인간 김시무이기에 어떻게 하면 이 네 가지 조직
으로부터 거리를 유지(균형 감각 획득)할 수 있을 것인가. ⑴무엇
보다 김시무는 건축 연구소의 부소장이기에 그 위에 소장이 있습니
다. ⑵이 건축 연구소는 시청이라는 거대한 조직 속에서 명줄을
이어가고 있습니다. ⑶여비서와 김시무의 관계라는 조직이 있고,
그 연장선상에 명문 집안 출신의 독신녀이자 사업가인 미모의 중년
여인 정원영이 있습니다. ⑷그리고 김시무에겐 소중한 가족이 있
습니다. 이 네 가지 조직 속에 놓인 김시무의 절묘한 균형 감각 획
득(가족과의 거리 유지, 시청과의 타협, 소장과의 관계, 비서 해고와

정원영 획득)이 이 작품이 참주제이자 작가 배수아 씨의 갈데없는 역량이 아니겠는가. 그것은 성숙을 가리킴인 것.

초록빛 풍경의 소녀취에서 벗어나, 중후한 중년의 조직인의 삶의 방식을 꿰뚫고 있는 배씨의 이러한 변화가 과연 바람직한 것인가의 여부를 쉽사리 속단할 수는 없겠지요. 그렇지만 그것이 배씨의 작가적 필연성의 소산이라면 어떠할까.

4. 고독의 두 가지 존재 방식―김인숙

김인숙 씨의 〈개교기념일〉(《문학동네》, 가을호)은 '이혼녀도 못 되고 미망인도 못 되고 처녀도 못 되는' 수라는 여인의 인생담. 후일담계를 온몸으로 초극하고자 몸부림치는 작가 김인숙 씨의 솜씨임엔 틀림없으나, 과연 진경인지, 불가피한 후퇴인지 가늠하기 어렵습니다. 이러한 진술은 따지고 보면 후일담계가 지닌 의의에서 말미암습니다. 이 나라 문학이 지닌 가장 소중한 점의 하나로, '인간의 위엄에 어울리는 문학'을 드는 것이 보통이 아니었던가. 리얼리즘계가 이에 가까운 것. 이 사실을 작품으로 일깨우는 지속적 행위가 이른바 후일담계이기에, 그만큼 진지할 수밖에. 아직도 자주 작가 쪽에서 목에 힘을 주며, 독자보다 먼저 흥분하는 것도 이 때문이었고, 그런 일이 허용될 수 있었던 것도 이 때문이 아니었던가. 그렇다고 해서 과연 그 지속성이 무한정 보장될 수 있을까. 여기까지 묻게 된 독자라면 김씨의 〈개교기념일〉을 좀더 유연성 있게 대할 수 있지 않을까.

"수의 남편이 죽은 것은, 3년 전, 그녀와의 결별을 결정 짓기 위해 이혼 법정으로 가던 길에서였다"로 시작되는 이 작품은, 이혼하러 가는 도중, 수(그녀)가 남편의 교통사고를 목격함에서 시작됩니다. 어째서 밤마다 싸우고 물고 뜯곤 하던 남편의 죽음이 그토록 그녀를 압도했던가. 적어도 사랑(부부애) 따위로는 설명될 수 없는 것.

밤마다 연속되던 싸움, 자신과 남편이 번갈아 가며 치렀던 외박과 가출, 이를 갈아붙이며 서로 흠집 내던 일―그중에 어떤 것은 죽는 한이 있더라도 잊을 수 없을 것 같은 말들도 있었다. 그러나 말 한 마디가 사람을 죽일 수 있다는 것을 알고 있었더라도 끝내는 내뱉고 말았어야 했을 말들, 그 말들에 찔린 상처 자국의 찔러대는 듯한 통증들…… 그런데 남편이 죽었다는 것을 알게 된 뒤, 수는 말을 잃은 것처럼 그 모든 기억을 잊었다. 수는 자신이 무엇 때문에 이혼을 하려고 했었는지 이해할 수가 없었고 기억할 수도 없었다. (122쪽)

논리로는 이해될 수도 설명할 수도 없는 장면입니다. 남편과의 관계에 대한 기억을 몽땅 잃어 버린 수는 그 후 어떻게 되었는가. 이 물음이 이 작품의 터닝 포인트. 이데올로기와는 무관한 장면의 설정인 까닭.

수의 후일담, 그러니까 청상과부인 수의 '여인의 일생'이 전개될 수밖에. 친정으로 돌아온 수는 친정 부모가 경영하는 문방구를 맡아서 살아갑니다. 늙은 부모가 눈 귀 모두 어두워 돈계산이 제대로 될 리 만무. 이를 맡은 수 역시 그저 정물처럼 이 문방구에서 나날을 보냈다.

한편, 이 거리에서 컴퓨터 수리 가게의 홀아비 오씨가 있었다. 어느 날 문방구 여인 수가 시야에 들어왔다. 이런저런 곡절을 겪어 둘 사이의 공감대가 싹트게 됩니다. 여기까지 동원된 매개항이 바로 컴퓨터. 이 점 퍽 시대적이라 자연스럽군요.

새로운 유형으로서의 후일담계란 무엇인가. 이 물음이 끝으로 남습니다. 어째서 이 작품이 상당한 울림이랄까 밀도로서 우리에게 다가오는가도 이와 결코 무관하지 않습니다. 그것은 바로 '외로움'의 인식이 아니었겠는가. 어머니의 죽음에 맞닥뜨린 수가 도움을 청할 수 있는 데는 오씨밖에 없었다는 사실. 수와 오씨와의 관계란 단지 컴퓨터 한 번 수리한 것밖에 없었지만, 바로 그 관계가 3년 동안의 시간 속에 수도 모르게 농익어 갔던 것. 한편 오씨 쪽은 어 떠했던가. 3년 간 수를 관찰했던 것. 스스로 세계에서 사라지도록 살아온 이 여인의 내면을 훔쳐본 오씨는, 그 '명백히 부도덕함'에 서 오는 양심 가책으로 수를 떠나고 있었던 것. 둘 다 지독한 '고 독' 속에 놓인 까닭이지요. 그렇다고 둘이 행복한 만남으로 끝날 수는 없는 것이 삶이라는 것.

　두 가지 점을 지적하고 싶습니다. 동화적 분위기의 도입이 그 하 나. 이데올로기 대신 현실을 도입함이 오히려 현실감을 상실하기 쉽다는 점이 그것. 다른 하나는, 오씨가 빠져든 호모섹스의 문제. 오씨의 '고독'의 정체가 여기에서 말미암는 것이라면, 이 '고독'엔 상당한 분석이 요망되지 않겠는가. 오씨의 고독과 수의 고독이 함 께 세상에서의 도피를 꿈꾸는 것이라면 이 두 고독의 질적 차이는 탐구될 성질의 것이 아닐까.

5. 볼때기에 느껴지는 미지근한 물기―이제하

　이제하 씨의 〈독충〉(《문예중앙》, 가을호)은 견고하고도 유려한 문 장력이 여실합니다.

　　우리 손이나 잡고 자요…… 그런 소리를 아득히 들으면서 곯아떨 어졌다가 술이 깨는 기미에 소스라치게 눈을 떴으나, 곁에서 그녀는 아직도 고른 숨소리를 내고 있었다.
　　어디선가 천둥과 번개가 울고 이 벌레만도 못한 대역 간부 연놈들, 칼을 받아라 하는 그녀 남편의 고함 소리가 들렸다. 그것은 꿈속에서 의 일이었을 것이다. 부옇게 흐려 보이는 창 쪽으로 고개를 돌리자 볼때기 쪽으로 미지근한 물기 같은 것이 느껴졌다……. (225쪽)

이 장면은 작중 화자인, 대가급 조각가인 '나'가 지금은 남의 아내로 사회적으로 덕망 있는, 교수가 된 전처와 오랜만에 동침하는 장면. 그들은 유정례 총장 무덤의 조각 제막식 참석 뒤에 시골 호텔로 갔던 것. "볼때기 쪽으로 미지근한 물기 같은 것이 느껴졌다"는 대가적 표현이라 할 만하지 않겠는가. 그것은 참으로 많은 설명을 한마디로 커버하는 것이니까. 그것은 총살된 남로당 청년을 사랑했던 시골 초등학교 교사 유정례에 관한 다음 사실에 막바로 이어집니다.

일어나 보니 새로 켜진 남포등 불빛 속에서 정례 선생은 방문께에 쪼그리고 앉아, 천장 쪽의 벽을 올려다보고 있었다. 쉿 하고 선생님이 입으로 손을 가져갔다. 작은 괘종 위에 징그러운 허리를 걸치고 늘어져 있던 벌레가, 지루해서 소리라도 치고 싶을 정도로 조금씩 아래쪽으로 기어 내려왔다. 30분 이상쯤이나 걸린 것 같았다. 바람벽을 엇비스듬히 가로질러 문설주 근처까지 내려온 벌레는 그러나 무슨 눈치라도 챘는지 한동안 꼼짝도 안했다.

정례 선생이 미소를 띠더니 조심스럽게 발을 내밀고 허벅지 쪽으로 치마를 걷어올렸다. 벌레가 다시 움직이기 시작했다. 붉은 실토막들이 엇갈리듯이 다리를 움직이면서 선생님의 발치까지 다가온 벌레가 갑자기 납작 엎드렸다. 선생님의 손수건이 잽싸게 그 위를 덮었다.

'난 이제 아무하고도 결혼하지 않을 거다…… 네가 컸을 때는 더 큰 학교의 선생님이 되어 있겠지…….'

석유를 끼얹은 손수건귀에 불을 붙이고 있는 모습을 보고 있는 마당귀에서 선생님이 조그만 소리로 그렇게 말했다. (결말)

여선생(유정례)의 이러한 장면을 지켜본 소년들 중의 하나가 오늘의 조각계의 대가인 '나'입니다. 그 여선생은 과연, 결혼 대신 대학 여총장으로 살다 생을 마쳤던 것. 그 여총장이 키워낸 제자가 바로 '나'의 전처(혜순)였던 것. 왜? 그 제자도 남로당 집안이었던 까닭. 그러니까 '나'의 초등학교 담임인 유정례 선생이 훗날 '나'와 자기의 수제자인 혜순을 맺게 해주었던 것.

　그런데 작가 이제하 씨는 지금 무엇을 보여 주고자 한 것일까. 유정례 선생을 문 지네와 그 지네 잡기에 있지 않음은 분명합니다. 그렇다면 그것은 무엇일까. '볼때기 쪽으로 미지근한 물기 같은 것을 느끼기'가 아니겠는가.

● 기묘년(己卯年)을 빛낸 중진들의 투명한 솜씨들

윤 성 희

조 용 호

윤 순 례

최 일 남

이 청 준

김 인 숙

이 호 철

기묘년(己卯年)을 빛낸 중진들의 투명한 솜씨들
—이청준 · 최일남 · 이호철

윤성희의 〈악수〉, 조용호의 〈그 동백에 울다〉, 윤순례의 〈길고 검은 강〉,
김인숙의 〈브라스밴드를 기다리며〉, 이청준의 〈시인의 시간〉,
최일남의 〈띠〉, 이호철의 〈이산타령, 친족타령〉

1. 방편으로서의 현재형 — 윤성희

윤성희 씨의 〈악수〉(《문학사상》, 11월호)는 이렇게 시작됩니다.

 잔치 떡방과 해피 과자점이 나란히 마주보고 있는 골목에 접어들
자, 빗방울 하나가 안경에 세로로 긴 줄을 만든다. 나는 그 자리에
서서 다음 빗방울이 떨어지기를 기다린다. 반바지를 입은 남자가 비
디오 반납기 앞에 서 있다.

 이를 두고 묘사라 할 수 있을까. 이런 질문에는 하성란 씨의 작
품이 어떤 해답을 갖고 있지 않을까. 하씨가 시종 묘사에 나아갔다
면, 그것도 미세(마이크로) 묘사에 한 특이한 장르를 이루었다면,
윤씨의 경우는 이와 견주어 어떠할까. 좀더 분명히 해볼까요. 당초
하씨의 세부 묘사가 지닌 참신함이랄까 의의란 어디에서 말미암은
것이었을까. 묘사란 사진이나 그림 쪽이 전문으로 하는 것. 언어라
는 불투명한 도구로 묘사 꿈꾸기란 한갓 비유에 지나지 않는 것.

어림도 없는 것이지요. '세상엔 모래알도 같은 것이 없다'는 식의
비유란 얼마나 딱한 노릇인가. 대체 언어라는 관습적 도구로 모래
알의 차이를 그려낼 수 있다는 것은 망발이 아닐 수 없는 것. 삼척
동자도 아는 일. 그럼에도 그 말이 약이 될 수 있었던 것은 웬 까
닭이었을까. 언어라는 도구로는 묘사의 불가능함이 관습화(현실화)
되었던 까닭이지요. 이 관습화에다 대고 앙탈부리기였기에 신선해
보였던 것이지요. 하성란 씨의 경우도 사정은 마찬가지. 하성란 씨
역시 언어가 묘사하기에 얼마나 부적절한 도구인가를 몰랐을 이치
가 없지요. 언어에 절망해 보았을 테니까. 언어를 도구로 사용하려
덤비면 그럴수록 스스로 언어의 노예가 되게 마련이었으니까. 언어
가 주인이 되어 그 종살이함이 작가의 몫이었으니까. 이 통렬한 아
이러니에 절망하게 마련. 그럼에도 이 절망에 머뭇거림이란 무엇인
가. 여기까지 오면 사람에 따라서는 피카소를 연상하게 되지 않을
까. 루브르에 가서 거장들의 원화를 꼭 그대로 복사하기를 일삼는
젊은 날의 피카소를 본 사람이라면, 어째서 그것이 묘사인가를 알
아차릴 것입니다. 이 과정 없이 어찌 〈아비뇽의 처녀〉가, 〈게르니
카〉가 탄생할 수 있었겠는가. 요컨대 세부 묘사란 한갓 방편이었던
것. 철저한 데생을 거친 뒤에야 자유(추상)의 날개를 펼칠 수 있었
던 것. 이런 비상(자유)을 얻기 위한 방편으로서의 묘사가 아니라
면 대체 그것은 무슨 쓸모가 있으랴. 기껏 '쓰레기통 뒤지기'에 멈
추지 않겠는가. 아무리 대단한 쓰레기도 쓰레기는 쓰레기인 법. 문
제는, 이를 딛고 넘어서기에 그 의의가 있었던 것.

그런데 신인 윤성희 씨의 이러한 현재형 묘사란 또 무엇인가. 이
때 윤씨는 아마 이렇게 말하겠지요. "나는 묘사하지 않는다. 다만
글쓰는 방식을 모색하고 있는 도중이다"라고. 잠깐, 하고 누군가
대번에 묻겠지요. "그렇다면 그대는 어째서 현재형에 그토록 매달
려 있는가"라고. 무슨 해명이 뒤따를지 예측하기 어려운 지점에 시

방 윤씨가 와 있는 것이 아닐까.

여기 한 처녀가 있습니다. 독신. 15층 아파트에 세들어 있군요. 친지의 소개로 취직하려 지금 빗속으로 뛰어가고 있습니다. 라면 회사 광고부. 아마 면접에서 떨어졌겠지요. 얼굴에 자신이 없었으니까. 왜? 비에 맞은 핸드백에서 붉은 물감이 스며들어 얼굴에 줄을 그어 놓았다고 스스로 믿고 있으니까. 이 콤플렉스란 실상 그녀의 내면에 다름 아닌 것. 스스로 타인(세상)과 금을 그어 놓고, 그것이 흡사 단순한 빗물 탓으로 돌리기가 그것. 이 금을 철회시킬 방도가 있을까. 아마 무척 어렵겠는데 왜냐면 그것이 생리적인 과제인 까닭. 이를 벗어나, 타인에게 나아가기란 과연 가능할까. 대답은 이러하지요. 곧 그녀가 공원 공터 모래밭에 동전을 묻고 난 다음의 경지가 그것. 동전을 모래에 묻었음이란, 동전의 씨앗화에 다름 아닌 것. 동전이란, 그러니까 세속적 가치 아니었겠는가. 그것이 땅에 묻혀 싹이 튼다면 어떠할까.

"방금까지 누군가 앉았던 자리처럼 온기가 느껴진다. 나는 허공을 향해 손을 뻗는다. 그리고는 할머니가 그랬던 것처럼, 누군가와 악수를 하는 시늉을 해본다. 반갑습니다. 반가워요. 알맞게 촉촉하고, 알맞게 따뜻한 손이 내 손을 맞잡는다. (중략) 나는 아주 오랫동안, 악수를 나눈다. 그리고는 친구의 어깨를 두들겨 주듯 의자를 두드리며 중얼거린다. 그래, 그래. 의자는, 미끄럼틀은, 그네는, 그리고 바닥에 묻힌 동전들은, 내 이야기를 듣기 시작한다." (276쪽)

현재형의 사용이란, 그러니까 '악수' 하기 위한 방편이었음이 드러납니다. 누구와 악수함일까. 일목요연한 해답이 주어졌지요. '내 이야기' 때문. '내 이야기'를 하기 위함이란 또 무엇인가. 막막한 세계 속에서 '나'를 찾는 길이란, '내 이야기' 곧 '글쓰기'가 아닐 것인가. 글쓰기(소설) 위한 방편으로서의 묘사이기에 이는 응당 잠정적일 뿐. 타자와의 관련 없이 사물(동전, 미끄럼틀, 의자 등등)과 악수하기이기에, 내적 독백에 함몰하기로 요약되는 것. 이 점에 윤 씨는 퇴행하고 있습니다. 노동을 통한 타인(세계)과의 만남에로 다시 도전하기 위한 움츠림이라고나 할까.

고언 한마디. "정장을 입을 기회가 없어, 선물한 지 몇 개월이나 지난 오늘에야 처음 들고 나왔다"(262쪽)의 과거형은 분명 비자각 증세. 다음 역시 섬세한 글쓰기의 장면에서는 분명 실수. "그릇들이 달그락거리는 소리는 좀처럼 들리지 않기 때문이다."(265쪽) 인과 법칙을 떠난 글쓰기에서 이런 표현이 사용되다니. 이런 것들이 과연 사소한 것일까.

2. 한(恨)의 성감대로서의 동백―조용호

조용호 씨의 〈그 동백에 울다〉(《동서문학》, 가을호)는 두 부분으로 나누어져 있습니다. 타지마할 구경하는 관광객의 시선이 그 하나. 타지마할에 구경 온 지 4일째 그는 어떤 환각을 봅니다. 더위와 땡볕에 분별력이 쇠약해진 증거. 지하 무덤에서 나와 허덕거리는 그의 앞에 한 여인이 스쳐 가는 환각이 그것.

"귓전을 스쳐가는 저녁 바람이 부드럽다. 그 바람 속에서 익숙한 냄새가 훅 끼친다. 이상한 생각에 퍼뜩 고개를 옆으로 돌렸을 때 그 여인이 그를 휙 스치더니 빠른 걸음으로 이내 그의 앞에서 멀어져 간다."(231쪽)

무덤도 타지마할 정도 되면 가히 제정신일 수 없는 법. 그것은 분명 '미(美)'였으니까. 미란 무엇이뇨. 우리를 절망케 하는 것. 그러기에 우리를 침묵케 하는 것. 아무리 들뜬 관광객이라도 이 절대한 미 앞에 정신 잃을 수밖에. 여기까지가 전반부.

후반부는 어디부터일까. 이 관광객의 신분 노출이 그것. 보통의 관광객이라도 제 정신을 차리기 어려울 만큼 대단한 무덤이 아니었던가. 그런데 작가 조씨가 보여 주는 주인공인 이 관광객은 보통과는 조금 색다른 인간이 아니겠는가. 한 여류 화가에 묘한 매력을 느꼈던 사내인 까닭. 직업은 미술 담당 잡지기자. 청년. 동백꽃만 그리는 한인희라는 여류 화가를 취재. 기사 만들기. 만나기. 그녀는 두 화실을 갖고 있다. 하나는 서울, 다른 하나는 시골 바닷가 서천이라는 곳. 동백꽃이 유별난 곳. 이래저래 청년 기자는 그녀와 어울리며 이래저래 가까워진다. 그림(미)이 그 실마리였다. 그림이라니? 그림이되 '동백꽃 그림'이었던 것.

그녀의 과거가 실로 촌스럽게도 펼쳐진다. 기아였다는 것. 겨우 대학을 나왔는데, 그때 자기와 처지가 같은 남자를 만난다. 남자는 운동권. 투사 중의 투사. 노조위원장이 된다. 노조위원장 임기 끝나면 결혼하자 하였다. 남자는 이승의 그녀를 위해 타지마할을 지어 주겠다고 풍을 쳤다. 세월 따라 노조가 양분된다. 배신감을 느낀 그 남자는 옥상에서 격렬하게 자살한다. 그녀 가슴에 무덤을 만들었던 셈. 이승의 그녀에게 타지마할을 만들었던 것.

그녀의 과거가 이처럼 청년 기자 앞에 깡그리 노출되지 않겠습니까. 그런데 그녀의 그림을 사기 위한 심부름이랄까, 좌우간 그녀를 만나러 서천의 화실로 찾아간 기자가 본 것은 동백꽃 숲과 그녀의 편지이군요. 편지만 남기고 그녀는 어디로 사라졌을까. 이 대목이 그럴 법하지요. 곧 청년 기자의 추리가 그것. 곧 그녀가 타지마할로 갔을 것이라는 확신이 그것. 청년 기자가 인도로 향해 갔고, 타지마할 앞에 서서 4일 간 머뭇거리고 있습니다. 이쯤 되면, 지나가는 인도 처녀의 치맛자락만 보아도 달려갈 만하지 않겠는가. "꽃이다! 한인희다! 동백꽃이다!"라고 외치며. 타지마할 성벽 아래 핀 붉은 '부겐빌레아'가 그대로 '동백꽃'이었던 것.

이쯤 되면 이 작품은 신진 작가 조씨가 쓴 것이 아니라 미당의

'동백꽃'(《선운사 동구》)이 쓴 것이 아니겠는가. 불세출의 가수 송
창식 씨의 〈동백꽃〉이 쓴 것이 아니겠는가. 윤대녕의 가작 〈상춘곡
1996〉(《문학동네》, 1996년 여름호), 이상 문학상의 가작 〈천지간〉(《문
학사상》, 1996년 4월호) 등이 쓴 것이 아니겠는가. 요컨대 '동백꽃'
이 조씨의 손을 빌어 타지마할을 만들고 있지 않았겠는가. 그러기
에 작품이 두 부분으로 갈라졌어도 별로 상관없는 일. 작품의 구성
이나 완성도에서 벗어나도 별로 상관없는 일. 타지마할의 전설이
동백꽃의 전설과 심히 어긋나도 별로 상관없는 일.

여기까지 이르면 '동백꽃'의 실체가 물신화 작용을 일으키고 있
다고 볼 것입니다. 그것은 분명 청승스러움이랄까, 혼의 문제 영역
이랄까, 좌우간 '노래'에 가까운 것이지요. 이 점에서 윤대녕 씨는
민첩했지요. '상춘곡'이라 했고, '판소리'로 〈천지간〉을 읊었으니
까. 당대의 가객 송창식 명창의 문제 영역이고 보면, '소설'과는
어울리기 어려운 것. 신진 작가 조씨의 〈그 동백에 울다〉에 소리가
끼여들 틈이 없음은 웬 까닭일까. 그만큼 둔감한 탓이라 할 수 없
겠는가.

소설쟁이까지도 가만히 두지 않는 '동백꽃', 그는 무엇이뇨. 꽃
이되 꽃 이상이었던 것. 이 나라 예술계의 '성감대'의 하나가 아니
었겠는가.

3. 뒤틀린 사부곡(思夫曲)과 올곧은 사부곡(思父曲) —윤순례

윤순례 씨의 〈길고 검은 강〉(《라쁠륨》, 가을호)의 첫 줄은 이렇게
시작됩니다. "세 평짜리 가게를 떠나면서 왜 불쑥 아버지가 떠올랐
는지 모르겠다"라고. 이 길고 답답한 중편 소설을 제대로 읽기 위한
바둑돌이라고나 할까요. 화자이자 주인공인 37세의 노처녀의 직장이
세 평짜리 가게라는 것. 아버지가 죽고 없는 집의 가장 노릇이 그녀
의 몫이라는 것. 노처녀가 그러니까 집안의 아비 노릇을 하고 있다

는 것. 이만하면 그녀의 사연이 줄줄이 이어질 만하지 않겠는가.

이 작품이 길고도 검고, 그러기에 지루하기 짝이 없음을 작가가 깃발처럼 세워 놓았음에 주목할 것입니다. 존슨 박사의 말을 빌면, 하도 지루해서 다 읽기만 하면 밖에 나가 목을 매달고 싶을 지경. 그럼에도, 다 읽고 나면, '아, 그럴 수밖에 없구나!'라고 수긍하지 않을 수 없지요. 기묘한 작품이라고나 할까. 작가 윤씨의 전작도 그러하지만, 이번 작품에도 아비를 둘러싼 답답하기 짝이 없는 가족사가 펼쳐집니다. 그러나 이번 작품에서는 그녀의 운명을 조용히 받아들이며 살아가는 생활인의 실감이 과장 없이 노출되어 있습니다. 독자에게 잔잔한 감동을 불러일으킴은 이 때문.

어째서 윤씨는 길다는 것일까. 또 검다는 것일까. 잠시 작품 속으로 들어가 볼까요. 여기는 3층으로 된 전셋집. 세 가구가 들어 살고 있군요. 그 중에서도 터주격은 2층집 식구들. 외아들 민식은 이민 가서 살고 있고, 막내딸 민희는 시집 가서 잘살고 있는데, 37세의 노처녀인 맏딸 명인이 노모를 모시고 살고 있습니다. 아비는 없군요. 어째서? 오래 전에 죽었으니까. 어떻게 죽었던가. 키 작고 배운 것 없으면서도 허풍장이였던 아비는, 아내가 벌어 오는 돈을 축내고 마침내 사업한답시고 거금을 들고 나가서는 반년 만에 시체로 돌아왔것다. 이른바 "이 웬수……"였던 위인. 그런데 이 '웬수'가 없어지자 그 그림자가 온통 이 가정을 지배하는 것이 아닌가. 곧 그토록 '웬수', '웬수' 하던 어머니에겐 이 '웬수'가 여생을 살아가는 힘의 근거를 이루고 있었음이 판명됩니다. 중매쟁이 노릇하며 살아가는 어머니가 맏딸에게 보여 주는 것은 다음 두 가지. '세상에 인간 종자만큼 알 수 없는 것도 없다'가 그 하나. 죽은 남편에 대한 정리된 생각을 뜻하는 것. '세상에 마음대로 되는 게 아니다'가 그 다른 하나. 환갑을 바라보는 이 박복한 여인의 인생 철학이란, 요컨대 팔자소관에 따르기인 것.

이러한 노모를 모시고 살아 가는 노처녀의 삶의 방식도 결국은 노모의 그것에 따르기에 귀착됩니다. 문제는, 이러한 원론으로서의 팔자론이 아니라 그 각론에 있겠지요. 소설이야말로 각론 중 각론이니까. 명인이라 부르는 이 노처녀는 자그마치 37세. 변두리에서 작은 가게를 운영하고 있군요. 이를 팔아서 명동으로 진출하고자 합니다. 이때 두 가지 사건이 일어납니다. 노모가 길에서 주워 온 불구의 누렁이(강아지)와의 만남이 그 하나. 다른 하나는, 자칭 대리점을 경영하는 37세의 건달 청년과의 선보기. 누렁이와 선보기를 두 바퀴로 하여 작품이 구성되어 있습니다. 이 구성력은 튀지 않으면서도 빈틈없는 것이어서 작품을 견고하게 만들었군요. 단순한 요약으로는 불가능한 것은 이 때문.

먼저 이 버려진 누렁이가 다리를 저는 불구임에 주목할 것입니다. 그것은 죽은 아비에 대응되는 것이자 동시에 명인에 대응되는 것. 명인 앞에 대놓고 누렁이를 갖다 버리라고 악쓰고 욕하고 때리는 노모가, 시집 간 막내딸 앞에서는 정반대의 소리를 하지 않겠는가. '네 아비와 꼭 같다' 라고.

누렁이를 구박하는 어머니를 위해 누렁이를 철도변에 갖다 버리기, 누렁이가 용케 집으로 찾아오기 등등의 일이 벌어집니다. 누렁이의 개입으로 작품은 노모와 부재하는 아비 사이의 균형 감각을 이룹니다. 이것이 작품의 한쪽 바퀴. 다른 한쪽 바퀴는 무엇인가. 누렁이의 개입으로 말미암아 맞선 본 허풍쟁이 청년과 명인 사이에 이루어진 균형 감각이 그것. 맞선 보는 첫날 누렁이를 데리고 나갔으니까.

그렇다면 이 두 바퀴를 잇는 수레의 방향키는 무엇일까. 이 물음 속에 작품의 참 주제가 걸려 있습니다. 그것은 다음 장면에 암시되어 있습니다.

474

처음엔 어머니가 개를 데려왔다는 명진빌라 근처에 두고 오자고, 단순하게 생각했었다. (중략) 우리 집에서 멀리 떨어지지 않은 곳에서 누렁이가 살게 되는 것, 어떤 일이 있어도 그건 안 되는 일이었다. 제가 어떤 운명에 처했는지도 모르고 내 품에 안겨 재롱을 떨어대는 누렁이의 등을 나는 천천히 쓰다듬어 주었다. 줄을 매어 천천히 끌고 오다가 세상 구경은 혼자 다 하겠다는 심보로 느리게 구는 녀석이 얄미워 품에 안았더니 이쪽 저쪽 고개를 흔들며 좋아했다. 어머니가 보았으면 영락없이 "조금 좋다고 저 낯짝 내두르는 꼴 좀 봐라. 영락없이 니 아버지다" 했을 행동이었다. (180~181쪽, 밑줄 인용자)

노모가 주워 온 이 불구의 누렁이를 발견 지점보다 먼 철도변에 갖다 버렸는데, 채 한 시간도 못 돼, 집으로 찾아오지 않았겠는가. 당초 명인이 누렁이를 버릴 생각이 없었기 때문. 어째서? 누렁이란 실상 죽은 아버지의 상징이었으니까. 딸이 아비를 그리는 사부곡(思父曲)이었음이 선명해집니다. 그녀가 허풍선이 대리점 청년과 세 번째 선보기에 나아가는 청량리역 장면이 그럴 수 없이 눈에 선해짐은 바로 이 때문. 청량리 시계탑으로 향하는 길고도 검은 강을 건너는 것이 누렁이임은 이 때문.

4. 죽음을 직시하고자 한 자—김인숙

김인숙 씨의 〈브라스밴드를 기다리며〉《문학사상》, 11월호)의 첫 줄은 이렇게 시작됩니다. "아내의 발병 사실을 알게 된 것은 기태를 땅에 묻은 지 꼭 일 년 반 만의 일이었다. 한 사람의 죽음을 잊는 데 일 년 반이라는 시간은 그리 짧은 것이 아닐지도 모르겠다. 그때까지도 나는 기태의 죽음에서 받은 충격에서 완전히 벗어나지 못하고 있었다"라고. 제일 친했던 친구 기태가 죽은 지 일 년 반의 시점에서 아내도 죽게 되었다는 사실이 첫 줄에 깃발처럼 펄럭입니다. 깃발에 새겨진 글자는 물을 것도 없이 '죽음'입니다.

대체 죽음이란 무엇인가. 이런 물음이란, 이 나라 문학판에서는, 박상륭 씨를 빼면, 실로 낯선 것이지요. 물론 사회적 악으로서의 죽음이라든가 역사적 상황 속의 죽음이란 수없이 경험해 왔지만, '죽음 그 자체' 그러니까 관념으로서의 죽음을 소설에서 다루기란 낯선 주제입니다. 죽음이라는 이 절대적인 관념도 비로소 이 나라 문학판에서 다루어지는 단계에 이르렀다고나 할까. 이 점에서 작가 김인숙 씨의 이동하는 모습이랄까 성숙의 단계가 엿보인다고나 할까.

기태의 죽음을 지켜 본 '나'는 영화 감독. 38세. 이름은 영모. 암으로 죽어 가는 37세의 기태의 마지막 부탁은 무엇이었던가. 자기의 죽는 순간을 촬영해 달라는 것이 아니겠는가. 이유는? 자기의 숨을 끊으려 다가오는 '죽음'을 자기 눈으로 확인하기 위해서.

날 찍어 줘, 네가. 남김없이. 하나도 남김없이. 말을 하고 싶은 게 아니야. 그런 건 아무 소용도 없어. 죽기 전에, 한 번만 날 보고 싶어. 내가 어떻게 죽어 가는지…… 죽음이란 게 대체 뭔지…… 그러면 훨씬 겁이 안 날 것 같아. 죽기 직전에, 네가 찍은 내 모습을 보여 줘. 죽음이 내게 어떻게 오는지. (중략) 그 자의 모습을 보고 싶어, 영모야. (137쪽)

이런 주문은 누가 보아도 억지가 아닐 수 없지요. 태양과 죽음은 그 누구도 직시하지 못하는 법이니까. 아무도 자기의 죽음을 직시하지 못하지만 틀림없이 우리에게 찾아오고 마는 것. 그것이 죽음이니까. 그렇지만 죽어 가는 사람의 처지에서는, 상식을 벗어난 생각도 드는 법. 기태의 경우, 그는 죽음 자체를 직시하겠다는 것. 영화 감독인 친구의 힘을 빌어, 그 최후의 장면을 확인하겠다는 것. 이 어처구니없는 요청에 '나'가 15개의 테이프로 응한 것은 웬 까닭일까. 죽어 가는 자의 소원 들어주기일까. 아마 그렇겠지요. 그러나 그뿐일까.

그 소원은 이루어지는가. 어림없는 일. 아무도 자기의 죽음을 직시할 수 없으니까. 만일 이 절대적 명제가 무너지거나 틈이 생긴다면 이는 인간의 종말에 해당되는 것이니까. 터부는 어디까지나 터부니까. 이 터부가 깨어지는 것은 저 물신의 세계, 곧 '귀신이 개입되는 세계'에 다름아니니까. 소설은 이 상식선을 넘어설 수 없는 법. 필름이 돌아가는 최후의 장면에서 기태의 아우의 돌연한 개입 사건이 일어납니다. 결국 죽음을 아무도 직시하지 못하고 끝이 납니다. 끝이란, 그러니까 기태의 손, 기태의 목소리, 그리고 거울 속의 '나'만 담긴 필름이었던 것이지요.

영화 감독인 '나'의 이러한 일탈이란 과연 무엇일까. 예술품이든 포르노든 상업주의든 영화 따위만 찍으면 그의 소임은 다하는 것이 아니었던가. 그럼에도 친구의 부탁이랍시고 죽음을 감히 직시하고자 덤빈 것이지요. 친구의 부탁이란 그러니까 한갓 핑계였음이 판명됩니다. 이 작품의 구성상의 빛나는 대목이라고나 할까.

죽음을 직시하고자 한 '나'에 대한 죽음 쪽의 복수가 시작됩니다. '나'의 아내가 암으로 죽어 감이 그것. 죽어 가되, 철저히 '나'를 배신해 가며 죽어 가기가 그것. 암에 걸렸음을 확인한 아내는 외박을 합니다. 애인을 만들었던 까닭. 상대방은 피아노 조율사. 그야 어쨌든, 아내의 불륜을 알았을 때, '나'가 길길이 뛰며 발광한 것까지는 누구나 수긍하겠지요. 그러나 아내에게, 또 그 놈팽이에게 복수하는 방식으로는, 이런저런 방식(덫)을 쓸 수도 있겠지요. 연놈을 한칼에 죽인다든가, 꽃을 뿌려 가게 한다든가, 그래도 참는다 등등. 그런데 '나'가 택한 복수의 방식이란 무엇이었던가. 죽어 가는 아내의 병실에서 촬영기를 갖다 대기가 그것.

"네가 얼마나 나쁜 년인지 남겨 둬야지 알겠니. 내가 널 살리든 죽이든, 널 용서해서는 아니야. 내가 기를 써서 널 살려 놓으면 넌 또 그 놈팽이랑 붙어먹겠지. 나쁜 년…… 네가 얼마나 지독하고 나쁜 년인지, 한순간도 잊지 않을 거다. 죽는 날까지." (149쪽)

아내 몰래 '나' 는 여섯 개째 필름을 찍고 있군요. 그런 과정에서, 문득 필름을 되돌려 보자, 기묘한 현상이 목도됩니다. '완벽한 침묵으로 카메라를 응시하고 있는' 아내의 모습이 그것. 아내는 죽어 가는 순간 '죽음 자체'를 보고자 한 것과는 달리, '삶' 을 보고자 했기 때문.

'삶' 이란 무엇이뇨. 죽음과 정반대가 아니겠는가. 삶이란 '꿈' 이니까. 죽음을 물리칠 수 있는 것은 '꿈' 밖에 없다는 이 사상은 애처로울 만큼 그럴 법하네요. 아내 장예희의 그 꿈은 무엇이었던가. 여학교 시절 브라스밴드 멤버가 되어 멋진 복장으로 북을 치거나 트럼펫 불며 시가지를 행진하기가 그것. 그 꿈을 이루지 못한 자의 꿈이 그것. 그런데 참으로 그럴 법한 것은, 꿈을 이루지 못한 장예희의 그것이 흔해 빠진 한(恨)으로 향하지 않았다는 점입니다. 다만 그것이 그리움이라는 것. 꿈은 그런 수준의 꿈이어야 한다는 것. 이런 꿈이라야 죽음과 맞설 수 있다는 것.

고언 두 가지. 장예희의 소녀 시대 추적 과정은 TV 수준에 지나지 않는 것. 곧 밀도의 낮음이 그 하나. 다른 하나는 문장력의 빈곤.

(1) "나는 시도 때도 없이 이 음악을 들었다." (141쪽)
(2) "기태의 그 마지막 말은 내 귓속에 뺄 수 없는 기계장치처럼 들이박혀 시도 때도 없이 리플레이가 되었다." (142쪽)
(3) "차를 타자마자 내가 제일 먼저 한 일은 기태가 죽은 이후 시도

때도 없이 들어오던……" (158~159쪽)

이래도 되는 것일까.

5. 창작 방법론으로서의 패배 의식—이청준

이청준 씨의 〈시인의 시간〉(《21세기문학》, 가을호)은 이씨의 창작
방법론이라고나 할까. 여기 한 시인이 있습니다. 누나와 자형의 도
움으로 증권에 서서히 끼여듭니다. 작가 자신이 실제로 증권 놀음
을 해보았는지는 알 수 없으나 심리 묘사가 썩 자세하여 인상적입
니다. 물론 작가 이씨쯤 되면, 경험해 보지 않고도 그 정도의 심리
묘사야 못할 리가 없는 법. 모르는 사이에 삶에 대한 고도의 훈련
을 쌓은 족속이 작가이기에.

주식 놀음과 시 쓰기 놀음의 상관 관계는 어떠할까. 주식 작업과
시 작업 사이에 놓인 유사성은 무엇이며 차이성은 또 무엇인가. 이
물음에 고수 이씨가 제시한 해답은 의외로 간단 명료합니다.

(A)주식 놀음이란 주식 전문가들의 소관이라는 점. 누나나 자형
은 물론 시인인 '나' 역시 한갓 구경꾼이기에 아무리 발버둥질을 해
도 패배하게 마련이라는 것. 이 점에서 주식 작업과 시 작업은 비대
칭적(非對稱的)입니다. 송충이는 솔잎만 먹어야 한다는 것이지요.

(B)주식 놀음이란 '시장 자체의 욕망'에 따른다는 것. 그러기에
주식 놀음이란 자본주의적 생리를 체현하는 생명체라는 것. 그 누
구도 이 생명체와 맞설 수 없다는 것. 이에 비해 시 놀음은 어떠할
까. 그 생명체의 욕망(현실)에 여지없이 패배함을 속성으로 한다는
것. 패배를 양식으로 하여 살아가는 생명체가 시 작업이며 그 욕망
의 발현이 시 작품이라는 것. 욕망이란 점에서 서로 등가이며, 패
배를 양식으로 한다는 점에서 서로 대칭적이라는 것.

이것이 작가 이청준 씨의 지론이자 창작 방법론이지요. 현실에

패배함으로써 생존할 수 있다는 것이 문학이라는 것, 그러기에 현실에다 복수할 수 있는 방식이 아닐 수 없다는 것. '나'를 패배시킨 현실에 복수하기로 요약되는 이청준식 창작 원리가 여기서 새삼 확인됩니다.

이러한 평소의 이씨의 소신이랄까 신념을 재점검함에 이 작품의 새로움이 있겠지요.

시인들이란 원래 현실 생활의 생산성이나 유통적 정보 마인드엔 허약한 위인들이니까. 하지만 당신은 그것이 시인의 희망이 아니라 저주받은 운명의 업보라는 것을 알 수 있을까. 시인들도 누구보다 그 말의 허무한 낭비를 아파한다는 것을. 그러면서도 어쩔 수 없이 그 신통치도 못한 점괘를 외우듯 그 노릇을 일삼고밖에 지낼 수 없는 그 시인의 아픔을. 그런 뜻에선 나도 아마 한때는 시인이었다 할 수 있겠지만, <u>때로는 그런 남루하고 초라한 시인 노릇조차 더 이상 감당할 수 없어진 참담스런 처지를? 그래도 그걸 무슨 시를 위한 패배나 비극처럼 쉽게 말할 수 있을까.</u>"(171쪽, 밑줄 인용자)

시인이 주식 사업에 뛰어들었다가 낭패하여 초라해진 심정이 뚜렷하게 드러나 있습니다. 주식판의 거대한 욕망의 메커니즘에 여지없이 패배한 시인이 지금 잠시 흔들리고 있는 표정이라고나 할까. 그러기에 이 시인에겐, 평상심으로 되돌아갈 시간이 요망되겠지요. 아마도 상당한 기간 동안 이 시인은 시를 쓰지 못하겠지요. 그러나 그것은 시간 문제. 다시 그는 시를 쓸 것인데, 그때 그의 시는 좀더 근수깨나 나가는 그런 물건이겠지요. 틀림없이 그러할 것입니다.

6. 자기 풍자에서 벗어나기─최일남

최일남 씨의 〈띠〉(《문예중앙》, 가을호)를 읽고 있노라면 작가 최씨의 모습이 그대로 떠오릅니다. '작중 인물이 작가를 닮고 있다' 는 명제. 곧 '보봐리 부인은 나다' (플로베르)가 헛말이 아님을 실감 할 수 있지요. 이를 '투명성'이라 부르면 어떠할까. 작품을 쓰면서 '나를 닮아라!'고 무수히 외친 결과일까. 모르는 사이에 저절로 그 런 닮음이 이루어진 것일까. 좌우간 중진급에 이른 작가 특유의 현 상이 아니겠는가.

시방 우리의 주인공이 검사와 마주 앉아 있군요.

(검사) : "전과는 없었나요."

(나) : "전과라면 도둑질 같은……"

(검사) : "하여튼 형을 산 적이 있는가 말입니다."

(나) : "없습니다. 그 점이 항상 나를 주눅들게 한답니다. 유치장이 나 감옥은커녕 입때까지 파출소 한번 드나든 일이 없거든요. 집시법 위반은 고사하고 즉결 심판조차 받아 본 적이 없습니다." (192쪽)

주인공 '나'가 검사의 조서를 받고 있는 장면입니다. '항상 주눅 들게 함' 속에 '나'의 소시민성이 함뿍 배어 있습니다. 일종의 품 격이라고나 할까요. 평생에 걸쳐 법 없이도 살아온 '나'가 어째서 그것으로 말미암아 '주눅들지' 않으면 안 되었을까. 이 물음 속에 작가 특유의 모랄 감각이 작동하고 있습니다. 이 '주눅들림' 속에 잠복되어 있는 날카로운 시대 감각(정치 감각)이란 어떠한가. 참 주 제가 깃들인 곳이지요.

이 작품은 네 도막으로 이루어져 있습니다. 순서대로 볼까요.

(1)검사와 다섯 시간에 걸친 신문 장면. 물론 '나'는 검사와 입씨 름을 벌인 것은 아니군요. 정치적 이유로 해직된 자들의 권익 투쟁 을 위한 모임의 위원장으로 추대된 '나'의 심경이 여기서 밀도 있 게 부각되어 인상적입니다. 집시법 위반은커녕 즉결 심판조차 받아 본 적이 없이 이 나이에 이른 '나'가 위원장 감투를 쓴 죄로 지금 검사 앞에 앉아 있습니다. 돌이켜보면, 이렇게 살아온 '나'란 무엇

인가. 한 번도 그냥 넘어가는 해가 없었던 현대사의 굽이굽이를 용케도 그 동안 탈없이 넘어왔지 않았던가. 모진 광풍이 나무 뿌리를 송두리째 뽑고 지나간 다음을 보면 용케도 '나'는 무사하지 않았던가. 구경꾼에 지나지 않았기 때문. 지정석처럼 굳힌 자리에 앉아 사방을 두리번거리는 샌님 기질의 삶이 아니었던가. 처음부터 그러기로 작정한 것이 아니라, 좌우간 그런 삶이었던 것. 심약하다고나 할까, 무기력하다고나 할까. '나'만 아는 극도의 이기주의였던가. 물론 그런 것도 아니었다. 문제는 살다 보니 그렇게 구경꾼 신세가 되었을 뿐. 그런데 이제 보니 이런 식의 삶의 방식이란 어느 역사의 고비엔 지속되지 않았다는 사실에 있습니다. 어째서? 해직되었으니까. '남에게 해를 끼치지 않아야겠다는 생각에 겨워 드디어 남을 위하지도 못했다'(193쪽)의 모랄 감각의 결말이 '나'의 해직을 가져온 꼴이 된 셈. 해직자 위원장 감투를 쓴 것도 그 때문. 그렇다고 무슨 달라진 것이 있을까. 물론 없지요. 있다면 그건 거짓말. 중요한 것은 구경꾼 노릇을 평생 해온 '나'의 모랄 감각의 근거 묻기에 있겠습니다. 파출소 근처에 살았던 유년기에다 그 근거 묻기를 하고 있습니다. 일제 강점기, '나'는 파출소에서 벌어지는, 순사가 핫바지 조선인을 붙들어 '취체'하는 광경을 수없이 보고 자라지 않았겠는가. 구경꾼으로 말이지요. 조선인을 다루는 이 광경에서 '나'는 어느새 구경꾼 노릇에 익숙해질 수밖에. 문제는 그러니까 일제 시대의 정치 감각에 그 근거가 닿아 있습니다.

(2)옛 직장 동료 김채박의 재판 장면 지켜보기. 옛 직장 동료 송씨를 거기서 만난다.

(송) : "자네를 보고 놀라는 친구도 있더만."

(나) : "왜? 내가 와서는 안 될 데였나."

난생 처음 동료의 재판정에 나온 '나'의 표정이 여실하다. 자주 나오는 친구와 '나'의 대비에 작가는 또 일제 시대를 떠올린다. 죽은 삼촌이 그것. 왕년의 가작 〈숙부는 늑대〉의 주인공인 그 삼촌의 모습을 김채박에서 읽고 있다.

(3) '나'의 위원장 취임 장면. 혼자만 편히 살 작정이냐, 뒤는 우리가 받쳐 드린다는 여론에 따라, 덜컹 위원장 자리를 맡은 '나'가 넥타이를 매고 서툴게 단상에 나아가 일장 연설한다. "시퍼렇게 쑥물 들어도 강물 저어가리라. 여러분!……"하고 외칠 수도 있었다. 단상에 오르면 그 분위기가 그런 목소리를 내게 만드는 법이니까. 그런데 이번에도 '나'는 '나'를 바라보는 또 다른 시선에 마주친다. 일제 시대의 모습이 그것. 일제 시대에 철이 난 세대의 운명적 자의식이 그것. 이 점에서 작가 최일남 씨만큼 민첩한 작가는 없다.

어떻든 회중으로 들끓는 장내를 한 단계 높은 곳에 앉아 내려다보는 심정이 야릇하다. 비단 이런 대중 집회만이 아니다. 학교, 관청, 사회 단체를 막론한 모든 행사의 변함없는 형식이 백 년은 가는 것 같다. 판에 박은 순서를 좇아 위아래로 나눠 치르는 모양이 모두 닮은꼴이다. (중략) 일본 사람들은 이런 연단을 '히나당'이라고 비꼬았다. (207쪽)

방 안에 단을 층층이 쌓아 인형을 진열하는 일본의 '히나마쯔리'에서 '나'는 결코 자유롭지 못하다. 이어서 이 작품의 표제로 사용된 정치인들이 어깨에 두르는 '띠'가 이어진다. 일제 시대 학병, 징용 가는 자들이 두르던 그 띠. 통렬한 자기 풍자가 아닐 것인가. 작가 최씨의 묘미랄까 웅숭깊음이라고나 할까.

(4) 주눅들림에서 벗어나고 자기 풍자에서도 벗어나는 방법. 위원장 자리가 대과(大過) 없이 또 성과도 없이 일 년으로 끝났고, 세월도 삼 년이나 흐른 시점에서 동구권이 무너졌다. 세상도 변했다. 운동권 패들이 줄줄이 득세, 정치권으로 변신하는 장면이 벌어진

다. '나'는 옛 동료의 선거 운동에 구경간다. 거기서 또 다른 옛 동료 김가를 만난다. 김가는 해직자 출신들이 정치권에 진출, 저희들이 서로 반목한다는 사실을 두고 이렇게 말한다. "요새 보니 즈이들끼리 치고 받데. 싸울 대상이 사라지니까 내부 분열에 지리멸렬이 가관이야. 그건 배신 아닌가. 내 말이 틀렸냐?"(213쪽)라고. 이에 대한 '나'의 답변이 주눅들림에서 벗어나는 방식이었다. 왈, "× 같은 새끼, 비판은 하되 욕은 말어, ××놈아."

고언 한마디. 문장 중 다음 대목은 어떠할까. "입 밖에 내고 보니 무춤하다."(192쪽) 여기서 '무춤하다'는 혹시 '무춤거린다, 무춤해진다'라야 하지 않을까.

7. 아슴아슴의 경지—이호철

이호철 씨의 〈이산타령, 친족타령〉(《라쁠륨》, 가을호)은 이렇게 시작됩니다. "그이는 1945년 8월, 중국 상해(上海)에서 광복(光復)을 맞이했다"라고. 그이는 누구인가. 캐나다에 사는 동포. 잔잔하게 그이의 한평생이 펼쳐집니다. 아무런 과장도 감정의 기복도 없이 서술되는 이 '남자의 일생'이 감동적인 것은 웬 까닭일까. 작가 이씨의 솜씨 때문이 아니라면 무슨 다른 설명이 또 필요할까. 담담한 얘기이기에 감동적인 것, 이것이 오랜 수련 끝에 도달한 작가 이씨의 솜씨라 하겠지요. 무기교의 기교.

여기 한 사내가 있습니다. 학병으로 끌려가던 세대에 속한 그이는 이래저래 상해 바닥에 떨어져 별 수 없이 일본 군속으로 행세하며 생활인이 된다. 장가들어 두 아이를 얻는다. 같은 집에 세든 독신의 조선인 여인이 있었다. 사이좋게 지냈다. 8·15 귀국 장면이 벌어진다. 부산행 귀국선 제1호와 제2호가 부두에 기다리고 있다. 임신중인 아내로서는 두 아이와 함께 이동하기엔 무리였다. 여섯 살짜리 큰아이는 세든 집 여인이 맡았다. 먼저 그이네 일가족이 떠나고, 잇따라 큰아이와 여인이 오게 되어 있었다. 그런데 그 배가 도착했는데도 큰아이와 여인은 오지 않았다. 무슨 사연이 있었을 터. 작가는 이를 밝히지 않는다. 다만 그런 사실만 말해 주고 있다. 세월이 흘렀다. 온갖 수완으로 큰아이를 찾았으나 허탕이었다. 이민 간 것도 그 때문. 평양 방문이 가능했으니까. 평양에서 그이네는 몽매에도 그리던 대학생이 된 큰아이와 그 여인을 만난다. 50년의 세월.

작가의 전언은 무엇인가. 그이네도, 큰아이와 그 여인도 이 세월 앞에 모든 것을 맡겨 두었음이 아니었겠는가. 경위 따지기라든가, 책임 따지기라든가, 또 감정 따지기 따위란 실로 유치하다는 것. 어째서? 인생이란, 그것이 지닌 의의란, '아슴아슴 짐작됨'에 있다는 것. '복잡하고 막막하기'를 살아온 사람에게 비로소 이 의의가 감지된다는 것. 이것이 《남녘 사람 북녘 사람》의 대가급 작가 이호철 씨의 투명성이 아닐 것인가.

초록빛 거짓말, 우리 소설의 정체

초판 인쇄―2000년 7월 25일
초판 발행―2000년 7월 31일

지은이 ― 김 윤 식
펴낸이 ― 전 성 은
펴낸곳 ― (주)문학사상사
주소 : 서울특별시 송파구 오금동 91번지(138-130)
등록 : 1973년 3월 21일 제1-137호

편집부 ― 3401-8543~4
영업부 ― 3401-8540~2
팩시밀리 : 3401-8741~2
홈페이지 : www.munsa.co.kr
전자우편 : munsa@munsa.co.kr
우편대체 계좌번호 : 010017-31-1088871
지로구좌 : 3006111

저자와의 협의하에 인지를 붙이지 않습니다.

잘못 만들어진 책은 구입하신 서점이나
본사에서 바꾸어 드립니다.

값은 뒤표지에 표시되어 있습니다.

ISBN 89-7012-362-8 03810